DAS GROßE SPIEL

BUCH 2: WEG DES WOLFES

DAS GROßE SPIEL

BUCH 2: WEG DES WOLFES

TOM ELLIOT

COPYRIGHT

DAS GROßE SPIEL

Neue und alte Mächte.
Ein Konflikt, der sich seit Jahrtausenden zusammenbraut.
Und im Mittelpunkt steht ein Mann.

Michael ist den Fängen der Dunkelheit entkommen, wenn auch nur vorübergehend. Als er die oberirdische Welt erreicht, stellt er fest, dass die Dinge hier genauso komplex sind wie unter der Erde und das Überleben genauso hart ist wie im Dungeon.

Ist dein eigener Weg der Härteste?
Viele wollen Michael als ihren Verbündeten. Aber noch mehr wollen ihn tot sehen, und die Dunkelheit ist noch nicht mit ihm fertig. Kann Michael sich in den tückischen Klauen des Großen Spiels zurechtzufinden und die Geheimnisse um sich selbst lüften?

Oder wird Michael sich größeren Mächten beugen?
Folge Michael auf seiner epischen Reise voller Enthüllungen und finde es heraus!

LOB FÜR DAS GROßE SPIEL:

„Interessantes Portal-Litrpg. Ein gutes Tempo und der Beginn einer neuen Serie. Bin gespannt, wie es weitergeht ...“ - **Tao Wong auf goodreads.com.**

„... Tolle Action, tolle Geschichte und ich habe es wirklich von Anfang bis Ende verschlungen ...“ - **Alex Kozlowski auf goodreads.com.**

„Kluger Protagonist. Tolle Spannung. Voller Action.“ -**CookieCrumble auf RoyalRoad.com.**

„Alles, was ich in einem LitRPG suche.“ -**CosmereCradleChris auf RoyalRoad.com.**

„Oh, das hat mir sehr gut gefallen!” – **The Enlightened Bard auf amazon.com.**

„Eines der besten Bücher in dieser Kategorie in diesem Jahr.“ - **Kindle-Kunde auf amazon.com.**

ANMERKUNG DES AUTORS

Liebe Leserinnen und Leser,

danke, dass ihr das Große Spiel lest. Dies ist ein im Selbstverlag erschienenes Buch. Obwohl ich diesen Roman sorgfältig überarbeitet und editiert habe, können sich einige Fehler eingeschlichen haben. Wenn ihr grammatikalische Fehler oder Tippfehler entdeckt, kontaktiert mich bitte per E-Mail.

Dieses Buch enthält spielähnliche Elemente. Sie sind in der Regel nicht aufdringlich und werden in die Geschichte integriert, aber Vorsicht, sie sind vorhanden. Ich wünsche euch viel Spaß mit Michaels Geschichte.

Viel Spaß beim Lesen!
Tom (**TomLitRPG.com**)
Unterstütze mich auf PATREON

INHALT

MICHAELS ENTWICKLUNG

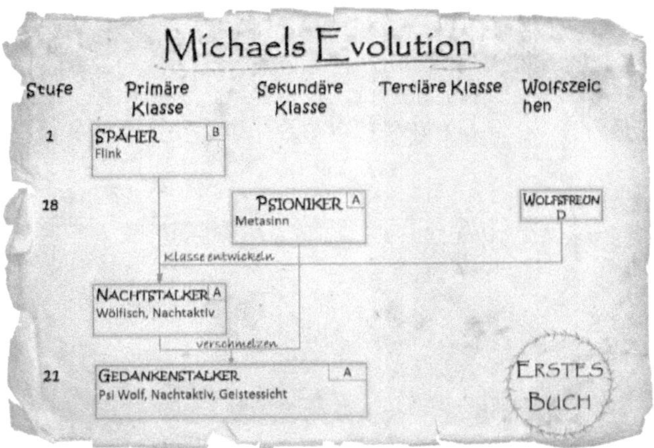

Wie immer wächst Michael während seiner Abenteuer im Reich der Ewigkeit weiter. Die Tabelle oben zeigt nur seine jüngsten Errungenschaften (die er im Laufe des letzten Buches erreicht hat). Wenn du dir Michaels frühere Entwicklung ansehen möchtest, besuche doch bitte meine Website über den folgenden Link.

tomlitrpg.com/michael

Das System des Großen Spiels

Das Universum des Großen Spiels erweitert sich mit jedem neuen Buch der Reihe, und mittlerweile ist es nicht mehr sinnvoll, alle Karten, Tabellen und Diagramme in jedes neue Buch aufzunehmen.

Wenn du mehr über die Welt des Reichs der Ewigkeit erfahren oder das System des Großen Spiels besser verstehen möchtest, besuche meine Website über einen der folgenden Links.

tomlitrpg.com/game-lore
tomlitrpg.com/world-lore
tomlitrpg.com/glossary

MICHAEL AM ENDE VON BUCH 1

<u>Spielerprofil: Michael</u>

Stufe: 23. Rang: 2. Aktuelle Gesundheit: 100%.
Ausdauer: 100%. Mana: 100%. Psi: 100%.
Spezies: Mensch. Verbleibende Leben: 2.
Markierungen: Wolfsfreund, Geringe Schatten, Geringes Licht, Geringe Dunkelheit.

<u>Attribute</u>

Verfügbar: 0 Punkte.
Stärke: 2. Ausdauer: 5. Geschicklichkeit: 13. Wahrnehmung: 8. Verstand: 5.
Magie: 0. und Glaube: 0.

<u>Klassen</u>

Verfügbar: 1 Punkt.
Primär-Sekundäre Bi-Mischung: Gedankenstalker.
Tertiäre Klasse: Keine.

<u>Eigenschaften</u>

Psi Wolfserbe: +2 Geschicklichkeit, +2 Stärke, +4 Verstand.
Tiersprache: Kann mit Bestienkin sprechen.
Markiert: kann Geistersignaturen sehen.
Nachtaktiv: perfekte Dunkelsicht.

<u>Fertigkeiten</u>

Verfügbare Fertigkeitsslots: 0.
Ausweichen (aktuell: 31. max.: 130. Geschicklichkeit, Grundlegend).
Schleichen (aktuell: 42. max.: 130. Geschicklichkeit, Grundlegend).
Kurzschwerter (aktuell: 38. max.: 130. Geschicklichkeit, Grundlegend).
Kampf mit zwei Waffen (aktuell: 33. max.: 130, Geschicklichkeit, Fortgeschritten).
Leichte Rüstung (aktuell: 22. max.: 50. Ausdauer, Grundlegend).
Diebstahl (aktuell: 1. max.: 130. Geschicklichkeit, Grundlegend).
Chi (aktuell: 20. max.: 50. Geist, Fortgeschritten).
Meditation (aktuell: 31. max.: 50. Geist, Grundlegend).
Telekinese (aktuell: 13. max.: 50. Geist, Fortgeschritten).
Telepathie (aktuell: 16. max.: 50. Geist, Fortgeschritten).
Einsicht (aktuell: 32. max.: 80. Wahrnehmung, Grundlegend).
Täuschung (aktuell: 9. max.: 80. Wahrnehmung, Meister).

<u>Fähigkeiten</u>

Verkrüppelnder Schlag (Geschicklichkeit, Grundlegend).
Einfache Verzauberung (Geist, Grundlegend).
Betäubender Schlag (Geist, Grundlegend).
Grundlegende Analyse (Wahrnehmung, Grundlegend).
Geringer Rückschlag (Geschicklichkeit, Grundlegend).
Ein-Schritt (Geist, Grundlegend).
Geringere Fallenerkennung (Wahrnehmung, Grundlegend).

Grundlegende Fallenentschärfung (Geschicklichkeit, Grundlegend).
Einfaches Schlossknacken (Geschicklichkeit, Grundlegend).
Kleine Waffe Verstecken (Wahrnehmung, Grundlegend).
Kleiner Reaktionsbuff (Geist, Grundlegend).
Simple Geistessicht (Klasse, Grundlegend).

Bekannte Schlüsselpunkte

Sektor 14.913 Ausgangsportal und sichere Zone.

Ausstattung

Gewöhnlicher Diebesumhang (+3 Schleichen).
Spinnenbiss-Kurzschwert (+15% Schaden, Gesponnen).
Kurzschwert, +1 (+15% Schaden, +10 Kurzschwerter).
Gewöhnliche Kämpferschärpe (+3 Kurzschwerter).
Verzaubertes Lederrüstungsset (+20% Schadensreduzierung, -35% Geschicklichkeit und Magie).

Rucksackinhalt

26 x Feldrationen.
2 x Wasserflasche.
3 x kleine Heiltränke.
2 x Eisendolche.
1 x Schlafsack.
7 x mittlere Heiltränke.
1 x Münzbeutel.
1 x Schlüsselbund.
3 x volle Heiltränke.
1 x Grundausstattung zum Anzünden von Feuer.
1 x Katalog der Fähigkeiten und Fertigkeiten.
1 x Priestergewand der Stufe 1.
1 x Blutsauger Meisterklassenstein.

Bank Inhalt

Geld: 46 Gold, 4 Silber und 9 Kupfer.
2 x volle Heiltränke.
2 x einfache Stahl-Kurzschwerter.

Wenn du dir Michaels bisherige Spielerprofile ansehen möchtest, besuche bitte meine Seite über den folgenden Link.

tomlitrpg.com/michael

Kapitel 89: Die Welt Außerhalb

Erster Tag von Michaels Pakt mit Erebus.

Ich stolperte aus dem Portal, fiel auf Hände und Knie und hatte Mühe, das Gleichgewicht zu halten.

Ich war geblendet.

Licht. Weiß und heller als alles andere, was ich je auf dieser Welt wahrgenommen hatte, erfüllte meine Sicht. Ich kniff die Augen zu. *Verdammte Scheiße, ist das hell.*

Ich wartete ein paar Herzschläge lang, bis die tanzenden Nachbilder in meiner Sicht verblassten. Dann öffnete ich die Augen vorsichtig einen Spalt weit.

Grün. Bäume. Felsen.

Genau vor mir. Mein Herz pochte noch lauter. Ich hatte es geschafft. Ich war aus Erebus' Dungeon entkommen, und das weitgehend unversehrt.

Ich öffnete meine Augen noch einen Spalt. Das Licht war zwar immer noch grell und schmerzhaft, aber ich konnte jetzt immerhin sehen. Ich stand am Eingang einer Höhle, die hoch oben am Hang eines Berges lag.

Unter mir erstreckte sich endlose Grüne, ein Wald aus unzähligen hohen Bäumen. Eichen, Rothölzer, Mammutbäume und viele andere, deren Namen ich nicht kannte, füllten den Horizont. Darüber erstreckten sich in der Ferne weitere Berggipfel, die den Wald von allen Seiten umschlossen.

Ich bin in einem Tal. Das muss die Heimat der Schattenwölfe sein.

Ich hatte es geschafft. Ich war in Sicherheit. Oder? Mehrere Spielnachrichten warteten auf meine Aufmerksamkeit. Ich richtete meine Konzentration nach innen und blätterte sie durch.

Du hast die Aufgabe: <u>Entkomme aus dem Dungeon</u> abgeschlossen und bist an der Aufgabe: <u>Finde deinen eigenen Weg hinaus</u> gescheitert. Durch deine Taten hast du Erebus' Pläne vereitelt und seinen Zorn auf dich gezogen!

Die Markierungen auf deiner Geistsignatur haben sich verändert. Du bist aus dem Dungeon entkommen, indem du den von der Dunkelheit geschaffenen Ausgang benutzt hast, allerdings auf eine Art und Weise, die ganz allein dir zuzuschreiben ist. Die Dunkelheit ist erfreut über dein Streben nach Selbstbestimmung und deine Weigerung, dich an andere zu binden. Dein Dunkles Zeichen hat sich vertieft.

Die Schatten sind zufrieden, dass deine Handlungen das Gleichgewicht zwischen den Mächten nicht gestört haben. Dein Schattenzeichen bleibt unverändert.

Das Licht ist unzufrieden mit der Art und Weise, wie du entkommen bist. Du hast die Einigkeit und das Streben nach dem Allgemeinwohl verachtet. Dein Lichtzeichen ist geschwächt.

Wolf schätzt die Starken. Wolf erkennt Anführer an, aber gleichzeitig akzeptiert Wolf kein Wesen als seinen Meister. Du hast dich geweigert, dich

einer Macht zu beugen und bist deinem Wolfserbe treu geblieben. Wolf ist zufrieden. Dein Wolfszeichen hat sich vertieft.

Herzlichen Glückwunsch, Michael! Dein Wolfszeichen hat sich weiterentwickelt. Du trägst jetzt das Zeichen: <u>Wolfsbruder</u>. Die meisten Wölfe reagieren positiv auf dieses Zeichen und heißen dich als Ehrengast willkommen. Sie verteidigen dich als einen der ihren gegen Außenstehende und betrachten dich als Teil ihres Rudels.

Ich pausierte den Fluss der Nachrichten, während ich über die neuen Implikationen nachdachte. Mein Wolfsmal war stärker geworden. Ich war mir noch nicht sicher, was das für mich bedeutete, aber es schien bedeutsam. Zumindest würde das es mir leichter machen, mich bei den Schattenwölfen vorzustellen.

Mit einer Handbewegung ließ ich weitere Nachrichten erscheinen.

Du hast den Sektor 12.560 der Königreiche betreten. Dieses Gebiet ist Teil der verwilderten Grenzländer des Ewigen Königreiches. Es ist derzeit neutrales Gebiet, das von keiner Fraktion oder Macht beansprucht wird. Für diese Region gelten keine weiteren Beschränkungen.

Du hast die Heldentat: <u>Dungeonmeister Neuling</u> vollbracht! Voraussetzung: Bestehe deinen ersten Dungeon. Du hast ein zusätzliches Leben erhalten! Leben insgesamt: 3.

Gemäß deiner Vereinbarung mit der Macht Erebus hat dein Nichtangriffspakt mit ihm begonnen. Für die Dauer dieses Paktes dürfen weder du noch von Erebus Gezeichnete feindliche Handlungen gegeneinander unternehmen. Verbleibende Dauer: 7 Tage.

Ich grübelte über die Benachrichtigungen nach, vor allem über die letzte. Ich war also nicht sicher. Noch nicht. Und vielleicht würde ich es auch nie sein.

Sieben Tage, dachte ich. So lange hatte ich Zeit, bevor ich Vergeltung erwarten konnte. Es war gut, dass ich ein weiteres Leben gewonnen hatte, aber ich machte mir keine Illusionen darüber, dass es einen großen Unterschied machen würde, wenn die Anhänger der Macht mich nach Abschluss des Paktes erwischten.

Ich warf einen Blick über meine Schulter. Der schimmernde Vorhang war immer noch da und leuchtete hell in der Dunkelheit, und ich war mir sicher, dass Stayne sich auf der anderen Seite noch über den Pakt ärgerte, der sein Handeln einschränkte.

Er wird die Verfolgung aufnehmen, sobald er kann.

Ich musste mein Vorhaben im Tal schnell abschließen und zu dem Zeitpunkt schon über alle Berge sein. Ich brachte meinen Rucksack in eine bequemere Position und folgte dem felsigen Abhang nach unten, um mich auf die Suche nach den Schattenwölfen zu machen.

✳ ✳ ✳

Der Abstieg ins Tal war sachte genug, ihn ohne Kletterausrüstung zu bewältigen und einfach genug, mir Zeit zum Nachdenken zu geben. Auf dem

Weg ins Tal überdachte ich meine Pläne für die Zukunft. Ich hatte vor, Aira und Oursk zu finden, um mehr über "Wolf", wie ihn der Adjutant so oft nannte, zu erfahren. Ich war noch nicht ganz sicher, was genau Wolf war. Es könnte ein Wesen sein - vielleicht eine andere Macht – oder eine Metapher für einen Weg, vielleicht eine wölfische Lebensweise.

Was auch immer er war, ich wusste, dass ich es herausfinden musste. Ich konnte spüren, wie wichtig die Sache war, und zwar nicht nur für die Wahl meiner dritten Klasse. *Es könnte über meine Zukunft in dieser Welt entscheiden.*

Inzwischen hatte ich den Verdacht, dass ich anders war als die anderen Spieler. Das war die einzige Erklärung, die mir für die Aufmerksamkeit von Erebus, Loken und Ishita einfiel. *Warum* ich anders war, blieb ein Rätsel, aber ich war mir sicher, dass das Interesse der Mächte mein Leben nicht einfacher machen würde.

Um zu überleben, würde ich meine Stärken ausspielen müssen.

Und das bedeutete, mehr über Wolf und was er für mich bereithielt herauszufinden. Ich hoffte nur, dass die Schattenwölfe mich aufklären konnten.

Ich hüpfte das letzte Stück des felsigen Abhangs hinunter und sprang leichtfüßig von Felsblock zu Felsblock.

Ich hatte noch kein richtiges Ziel vor Augen. Ich wusste nicht, wo sich die Wölfe genau aufhielten, nur dass dieses Tal ihr Zuhause war. Ich machte mir aber keine Sorgen, sie nicht zu finden. Ich vermutete, dass sie mich finden würden, wenn ich mich weit genug in das Tal hineinwagte.

Ich erreichte den Fuß des Berghangs ohne Zwischenfälle. Am Waldrand stehend betrachtete ich die Bäume, die sich hoch über mir wölbten, und blickte dann nach links und rechts. Der Wald erstreckte sich so weit das Auge reichte in beide Richtungen. Dank meinem Ausblick vom Höhleneingang aus wusste ich, dass er die gesamte Weite des Tals ausfüllte.

Außerdem war der Wald nicht still. Insekten zirpten, Vögel sangen, seltsame Rufe ertönten und ein unheimliches Heulen drang aus dem Inneren. Alles in allem wären mir die Berge lieber. Trotzdem gab es keinen Weg zurück. Ich seufzte. *Vorwärts, Michael,* ermunterte ich mich selbst und machte einen zaghaften Schritt nach vorne.

Ein Ast knackte unter meinen Füßen.

Ich erstarrte und warf einen missbilligenden Blick auf den Boden. Der Waldboden war mit Zweigen und gefallenen Blättern übersät. *Hm. Schleichen wird hier nicht leicht.* Ich hielt inne und starrte in die Tiefen des Waldes. Je länger ich hinschaute, desto unruhiger wurde ich. Ich vermutete, dass ich in meinem früheren Leben kein Förster gewesen war.

Ich seufzte wieder. *Was du heute kannst besorgen, das verschiebe nicht auf morgen.* Schließlich konnte ich ja schlecht dem Weg des Wolfes folgen und Angst vor dem Wald haben, oder?

Ich habe keine Angst, dachte ich stur. Ich zog die Schatten um mich herum und trat in die Tiefen des Waldes.

✻   ✻   ✻

Ein feindliches Wesen hat dich entdeckt! Du bist nicht mehr versteckt.

Ich unterdrückte ein Stöhnen, als ich die Spielnachricht sah. Das fragliche feindliche Wesen war ein Eichhörnchen der Stufe eins, das mich von einem Baum aus anmeckerte. Ich schaute mit finsterem Blick nach oben, bevor ich weiterging.

Leise durch den Wald zu kommen war noch schwieriger als ich vermutet hatte. Ich ließ mich davon aber nicht beirren und blieb bei der Sache. Aber trotz meiner scheinbar hohen Fertigkeitsstufe - Rang vier – verlor ich meine Tarnung oft sobald ich mich versteckt hatte wieder.

Muss am Licht liegen, dachte ich und schielte unzufrieden nach oben in das Sonnenlicht, das durch die Bäume fiel. Aber ich wusste, dass das nicht das einzige Problem war. Es war die Umgebung selbst.

Der Wald eignet sich einfach nicht so gut zum Schleichen wie feuchte, dunkle Tunnel, dachte ich missmutig.

Die Tiere, die sich ungesehen durch das Laub bewegten, waren auch nicht gerade hilfreich. Ich konnte sie spüren. Mit meiner Geistessicht machte ich Dutzende winziger Geiste aus, die durch das Unterholz huschten, durch die Bäume über mir flitzten und sogar in der Erde unter mir wühlten.

Ich verzauberte sogar ein paar von ihnen. Nicht, dass das geholfen hätte, meine Telepathie zu trainieren. Die meisten Tiere in der Umgebung waren weit unter meinem Level und brachten mir fast keine Erfahrung. Und wenn ich meine Geistessicht durchgehend anließ, erschöpfte sich mein Psi noch schneller, als wenn ich Fähigkeiten verwendete. Mir wurde klar, dass diese Fähigkeit sich nicht zum Spähen eignete, zumindest nicht für längere Streifzüge.

Aber so voller Leben, wie dieser verdammte Wald ist, werde ich wenigstens nicht verhungern, dachte ich mürrisch und stapfte tiefer ins Unterholz.

Blätter raschelten über mir. Ich beachtete sie nicht.

Wahrscheinlich wieder ein verdammtes Eichhörnchen.

Etwas Schweres landete auf meinen Schultern. Angst durchzuckte mich, bevor meine Instinkte einsetzten und ich eine Rolle nach vorne machte. Krallen bohrten sich in meinen Lederpanzer, als ich den Angreifer mit meinem Manöver wegschleuderte. *Wohl doch kein Eichhörnchen*, dachte ich stumpf.

Ich sprang zurück auf meine Füße. Ich zog meine beiden Klingen und wirbelte herum. Eine Gestalt blitzte durch die Luft - eine Art vierfüßiges Wesen.

Ich duckte mich.

Das Biest segelte über mich hinweg. Ich wollte mich gerade umdrehen, als eine weitere verschwommene Bewegung meine Aufmerksamkeit erregte.

Ein zweiter Angreifer.

Einen Herzschlag bevor der Kiefer der Kreatur nach meiner Kehle schnappte kreuzte ich meine Klingen zum Schutz. Verzweifelt ließ sich das Tier zu Boden fallen und sprang nach vorne, um nach meinen Beinen zu schnappen.

Ich trat der Kreatur ins Maul und stieß mein Kurzschwert Spinnenbiss nach unten. Ich konnte immer noch nicht genau sagen, was das Ding war. Seine Haut - oder besser gesagt, seine Schuppen - waren in Braun- und

Grüntönen gesprenkelt, die perfekte Tarnung für den Wald. Das Biest, was auch immer es war, schien eine seltsame Mischung aus Schlange und Katze zu sein.

Gesponnen ausgelöst! Ein unbekannter Angreifer hat einen körperlichen Widerstandstest nicht bestanden! Du hast dein Ziel für eine Sekunde bewegungsunfähig gemacht.

Als mein verzaubertes Schwert den Schädel meines Gegners berührte, spannen sich magische Netze aus der Klinge und umhüllten die Kreatur.

Ich ließ die Gelegenheit nicht ungenutzt verstreichen.

Ich sprang vorwärts auf das Tier und stieß meine zweite Klinge tief in die Kehle der Schlangenkatze. Ihr Leben verließ sie.

Du hast einen unbekannten Angreifer getötet.

Ich spürte Bewegung nahe meiner Flanke – mein ursprünglicher Angreifer kam zurück. Die Kreatur sprintete auf mich zu. Ich ließ die Klinge los, die noch immer in der toten Bestie steckte, und hob meinen linken Arm. Die Bestie ignorierte meine erhobene Hand und sprang durch die Luft, um das letzte Stück Distanz zwischen uns zu überbrücken.

Ich zog Psi aus meinem Geist und schickte es über meine Hand direkt in die Bestie, die auf mich zustürzte. Lähmende Energie durchflutete die Muskeln der Kreatur und ließ sie sofort erstarren.

Ein unbekannter Angreifer hat einen körperlichen Widerstandstest nicht bestanden! Du hast dein Ziel eine Sekunde lang betäubt.

Die Bestie warf mich um und ich fiel rückwärts auf die weiche Erde. Im nächsten Moment wurde mir der Atem verschlagen, als die Kreatur auf mir landete. Ich hatte jedoch mit dem Aufprall gerechnet und schaffte es, Spinnenbiss festzuhalten.

Bevor sich die benommene Kreatur erholen konnte, schlug ich meine linke Hand in ihre Seite und fror sie erneut mit einem betäubenden Schlag ein. Dann stach ich auf das geschuppte Biest ein.

Einmal. Zweimal.

Die Lähmung ließ nach, und das Tier miaute kläglich, als es den Biss meines Schwertes spürte. Kraftlos versuchte es, seine Kiefer um meine Kehle zu klammern. Ich wehrte den schwachen Angriff mit meiner linken Hand ab und schlug mit dem Schwert in meiner rechten Hand erneut zu. Ich ließ nicht nach und stach immer wieder zu. Mit jedem neuen Schlag riss ich klaffende Löcher in den Körper der Kreatur. Endlich kam die Spielankündigung, auf die ich gewartet hatte.

Du hast einen unbekannten Angreifer getötet.

Mit einem Seufzer ließ ich von meinem fieberhaften Angriff ab und ließ meinen Kopf auf das weichen Gras fallen. Immer noch außer Atem starrte ich zu den schweigenden Bäumen hinauf. Es war vorbei. Weitere Nachrichten warteten auf meine Aufmerksamkeit, und ich ging sie durch, während mein Adrenalinspiegel sank.

Du hast Level 24 erreicht!

Kurzschwerter ist auf Stufe 39 gestiegen. Dein Kampf mit zwei Waffen ist auf Stufe 34 gestiegen. Deine leichte Rüstung ist auf Stufe 24 gestiegen. Dein Chi ist auf Stufe 21 gestiegen.

Lange Sekunden später fühlte ich mich erholt genug, mich wieder zu bewegen, und schob den Leichnam von mir herunter. Das Ding war schwer, aber schließlich befreite ich meine eingeklemmten Beine und lehnte mich mit dem Rücken an einen nahen Baumstamm.

Ich schaute an mir herunter und machte eine kurze Bestandsaufnahme. Ich hatte keine größeren Verletzungen erlitten, nur ein paar Kratzer. Trotz der Plötzlichkeit des Überfalls hatte ich den Angriff erstaunlich gut überstanden.

Trotzdem war ich mit Blut und Gedärmen bedeckt und ich war mir sicher, dass ich auch danach stank. Ich wischte mir den Dreck aus dem Gesicht und zog eine angewiderte Grimasse. Das abzuwaschen würde eine mühsame Angelegenheit werden.

"Verdammte Scheiße", murmelte ich. "Ich hasse diesen Wald jetzt schon."

KAPITEL 90: GEJAGT

Ich nahm das Priestergewand, das ich aus Sabens Vorrat geplündert hatte und schnitt es in lange Stoffstücke. Ich hatte keine andere Verwendung dafür, also benutzte ich die Streifen, um meine Ausrüstung und Waffen zu reinigen. Dann kümmerte ich mich um meinen Spielerfortschritt und investierte meinen neuen Attributspunkt nach kurzem Überlegen.

Dein Verstand ist auf Rang 6 gestiegen.

Meine Geschicklichkeit musste noch nicht erhöht werden, und ich hatte nur noch einen Slot für eine geistbasierte Fähigkeit, sprich jene, die Verstand erforderten. Da ich im Kampf immer mehr auf meine Fähigkeiten angewiesen war, wollte ich nicht, dass es mir in Zukunft an genug freien Plätzen für wichtige Fähigkeiten fehlte.

Danach nutzte ich die Zeit, um mich auszuruhen und meine Ausdauer zu regenerieren. Während ich mich durch meine Rationen mampfte und Wasser aus meiner Flasche trank, ließ ich die feindliche Begegnung Revue passieren.

Mir wurde klar, dass der Wald mich in ein falsches Gefühl der Sicherheit eingelullt hatte. Wenn überhaupt, war der Wald gefährlicher als der Dungeon. Hier konnte ich jederzeit und aus jeder Richtung überfallen werden.

Schlimmer noch: Meine Sinne würden mir nicht mehr so gut dienen wie unter Tage. Die Fülle des Lebens, der unaufhörliche Lärm und das ständige Rascheln der Bäume im Wald taten ihr Bestes, um die Annäherung von Feinden zu verschleiern.

Ich werde hier noch wachsamer sein müssen als zuvor, nicht andersherum.

Ich seufzte und blickte an dem Baumstamm hoch, an dem ich mich ausruhte. Der unterste Ast war in Greifweite, und weiter oben gab es noch weitere zum Klettern praktische Zweige. Ich erhob mich und kletterte geschickt bis in die Baumkrone. Auch ohne Seile oder Kletterausrüstung war es einfacher, als ich erwartet hatte.

In mäßiger Sicherheit schloss ich meine Augen und beruhigte meinen Geist. Es war vielleicht etwas leichtsinnig, meine Umgebung so kurz nach dem Überfall auszublenden, aber ich hielt das Risiko, die Reise mit zu wenig Psi fortzusetzen, für noch größer.

Ein paar Minuten später öffnete ich meine Augen.

Meditation abgeschlossen. Dein Psi liegt jetzt bei 100%. Deine Meditation ist auf Stufe 32 gestiegen.

Als mein Psi wieder vollständig hergestellt war, wurde es Zeit, sich wieder zu bewegen. Ich ließ mich sanft vom Baum herab. Mein Blick fiel auf die toten Kreaturen. Ich wusste immer noch nicht, was sie waren.

Ich kniete neben dem ersten Tier nieder und sah es mir genauer an. Der Rumpf des Tieres war länglich, und es war von der Stupsnase bis zum peitschenartigen Schwanz mit feinen Schuppen bedeckt. Sein Kopf war abgeflacht wie der einer Schlange, aber seine kräftigen Hinterbeine, die geschlitzten Augen und die langen Krallen erinnerten an eine große Katze.

Ich öffnete das Maul der Kreatur und fand nichts außer zwei Reißzähnen und einer gespaltenen Zunge.

Seltsam, dachte ich.

Ich ließ den Kopf des Tiers wieder fallen und untersuchte den Körper mit einer einfachen Analyse. Die Luft um die Leiche herum schimmerte mit seltsamen Symbolen, die mein Verstand bemerkenswerterweise ohne Probleme entziffern konnte.

Dein Ziel ist eine tote Serline der Stufe 28. Serlinen sind Chimären, halb Schlange, halb Katze. Sie sind gut getarnt, leise und flink und haben sich gut an die Jagd auf Beute in Wäldern angepasst.

Deine Einsicht ist auf Stufe 33 gestiegen.

Katzen-Schlangen-Chimären. Meine Lippen verzogen sich. Das erklärte zumindest ihr seltsames Aussehen. Viel beunruhigender war jedoch das Level der Serline. Höher als mein eigenes. Seit dem Kampf gegen den Kobold-Goliath - was gefühlt eine Ewigkeit her war - hatte ich es nie wieder erlebt, während eines Kampfes das geringere Level zu haben.

Ich schätze, ich bin nicht mehr der Unheimlichste Typ weit und breit.

Mit einer unglücklichen Grimasse wandte ich mich von der Kreatur ab. Nichts an diesem Wald war beruhigend. *Vielleicht wäre es ...*

Meine Gedanken wurden unterbrochen, als sich die Haare in meinem Nacken aufstellten. *Gefahr*, schrie mein Verstand. Ich wirbelte herum und ließ die Hände auf die Klingen an meinen Seiten fallen.

Du hast ein verstecktes Wesen entdeckt!

Mit noch erhobenem linken Fuß und weniger als zwei Meter entfernt stand eine Serline - eine lebendige – ganz ruhig und gelassen da. Die Kreatur beobachtete mich mit leuchtenden Augen, ließ ihr Bein langsam auf den Boden sinken und hockte sich auf alle Viere.

Meine Hände umklammerten die Griffe meiner Schwerte als ich erstarrte. *Wie lange ist sie schon da? Und wie zur Hölle hat sie es geschafft, sich unbemerkt so nah heranzuschleichen?* Wir starrten uns einen langen Herzschlag lang gegenseitig an und keiner wagte es, sich zu bewegen.

Du hast ein verstecktes Wesen entdeckt!

Eine Bewegung in meinem Augenwinkel lenkte meine Aufmerksamkeit nach rechts. Eine zweite Katzenschlange tappte näher.

Du hast ein verstecktes Wesen entdeckt!

Noch mehr Bewegung. Diesmal auf meiner anderen Seite. Mein Herzschlag beschleunigte sich. Ich drehte meinen Kopf leicht nach links. Eine dritte Schlange näherte sich aus dieser Richtung. *Argh. Wie viele sind das bitte?*

Es juckte mich, meine Klingen zu ziehen, aber ich hielt meine Hände still, weil ich wusste, dass so eine Bewegung die Kreaturen wahrscheinlich zum Handeln bewegen würde.

Warum greifen sie nicht an?

Mein Blick huschte zu den beiden Leichen. Vielleicht machte das Schicksal ihrer Kameraden das Trio misstrauisch, aber ich vermutete, dass es etwas anderes war. Ich schickte Psi nach außen und aktivierte meine einfache Geistessicht.

Die Ranken meines Willens durchfluteten den Raum um mich herum und enthüllten jedes Bewusstsein im Umkreis von zehn Metern. Es gab sieben weitere Signaturen, die den dreien in meinem Blickfeld ähnelten, versteckt im Unterholz und in den Bäumen darüber. Sekunde für Sekunde kamen sie näher.

Ich schluckte. Es war, wie ich befürchtet hatte. Ich war umzingelt. Ein ganzes Rudel der Kreaturen näherte sich mir. Ich schloss mein geistiges Auge, zog mehr Psi herbei und begann einen zweiten Zauber. Ich würde diese Begegnung nicht durch einen direkten Kampf gewinnen - *Zeit, für etwas Verwirrung zu sorgen.* Ich griff mental nach der mir nächsten Serline und überlagerte ihren Willen mit meinem.

Eine Serline der Stufe 27 hat einen mentalen Widerstandstest nicht bestanden! Du hast dein Ziel für 10 Sekunden verzaubert. Deine Telepathie ist auf Stufe 17 gestiegen.

Die verzauberte Kreatur erhob sich aus ihrer Hocke. Sie neigte den Kopf zur Seite und wartete auf meine Anweisung. Die räuberischen Blicke der beiden anderen Serlinen lösten sich von mir, um ihren Rudelkameraden zu inspizieren. Ihre Schwänze zuckten unsicher, als sie spürten, dass etwas nicht stimmte.

"Greif an", hauchte ich durch die mentale Verbindung, die ich zum Verstand der verzauberten Kreatur geschaffen hatte. Ohne zu zögern wirbelte die Serline herum und stürzte auf ihren nächsten Artgenossen.

Die angefallene Kreatur knurrte und schwang drohend eine Pfote durch die Luft. Meine Untergebene Serline beachtete die Warnung nicht. Sie stürzte sich nach vorne und versenkte ihre Zähne tief in der Kehle ihres Gegners. Ich wartete nicht, um den Ausgang des Kampfes zu beobachten. Ich drehte mich um und rannte davon. Die dritte Serline stürmte hinter mir her. Ich glaubte nicht, dass ich ihr entkommen konnte, aber das hatte ich auch nicht vor. Zumindest nicht auf dem Boden.

Ich machte drei Schritte und riskierte einen Blick nach hinten. Mein Verfolger kam schnell näher. Ich drehte mich wieder um und legte ein paar weitere Meter zurück. *Fast am Ziel*, dachte ich.

Ich spürte, wie die Kreatur hinter mir einen Sprung machte. Ich tat es ihr gleich und stürzte mich auf den nahen Baum, während ich Psi wob.

Du hast Ein-Schritt erfolgreich verwendet.

Das Maul der Schlange schnappte zu und verfehlte mich nur um Haaresbreite. Mein rechtes Bein fand festen Halt in der Luft und ich sprang mit erhobenen Armen weiter nach oben. Mit ausgestreckten Fingern griff ich nach einem überhängenden Ast.

Der Ast bog sich, aber er hielt.

Ich nutzte den Schwung meines Sprungs, machte eine Rolle rückwärts und landete sauber auf dem Ast.

Die vereitelte Serline zischte frustriert. Ich lächelte über ihre Verärgerung, bevor ich meine Aufmerksamkeit nach oben richtete. Ich wusste, dass ich der Bestie noch nicht ganz entkommen war. Die Serline sah mehr als fähig aus, den Baum zu erklimmen, aber es würde dauern, bis sie mich erreichte.

Zeit, die ich brauchte, um mich um ihren Rudelkameraden zu kümmern, der sich in den Baumkronen über mir versteckte.

Meine Geistessicht hatte mir die andere Serline offenbart. Ich schwang mich auf einen neuen Ast und inspizierte mit wachsamen Augen das Laub, in dem ich sie vermutete.

Ein Blatt zitterte. Mein Blick flog dort hin.

Du hast ein verstecktes Wesen entdeckt!

Hab ich dich, dachte ich grimmig und machte mich daran, mich ihr anzunähern. Unter mir kamen weitere Serlinen aus ihren Verstecken hervor. Eine, die mutiger – oder dümmer – als ihre Rudelkameraden war, versuchte, von einem benachbarten Baum auf meinen zu springen.

Auf halber Strecke war mir klar, dass die Bestie es nicht ganz schaffen würde. Ich lächelte bitter. Ich hatte mein Versteck sorgfältig ausgesucht und eine alte Eiche gewählt, die etwas abseits vom Rest stand. Die Kreatur heulte auf, als sie zu Boden stürzte. Leider blieb sie unverletzt. Dank ihrer katzenhaften Reflexe schaffte es die Katzenschlange irgendwie, auf den Füßen zu landen.

Ich unterdrückte meine Enttäuschung, verbannte die kreisende Meute aus meinen Gedanken und starrte auf mein Ziel – eine halb sichtbare Gestalt, die drei Meter entfernt auf einem Ast hockte. Die Serline hatte noch nicht bemerkt, dass ich ihr auf der Spur war. Ich tastete mich näher heran. Die Katzenschlange richtete sich langsam auf und machte sich zum Angriff bereit.

Ich rückte weiter vor und zog meine Schwerter.

Mit einer plötzlichen Explosion an Bewegung sprang das Tier nach unten und brach mit ausgestreckten Pranken durch das Blattwerk, direkt auf meinen Oberkörper zu. Wäre ich unvorbereitet gewesen, hätte der Angriff tödlich sein können. So aber war ich perfekt darauf vorbereitet, die Attacke abzuwehren.

Mit einer Drehung meines Oberkörpers wich ich ihren ausgestreckten Gliedmaßen aus und schlug nach der Kreatur, als sie vorbeirauschte. Meine Klingen bissen tief in ihr Fleisch und spalteten das Tier von den Vorderbeinen bis zum Hinterteil.

Du hast eine Serline getötet.

Die Leiche fiel in zwei Hälften und überschüttete das Rudel unter sich mit Blut und Innereien. *Vielleicht werden sie daraus lernen.* Ich blickte nach unten.

Acht Paar geschlitzte Augen starrten nach oben, gleichgültig gegenüber dem Blut, das ihre Gesichter bespritzte.

Nur acht, stellte ich fest. Mein Blick huschte zu einem weiteren unbeweglichen Hügel auf dem Waldboden. Es schien, als wäre mein verzauberter Untergebener ebenfalls gestorben. Das Serlinenrudel hatte bereits vier seiner Mitglieder verloren. Doch trotz ihrer Verluste machte die Gruppe keine Anstalten, ihre Jagd aufzugeben. *Wie ihr wollt,* dachte ich und meine Miene verhärtete sich.

"Wer ist als nächstes dran?" stichelte ich.

✳ ✳ ✳

Die Serlinen beachteten meine Herausforderung nicht. Stattdessen umkreisten sie meinen Baum mit räuberischer Geduld und schienen zufrieden damit zu sein abzuwarten.

Schlechte Entscheidung, dachte ich. Es wäre besser für sie, mich sofort anzugreifen. Dann hätten sie mich vielleicht allein durch ihre Überzahl besiegen können.

Stattdessen gab mir die Verzögerung Zeit, mich vorzubereiten. Ich nutzte erneut mein Psi und zauberte einen Reaktionsbuff. Energie strömte aus meinem Geist in meinen Körper und stärkte meine Muskeln.

Deine Geschicklichkeit hat sich um +2 erhöht. Dauer: 10 Minuten.

Auf dem Ast hockend fing ich leicht an zu wippen. Meine Reflexe waren verbessert, und ich fühlte mich etwas agiler. Nicht viel, aber jedes Bisschen zählte.

Ich ließ meinen Blick wieder über das Rudel schweifen, untersuchte jede einzelne Kreatur und identifizierte ihren scheinbaren Anführer. Die besagte Katzenschlange war größer und sah gemeiner aus als ihre Artgenossen. Auch ihr Level war mit einunddreißig das höchste.

Ich lächelte kalt und streckte die Hand nach meinem Ziel aus, um eine einfache Verzauberung zu wirken.

Eine Serline hat einen mentalen Widerstandstest bestanden! Du hast es nicht geschafft, dein Ziel zu verzaubern. Dein geistiges Eindringen ist unentdeckt geblieben!

Das Biest wehrte die Psi-Ranken ab, die ich ihr entgegenschickte, wenn auch unterbewusst. Mein Lächeln wurde angespannter, aber ich ließ mich nicht entmutigen. Ich versuchte es erneut.

Eine Serline hat einen mentalen Widerstandstest nicht bestanden! Du hast dein Ziel für 10 Sekunden verzaubert.

Beim zweiten Versuch umwickelte mein mentales Seil das Tier ohne Widerstand. *"Greif an",* befahl ich und lenkte meinen neuen Untergebenen zu ihrem nächsten Rudelkameraden.

Die verhexte Schlange zögerte nicht. Sie sprang auf ihren Artgenossen zu, drückte die kleinere Kreatur zu Boden und grub ihre Krallen in die erschrockene Katzenschlange. Mit einem zufriedenen Grinsen machte ich es mir auf meinem Ast bequemer.

Bis die Meute verstand was vor sich ging, blieb mir nichts anderes übrig als mich zurückzulehnen und den Spaß zu beobachten.

✳ ✳ ✳

Es brauchte noch drei weitere Tode, bis die Serlinen meine Strategie durchschauten. Offensichtlich waren die Biester nicht die klügsten.

Das mittlerweile nur noch fünfköpfige Rudel stürmte gemeinsam den Baum hinauf, wobei ihre langen, gebogenen Krallen die raue Rinde mit Leichtigkeit durchbohrten.

Ich ließ sie näherkommen.

Mein Psi-Pool war etwa halb leer, und anstatt den Rest auszugeben, beschloss ich, ihn als Reserve aufzubewahren. Ich vermutete, dass ich mit dem Rest des Rudels keine großen Probleme haben würde.

Die erste Serline kam in Schlagdistanz als sie auf den Zweig trat, auf dem ich wartete. Sie holte aus und sprang auf mich zu. Ich hatte auf meinem Ast einen sicheren Stand und wich dem Tier geschickt aus. Nach ihrem vereitelten Angriff wirbelte die Serline in der Luft herum und versuchte, sich mit ihren Klauen wieder am Ast festzuhalten.

Aber das ließ ich nicht zu.

Ich stürzte mich mit Spinnenbiss auf die Gliedmaßen der Kreatur und ließ gleichzeitig Ausdauer durch die Klinge fließen.

Eine Serline hat einen körperlichen Widerstandstest nicht bestanden! Du hast das Vorderbein deines Ziels für 3 Sekunden verkrüppelt.

Energie strömte aus der Schwertspitze in die Bestie. Das Bein der Kreatur erschlaffte abrupt und verhinderte ihren Versuch, wieder auf dem Ast zu landen. Mit einem erschrockenen Zischen stürzte die Serline in Richtung Boden.

Mein Blick wanderte zurück zu den übrigen vier Mitgliedern des Rudels. Eine weitere Gestalt segelte durch die Luft auf mich zu, und eine dritte folgte ihr schnell auf den Fersen. Ich duckte mich, und die erste Kreatur flog über mich hinweg.

Der zweiten konnte ich nicht so leicht ausweichen.

Bevor ich einen weiteren Ausweichversuch unternehmen konnte, stürzte das Biest sich auf mich. Ihr Gewicht schleuderte mich vom Ast, und als ich meine brenzlige Lage erkannte, warf ich mich nach hinten und nutzte die Wucht des Aufpralls, um mich weiter zu schleudern. Ich wirbelte durch die Luft und hielt mich an einem niedrigeren Ast fest - und ließ dabei meine beiden Klingen fallen.

"Viel zu knapp", murmelte ich, als ich mich nach oben zog und in Sicherheit brachte. Ich blickte nach unten. Meine Klingen glitzerten im Gras. Die beiden gestürzten Bestien hockten daneben. Die eine schien weitgehend unverletzt zu sein, und nur ein leichtes Hinken verriet ihren vorherigen Fall.

Die andere hingegen war schwer verletzt und kroch gekrümmt über den Boden.

Eine Bewegung lenkte meinen Blick nach oben. Die anderen drei Serlinen waren auf meinem ehemaligen Ast aufgetaucht und starrten mich hungrig an. *Ich habe das Rudel wohl unterschätzt*, dachte ich säuerlich.

Die drei Schlangenkatzen sprangen zeitgleich auf mich zu. Ich wartete nicht auf sie, sondern ließ mich auf einen niedrigeren Ast fallen.

Dann zu einem anderen weiter unten.

Ich bewegte mich weiter abwärts, bis ich schließlich den untersten Ast erreichte. Ohne weiter über mein Handeln nachzudenken, ließ ich mich fallen. Mitten im Fall verfestigte ich die Luft unter meinen Füßen.

Du hast Ein-Schritt erfolgreich verwendet.

Eines meiner strampelnden Beine fand Halt und bremste, was sonst ein sehr unangenehmer Sturz gewesen wäre. Ich sprang ab und direkt auf die weniger verletzte Serline zu.

Die Kreatur riss ihren Kopf hoch und knurrte überrascht. Da sie von meinem plötzlichen Richtungswechsel überrumpelt war, schaffte sie es nicht auszuweichen, als ich auf ihrem Rücken landete. Knochen knackten unter mir, und mit einem kläglichen Wimmern sank das Tier zu Boden.

Du hast eine Serline verkrüppelt!

Ich rollte mich von der Bestie weg und auf Spinnenbiss zu. Mit einer einzigen Bewegung packte ich den Griff und sprang auf die Füße.

Ich drehte mich rechtzeitig um, um zu sehen, wie die anderen drei Schlangen geschickt hinter mir landeten. Ich wich zurück und ignorierte sowohl die beiden niedergeschlagenen Kreaturen als auch mein anderes Schwert. Es war zu weit außer Reichweite.

Das Trio teilte sich auf und bildete einen Halbkreis um mich. Ich festigte meinen Stand und wartete. Die Bestie vor mir sprang los. Ich wich aus und schlug ihr im Vorbeigehen eine Hand gegen die Seite.

Du hast dein Ziel für eine Sekunde betäubt.

Die Katzenschlange zu meiner Linken war bereits in der Luft. Ich ließ mich in eine kniende Position fallen, stieß mit Spinnenbiss nach oben und spießte sie durch ihren weichen Unterbauch auf.

Du hast eine Serline schwer verletzt!

Das ließ der dritten Kreatur leider freie Hand, um ungehindert anzugreifen. Die Bestie stürmte heran und schnappte nach meinem Hals. Zwei Reißzähne durchbohrten mein Fleisch und ließen Blut hervorströmen.

Ich fiel zurück, und die Kreatur landete auf mir. Verzweifelt schlug ich eine Hand gegen die Serline und lähmte sie kurzzeitig mit einem betäubenden Schlag. Als ich spürte, wie das Tier erschlaffte, stieß ich es weg und rollte mich frei.

Ich hatte keine Zeit, mich zu erholen. Die erste Bestie stürzte sich bereits erneut auf mich. Sie kam näher, setzte zum Sprung an und ich taumelte aus dem Weg - gerade noch rechtzeitig. Obwohl mir das Blut aus der Kehle schoss, behielt ich genug Geistesgegenwart, um die Kreatur anzugreifen und ihr einen lähmenden Schlag zu versetzen.

Du hast eine Serline verletzt.
Eine Serline hat einen körperlichen Widerstandstest nicht bestanden! Du hast das Hinterbein deines Ziels für 3 Sekunden verkrüppelt.
Gesponnen ausgelöst! Eine Serline hat einen körperlichen Widerstandstest nicht bestanden! Du hast dein Ziel für eine Sekunde bewegungsunfähig gemacht.

Ich lächelte grimmig, als beide Fähigkeiten gleichzeitig ausgelöst wurden. Die Bestie knurrte frustriert, als sie zum zweiten Mal in dieser Begegnung außer Gefecht gesetzt wurde. Sie landete zwei Meter entfernt und humpelte auf drei Beinen zu mir zurück. Ich stolperte rückwärts und suchte nach meinen anderen Gegnern.

Eine weitere Bestie griff mich an.

Da ich kaum Zeit hatte, mich vorzubereiten, reagierte ich instinktiv. Ich machte einen Schritt zur Seite und schlug mit der linken Hand auf ihren Rumpf, als sie an mir vorbeisegelte.

Du hast dein Ziel für eine Sekunde betäubt.

Die Katzenschlange krachte ein paar Meter entfernt zu Boden und blieb dort still liegen. Ich hechtete mit ausgestrecktem Spinnenbiss nach vorne. Ich zielte perfekt und die Klinge bohrte sich tief in die Kreatur.

Du hast eine Serline getötet.

Da ich wusste, wie wenig Zeit ich hatte, rollte ich mich von der Leiche herunter, öffnete schnell einen Heiltrank und schluckte den Inhalt ohne Luft zu holen.

Die Wirkung trat sofort ein.

Wohltuende Energiewellen strömten durch meinen Körper und stoppten die Blutung in meinem Nacken. Ich sprang wieder auf die Beine. Die einzige unverletzte Serline humpelte auf mich zu, ihr Hinterbein noch immer betäubt.

Ich riskierte einen kurzen Blick auf meine Feinde. Die anderen drei Serlinen konnten nicht weiterkämpfen. Entweder krochen sie nur noch erbärmlich umher oder waren anderweitig schwer verletzt. Ich lächelte grimmig. Der Kampf war fast vorbei. Ich drehte mich wieder zu meinem Feind um. Die Schlangenkatze sprang nach vorne. Ich machte mir nicht die Mühe, auszuweichen, sondern stürzte mich ebenfalls nach vorne.

Klinge und Bestie trafen aufeinander.

Das Schwert triumphierte.

Die Spitze meiner Klinge bohrte sich in das Maul der Kreatur, durch ihre Kehle und hinten durch ihren Schädel.

Du hast eine Serline getötet.

Die Kreatur stürzte zu Boden und riss dabei meinen Arm nach unten. Mit einem bösartigen Grinsen zog ich mein Schwert wieder heraus und drehte mich zu den verletzten Rudelmitgliedern um.

Es war an der Zeit, sie von ihrem Elend zu erlösen.

KAPITEL 91: GROSSWILDJÄGER

Nachdem ich die letzte Serline getötet hatte, öffnete sich unerwartet eine Reihe von Spielnachrichten in meinem Kopf. Ich überflog sie schnell.

Du hast Level 28 erreicht!
Kurzschwerter ist auf Stufe 40 gestiegen und hat Rang 4 erreicht.
Dein Kampf mit zwei Waffen ist auf Stufe 35 gestiegen. Deine leichte Rüstung ist auf Stufe 26 gestiegen. Dein Ausweichen ist auf Stufe 32 gestiegen.
Dein Chi ist auf Stufe 23 gestiegen. Deine Telekinese ist auf Stufe 16 gestiegen. Deine Telepathie ist auf Stufe 19 gestiegen.
Warnung! Die Verzauberung der Klinge Spinnenbiss läuft aus und muss aufgeladen werden.

"Wow", murmelte ich und studierte meine Fortschritte. *Vier ganze Level und eine Menge Fortschritte meiner Fertigkeiten.*

Ich machte eine kurze Bestandsaufnahme. Ich war gesund und unverletzt, aber meine Ausdauer war niedrig und mein Psi noch niedriger. Auch um die Verzauberungen auf meinem Schwert musste ich mich kümmern. Ich musste mich ausruhen und erholen. Aber hier konnte ich das nicht tun. Ich war mir sicher, dass die toten Serlinen andere Raubtiere anlocken würden, denen ich im Moment nicht gewachsen war.

Zeit, weiterzugehen.

Ich bückte mich, säuberte meine Klingen und verstaute sie in ihren Scheiden. Dann orientierte ich mich neu und ging tiefer in den Wald hinein.

Vorerst verzichtete ich auf weitere Versuche, mich zu tarnen. Im leichtem Lauf durchquerte ich den Wald, so schnell ich mich traute, und hielt dabei Ausschau nach weiteren Hinterhalten. Entfernungen waren im Wald viel schwieriger einzuschätzen als in den unterirdischen Tunneln. Als ich zehn Minuten später zum Stehen kam, schätzte ich, dass ich knapp einen Kilometer zurückgelegt hatte.

Schwer atmend untersuchte ich die Gegend. Dieser Teil des Waldes unterschied sich kaum von den anderen. Ich war von hohen Bäumen und dichtem Gestrüpp umgeben. Im Laub konnte alles Mögliche lauern und darauf warten, mich anzugreifen. Ich erschauderte. *Verdammter Wald.*

Ich war so müde, dass ich nichts lieber wollte, als auf den Boden zu sinken und zu schlafen, aber ich wusste, dass ich mir das nicht erlauben konnte. Der Waldboden bot nicht annähernd genug Schutz. Ich warf einen Blick nach oben. Trotz des Risikos zu fallen, wäre es sicherer, in den Bäumen zu schlafen.

Bei dem Gedanken an weitere Strapazen stöhnte ich auf, aber ich schleppte mich zu einem hochgewachsenen Rotholzbaum und begann zu klettern. Dieses Exemplar war fast hundert Meter hoch und ich erklomm fast zwei Drittel seiner Höhe, bevor ich mich sicher genug fühlte anzuhalten.

Ich lehnte mich mit dem Rücken an den Hauptstamm, spreizte meine Beine über einen dicken Ast und schaute nach unten. Der Waldboden war fast nicht mehr zu sehen. *Gut genug*, entschied ich.

Ich blinzelte zum Himmel hinauf. Ich hatte keine Ahnung, wie spät es war, aber noch drang Sonnenlicht durch die Blätter. Es war zu früh zum Schlafen und ich wusste, dass ich mich vor dem Ausruhen um meinen Spielerfortschritt kümmern sollte, aber ich war zu müde.

Ich nahm mir nur die Zeit, mich mit Stofffetzen aus dem Gewand des Priesters an den Ast zu binden, schloss die Augen und gab dem Schlaf nach.

*　　*　　*

"Die Spuren enden hier."

Ich riss die Augen auf. Meine Gedanken waren verschwommen und für einen Moment war ich mir nicht sicher, wo ich war.

In der Ferne heulte eine Eule.

Im Wald, erinnerte ich mich. Ich blickte nach oben. Zwischen den schwankenden Ästen erhaschte ich einen Blick auf Sterne und einen schwarzen Himmel. Die Nacht war also schon weit fortgeschritten. Wie lange hatte ich geschlafen?

"Bist du sicher?"

Ich schreckte überrascht auf. Ich war immer noch verwirrt und hatte die Stimme unter mir fast vergessen.

Reiß dich zusammen, Michael, ermahnte ich mich. Ich schüttelte den Kopf, um den letzten Rest Schlaf abzuschütteln, und blickte nach unten.

Direkt unter mir standen ein Halbriese und ein Mensch. Der Mensch trug einen grünen Umhang und einen Langbogen auf dem Rücken, während sein Begleiter in eine ärmellose Lederrüstung gekleidet war, die seine Muskeln zum Vorschein brachte.

Ein großes Breitschwert war um die Hüften des Halbriesen geschnallt. Angesichts seiner Größe fragte ich mich, ob er es mit einer Hand führte.

Ein Späher und ein Kämpfer, schloss ich. Beide Gestalten hatten die Köpfe gesenkt und studierten etwas auf dem Boden.

"Natürlich bin ich mir sicher", sagte der Mensch.

Der Halbriese kratzte sich am Kopf. "Wo ist er dann?"

Der Späher knurrte. "Woher soll ich das wissen? Wir hätten bis zum Morgen warten sollen."

"Was? Damit ein paar andere Glückspilze das Kopfgeld kassieren können?" Der Halbriese schnaubte. "Keine Chance." Er strich sich über das Kinn. "Wir sollten die Gegend absuchen", schlug er vor.

Der Späher gluckste. "Was soll das bringen?" Seine Kapuze schwenkte nach links und rechts. "Ich kann nicht weiter als ein paar Meter sehen. Du etwa?" Gleich darauf schüttelte er den Kopf, er erwartete scheinbar keine Antwort. "Ich habe dir doch gesagt, dass wir unsere Zeit verschwenden. Dieser Wald ist nachts zu dunkel. Ich habe es kaum geschafft, der Spur bis hierher zu folgen."

"Dann lass uns ein paar Fackeln anzünden", sagte der Kämpfer.

"Bist du verrückt?", zischte sein Begleiter. "Die Flammen werden das bisschen Dunkelsicht, das wir haben, zunichtemachen und unser Ziel kann im Dunkeln sehen - zumindest behauptet das der Kopfgeldbescheid." Er hielt inne. "Wer weiß, vielleicht beobachtet uns der Bastard gerade sogar."

Das schien den Kämpfer zu beunruhigen. In einem plötzlichen Anfall von Vorsicht ließ er eine Hand auf den Griff seiner Klinge fallen und suchte die Dunkelheit ab.

Ich runzelte die Stirn und dachte über das nach, was ich mitgehört hatte. Es war offensichtlich, dass die beiden mich jagten, und da ein Kopfgeld auf mich ausgesetzt war, war auch klar, warum. Aber wo waren die beiden hergekommen?

Ich erkannte keine der beiden Stimmen, also war es zweifelhaft, dass sie mir aus dem Dungeon gefolgt waren. Ich musterte sie erneut.

Um die beiden schimmerte eine Art Schleier. *Sie sind markiert,* erkannte ich, als ich ihre Auren scannte. *Das heißt es sind Spieler.* Ich streckte meinen Willen aus und analysierte die beiden.

Dein Ziel heißt Henry, ein Mensch der Stufe 22. Er ist ein Spieler und trägt eine Markierung geringer Dunkelheit.

Dein Ziel heißt Knorl, ein Halbriese der Stufe 21. Er ist ein Spieler und trägt eine Markierung geringer Dunkelheit.

Mein Stirnrunzeln vertiefte sich. Beide Spieler hatten ein ordentliches Level. Angesichts ihrer relativ hohen Ränge war ich mir sicher, dass sie nicht aus dem Dungeon kamen, sondern von ganz woanders her. Sie trugen jedoch keine Markierungen, die sie als eingeschworene Anhänger von Erebus auswiesen.

Das heißt, dass sie nicht an unseren Nichtangriffspakt gebunden sind. Meine Lippen zogen sich nach oben. *Aber sie sind auch nicht durch ihn geschützt.* Vorsichtig begann ich, die Knoten zu lösen, mit denen ich mich an den Ast gebunden hatte.

Es war Zeit zu handeln.

* * *

Ich brauchte nur wenige Augenblicke, um mich zu befreien. Ich erhob mich und überprüfte meine inneren Reserven. Sowohl mein Psi als auch meine Ausdauer hatten sich vollständig erholt.

Ich hatte keine Zeit, viel über meine neuen Attributspunkte nachzudenken, aber ich hielt es für unklug, sie vor dem Kampf gegen die beiden Spieler nicht zu nutzen. Nach kurzem Überlegen verteilte ich sie gleichmäßig auf meine wichtigsten Attribute.

Deine Geschicklichkeit ist auf Rang 14 gestiegen, dein Verstand auf Rang 7 und deine Ausdauer auf Rang 7.

Ich blickte noch einmal nach unten. Die beiden hatten wieder angefangen darüber zu streiten, was sie als Nächstes tun sollten.

Ich lächelte. Es wäre ein Kinderspiel, die beiden zu überfallen, aber ich entschied mich dagegen. Schließlich war das hier die perfekte Gelegenheit mehr Informationen zu bekommen, und obwohl ein solcher Versuch riskant wäre, wusste ich nicht, wann ich wieder eine ähnliche Gelegenheit haben würde. Es gab nur noch eine weitere Vorbereitung, die ich treffen musste.

Ich entledigte mich meiner Zweitwaffe und meines Diebesumhangs, löste meinen Schwertgürtel von der Taille und legte ihn mir diagonal über den Rücken, so dass der Griff von Spinnenbiss nach unten hing und meine Tränke griffbereit auf meiner Brust lagen. Das Schwert war kurz genug, dass weder die Spitze noch der Griff vorstanden. Ich griff mit der Hand hinter mich und versuchte, die Klinge zu ziehen. Sie war leicht zu erreichen.

Perfekt.

Ich steckte mein zweites Schwert in die Kämpferschärpe, die immer noch um meine Taille gewickelt war, und legte meinen Diebesmantel wieder an.

Du hast die kleine Waffe Spinnenbiss erfolgreich versteckt.

Ich grinste. Jetzt war ich bereit. Ich trat vorwärts und ließ mich geschmeidig auf einen niedrigeren Ast fallen. Dann auf einen anderen. Die ganze Zeit über bemerkte das streitende Paar nicht, dass ich mich näherte.

Ich überbrückte das letzte Stück bis zum Boden und landete lautlos weniger als zwei Meter hinter dem Späher. Keiner der beiden reagierte.

Ich erhob mich lautlos auf die Füße. Der Halbriese starrte in meine Richtung, aber er sah mich immer noch nicht.

Ein feindliches Wesen hat dich nicht entdeckt! Deine Schleichfertigkeit ist auf Stufe 43 gestiegen.

Hm. Ich schätze, seine Dunkelsicht ist noch schlechter, als ich dachte.

"... sollten zurückgehen", sagte Henry.

"Aber jetzt sind wir eh schon hier", protestierte Knorl. "Was kann es schaden, sich ein bisschen umzusehen?"

Der Späher schüttelte den Kopf. "Zu gefährlich. Was ist, wenn ..."

Ich beschloss, dass das genug war. Es war an der Zeit, einzugreifen. "Guten Abend, meine Herren."

Henry wirbelte herum und tastete nach dem Dolch an seiner Seite. Der Halbriese reagierte schneller, sein massives Schwert schien ihm fast zur Hand zu springen.

Er benutzt es also tatsächlich als einhändige Waffe, stellte ich fest.

Deine versteckte Waffe ist unbemerkt geblieben!
Deine Täuschung ist auf Stufe 10 gestiegen. Herzlichen Glückwunsch, Michael, deine Täuschungsfertigkeit hat Rang 1 erreicht, was deine Chancen erhöht, Feinde in die Irre zu führen.

"Wer bist du?" bellte der Halbriese.

"Was glaubst du denn wer ich bin?" sagte ich mit einem amüsierten Halbgrinsen. "Ich bin der, nach dem ihr sucht." Der Späher wich schnell zurück, aber der Kämpfer lachte nur vergnügt und schien nicht sonderlich beunruhigt.

"Na, wenn das nicht praktisch ist", sagte Knorl, "dass du so einfach erscheinst und so. Wenn du dich einfach so ergibst, bringen wir dich vielleicht lebend zurück."

Ich verschränkte meine Arme. "Mich ergeben? Warum sollte ich so etwas tun?"

"Auf dich ist ein Kopfgeld ausgesetzt, und wir sind hier, um es einzufordern", sagte der Kämpfer fröhlich.

"Und wir sind zwei und du bist nur einer", mischte sich der Späher ein.

Ich gluckste und verschwand wieder in den Schatten.

Du bist wieder einmal versteckt.

"Wo ist er hin?" rief Knorl.

"Sei still!" schnauzte Henry. "Ich suche ja schon."

Entweder war die Wahrnehmungsfähigkeit des Spähers nicht hoch genug oder die Dunkelheit einfach zu dicht. Auf jeden Fall entdeckte er mich nicht, als ich mich zurückzog und die beiden umkreiste.

Zwei feindliche Wesen haben dich nicht entdeckt!

"Er ist weg!"

"Kann nicht sein", knurrte der Halbriese. "Finde ihn!"

"Wie ihr seht", sagte ich, als ich aus den Schatten hinter dem Kämpfer hervortrat und das Gespräch fortsetzte, als hätte ich es nie unterbrochen, "bedeutet eine Überzahl wirklich wenig".

Knorl drehte sich um und sah mich an. Mit weit aufgerissenen Augen schwang der Halbriese seine Waffe und machte einen bedrohlichen Schritt nach vorne.

Ich warf einen gleichgültigen Blick auf das erhobene Breitschwert des Kämpfers und wich nicht zurück. "Ihr könntet ein Dutzend Leute dabeihaben, und es würde keinen Unterschied machen." Ich hielt seinem Blick stand, mein eigener undurchdringlich. "Ich hätte euch töten können, bevor ihr überhaupt gemerkt hättet, dass ich da bin."

Meine Worte waren übertrieben, aber nur ein bisschen. Trotzdem verstand der Halbriese, worauf ich hinauswollte, und hörte auf, sich zu nähern. Seinem rauen Atem und seinem wütenden Blick nach zu urteilen, schien er allerdings nicht bereit zu sein, noch weiter zurückzuweichen.

Der Späher trat neben seinen Begleiter. "Was willst du?"

"Informationen", sagte ich knapp.

Henrys Augen verengten sich. "Im Austausch für?"

Ich lächelte kalt. "Eure Leben."

Knorl knurrte und wollte wieder näherkommen, aber der Späher legte ihm eine Hand auf die Schulter. "Du scheinst dir deiner Sache sehr sicher zu sein", bemerkte er.

Ich antwortete nur mit einem Schulterzucken. "Also, was darf es sein?" Der Späher antwortete nicht sofort. Eine Sekunde später wurde mir klar, warum.

Du hast einen mentalen Widerstandstest bestanden! Ein Analyseversuch eines feindlichen Wesens ist fehlgeschlagen. Deine Täuschung ist auf Stufe 11 gestiegen.

"Wie hast du das gemacht?" fragte Henry und starrte mich mit großen Augen an.

Ich grinste über seinen verblüfften Blick. Meine Täuschungsfertigkeit zahlte sich bereits aus.

"Wie hat er was gemacht?" fragte Knorl verwirrt.

Der Späher winkte die Frage seines Begleiters ab. "Welches Level bist du?", fragte er und ließ seinen Blick nicht von mir ab.

"Hoch genug, um euch beide zu töten, ohne ins Schwitzen zu kommen" log ich.

Henry warf mir einen finsteren Blick zu, aber er ahnte scheinbar, dass ich ihm nichts verraten würde. Er starrte mich noch einen Moment lang an, bevor er zu einem Entschluss zu kommen schien und sich an den Halbriesen wandte. "Zünde eine Fackel an", befahl er.

"Aber du hast doch gesagt ..."

"Tu es einfach!" zischte Henry.

Der Kämpfer murmelte etwas vor sich hin, befolgte aber die Anweisungen seines Kameraden.

Einen Moment später flackerte eine Fackel auf. Ich beäugte die flackernden Flammen und hielt das für einen unklugen Schachzug der beiden. Wenn es dazu käme, würde mich etwas Licht kaum davon abhalten, sie zu töten, und es würde nur unwillkommene Aufmerksamkeit von den Bewohnern des Waldes auf sich ziehen. Aber wenn die Fackel die beiden zum Reden animierte, hatte ich nichts dagegen.

"Seid ihr jetzt bereit zu reden?" fragte ich.

Henry nickte widerwillig. "Was willst du wissen?"

"Erst einmal, wer ihr zwei seid."

Der Späher runzelte die Stirn. "Mein Name ist ..."

Ich gestikulierte mit der Hand und schnitt ihn ab. "Eure Namen weiß ich schon. Ich will wissen zu welcher Fraktion ihr gehört und wer euch geschickt hat."

"Ah", murmelte er. "Wir sind Kopfgeldjäger." Er hielt inne. "Nur Lehrlinge."

Ich nickte. Das stimmte mit dem überein, was ich mitbekommen hatte. "Wer hat euch auf meine Spur gebracht?"

"Keiner hat uns geschickt", knurrte Knorl. "Wir haben die Ausschreibung über das Kopfgeldes gesehen. Eintausend Gold für einen Spieler auf Level zwei? Wir konnten es nicht glauben. Und da wir sowieso in der Gegend waren ..." Er schnaubte. "Es brauchte nicht viel, um uns zu entscheiden dich zu erledigen."

Ich rieb mir das Kinn, während ich versuchte, mir einen Reim auf seine Antwort zu machen. "Wo habt ihr diese Belohnung gesehen?"

"Am schwarzen Brett für Kopfgelder natürlich", schnauzte der Halbriese.

Ich runzelte die Stirn.

"Die meisten sicheren Zonen haben eins", fügte Henry hinzu.

Ich horchte auf. "Ihr kommt aus der sicheren Zone dieses Sektors?"

Er nickte.

"Wo ist die?" fragte ich.

Der Späher gestikulierte hinter sich. "Da lang. Am südlichen Ende des Tals, am Fuß des Berges."

Jetzt kamen wir endlich zu etwas Nützlichem. "Und wo ist das Ausgangsportal des Sektors?"

"Ausgangsportal?" fragte Knorl und runzelte die Stirn. "Was meinst du mit "Ausgangsportal"? Das ist doch kein verdammter Dungeon." Er blinzelte mich spöttisch an. "Was bist du, ein Anfänger?"

Sein Begleiter gluckste und schien durch meine Unwissenheit noch selbstbewusster zu werden. "Ich glaube, du hast den Nagel auf den Kopf getroffen, Knorl." Er schüttelte den Kopf. "Ich kann es nicht glauben. Wer zahlt schon tausend Gold für einen Noob?"

Ich ignorierte ihren Spott. "Es gibt also kein Ausgangsportal?" beharrte ich.

Henry schüttelte den Kopf und lächelte immer noch. "Gibt es nicht. Nur Dungeons haben Ausgangsportale, Junge. Falls du es nicht bemerkt hast: Über uns ist der Himmel. Wir sind an der Oberfläche. Es gibt auch keine Ley-Linien, über die Spieler zwischen den Sektoren hin- und herpendeln können."

Ich kniff die Augen zusammen. Ich hatte nicht alles verstanden, was er gesagt hatte, aber anstatt meine Unwissenheit weiter preiszugeben, konzentrierte ich mich auf eine wichtige Information, die er gegeben hatte. "Es gibt auf der Oberfläche also keine Portale?"

Henry schüttelte den Kopf. "Das habe ich nicht gesagt. Das Spiel bietet keine, sicher. Aber es gibt andere Möglichkeiten, welche zu schaffen."

Ich runzelte die Stirn. "Aber das ist doch ...", ich brach ab, als mir klar wurde, was er meinte. "Spieler können Portale beschwören", sagte ich.

"Sieh dir das mal an, Knorl", sagte Henry. "Der Anfänger ist doch nicht so dumm, wie er aussieht."

Ich legte meine Hand lässig auf das Schwert an meiner Hüfte. "Du solltest deinen Sarkasmus zurückhalten, mein Freund, sonst könnte ich dich für unkooperativ halten."

Das ließ die Belustigung aus seinem Gesicht verschwinden.

“Besser" sagte ich leise. "Also, wie verlasse ich diesen Sektor?" Dieses Mal lächelte Henry nicht, aber ich konnte sehen, dass er es sich verkneifen musste. "Was ist so lustig?" fragte ich barsch. Ich verlor langsam die Geduld mit ihm.

"Dieser Sektor ist auf allen Seiten von Bergen umgeben, auf denen es kälter ist als in der Hölle", sagte der Späher, der sich mit bewundernswerter Schnelligkeit zusammenriss. Vielleicht hatte er meine Irritation gespürt. "Aber das ist lange nicht das Schlimmste. Das hier ist ein geschlossener Sektor, das heißt, auf der anderen Seite dieser Gipfel liegt nichts. Der einzige Weg, wie du hier rauskommst, ist durch ein Portal.

Meine Miene verhärtete sich. "Ich verstehe." Ich wusste nicht, ob ich dem Späher glauben konnte, aber es hatte keinen Sinn, sich weiter mit ihm darüber auszutauschen. "Was weißt du über die Wölfe in diesem Tal?" fragte ich stattdessen.

"Wölfe?" fragte Knorl. "In diesem Sektor gibt es keine Wölfe. Bestien und Monster jeder anderen Art gibt es hier zuhauf. Sogar Kobolde, aber keine Wölfe."

Ich öffnete den Mund, um ihn zu dieser verwirrenden Aussage zu befragen, aber bevor ich das tun konnte, durchdrang ein langgezogenes Heulen den Wald.

Mein Blick flog nach rechts.

Dort stand eine riesige Kreatur. Eine vierfüßige Bestie – gebaut wie ein Nashorn, nur doppelt so stark und mit vernarbten schwarzen Platten gepanzert. Der Feind war etwa zwanzig Meter entfernt aus dem Laub aufgetaucht. Das einzelne Horn, das aus seiner Schnauze ragte, war rasiermesserscharf, und seine schwarzen Augen funkelten hasserfüllt.

Das Tier senkte den Kopf, schnaubte und scharrte mit den Füßen auf dem Boden.

"Was zum Teufel ist das?" flüsterte Knorl.

"Ein Rhomodillo ," antwortete der Späher und leckte sich nervös über die Lippen.

Ich erfasste die Kreatur mit einer einfachen Analyse und sah, dass er Recht hatte.

Dein Ziel ist ein Rhomodillo der Stufe 51. Rhomodillos sind schwerfällige Ungetüme, die so stark gepanzert sind, dass selbst Drachen Mühe haben, ihre Haut zu durchdringen, und so stark, dass sie junge Bäume entwurzeln können. Aber trotz ihrer körperlichen Stärke sind Rhomodillos nicht die gerissensten Raubtiere. Sie werden schnell wütend und kämpfen unaufhörlich, wo ein klügeres Tier fliehen würde.

Meine Mundwinkel zogen sich nach unten. *Nun, damit will ich im Moment nichts zu tun haben.* Ich wich vorsichtig zurück. Meine Bewegung zog Henrys Blicke auf sich.

"Hilf uns", flehte er. Das Gesicht des Spähers war blass und Schweißperlen standen ihm auf der Oberlippe.

Ich hielt inne. "Euch helfen?" fragte ich und schaute ihn überrascht an. "Warum sollte ich das tun?"

Er starrte mich einen Moment lang ausdruckslos an. "Du hast uns unser Leben versprochen!" quiekte er.

Der Rhomodillo warf den Kopf hin und her und schnaubte erneut, weil ihm der Klang unserer Stimmen nicht gefiel.

"Das habe ich", stimmte ich zu. "Und ich werde mein Wort halten. *Ich werde euch nicht das Leben nehmen.*" Ich warf einen Blick auf die Bestie. Sie bewegte sich vorwärts. *Der wird bald angreifen*, dachte ich. "Macht euch nichts vor, ihr zwei seid meine Feinde. Ich werde euch nicht töten, aber ich werde euch auch nicht helfen." Ich gestikulierte in Richtung des herannahenden Monsters. "Erst recht nicht gegen das da."

"Lass den Bastard fliehen, Henry", knurrte der Halbriese. "Wir werden uns selbst um das Monster kümmern." Ohne die Antwort seines Gefährten abzuwarten, drehte er sich um und stürzte sich mit einem wilden Schrei auf die Bestie.

Ich schüttelte den Kopf über seine Dummheit, zog mich in die Schatten zurück und überließ die beiden ihrem Schicksal.

KAPITEL 92: GEFANGEN IM DELIRIUM

ERSTER TAG. NACHT.

Ich wartete nicht ab, um zu sehen, was aus den beiden Kopfgeldjägern wurde. Ich vermutete, dass sie dem Rhomodillo nicht lange standhalten würden, und ich wollte nicht dabei sein, wenn die Bestie sich ein neues Ziel für ihren Zorn suchte.

Als ich tiefer in den Wald vordrang, änderte ich meinen Kurs in Richtung Süden. Sollte ich die Wölfe nicht finden, würde ich mich zur sicheren Zone des Sektors aufmachen und herausfinden, was ich von den Bewohnern dort lernen konnte.

Zu meiner Überraschung fand ich es nachts einfacher, mich im Wald zurechtzufinden. Ein Großteil der Wildtiere schlief - oder versteckte sich. Die Dunkelheit war ein Segen und machte es einfacher in die Schatten zu schlüpfen.

Vielleicht sollte ich meinen neuen Schlafrhythmus beibehalten.

Tagsüber zu schlafen und nachts zu reisen hatte einen gewissen Reiz. Ich kicherte amüsiert. Und natürlich war das genau, was ein Wolf tun würde.

Beim Gehen dachte ich weiter über die Worte der beiden Spieler nach. Es überraschte mich nicht, dass ich gejagt wurde, obwohl ich gehofft hatte, etwas mehr Zeit zu haben, bevor meine Verfolgung ernsthaft begann. Aber es schien nicht, als könnte ich mit solch einem Luxus rechnen. Ich würde ständig auf der Hut sein müssen, sowohl in der Wildnis als auch unter Mitspielern.

Ich schaute hinter mich und bemerkte die tiefen Abdrücke, die meine Stiefel im lehmigen Waldboden hinterlassen hatten. Ich konnte nicht von mir behaupten, Talent im Spurenlesen zu haben, aber selbst ich hätte keine Probleme, meiner Spur zu folgen.

Zeit, etwas dagegen zu tun.

Ich sprang in die unteren Äste einer nahen Eiche und kletterte weiter, bis ich fast zehn Meter über dem Boden war. Die Bäume in diesem Wald waren uralt, und ihre Äste wirkten stabil und robust. Noch ausschlaggebender war, dass die Äste so dicht beieinander lagen, dass sich in den Baumkronen fortzubewegen keine große Schwierigkeit darstellte, schon gar nicht für jemanden mit meiner Geschicklichkeit.

Leichtfüßig balancierte ich von Ast zu Ast und lief von einer Seite der Eiche zur anderen. Als ich das Ende erreichte, sprang ich zum nächsten Baum - einem Rotholz - und setzte meine Reise fort. Ich schaute zurück und grinste, als ich sah, dass ich keine sichtbaren Spuren hinterließ.

Ich würde gerne sehen, wie mich jetzt noch jemand verfolgen will.

Die Reise durch die Baumkronen war langsamer, aber sicherer, und mit etwas Übung würde ich nur noch schneller werden. Zufrieden lächelnd setzte ich meine Reise nach Süden fort.

* * *

Die nächsten Stunden vergingen relativ angenehm und allmählich stellte ich fest, dass ich mich immer besser auf meine neue Umgebung einstellte.

Der Wald war auf eine Weise lebendig, wie es der Dungeon nicht gewesen war, und ich begann zu glauben, dass ich mich irgendwann an seine geräuschvollen Tiefen gewöhnen würde.

Nach fast vier Stunden Reise wollte ich mich gerade ausruhen, als eine rote Pfütze auf dem Waldboden meine Aufmerksamkeit erregte.

Sie war aus Blut. Sehr viel Blut.

Ich verlangsamte mein Tempo und ließ mich auf einen niedrigeren Ast fallen, um mir die Sache genauer anzusehen. Als mich ein leichter Luftzug erreichte, rümpfte ich die Nase. Die Lichtung unter mir stank nach Tod. Ich hielt mir die Nase zu und spähte vorsichtig durch das Laub.

Unter mir lag eine Waldlichtung mit einem Durchmesser von etwa dreißig Metern. Nichts, was größer war als ein Insekt, bewegte sich darin. Die Lichtung war von einem Ende zum anderen mit Leichen übersät, die von Tausenden von summenden Fliegen bedeckt waren.

Mein Magen krampfte sich bei diesem Anblick zusammen. Ich tat mein Bestes, um das Gefühl zu ignorieren, und ließ meinen Blick erneut über die Gegend schweifen, auf der Suche nach Anzeichen von Bedrohungen.

Als ich nichts fand, öffnete ich mein geistiges Auge und schickte Psi nach außen. Ranken meines Willens durchfluteten den Raum um mich herum.

Auch mit meiner Geistessicht entdeckte ich keine Bedrohungen.

Tatsächlich spürte ich im Umkreis von zehn Metern keinen einzigen Geist. Das allein sagte schon etwas. Was auch immer auf dieser Lichtung passiert war, es hatte selbst die kleinsten Bewohner des Waldes in die Flucht geschlagen. Trotzdem sah der Waldboden sicher genug aus, ihn zu erkunden, und ich ließ mich herabfallen.

Die Luft färbte sich schwarz, als die fressenden Fliegen nach oben schwärmten. Ich schloss die Augen und schirmte mein Gesicht ab, während ich wartete, dass sie fortflogen. Als das Summen der Fliegen verstummte, öffnete ich meine Augen wieder.

Und starrte auf einen toten Kobold.

Ich hob meinen Kopf und inspizierte den Rest der Lichtung. Jede der Leichen in Sichtweite hatte grüne Haut, scharfe Zähne und schwarze Krallen. Meine Augenbrauen zogen sich zusammen. *Was ist hier passiert?*

Ich schlenderte leise über die Lichtung und hielt ab und zu inne, um weitere Leichen zu untersuchen. Schließlich kehrte ich zu meinem Ausgangspunkt zurück und war mir sicher, dass meine erste Schlussfolgerung richtig war.

Das sind alles Kobolde.

Ich zählte ein paar Dutzend Leichen in der Lichtung. Eine ansehnliche Truppe. Die meisten Leichen waren etwa eineinhalb Meter groß - genauso groß wie die Krieger, denen ich im Dungeon begegnet war. Einige waren allerdings größer. In der Mitte der Lichtung kniete ich neben einer davon nieder und untersuchte sie.

Dein Ziel ist ein toter Kobold Guerilla der Stufe 25. Guerillas sind eine Untergruppe der Kobold-Kriegerkaste und haben sich im Laufe der Zeit an die wildesten und abgelegensten Regionen des Ewigen Königreichs

angepasst. Sie sind flink und agil und eignen sich hervorragend als Späher. Sie können im Notfall auch als leichte Infanterietruppen eingesetzt werden.

Deine Einsicht ist auf Stufe 34 gestiegen.

Ich schürzte die Lippen. Diese Art von Kobold war ein mir neuer Gegner, der eine höhere Stufe als seine Artgenossen im Dungeon hatte. Als Kreatur der Stufe zwei würde ein Kobold-Guerilla keine große Herausforderung darstellen, zumindest nicht allein. Aber in dieser Menge ...

Ich schüttelte den Kopf. Es gab keinen Grund, Angst davor zu haben, noch mehr von diesen Kreaturen zu begegnen. *Und außerdem sind sie alle tot.* Das brachte mich zu meiner nächsten Frage: Was hatte die Kobolde getötet?

Ich untersuchte den Leichnam vor mir noch einmal. Es gab nur eine einzige Wunde am Körper, ein klaffendes Loch, das sich durch seine Kehle zog. Ich strich mit den Fingern über die Stelle und fand das Ende eines abgebrochenen Schafts unter dem geronnenen Blut vergraben. Stirnrunzelnd drehte ich die Leiche um. Die Spitze eines Pfeils stach auf der anderen Seite heraus. Ich griff nach dem Projektil, zog es heraus und drehte es in meinen Händen.

Es war ein Kobold-Pfeil.

Ich erhob mich und als ich die Lichtung erneut betrachtete schöpfte ich einen Verdacht. Sowohl die Art und Weise wie die Kobolde gefallen waren, als auch ihre Wunden deuteten darauf hin, dass ich es nicht mit einer einzelnen Koboldtruppe zu tun hatte, sondern mit zwei.

Die Kobolde hatten sich gegenseitig umgebracht.

Als ich mir die Kleidung der Leichen genauer ansah, bemerkte ich, dass die meisten eine Art Insignie trugen. Ich fand zwei verschiedene Arten von Symbolen. Das eine war ein grob gezeichnetes vierfüßiges Nagetier ... *eine Ratte vielleicht?* Das andere war ein zähnefletschendes Gesicht.

Das beweist es. Es gibt in diesem Tal zwei Stämme. Ich dachte an meine Begegnung mit den Kobolden im Dungeon zurück. Ihr Häuptling hatte ihren Stamm die Fangzähne genannt. Keines der beiden Symbole vor mir ähnelte einem Reiß- oder Fangzahn. *Vielleicht gibt es drei Stämme.*

Ich seufzte. Es schien, als hätte ich in diesem Sektor jede Menge Feinde. Und meine Verbündeten waren nirgends zu finden.

Was tue ich, wenn ...

Ich unterbrach meine Gedanken, als alle verbliebenen Fliegen auf der Lichtung plötzlich abrupt in die Luft stiegen. *Was ...?* Ich verspürte eine bedrohliche Präsenz hinter mir und drehte mich um.

Du hast ein verstecktes Wesen entdeckt!

Ein wütendes Zischen ertönte von der im Laub verborgenen Kreatur. *Noch ein Serlinenrudel?* fragte ich mich. Eine Gestalt wagte sich hervor und brachte dabei grüne Schuppen, mächtige Klauenfüße, eine lange Schnauze und eng gefaltete Flügel zum Vorschein.

Ich schluckte und trat einen Schritt zurück, während mein Herz plötzlich raste. Ich wusste nicht, was für ein Wesen das war, aber es sah beunruhigend stark nach einem Drachen aus.

Verdammt noch mal! Was ist nur mit diesem Wald los? Kann ich mich irgendwann auch mal erholen?

✳ ✳ ✳

Meine beiden Schwerter fest im Griff beobachtete ich meinen Feind.

Die Kreatur beobachtete mich genauso sorgfältig.

Ich hätte mich am liebsten umgedreht und den Schwanz eingezogen, sobald ich ahnte, was die Kreatur war, aber nachdem ich ihren anmutigen Auftritt beobachtet hatte, wusste ich, dass ich keine Chance hatte, dem Biest zu entkommen.

Da gehe ich doch lieber kämpfend unter.

Vorsichtig trat ich zurück und analysierte meinen Gegner.

Dein Ziel ist ein grünes Wyvernjunges der Stufe 44. Wyvern sind entfernte Cousins der Drachen. Im Gegensatz zu den Titanen unter den Drachenkin verfügen Wyvern weder über großen Intellekt oder Weisheit, noch über magische Fähigkeiten. Dennoch sind sie, wie alle Drachenkin, hochentwickelte Kreaturen.

Grüne Wyvern sind gut an ihre Heimat im Wald angepasst und sind in der Regel das Spitzenraubtier in jedem Gebiet, das sie bewohnen. Im Laufe der Zeit sind ihre Fähigkeiten zum Feuerspucken verkümmert, aber stattdessen haben sie andere, ebenso mächtige Fähigkeiten entwickelt.

Junge sind die Schwächsten einer jeden Art der Drachenkin.

Das ist ein Junges? dachte ich ungläubig. Das Tier war mehr als einen halben Meter größer als ich und von der Nase bis zum peitschenartigen Schwanz vermutlich doppelt so lang. Wenn das ein Baby war, wie groß würde dann ein ausgewachsener Wyvern sein? Darüber wollte ich gar nicht erst nachdenken.

Sieh es doch mal positiv, Michael. Wenigstens ist es kein Drache.

Ich schnaubte, angewidert von meinem eigenen schwarzen Humor.

Bei diesem Geräusch hielt das Junge in seinem trägen Vormarsch inne. Es neigte seinen Kopf zur Seite und musterte mich neugierig.

"Schlechter Scherz", murmelte ich als Antwort, während ich meine Reflexe mit einem kleinen Reaktionsbuff verstärkte.

Das Junge glitt weiter nach vorne, seine Bewegungen sanft und gewunden. Es sah aus, als würde es darauf warten, dass ich den ersten Schritt mache.

Um genau das zu tun, wich ich erneut zurück und zog mein Psi herbei. Der Wyvern war jetzt etwa sechs Meter in die Lichtung getreten, und uns trennten weniger als zwanzig Meter. Die Bewegungen der Kreatur schienen gemächlich zu sein, aber sie verringerte den Abstand zu mir langsam, aber sicher.

Entweder jetzt oder nie, dachte ich. Ich spannte mich an, schickte Psi-Ranken in den Geist der Bestie und versuchte, sie an meinen Willen zu binden.

Grüne Wyvern sind immun gegen alle Arten von geistigen Angriffen! Du hast es nicht geschafft, dein Ziel zu verzaubern. Dein geistiges Eindringen wurde entdeckt!

Vor Schreck blieb mir der Mund offenstehen. Immun gegen alle mentalen Angriffe? *Verdammte Scheiße.*

Das Junge schoss drei Schritte nach vorne und zischte mich an, um seinen Unmut zu zeigen.

"Mach dir keine Sorgen", murmelte ich säuerlich. "Das werde ich nicht noch einmal versuchen." Ich wich noch weiter zurück, zog meine Klingen aber nicht. Es gab immer noch eine Chance - zugegebenermaßen eine geringe - dass der Wyvern nicht angreifen würde.

Ich erreichte das Ende der Lichtung. Als ob das das Signal gewesen wäre, auf das es gewartet hatte, stürmte das Junge mit aufgerissenem Maul vorwärts.

Ich reagierte sofort und wich nach links aus. Die Bestie raste an mir vorbei und fletschte die Zähne. Aber ich hatte mich zu schnell bewegt, und seine Kiefer stießen nur auf leere Luft.

Ich rollte mich wieder auf die Füße und zog meine beiden Klingen. Ich ging zurück auf die Lichtung und sah zu, wie das Junge herumwirbelte. Ohne meine Psi-Fähigkeiten war ich stark im Nachteil.

Aber ich habe immer noch Ein-Schritt und mein Schleichen in petto.

Versuchsweise probierte ich in den Schatten zu verschwinden.

Du hast es nicht geschafft, dich vor deinem Feind zu verstecken.

Ich grunzte unglücklich. Das hatte ich schon erwartet. Es schien, als würde dieses Scharmützel ein wahrer Kampf werden. Der Wyvern schlängelte sich wieder vorwärts.

Ich kann dieses Ding besiegen, sagte ich mir. Sein Level war dasselbe wie das des Koboldhäuptlings, den ich besiegt hatte, und ich hatte seit diesem Kampf große Fortschritte gemacht.

Ich hörte auf, mich zurückzuziehen.

Mit erhobenen Waffen und auf den Fußballen wippend wartete ich. Das Junge flog durch die Luft auf mich zu. Ich wich aus, holte mit meinen Schwertern aus und verpasste ihm einen verkrüppelnden Schlag.

Die geschärften Spitzen meiner Klingen bohrten sich in die grünen Schuppen der Kreatur und ritzten zwei Schrammen quer über den linken Flügel, ohne sehr viel mehr zu bewirken.

Grüne Wyvern sind immun gegen alle Arten von lähmenden körperlichen Fähigkeiten! Du hast es nicht geschafft, dein Ziel zu verkrüppeln.

Ich seufzte. Irgendwie kam diese Nachricht nicht überraschend.

Blut spritzte, und das Fauchen der Bestie verwandelte sich in ein wütendes Knurren. Ich lächelte grimmig. Ich hatte es verletzt, wenn auch nur oberflächlich. Meine Klingen hatten die gepanzerte Haut des Wyvern zwar durchstoßen, waren aber nicht so tief eingedrungen, wie ich gehofft hatte. Das Junge wirbelte herum und sprang wieder auf mich zu.

Ich rollte mich aus dem Weg. Die Bestie verfolgte mich und ließ nicht von ihren Angriffen ab. Ich kam gerade noch rechtzeitig wieder auf die Beine, um zu sehen, wie sich die Kiefer der Kreatur auf meine entblößte Kehle stürzten.

Es gab keine Zeit zum Ausweichen. Ich holte mit meiner linken Klinge aus, um den Angriff abzublocken. Aber das Junge war zu stark. Seine Schnauze streifte mein Schwert, und die Bahn seines Angriffs änderte sich nur geringfügig.

Die eisernen Kiefer umklammerten meine Schulter anstatt meines Halses. Immerhin so weit war ich dem Angriff ausgewichen. Meine Lederrüstung war den rasiermesserscharfen Zähnen der Bestie nicht gewachsen und sie gruben sich tief in mich hinein.

Meine Haut wurde zerfetzt und Muskeln zerrissen.

Ich schrie auf. Ich konnte nicht anders, der Schmerz war unerträglich.

Du hast einen körperlichen Widerstandstest nicht bestanden! Ein grünes Wyvernjunges hat dich mit einem unbekannten Gift infiziert. Deine Gesundheit verschlechtert sich um 1% pro Sekunde.

Ich ignorierte das ölige Gefühl des Giftes, das sich in meinem Körper ausbreitete, biss die Zähne zusammen und versuchte, meine Schulter loszureißen, aber das Junge ließ nicht los. Stattdessen klammerte es immer fester zu.

Mein Fleisch wurde zermalmt und meine Knochen zerquetscht.

Mein Verstand wurde vor Schmerz taub und ich spürte, wie ich schwächer wurde. *Nein*, protestierte ich und klammerte mich verzweifelt an mein Bewusstsein.

Du hast einen körperlichen Widerstandstest nicht bestanden! Deine linke Schulter ist verkrüppelt. Du blutest. Du hast anhaltenden Schaden erlitten. Deine Gesundheit liegt bei 60% und sinkt weiter.

Ich versuchte, mich wieder loszureißen, aber meine Bewegungen waren zu kraftlos. Das Gift, der Blutverlust und die weißglühenden Schmerzen in meiner linken Seite ließen mich schnell schwächer werden.

Es war schwer zu denken, aber mit grimmiger Entschlossenheit befreite ich meinen Verstand von dem Schmerz. Der Wyvern würde nicht loslassen, es sei denn, ich zwang ihn dazu. *Ich muss ihn selbst dazu bringen.* Dieser eine Gedanke brannte sich durch den Nebel der Qualen in mein Hirn ein.

Ich hob Spinnenbiss und stieß nach vorne. Schuppen teilten sich, und die Klinge grub sich tief in die entblößte Kehle des Wyvern.

Du hast ein Wyvernjunges lebensgefährlich verletzt!

Es war kein tödlicher Schlag, aber er reichte aus, um das Junge zusammenzucken zu lassen. Das Tier wimmerte vor Schmerz, löste seinen Griff um meine Schulter und zog sich an das andere Ende der Lichtung zurück.

Ganz fliehen tat es leider nicht.

Es wickelte seinen Körper eng um sich selbst und krächzte leise, während seine Zunge über die klaffende Wunde an seinem Hals leckte.

Ich hatte aber kaum Zeit, mich um das Biest zu kümmern. Meine linke Hand hing nutzlos schlaff an meiner Seite herunter. Ich fiel auf die Knie, ließ Spinnenbiss fallen und tastete nach einem Heiltrank. Einhändig öffnete ich das Fläschchen und leerte den Inhalt.

Du hast dich mit einem vollen Heiltrank regeneriert. Deine Gesundheit liegt jetzt bei 100%.

Fast augenblicklich heilten sich die Knochen in meinem linken Arm. Ich keuchte erleichtert auf und bückte mich, um meine fallengelassenen Schwerter aufzuheben.

Und wäre dabei fast umgekippt.

Ich stieß meine Arme nach vorne und konnte meinen Sturz gerade noch rechtzeitig aufhalten. Meine Beine zitterten und mir war plötzlich schwindelig.

Was um alles in der Welt?

Ich ließ den Kopf hängen und versuchte, meine zitternden Glieder wieder unter Kontrolle zu bekommen. Eine weitere Spielnachricht kam mir in den Sinn.

Ein unbekanntes Gift hat sich ausgebreitet. Dein Gesundheitszustand verschlechtert sich um 2% pro Sekunde.

Meine Augen wurden vor Schreck groß.

Ich war immer noch vergiftet. Was auch immer in dem Wyverngift war, nicht einmal ein vollständiger Heiltrank konnte es bekämpfen. Würde sich das Gift weiter ausbreiten? Ich hatte keine Ahnung. Ich wusste nur, dass ich das Biest töten musste. Und das, ohne wieder gebissen zu werden.

Mein Schwindelgefühl ließ nach und ich hob den Kopf, um das Junge zu finden. Es summte immer noch leise vor sich hin und ignorierte mich völlig. Ich taumelte auf meine Füße. Ich wollte mich auf das Tier stürzen, hielt aber inne, als ich etwas anderes bemerkte.

Die Wunde an seinem Hals schloss sich. Der Wyvern konnte sich heilen!

Ein giftiger Biss und *Regeneration,* dachte ich verbittert. *Kann dieser Kampf noch unfairer werden?*

Hör auf zu jammern, Michael, schimpfte ich mit mir selbst.

Ich rannte vorwärts. Ich wollte nicht aufgeben, egal wie aussichtslos die Schlacht schien. Solange ich lebte gab es noch Hoffnung. Der Wyvern spürte meine Annäherung, bevor ich in Schlagdistanz war. Er entfaltete seine Flügel mit verblüffender Geschwindigkeit und stürmte vorwärts.

Aber ich war vorbereitet.

Mit einem Ein-Schritt katapultierte ich mich über seine Klauen und sprang mit beiden Schwertern nach vorne gerichtet.

Ich landete hart auf dem Rücken der Kreatur und mir blieb die Luft weg. Der Wyvern kam ruckartig zum Stehen, durch mein Gewicht auf seinem Rumpf erschreckt. Bevor sich das Tier herumdrehen konnte, stieß ich mit beiden Schwertern nach unten und vergrub Spinnenbiss im rechten Hinterbein des Jungen, dann meine zweite Klinge in seinem linken.

Du hast das rechte Hinterbein deines Ziels verkrüppelt.
Du hast das linke Hinterbein deines Ziels verkrüppelt.

Jetzt war der Wyvern an der Reihe zu schreien. Das Tier zitterte vor Schmerzen und riss seinen Kopf nach unten, um nach mir zu schnappen. Ich rollte mich weg und ließ meine beiden Klingen, die bis zum Anschlag in den Hinterbeinen der Kreatur vergraben waren, dort stecken.

Mal sehen, wie gut es sich jetzt, wo kalter Stahl in seinem Körper steckt, noch heilt.

Der Wyvern schoss wieder vorwärts und versuchte, meine fliehende Gestalt zu erreichen, aber durch die Klingen in seinem Hinterteil war er zu langsam.

Drei Meter von dem verletzten Tier entfernt erhob ich mich mit einem schiefen Lächeln auf die Beine. Ich war entwaffnet, aber ich war sehr froh darüber. Das Junge ging an den Wunden an seinem Hinterteil zu Grunde, wenn auch langsam.

Ich brauche nur ...

Ich taumelte und wurde von einer weiteren Welle von Schwindelgefühlen überwältigt.

Ein unbekanntes Gift hat sich ausgebreitet. Dein Gesundheitszustand verschlechtert sich um 3% pro Sekunde.

Diesmal verlor ich völlig die Kontrolle über meine Gliedmaßen. Ich zitterte heftig und fiel hilflos auf den Boden.

In der Zwischenzeit schleppte sich der Wyvern näher.

Nein! Nein! Nein!

Diesmal dauerte es länger, bis mein Zittern nachließ, und die Bestie war schon fast bei mir, als ich mich erholte. Ich hielt nur kurz inne, um einen weiteren Heiltrank zu schlucken, und rollte mich von dem Jungen weg.

Sein Kopf tauchte nach unten und verfehlte mich nur knapp.

Ich rollte weiter, aber nur ein paar Sekunden später begannen meine Krämpfe aufs Neue.

Ein unbekanntes Gift hat sich ausgebreitet. Dein Gesundheitszustand verschlechtert sich um 4% pro Sekunde.

"Verdammt!" knurrte ich. "W-warum hört dieses Gift nicht auf!" Meine Worte waren undeutlich, und auch meine Gedanken hatten kaum noch Zusammenhang.

Das Junge kam wieder auf mich zu.

"Nein!" knurrte ich. *So werde ich nicht sterben. Das werde ich nicht. Ich weigere mich!*

Wut durchströmte mich. Mein Geist verfinsterte sich und meine Sicht wurde rot. Ich starrte das Junge mit hasserfüllten Augen an. Jeder bewusste Gedanke verschwand völlig. Und irgendwo tief in meinem Inneren erhob sich etwas. Unaufgefordert entriss sich ein Heulen meiner Kehle.

Das Junge erstarrte erschrocken.

Ich heulte wieder, ein tiefer, nicht enden wollender Laut, der meiner Angst und Wut, meinem Zorn und meiner Frustration Ausdruck verlieh.

Es war ein Weckruf, der um Hilfe bat.

Ein Aufruf zum Krieg.

Und von irgendwoher aus dem Wald heulte ein Wolf.

Dann noch einer.

Eine Stimme sprach in meinem Kopf. *"Halte durch, Bruder. Wir kommen."*

Es war Oursk. Ich spürte, wie Aira sich in meinem Geist zu ihm gesellte und ihre Stimme seine ergänzte. Aber mir war alles zu viel geworden. Ich konnte nicht weiter aushalten, nicht bei Bewusstsein und vielleicht auch nicht am Leben bleiben.

"Danke", hauchte ich, bevor ich schließlich der Dunkelheit erlag.

TAG 2.

"MICHAEL!"

Der Ruf hallte in meinem Kopf wider und erreichte mich sogar in den Tiefen der Vergessenheit.

"MICHAEL!"

Erneut dieser Schrei. Laut. Eindringlich. Mein Verstand konnte dem Ruf nicht widerstehen, und ich wurde kurzerhand aus dem Meer der Bewusstlosigkeit gerissen, in welches ich gesunken war.

Ich tauchte wieder ins Bewusstsein auf.

Wer ... ist das?

Das Denken fiel mir schwer. Schmerz durchzog jeden meiner Gedanken und ich wünschte mir nichts sehnlicher, als in die tröstliche Umarmung der Dunkelheit zurückzukehren. Aber irgendetwas hielt mich bei Bewusstsein. Ein Instinkt warnte mich, dass es gefährlich war, die Kontrolle wieder zu verlieren.

"MICHAEL!"

Es war Aira. Diesmal bemerkte ich den angespannten Ton in ihrer Stimme. Bilder der letzten Momente schossen mir durch den Kopf. Ich war auf der Lichtung.

Dem Tode nah.

"Aira ...?" Ich versuchte, meine Augen zu öffnen und glaubte auch es geschafft zu haben, aber aus irgendeinem Grund konnte ich immer noch nichts sehen.

"Michael", antwortete die Schattenwölfin und ihre Erleichterung war spürbar. *"Trink einen Trank."*

Meine Gedanken fühlten sich zäh und dickflüssig an und ich kämpfte damit, Airas Worte zu verstehen. Warum brauchte ich einen Trank? Da war etwas, an das ich mich erinnern sollte. Etwas Wichtiges.

Mein Feind. *"Wo ... Wyvern?"*

"Vergiss den Drachenkin", sagte Aira. *"Darum wurde sich gekümmert. Du musst dich selbst heilen. Sulan hat die Ausbreitung des Giftes verlangsamt, aber sie hat nicht die Kraft, es ganz zu beseitigen. Du stirbst trotzdem."*

Der Wyvern war tot. Das war gut. Aber von wem hatte Aira gesprochen? *"Sulan?"*

Eine andere Stimme drang in meinen Kopf. Gewaltig. Verärgert. *"Ignoranter Welpe"*, schnauzte sie. *"Konzentriere dich auf das Hier und Jetzt. Der Rest ist unwichtig. Tu, was Aira dir befiehlt, Kleiner, oder ich werde meine Bemühungen um dich einstellen."*

Das war Sulan, vermutete ich. Sie hatte recht. Meine Fragen konnten warten. Langsam hob ich eine Hand und tastete blind nach dem Gürtel, der um meine Brust geschnallt war.

"Weiter rechts" half mir Aira.

Meine Finger umklammerten ein Fläschchen. Mühsam entkorkte ich den Trank, aber selbst diese winzige Anstrengung erschöpfte mich, und ich war nicht sicher, ob ich die Kraft hatte, ihn zu meinen Lippen zu heben.

Kiefer - die von Aira, wie ich spürte - umschlossen meine Hand und führten das Fläschchen sanft an meine Lippen. *"Danke"*, murmelte ich, als der Inhalt des Trankes meine Kehle hinunterglitt.

Neue Kraft durchflutete mich. Meine Gedanken beschleunigten sich und der Schleier um meinen Verstand löste sich.

Du hast dich mit einem mäßigen Heiltrank regeneriert. Du bist nicht mehr blind. Du bist nicht mehr benommen. Deine Gesundheit liegt bei 35%.

"Gut gemacht, Kleiner", sagte Sulan.

Meine Augen klärten sich langsam. Ich blinzelte und brachte die verschwommenen Formen um mich herum in den Fokus. Ich war immer noch auf der Lichtung und lag auf dem Rücken. Licht strömte von den Bäumen über mir herab. Es war Morgen.

Ich drehte meinen Kopf nach rechts und sah eine Wölfin neben mir sitzen. Aira. Ich sah der Wölfin in die Augen und nickte ihr zur Begrüßung zu.

Als ich mich umdrehte, sah ich einen zweiten Schattenwolf zu meiner linken. Sie war genauso groß wie Aira, etwa eineinhalb Meter, aber während Airas Fell pechschwarz war, war ihres schneeweiß. Außerdem wirkte sie älter. Trotz der auffälligen Farbe ihres Fells fiel mir das Grau um ihre Schnauze auf.

"Sulan?" fragte ich.

Das Maul der Wölfin klappte auf und legte gelbliche Zähne frei. *"Guten Tag, Wolfkin."*

Ihre Begrüßung klang förmlich. Ich versuchte, in gleicher Weise zu antworten. *"Du hast meinen Dank, geehrte Dame."*

Sulan schnaubte. *"Ich bin keine Menschenfrau, Kleiner. Du kannst mich als Rudelälteste ansprechen."*

Ich senkte den Kopf, um mein Verständnis deutlich zu machen. Ich nutzte meine Ellbogen als Stütze und versuchte mich aufzurichten, aber mein Körper ließ mich im Stich. Meine Glieder waren so schwach wie die eines Neugeborenen. Ich fiel zurück und atmete schwer.

"Versuch, dich nicht zu bewegen", sagte Aira. *"Das Gift hat dich noch nicht aus seinen Klauen entlassen."*

Ich schaute sie überrascht an. *"Ich bin immer noch vergiftet?"*

"Ich konnte es nicht ganz verbannen", antwortete Sulan. *"Das Gift war zu stark. Ich konnte es nur verlangsamen. Ich werde es weiterhin in Schach halten, aber es liegt an dir, deine Kraft aufrechtzuerhalten."*

Ich nickte.

"Trink noch einen Trank", befahl die Älteste.

Ich tat wie mir geheißen und wandte meine Aufmerksamkeit dann nach innen, um den Adjutanten über meinen Status zu befragen.

Deine Gesundheit hat sich auf 60% erhöht. Aktuelle Debuffs: Du bist mit einem unbekannten Gift infiziert. Aktuelle Buffs: Sulan hat Helfende Hand auf dich gewirkt, was die Ausbreitung des Giftes aufhält, indem sie einen Teil des Schadens absorbiert.

Geschockt von der Antwort des Spiels flog mein Blick zurück zu der weißen Wölfin. Jetzt, wo ich genauer hinsah, bemerkte ich ein leichtes Zittern in ihren Gliedern. *"Hör auf"*, protestierte ich. *"Es bringt dich um. Lass mich das Gift selbst abwehren."*

Sulan schnaubte erneut. *"Allein würdest du scheitern. Außerdem ist das meine Pflicht, Welpe. Die Alten müssen sich um die Jungen kümmern – selbst um die törichten Jungen. Das ist der Weg des Rudels."*

Trotz ihrer Worte schimmerten die Augen der alten Wölfin. Ich glaubte mein Protest hatte ihr gefallen. *"Und was jetzt?"*

"Wir warten, bis das Gift seinen Lauf genommen hat", sagte Aira. *"Früher oder später wird dein Körper das Gift ausspülen."*

Ich schloss die Augen. Das war keine sonderlich gute Nachricht, aber immer noch besser, als tot zu sein. Als ich den Kopf hob, sah ich mich auf der Lichtung um und runzelte die Stirn. Die Leiche meines Feindes war nirgends zu sehen. *"Wo ist der Wyvern?"*

"Geflohen, als wir uns näherten", sagte Sulan. *"Ein Junges ist der Macht des Rudels nicht gewachsen. Duggar und der Rest unserer Krieger jagen es bereits."*

Hätte ich die Kraft gehabt, hätte ich vor Frustration aufgeheult. Wieso war der verdammte Wyvern immer noch nicht tot? Ich schluckte meine Enttäuschung runter und fragte stattdessen: *"Wer ist Duggar?"*

"Der Anführer des Rudels", antwortete Aira.

"Ah", sagte ich und fragte mich, wo Oursk war.

Bevor ich die beiden weiter befragen konnte, knurrte Sulan. *"Das sind genug Fragen für den Moment. Ruh dich aus"*, befahl sie, *"bevor du unsere ganze harte Arbeit zunichtemachst."*

Da ich mir des Schadens bewusst war, den die ältere Wölfin für mich erlitt, widersprach ich nicht. Ich ließ meinen Kopf zurück ins Gras fallen, schloss die Augen und ließ die Schattenwölfe über mich wachen.

*   *   *

Nur wenig später wurde mein Schlaf durch eine Reihe von Spielnachrichten gestört.

Ein grünes Wyvernjunges ist gestorben.
Du hast Level 30 erreicht!
Herzlichen Glückwunsch, Michael! Du bist jetzt ein Spieler auf Rang 3. Für das Erreichen von Rang 3 hast du einen zusätzlichen Attributpunkt erhalten.
Du bist nicht mehr mit einem unbekannten Gift infiziert.

Meine Mundwinkel zogen sich nach oben. Der Wyvern war endlich tot und sein schreckliches Gift besiegt. Und was noch besser war: Ich hatte von der Tötung profitiert, obwohl ich den letzten Schlag nicht selbst ausgeübt hatte. Mit geschlossenen Augen gab ich meine Attributspunkte aus und überprüfte mein Spielerwachstum.

Deine Geschicklichkeit ist auf Rang 15, dein Verstand auf Rang 8 und deine Ausdauer auf Rang 8 gestiegen.

Spielerprofil: Michael

Stufe: 30. Rang: 3. Aktuelle Gesundheit: 100%.
Ausdauer: 100%. Mana: 100%. Psi: 100%.
Spezies: Mensch. Verbleibende Leben: 3.
Markierungen: Wolfsfreund, Geringe Schatten, Geringes Licht, Geringe Dunkelheit.

Attribute

Verfügbar: 0 Punkte.
Stärke: 2. Ausdauer: 8. Geschicklichkeit: 15. Wahrnehmung: 8. Geist: 8.
Magie: 0. Glaube: 0.

Klassen

Verfügbar: 1 Punkt.
Primär-Sekundäre Bi-Mischung: Gedankenstalker.
Tertiäre Klasse: Keine.

Eigenschaften

Psi Wolfserbe: +2 Geschicklichkeit, +2 Stärke, +4 Verstand.
Tiersprache: Kann mit Bestienkin sprechen.
Markiert: kann Geistersignaturen sehen.
Nachtaktiv: perfekte Dunkelsicht.

Fertigkeiten

Verfügbare Fertigkeitsslots: 0.
Ausweichen (aktuell: 33. max.: 150. Geschicklichkeit, Grundlegend).
Schleichen (aktuell: 43. max.: 150. Geschicklichkeit, Grundlegend).
Kurzschwerter (aktuell: 41. max.: 150. Geschicklichkeit, Grundlegend).
Kampf mit zwei Waffen (aktuell: 36, max.: 150, Geschicklichkeit, Fortgeschritten).
Leichte Rüstung (aktuell: 28. max.: 80. Ausdauer, Grundlegend).
Diebstahl (aktuell: 1. max.: 150. Geschicklichkeit, Grundlegend).
Chi (aktuell: 23. max.: 80. Geist, Fortgeschritten).
Meditation (aktuell: 32. max.: 80. Geist, Grundlegend).
Telekinese (aktuell: 20. max.: 80. Geist, Fortgeschritten).
Telepathie (aktuell: 19. max.: 80. Geist, Fortgeschritten).
Einsicht (aktuell: 34. max.: 80. Wahrnehmung, Grundlegend).
Täuschung (aktuell: 11. max.: 80. Wahrnehmung, Meister).

Fähigkeiten

Verkrüppelnder Schlag (Geschicklichkeit, Grundlegend).
Einfache Verzauberung (Geist, Grundlegend).
Betäubender Schlag (Geist, Grundlegend).
Grundlegende Analyse (Wahrnehmung, Grundlegend).
Geringer Rückschlag (Geschicklichkeit, Grundlegend).
Ein-Schritt (Geist, Grundlegend).
Geringere Fallenerkennung (Wahrnehmung, Grundlegend).
Grundlegende Fallenentschärfung (Geschicklichkeit, Grundlegend).
Einfaches Schlossknacken (Geschicklichkeit, Grundlegend).
Kleine Waffe Verstecken (Wahrnehmung, Grundlegend).

Kleiner Reaktionsbuff (Geist, Grundlegend).
Simple Geistessicht (Klasse, Grundlegend).

<u>Bekannte Schlüsselpunkte</u>
Sektor 14.913 Ausgangsportal und sichere Zone.

<u>Ausstattung</u>
Gewöhnlicher Diebesumhang (+3 Schleichen).
Kurzschwert Spinnenbiss (+15% Schaden, Gesponnen), versteckt.
Kurzschwert +1 (+15% Schaden, +10 Kurzschwerter), in der Kämpferschärpe.
Gewöhnliche Kämpferschärpe (+3 Kurzschwerter).
Verzaubertes Lederrüstungsset (+20% Schadensreduzierung, −35% Geschicklichkeit und Magie).
Gürtel für Tränke (3 kleine Heiltränke, 2 mittlere Heiltränke, 1 voller Heiltrank, 4 leere Tränke).

<u>Rucksackinhalt</u>
26 x Feldrationen.
2 x Wasserflasche.
2 x Eisendolche.
1 x Schlafsack.
2 x mittlere Heiltränke.
1 x Münzbeutel.
1 x Schlüsselbund.
1 x Grundausstattung zum Feuermachen.
1 x Kompendium der Fähigkeiten und Fertigkeiten.
1 x Blutsauger Meisterklassenstein.
Stofffetzen aus Wolle.

<u>Bank Inhalt</u>
<u>Geld</u>: **46 Gold, 4 Silber und 9 Kupfer.**
2 x volle Heiltränke.
2 x einfache Stahlkurzschwerter.

Ich war zwei weitere Level aufgestiegen und meine Fertigkeiten hatten sich erneut verbessert. So gefährlich das Tal auch war, es erwies sich als ausgezeichnetes Trainingsgelände. *Vielleicht ist dieser Wald ja doch nicht so schlecht,* dachte ich. *Vor allem, wenn ich Verbündete habe, die ich um Hilfe bitten kann.* Als ich jemanden neben mir spürte, öffnete ich meine Augen.

Aira und Sulan waren fort.

An ihrer Stelle stand der größte Schattenwolf, den ich je gesehen hatte. Selbst auf dem Waldboden sitzend übertraf das schwarzpelzige Tier meine eigene Größe. Im Stehen würde er sogar Oursk überragen. *Das muss Duggar sein.* "Sei gegrüßt, Rudelführer", sagte ich höflich.

Es kam keine Antwort.

Still und unbeweglich starrte der große Schattenwolf auf mich herab. Seine wintergrauen Augen waren kalt und abweisend, und obwohl er keinerlei Anstalten machte mir etwas zu tun, strahlte das Tier eine gewisse Bedrohung aus.

Ich spürte, wie ich mich anspannte. Wenn ich Nackenhaare gehabt hätte, wären sie mir zu Berge gestanden. *Es lauert Gefahr.* Hatte ich etwas getan, um den Wolf zu beleidigen? Meine Augen huschten nach links und rechts, auf der Suche nach Aira oder sogar Sulan. Erst jetzt kam mir die Frage in den Sinn, warum sie mich allein gelassen hatten.

Mein Blick kehrte zu dem stummen Tier zurück. Ich erhob mich vorsichtig auf meine Füße. Wenn es zu einer Konfrontation kommen sollte, wollte ich sie nicht im Liegen austragen. Der Rudelführer verfolgte meine Bewegungen, sein Blick verächtlich.

"Du hast mein Rudel in Gefahr gebracht."

Die Worte bohrten sich in meinen Kopf, jedes einzelne ein scharfer Schmerz, in dem Wut mitschwang.

Ich zuckte zusammen und rieb mir die Schläfen. "Das war nicht meine Absicht", sagte ich laut.

"Absichten bedeuten wenig. Nur Taten zählen."

Dagegen konnte ich nichts sagen, und versuchte es auch nicht. "Ich bitte das Rudel um Vergebung."

Duggar musterte mich noch einen Moment lang, bevor er aufstand und sich abwandte. *"Du wirst jetzt gehen und nie zurückkehren."*

Mein Herz sank. Welche Vorstellungen ich auch gehabt haben mochte, so war dieses Treffen in ihnen nicht verlaufen. Trotzdem konnte ich nicht zulassen, dass der Rudelführer einfach ging. Ich brauchte die Hilfe der Wölfe. Und zwar dringender, als ich zugeben wollte. "Warte! Bitte."

Duggar hielt inne und schaute über seine Schulter zu mir zurück.

"Ich brauche eure Hilfe."

"Ich habe meine Familie schon einmal riskiert, um dir zu helfen. Ich werde das nicht noch einmal tun. Die Mutter des Jungen wird uns jagen. Viele werden sterben."

Ich leckte mir über die Lippen, als mir die Bedeutung von Duggars Worten plötzlich bewusstwurde. Angesichts der Schwierigkeiten, die ich im Kampf mit dem Jungen gehabt hatte, wollte ich gar nicht daran denken, welchen Schaden ein ausgewachsener Wyvern anrichten könnte. Das Rudel hatte mehr für mich geopfert, als mir klar gewesen war. Das war eine Schuld, die ich zurückzahlen musste, realisierte ich. "Ich werde im Kampf gegen die Wyvernmutter helfen."

"Du?" Duggar schnaubte verächtlich. *"Du bist kaum mehr als ein Welpe. Du wirst gegen ein Drachenkin nicht lange überleben."*

"Nichtsdestotrotz werde ich meine Schuld begleichen" beharrte ich hartnäckig.

Der Schattenwolf drehte sich ganz um und setzte sich wieder hin. Er neigte seinen Kopf zur Seite und musterte mich. *"Du bist ein merkwürdiger Kerl, Mensch. Sag mir, wie bist du dazu gekommen, unser Zeichen zu tragen?"*

"Ich habe Aira, Oursk und ihre Welpen befreit." Ich winkte mit den Armen in Richtung Himmel. "Der Adjutant hat mir zur Belohnung ein Wolfszeichen verliehen."

"Oursk hat mir davon erzählt", sagte Duggar. *"Aber das allein kann es nicht gewesen sein."* Der Rudelführer hob seine Schnauze und schnupperte vorsichtig an der Luft. *"Etwas an dir riecht vertraut"*, gab er zu. *"Nach Wolf."*

Der Nachdruck, den Duggar auf das Wort "Wolf" legte, war kaum zu überhören. Er wusste etwas über meine Markierung. Ich wippte mit dem Kopf und versuchte, mir meine Aufregung nicht anmerken zu lassen. "Deshalb habe ich dein Rudel aufgesucht. Ich brauche deine Hilfe, um mehr über Wolf und darüber, wie ich weiter seinen Weg gehen kann, herauszufinden."

Duggar sagte einen Moment lang nichts, aber ich spürte, dass ihn meine Worte tief beunruhigten. *"Waren deine vorherigen Worte wahr?"*, fragte er schließlich. *"Oder waren sie nichts weiter als menschliche Plattitüden?"*

Ich runzelte die Stirn. "Welche Worte?"

"Dass du deine Schuld gegenüber dem Rudel begleichen wirst."

"Natürlich. Ich werde helfen, das Rudel zu verteidigen, wenn die Wyvernmutter ..."

"Nein", sagte Duggar und unterbrach mich. *"Ich habe dir gesagt, dass wir deine Hilfe mit der Wyvernmutter nicht brauchen. Wir werden selbst mit ihr fertig. Aber es gibt eine andere Sache, bei der du uns helfen kannst."*

"Erzähle mir davon."

"Im östlichen Teil des Tals lagern Kobolde. Die Kreaturen jagen uns für unser Fell und unser Fleisch." Duggar fletschte die Zähne, um seine Wut zu zeigen. *"Sie haben schon viele meiner Brüder getötet. Finde sie und beende ihren abscheulichen Brauch. Wirst du das tun?"*

Ich warf einen Blick auf die Koboldleichen, die auf der Lichtung verstreut lagen. "Kobolde wie diese?"

"Nein. Die Heuler und Roten Ratten werden von ihrem eigenen Konflikt verschlungen. Sie haben keine Zeit, sich um unser Rudel zu kümmern. Es sind die Langfänge, die uns plagen."

Ich kratzte mich am Kinn. Meine Vermutung war also gar nicht so falsch gewesen. Es gab wirklich drei Koboldstämme in diesem Tal. "Meinst du die Fangzähne?"

"Fangzähne? Es gibt keine ..." Duggar brach ab und ließ seine Zunge heraushängen, was verdächtig nach der Wolfsversion eines Lachens aussah. *"Ah, du meinst diese bedauernswerten Verbannten, die den jungen Oursk und Aira gefangen genommen haben. Das war kein richtiger Stamm, Mensch"*, sagte er mit unverhohlener Belustigung. *"Du wirst schon sehen."*

Das hörte sich nicht gut an. Trotzdem wollte ich die Bitte des Rudelführers nicht ablehnen. "Ich werde tun, was du verlangst."

"Gut", sagte Duggar. *"Einzeln sind die Langfänge bei Weitem nicht so tückisch wie die Wyvern, aber gemeinsam stellen sie eine große Bedrohung dar –* " seine grauen Augen durchbohrten mich – *"und eine, mit der du besser umgehen kannst als das Rudel. Kümmere dich um die Kobolde, und du wirst dir meine Dankbarkeit verdienen."*

Ich nickte entschlossen. Duggars Worte ließen keinen Zweifel daran, dass die Beseitigung des Koboldproblems der Preis war, den ich zahlen musste, um die gewünschten Informationen zu erhalten. Dennoch war es eine Aufgabe, die ich gerne übernehmen würde, schon allein um meine

Verpflichtung gegenüber dem Rudel zu erfüllen. Als ich zustimmte, erschien eine Spielnachricht, die meine Aufmerksamkeit erforderte.

Im Namen von Wolf hat dir der Adjutant eine neue Aufgabe zugewiesen: <u>Hilf dem Rudel</u>! Hilf den Schattenwölfen im Sektor 12.560. Ziel: Halte die Langfänge davon ab, die Schattenwölfe weiter zu jagen.

Ich starrte die Nachricht überrascht an. *'Im Auftrag von Wolf?' Das impliziert ...'*

"Auf Wiedersehen, Mensch." Duggar stand auf und machte sich davon.

Ich wandte meinen Blick von der Nachricht des Adjutanten ab und sah wieder den sich zurückziehenden Wolf an. "Warte! Wie kann ich dich finden?"

Ich spürte, wie der Rudelführer sich noch mehr amüsierte. *"Keine Angst. Wir werden dich finden."*

TAG 2. MITTAG.

Ich verließ die Lichtung nicht sofort.

Ich verbrachte ein paar Minuten damit, eine Bestandsaufnahme meiner Vorräte zu machen. Mein Tränkegürtel war halb leer, weshalb ich ihn wieder auffüllte. Ich zog eine Grimasse, als ich feststellte, dass ich nur noch acht Tränke hatte, von denen nur einer ein voller Heiltrank war. Zum Glück hatte Sulan meine Gesundheit wieder voll hergestellt, aber bei der Geschwindigkeit, mit der ich Tränke verbrauchte, würde ich bald keine mehr haben.

Ich werde eine andere Art der Heilung finden müssen.

Als Nächstes zog ich Spinnenbiss aus der versteckten Scheide auf meinem Rücken und stellte die Verzauberung des Schwertes mit Hilfe meines Manas wieder her. Erst dann warf ich einen Blick durch die Bäume in den Himmel. Es war Mittag, schätzte ich.

Genug Zeit, um heute noch weiter zu reisen.

Ich hatte zwei mögliche Ziele. Nach Osten, um die Langfänge zu finden, oder nach Süden in Richtung der sicheren Zone. Ich durfte auch mein Zeitlimit nicht vergessen. Ein ganzer Tag war verstrichen, und es war bereits der zweite Tag meines Paktes mit Erebus. Ich musste meine Pflichten im Tal schnell abschließen.

Osten also, dachte ich und wandte mich in diese Richtung.

Als ich den Rand der Lichtung erreichte, tauchten fünf Gestalten aus dem Laub auf. Meine Hand fiel auf die Klinge an meiner Hüfte, aber einen Moment später entspannte ich mich, als ich die fünf erkannte.

Es waren Aira und ihre Familie.

Die drei Welpen stürmten auf mich zu, und ich ging auf die Knie, um sie zu begrüßen. "Na ihr drei", murmelte ich. Das Fell der Welpen glänzte und ihre Bäuche waren prall gefüllt. Es ging ihnen gut.

Ich blickte auf, als ein Schatten über mich fiel.

"Wir treffen uns wieder, Michael", sagte Oursk.

Ich erhob mich und neigte meinen Kopf in Richtung der beiden erwachsenen Schattenwölfe. Wie die Welpen schienen auch sie sich von ihrer Tortur im Dungeon vollständig erholt zu haben. "Oursk, Aira, ich kann euch gar nicht genug dafür danken, dass ihr meinem Ruf gefolgt seid. Wenn ihr nicht geantwortet hättet, als ..."

"Sprich nicht weiter darüber", unterbrach Aira. *"Wir haben es gerne getan."*

"Aber Duggar ..."

"Nimm dir die Worte des Alphas nicht zu sehr zu Herzen", sagte Oursk. *"Er kennt das Gesetz des Rudels so gut wie jeder andere. Der Schrei eines Bruders darf nicht ignoriert werden. Auch wenn wir nicht wissen, was wir dir schuldig sind, war das Rudel verpflichtet, dir zu helfen. Duggar ist wütend, aber das liegt weniger an dir als vielmehr an der Notlage, in der sich das Rudel befindet."*

Ich nickte und war erleichtert, dass ich wenigstens meine Beziehung zu Aira und Oursk nicht versaut hatte.

"Er ist aber immer noch der Anführer unseres Rudels", fügte Aira leise hinzu, *"und wir sind verpflichtet, seinen Befehlen zu folgen. Duggar hat uns die Erlaubnis gegeben, uns von dir zu verabschieden, aber er hat dem Rudel befohlen, keinen weiteren Kontakt aufzunehmen, bis du seine Aufgabe erfüllt hast. Es tut mir leid, Michael, aber darüber hinaus werden wir dir nicht helfen können."*

"Ich verstehe", versicherte ich ihr. Sie hatten genug für mich getan.

"Wir sind gekommen, um dir einen Rat zu geben", sagte Oursk. *"Nimm dich vor den Langfängen in Acht. Der Hexer, der ihre Delegation anführt, verfügt über mächtige Magie."*

"Delegation?" fragte ich und wunderte mich über seine Wortwahl.

"Die Kobolde im Tal sind nur ein kleiner Teil ihrer jeweiligen Stämme", antwortete Aira.

Ich nickte und verstand, was sie meinte, war mir aber nicht sicher, was die Delegation hier wollte. Dass ich es nicht mit einem ganzen Stamm zu tun hatte, erleichterte zumindest meine Aufgabe.

"Du wirst gut daran tun, den Hexer und seine Lehrlinge zu meiden, bis du stärker bist", fuhr Oursk fort.

Das war angesichts meines Zeitlimits leider keine Option. Aber ich nickte trotzdem zustimmend. "Danke, Oursk", sagte ich. Ich beugte mich vor und schubste sanft einen der Welpen weg, der versuchte, mein Bein hochzuklettern. "Was ist mit der Wyvernmutter? Kann das Rudel sie besiegen?"

"Nicht ohne große Verluste", gab Aira zu.

Mein Herz sank bei dem Gedanken.

"Hab keine Angst, Michael", versicherte mir Oursk. *"Duggar ist sowohl gerissen als auch weise. Er führt das Rudel seit Jahren an und weiß genauso gut wie wir, welche Folgen es hat, wenn man sich den Drachenkin im offenen Kampf stellt."*

"Oursk hat recht", fuhr Aira fort. *"Ich vermute, dass Duggar das Rudel verstecken wird. Das haben wir schon einmal getan."*

"Wenn du uns finden willst, durchsuche das Höhlennetz unter den östlichen Talhängen", sagte Oursk. *"Die Tunnel sind zu klein für die Drachenkin. Ich bin mir sicher, dass der Alpha das Rudel vorerst dort unterbringen wird."*

Ich verbeugte mich vor den beiden. "Danke, Aira, Oursk. Das werde ich tun, sobald ich mich um die Kobolde gekümmert habe." Ich hielt inne. "Apropos Kobolde, warum sind so viele von ihnen hier im Tal versammelt?"

Oursk knurrte frustriert. *"Die Kreaturen sind auf Geheiß von Erebus hier."*

Ich runzelte die Stirn. Wenn das der Fall war, warum waren die Kobolde dann nicht schon im Dungeon?

Als Aira meine Verwirrung bemerkte, fuhr sie mit ihrer Erklärung fort. *"Die Delegationen sind hier, um mit der Macht zu verhandeln, bevor sie sich seiner Fraktion anschließen. Die Stämme selbst sind riesig, und die Horden, die sie befehligen mächtig. Sie kennen ihren Wert und werden ihre Treue nicht billig verkaufen. Erwarte nicht, dass du ihre Vertreter leicht überwinden wirst."*

"Ich verstehe", sagte ich. Ich hielt meine Gesichtszüge gelassen, aber ich spürte, wie meine Besorgnis zunahm. Laut der neuen Informationen schloss ich, dass diese Kobolde nicht mit den Fangzähnen zu vergleichen waren, gegen die ich im Dungeon angetreten war.

Worauf habe ich mich dieses Mal eingelassen?

✳ ✳ ✳

Kurz darauf verabschiedeten die Wölfe und ich uns voneinander.

Die beiden hatten mir viel zu denken gegeben, und bevor ich die Lichtung verließ, plante ich meine nächsten Schritte. Mir wurde klar, dass die Erfüllung von Duggars Aufgabe schwieriger werden könnte, als ich ursprünglich angenommen hatte.

Ich weiß noch nicht genug, entschied ich. Bevor ich meinen Angriff planen konnte, brauchte ich bessere Informationen was die Anzahl und Level der Kobolde anging. Ich beschloss, bei meinem ursprünglichen Plan zu bleiben, schlich mich zurück in die Bäume und folgte dem Wald nach Osten.

Die Stunden vergingen ohne Zwischenfälle, als ich mich durch die Baumkronen des Waldes voranschlich. Dank der Wölfe wusste ich, dass ich in der Mitte des Tals gewesen war, als mich der Wyvern überfallen hatte. Laut Aira war das Gebiet ein regelmäßiges Schlachtfeld für die sich bekriegenden Kobolddelegationen und für die Wyvern ein beliebtes Jagdgebiet.

Meine Reise in Richtung Osten dauerte den Rest des Tages. Während dieser Zeit wurde ich weder angegriffen, noch sah ich weitere Kobolde. Trotzdem blieb ich wachsam. Im Laufe des Tages erhaschte ich immer häufiger Blicke auf die Berggipfel. Jedes Mal wurden sie größer, bis die Bäume bei Einbruch der Dämmerung die Berge schließlich nicht mehr ganz verdeckten.

Da ich wusste, dass der östliche Rand des Tals nicht mehr weit entfernt sein konnte, verlangsamte ich mein Tempo und schlüpfte lautlos von Ast zu Ast, während ich meine Sinne geschärft hielt und die Gegend durch meine Geistessicht regelmäßig auf Feinde in der Nähe prüfte.

Trotz meiner Vorsicht kam ich so plötzlich am Rande des Koboldlagers an, dass ich fast den Halt verlor.

Keine hundert Meter vor mir wichen die Bäume einem mit Felsbrocken übersäten Hang, bevor sie zu steilen Bergklippen aufstiegen. Auf diesem kurzen Stück kahlen Bodens zwischen der Baumgrenze und den Klippen hatten sich die Langfänge verschanzt.

Mein Blick huschte über das Lager. Es war in Form eines Halbmondes errichtet worden, der auf natürliche Weise von den steilen Felswänden gebildet wurde. Nur eine Seite war nicht durch den drohenden Berg abgeschirmt, dafür war sie durch einen tiefen Graben begrenzt. Angespitzte Pfähle waren in den ausgehobenen Graben gesteckt worden und ragten schräg nach außen. Innerhalb dieses Schutzwalls waren Dutzende von Zelten aufgestellt, in denen der Größe nach zu urteilen jeweils etwa zehn Kobolde untergebracht waren.

Duggar hatte Recht, wurde mir klar. Die Fangzähne, gegen die ich im Dungeon gekämpft hatte, waren in einer ganz anderen Liga als die Kobolde im Lager vor mir.

Trupps von Koboldkriegern patrouillierten am Rande des Lagers. Sie waren schick gekleidet, ihre Ausrüstung glänzte und schien in guter Verfassung zu sein. Zögernd streckte ich meinen Geist aus und analysierte einen der Kobolde.

Dein Ziel ist ein Koboldkriegsveteran der Stufe 38. Koboldkrieger sind das Fundament jeder Koboldkampftruppe. Sie sind stark und wendig und eignen sich sowohl für die Infanterie als auch für die Kavallerie.

Veteranen gehören zu den seltensten Koboldkriegern. Als Überlebende zahlloser Scharmützel und Schlachten haben sie Höhen erklommen, die die meisten Krieger nie erreichen.

Nach meiner Schätzung befanden sich etwa zweihundert Kobolde im Lager. Ich rieb mir das Kinn. Die Langfänge würden sich nicht so leicht besiegen lassen. *Warum glaubt Duggar, dass ich es an seiner Stelle mit ihnen aufnehmen kann?* fragte ich mich ungläubig. Ich wusste selbst nicht, wie ich es anstellen sollte, aber ich wollte noch nicht aufgeben.

Ich blieb geduckt auf meinem Ast sitzen und beobachtete das Lager weiter. Ich gab Acht ihnen nicht zu nahe zu kommen. Bis jetzt hatte ich noch keine Spur von dem Hexer gesehen, den die Wölfe erwähnt hatten, und solange ich nicht wusste, wie mächtig er war, wollte ich keinen näheren Blick riskieren.

Als die Dämmerung der Nacht wich und die Feuer im Koboldlager aufloderten, hielt ich still Wache, analysierte die Kobolde und bestätigte ihre Zahlen. Zumindest würde ich die Zeit nutzen können, um meine Einsicht zu verbessern.

Dein Ziel ist ein Koboldveteranenkrieger der Stufe 39.
Dein Ziel ist ein Kobold Guerilla der Stufe 27.
Dein Ziel ist ...
...

...
Deine Einsicht ist auf Stufe 40 gestiegen und hat Rang 4 erreicht.

Nach meinen langen Beobachtungen wurde mir das wahre Ausmaß der Aufgabe klar, vor der ich stand. Ich musste mir nicht nur um das Level der Langfänge Sorgen machen, sondern auch um ihr Training. Die Kobolde zeigten keine Anzeichen von Krawall oder schlechter Disziplin, wie sie die Fangzähne an den Tag gelegt hatten. Die Patrouillen marschierten wie mechanisch ihre Routen ab, sprachen nicht miteinander und machten keine Witze. Auch die Wachen am einzigen Eingang des Lagers waren wachsam und suchten die Baumgrenze ständig nach Bedrohungen ab.

Ein direkter Angriff wird nicht einfach.

Da das Lager von drei Seiten durch das Gebirge geschützt war, machte es das für jeden Feind schwierig, die Verteidigung der Kobolde zu durchdringen. Ich suchte das Lager weiter ab, in der Hoffnung, eine

Schwachstelle zu entdecken, die ich ausnutzen konnte. Aber je länger ich keine fand, desto besorgter wurde ich.

Etwa eine Stunde nach Einbruch der Dunkelheit bemerkte ich Aktivitäten in der Nähe des Tores. Ein Dutzend Fackeln näherten sich aus einem der großen roten Zelte im Lager. Es gab drei solcher Zelte, und ich hatte mir jedes als möglichen Aufenthaltsort für die Hexer des Stammes gemerkt. Ich verschärfte meinen Blick, als die Gestalten mit den Fackeln ins Blickfeld kamen.

Sie waren keine Kobolde.

Sechs waren Menschen. Drei waren Elfen, und der letzte war ein Halbork. Schnell analysierte ich die Gestalt, die an der Spitze der Gruppe stand – allem Anschein nach der Anführer.

Dein Ziel heißt Cecilia, eine Elfe der Stufe 29. Sie ist eine Spielerin und trägt eine Markierung der geringeren Dunkelheit.

Spieler, sinnierte ich. Ich ignorierte die Ungereimtheit, dass sich Spieler in einem Koboldlager aufhielten, und ließ meinen Blick über den Rest der Gruppe schweifen, die ich nacheinander untersuchte. Tatsächlich stellte ich fest, dass alle zehn Spieler waren.

Die Spieler wurden von zwei großen, schlanken Kobolden begleitet. Im Gegensatz zu den Kriegern waren diese Kobolde in bunte Gewänder und Federschmuck gekleidet. Ich ahnte schon, was sie waren, aber ich untersuchte sie trotzdem.

Dein Ziel heißt Grul, ein Kobold der Stufe 41, Hexendoktorlehrling.
Dein Ziel heißt Sstak, ein Kobold der Stufe 35, Hexendoktorlehrling.
Hexendoktoren sind Stammesführer unter den Goblinkin und aufgrund der Stärke ihrer Lebensmagie weithin gefürchtet. Im Gegensatz zu den meisten anderen Lebensmagiern setzen Hexendoktoren ihre Lebenszauber offensiv ein, um zu schaden, anstatt zu heilen.

Endlich hatte ich die Magier der Kobolde entdeckt, und wenn die Lehrlinge so stark waren, konnte ich mir nur vorstellen, wie stark der Hexendoktor selbst war.

Die fremde Gruppe hielt vor den Toren an. "Das könnt ihr nicht machen", sagte Cecilia. "Es ist Nacht. Lass uns wenigstens bis zum Morgen bleiben."

Grul lachte. "Törichte Elfe. Ihr habt euch selbst entschieden, hierher zu kommen. Es ist nicht die Schuld der Langfänge, dass dein Vorschlag nicht angenommen wurde. Wir werden euch keinen Unterschlupf gewähren, Spielerabschaum."

"Unser Hauptmann wird nicht erfreut sein, wenn er davon erfährt", antwortete Cecilia scharf.

Grul knurrte spöttisch. "Was kümmert uns euer Hauptmann?", fragte er rhetorisch.

"Die Heuler werden diese Ablehnung ebenfalls nicht gutheißen", warf der Halbork ein.

"Die Heuler!" Der andere Lehrling, Sstak, runzelte die Stirn. "Die Heuler haben nicht über die Langfänge zu bestimmen. Wenn sie wollen, dass wir uns ihrem Krieg gegen die Roten Ratten anschließen, sollten sie selbst bei unserem Stamm vorstellig werden und nicht Spieler schicken, die nach ihrer Pfeife tanzen."

"Aber wir haben ein Schriftstück für sicheren Durchgang von Hyek selbst", protestierte Cecilia. "Das müsst ihr einhalten."

"Und das haben wir", grinste Grul. "Ihr seid in unserem Lager gut behandelt worden." Er deutete auf die dunkle Baumgrenze. "Was euch da draußen passiert, geht uns nichts an."

Cecilia öffnete ihren Mund, um erneut zu widersprechen. Der Halbork legte eine Hand auf ihre Schulter. "Es hat keinen Sinn. Diese Narren haben sich entschieden. Wir sollten gehen, solange wir noch eine Chance haben, die Nacht zu überstehen."

Cecilia blickte von den grinsenden Lehrlingen zu ihren Begleitern und schüttelte grimmig zustimmend den Kopf. Sie winkte den schweigenden Spielern hinter ihr zu. "Lasst uns gehen", sagte sie, "und haltet die Augen nach Gefahren offen."

Erschrockene Gesichter und entschlossene Blicke waren ihre einzige Antwort.

"Öffne die Tore, du Dreckskerl. Wir gehen", sagte Cecilia.

Der Hexendoktorlehrling verbeugte sich spöttisch und winkte den Torwächtern zu, die das Holztor aufschwangen. Mit Cecilia und dem Halbork an der Spitze joggte die Gruppe von Spielern nach draußen.

Ich beobachtete die Spieler, die sich meiner eigenen Position näherten, und runzelte nachdenklich die Stirn.

Mir war nicht entgangen, wie gut die beiden Kobolde unsere Sprache beherrschten. Ihre Ausdrucksweise ließ die Kobolde, denen ich im Dungeon begegnet war, im Vergleich fast barbarisch erscheinen, was mich darin bestärkte, dass die Langfänge nicht mit den Fangzähnen zu vergleichen waren.

Zu diesem Zeitpunkt machten mir die Kobolde allerdings weniger Sorgen als die Spieler. Ich konnte mir immer noch nicht zusammenreimen, worum es ihnen ging.

Warum wollten sie mit den Koboldstämmen verhandeln, und wer war dieser Hauptmann, von dem sie sprachen?

Mit zusammengekniffenen Augen musterte ich die sich nähernden Spieler. Alle von ihnen trugen ein Zeichen der geringeren oder geringen Dunkelheit. *Das sind alles Dunkle Spieler,* dachte ich unglücklich. Es war also wahrscheinlich, dass sie Erebus oder einer seiner anderen Mächte dienten.

Noch mehr Feinde, schimpfte ich.

Ich blieb angespannt, als die Gruppe unter meinem Baum vorbeiging, aber sie schienen meine Anwesenheit nicht zu bemerken. Mein Blick huschte zwischen den abreisenden Spielern und den Kobolden hin und her.

Sollte ich bleiben und das Lager weiter beobachten oder den Spielern folgen?

Kapitel 95: Ein Streifzug durch den Wald

Nach einer weiteren langen Pause drehte ich mich um und folgte den Spielern. Wie die beiden Kopfgeldjäger von zuvor hatte auch diese Gruppe Angst vor der Dunkelheit und ließ ihre Fackeln brennen.

Außerdem hatten sie es eilig und bahnten sich hektisch ihren Weg durch die Wälder nach Süden. Trotz ihrer Eile bewegten sie sich einheitlich als Gruppe und suchten ständig die Umgebung ab. Da sie keine Dunkelsicht hatten, war es für mich ein Leichtes, sie unbemerkt zu verfolgen.

Mehrere feindliche Einheiten haben dich nicht entdeckt! Deine Schleichfertigkeit ist auf Stufe 45 gestiegen.

Ich folgte der Gruppe dicht auf den Fersen durch den Wald, auch wenn ich mir über meine eigenen Absichten noch immer nicht sicher war.

Ich überdachte die Fakten erneut. Mir wurde klar, dass es trotz ihrer Dunklen Markierungen keinen Grund gab, anzunehmen sie gehörten zu den Erwachten Toten, oder dass sie Erebus oder einem seiner Gefolgsleute Treue schuldeten. Schließlich trug ich selbst ein Dunkles Zeichen.

Trotzdem glaubte ich nicht, dass die Gruppe mir wohlgesonnen sein würde. Sie waren vielleicht keine Kopfgeldjäger, die es auf mich abgesehen hatten, aber ich konnte mir nicht leisten anzunehmen sie seien freundlich. Meine Anwesenheit zu verraten wäre kein kluger Zug.

Ein Brüllen erschütterte den Wald. Unter mir erstarrte der Spielertrupp.

"Was war das?", flüsterte einer von ihnen ängstlich.

Auch ich versteifte mich. Mir war das Geräusch bekannt. Es stammte von der gleichen Art von Kreatur, der ich gestern begegnet war. "Rhomodillo", flüsterte ich.

Das Gebrüll ertönte erneut, diesmal viel näher.

"Macht euch bereit", bellte der Halbork Ultack. "Was auch immer es ist, wir werden ihm nicht entkommen können." Die Spieler zogen ihre Waffen. Vier von ihnen trugen Schilde und hatten Äxte oder Speere dabei.

Weitere vier waren Bogenschützen, die sich jetzt in die Mitte der Gruppe zurückzogen. Zwei erhoben ihre Stäbe. *Magier.* Cecilia war eine von ihnen.

Ultack warf einen Blick über die Schulter auf seine Kommandantin. "Wir werden standhalten", sagte er. "Was auch immer es ist. Du und Sora übernehmt den Schaden."

Cecilia ruckte einmal zur Bestätigung mit dem Kopf. Ein weiteres Brüllen zerriss die Luft. Diesmal kam es direkt vom Rand der Lichtung.

Der Rhomodillo hatte sich gezeigt.

Ich saß in einem Baum direkt über der Gruppe und konnte zum zweiten Mal innerhalb weniger Tage einen Blick auf eine dieser brutal aussehenden Kreaturen werfen. Das Tier, das vor Wut schnaubte und mit den

Vorderbeinen auf den Boden schlug, war genauso groß wie der Wyvern, nur stämmiger. Schwere schwarze Platten bedeckten fast jeden Zentimeter seiner Haut, und sein Horn, das drohend nach oben ragte, glitzerte im Fackelschein.

Ich runzelte die Stirn. Allem Anschein nach war das derselbe Rhomodillo, dem ich gestern begegnet war.

Verdammt, ist er mir schon die ganze Zeit gefolgt?

Mit einem verächtlichen Schnauben über die Gruppe, die sich ihm entgegenstellte, donnerte das Tier über die Lichtung und zerstampfte Gras und Vegetation unter seinen Hufen.

Es konnte den Spielern hoch angerechnet werden, bei diesem Anblick nicht zu fliehen. Ultack und die anderen Kämpfer schlossen ihre Reihen und bereiteten sich auf den Angriff der Kreatur vor.

Sie haben keine Chance, dachte ich und schaute schweigend von oben zu.

* * *

Ich war mir nicht sicher, was mich zum Handeln bewogen hatte.

Vielleicht war es der Verdacht, dass der Rhomodillo mich verfolgte. Vielleicht lag es daran, dass ich wusste, dass die Gruppe keine Chance hatte, oder vielleicht daran, dass ich, obwohl ich es für unwahrscheinlich hielt, immer noch die Hoffnung hegte, mich mit den Spielern anzufreunden.

Wie dem auch sei, ich wollte ihre Notlage nicht ignorieren.

Als der Rhomodillo sich den Kämpfern näherte, tauchte ich in den Brunnen meines Bewusstseins und schickte Ranken von Psi auf die Kreatur zu.

Das Tier schöpfte nicht den geringsten Verdacht, als ich in seinen Verstand schlüpfte. Während ich meinen Willen über den Rhomodillo legte, zwang ich ihm meine Bedürfnisse auf.

Ein Rhomodillo der Stufe 51 hat einen mentalen Widerstandstest bestanden! Du hast es nicht geschafft, dein Ziel zu verzaubern. Dein geistiges Eindringen ist unentdeckt geblieben!

Ich knurrte frustriert, als mein Zauber fehlschlug. Mir blieb nur der Bruchteil einer Sekunde, um zu entscheiden, ob ich direkter und riskanter eingreifen oder die Spieler ihrem Schicksal überlassen sollte.

Ich zerstreute meine Zweifel, rannte den Ast entlang nach vorne und ließ mich vorsichtig hinunter, während ich versuchte die Geschwindigkeit des Biestes abzuschätzen.

Mein Timing war tadellos.

Ein paar Meter vor seinem Zusammenstoß mit den Kämpfern landete ich auf dem Rücken des Tieres. Als die Kreatur mein plötzliches Gewicht spürte, grub sie ihre Hufe in den Boden und warf den Kopf zurück.

Das ist gar nicht gut, dachte ich, während ich sein glänzendes Horn näherkommen sah. Aber bevor der Rhomodillo mich aufspießen konnte, schlang ich meine Hände um eine seiner gehärteten Platten und versetzte ihm einen verkrüppelnden Schlag.

Psi strömte aus meiner Handfläche direkt in die Kreatur, durchflutete ihre Muskeln und ließ sie erstarren.

Ein Rhomodillo hat eine Prüfung auf körperliche Widerstandskraft nicht bestanden! Du hast dein Ziel eine Sekunde lang betäubt.

Vollkommen erstarrt verlor das Tier sein Gleichgewicht und seine Gliedmaßen brachen unter ihm zusammen. Die Wucht des Angriffs war jedoch nicht ganz gestoppt, und das Tier rutschte kopfüber über den Boden. Ich hielt mein Gleichgewicht auf der Kreatur und versuchte den Aufprall abzufangen.

Leider hatte ein toter Baumstumpf andere Pläne.

Auf halbem Weg zu den Kämpfern stieß der Rhomodillo gegen den hölzernen Stamm. Sein Körper drehte sich und kippte. Als ich die Gefahr erkannte, schleuderte ich mich von seinem Rücken und entkam dem umstürzenden Ungetüm.

Ich sauste durch die Luft und auf den Boden zu. Mit ausgestreckten Händen federte ich meinen Sturz ab und sprang ein paar Meter von dem benommenen Rhomodillo entfernt wieder auf die Füße.

Mein Blick flog zu den erschrockenen Spielern. Sie starrten mich mit offenen Mündern an. "Steht nicht einfach so rum!" schnauzte ich. "Greift an!"

Ohne ihre Antwort abzuwarten, drehte ich mich wieder zu meinem Feind um. Das Tier kam schwerfällig wieder auf die Beine und schüttelte seinen Kopf, um ihn von Schmutz und Geröll zu befreien, die sein Gesicht bedeckten.

Ich sprang nach vorne, meine Klinge in der Hand.

Ich hatte keine Lust, dem Rhomodillo aus nächster Nähe zu begegnen, wenn es sich erstmal erholt hatte. Ich musste es in der Defensive halten. Hinter mir hörte ich den Halbork, der Befehle bellte. *Ich hoffe er befiehlt ihnen nicht sich zurückzuziehen*, dachte ich in einem Moment des schwarzen Humors. *Das könnte übel für mich ausgehen.*

Ich näherte mich bis in Angriffsreichweite und konzentrierte mich auf die anstehende Aufgabe. Der Rhomodillo hatte die Gefahr noch immer nicht erkannt.

Ich schlug dem Tier mit Spinnenbiss gegen das rechte Bein.

Die Klinge traf auf die gehärtete Haut und rutschte ab, wobei sie kaum mehr als einen Kratzer an der Panzerung des Tieres hinterließ. Aber das hatte ich erwartet. Ich kanalisierte meine Ausdauer durch das Kurzschwert und führte einen verkrüppelnden Schlag aus. Energie strömte aus der Spitze der Klinge und traf meinen Gegner.

Erfolglos.

Ein Rhomodillo hat einen körperlichen Widerstandstest bestanden! Du hast es nicht geschafft, dein Ziel zu verkrüppeln.

Ich schluckte einen Fluch runter.

Die Bestie drehte sich um und starrte mich an. Wir waren kaum einen Meter voneinander entfernt, und ich glaubte, ein Funkeln der Freude in den Augen der Kreatur zu sehen, als sie diese Tatsache realisierte.

Mit einem unverkennbaren Schnauben griff der Rhomodillo an. Er senkte seinen Kopf und winkelte sein Horn an, um mich aufzuspießen. Ich war jedoch nicht unvorbereitet. Ich sprang aus geduckter Haltung auf und sprang nach oben - nicht um auszuweichen, sondern um anzugreifen.

Mit einem Salto in der Luft landete ich wieder auf dem Rücken meines Gegners. Ein Schauer durchfuhr das Tier unter mir. Ich grinste. *Damit hast du nicht gerechnet, oder?* Bevor das Rhomodillo reagieren konnte, schlug ich mit der linken Hand zu.

Du hast dein Ziel für eine Sekunde betäubt.

Ich zischte vor Erleichterung über den Erfolg meiner Fähigkeit. Ich hatte schon fast mit einem weiteren Fehlschlag gerechnet. Unter mir stotterte die Bestie und sank zu Boden. Ich blieb auf ihr sitzen und betäubte sie erneut.

Leise Schritte auf der Wiese erregten meine Aufmerksamkeit. Die Dunklen Spieler näherten sich, wenn auch mit großer Vorsicht.

"Greift schon an!" schrie ich. "Er ist gerade hilflos und ich werde ihn nicht ewig festhalten können!"

Wie aufs Stichwort regte sich die Bestie unter mir.

Oh nein, das tust du nicht, dachte ich. Ich erneuerte meine Betäubung, stieß Spinnenbiss in die Nahtstelle zwischen den Panzerplatten des Rhomodillo und versuchte, eine davon freizubekommen.

Ich versagte kläglich.

Verdammt, gibt es denn keine Möglichkeit, diese Bestie zu verletzen? Ich betäubte die Bestie erneut und versuchte, mein Kurzschwert tiefer hineinzustoßen.

"Hier, lass mich", sagte eine Stimme von hinter mir. Es war Ultack.

Der Halbork nahm seine Axt in einen beidhändigen Griff und hob sie in die Höhe, bevor er sie mit einem vernichtenden Schlag nach unten schleuderte. Die Schneide der Axt traf den Rhomodillo mit einem schallenden Kreischen, aber ansonsten schien es ihm nicht besser zu ergehen als meinem Kurzschwert.

Ich blickte finster zu dem Kämpfer auf. Seine Klinge hatte nur wenige Zentimeter von meinen ausgestreckten Fingern entfernt eingeschlagen.

Der Halbork zuckte mit den Schultern: "Hab dich doch nicht getroffen, oder?"

Darauf hatte ich keine Antwort.

"Hat es funktioniert?", fragte er einen Schlag später.

Ich ignorierte den nur knapp verfehlten Hieb und schielte auf den Körper des Rhomodillos, wo ich einen kleinen Riss entdeckte. "Es tut sich was", sagte ich. "Schlag noch mal zu."

Der Halbork tat genau das. Seine Kameraden schlossen sich ihm an, und bald schlug die Gruppe rhythmisch auf das Hinterteil des Rhomodillo ein, während ich es unter mir betäubte.

"Beeilt euch", drängte ich und beobachtete meinen schwindenden Psi-Pool.

Weitere Risse erschienen auf dem Torso des Ungetüms, aber die Kämpfer konnten seine Panzerung nicht durchdringen. Mein Psi ging weiter zur

Neige, und bald wusste ich, dass ich das Ungetüm nicht mehr in Schach halten konnte. Ultack schlug noch einmal zu, ebenso seine Gefährten.

Dann wieder.

Und wieder.

Schließlich löste sich ein Stück des Panzers des Rhomodillos, aber ich fürchtete, dass es zu spät war. Mein Psi war bis auf den letzten Rest aufgebraucht.

Du hast es nicht geschafft, dein Ziel zu betäuben. Psi reicht nicht aus.

Das Tier zitterte. Dann begann es, auf die Füße zu klettern. "Verdammt", knurrte ich. "Ich kann es nicht mehr halten." Aber es gab noch eine Sache, die ich tun konnte. Ich nahm Spinnenbiss in beide Hände und stieß seinen Griff tief in das verletzliche Fleisch unter dem zerstörten Stück Haut.

Du hast einen Rhomodillo schwer verletzt.

Die Bestie brüllte, schüttelte sich heftig und warf mich nach oben.

Ich wurde durch die Luft geschleudert und sah, wie die Kämpfer einen überstürzten Rückzug antraten. Ich zog meine Gliedmaßen an, verwandelte meinen Flug in einen kontrollierten Sprung und rollte mich wieder auf die Füße, nachdem ich auf dem Boden aufschlug.

Ich zog schnell Bilanz über den Kampf. Spinnenbiss steckte immer noch in dem Rhomodillo und das Tier hatte sich auf den nächsten Kämpfer gestürzt, sein Horn tief in dessen Rumpf gebohrt, während es ihn verschlang.

Jalin ist gestorben.

Ich zuckte zusammen und zog meine verbliebene Klinge. Ultack formierte seine Kämpfer zu einer Verteidigungslinie, während die vier Bogenschützen von hinten Pfeile auf die rasende Bestie abfeuerten. Aber die Geschosse prallten an der Rüstung der Kreatur ab und verärgerten sie nur.

"Zielt auf das Kurzschwert, ihr Idioten", befahl Cecilia. "Die Rüstung ist undurchdringlich." Die Magierin senkte ihren Stab und schleuderte ein flammendes Geschoss auf die Bestie. Ihre Gefährtin tat dasselbe und schickte Blitze auf die Kreatur zu.

Der geladene Bolzen und der flammende Pfeil trafen die Kreatur gleichzeitig. Der Rhomodillo grunzte überrascht, schien aber ansonsten unbeeindruckt. Die magischen Angriffe hatten kaum mehr getan als ihn mehr zu irritieren. Das Tier richtete seinen Blick auf die beiden Magier und griff die Kämpfer an, die sie abschirmten.

Mit der Klinge in der Hand sprintete ich vorwärts. Während er sich auf die anderen Spieler konzentrierte, hatte der Rhomodillo mir den Rücken zugedreht.

Jetzt war meine Chance.

Die Bestie durchbrach Ultacks eilig aufgestellte Verteidigungslinie und zertrampelte zwei weitere Spieler.

Timothy ist gestorben.
Saul ist gestorben.

In Sekundenschnelle war das Leben der beiden ausgelöscht. Doch der Rhomodillo war noch nicht fertig. Bevor Ultack oder einer seiner Gefährten eingreifen konnte, stürzte sich das Tier auf die Magierin Sora und drückte sie mit seinem spitzen Horn gegen den Baum.

Sora ist gestorben.

Dieses Ding ist teuflisch stark. In nur wenigen Sekunden hatte der Rhomodillo vier Spieler getötet - jeden mit nur einem einzigen Treffer.

Aber der letzte Angriff des Tieres, so verheerend er auch gewesen war, hatte seinen Wutanfall gestoppt, wenn auch nur vorübergehend. Ich sprang vorwärts, aktivierte Ein-Schritt in der Luft und landete mit einem erneuten Sprung auf dem Rücken des Rhomodillos.

Sein Horn war im Baum vergraben, und während er sich abmühte, sich zu befreien, stieß ich mein zweites Kurzschwert neben Spinnenbiss in das Tier.

Du hast einen Rhomodillo schwer verletzt.

Mit einem Schrei der Wut und des Schmerzes befreite sich die Bestie und riss dabei ein gutes Stück Baum mit. Ich machte einen Rückwärtssprung und befreite mich von der Kreatur, als sie sich herumdrehte.

"Charge!", rief Ultack und flog vorwärts, direkt auf das schnaubende Biest zu. Mir blieb der Mund offenstehen, als ich diesen unglaublich dummen, aber mutigen Angriff sah. *Der ist auf jeden Fall erledigt.* Aber zu meiner Überraschung war es das Tier, das nachgab, als die beiden zusammenstießen.

Ein Rhomodillo hat eine Prüfung auf körperliche Widerstandskraft nicht bestanden! Ultack hat sein Ziel für 3 Sekunden betäubt.

"Jetzt!" schrie Cecilia.

Die übrigen Kämpfer stürmten herbei und stießen ihre Klingen in die Bestie. Die Magierin selbst stieß die Spitze ihres Stabes in das verwundbare Fleisch, das Ultack freigelegt hatte, und schickte Feuer direkt in das Tier.

Drei Sekunden waren nicht viel Zeit, aber dem Rhomodillo, der von den überlebenden Gruppenmitgliedern mit Feuer und Eisen übermannt wurde, musste es wie eine Ewigkeit vorgekommen sein.

"Fallt zurück!" brüllte Ultack.

Einen Moment später, verbrannt, benommen und stark blutend, schüttelte das Biest seine Betäubung ab und schaute die Spieler um sich herum an.

Wie zur Hölle ist es noch am Leben? fragte ich mich.

Als ich die Lichtung kurz absuchte, entdeckte ich ein Kurzschwert, das neben einem der getroffenen Kämpfer lag. Ich schnellte darauf zu und hob es auf.

Ultack trat neben mich. "Kannst du es noch einmal betäuben?"

"Nein", ich hielt inne. "Du?"

"Kann ich", murmelte er. "Aber danach werde ich größtenteils nutzlos sein." Seine Augen verengten sich, als er mich aufmerksam musterte. "Sieh zu, dass du es zu Ende bringst."

Ich nickte.

Mit einem weiteren Brüllen griff der Halbork an und seine Gestalt verschwamm, als er seine Betäubungsfähigkeit aktivierte.

Ultack hat sein Ziel für 3 Sekunden betäubt.

Ich ignorierte den Rest der Gruppe und stürmte ebenfalls nach vorne. Die anderen Spieler stürzten sich auf den Rücken der Bestie, um ihre eigenen Klingen in ihr zu versenken, während Cecilia die Kreatur erneut verbrannte.

Ich hingegen ging direkt auf den Kopf des Rhomodillos zu und stieß mein Schwert in eine seiner Augenhöhlen, bevor sich die Kreatur von Ultacks Angriff erholen konnte.

Die Klinge glitt ohne Widerstand hinein.

Ich hatte richtig vermutet. Die Panzerung, die die Augenlider der Bestie bedeckte, war bei weitem nicht so dick wie der Rest seines Körpers. Ich zückte mein Schwert und stieß es in das zweite Auge des Tieres.

Du hast einen Rhomodillo dauerhaft geblendet.
Ein Rhomodillo ist nicht mehr betäubt.

Ich beendete meinen Angriff und sprang zurück, als die Lähmung des Tieres nachließ und es seinem Schmerz mit einem ohrenbetäubenden Schrei Luft machte.

Der Rhomodillo stolperte zurück auf seine Füße und drehte sich langsam um. Er war halbtot und dazu noch blind. Aber das hielt ihn nicht davon ab, anzugreifen.

"Zurück!" brüllte Cecilia.

Ihre Gefährten stürzten aus dem Weg, als die Kreatur kopfüber gegen einen anderen Baum prallte. Benommen taumelte er zurück. Er wirbelte herum, machte keine Anstalten, sich zurückzuziehen, und schleuderte sich erneut über die Lichtung, nur um erneut zu stürzen.

Ich zog mich an den Rand der Lichtung zurück. Meiner Meinung nach war der Kampf bereits vorbei. Ohne seine Augen war der Rhomodillo zu geschwächt, um eine große Gefahr darzustellen, und es war nur eine Frage der Zeit, bis das Tier starb.

Ich warf einen Blick auf die überlebenden Gruppenmitglieder.

Jetzt heißt es nur noch warten und sich auf das vorbereiten, was als Nächstes kommt.

KAPITEL 96: IN DER KLEMME

Ich setzte mich gegen einen Baumstamm und untersuchte das Kurzschwert des toten Spielers genauer. Es war eine einfache Klinge und ein schlechter Ersatz für meine eigenen Waffen – die beide noch im Rhomodillo steckten – aber wenigstens war ich nicht unbewaffnet.

Ich war nicht dumm genug zu glauben, dass mein Kampf für heute beendet war. Obwohl die Gruppe der Dunklen Spieler und ich in der Schlacht zusammengearbeitet hatten, konnte ich nicht voraussagen was passieren würde, sobald der Rhomodillo tot war. Ich musste auf alles vorbereitet sein. Ich wischte das Kurzschwert ab und steckte es in die versteckte Scheide auf meinem Rücken.

Du hast erfolgreich eine kleine Waffe versteckt.

Nachdem ich meine Vorbereitungen getroffen hatte, sah ich zu, wie die Gruppe mit der sterbenden Kreatur Fangen spielte. Das war wirklich nicht nötig. Die Wunden der Kreatur waren schwer genug, dass sie bald sterben würde, aber ich verstand, was die Gruppe antrieb.

Die Bestie hatte vier ihrer Gefährten getötet, und die Wut und Frustration der Spieler war ihnen deutlich ins Gesicht geschrieben. Während sie kämpften, schaute ich mir alle noch einmal genau an, erkannte aber keinen von ihnen. Wenn sie im Dungeon gewesen waren, hatten sie ihn verlassen, bevor ich mich mit Sabens Bande eingelassen hatte.

Da ich mir sicher war, dass die Spieler keine unmittelbare Gefahr darstellten, schloss ich die Augen und nutzte die Gelegenheit, um etwas Psi zu sammeln.

Du hast 3% deines Psi wieder aufgefüllt. Dein Psi liegt jetzt bei 4%.
Du hast 3% deines Psi wieder aufgefüllt. Dein Psi liegt jetzt bei 7%.
...
Dein Psi liegt jetzt bei 67%. Deine Meditation ist auf Stufe 33 gestiegen.

Inmitten meiner Meditation kam die Spielnachricht, auf die ich gewartet hatte.

Ein Rhomodillo der Stufe 51 ist gestorben.
Du hast Level 32 erreicht! Dein Ausweichen ist auf Stufe 34 gestiegen. Kurzschwerter ist auf Stufe 42 gestiegen. Dein Kampf mit zwei Waffen ist auf Stufe 37 gestiegen.
Dein Chi ist auf Stufe 25 gestiegen. Deine Telekinese ist auf Stufe 21 gestiegen.

Ein kleines Lächeln stahl sich auf mein Gesicht, als ich die Nachrichten des Adjutanten las. Ich entwickelte mich immer weiter. In Anbetracht meiner Umstände verschwendete ich keine Zeit und gab meine neuen Attributspunkte aus.

Dein Verstand ist auf Rang 9 und deine Ausdauer auf Rang 9 gestiegen.

Die Spieler kamen derweil auf mich zu. Ich hielt meine Augen geschlossen und lehnte weiter gegen den Baum, um Müdigkeit vorzutäuschen. Keiner aus der Gruppe war ein Späher, und ihre Schritte auf dem weichen Boden waren klar und deutlich zu hören – zumindest für meine Ohren.

Wenigstens versuchen sie nicht, sich anzuschleichen, dachte ich ironisch, als die sechs einen losen Halbkreis um mich bildeten. Ich wartete ab, ob die Spieler etwas unternehmen würden, aber als sie nichts dergleichen taten, öffnete ich die Augen und stand auf, die Arme verschränkt und allem Anschein nach waffenlos.

Deine versteckte Waffe ist unbemerkt geblieben! Deine Täuschung ist auf Stufe 12 gestiegen.

Ich unterdrückte ein Schnauben. Die Nachricht des Spiels war keine Überraschung. Die Gruppe hatte eine brennende Fackel aufgehoben, die zu Beginn der Schlacht zurückgelassen worden war. Trotzdem leuchtete die Fackel die Gegend nur schlecht aus und die Spieler hatten Mühe, etwas zu sehen. *Kein Wunder, dass sie mein Schwert nicht bemerken.*

"Wer bist du?", fragte einer der Spieler mit einer gezogenen Klinge in der Hand.

Ich sagte nichts, weil mich die unverhohlene Drohung ärgerte.

"Woher kommst du?" fragte Cecilia, ihr Tonfall nur einen Hauch weniger kampflustig als der des ersten Spielers.

Mein Blick glitt zu ihr und ich bemerkte, wie sie verkrampft ihren Stab umklammerte, aber ich brach mein Schweigen nicht.

Ultack verschränkte seine Arme und musterte mich genau. Von den sechs schien er sich am wohlsten zu fühlen. "Das ist er", sagte der Halbork.

"Er?" fragte Cecilia und warf ihrem Begleiter einen scharfen Blick zu. "Er wer?"

"Der, dessen Gesicht auf jeder Kopfgeldtafel klebt", antwortete Ultack.

Bei den Worten des Halborks wurde es still, und ich konnte fast spüren, wie sich die Blicke der Dunklen Spieler verschärften.

Ein Analyseversuch durch ein feindliches Wesen ist gescheitert.
Ein Analyseversuch durch ein feindliches Wesen ist gescheitert.
Ein Analyseversuch durch ein feindliches Wesen ist gescheitert.
Deine Täuschung ist auf Stufe 15 gestiegen.

Ich verbarg mein Grinsen, als drei der Analyseversuche gegen mich scheiterten aber dafür meine Täuschungsfertigkeit verbesserten. *Nützlich.* Trotzdem durfte ich nicht zu selbstsicher werden. Ich hatte nur drei fehlgeschlagene Versuche gespürt, was bedeutete, dass bis zu drei weitere erfolgreich gewesen sein könnten. *Ich muss davon ausgehen, dass sie mein Level kennen.*

"Wir sollten uns das Kopfgeld holen", murmelte einer der Spieler und trat einen Schritt vor.

"Wir werden reich", sagte ein anderer und leckte sich erwartungsvoll die Lippen. "Und nicht zu vergessen, wir ..."

"Nein", schnappte Ultack.

Cecilia runzelte die Stirn über den Halbork, aber sie sagte nichts weiter. Während ich die Dynamik der Gruppe beobachtete, wurde mir klar, dass er wahrscheinlich der Unterkommandant war.

"Ultack hat recht", sagte die Elfe. "Dieser Spieler hat uns geholfen. Wenn er nicht wäre, wären wir wahrscheinlich alle tot."

Ich schnaubte. "Nicht nur wahrscheinlich. Mit Sicherheit."

Cecilias Lippen verzogen sich bei meiner Antwort, aber sie widersprach nicht. Ich bemerkte jedoch, dass sie ihre Finger nicht von ihrem Stab löste oder den anderen Spielern befahl, sich zurückzuhalten.

"Warum hast du uns geholfen?" fragte Ultack und unterbrach die erneute Stille.

Ich zuckte mit den Schultern. "Ihr saht aus, als könntet ihr es brauchen." Ich lächelte. "Habe ich mich geirrt?"

"Hast du nicht", sagte der Halbork. Er ignorierte die stotternden Proteste der anderen und schaute Cecilia an.

Die Elfenmagierin deutete etwas in seinem Blick und rollte mit den Augen, aber einen Moment später drehte sie sich zu mir um und sagte zähneknirschend: "Danke."

Ich neigte den Kopf. "Gern geschehen."

"Gehen lassen können wir dich aber nicht", fügte sie schnell hinzu.

Ich starrte sie mit ausdruckslosem Gesicht an. "Ach? Und du glaubst, ihr könnt mich davon abhalten?"

Ihr Gesicht straffte sich bei meinen Worten. "Wir sind sechs ...", begann sie.

Ultack legte ihr eine beschwichtigende Hand auf den Arm. "Wir werden ihm nichts tun", sagte er. "Das sind wir ihm schuldig."

Die beiden starrten sich einen Moment lang an, bevor Cecilia widerwillig zustimmend mit dem Kinn wippte und sich wieder mir zuwandte. "Es scheint, als hättest du heute Glück, *Michael*."

Die Betonung, die sie auf meinen Namen legte, entging mir nicht. Sie ließ mich wissen, dass sie mich erfolgreich analysiert hatte.

"Wir werden dich nicht daran hindern zu gehen", fuhr Cecilia fort. "Aber nach dem heutigen Tag kannst du keine Gnade mehr von uns erwarten." Sie hielt inne und seufzte dann. "Aber ich kann nicht ignorieren, dass wir in deiner Schuld stehen - eine Schuld, die nicht unerfüllt bleiben darf. Wie können wir sie dir zurückzahlen?"

Ich starrte die Magierin an. Ihr abrupter Gefühlswandel überraschte mich. Ich war mir fast sicher gewesen, dass wir uns gleich bekämpfen würden. Und trotz ihres offensichtlichen Widerwillens schien Cecilias Angebot aufrichtig zu sein. Ich wusste nicht, inwieweit ich ihr trauen konnte, aber für einen Dunklen Spieler war sie ehrenhafter, als ich erwartet hatte.

"Ihr könntet mir das Schriftstück für sicheren Durchgang durch das Koboldlager geben", schlug ich vor und beschloss, die Worte der Elfe auf die Probe zu stellen.

Cecilias Augen weiteten sich, dann verengten sie sich. "Woher ..."

"Der Bastard hat uns ausspioniert!", rief einer der umstehenden Kämpfer.

"Das hätte eigentlich klar sein müssen", murmelte ich.

"Bringen wir ihn um!", rief ein anderer.

Die anderen Spieler knurrten zustimmend, und erhoben ihre Waffen. Ich seufzte. Es sah aus, als stünde mir doch noch ein Kampf bevor. Ich hielt mich bereit, zog meine eigene Klinge aber noch nicht.

"Es reicht!" schnappte Ultack und drehte sich um, um seine Gefährten anzustarren. Als das unzufriedene Geflüster verstummte, drehte sich der Halbork wieder zu mir um. "Bist du uns gefolgt?"

Ich wich seinem Blick nicht aus. "Ja, aber erst, seit ihr das Lager der Langfänge verlassen habt." Bevor das zu neuen Protesten führen konnte, fügte ich hinzu: "Ich habe nichts mit euch zu tun. Nur mit den Kobolden. Ich bin euch nur gefolgt, weil ich eure Anwesenheit dort … interessant fand."

Ultack nickte langsam und schien meine Worte zu akzeptieren.

"Was willst du mit dem Schreiben?" fragte Cecilia und schaute immer noch misstrauisch.

Ich schaute sie an. "Das geht dich nichts an", erwiderte ich und mein Ton wurde härter. "Wenn du deine Schuld begleichen willst, dann gib es mir."

Die Magierin sagte einen Moment lang nichts und kaute auf meinen Worten herum.

"Ich hätte euch nicht helfen müssen", sagte ich, als ich spürte, dass sie schwankte. "Dann hätte ich es nach eurem Tod ganz einfach stehlen können."

Das rief weitere finstere Blicke und gemurmelte Verwünschungen hervor, aber niemand bestritt meine Behauptung. Sie wussten alle, dass ich Recht hatte.

"Gib es ihm", sagte Ultack schließlich.

Cecilia schaute ihren Begleiter verärgert an.

"Wir haben unsere Aufgabe erfüllt", sagte Ultack, unbeeindruckt von ihrem Blick. "Und wir brauchen es sowieso nicht mehr. Das ist eine wirklich kleine Belohnung im Tausch für unsere Leben."

Cecilia sah immer noch nicht überzeugt aus.

"Du weißt, dass der Hauptmann es so wollen würde", beharrte Ultack.

Die Worte des Halborks weckten mein Interesse. Das war das zweite Mal, dass die beiden von einem Vorgesetzten sprachen. Das deutete darauf hin, dass sie Teil einer viel größeren Gruppe waren. Wo war also dieser Hauptmann?

Cecilia nickte widerwillig und ließ sich von Ultacks Argumenten überzeugen. Sie griff in die Tasche an ihrer Seite, zog ein zusammengerolltes Pergament heraus und hielt es mir hin. Neugierig musterte ich den Gegenstand in ihrer Hand.

Dies ist ein Kobold Schriftstück zur sicheren Durchreise. Es ist mit der persönlichen Unterschrift des Schamanen Hyek von den Heulern versehen und garantiert die Sicherheit des Trägers im Sektor 12.560. Jeder Kobold, der das Schreiben des Schamanen missachtet, bekommt den Zorn der Heuler zu spüren.

Ich lächelte, als ich die Beschreibung des Gegenstandes las. Mein Instinkt war richtig gewesen. Mit dem Schriftstück wäre ich der Erfüllung von

Duggars Aufgabe einen Schritt näher und könnte das Lager der Langfänge zumindest betreten. Natürlich wusste ich immer noch nicht, was ich danach tun sollte, aber ich war mir sicher, dass mir etwas einfallen würde.

"Zufrieden?" fragte Cecilia.

Ich nickte wortlos und verbarg meine Freude über das Schreiben.

"Du stimmst zu, dass die Schuld zwischen uns beglichen ist, wenn ich dir das gebe", beharrte sie.

"Tue ich", sagte ich und griff nach dem Gegenstand in ihrer Hand.

Die Elfenmagierin zog ihre Hand zurück. "Ich werde dir das Schriftstück geben", sagte sie. "Aber noch nicht."

Ich richtete mich auf. "Warum nicht?" fragte ich schroff.

"Wir brauchen es noch selbst", sagte Cecilia.

Ich runzelte die Stirn und verstand nicht, was sie meinte.

"Um durch das Lager der Heuler zu kommen", fügte sie hinzu. Als sie sah, dass ich immer noch verwirrt war, fuhr sie fort: "Die Heuler lagern vor der sicheren Zone."

"Vor der sicheren Zone?" fragte ich verblüfft. "Was wollt ihr dort?"

"Das ist der einzige Ort, an dem wir den Sektor verlassen können", sagte sie mit einem Stirnrunzeln.

Ich starrte sie ausdruckslos an.

"Das hier ist ein geschlossener Sektor", unterbrach Ultack uns. "Weißt du, was das bedeutet?"

"Es gibt keinen Weg rein oder raus?" vermutete ich und erinnerte mich an die Worte der beiden Kopfgeldjäger.

"Fast richtig", räumte Ultack ein. "Es gibt keine *natürlichen* Wege in dieses Tal. Der einzige Weg raus oder rein führt über die Ley-Linie, die zum Dungeon führt, oder über ein von Spielern geschaffenes Portal aus einem der anderen Sektoren des Königreichs."

Ich wollte auf keinen Fall in den Dungeon zurückkehren. Ich warf einen Blick auf die glitzernden, schneebedeckten Gipfel, die dank meiner Dunkelsicht noch über den Bäumen zu sehen waren. "Man kann die Berge also nicht überqueren?"

Ein Spieler zu Ultacks linken schnaubte. "Ich würde gerne sehen, wie du das versuchst."

Der Halbork lächelte. "Jorge hat recht. Die Berge sind nicht sonderlich gastfreundlich, aber das ist nicht alles. Selbst wenn du es bis zum Gipfel schaffst, wirst du dahinter nur graues Nichts vorfinden. Es gibt keine Sektoren, die an diesen Sektor angrenzen."

Ich schürzte die Lippen, weil ich nicht sicher war, ob ich ihm glaubte. Was er beschrieb, klang unmöglich, aber Ultacks Informationen stimmten mit dem überein, was ich von dem Kopfgeldjäger Henry erfahren hatte, und ich konnte die Möglichkeit nicht ausschließen, dass beide die Wahrheit sagten. Ich wandte mich an Cecilia. "Und was ist mit der sicheren Zone?"

"Da gibt es das einzige Portal des Sektors", sagte sie.

Ich kratzte mich am Kopf. "Und wo ist das große Problem? Kann man nicht einfach ein anderes erschaffen?"

Cecilias Lippen zuckten, aber sie lachte nicht über meine Unwissenheit.

"Ein Portal zu erstellen ist kein leichtes Unterfangen", begann sie.

"Ganz zu schweigen von den Kosten", warf Jorge ein.

Die Elfe ignorierte die Unterbrechung. "Nur eine Fraktion hat sich die Mühe gemacht, ein Tor zu diesem Sektor zu bauen und zu unterhalten."

Ich brauchte nicht lange zu überlegen, um zu erraten, wer das sein könnte. "Die Erwachten Toten", sagte ich säuerlich.

Es überraschte mich nicht, dass Cecilia nickte.

Trotzdem verwirrte mich ihre Antwort. Wenn ich eines über die Erwachten Toten gelernt hatte, war es, dass sie Außenseiter nicht besonders freundlich behandelten. Ich kniff die Augen zusammen und inspizierte das Schimmern um die Elfe, das ihre Markierungen andeutete. Eine Spielnachricht öffnete sich in meinem Kopf.

Dein Ziel heißt Cecilia, eine Elfe der Stufe 30. Sie ist eine Spielerin und trägt das Mal der geringeren Dunkelheit.

Ich hatte mich nicht geirrt, als ich sie das erste Mal analysiert hatte. Cecilia war nicht an Erebus, Ishita oder eine andere Macht gebunden. *Wie sind sie und die anderen hierhergekommen?*

"Ich nehme an, die Erwachten Toten lassen nicht jeden durch ihr Tor", sagte ich schließlich. "Wie ist eure Gruppe in diesem Sektor gelandet?"

"Wir wurden geschickt", antwortete sie.

Ich runzelte die Stirn. "Um was zu tun?" *Und von wem?*

"Das geht dich nichts an", entgegnete Cecilia.

Ich konnte mir ein Grinsen nicht verkneifen, als sie mir meine eigenen Worte entgegenschleuderte. Ich ließ die Sache jedoch auf sich beruhen und wandte mich wieder dem eigentlichen Thema zu. "Also gut, wenn die Erwachten Toten einen durch das Tor reinkommen lassen, nehme ich an, dass sie einen auch wieder gehen lassen?"

"Genau" sagten Cecilia und Ultack gleichzeitig.

Trotz der Entschlossenheit, mit der die beiden antworteten, spürte ich einen Unterton von Unsicherheit in ihren Worten. Ich ignorierte ihn. "Dann werden sie es auch mir erlauben. Ich habe selbst ein Zeichen der Dunkelheit und ich bin mir sicher, dass ich als einer eurer Leute durchgehen kann."

Ultack schüttelte den Kopf. "So einfach ist es nicht." Er zog seinen rechten Handschuh aus und enthüllte ein Spinnen Tattoo auf seinem Handrücken. "Damit kontrollieren Ishitas Leute den Zugang zum Portal. Du wirst nicht durchkommen."

Bei der Erwähnung des Namens der Spinnengöttin verzogen sich meine Lippen. Ich konnte also davon ausgehen, dass ich hier mehr von ihrem Volk antreffen würde. Schlimmer noch, sie schienen die Kontrolle über den Sektor zu haben.

Außerdem waren ihre Leute nicht durch meinen Pakt mit Erebus eingeschränkt. Ich hielt inne, als mich ein Gedanke überkam. War das der Grund, warum die Macht den Bedingungen unseres Nichtangriffspakts so bereitwillig zugestimmt hatte? Er brauchte mich nicht selbst zu jagen, wenn seine Verbündete die Arbeit erledigte. *Argh.*

Mein Blick wanderte zu den toten Spielern. Ich nahm an, dass sie in der sicheren Zone wiederbelebt werden würden, aber würde ihr Tattoo auch nach ihrem Tod bleiben? "Was ist mit denen?"

"Ihre Markierungen bleiben bestehen", sagte Cecilia und bestätigte meine Befürchtungen. "Die Tätowierungen sind magischer Natur und bleiben, solange wir im Sektor sind."

Die Flucht aus der Region wurde von Minute zu Minute komplizierter. "Also was? Heißt das, ich sitze hier fest?"

Cecilia und Ultack tauschten stumme Blicke aus und antworteten nicht - was wohl Antwort genug war. Ein anderer Spieler war weniger zurückhaltend.

"Ganz genau so ist es", gluckste Jorge.

Ich sah ihn finster an, antwortete aber nicht. Ich war mir jetzt sicher, dass Erebus sich deswegen nicht allzu sehr um die Bedingungen unserer Abmachung gekümmert hatte. Wenn ich nicht aus dem Sektor fliehen konnte, verlor die Macht durch die Einhaltung des Nichtangriffspakts nichts.

Der Gedanke daran hinterließ ein mulmiges Gefühl in meinem Magen - Angst vor der Macht und Bitterkeit über mich selbst, weil ich so betrogen worden war.

"Du solltest trotzdem mit uns in die sichere Zone kommen", sagte Ultack langsam. Vielleicht hatte er meine dunklen Gedanken gespürt. "Vielleicht kann dir dort jemand helfen."

Ich seufzte. Ich bezweifelte, dass es einfach sein würde, Hilfe zu bekommen - oder dass sie freiwillig gegeben werden würde. Aber ich ließ mich nicht entmutigen.

Ich werde entkommen.

Ich wischte meine düsteren Gedanken beiseite und betrachtete die Worte des Halborks etwas objektiver. An seinem Vorschlag war etwas dran.

Ein Besuch in der sicheren Zone wäre nützlich, wenn auch vielleicht nicht aus den von Ultack vorgeschlagenen Gründen. Ich musste das ganze Ausmaß meiner Lage verstehen - *wie sehr war ich gefangen?* - und den Wahrheitsgehalt der Erzählungen der Spieler bestätigen.

Und das konnte ich nur tun, indem ich die sichere Zone besuchte.

Ich wandte mich wieder an Cecilia. "Wir haben einen Deal. Ich begleite euch in die sichere Zone, und wenn wir dort sind, gibst du mir das Schreiben."

Die Elfenmagierin nickte. "Einverstanden."

TAG 2. NACHT.

Nachdem ich meine Schwerter von der Leiche des Rhomodillo zurückerobert hatte, hielt ich Wache, während Cecilias Gruppe die Körper ihrer Toten plünderte. Sie ließen sich Zeit und verstaute die Besitztümer ihrer Gefährten sorgfältig in ihren Rucksäcken, um sie später weiterzugeben, wie ich annahm.

Während ich wartete, dachte ich über meine neuen Gefährten nach. Ultack war mir sympathisch, und Cecilia schien auch nicht schlecht zu sein. Von den anderen wusste ich bereits, dass ich Jorge nicht mochte, aber ich hatte nicht viel Zeit damit verbracht, über die anderen nachzudenken, und so analysierte ich sie noch einmal der Reihe nach.

Dein Ziel heißt Ultack, ein Halbork der Stufe 30.
Dein Ziel heißt Jorge, ein Mensch der Stufe 26.
Dein Ziel heißt Luriel, eine Elfe der Stufe 27.
Dein Ziel heißt Fogbear, ein Mensch der Stufe 26.
Dein Ziel heißt Mist, ein Elf der Stufe 28.

Wie Cecilia waren auch die anderen durch das Scharmützel mit dem Rhomodillo ein Level aufgestiegen und generell hatten alle überraschend hohe Level. Aber nichts deutete darauf hin, dass einer von ihnen ein neuer Spieler wie ich war, und ich wusste bereits, dass sie nicht aus dem Dungeon kamen.

Woher kommen sie also, und was noch wichtiger ist, was machen sie in diesem abgelegenen Sektor?

Ich wunderte mich ebenfalls über meinen Drang, ihnen zu helfen. Bei den Kopfgeldjägern hatte ich keine solche Neigung verspürt. Was hatte mich dieses Mal zum Handeln veranlasst?

Vielleicht habe ich einfach eine Schwäche für ein Fräulein in Not, dachte ich ironisch und ließ meinen Blick zu Cecilia wandern. Die Elfenmagierin war sicherlich attraktiv, aber ihre Schönheit war von einer kalten, hochmütigen Art. *Ganz und gar nicht mein Typ.* Ich schnaubte. Nicht, dass ich mich daran erinnern könnte, was mein Typ war, oder ob ich überhaupt einen hatte.

Vielleicht war es nur Eigennutz, der mich zum Eingreifen veranlasst hatte. Das Schriftstück der Kobolde war wertvoll, und wenn die Heuler tatsächlich den Zugang zur sicheren Zone blockierten, war er sogar noch nützlicher, als ich anfangs vermutet hatte.

Wird Cecilia ihr Wort halten? fragte ich mich. *Oder wird ihre Gruppe mich verraten, sobald sie in Sicherheit sind?*

Mein Blick wanderte zu Ultack. Meine Intuition sagte mir, dass ich mich auf ihn verlassen konnte. Ich schürzte meine Lippen. Da war es wieder: ein Instinkt in mir, der mein Handeln steuerte. Obwohl ich ein unbehagliches Gefühl hatte, spürte ich, wie ich ihm auf unerklärliche Weise vertraute. Ich konnte mich nicht daran erinnern, jemals zuvor ein solches Gefühl gehabt zu haben, und ich fragte mich, was es jetzt ausgelöst hatte.

Kommt das von "Wolf"?

Ich war mir nicht sicher, aber es fühlte sich an, als könnte das der Grund sein. Ich biss mir auf die Innenseite der Wange. Langsam hatte ich das Gefühl, dass hinter meinem vermeintlichen wölfischen Erbe viel mehr steckte, als ich ursprünglich angenommen hatte, und ich fragte mich, was aus mir wurde.

✳ ✳ ✳

Als die anderen fertig waren, machten wir uns auf den Weg nach Süden.

Ich gab meine Baumkronen auf und schloss mich den anderen auf dem Waldboden an. Zum einen zog ich es vor, meine Art der Fortbewegung im Wald geheim zu halten, und zum anderen war ich neugierig über die Gruppe.

Leider konnte ich nur wenig aus meinen neuen Gefährten rausbekommen. Sie waren wortkarg und wachsam und ließen ihre Augen ständig über die umliegenden Bäume schweifen, um nach Gefahren Ausschau zu halten. Doch während ich die Disziplin der Gruppe bewundernswert fand, war ich von ihrer Beobachtungsgabe nicht gerade beeindruckt.

Immer wieder lag es an mir, die Gruppe vor herannahenden Raubtieren zu warnen, die sie nicht entdeckt hatten, und sie von Höhlen von Kreaturen fernzuhalten, die sie irgendwie übersehen hatten. Nach einiger Zeit fiel ihnen meine besondere Auffassungsgabe natürlich auf.

"Wie machst du das?" fragte Jorge, die Irritation in seiner Stimme unverhohlen.

"Wie mache ich was?" fragte ich unschuldig.

Der menschliche Kämpfer sah mich finster an. Nach seiner Ausrüstung zu urteilen, hielt ich ihn für einen Schadensausteiler. "Stell dich nicht dumm", schnauzte er. Er beäugte mich misstrauisch. "Lockst du die Biester zu uns?"

Ich lachte. "Was? Du meinst, der Wald ist nicht schon gefährlich genug?"

Er starrte mich an, erwiderte aber nichts, sondern wandte sich ab, um vergeblich die Umgebung zu studieren. Ultack gluckste neben mir. "Du solltest Jorge nicht so necken."

Ich blickte zu ihm auf. "Warum? Weil er so ein netter und hilfsbereiter Kerl ist?"

Der Halbork lachte nur noch lauter. "Nein", sagte er, als er sich beruhigte. "Weil du ihn ablenkst."

Ich beäugte ihn von der Seite. "Du hast mich noch nicht gefragt, warum ich mehr aufspüre als ihr."

Ultack zuckte mit den Schultern. "Das ist doch klar. Du bist ein Späher oder eine Art Schurke."

Ich nickte und machte mir nicht die Mühe, ihn zu korrigieren. "Wie weit ist es noch bis zur sicheren Zone?" fragte ich, um das Thema zu wechseln.

"Wir sollten vor Sonnenaufgang dort sein", antwortete der Halbork. Er hielt inne. "Vorausgesetzt, dass uns nichts auflauert."

Ich lächelte. "Ich werde mein Bestes tun, damit das nicht passiert."

✳ ✳ ✳

Wir erreichten unser Ziel ohne größere Zwischenfälle, was vor allem an meinen eigenen Bemühungen lag. Wir wurden einmal von einem Paar Waldkatzen angegriffen - sie ließen sich aber leicht abwehren - und noch zweimal von einem Rudel Hyänen. Die hässlichen Kreaturen waren hartnäckiger als die Katzen zuvor, aber nachdem Cecilia ein halbes Dutzend mit einem einzigen Zauber getötet hatte, kamen sie zur Vernunft und belästigten uns nicht mehr.

Genau wie Ultack es vorausgesagt hatte, erreichten wir den südlichen Rand des Tals, als sich der Himmel langsam aufhellte. Als wir die Baumgrenze hinter uns ließen, standen wir am Fuße eines felsigen Abhangs. Ich stolperte bei dem Anblick, der sich uns bot: Koboldfestungen.

Riesig und offen am Berghang gebaut.

Das Lager der Heuler war um ein Vielfaches größer als das der Langfänge, denn es war kein Lager, sondern eine Festung mit Wachtürmen, Lehmziegelmauern, Wällen und Holztoren.

Überall waren mehr als genug Wachen aufgestellt. Kobolde in Kettenrüstungen und mit langen Speeren marschierten auf den Mauern, bemannten die Ballisten auf den Türmen und standen vor den Toren Wache.

Ich pfiff anerkennend und war froh, dass es nicht die Heuler waren, die ich loswerden musste. Es war jetzt klar, dass die Kobolddelegationen im Tal nicht alle gleich groß und stark waren, und im Vergleich zu den Heulern wirkten die Langfänge geradezu primitiv.

"Beeindruckend, nicht wahr?" sagte Cecilia.

Ich warf einen Blick auf die Elfe, die neben mir stand. "Ziemlich" murmelte ich. "Wie lange sind sie schon hier?" *Und sind die Roten Ratten genauso stark?*

Die Magierin zuckte mit den Schultern. "Ich habe keine Ahnung. Die Heuler waren schon lange vor uns hier und scheinen die Absicht zu haben zu bleiben."

Danach sah es definitiv aus. Ich ließ meinen Blick noch einmal über die Festungsanlage schweifen, um so viele Details wie möglich aufzunehmen. Die Koboldfestung war an der Seite des steil aufragenden Berghangs gebaut, so dass ihr Inneres gut zu sehen war. Hinter der Außenmauer befand sich eine Innenmauer, und darin lag ein Dorf.

Die Siedlung bestand aus einer Gruppe von Blockhütten. Aufgrund der unterschiedlichen Bauweisen und der Tatsache, dass sich keine Kobolde in der Siedlung befanden, hielt ich das Dorf für die sichere Zone.

Ultack und Cecilia haben also nicht gelogen. Die Heuler haben wirklich die Kontrolle über die sichere Zone. Um hineinzugelangen, müssten wir sowohl die äußere als auch die innere Mauer der Koboldfestung durchqueren.

"Komm schon", sagte Ultack. "Sie haben uns schon gesehen."

Der Halbork übernahm die Führung und führte die Gruppe den Hang hinauf zum Eingang der Festung. Dort warteten ein Dutzend Kobolde, die Stabdolche trugen und in Kettenhemden gekleidet waren. Die Wachen hoben drohend ihre Waffen, als wir näherkamen, aber sie schienen unbesorgt. Noch immer unsicher über meine Gefährten und ihre eigenen Absichten, ließ ich die Hände zu meinen Klingen wandern.

Ultack hatte mir erzählt, dass Kobolde Spieler verachteten und sie oft beim bloßen Anblick schon angriffen. Die Situation hier im Tal war jedoch ungewöhnlich. Die Kobolde waren von Erebus hierhergelockt worden, und während die Verhandlungen mit der Macht noch liefen, hatten die drei Delegationen zugestimmt, den Schrieb über sicheren Durchgang zu respektieren.

Als wir das Tor erreichten, trat Cecilia vor und winkte mit der Schriftrolle.

"Nähert euch", grunzte der Anführer der Kobolde und senkte seine Waffe.

"Wie viele Kobolde gibt es in dieser Festung?" fragte ich Ultack leise, während wir darauf warteten, dass die Wachen Cecilias Schriftrolle untersuchten.

"Der Schamane, der die Delegation der Heuler anführt, hat eine Eskorte von eintausend Koboldkriegern, allesamt Elitekrieger ihres Stammes", antwortete er. Der Halbork beäugte mich eindringlich. "Sieh zu, dass du dich benimmst. Schriftrolle oder nicht, sie werden angreifen, wenn wir den Frieden brechen."

"Ich werde nichts tun, um sie zu provozieren", versprach ich.

Ultack grunzte anerkennend.

Nach ein paar Minuten der Inspektion winkte uns der Anführer der Kobolde durch. Ich folgte dem Trupp, meine Hände immer noch an meinen Klingen.

Das Innere der Festung war genauso geordnet und stark patrouilliert wie die äußeren Verteidigungsanlagen. Lange, rechteckige Gebäude - Kasernen, wie ich annahm - waren in militärisch präzisen Reihen angeordnet. Über ihnen thronte eine zentrale Burg.

Da muss der Schamane sein, vermutete ich. Die Burg selbst war mindestens drei Stockwerke hoch und wurde von eigenen Türmen und Zinnen gekrönt. Sie ragte hoch über die innere Mauer hinaus und war von überall in der Sicherheitszone aus gut zu sehen, was vermutlich so gewollt war.

Offensichtlich wollten die Heuler, dass Spieler im Inneren an ihre Anwesenheit erinnert wurden.

Wir marschierten ohne belästigt zu werden durch das Lager, durch einen Mittelgang, der direkt vom Nordtor der Festung zum inneren Tor der sicheren Zone führte. Ich schwenkte meinen Kopf nach links und rechts. Kobolde beobachteten uns aus allen Richtungen, aber keiner näherte sich.

Ich wählte wahllos Kobolde aus und analysierte sie.

Dein Ziel ist ein Elitekoboldkrieger der Stufe 59.
Dein Ziel ist ein Elitekoboldkrieger der Stufe 62.
Eliten sind die Spitze der Koboldkriegerkaste, stärker, schneller und tödlicher als andere Kobolde. Jede Elite ist mit der besten verfügbaren Koboldausrüstung ausgestattet und hat ein strenges Training zu

Gruppentaktiken absolviert. Einzeln können sie es mit den meisten Spielern aufnehmen, aber zusammen sind sie erst überragend. Im Tandem können Koboldeliten selbst die stärksten Spieler besiegen.

Meine Güte. Jeder Kobold, den ich untersuchte, war eine Elite, und sie alle waren fast doppelt so stark wie ich. Das brachte mich dazu, über den Schamanen selbst nachzudenken.

"Kriegen wir den Schamanen auch zu sehen?" fragte ich.

Ultack schnaubte. "Unwahrscheinlich. Der Schamane der Heuler hat mit Leuten wie uns nichts am Hut. Außerdem haben wir einen Befehl. Wir werden uns direkt in die sichere Zone begeben."

Ich nickte nachdenklich und verbrachte den Rest der kurzen Reise schweigend. Bald erreichten wir das Tor in der inneren Mauer. Wortlos ließen uns die Wachen durch und wir verließen die Festung.

Eine Spielnachricht erschien in meinem Kopf.

Du hast eine sichere Zone betreten.

Ich atmete aus und ein Teil meiner Anspannung fiel von mir ab. Wir hatten es geschafft.

Jetzt muss ich nur herausfinden, was mich in diesem Sektor sonst noch erwartet.

Und, was noch wichtiger ist, wie ich ihm entkomme.

Kapitel 98: Ein Krug Ale

Das Tor schlug unheilvoll hinter uns zu.

Aber ich war nicht beunruhigt. Ich war mir sicher, dass ich die innere Mauer erklimmen konnte, wenn nötig – sie war nur halb so hoch wie die äußere. Die anderen Verteidigungsanlagen der Festung zu überwinden, wäre jedoch nicht so einfach.

Aber dann habe ich ja das Schreiben.

Cecilias Gruppe löste sich wortlos auf und nur die beiden Anführer blieben zurück. Ich ließ meinen Blick an den Mauern entlang schweifen, die die sichere Zone umgaben. Sie waren ebenfalls stark bewacht. Die Heuler hatten sich große Mühe gemacht, Spieler in diesem Sektor zu halten, und ich fragte mich, warum. "Welchem Zweck dient das alles?" fragte ich und deutete auf die Festungsanlagen.

"Kontrolle", antwortete Ultack grimmig.

Ich sah ihn stirnrunzelnd an. "Kontrolle über die Spieler, die den Sektor betreten, meinst du? Warum sollten Kobolde das wollen? Und warum sollten die Spieler das überhaupt zulassen?"

Cecilia schnaubte. "Es sind nicht die Kobolde, die Kontrolle wollen."

Ich starrte sie ausdruckslos an, dann verstand ich, was sie meinte. "Du meinst, die Kobolde handeln nur auf Geheiß der Erwachten Toten?"

Sie nickte. "Ishita hat ihnen das Gebiet geschenkt und sie machen lassen, was sie wollen."

Ich kratzte mich am Kinn. "Ja, aber warum? Sie hat das Portal, das hierherführt doch schon. Wozu braucht sie zusätzliche Kontrollmaßnahmen?"

Die Magierin lächelte. "Vielleicht wirst du es irgendwann herausfinden", sagte sie kryptisch.

Ich öffnete meinen Mund, um sie weiter auszufragen, aber bevor ich das tun konnte, unterbrach Cecilia mich. "Hier werden sich unsere Wege trennen. Wir müssen uns bei unserem Vorgesetzten melden."

Ich schloss meinen Mund mit einem Schnappen und streckte meine Hand aus. Ohne Widerrede legte die elfische Magierin die Schriftrolle in meine Handfläche.

Du hast ein Kobold Schriftstück zur sicheren Durchreise erworben.

"Danke", sagte ich und atmete langsam erleichtert aus. Meine Instinkte hatten mich nicht betrogen. Die beiden hatten ihr Wort gehalten.

Cecilia neigte den Kopf und drehte sich um. "Komm schon, Ultack. Der Hauptmann wartet sicher schon auf uns."

Der Halbork hielt inne, um zum Abschied zu winken. "Viel Glück, Michael."

"Euch auch", sagte ich und sah ihnen nach.

Nachdem die beiden aus meinem Blickfeld verschwunden waren, verstaute ich die Schriftrolle in meinem Rucksack und suchte die Gegend methodisch ab. Im Dorf gab es mindestens zwei Dutzend Blockhütten. Ihre Größe variierte von Häusern mit einem einzigen Schlafzimmer bis hin zu ein paar mehrstöckigen Gebäuden. Ich merkte sie mir für weitere Untersuchungen und vermutete, dass es sich entweder um Läden oder öffentliche Gebäude anderer Art handelte.

Die Straßen waren leer und die sichere Zone unheimlich ruhig, aber der Tag war noch jung. Wären die Kobolde nicht gewesen, hätte das kleine Dorf am Berghang einen ruhigen Eindruck gemacht. Ich schritt vorwärts und wanderte weiter in die Siedlung.

Während ich lief, ließ ich mir meine kommenden Aufgaben durch den Kopf gehen. Heute war der dritte Tag meines Nichtangriffspakts mit Erebus, und ich hatte nicht mehr viel Zeit, meine Ziele zu erreichen. Bevor ich aus dem Tal fliehen konnte, musste ich Duggars Aufgabe erfüllen. Ich war den Wölfen etwas schuldig und das war das mindeste, was ich für sie tun konnte. Ganz abgesehen davon, dass die Befreiung des Tals von den Langfängen mir Informationen über mein Wolfsmal verschaffen würde.

Ich hatte aber noch keinen wirklichen Plan.

Oh, ich hatte einige Ideen, aber meine Planung war noch lange nicht abgeschlossen, und es gab noch zu viel, das ich nicht wusste. Ich musste meine Wissenslücken schnell schließen oder riskieren, noch im Tal zu sein, wenn mein Pakt mit Erebus auslief. Ishitas Anhängern ungeschützt ausgesetzt zu sein, war schlimm genug. Da wollte ich nicht auch noch die von Erebus in Kauf nehmen.

Wo soll ich anfangen?

Ich orientierte mich an dem größten Gebäude des Dorfes, einem dreistöckigen Haus mit zwei Schornsteinen, die Rauch ausstießen, und ging in diese Richtung.

❋ ❋ ❋

Das fragliche Gebäude lag leicht erhöht und eine kurze Treppe führte zu seinen Doppeltüren. Bevor ich hinaufstieg, betrachtete ich das Schild, das am Fuß der Treppe angebracht war: "Das Schläfrige Gasthaus".

Die Türen der Taverne waren geschlossen und die Fenster verriegelt, aber der Rauch, der aus den Schornsteinen drang, verriet mir, dass sie geöffnet hatten. Neben dem Schild befand sich ein hölzernes schwarzes Brett. Es war vollkommen mit alten Papierfetzen zugekleistert, aber in der Mitte hingen zwei aktuelle Plakate.

Das erste war ein Bild von mir.

Ich verzog das Gesicht, während ich die Nachricht las. Es war ein Aushang für Ishitas Kopfgeld – eintausend Goldmünzen – und beschrieb die Qualen, die ich bitte erleiden sollte, in allen Einzelheiten. Ich riss das Blatt ab, zerrupfte es und ließ die Stücke im Wind verstreuen. Nicht, dass das etwas nützte. Inzwischen war wahrscheinlich jeder Spieler in diesem Sektor auf der Suche nach mir.

Ein weiteres ausgeschriebenes Kopfgeld erregte meine Aufmerksamkeit. Dieses galt einer Bestie - der Wyvernmutter. Ich beugte mich vor und betrachtete den Aushang genauer. Das Plakat war von einem Spieler namens Gelar aufgehängt worden.

Die Belohnung wurde nicht genannt, genau wie der Grund für das Kopfgeld. Es wurde lediglich darauf verwiesen, dass alle Anfragen an Gelars Laden zu richten seien. Ich schürzte die Lippen, während ich mich fragte, warum ein Spieler so dumm sein sollte, dieses Biest zu jagen.

Ich kehrte zur Taverne zurück, stieg die kurze Treppe hinauf und betrat das düstere Innere. Die Doppeltüren führten in einen offenen Gastraum mit wahllos verstreuten Tischen. Auf der linken Seite befand sich ein Bartresen und auf der rechten eine kleine Bühne, die im Moment leer war.

Selbst zu dieser frühen Stunde war die Taverne schon gut besetzt. Vier Gestalten saßen in der dunkelsten Ecke des Raumes. Zwei saßen in ihren Stühlen und nippten langsam an ihren Getränken, während die anderen beiden mit dem Kopf auf dem Tisch lagen und allem Anschein nach eingeschlafen waren. Ich nahm mir einen Moment Zeit, die Gruppe zu untersuchen.

Die vier waren zwar Spieler, aber zu betrunken, um eine große Bedrohung darzustellen. Ich ignorierte sie und schritt auf den Tresen zu. Der Mann dahinter musterte mich aufmerksam und seine Augen verengten sich, als ich näherkam. Einen Moment später schnappte er nach Luft. Ich nahm an, dass er mich analysiert hatte.

"Du!", zischte er. "Was machst du denn hier? Hast du das Schwarze Brett nicht gesehen?"

Ich lächelte. "Ich dachte das hier ist eine sichere Zone."

"Das heißt lange nicht, dass es wirklich sicher ist", erwiderte er. "Du kommst hier nicht lebend raus." Der Barkeeper, zumindest hielt ich ihn für einen, nahm einen leeren Krug in die Hand und begann, ihn energisch zu schrubben.

"Vielleicht" stimmte ich zu. "Aber in der Zwischenzeit ... Wie wäre es mit einem Drink?"

Meine Bitte schien den Barkeeper für einen Moment zu verwirren, aber dann nickte er widerwillig und fragte: "Was möchtest du?"

Ich zuckte mit den Schultern. "Dein bestes Ale." Ich setzte mich auf einen der Barhocker und musste feststellen, dass ich kein Geld dabeihatte. "Oh, Moment, was kostet eins?"

Der Barkeeper beäugte mich einen Moment lang und schnaubte dann. "Da du nicht mehr lange auf dieser Welt bist, geht es aufs Haus." Er hielt inne. "Nur das erste. Der Rest geht auf dich."

Ich grinste. "Danke."

Während er einschenkte, studierte ich den Barkeeper. Er war ein dürrer Mann mit grauem Haar und einfacher Baumwollkleidung. Er trug keine Rüstung und hatte keine Waffen bei sich. Ganz und gar nicht das, was ich von einem Spieler erwartete, selbst wenn er sich in einer sicheren Zone befand. Neugierig analysierte ich ihn.

Dein Ziel heißt Benadean, ein Mensch. Er ist ein Spieler und trägt die Markierungen der geringen Dunkelheit, des Schattens und des Lichts.

Interessanterweise enthüllte das Spiel keine Informationen über das Level des Barkeepers. "Welches Level bist du?" fragte ich, da ich beschloss offen zu sein.

Benadean sah auf, eine Augenbraue hochgezogen. "Du hast mich analysiert?"

Ich nickte.

Er seufzte. "Wie hat es ein Neuling wie du geschafft, Ishita zu beleidigen?"

Ich blinzelte, verblüfft von seiner Antwort.

Benadean schüttelte angesichts meiner Verwirrung den Kopf. "*Jeder* weiß, dass Zivilisten keine Spielerlevel haben. Du musst ziemlich unerfahren sein, wenn du das noch nicht mitbekommen hast."

Meine Lippen verzogen sich säuerlich. "Lass mich in Frieden, okay? Sagen wir einfach, ich hatte nicht die besten Mentoren, als ich das Spiel angefangen habe. Und ich bin immer noch neu in dieser Welt."

Der Barkeeper biss sich auf die Lippe. "Und trotzdem bist du schon auf Rang drei", murmelte er, mehr zu sich selbst als zu mir.

"Was ist ein Zivilist?" fragte ich, ignorierte seine Bemerkung und lenkte das Gespräch wieder zurück aufs Thema.

"Nicht alle Klassen im Spiel sind Kampfklassen", antwortete Benadean und schien mich gerne aufzuklären. "Manche Spieler entscheiden sich für einen friedlicheren Weg. Allerdings gibt es nicht sehr viele von uns."

Er meint wohl Kaufleute und Gastwirte, dachte ich, als ich über seine Antwort nachdachte. "Man darf sich aber drei Klassen aussuchen", warf ich ein. "Wolltest du nicht wenigstens eine Kampfklasse haben?"

"Zivile Klassen sind anders als Kampfklassen. Sie füllen alle drei Slots."

"Wirklich?" sagte ich. "Das ist interessant. Wie verbessern sich Zivilisten dann oder werden stärker?"

"Das tun wir nicht. Zumindest nicht so, wie du es meinst."

Ich runzelte die Stirn, weil ich nicht verstand, warum jemand einen solchen Weg einschlagen würde.

Benadean gluckste. "Ein Zivilist zu sein, hat auch seine Vorteile. Wir werden zwar nicht stärker, aber wir können trotzdem Fertigkeiten und Fähigkeiten erlernen, und im Gegensatz zu euch Kämpfern sind wir nicht durch unsere Eigenschaften eingeschränkt. Die meisten Mächte interessieren sich nicht besonders für uns. Dennoch sind genug von uns zu mächtigen Künstlern und Handwerkern geworden, so dass wir toleriert werden."

"Ich verstehe", sagte ich und stellte fest, dass jeder Händler, den ich getroffen hatte, auch ein Zivilist gewesen sein musste.

"Wie sieht dein Leben also aus? Du reist von Sektor zu Sektor und betreibst deine Taverne?"

Er zuckte mit den Schultern. "So ähnlich."

"Ist das nicht ... langweilig?"

Benadean zuckte mit den Schultern. "Aufregung ist überbewertet. Außerdem habe ich bis jetzt noch keinen reichen Abenteurer getroffen. Reiche Kaufleute kenne ich zuhauf." Er lächelte. "Ihr Kämpfer riskiert täglich den Tod und habt meistens Mühe, zwei Münzen zusammenzukratzen. Ich dagegen habe ein komfortables Leben und werde wahrscheinlich bis ins hohe Alter leben - wenn nicht sogar ewig." Er stellte einen Krug Ale vor mir ab. "Sag mir also welcher Weg der bessere ist."

Ich antwortete nicht, da ich nicht einlenken wollte. Ich neigte den Kopf und nippte an meinem Getränk. "Sehr lecker", sagte ich, um das Thema zu wechseln.

Der Barkeeper grunzte. "Da wird mir ganz warm ums Herz."

Ich trank eine Weile schweigend, bevor ich den Barkeeper nach weiteren Informationen ausquetschte. "Gibt es hier in der Nähe eine Bank?" fragte ich.

"Eine Bank?"

"Ja."

"Das weißt du nicht?" fragte Benadean und klang überrascht. "Die Ätherkoordinaten dieses Sektors sind versteckt und nur den Magiern bekannt, die das Portal kontrollieren. Hier gibt es keinen Zugang zu einer Bank. Und auch keinen Zugang zum Nexus."

Ich sah auf und starrte den Barkeeper erstaunt an. Keine Bank? Das bedeutete, dass ich wirklich pleite war, ganz zu schweigen davon, dass der fehlende Zugang zu Banken und den Nexusmärkten für die Spieler hier ziemlich unpraktisch sein musste. Und dennoch waren sie immer noch hier ... Was hatte es mit diesem Sektor auf sich? Warum war er so wichtig?

"Ich verstehe", sagte ich schließlich. "Kann ich irgendwo handeln?"

Benadean sah mich mitleidig an. "Die meisten Spieler hier sind entweder Teil der Fraktion der Erwachten Toten oder irgendwie mit ihnen verbunden. Bei dem Kopfgeld, das Ishita auf dich ausgesetzt hat, werden dir die Händler im Dorf nichts verkaufen - selbst wenn du Geld hättest."

Ich verzog die Mundwinkel, sagte aber nichts. Ich wusste, dass es zu viel gefragt war, in der sicheren Zone neue Vorräte zu erwarten.

"Andererseits", sagte der Barkeeper, als er weiter über seine Antwort nachdachte, "könntest du es mit der Dunklen Druidin versuchen."

"Mit wem?"

"Mariga. Ihr gehört der Laden am südlichen Ende des Dorfes." Er hielt inne. "Sei aber vorsichtig mit ihr. Sie ist ein bisschen ... seltsam."

Mit seltsam kam ich klar. "Danke", sagte ich mit ernster Miene. Ich stellte meinen leeren Krug ab und stand auf.

"Oh", sagte ich und hielt inne, als mir etwas anderes einfiel. Ich hatte kaum gute Optionen, also blieben mir nur die weniger klugen.

Vielleicht war es an der Zeit, töricht zu sein.

"Kannst du mir auch den Weg zu Gelars Laden zeigen?"

Kapitel 99: Überraschung am Marktplatz

Ich verließ die Taverne und ging in Richtung Südosten. Die Straßen waren leer, und ein Großteil der Stadt lag noch im Schatten. Gelars Laden war das nähere meiner beiden Ziele.

Benadean zufolge war Gelar ein gnomischer Alchemist und einer der wohlhabendsten Händler des Dorfes. Sein Laden war auf dem Hauptmarktplatz und
angeblich nicht zu übersehen.

Der Marktplatz war nicht schwer zu finden. Wenn Benadeans Informationen stimmten, war das Haus des Alchemisten die grell gestrichene Blockhütte direkt gegenüber von mir. Aber ich schenkte ihr nur einen flüchtigen Blick, da meine Aufmerksamkeit von etwas ganz anderem gefesselt war.

In der Mitte des Marktplatzes ruhte unter einer durchsichtigen roten Kuppel ein Portal.

Zwei rot gekleidete Gestalten standen auf beiden Seiten des schimmernden Lichtvorhangs, eine spielte träge mit einem Stab in den Händen. *Magier.* Meine Schritte verlangsamten sich, und ich duckte mich unterbewusst, als ich die beiden als Erwachte Tote einstufte.

Ich streckte meinen Willen aus und analysierte beide.

Dein Ziel heißt Ishan, ein Mensch der Stufe 96. Er ist ein Spieler und trägt eine Markierung der geringen Dunkelheit und eine Markierung von Ishita.

Dein Ziel heißt Worca, eine Elfe unbekannter Stufe. Sie ist eine Spielerin und trägt eine Markierung der größeren Dunkelheit und eine Markierung von Ishita.

Natürlich bestätigte die Analyse meinen Verdacht. Mein Blick fixierte die Elfe, während ich in die Schatten schlüpfte und näher heranschlich.

Du bist versteckt.

"Unbekanntes Level", murmelte ich und mein Puls beschleunigte sich. Der einzige andere Spieler, bei dem meine Einsicht nicht funktioniert hatte, war Stayne.

Ist die Elfe genauso stark? Sicherlich nicht.

Die beiden hatten mich noch nicht entdeckt. Obwohl sie offensichtlich das Portal bewachten, waren die beiden eingeschworenen Gefolgsleute von Ishita alles andere als wachsam. Vielleicht war es ihr hoher Rang, der sie selbstgefällig machte, oder vielleicht lag es daran, dass wir uns in einer sicheren Zone befanden, aber die beiden reagierten nicht, als ich sie flankierte und mich bis auf einen Meter an sie heranschlich.

Zwei feindliche Wesen haben dich nicht entdeckt! Du hast es nicht geschafft, deine Schleichkünste zu verbessern: In dieser Zone können keine Fertigkeiten erworben werden.

Ihre Wahrnehmung muss wirklich hinterherhinken, dachte ich mit einem kleinen Grinsen. Kurz vor der durchsichtigen Kuppel hielt ich inne und blieb stehen. Ich wusste nicht, wofür der Schild da war und vermutete, dass ich die Magier bei einem Versuch hindurchzugehen alarmieren würde.

Ich hockte mich hin und beobachtete meine Ziele geduldig. Die beiden sprachen nicht. Die Elfe stand mit bewundernswerter Ruhe da, ihre Augen waren geschlossen und ihr Körper zuckte nicht einmal. Ich fragte mich, ob sie schlief.

Ihr menschlicher Begleiter war weniger beherrscht. Er zappelte ständig herum, hopste von einem Fuß auf den anderen, rieb sich die trüben Augen und hielt sich die Hand vor den Mund, wenn er gähnte.

Die Minuten vergingen, und ich bewegte mich immer noch nicht. Ich war mir nicht sicher, was ich zu erreichen hoffte, aber das hier war eine unerwartete Gelegenheit, meine Feinde zu beobachten, und ich wollte sie nicht ungenutzt verstreichen lassen.

"Wo sind die anderen?" platzte Ishan fast dreißig Minuten später heraus. "Unsere Schicht ist schon lange vorbei."

Worca riss die Augen auf.

Sie hatte also nicht geschlafen.

"Geduld. Sie werden bald hier sein", sagte sie und klang leicht verärgert. "Irgendetwas muss sie aufhalten."

"Irgendetwas hält sie immer auf", brummte Ishan. "Ich verstehe nicht ..."

Er brach ab, als das Licht, das vom Portal ausging, heller leuchtete.

"Siehst du", sagte Worca. "Ich habe dir doch gesagt, sie kommen."

"Das wurde auch Zeit", murmelte Ishan.

Zwei Lichtblasen explodierten aus dem Portal, um sich einen Moment später in Nichts aufzulösen und ein weiteres Paar rotgekleideter Magier stand plötzlich vor dem Tor.

Ich analysierte die Neuankömmlinge.

Dein Ziel heißt Lutra, ein Mensch unbekannter Stufe. Er ist ein Spieler und trägt eine Markierung der größeren Dunkelheit und eine Markierung von Ishita.

Dein Ziel heißt Xrex, ein Echsenmensch unbekannter Stufe. Er ist ein Spieler und trägt eine Markierung der tiefsten Dunkelheit und eine Markierung von Ishita.

Ich zog angesichts der Informationen des Adjutanten eine Grimasse. Jetzt hatte ich es mit vier von Ishitas Gefolgsleuten zu tun, die wahrscheinlich alle zu mächtig waren, um es mit ihnen aufzunehmen - selbst allein.

Der Echsenmann wandte sich an die beiden Magier, die Wache hielten. "Gibt es etwas zu berichten?"

"Nein", antwortete Ishan. "Eine weitere verschwendete Nacht."

"Er wird kommen", zischte Xrex. "Ishita ist sich dessen sicher."

Ishan schnaubte.

Die roten Augen des Echsenmannes verengten sich angesichts der Verachtung seines Gefährten und er ermahnte ihn wütend. In der Zwischenzeit begann der andere Neuankömmling desinteressiert die Gegend zu betrachten. Durch kaum mehr als eine unglückliche Fügung fiel sein Blick genau auf die Stelle, an der ich hockte.

Lutra hat dich entdeckt! Du bist nicht mehr versteckt.

Ich unterdrückte den Drang zu fluchen, als die Schatten um mich herum verschwanden und meine zusammengekauerte Gestalt zum Vorschein kam. Mein Spiel war aufgeflogen. *Und das gerade, als es interessant wurde.* Den Blick auf den Magier gerichtet, erhob ich mich langsam auf die Füße.

Lutras Augen weiteten sich vor Schreck und er klammerte sich an Xrex' Ärmel. Der Echsenmann bemerkte das nicht, da er zu sehr damit beschäftigt war, Ishan zu beschimpfen. Lutra zerrte noch fester. "Xrex ...", begann er.

"Was?", schnauzte der andere Magier und drehte sich immer noch nicht um.

"Er ist hier", sagte Lutra.

Xrex drehte sich um, und einen Moment später taten Worca und Ishan es ihm gleich.

Ich grinste die Gruppe wölfisch an und ließ mir meine wahren Gefühle nicht anmerken. "Hallo."

Vier Stäbe wurden in meine Richtung gesenkt, und ein Wechselbad der Gefühle spiegelte sich auf den Gesichtern der Magier wider. *Spüre ich da etwa Angst?* Mein Lächeln wurde breiter. Ich verschränkte die Arme und wartete darauf, dass einer von ihnen etwas Dummes tat.

Leider war nicht einmal der redselige Ishan töricht genug, anzugreifen. Trotz ihrer hohen Level schien die Gruppe übermäßig vorsichtig zu sein. Was hatte Ishita ihnen nur erzählt?

Für einen langen Moment bewegte sich niemand. Dann wurde die Stille von Ishan unterbrochen. "Er ist ein Gedankenstalker!", zischte der Magier. "Wie kann das sein?"

"Sei still!" knurrte Xrex.

Mein Blick schärfte sich. *Was wissen sie sonst noch über mich?* Ishan hatte mich offensichtlich gerade analysiert und meine Klasse und Stufe gesehen. Er musste wissen, dass mein Rang zu niedrig war, um eine Gefahr für die Gruppe darzustellen.

Warum sieht er dann nicht beruhigt aus?

Während ich meine desinteressierte Fassade aufrechterhielt, hob ich eine Hand und fuhr mit den Fingern an den Seiten der Kuppel entlang, die die vier und das Portal abschirmte. Wie zu erwarten, wurde ich abgewiesen.

Zutritt verweigert! Dir fehlt der nötige Zugangsschlüssel, um diesen Schild zu passieren.

Lutra grinste mich an. "So leicht kommst du nicht durch."

Ich neigte meinen Kopf zur Seite. "Warum nicht?" fragte ich im Plauderton.

Er öffnete den Mund, um zu antworten, aber Xrex stampfte mit seinem Stab auf den Boden, bevor sein Begleiter etwas sagen konnte. Der

Echsenmann war der Anführer der Gruppe, wie es schien. "Was tust du hier, Mensch?" forderte Xrex.

"Ich schaue mir nur die Konkurrenz an", antwortete ich locker.

"Konkurrenz", spuckte Ishan. "Du bist keine Konkurrenz für uns!"

Es schien, als würde sich das Unbehagen, das die Gruppe um mich empfand, langsam auflösen. "Wollen wir einen netten Spaziergang durch den Wald machen?" schlug ich vor und fletschte die Zähne.

"Jederzeit", knurrte Ishan. Doch trotz der spöttischen Antwort des Magiers spürte ich eine wieder aufkeimende Unsicherheit in seiner Stimme.

Mein extra dick aufgetragenes Selbstvertrauen zeigte Wirkung. Ich beschloss, weiter mit ihren Ängsten zu spielen, und schlenderte um die Kuppel herum. Die vier drehten sich auf den Fersen und ließen den Blick nie von mir ab.

"Du solltest dich stellen", sagte Worca plötzlich. "Das wird dir das Leben leichter machen."

Ich lachte. "Das bezweifle ich. Eure Chefin scheint nicht der nachsichtige Typ zu sein."

"Ishita ist eine Göttin", sagte Lutra und seine Finger klammerten sich fester um seinen Stab. "Erweise ihr gefälligst Respekt."

Ich rollte mit den Augen und kreiste weiter. "Wohin führt das Portal?" fragte ich.

Keiner antwortete.

"Warum wollen die Erwachten Toten dieses Tal?"

Mehr Stille.

Ich seufzte. So amüsant diese Situation auch war, sie führte zu nichts. Ich hatte alles gelernt, was ich lernen wollte. Ich drehte mich auf dem Absatz um und sprintete davon. "Tschüss", rief ich spöttisch über meine Schulter.

"Folgt ihm!" schnappte Xrex.

Zwei Paar Stiefel folgten mir stampfend. Anhand der Schwere der Schritte schätzte ich, dass es die beiden Menschen waren. Ich war nicht beunruhigt. In der sicheren Zone konnte keine feindliche Magie angewendet werden, also bestand kaum eine Chance, dass die beiden mich erwischen würden.

Tatsächlich vergrößerte sich unser Abstand stätig und sobald ich außer Sichtweite war, verschwand ich wieder in den Schatten.

Du hast dich erfolgreich versteckt. Zwei feindliche Wesen haben dich nicht entdeckt!

Eingekeilt in der feuchten Lücke zwischen zwei Blockhütten, sah ich wie die beiden Magier vorbeiliefen.

"Was glaubst du, wie er an den Heulern vorbeigekommen ist?" Hörte ich Ishan flüstern.

"Wahrscheinlich hat er sich vorbeigeschlichen", antwortete Lutra mit einem Achselzucken. "Aber Worca wird es herausfinden", versprach er.

"Das wird sie", stimmte Ishan zu.

Einen Moment lang herrschte langes Schweigen, dann fügte Ishan hinzu: "Das ist sinnlos. So werden wir ihn nie finden."

"Du hast recht", sagte Lutra und drehte sich um. "Lass uns das Dorf aufwecken. Wenn ihn alle gleichzeitig jagen, wird er nicht lange unentdeckt bleiben."

"Gute Idee", sagte Ishan und drehte sich um, um mit seinem Begleiter Schritt zu halten.

Ich zog eine Grimasse, als die beiden sich zurückzogen. Ich hatte weniger Nützliches erfahren, als ich wollte, und hatte dabei meine eigene Anwesenheit preisgegeben. Ishitas Geschworene konnten mir in der sicheren Zone zwar nichts anhaben, aber wenn ich ihnen genug Zeit gab, konnten sie das Verlassen der Zone schwierig, wenn nicht sogar unmöglich für mich machen.

Mein Blick schweifte zu dem bunt gestrichenen Gebäude in der Nähe – Gelars Laden. Ich war absichtlich in diese Richtung geflohen.

Ich sollte meine Besorgungen machen und dann ganz schnell verschwinden.

KAPITEL 100: GESCHÄFTEMACHEREI

Nachdem die Magier aus meinem Blickfeld verschwunden waren, schlich ich mich zur Tür des Alchemistenladen und klopfte an. In der Ferne konnte ich hören, wie die vier durch die Straßen zogen und anderen Spielern etwas zuriefen.

Ich wusste, dass Ishitas Geschworene und ich noch nicht miteinander fertig waren, und wenn wir uns das nächste Mal trafen, würde ich wahrscheinlich ohne den Schutz einer sicheren Zone auskommen müssen. Wenn die Zeit kam, musste ich bereit sein, mich ihnen zu stellen. Ich hob eine Hand und klopfte erneut ungeduldig. "Wo ist er?" murmelte ich.

Ich musste nicht mehr lange warten.

Mein scharfes Gehör registrierte das Getrappel von leichten Füßen, die sich der Tür näherten, und eine Sekunde später wurde sie aufgerissen.

Du bist nicht länger versteckt.

Ein durchdringender Blick fand meinen und hatte keine Mühe, mich in der Dunkelheit auszumachen. "Was?", schnauzte der Gnom.

Ich blinzelte. Verblüfft über die abrupte Begrüßung des Ladenbesitzers, nahm ich mir einen Moment Zeit, ihn zu mustern, bevor ich antwortete.

Gelar war klein, und wenn ich mich bückte, wären wir etwa auf Augenhöhe. Der Gnom hatte rote Haare und trug eine dünne Brille mit goldenen Rändern. Seine Kleidung war zerknittert, als hätte er darin geschlafen, und seine Finger voller Flecke.

"Ich bin wegen des Kopfgeldes hier", sagte ich schließlich.

Gelars Augen blickten hinter mich. Er musste die Rufe der Magier bereits gehört haben und ahnte wohl, dass ich derjenige war, den sie suchten. "Komm rein", sagte er abrupt und trat zur Seite, um mich durchzulassen.

Ich widersprach nicht und huschte durch die Tür. Im Gegensatz zum Alchemisten selbst war der Laden makellos sauber und ordentlich. An der Rückwand stand ein langer Tisch, auf dem verschiedene Zutaten gestapelt waren, die alle ordentlich beschriftet waren. Die linke Wand war mit Regalen bedeckt, die vom Boden bis zur Decke reichten und mit Keramik- und Glasgefäßen bestückt waren.

Die rechte Seite sah eindeutig nach seinem Arbeitsbereich aus. Er enthielt eine Reihe von Tischen mit alchemistischen Werkzeugen: Reagenzgläsern, Mörser und Stößel, Brennern und übergroßen Glasflaschen.

Die Mitte des Ladens war der einzige Bereich, in dem es keinerlei Anzeichen für das Handwerk des Alchemisten gab. Gelar ging zu den beiden großen Sofas, die dort standen, setzte sich auf eines davon und zog eine Pfeife heraus. "Erkläre was hier los ist", sagte er lakonisch.

Während der Gnom mit seiner Pfeife hantierte, setzte ich mich auf das gegenüberliegende Sofa und analysierte ihn.

Dein Ziel heißt Gelar, ein Gnom. Er ist ein Spieler und trägt eine Markierung der größeren Dunkelheit.

Der Alchemist hatte nur eine einzige Markierung und war erstaunlich tief in die Dunkelheit eingetaucht. *Wie schafft es ein Zivilist, so sehr von einer Macht durchdrungen zu werden?* fragte ich mich.

"Wenn du damit fertig bist, mich zu analysieren", sagte Gelar, ohne aufzuschauen, "beantworte meine Frage." Er zündete seine Pfeife an und begegnete meinem Blick. "Oder ich werfe dich raus."

Ich schürzte meine Lippen und fragte mich, ob es ein Fehler gewesen war, hierher zu kommen. Auf den ersten Blick wirkte der Gnom unnahbar und humorlos. Aber ich war schon so weit gekommen und hatte nicht mehr viel zu verlieren. "Es ist, wie ich sagte. Ich bin wegen des Kopfgeldes hier."

Gelar grunzte. "Wie kommst du darauf, dass ich die Hilfe von Leuten wie dir will oder gar brauche?"

Ich hob im Angesicht seines Desinteresses eine ungläubige Augenbraue, blieb aber höflich. Er hatte mich schließlich reingelassen. "Weil ich vermute, dass bis jetzt keiner der anderen Spieler in diesem Sektor die Aufgabe bewältigt hat."

Gelar schloss die Augen, lehnte sich in seinem Stuhl zurück und nahm einen langen, tiefen Zug aus seiner Pfeife. "Du glaubst, du kannst schaffen, woran sie gescheitert sind?"

"Definitiv." Ich glaubte natürlich nichts dergleichen, aber es war nicht der richtige Zeitpunkt, um Zweifel zu äußern.

Der Gnom paffte drei perfekte Ringe aus. "Wie?"

"Ich habe eine ungewöhnliche Klasse ...", begann ich.

"Dein Psi wird gegen den Wyvern nichts nützen", unterbrach mich der Alchemist. "Das Miststück ist immun gegen deine Gedankentricks."

"Ich weiß", sagte ich, obwohl ich mich fragte, woher der Ladenbesitzer wusste, dass ich Psi besaß.

Meine Antwort schien Gelar innehalten zu lassen. "Das wusstest du schon?"

Ich nickte. "Ich bin bereits über ihr Junges gestolpert." Ich beschloss, die Wahrheit ein wenig zu dehnen, und fügte hinzu: "Und habe es getötet."

Der Gnom riss die Augen auf und musterte mich. "Du lügst", sagte er milde.

Ich schüttelte den Kopf. "Tue ich nicht."

Gelars Augen verengten sich. "Wo sind deine Narben? Wenn du dich mit einem Wyvern angelegt hättest - selbst mit einem Baby - wärst du nicht ungeschoren davongekommen."

Ich schüttelte reumütig den Kopf. "Bin ich auch nicht." Ich griff zu meinem Zaubertrankgürtel, holte meinen letzten vollen Heiltrank heraus und hielt ihn hoch. "Meine Wunden sind dank denen hier nicht mehr zu sehen."

Gelar beugte sich vor und betrachtete den Gegenstand in meiner Hand aufmerksam, bevor er abfällig grunzte. "Bah, das hätte nicht gegen ..."

"Das Gift des Wyvern geholfen und ich wäre trotzdem gestorben", beendete ich den Satz für ihn. "Ich weiß. Ich habe noch andere Mittel zur Verfügung", sagte ich, ohne näher darauf einzugehen.

Der Gnom lehnte sich zurück, trommelte mit den Fingern und betrachtete mich. "Selbst wenn ich dir glaube", sagte er schließlich, "ist dein Level zu niedrig, um es mit der Wyvernmutter aufzunehmen."

Ich lächelte. "Ich weiß zu überraschen. Und außerdem, was hast du schon zu verlieren?"

Unerwarteterweise gluckste Gelar. "Ein gutes Argument. Nun gut, ich akzeptiere. Du hast meine Erlaubnis, dich an der Jagd zu versuchen." Der Alchemist griff an seine Brust, zog ein Stück Papier heraus und reichte es mir.

Ich nahm es neugierig entgegen.

"Mach die Tür zu, wenn du gehst", sagte der Gnom. Er schien unsere Angelegenheit für erledigt zu halten, stand auf und schlenderte zu seinem Arbeitstisch hinüber.

Ich rührte mich nicht von meinem Platz und überflog das Pergament, das Gelar mir gegeben hatte.

Du hast ein Kopfgeld-Autorisierungsschreiben erhalten. Das Kopfgeld gilt dem Tod der Wyvernmutter, einer Bestie der Stufe 198 im Sektor 12.560. Diese Kopfgeldjagd wurde bei der Gilde der Kopfgeldjäger registriert und der Überbringer dieses Briefes ist ein autorisierter Vertreter des Vertragstellers, Gelar.

Ein Todesnachweis kann direkt beim Vertragsteller oder einem Gildenbüro erbracht werden, und die Zahlung wird von der Gilde garantiert. Das Kopfgeld kann sowohl von Gildenmitgliedern als auch von Nicht-Mitgliedern beansprucht werden.

Der Adjutant hat dir eine neue Aufgabe zugeteilt: <u>Alchemisten-Kopfgeld</u>! Der Alchemist Gelar hat dir die Erlaubnis erteilt, die Wyvernmutter zu jagen. Ziel: Töte den Wyvern der Stufe 198 im Sektor 12.560.

Ich faltete den Brief zusammen und steckte ihn in meine Tasche. Er enthielt nur wenige Details über die Bestie, die zugegebenermaßen beängstigend genug war, und obwohl ich die Erwähnung der Kopfgeldjägergilde interessant fand, wollte ich der Sache noch nicht weiter nachgehen. "Warum willst du den Wyvern tot sehen?" fragte ich langsam.

"Das geht dich nichts an", sagte Gelar, ohne sich umzudrehen. Ich glaubte jedoch, einen Hauch von Anspannung in seiner Stimme zu hören.

Ich sah mich im Raum um. "Geht es um Zutaten?"

"Nein", antwortete der Alchemist knapp. "Aber wo du das erwähnst, die wären auch nützlich." Er drehte sich um und musterte mich. "Hast du die Gift Fertigkeit?"

Ich schüttelte den Kopf.

"Schade" sagte er und klang enttäuscht. "Sonst hättest du das Gift extrahieren können. Das wäre ein schöner Bonus gewesen."

Ich schürzte meine Lippen. "Wie viel ist es wert?"

"Wyverngift?"

Ich nickte.

"Je nach Reinheit und Menge zwischen zehn und zwanzig Gold."

Ich pfiff anerkennend. "Warum so viel?"

"Es ist eine vielseitige Substanz und Hauptbestandteil vieler Elixiere, darunter auch einige starke Gegengifte, und wie du bereits weißt, ist es in seiner natürlichen Form ein bösartiges Gift."

Dem konnte ich nicht widersprechen. "Gibt es noch eine andere Möglichkeit, das Gift zu kriegen?"

"Du könntest versuchen, es ohne die Fertigkeit zu extrahieren, aber das wäre eine Herausforderung und könnte tödlich enden. Oder ..." Er beäugte mich zweifelnd.

"Oder?" fragte ich nach.

"Oder du könntest einen Alchemiestein benutzen. Das ist ein magischer Apparat, den erfahrene Jäger benutzen, um Alchemiezutaten zu sammeln, wenn kein Alchemist in der Nähe ist."

Meine Augen leuchteten auf. Das klang genau nach dem, was ich brauchte. "Hast du einen?"

Gelar nickte. "Habe ich." Er hielt inne. "Aber der ist teuer."

"Wie viel?"

"Fünfzig Gold."

Der Preis ließ mich schaudern. Das war teurer als jeder einzelne Gegenstand, den ich bereits besaß.

Gelar seufzte. "Ich sehe an deinem Gesichtsausdruck, dass das mehr ist, als du dir leisten kannst. Wenn du jetzt also aufhören könntest, mich zu stören und mich ..."

"Ich habe das Geld nicht", unterbrach ich ihn, "aber vielleicht habe ich etwas von gleichem Wert zum Tauschen dabei."

Der Gnom beäugte mich neugierig. "Was?"

Ich zögerte. Ich hatte nur zwei Gegenstände, die von vergleichbarem Wert sein könnten: Spinnenbiss und den Blutsauger Meisterklassenstein. Ich wollte mich von beiden nur ungern trennen, aber ohne Zugang zu einer Bank wusste ich, dass ich keine Wahl hatte.

Aber was wäre besser?

Der Stein, entschied ich. Spinnenbiss war im Moment mehr als nur Geld wert. Es war meine beste Waffe und unersetzlich, vor allem, wenn ich vorhatte, den Wald nach Alchemiezutaten zu durchsuchen. Den Stein der Blutsaugerklasse hingegen gedachte ich ohnehin nicht zu benutzen.

Ich nahm den Klassenstein aus meiner Tasche und legte ihn auf den Tisch. Die Klasse enthielt zwei Meisterfertigkeiten - Blutsaugen und Lichtresistenz - von denen ich dank dem Kauf meiner eigenen Täuschungsfertigkeit wusste, dass sie jeweils mindestens zwanzig Gold wert sein mussten, für manche Spieler der Dunkelheit vielleicht sogar mehr.

Gelar untersuchte den Gegenstand genau. "Nicht genug", sagte er einen Moment später.

Ich atmete schwer aus.

"Aber", räumte er ein, "nah genug dran." Er streckte eine Hand aus. "Wir haben einen Deal, Mensch."

✳   ✳   ✳

Ein paar Minuten später hielt Gelar mir einen unscheinbaren grünen Würfel hin. Er war nicht größer als meine Handfläche und schien aus einem grünlichen Stein geschnitten worden zu sein. "Das ist der Alchemiestein?" fragte ich skeptisch.

"Nimm ihn", sagte Gelar.

Ich streckte die Hand aus und tat, wie mir geheißen.

Du hast einen kleinen Alchemiestein erworben. Dieser Gegenstand enthält eine Verzauberung, mit der du gewöhnliche, ungewöhnliche und seltene alchemistische Zutaten aus getöteten Kreaturen gewinnen und aufbewahren kannst. Dieser Gegenstand funktioniert nur bei tierischen Lebewesen und kann nicht verwendet werden, um Materialien aus Pflanzen zu gewinnen.

Die Verzauberung kann mit Mana wieder aufgefüllt werden. Derzeit gespeicherte Zutaten: 0 / 150.

"Seine Kapazität ist relativ klein und er kann nicht jede Zutat ernten", sagte Gelar und bestätigte damit, was ich gerade erfahren hatte, "aber für einen Spieler deines Levels wird er mehr als ausreichend sein."

"Wie benutze ich ihn?" fragte ich.

"Du brauchst ihn nur auf ein totes Tier zu legen, und der Stein sammelt, was er kann. Seine Ernte ist weniger effizient als ein Alchemist, und funktioniert nicht bei Pflanzen, also versuch es gar nicht erst", warnte er. "Selbst mein Lehrling ..."

Er brach ab und ein Schatten flüchtigen Schmerzes huschte über sein Gesicht, zu schnell, als dass ich sicher sein konnte, ihn gesehen zu haben.

Da ich nicht wusste, was dieser Blick bedeutete, nickte ich einfach.

"Die in dem Stein gespeicherten Zutaten bleiben für unbestimmte Zeit frisch, es gibt also keinen Grund, sich zu beeilen", fuhr Gelar fort, sein Gesicht wieder glatt und gelassen. "Die Extraktion der gespeicherten Substanzen sollte jeder beliebige Alchemist für dich übernehmen können."

"Danke", sagte ich und hoffte, dass ich mit dem Kauf des Steins eine gute Wahl getroffen hatte.

"Nun, wenn es sonst nichts mehr gibt?" fragte Gelar, was eindeutig ein Aufruf zum Gehen war.

"Eine Sache noch", sagte ich und hielt das Autorisierungsschreiben hoch. Der Gnom musste wissen, wer ich war, und trotzdem handelte er mit mir. Ich musste verstehen, warum. "Hast du keine Angst, Ishita zu verärgern, indem du mir das hier gibst?"

"Bah", spuckte Gelar. "Was scheren mich Ishitas Diener? Die Macht selbst versteht nur zu gut, dass Geschäft Geschäft ist." Seine Lippen verzogen sich zu einem Lächeln, das seine Augen nicht ganz erreichte. "Außerdem habe ich nichts getan, was dich aus ihren Fängen befreien könnte. Die Spinnengöttin wird es mir nicht verübeln, meine eigenen Ziele zu verfolgen. Schon gar nicht, wenn sie ihren eigenen Interessen nicht schaden."

Ein unangenehmes Glitzern erschien in seinen Augen. "Egal, wie viel Gold du in deiner Tasche hast, du steckst immer noch in diesem Sektor fest. Jetzt geh!"

Tag 3. Morgen.

Ich kaute auf den Worten des Alchemisten herum, während ich aus seiner Holzhütte schlüpfte. Ich konnte seiner Logik nichts entgegensetzen, auch wenn sie einen bitteren Geschmack in meinem Mund hinterließ. *Er hatte nur halb Recht,* dachte ich. Mit Gold allein würde ich zwar nicht aus der Region fliehen können, aber es würde mir sicherlich dabei helfen, die Mittel dafür zu beschaffen.

Ich duckte mich in die verbleibenden Schatten nahe des Marktplatzes — es war mittleiweile deutlich heller geworden - und überblickte das Dorf.

Mittlerweile waren mehr Spieler unterwegs. Die meisten schienen eher lustlos bei der Suche nach mir zu helfen. Einige bewegten sich jedoch in organisierten Gruppen.

Ich zögerte und war hin- und hergerissen, ob ich sofort aufbrechen oder erst mein nächstes Ziel besuchen sollte. Aber wenn ich die Zone erstmal verlassen hatte, wusste ich nicht, ob ich zurückkehren konnte. *Am besten besuche ich die Dunkle Druidin jetzt gleich,* dachte ich. Vorsichtig machte ich mich auf den Weg durch das Dorf nach Süden.

Ich brauchte länger als mir lieb war und musste mehr als einen Umweg nehmen, aber schließlich erreichte ich die Hütte, die Benadean beschrieben hatte. Zum Glück lag sie am Rande des Dorfes und in einer weniger belebten Gegend. Auch die Suchtrupps waren hier weniger zahlreich.

* * *

Vor der Tür hielt ich inne.

Benadeans Worte hatten ein interessantes Bild von der Dunklen Druidin gezeichnet. Marigas Hütte, die abseits vom Rest des Dorfes lag, als würde sie gemieden, bestätigte die Erzählungen des Barkeepers. Ich fragte mich, was es mit der Druidin auf sich hatte, das die anderen Spieler beunruhigte, hob die Hand und klopfte sachte an.

Es kam keine Antwort.

Nach einer langen Minute klopfte ich erneut. Wieder antwortete niemand.

Gerade als ich mich fragte, ob ich meine Zeit vergeude, ging die Tür auf.

"Geh weg", zischte eine unsichtbare Stimme von drinnen.

Ich runzelte die Stirn. Ich nutzte meine volle Dunkelsicht, aber ich konnte die Finsternis der Kabine nicht durchdringen. Ich schielte und strengte meine Augen noch mehr an.

Du hast eine Wahrnehmungsprüfung nicht bestanden! Ein Schleier der Dunkelheit hat deine Dunkelsicht vereitelt. Dein Versuch wurde entdeckt!

Einen Moment lang herrschte eine erschrockene Stille, in der ich spürte, dass ich genauestens überprüft wurde.

"Meine Güte, was für ein Tag voller seltsamer Besucher", kicherte die Stimme. "Jetzt hast du mich neugierig gemacht. Komm rein."

Ich grübelte über die Worte des Sprechers nach, aber ich konnte mir keinen Reim darauf machen.

"Nun?", fragte die Stimme.

Vorsichtig trat ich ein. "Ich sehe nichts ..." begann ich.

Ein Schleier der Dunkelheit hat sich gelüftet.

Meine Worte verstummten, als sich die Dunkelheit zurückzog und eine dünne Echsenfrau vor mir auftauchte. Die Dunkle Druidin?

Im Gegensatz zu anderen Echsenmenschen waren Marigas Körper und ihre Gliedmaßen schlanker, fast eingesunken. Ihr fehlte auch ein Schwanz.

Ich runzelte die Stirn. War die Druidin ausgehungert oder irgendwie krank?

Marigas Schnauze war kürzer und ihr Gesicht flach. Auch ihre Haut war seltsam. Während die Schuppen von jemandem wie Xrex stumpf und leblos waren, glitzerte ihre Haut mit einem inneren Glanz.

Da ich den Verdacht schöpfte, dass meine erste Einschätzung falsch war, streckte ich meine Gedanken aus und analysierte die Druidin.

Du hast eine Wahrnehmungsprüfung nicht bestanden und kannst dein Ziel nicht analysieren. Dieses Wesen trägt eine Markierung der größeren Dunkelheit.

"Und ich dachte, du wärst ein höflicher Junge", sagte Mariga und zischte verärgert.

Ich verbeugte mich. "Du musst mir verzeihen, aber du siehst keinem der Echsenkin ähnlich, denen ich bisher begegnet bin. Ich habe nur versucht, deine Art zu identifizieren." Ich hielt inne, dann fuhr ich unverblümt fort. "Was bist du?"

"Unhöflich und ignorant", bemerkte Mariga und ignorierte meine Frage völlig. Aber trotz ihrer Worte warf mich die Dunkle Druidin nicht raus, wie ich halb erwartet hatte. "Komm, setz dich", sagte sie. "Lass uns reden."

Ich bewegte mich vorsichtig zu dem Stuhl, auf den sie deutete, aber auf halbem Weg hielt ich inne, als mir etwas anderes einfiel. "Du bist Mariga, richtig? Die Dunkle Druidin?"

Meine Gastgeberin gluckste. "Das bin ich", bestätigte sie ihre Identität und kam vor mir zum Stehen.

Ich konnte ihre Füße nicht sehen, da sie von den voluminösen schwarzen Gewändern verdeckt waren, die ihre Gestalt bedeckten, aber jetzt bezweifelte ich, dass sie welche hatte. *Sie ist eher eine Schlange als eine Echse,* dachte ich. *Eine Schlangenfrau?*

"Jetzt setz dich", befahl sie.

Ich ließ mich nieder.

Mariga setzte sich nicht, stellte ich fest. "Also" sagte sie nach einem langen Moment des Schweigens, während welchem sie mich musterte, "du bist derjenige, der sie in solchen Aufruhr gebracht hat."

Ich starrte sie an. "Wen?"

Sie lächelte. "Die Mächte. Erebus, zum einen", sagte sie und zählte an den Fingern mit. "Ishita zum anderen. Artem macht drei und Loken vier."

Meine Augen verengten sich. "Du scheinst gut informiert zu sein."

"Oh, ich weiß viel", sagte sie lässig.

"Wem dienst du also?" fragte ich und ließ beiläufig meine Hände sinken. Die Bewegung blieb nicht unbemerkt.

"Oh, du brauchst deine Waffen nicht, lieber Junge", sagte Mariga. "Ich bin nicht dein Feind. Vertrau mir."

Das tat ich nicht, nicht im Geringsten. Ich lächelte wenig überzeugt. "Das werde ich nicht tun."

Die Druidin lachte, was wie ein zischendes Glucksen klang. "Ich kann es dir nicht verdenken. Nachdem du die ganze Zeit in Erebus' und Ishitas Netz gefangen warst, ist es ein Wunder, dass du nicht noch tiefer von der Dunkelheit infiziert worden bist." Bevor ich etwas erwidern konnte, fuhr sie fort: "Aber so überraschend ich deine Anwesenheit hier auch finde, ich bin froh darüber."

Ich beäugte sie misstrauisch. "Froh?"

"Ich könnte deine Hilfe gebrauchen", sagte sie. "Ebenso wie meine Herrin."

"Deine Herrin?" fragte ich und fühlte mich durch den abrupten Themenwechsel der Unterhaltung verloren.

"Hast du es noch nicht erraten? Ich diene Artem."

"Verstehe", sagte ich und erinnerte mich, dass das der Name einer der Mächte war, deren Aufmerksamkeit ich im Dungeon auf mich gezogen hatte.

"Ich bin auf ihr Geheiß hier", fügte die Druidin hinzu.

Ich war mir nicht sicher, ob ich ihr glauben sollte, aber sie wusste mehr über mich, als sie sollte, und schien Täuschung fast so mühelos zu praktizieren wie Hamish. Ich konnte gut glauben, dass sie eine Agentin der Schatten war. Was ich nicht wusste, war, warum die Schatten mich wollten, nachdem ich sie abgelehnt hatte. "Warum?" fragte ich.

"Zum einen, um auf dich aufzupassen. Zum anderen, um die Machenschaften der Erwachten Toten aufzuhalten."

"Und was sind das genau?" fragte ich. "Warum ist Erebus und Ishita dieser Sektor so wichtig?"

Mariga stieß einen Atemzug aus. "Das weiß ich nicht. Noch nicht. Aber ich habe vor, es herauszufinden, und mit deiner Hilfe schaffe ich das vielleicht früher."

"Ist das also ein weiterer Rekrutierungsversuch? Ich warne dich, Loken ist schon einmal gescheitert."

"Oh nein, lieber Junge. Das ist nicht, worum es hier geht. Für den Geschmack meiner Herrin bist du ohnehin zu zynisch, aber ich habe eine Aufgabe für dich. Es geht um ..."

"Interessiert mich nicht", unterbrach ich sie. "Ich bin nur hier, um herauszufinden, wie ich aus dem Sektor herauskomme."

Mariga zischte erneut.

Das war ihr Lachen, fiel mir wieder ein. "Was ist so lustig?"

"Zufälligerweise habe ich ein Mittel, wie du entkommen könntest." Sie zog eine Schriftrolle hervor und sagte: "Ich habe es geschafft, die hier bei meiner Ankunft durch das Portal zu schmuggeln."
Neugierig untersuchte ich den Gegenstand in ihrer Hand.

Dies ist eine Portalschriftrolle. Mit diesem Gegenstand kann der Zaubernde ein Portal zu einer dem Zaubernden bekannten sicheren Zone für einen einzelnen Spieler öffnen. Dieser Gegenstand erfordert eine Mindestmagie von 20, um ihn zu benutzen.

Mein Blick flog wieder zu Mariga.
"Ja", sagte sie als sie das Verständnis in meinen Augen dämmern sah. "Ich kann dich hier rausholen."
Aber das machst du nur gegen einen Preis. "Warum brauchst du meine Hilfe?" fragte ich. "Du scheinst mehr als fähig genug zu sein."
Mariga seufzte. "Weil ich die sichere Zone nicht verlassen kann."
Ich sah sie ausdruckslos an.
"Nur Anhänger der Erwachten Toten dürfen in diesem Sektor kommen und gehen, wie sie wollen. Die Kobolde, die die Festung bewachen, sind angewiesen, nur niedrigstufige Spieler aus dem Dorf zu lassen - mit oder ohne Durchlassschreiben - und was auch immer in diesem Sektor vor sich geht, die Antworten sind nicht hier, sondern da draußen zu finden."
"Das ist also der Grund, warum Erebus und Ishita den Heulern erlaubt haben, das Dorf abzuriegeln", murmelte ich.
Sie nickte.
"Aber warum haben sie dich überhaupt in den Sektor gelassen?"
"So sehr Erebus und die anderen Narren der Erwachten Toten auch das Gegenteil behaupten mögen, sie sind nicht die einzigen Mächte der Dunkelheit. Andere Dunkle Mächte sind misstrauisch gegenüber dem, was die Erwachten Toten hier tun. Sie haben Zugang für unsere Vertreter gefordert und geben sich vorerst mit den Einschränkungen zufrieden, die Erebus ihnen auferlegt hat."
"Aber du dienst den Schatten", protestierte ich.
Mariga zischte amüsiert. "Das wissen die Erwachten Toten nicht. Meine Täuschung ist gut genug, um meine wahre Zugehörigkeit vor ihren Lakaien hier zu verbergen."
"Du hast eine Täuschungsfertigkeit?" fragte ich.
Mariga lachte wieder. "Ja. Genau wie du. Übrigens, herzlichen Glückwunsch dafür. Die ist nicht leicht zu bekommen. Loken hat dir dabei geholfen, oder?"
Ich nickte langsam, mein Kopf platzte fast vor lauter Informationen. Ich vertraute ihr immer noch nicht, aber was sie sagte, ergab Sinn, und wenn sie wirklich einen Weg für mich aus diesem Sektor hatte, konnte ich das wirklich ignorieren?
Ich lehnte mich in meinem Stuhl zurück und verschränkte die Arme. "Warum sollte ich dir glauben?"
Sie zuckte mit den Schultern. "Ob du mir glaubst oder nicht, ist mir egal. Aber wenn du willst, dass ich dir helfe, hier rauszukommen, dann musst du mir erst bei meiner Mission helfen."

Ich seufzte. Es schien, als ob niemand in dieser Welt etwas tat, ohne eine Gegenleistung zu erwarten. "Was willst du?"

"Ich will, dass du die Koboldstämme loswirst."

Ich blinzelte. "Was? Alle von ihnen?" fragte ich scherzhaft.

"Ja", sagte sie.

Ich starrte sie an. Auf ihrem Gesicht war keine Spur von Spott oder Belustigung zu sehen. "Meinst du das ernst? Du willst, dass ich die Heuler, die Langfänge *und* die Roten Ratten loswerde?"

Sie nickte.

"Wenn der Stamm der Roten Ratten auch nur annähernd so groß ist wie der der Heuler und ..."

"Das ist er", warf sie ein.

"Wie zum Teufel soll ich dann zweitausend Kobolde loswerden?"

Die Dunkle Druidin zuckte mit ihren zierlichen Schultern. "Ich weiß es nicht." Sie strich sich mit einer langen, krallenbewehrten Hand über ihr ledriges Kinn und starrte mich unverwandt an. "Aber ich brenne darauf, es herauszufinden. Man hat mir gesagt, ich solle große Dinge von dir erwarten, und ich denke, das ist eine geeignete Herausforderung, um deinen Mut zu testen."

"Das wurde dir gesagt? Von wem?"

Sie winkte meine Frage ab. "Vielleicht sage ich es dir, wenn du tust, worum ich dich bitte." Sie hielt inne und schaute mich an. "Wirst du das?"

Ich biss die Zähne zusammen. Der Umgang mit den Untergebenen der Schatten schien eine reine Übung in Frustration zu sein. "Inwiefern hilft es dir herauszufinden, worum es Erebus geht, wenn ich die Kobolde vernichte?"

"Tut es nicht, aber ich muss auch nicht wissen, worauf Erebus aus ist, um ihn aufzuhalten. Es ist offensichtlich, dass die Erwachten Toten die Kobolde hier haben wollen - nein, sie brauchen sie sogar. Und das ist Grund genug für mich, sie zu vertreiben."

Sie verlangte viel mehr, als dass ich sie nur vertrieb. Aber ich hatte wohl keine andere Wahl. Ich starrte Mariga einen weiteren Moment lang an. "Ich nehme die Aufgabe an", sagte ich schließlich, "aber ich kann nicht versprechen, dass ich sie auch erfüllen kann."

Die Druidin nickte feierlich. "Das reicht für den Moment."

Bei ihren letzten Worten erreichte mich eine Spielernachricht.

Der Adjutant hat dir eine neue Aufgabe zugeteilt: <u>Koboldkriege</u>! Vernichte die Delegationen aller drei Koboldstämme in diesem Sektor. Ziel 1: Zerstöre die Delegation der Heuler. Ziel 2: Zerstöre die Delegation der Roten Ratten. Ziel 3: Zerstöre die Delegation der Langfänge.

"Also" sagte ich. "Was hast du zu verkaufen?"

✳ ✳ ✳

Die Dunkle Druidin hatte nicht viel auf Lager, und was sie hatte, war hauptsächlich auf Magie ausgerichtet. Allerdings hatte sie ein paar Kompendien mit Täuschungsfähigkeiten im Angebot.

Zauberbuch Gesichtsverschleierung. Maßgebliches Attribut: Wahrnehmung. Stufe: Grundlegend. Kosten: 10 Gold. Voraussetzung: Rang 1 Täuschung.

Zauberbuch Ventro. Maßgebliches Attribut: Wahrnehmung. Stufe: Grundlegend. Kosten: 10 Gold. Voraussetzung: Rang 1 Täuschung.

Zauberbuch Papagei. Maßgebliches Attribut: Wahrnehmung. Stufe: Grundlegend. Kosten: 10 Gold. Voraussetzung: Rang 1 Täuschung.

Zauberbuch Geringere Imitation. Maßgebliches Attribut: Wahrnehmung. Stufe: Fortgeschritten. Kosten: 20 Gold. Voraussetzung: Rang 5 Täuschung.

Als ich die Titel der vier Zauberbücher las, juckte es mich in den Fingern, sie in die Hand zu nehmen und ihr Wissen zu verschlingen, aber sie waren mir ach so fern. "Warum so teuer?" fragte ich.

"Teuer?" Marigas gegabelte Zunge glitt hervor, um ihre Schnauze zu lecken. "Dieser Sektor liegt mitten im Nirgendwo. Ich musste durch mehrere Portale reisen, um hierher zu kommen. Ganz zu schweigen von den Mühen, die ich auf mich nehmen musste, um die verdammten Bücher selbst zu schleppen, was ich ohne Zugang zum Nexus tun musste." Sie zuckte mit den Schultern. "Tut mir leid, aber ich muss meine Kosten irgendwie decken."

Ich seufzte. "Du lässt also auch nicht mit dir handeln?"

"Nein."

"Wie wäre es mit einem ... Kredit?"

Ein spöttisches Schnauben war meine einzige Antwort.

Bedauernd wandte ich mich von den Büchern ab. *Vielleicht hätte ich den Blutsaugerklassenstein nicht so schnell eintauschen sollen.* "Nun denn, ich gehe jetzt besser."

"Ich freue mich auf deine Rückkehr", rief sie mir nach, als ich zur Tür ging. "Und auf den Erfolg deiner Mission."

Ich gab keine Antwort.

KAPITEL 102: DIE TARTANERLEGION

Außerhalb von Marigas Hütte verbarg ich mich im Halbdunkel der Veranda und schlich mich zurück.

Benadean hatte Recht gehabt.

Die Dunkle Druidin war seltsam, und obwohl ich ihr nicht ganz traute, schien sie bezüglich ihrer Ziele ehrlich zu sein. Sie war schwer zu durchschauen, aber ich war mir sicher, dass sie das Tal wirklich von den Koboldstämmen befreien wollte.

Wenn ich ihr gebe, was sie will, bekomme ich im Gegenzug vielleicht, was ich brauche.

So oder so war es an der Zeit für mich, die sichere Zone zu verlassen. Ich hatte getan, wofür ich gekommen war, und hatte bevor mein Pakt mit Erebus in den nächsten fünf Tagen auslief noch viel zu tun. Ich hatte noch keinen konkreten Plan, wie ich aus dem Sektor entkommen konnte - oder wie ich ihn von einem Koboldstamm befreien konnte, geschweige denn von drei - aber ich hatte in der sicheren Zone alles gelernt, was ich konnte, und es war an der Zeit, mich an meine Aufgaben zu machen.

Ich wandte meine Aufmerksamkeit auf meine Umgebung und suchte die leeren Straßen ab. Das Dorfviertel war immer noch ruhig, aber die Umgebung hatte sich deutlich aufgehellt. Sobald ich die Veranda verließ, würde ich mich jedoch nicht mehr verstecken können. Und wenn ich mich durch die belebteren Gegenden der Siedlung bewegte, würde ich mit Sicherheit entdeckt werden.

Was soll ich also tun?

Meine Verfolger konnten mir im Dorf nichts anhaben, und sobald ich die Festung der Heuler hinter mir gelassen hatte, war ich zuversichtlich, dass ich jeden, der mir dann noch auf den Fersen war, abhängen konnte.

Ich schlüpfte von Marigas Veranda, und sofort lichteten sich die Schatten um mich.

Zwei neutrale Wesen haben dich entdeckt! Du bist nicht länger versteckt.

Mein Blick schweifte nach links und ich bemerkte zwei Gestalten, die mich aus dieser Richtung beobachteten. Einen Moment später löste sich meine Anspannung, als ich die beiden erkannte.

Es waren Ultack und Cecilia.

Ich erhob mich langsam aus der Hocke und ging leise auf die beiden zu. "Was macht ihr hier?"

"Wir haben nach dir gesucht", sagte Cecilia.

"Der Hauptmann möchte mit dir sprechen", fügte Ultack hinzu.

Mit ausdruckslosem Gesicht studierte ich ihn. "Und warum sollte ich euren Hauptmann sehen wollen?"

Ultack öffnete den Mund, um zu antworten, aber bevor er etwas sagen konnte, wurde er von Cecilia unterbrochen. "Hier ist es nicht sicher", sagte sie und ließ ihren Blick nach links und rechts schweifen. "Wir können in unserer Basis weiterreden."

Trotzdem zögerte ich.

"Wir wollen dir nichts Böses", sagte Ultack. "Und der Hauptmann wird dich nicht lange aufhalten, das verspreche ich."

Ich zuckte mit dem Schultern. "In Ordnung. Ich komme mit. Geht voran."

✳ ✳ ✳

Die beiden schlängelten sich durch das Dorf und achteten darauf, die Hauptwege durch die Siedlung zu meiden. Sie waren außerdem nicht die einzigen die bei meiner Führung halfen.

Mehrfach sah ich andere Spieler, die sie weiterwinkten oder warnten. Einige kannte ich noch von der Gruppe, die ich im Wald gerettet hatte, andere hatte ich noch nie gesehen.

Schließlich hielten wir vor einem langen, niedrigen Gebäude am westlichen Ende des Dorfes an. Es war eine Art Kaserne, vermutete ich. Ohne innezuhalten, schritt Cecilia durch die Tür. Ultack und ich folgten ihr auf den Fersen.

Drinnen fand ich mich in einer offenen Halle wieder. Sie war voll von Spielern. Die meisten standen stramm und wachsam da und hielten ihre Waffen bereit.

Cecilia bahnte sich einen Weg in die Mitte des Raumes, zur beeindruckendsten Figur im ganzen Saal. Auch mein eigener Blick wurde von ihm angezogen.

Der fragliche Spieler war ein wettergegerbter Mann, der eine vollständige Panzerrüstung trug. Sie war an einigen Stellen zerkratzt und abgenutzt, aber sah dennoch liebevoll in Stand gehalten aus. Er selbst war ebenso gepflegt, hatte einen sauberen Bart und kurz geschnittenes Haar. Seine rechte Hand ruhte auf dem Griff eines mit Juwelen besetzten Schwertes, während seine linke mit einem Stück Pergament spielte.

Das muss der Hauptmann sein. Er schien mehr Zeit auf dem Schlachtfeld als irgendwo anders verbracht zu haben.

Drei Meter vor dem wartenden Offizier blieben Ultack und Cecilia stehen. Die elfische Magierin blickte mich an und deutete mir, weiterzugehen. Meine Audienz mit dem Hauptmann sollte eine private sein, wie es schien.

Der Blick des Offiziers wich nicht von mir, als ich näherkam. Neugierig streckte ich meinen Geist aus und analysierte ihn.

Dein Ziel heißt Talon, ein Mensch unbekannter Stufe. Er ist ein Spieler und trägt eine Markierung der tiefsten Dunkelheit und eine Markierung von Tartar.

Ich biss die Zähne zusammen, um mein Unbehagen zu verbergen. Wie Ishita Geschworene war auch sein Level verborgen. Noch beunruhigender war, dass er eine unerwartete Markierung trug.

Tartar. Wer war das? Es schien wahrscheinlich, dass er eine weitere Dunkle Macht war. *Ist der auch hinter mir her?* Vermutlich.

"Michael", sagte Talon. "Endlich treffen wir uns." Passend zum Rest von ihm klang auch die Stimme des Hauptmanns sandig und abgenutzt.

Ich blieb vor dem Hauptmann stehen, erwiderte seinen Gruß aber nicht. "Was willst du?"

Talon ignorierte meine Schroffheit und sprach mit einer Milde weiter, die an sich schon eine Zurechtweisung war. "Als ich hörte, dass Erebus einen Neuling jagt, hielt ich die Gerüchte für falsch." Er öffnete seine geballte Faust und enthüllte Ishitas Kopfgeldbescheid. "Dann las ich das hier und meine Neugierde wuchs. Was, so fragte ich mich, könnten die beiden Mächte von dir wollen?"

Er lächelte. "Aber wenn ich dich jetzt sehe, beginne ich zu ahnen, woher ihr Interesse kommt." Sein Blick schweifte über mich. "Ein Gedankenstalker. Wie faszinierend."

Ich kämpfte damit, mein Gesicht ruhig und gelassen zu halten, konnte aber nicht verhindern, dass meine Augen zu meinen Seiten wanderten und ich mich fragte, wer die Worte des Hauptmanns noch gehört hatte.

Talon schien amüsiert über meine Reaktion. "Mach dir keine Sorgen", sagte er. "Wir sind von einem Schutzschild umgeben. Keiner kann uns hören."

Ich verbarg meine Erleichterung und richtete meine Aufmerksamkeit wieder auf den Hauptmann. "Woher kennst du meine Klasse?" Dass er eine überlegene Form meiner eigenen Analyse hatte, war offensichtlich, aber ich war mir nicht sicher, was genau er benutzt hatte.

Talons Mundwinkel zogen sich nach oben. "Wie ich sehe, bist du in diesem Spiel immer noch unerfahren."

Ich schaute finster drein.

"Ich meine das nicht als Beleidigung", sagte er, bevor ich etwas erwidern konnte. "Es ist lediglich die Wahrheit." Er hielt inne, dann beantwortete er meine Frage ohne jede Spur von Feindseligkeit. "Jeder Spieler mit verbesserter Analyse kann deine Klasse sehen."

"Verbesserte Analyse?"

"Eine Fähigkeit der Stufe fünf", sagte der Hauptmann.

Ich schürzte die Lippen. "Ich verstehe." Damit war das Level des Hauptmanns viel höher als mein Eigenes. Es schien, als ob ich wieder einmal unterlegen war. Ich warf ihm einen weiteren Blick zu. Er beobachtete mich und wartete geduldig darauf, dass ich weitersprach.

Aus irgendeinem Grund schien der Dunkle Spieler für meine Fragen empfänglich zu sein. "Was weißt du über Gedankenstalker?" fragte ich und sah keinen Grund, seine Bereitschaft, meine Fragen zu beantworten, nicht auszunutzen.

Der Hauptmann zuckte mit den Schultern. "Nicht so viel, wie ich es mir wünschen würde", gab er zu. "Es ist eine fortgeschrittene Klasse, die man nicht ohne Blutlinie erreichen kann."

Ich wurde bei der seltsamen Betonung, die er auf das Wort "Blutlinie" legte, hellhörig.

Er legte den Kopf schief und sah mich neugierig an. "Welche besitzt du?"

Ich war mir sicher, dass ich die Antwort darauf bereits kannte, aber ich hatte nicht vor, sie mit ihm zu teilen, egal wie hilfreich er auch sein mochte. Ich zuckte mit den Schultern und wechselte das Thema. "Warum kann ich dein Level nicht sehen?"

Talons Lächeln wurde breiter, als ich der Frage auswich, aber er kommentierte es nicht und weigerte sich auch nicht, meine Frage zu beantworten. "Du hast grundlegende Analyse auf mich angewendet?"

Ich nickte.

"Dann ist die Antwort einfach. Die grundlegende Analyse kann nur Wesen unter Rang zehn richtig erfassen. Bei Personen mit höherem Rang scheitert sie."

Sein Level ist also mehr als dreimal so hoch wie meins.

Ich zog eine Grimasse, als ich die Tragweite dieser Aussage begriff. "Warum bin ich hier?" fragte ich schließlich und sprach damit meine brennendste Frage aus.

"Ich habe dich hergebracht, um dich zu warnen", sagte Talon.

"Mich warnen?"

"Ishitas Leute sind auf der Jagd ..."

Ich wedelte nachlässig mit meiner Hand in der Luft. "Das weiß ich schon."

Talon hielt meinem Blick stand. "Und wusstest du, dass sie in der Festung der Heuler auf dich warten und einen Hinterhalt planen?"

Ich verstummte. "Bist du dir sicher?"

Er nickte.

Ich fluchte leise. Ich hätte gehen sollen, als ich die Chance dazu hatte. Meine Gedanken rasten und ich fragte mich, was mich in der Festung erwartete. Wie viele Spieler hatten Ishitas Magier für ihren Hinterhalt zusammengetrommelt? Und wo genau hatten sie sich positioniert?

Die Spieler waren jedoch nicht meine größte Sorge. Das waren die Kobolde.

Ich hatte bereits bewiesen, dass ich mich vor Ishitas Magiern verstecken konnte, aber die Soldaten der Heuler waren für meinen Geschmack zu wachsam, und wenn der Stamm bereits in Alarmbereitschaft versetzt worden war, konnte ich mich auf keinen Fall durch die Festung schleichen.

"Die Heuler werden sich nicht einmischen", sagte Talon und schien meine Gedanken zu ahnen.

Ich unterbrach meine Überlegungen und musterte ihn aufmerksam. "Warum nicht?"

"Du hast ein Schriftstück für sichere Durchreise", sagte Talon. "Die Heuler sind verpflichtet, den Pakt einzuhalten." Er lächelte. "Und ich habe mir die Freiheit genommen, ihren Schamanen noch einmal auf die Konsequenzen hinzuweisen, sollten sie sich nicht daran halten. Die Dunklen Mächte sind nicht gut auf diejenigen zu sprechen, die sich nicht an ihre Abmachungen halten, ganz gleich, welche mildernden Umstände vorliegen."

Ich blinzelte. "Danke", sagte ich widerwillig. "Nicht, dass ich undankbar wäre, aber warum ..."

"Weil du mich interessierst", sagte der Hauptmann. "Und weil ... ich etwas von dir will", gab er zu.

Kapitel 103: Was die Dunkelheit will

"Verstehe", sagte ich wenig überrascht. Nach all den Mühen, die Talon sich gemacht hatte, war es das Mindeste ihm wenigsten zuzuhören. "Was brauchst du?"

Der Hauptmann antwortete nicht sofort. Stattdessen verschränkte der Dunkle Spieler die Hände hinter dem Rücken und ging auf und ab. Anhand seiner Schritte schätzte ich, dass der Schutzbereich um uns herum weniger als zwei Meter Durchmesser hatte.

Neugierig schaute ich mich um und versuchte, den Schild selbst zu entdecken, aber ich fand nichts. Hinter dem Hauptmann beobachteten uns Ultack, Cecilia und die anderen Spieler aufmerksam.

"Die Dunkelheit ist nicht vereint."

Ich drehte mich um und sah, dass Talon vor mir zum Stehen gekommen war, seine braunen Augen ernst.

Als der Hauptmann sah, dass er meine Aufmerksamkeit hatte, fuhr er fort: "Die Dunkelheit hat viele Fraktionen. Die von Erebus, die Erwachten Toten, ist eine davon. Mein Meister, der Gottkaiser, führt eine andere an."

Ich nickte langsam und begann zu begreifen, worauf er hinauswollte.

"Dieses Tal wurde vor Jahren von Spähern einer kleinen Dunklen Fraktion entdeckt", fuhr Talon fort. "Die Erwachten Toten baten um die Rechte an der Region, was die anderen Mächte der Dunkelheit angesichts der angeblichen Abgeschiedenheit des Tals ohne zu zögern akzeptierten."

Der Hauptmann seufzte. "Diese Entscheidung erwies sich als kurzsichtig. Kurz nachdem sie sich Zugang zum Tal verschafft hatten, entdeckten Erebus' Leute, dass sich dort ein Eingang zu einer unerforschten Region der Sphäre des Jenseits befindet, die mit unseren anderen unterirdischen Sektoren verbunden ist - genau das Portal, durch das du gekommen bist." Er schnippte mit den Fingern. "Und plötzlich gewann das Tal an Bedeutung."

"Ich bin mir nicht sicher, ob ich das richtig verstanden habe", sagte ich langsam.

"Dieser Sektor hat das Potenzial, eine der Hauptverkehrsadern in die Sphäre des Jenseits zu werden, da er eine sichere Versorgungsroute darstellt."

Ich runzelte die Stirn. "Was meinst du mit sicher?"

"Einfach ausgedrückt: Dieses Tal ist ein geschlossener Sektor, was die Rückeroberung äußerst schwierig macht. Noch besser ist, dass das Tal derzeit versteckt liegt. Das kann natürlich nicht ewig so bleiben, aber solange es so ist, müssen wir keinen Überfall auf unsere Versorgungsrouten befürchten", erklärt Talon. "Und wenn man bedenkt, wie paranoid Ishita ist, wenn es um den Schutz des Tals geht, wird es wahrscheinlich noch viel länger versteckt bleiben", sagte er mit einer Grimasse. "Derzeit werden die

Ätherkoordinaten dieses Sektors nicht nur vor den Mächten des Lichts und der Schatten verborgen, sondern auch allen Angehörigen der Dunkelheit, die nicht zu den Erwachten Toten gehören."

"Wie kann das sein?" warf ich ein. "Hast du nicht gesagt, eine andere Fraktion hätte ihn gefunden?"

Die Lippen des Hauptmanns verzogen sich. "Die ursprüngliche Fraktion, die das Tal entdeckte, wurde bald darauf ausgelöscht - angeblich von einer Fraktion des Lichts, aber dafür wurden nie Beweise gefunden, ebenso wenig Aufzeichnungen über die Koordinaten des Tals."

Ich verdaute die Informationen und vermutete genau wie Talon, dass es hier nicht mit rechten Dingen zuging. "Warum braucht die Dunkelheit die Portale des Spiels überhaupt, um Vorräte in die Sphäre des Jenseits zu teleportieren? Ihr könnt doch sicher einfach ein Spielerportal erschaffen, um das ganze effizienter zu machen?"

"Ah", seufzte der Hauptmann. "Das ist der Punkt, an dem du falsch liegst. Das Jenseits und der Äther scheinen Teile eines Ganzen zu sein, dem Ewigen Königreich, aber in vielerlei Hinsicht sind sie zwei getrennte Welten - und selbst die Mächte können ihre Grenzen nur schwer überbrücken."

Ich verzog verwirrt das Gesicht und hatte Schwierigkeiten, der Erklärung des Hauptmanns zu folgen.

Talon bemerkte meinen Blick und versuchte es erneut. "Lass es mich anders ausdrücken. Spieler können keine Portale zwischen der Sphäre des Jenseits und den Sektoren des Königreichs schaffen. Die einzige Ausnahme sind Verbindungshändler, die Waren vom und zum Nexus und dessen Banken transportieren - und sie haben nur eine begrenzte Kapazität für transportierte Mengen." Er hielt inne. "Verstehst du jetzt, wie wichtig das Tal ist?"

Ich nickte. Ich glaubte es zumindest. Ich hatte immer gedacht, dass für die Sphäre des Jenseits und die Königreiche dieselben Regeln galten, aber die Realität schien komplizierter zu sein.

Wenn dieses Tal wirklich eine der wenigen Verbindungen zwischen dem Jenseits und den Königreichen ist, macht es Sinn, dass die Erwachten Toten es so sehr wollen.

"Natürlich" fuhr Talon fort, "hat der Besitz einer der Versorgungsrouten in die Sphäre des Jenseits das Ansehen der Erwachten Toten gesteigert, und in den letzten Jahren hat Erebus' Macht enorm zugenommen. Als es also darum ging, diesen Sektor für sich zu beanspruchen und zu sichern, war es nur natürlich, dass die Erwachten Toten mit dieser Aufgabe betraut wurden."

Ich starrte ihn an. "Lass mich raten ... das war ein weiterer Fehler?"

Talon nickte traurig. "Es war Erebus' Idee, die wilden Koboldstämme als Hauptstreitkräfte einzusetzen, um das Tal zu sichern. An sich war das auch keine schlechte Idee", gab der Hauptmann zu. "Aber die wilden Stämme waren schon immer berüchtigt für ihren Eigensinn, weshalb sie von den organisierten Armeen des Lichts und der Dunkelheit weitgehend ignoriert wurden. Als es den Erwachten Toten jedoch gelang, zwei der größten Stämme davon zu überzeugen, Delegationen ins Tal zu schicken, sah ihr Vorhaben vielversprechend aus. Doch leider sind die Verhandlungen mit den

Heulern, den Roten Ratten und neuerdings auch den Langfängen auch nach Jahren noch ergebnislos geblieben."

"Und du glaubst was? Dass Erebus die Verhandlungen absichtlich hinauszögert?" fragte ich.

Der Hauptmann nickte langsam und zeigte dabei die ersten Anzeichen von Unsicherheit, die ich bei ihm gesehen hatte.

"Warum?" fragte ich und runzelte die Stirn. "Was bringt ihm das?"

"Genau das ist es, was ich nicht weiß."

"Aber du traust Erebus nicht?" fragte ich. Nicht, dass ich es ihm verübelt hätte, nach allem, was ich über die Macht wusste.

Der Hauptmann schnaubte. "Mein Meister tut es jedenfalls nicht", sagte er unverblümt. "Erebus ist skrupellos. Tartar und andere Dunkle machen sich Sorgen, dass die Erwachten Toten sie verraten wollen."

"Was hält dich also davon ab, mehr herauszufinden?" Ich schaute mich in der vollen Halle um. "Es scheint nicht so, als ob es deinem Meister an eigener Macht mangelt."

Talon lachte. "Oh, die Legionen des Gottkaisers sind gewaltig. Die Erwachten Toten werden nicht lange gegen uns bestehen, wenn es zum offenen Krieg kommt. Das weiß auch Erebus." Der Hauptmann seufzte erneut. "Aber die Dinge sind selten so einfach zu lösen. Wenn Tartar ohne Beweise gegen Erebus vorgeht, wird das Konsequenzen haben." Er blickte mich an. "Mit dem Zorn meines Herrn zu drohen hat zwar ausgereicht, um uns Zugang zu diesem Sektor zu verschaffen, aber weiter kann ich nicht gehen. Weder ich noch meine Leute können diese Angelegenheit frei untersuchen."

"Und deshalb brauchst du meine Hilfe?"

"Ganz genau", stimmte der Hauptmann zu. "Meine Kompanie ist auf die sichere Zone beschränkt. Erebus lässt uns nicht raus, und ich kann ihn nicht dazu zwingen. Noch nicht."

Mein Blick flackerte zu Cecilia und Ultack. Sie standen eindeutig unter Talons Kommando, aber waren außerhalb der sicheren Zone gewesen.

Der Hauptmann folgte meinem Blick und beantwortete meine unausgesprochene Frage. "Cecilias Truppe sind Rekruten für die Tartanerlegion. Sie sind noch nicht vereidigt oder vom Gottkaiser markiert. Das ist der einzige Grund, warum sie die Zone verlassen durften."

Er zog eine Grimasse. "Ich bin gezwungen, mich auf einfache Rekruten zu verlassen, und du hast ja selbst gesehen, wie gut das gelaufen ist." Er durchbohrte mich mit seinem Blick. "Du hingegen scheinst dich besser in der Wildnis zurechtzufinden und bist, sagen wir mal, weniger zurückhaltend, wenn es darum geht, ein Problem anzugehen."

Er wusste offensichtlich nichts von meinem Nichtangriffspakt mit Erebus, und ich sah keine Notwendigkeit, ihn darüber zu informieren. "Sag mir, was du von mir willst." Ich hielt inne. "Und was für mich dabei herausspringt."

Talon lächelte. "Ich möchte, dass du dir die Treue der Heuler und der Roten Ratten sicherst. Wenn dir das nicht gelingt, gebe ich mich damit zufrieden, wenn du Erebus' Motive aufdeckst."

Ich runzelte die Stirn. "Was ist mit den Langfängen?"

Der Hauptmann schnaubte abschätzig. "Die Langfänge sind ein unbedeutender Stamm und für die Dunkelheit von geringem Wert. Ich habe keine Ahnung, warum Erebus sie hierhergebracht hat. Sie sind mir egal, und meinem Meister auch."

Ich nickte. "Angenommen, ich schaffe es wie durch ein Wunder, zu erreichen, was du verlangst, was bekomme ich dann dafür?"

Talons Grinsen wurde breiter. "Du willst raus aus dem Sektor, nicht wahr?"

Ich starrte ihn nur an, ohne seiner Aussage zuzustimmen oder sie zu verneinen.

Als ich nicht antwortete, fuhr der Hauptmann fort. "Leider habe ich nicht die Mittel, um dich direkt herauszuschmuggeln. *Aber* ich kann dir etwas Besseres anbieten." Er hielt inne. "Würde dir der Schutz des Gottkaisers genügen?"

"Schutz?" fragte ich scharf. "Wozu brauche ich den Schutz deines Meisters?"

Talons Grinsen verblasste. "Den hast du nötiger, als du denkst", sagte er leise. "Ishita ist rachsüchtig. Sie wird nicht aufhören, dich zu verfolgen, selbst wenn du aus dem Sektor fliehst. Wenn du überleben willst, musst du diese Gelegenheit ergreifen, solange sie noch besteht. Nur Tartar kann Ishita davon abhalten, dich zu jagen. Niemand sonst hat diese Macht."

"Und dein Meister wird sich diese Mühe machen? Für mich?"

"Du wirst dich ihm unterschwören müssen" gab Talon zu. "Aber im Gegensatz zu Erebus ist Tartar sehr wählerisch, wenn es darum geht, wem er erlaubt, ihm zu dienen. Es ist ein großes Privileg. Wenn du die Aufgabe, die ich dir gestellt habe, erfolgreich bewältigst, wird er dir diese Ehre gewähren." Er schaute mich prüfend an. "Was sagst du also?"

Ich sagte einen Moment lang nichts. Ich hatte bereits zwei Aufgaben, und diese hier widersprach dem Auftrag der Dunklen Druidin direkt. Trotzdem gab es keinen Grund, das Angebot des Hauptmanns abzulehnen. Als ich seinem Blick begegnete, gab ich ihm dieselbe unverbindliche Antwort wie Mariga. "Ich kann nichts versprechen, aber ich werde weiter nachforschen."

"Das ist alles, worum ich bitte", sagte er. "Danke."

Tartar hat dir eine neue Aufgabe zugeteilt: <u>Schmiede Dunkle Allianzen</u>! Die Macht hat dich damit beauftragt, seinen Vertretern dabei zu helfen, ein Bündnis mit den Koboldstämmen zu schließen. Ziel eins: Schließe ein Bündnis zwischen den Dunklen und den Heulern. Ziel zwei: Schließe ein Bündnis zwischen den Dunklen und den Roten Ratten. Optionales Ziel: Decke die Pläne der Erwachten Toten auf.

Ich keuchte auf, als ich die Nachricht las. Auf meine starke Reaktion hin sah der Hauptmann mich fragend an.

"Ich habe eine Aufgabe erhalten", erklärte ich. Ich hielt inne, bevor ich fortfuhr. "Da steht, dass sie direkt von Tartar kommt ...?" Ich ließ die Frage in der Luft hängen.

"Das ist richtig", sagte der Hauptmann nickend.

"Wie ist das möglich?" rief ich mit weiten Augen aus. "Der einzige Weg, wie ich eine Aufgabe direkt von Tartar erhalten könnte, wäre, wenn du ..."

Der Hauptmann lachte und unterbrach mich. "Verzeih meine Belustigung, aber nein, ich bin nicht Tartar. Ich bin sein Gesandter."

Ich blinzelte. "Was ist ein Gesandter?"

Talon lächelte. "Ein Gesandter ist ein vertrauenswürdiger Vertreter einer Macht, der für sie spricht. Somit kann ich einige Aufgaben übernehmen und sogar kleinere Pakte im Namen meines Meisters annehmen."

"Ich verstehe", sagte ich und wusste nicht, was ich sonst sagen sollte. Ich drehte mich um. Ich hatte genug Zeit in der sicheren Zone verschwendet und es war Zeit zu gehen.

"Oh, eine Sache noch", sagte der Hauptmann und brachte mich zum Stehen. "Eigentlich sogar zwei."

Ich hob forschend eine Augenbraue.

"Cecilias Trupp war nicht der einzige, den ich in das Tal geschickt habe", sagte er. "Ich habe ein weiteres Team nach Norden zu den Roten Ratten gesandt. Sie sind noch nicht zurückgekehrt. Wenn du auf deiner Reise zufällig ein Zeichen von ihnen entdeckst, wäre ich dir sehr dankbar."

Ich nickte. "Ich werde tun, was ich kann."

Talon zögerte, dann fügte er hinzu. "Bitte, es ist mir sehr wichtig. Der Anführer der Gruppe, Sturm, ist mein Sohn."

Meine Augenbrauen hoben sich. "Dein Sohn? Wie ist das möglich?"

Der Hauptmann gluckste. "Was? Glaubst du Spieler können keine Kinder bekommen?"

Ich schüttelte den Kopf. "Nein, ich meine ..."

Talon winkte mit einer Hand und unterbrach mich. "Ich verstehe, was du meinst. Sturm ist ebenfalls ein Spieler. Nicht alle Spieler kommen von Außerhalb ins Spiel. Einige - wenn auch sehr wenige - werden in dieser Welt geboren. Manchmal wird der Nachwuchs von zwei Spielern vom Adjutanten in einen Spieler verwandelt, wenn das Kind erwachsen ist. Das passiert aber nicht immer. Aber wenn doch, dann betrachtet sich die Familie als gesegnet."

Ich nickte nachdenklich. Es gab mehr Zukunftsaussichten für Spieler in dieser Welt, als ich zuerst gedacht hatte. "Ich werde ein Auge offenhalten", versicherte ich dem Hauptmann.

"Danke. Sturm ist ein Spieler, also bin ich sicher, dass es ihm gut geht. Trotzdem ist seine Abwesenheit ... beunruhigend." Talon schüttelte sich und fegte seine Sorgen beiseite. "Nun zum letzten Punkt. Deine Belohnung."

Ich starrte ihn verwirrt an. "Belohnung?"

Er lächelte. "Für die Rettung von Cecilias Truppe."

"Ich brauche keine ..."

"Ich bestehe darauf", sagte der Hauptmann. "Was darf es sein? Ich habe Messer, Schwerter, Waffen in Hülle und Fülle, aber leider keine Zauberbücher. Ich habe außerdem ..."

"Geld", unterbrach ich ihn.

Der Hauptmann sah mich stirnrunzelnd an. "Geld?"

Ich wippte mit dem Kopf. "Gold. So viel, wie du bereit bist mir zu geben." Ich grinste. "Oder so viel, wie dir das Leben deines Volkes wert ist."

Talons Stirnrunzeln vertiefte sich. "Gold", murmelte er. "Ich hatte dich nicht für einen Söldner gehalten." Trotz seiner Worte griff der Hauptmann

in seine Tasche und zog einen Beutel heraus. "Hier, nimm. Das ist alles, was
ich habe." Er warf ihn mir mit mehr Wucht als unbedingt nötig zu.

Du hast einen Münzbeutel erworben.

Ich fing ihn geschickt auf und neigte dankbar den Kopf. "Danke", sagte
ich ernst, und ohne die Münze zu zählen, drehte ich mich um und lief aus
dem Zimmer.

Kapitel 104: Ein heulendes Chaos

Nachdem ich die Kaserne der Tartanerlegion verlassen hatte, machte ich mich auf den Weg zurück zur Hütte der Dunklen Druidin. Unterwegs zählte ich meine neu erworbenen Münzen. Im Beutel waren über zwanzig Goldstücke.

Du hast 24 Gold, 0 Silber und 9 Kupfermünzen erworben.

Ich konnte meine Freude kaum zügeln. Das war genug, um zwei der Fähigkeitskompendien zu kaufen, die ich in Marigas Laden gesehen hatte.

Als ich ihre Hütte erreichte, klopfte ich wie wild, bis sie mich endlich hereinließ. "Hast du etwas vergessen?", zischte sie.

Ich ignorierte den Sarkasmus in ihrer Stimme und schüttelte den Kopf. "Ich bin hier, um Zauberbücher zu kaufen."

Marigas gespaltene Zunge schnalzte verärgert nach vorne. "Ich habe dir schon gesagt, dass ich keine Kredite gebe ..."

Ich öffnete eine Hand und zeigte ihr das Gold darin. "Ich habe Geld."

Die Druidin schwieg einen Moment lang und schien dann zu seufzen. "Na, worauf wartest du dann noch? Sieh dich um", sagte sie und winkte mich zu ihrem Regal.

Ich ließ mir das nicht zweimal sagen und holte die drei Bücher, die ich mir schon ausgesucht hatte: Ventro, Papagei und Gesichtsverschleierung. Für geringere Imitation reichte mein Level leider nicht, aber für den Moment wäre es genug, zwei der drei grundlegenden Fähigkeiten zu erwerben.

Ich legte die Bände auf einen Tisch in der Nähe und betrachtete sie genauer. Welche beiden sollte ich auswählen?

✳ ✳ ✳

Papagei war ein Zauber, mit dem ich die Stimme eines anderen nachahmen konnte. Gesichtsverschleierung war ähnlich; ich konnte damit mein Aussehen ändern, während Ventro mir erlaubte, die Quelle meiner Stimme zu verbergen.

Alle drei Täuschungsfähigkeiten hatten im Kampf Potenzial, und obwohl sie nichts an meinem Schaden oder meiner Verteidigung ändern würden, konnten sie bei richtigem Einsatz den Ausgang eines Kampfes verändern.

Ich verbrachte einige Zeit damit, meine Optionen zu überdenken, sehr zum Missfallen der ungeduldigen Druidin, aber ich ließ mich nicht hetzen. Am Ende entschied ich mich für Ventro und Gesichtsverschleierung, da Papagei und geringere Imitation zu ähnlich waren, um beide zu wählen.

Nachdem ich Mariga das Gold übergeben hatte, machte ich mich begierig daran das Wissen der Zauberbücher aufzusaugen.

Du hast das Zauberbuch Gesichtsverschleierung und das Zauberbuch Ventro gekauft. Du hast 20 Goldstücke verloren.

Du hast die grundlegende Fähigkeit Gesichtsverschleierung erworben. Diese Fähigkeit überlagert dein Gesicht mit einer Illusion und ermöglicht es dir, die Gestalt eines anderen anzunehmen. Die Gesichtsverkleidung verändert nur dein Gesicht, nicht aber deine Stimme oder den Rest deines Körpers. Die Fähigkeit erzeugt eine lichtbasierte Illusion, die durch eine erfolgreiche Wahrnehmungsprüfung aufgedeckt werden kann.
Die Illusion bleibt eine Stunde lang bestehen, es sei denn sie wird aufgelöst. Sie verwendet Ausdauer und kann aufgewertet werden. Ihre Aktivierungszeit ist sehr langsam. Du hast noch 4 von 8 Slots für Wahrnehmungsfähigkeiten übrig.

Du hast die grundlegende Fähigkeit Ventro erworben. Diese Fähigkeit verbirgt die Quelle deiner Stimme und projiziert sie stattdessen von einem gewünschten Punkt in einem Umkreis von 10 Metern aus. Die Fähigkeit erzeugt eine klangliche Illusion, die durch eine erfolgreiche Wahrnehmungsprüfung aufgedeckt werden kann.
Die Illusion bleibt eine Minute lang bestehen, es sei denn sie wird aufgelöst. Sie verbraucht Ausdauer und kann aufgewertet werden. Ihre Aktivierungszeit ist langsam. Du hast noch 3 von 8 Slots für Wahrnehmungsfähigkeiten übrig.

Ich verließ den Laden der Druidin und ging auf die Koboldmauern zu, die die sichere Zone umgaben.

Ich hatte einen Plan, wenn auch nur einen groben. Meine größte Sorge war jedoch die Zeit. Ich war mir nicht sicher, ob ich alles schaffen würde, bevor meine verbleibenden fünf Tage abliefen.

Sowohl die Dunkle Druidin als auch der Hauptmann der Legion hatten mir einen Weg aus dem Sektor angeboten, obwohl beide Bedingungen gestellt hatten, die schwer bis geradezu unmöglich zu erfüllen waren. Bis jetzt war ich beiden Missionen gegenüber eher abgeneigt.

Dennoch hatten beide entscheidende Informationen preisgegeben. Ich wusste jetzt, warum der Sektor wichtig war, und im Gegensatz zu den anderen interessierten Parteien schien ich in meinem Tun weniger eingeschränkt zu sein.

Ich war mir noch nicht sicher, wie ich vorgehen würde, aber sowohl Talon als auch Marigas Informationen hatten stark darauf hingedeutet, dass die Kobolde der Schlüssel zum Tal waren, und mit ihnen würde ich meine eigenen Nachforschungen beginnen.

Wenn ich meine Karten richtig ausspiele, könnte ich dem Sektor entkommen, ohne meine Unabhängigkeit zu gefährden. Es würde nicht einfach sein, und vieles würde von Dingen abhängen, die außerhalb meiner Kontrolle lagen. Aber ich war entschlossen, es zu versuchen.

Aber zuerst musste ich aus der sicheren Zone herauskommen.

Ich erreichte die nördliche Grenze des Dorfes ohne Zwischenfälle. Es gab nur ein einziges Tor in der Innenmauer der Koboldfestung, und es war dasselbe, durch welches ich reingekommen war.

Von den Schatten einer Hütte aus überblickte ich die Gegend. Nur ein kurzes Stück offener Raum trennte mich von der aufragenden Mauer. Kobolde marschierten auf den Wällen, und vor dem versiegelten Tor war eine Gruppe von Spielern versammelt.

Im selben Moment, in dem ich die Sicherheit der Schatten verließ, würden mich sowohl die Kobolde oben als auch die Spieler unten bemerken. Wenn Talons Informationen vertrauenswürdig waren - und das glaubte ich -, dann würden die Kobolde kein Hindernis darstellen. Aber die Spieler ... Sie könnten problematisch sein.

Zeit loszugehen.

Ich erhob mich und schlenderte zum Tor. Gesichter drehten sich in meine Richtung, und die Luft war plötzlich von Alarmrufen erfüllt. Ich ignorierte sie und ging weiter vorwärts.

Die versammelten Spieler stürmten auf mich zu – es waren etwa zwei Dutzend von ihnen. Sie pöbelten mich an, schrien mir Beleidigungen und Drohungen entgegen, aber sie griffen nicht an. Sie wagten es nicht. Das Spiel war nicht nachsichtig mit denen, die seine Regeln brachen.

Ich schritt immer weiter voran und zwang die Spieler vor mir zum Rückzug.

Es ging nur langsam voran, aber schließlich erreichten meine "Begleiter" und ich das Tor. Ich ging darauf zu und schlug laut mit der Faust dagegen. "Aufmachen!" brüllte ich.

"Fliehen wird dich nicht retten", spottete einer der Spieler hinter mir.

"Da willst du lieber nicht rausgehen", kicherte ein anderer.

Ich ignorierte beide und klopfte erneut an das Tor, als es sich nicht sofort öffnete. Diesmal bekam ich eine Reaktion. Ein Schlitz in der Mauer wurde aufgeschoben und zwei rotunterlaufene Augen starrten mich durch den Schlitz hinweg an. "Was willst du?"

Ich griff in meine Tasche, holte das Schriftstück für sicheren Durchgang heraus und winkte es dem Kobold entgegen. "Lasst mich durch."

Der Kobold starrte auf den Zettel in meiner Hand und dann auf die Menge der Spieler hinter mir. "Bist du derjenige, hinter dem die alle her sind?"

Ich nickte.

Er grunzte. "Auf deine Verantwortung", murmelte er. Er verschwand, und ich hörte, wie ein Riegel zurückgezogen wurde. Einen Moment später begannen sich die Tore nach außen zu schieben.

Ich trat zurück und ging aus dem Weg, um mir etwas Platz zu verschaffen. Durch die Öffnung erspähte ich eine weitere Ansammlung von Spielern innerhalb der Festung. Sie hatten die Waffen gezückt und sahen angespannt und kampflustig aus.

"Ha!", gluckste der Witzbold hinter mir. "Ich wette, er hält keine zehn Sekunden durch!"

"Ich gebe ihm weniger als fünf", sagte ein anderer.

Ich machte mir nicht die Mühe, zu antworten. Die Tore waren zur Hälfte geöffnet und es war Zeit, sich zu bewegen. Ich eilte vorwärts. Ein Schritt. Zwei. Dann sprang ich mit ausgestreckten Händen ab.

Meine Finger schlossen sich um die obere Kante des sich noch bewegenden Tores. Ich hievte mich hoch, ging in die Hocke und balancierte vorsichtig auf dem schmalen Metall.

"Was macht er da?"

"Er flieht!"

Ich suchte den oberen Bereich der inneren Festungsmauer ab. Von meiner Position aus war sie auch ohne Hilfe zu erreichen. Ich verlagerte mein Gleichgewicht und wartete darauf, dass das Tor näherkam.

Als es zwei Handbreit von der Wand entfernt war, stieß ich mich ab und stürzte wieder nach vorne. Mitten im Sprung aktivierte ich Ein-Schritt. Mein rechter Fuß landete auf festem Boden und ich stieß mich ab und warf mich höher. Meine ausgestreckten Finger trafen auf Stein.

Ich hatte es geschafft.

Ich schlang meine Hände um den Rand der Mauer und zog mich hoch. Unter mir hörte ich die erschrockenen Schreie der Spieler am Boden. *Zehn Sekunden, was?* Ich grinste, die Wette hatte ich wohl gewonnen.

Weitere Stimmen erklangen von unten. Diesmal waren es Koboldstimmen, die von der anderen Seite der Mauer aus Befehle zum Schließen des Tores riefen.

Sehr gut, dachte ich. Wenigstens musste ich mir keine Sorgen um weitere Spieler machen, außer denen, die bereits in der Festung waren.

Ich machte einen Schritt vorwärts in Richtung der Mitte der Mauer und ging dann schnell in die Hocke, als sich eine Spielnachricht in meinem Kopf öffnete.

Du hast eine sichere Zone verlassen.

Ich war außer Sichtweite der Spieler in der Festung, aber ich wusste, dass das nicht lange so bleiben würde. Ich konnte bereits Füße hören, die an der Wand entlang zur Treppe stapften.

Von rechts sah ich einen der Kobolde, die auf der Mauer patrouillierten, in meine Richtung eilen. Ich zog mein Schriftstück erneut hervor und schwenkte es in der Luft. Als die Heulerkrieger das sahen, kamen sie zum Stillstand.

Ihr Gruppenführer sah mich finster an. "Verschwinde von hier", bellte er. "Und kämpft woanders weiter!"

"Ist mir ein Vergnügen ", antwortete ich mit einem angespannten Lächeln. "Aber die Spieler da unten werden mich nicht gehen lassen." Ich hielt inne. "Kannst du deine Leute dazu bringen, das äußere Tor zu öffnen?"

Der Anführer des Trupps musterte mich einen Herzschlag lang schweigend, dann ruckte er mit dem Kopf und knurrte einem Kobold hinter ihm etwas zu. Der Krieger rannte davon.

Ich neigte den Kopf zum Dank und zog mich an der Innenkante der Mauer hoch, um vorsichtig über sie hinweg zu schauen. Der Bereich unmittelbar darunter war frei von Spielern. Jetzt war meine Chance. Ich schwang mich über die Kante und hing einen Moment lang oben an der Mauer.

Dann ließ ich los.

Ich fiel direkt nach unten. Ich schätzte die Entfernung sorgfältig ab und machte mitten im Fall einen Ein-Schritt, so dass sich ein Luftkissen unter meinen Füßen bildete und mein Fall vorübergehend gebremst wurde. Einen Moment später verschwand das Luftkissen und ich fiel weiter.

Ich landete sanft auf dem Boden, erhob mich und suchte die Umgebung ab. Kobolde beobachteten mich aus allen Richtungen. Ihre wachsamen Augen starrten aufmerksam auf meine schlanke Gestalt. Aber es schien sich herumgesprochen zu haben, dass ich das Recht auf Durchreise hatte, denn keiner der Heuler kam auf mich zu.

Wichtiger war, dass ich keine Spieler in der Nähe entdeckte. Die Dummköpfe hatten nicht daran gedacht, jemanden Wache halten zu lassen, während sie zur nächsten Treppe eilten.

Ein Fehler, für den ich sie teuer bezahlen lassen werde.

Ich hatte zwei Möglichkeiten. Zum Tor rennen oder ... kämpfen. Obwohl ich mich vorhin hartnäckig geweigert hatte, mich mit den Zwischenrufern anzulegen, hatten ihre Beleidigungen mich genervt. Umsichtig wäre es gewesen jetzt zu fliehen, aber wenn ich eines in dieser Welt gelernt hatte, dann dass ich nicht umsichtig war.

Wäre ich das, hätte ich Erebus schon lange die Treue geschworen. Oder Loken.

Und doch war ich hier und ging meinen eigenen Weg.

Es war Zeit, dass die Spieler der Erwachten Toten das Fürchten lernten. Meine Lippen verzogen sich zu einem hungrigen Lächeln.

Es wird Zeit, dass ich ihnen beibringe, was es heißt, einen Wolf zu jagen.

KAPITEL 105: AUF DER JAGD

Nach ein paar Minuten langweilten sich die zuschauenden Kobolde und beschlossen, meine Anwesenheit völlig zu ignorieren - was mir sehr recht war.

Danach brauchte ich weniger als eine Minute, um mich zu verstecken.

Dann habe ich gewartet.

Und gewartet.

Erstaunlicherweise hatten die suchenden Spieler immer noch nicht begriffen, dass ich nicht mehr auf der Mauer war. Sie brauchten weitere fünf Minuten, um endlich zu diesem Schluss zu kommen, und zu dem Zeitpunkt war ich zu Tode gelangweilt. Wenig später versammelten sie sich in der Nähe des Tores, um sich zu beraten. Ich schlich mich näher heran, streckte mich flach auf dem Dach einer nahe gelegenen Baracke aus und hörte zu. Ich konnte die Spieler nicht sehen, aber das war auch nicht nötig.

Mehrere feindliche Einheiten haben dich nicht entdeckt! Deine Schleichfertigkeit ist auf Stufe 46 gestiegen.

"Habt ihr ihn gefunden?"

"Ist er geflohen?"

"Dieser verdammte Kerl!", fluchte ein anderer. "Muss er wohl. Niemand ist dumm genug ..."

"Nein", erklärte eine andere Stimme. "Er ist immer noch in der Festung. Hat der Schamane versprochen."

"Wo ist er dann?", jammerte ein Spieler.

"Wollte der Schamane mir nicht sagen", sagte dieselbe befehlende Stimme wieder, und ich erkannte ihn als den Anführer.

Während die Spieler über meinen Aufenthaltsort spekulierten, dachte ich über das Gehörte nach. Die Heuler waren nicht vollkommen neutral, aber andererseits waren sie vorsichtig, wenn es darum ging, meinen Verfolgern zu helfen.

Am besten meide ich den Schamanen.

Die Spieler unterhielten sich immer noch und der Anführer ratterte Befehle zum Durchsuchen der Festung herunter. Ich hörte nur mit einem halben Ohr zu und castete Geistessicht.

Mein Psi breitete aus und durchflutete den Raum um mich herum, sodass jedes Bewusstsein im Umkreis von zehn Metern sichtbar wurde. Die Kobolde und Spieler in der Nähe leuchteten heller als die der Tiere es zuvor getan hatten und waren dadurch leicht zu erkennen.

Ich konzentrierte mich auf die unmittelbare Umgebung des Tors und zählte meine Feinde. Es waren zwanzig Spieler. Ich griff nach den Bewusstseinsblasen, die in meinem Blickfeld schwebten, und analysierte sie einen nach dem anderen.

Dein Ziel heißt Mersey, ein Mensch der Stufe 48. Sie ist eine Spielerin und trägt eine Markierung der geringeren Dunkelheit und eine Markierung von Ishita.

Dein Ziel heißt Forsyth, ein Mensch der Stufe 67. Er ist ein Spieler und trägt eine Markierung der geringen Dunkelheit und eine Markierung von Ishita.

Dein Ziel heißt Tuxai, ein Echsenmann der Stufe 59. Er ist ein ...

...

Deine Einsicht ist auf Stufe 42 gestiegen.

Die Spieler waren alle zwischen Rang vier und sieben und sowohl von der Dunkelheit als auch von Ishita gezeichnet. Keiner trug jedoch ein Mal von Erebus. Darauf hatte ich geachtet.

Ich rieb mir das Kinn und schätzte meine Chancen ab. Zum Glück war keiner der vier rotgewandeten Magier vom Portal anwesend, aber die Gruppe war sowohl größer als auch erfahrener als ich erwartet hatte. Es würde nicht leicht sein, gegen sie anzutreten. Trotzdem war es ... machbar.

Und außerdem brauche ich das Geld.

"Wissen alle, was zu tun ist?" Forsyth ergriff das Wort. Er war derjenige, den ich als Anführer der Gruppe identifiziert hatte.

Die Spieler waren dabei, sich zu zerstreuen, und wenn ich handeln wollte, war jetzt der richtige Zeitpunkt. Ich fasste einen Entschluss und warf eine grundlegende Verzauberung auf den Spieler mit dem niedrigsten Rang, einen Zwerg der Stufe einundvierzig. Mein Psi überflutete seinen Geist und ich riss die Kontrolle über ihn an mich.

Rotbart hat eine Prüfung auf geistige Widerstandskraft nicht bestanden! Du hast dein Ziel für 10 Sekunden verzaubert.

Ausgezeichnet. Ich wies den Zwerg an, seinen nächsten Gefährten anzugreifen. Durch die mentale Verbindung zwischen uns spürte ich, wie mein Gefolgsmann seine Axt in die Hand nahm und sie in den Zwerg neben sich rammte.

Tencil ist gestorben.

Immer noch versteckt auf dem Dach grinste ich. Vielleicht würde diese Begegnung leichter werden, als ich erwartet hatte. Unter den Spielern herrschte Chaos, und es wurden wilde Befehle geschrien.

"Verdammt noch mal, vergesst nicht, dass er ein Gedankenstalker ist!"

Ich drängte meinen Lakaien zu seinem nächsten Ziel, aber bevor er einen Schritt auf den Menschen zu seiner Rechten zugehen konnte, geschah etwas Unerwartetes.

Du hast die Kontrolle über Rotbart verloren. Forsyth hat deinen Zauberspruch aufgelöst.

Rotbart fiel auf die Knie und ich hörte ihn wüten. "Wo ist er? Sagt mir, wo er ist! Ich bringe ihn um!"

"Er muss in der Nähe sein", sagte Forsyth und ignorierte den Zwerg, während er sich an den Rest der Gruppe wandte. "Denkt daran, dass er

Sichtkontakt braucht, um diesen Zauber zu wirken", sagte Forsyth. "Geht ihn suchen!"

Meine Mundwinkel zogen sich nach unten. Die Spieler waren gut vorbereitet und hatten schneller als erwartet reagiert, um meinen Zauber zu kontern. Außerdem wussten sie über meine Fähigkeiten Bescheid, aber ihr Wissen schien zum Glück unvollständig zu sein. Dank meiner Geistessicht brauchte ich meine Ziele nicht zu sehen, um sie zu verzaubern.

Doch Forsyth hatte nicht ganz unrecht: Ich war wirklich in der Nähe.

Die Gruppe setzte sich in Bewegung, um das Gebiet zu durchsuchen, und ich überlegte wieder einmal, was ich als Nächstes tun sollte. Sollte ich versuchen, noch jemanden zu verzaubern oder lieber fliehen? Aber ich vermutete, dass jeder Zauber, den ich jetzt wirkte, noch schneller abgewehrt werden würde als der erste. Fliehen schien ebenfalls keine gute Option.

Die Spieler waren überall um die Kaserne verteilt, und wenn ich das Dach verließ, würde ich mit Sicherheit entdeckt werden. Was wie ein sicherer Zufluchtsort aussah, entwickelte sich nun zu einer Falle.

Was nun?

✳ ✳ ✳

Ich beschloss zu bleiben.

Es gab noch andere Fähigkeiten, mit denen ich versuchen konnte, zu entkommen, aber nach dem Fehlschlag meines Zaubers war ich vorsichtig. Ich hatte keine Ahnung, ob die Gruppe einen weiteren Gegenzauber parat hatte. Und wer weiß, mit etwas Glück würde niemand auf die Idee kommen, die Dächer der Gebäude zu überprüfen.

Leider war das Glück mir nicht hold.

"Ihr zwei", befahl Forsyth, "klettert auf das Gebäude und sucht von oben nach ihm!" Er murmelte noch etwas vor sich hin, was meine scharfen Ohren leicht aufschnappten. "Der Bastard klettert so gut wie ein Affe."

Ich knirschte vor Frustration mit den Zähnen. So viel zum Thema versteckt bleiben.

Mit bedächtigen Bewegungen zog ich meine beiden Klingen. Dann machte ich mich bereit und castete Ventro. Ich projizierte meine Worte, als kämen sie von weiter links von mir: "Ihr Narren sucht nach mir? Nun, hier bin ich. Kommt mich holen!"

Meine Verfolger drehten sich um und orientierten sich an der projizierten Stimme.

"Da ist er!"

"Ich sehe ihn nicht, du etwa?"

"Ja! Hinter dem Gebäude versteckt!"

"Ihm nach!" befahl Forsyth.

Ich lächelte. Es hatte funktioniert. Ich spitzte die Ohren und lauschte den Schritten der sich zurückziehenden Spieler. Aber sie gingen nicht alle. Ein Paar Stiefel näherte sich der Kaserne. Ich legte meine Hände fester um meine Klingen. Mit einem konnte ich fertig werden.

Ich hörte einen weiteren Spieler innehalten. "Wizel, kommst du nicht mit?"

"Es ist einfacher, vom Dach der Baracke aus nach ihm zu suchen", antwortete Wizel. "Geh schon vor, Carr. Ich halte von hier aus die Augen offen."

Carrs Schritte entfernten sich, als er den anderen hinterhereilte, während Wizel vor Anstrengung stöhnend die Kaserne hochkletterte. Mit meinen Klingen in der Hand kroch ich auf ihn zu.

Ich hätte natürlich auch auf der anderen Seite des Gebäudes nach unten rutschen können, aber die Gelegenheit war zu günstig. Am Rande des Daches wartete ich.

Ein roter Haarschopf erschien über der Dachkante. Ohne zu zögern erhob ich mich aus der Hocke und stürzte mich mit beiden Schwertern auf den unglücklichen Spieler.

Du hast Wizel mit einem tödlichen Schlag getötet.

Die Leiche fiel wie ein Stein. Ich sprang ihr nach und landete mit leichten Füßen auf dem toten Körper. Geduckt suchte ich die Umgebung ab. Keiner der anderen Spieler hatte etwas von meiner Tötung bemerkt. Die Kobolde jedoch schauten neugierig zu.

Ich ignorierte sie, griff nach unten und riss der Leiche einen Münzbeutel aus der Hand. Für mehr hatte ich keine Zeit.

Ich eilte zu dem anderen toten Spieler - dem, den der Zwerg Rotbart getötet hatte -, tastete ihn ab und nahm auch sein Geld an mich, bevor ich nach rechts abbog und in den umliegenden Gebäuden verschwand.

Du hast 2 Münzbeutel erworben.

✳ ✳ ✳

Es dauerte nicht lange, bis die Spieler merkten, dass sie ausgetrickst worden waren. Mit vor Wut verzerrten Gesichtern strömten meine Verfolger zurück in die Gegend um das Tor und suchten nach mir. Dass sie Wizels Leiche fanden, machte sie nur noch wütender.

Diesmal wartete ich aus einer sichereren Entfernung, im Schatten eines abgedunkelten Eingangs, und beobachtete ihre nächsten Schritte. Forsyth teilte die anderen in Vierergruppen ein, die jeweils von mindestens einem Magier begleitet wurden. Dann schwärmten die Vierergruppen aus, um die Festung zu durchsuchen. Keiner kam in meine unmittelbare Richtung, und ich fühlte mich sicher genug, sie weiter zu beobachten.

Nur Forsyth und ein weiterer Spieler blieben in der Nähe des Tores. Die beiden gingen auf die Kobolde zu, die den Ausgang zur sicheren Zone bewachten, und stritten sich angeregt mit ihnen. Ich war zu weit weg, um zu hören, was sie sagten, aber es hörte sich so an, als ob die Spieler versuchten, die Kobolde dazu zu bringen, das Tor zu öffnen - was die Wachen beharrlich ablehnten.

Ich hatte genug gesehen. Ich schlich mich davon und achtete darauf, außerhalb der Sichtweite der suchenden Spieler zu bleiben und machte mich auf den Weg zum äußeren Tor der Festung.

Leider war es ebenfalls verschlossen.

Ich fluchte leise. Eine der Jagdgruppen lungerte in der Nähe des Außentors herum. Sie warteten eindeutig darauf, dass ich mich zeigte.

Ich fragte mich, was passiert war. Hatte der Schamane die Befehle des Gruppenführers am Eingang widerrufen oder hatte der Gruppenführer mich einfach angelogen?

Aber das war nicht wichtig. Ich hatte nicht die Absicht, die Festung zu verlassen. Ich schlich mich zurück in die Schatten und begann meine eigene Jagd.

KAPITEL 106: TANZ DER KLINGEN

Ich verfolgte meine ausgewählten Ziele ganze zehn Minuten lang, beobachtete ihr Verhalten und machte ihre Schwächen aus.

Das Team, dem ich folgte, bestand aus zwei Magiern und zwei schweren Kämpfern, allesamt Spieler von Rang sechs. Forsyth hatte jeder Gruppe ein anderes Viertel der Heulerfestung zugewiesen. Das war zwar eine effiziente Suchstrategie, aber es isolierte die vier Teams voneinander. Ich konnte jedes von ihnen ungestraft angreifen, was die Jäger offensichtlich nicht bedacht hatten.

Sie unterschätzen mich immer noch, dachte ich, als ich meinen Angriff aus dem Hinterhalt vorbereitete.

Diesmal hatte ich nicht vor, Zauber zu benutzen. Ich vermutete, dass die Magier auf jeden meiner Zauber vorbereitet waren, und um den Überraschungseffekt nicht zunichtezumachen würde ich anders handeln.

Wieder einmal auf dem Dach einer Kaserne versteckt, beobachtete ich die vierköpfige Gruppe durch mein geistiges Auge. Sie schlenderten durch den von mir gewählten Hinterhalt, eine schmale Gasse zwischen zwei benachbarten Kasernen. Aus meinen früheren Beobachtungen wusste ich, dass die beiden Kämpfer an der Spitze der Gruppe sein würden, vermutlich um die Magier zu schützen.

Ich wartete, bis das Team meine eigene Position passierte, dann sprang ich nach unten und landete lautlos auf dem Boden hinter ihnen.

Vier feindliche Wesen haben dich nicht entdeckt! Du bist versteckt.

Ich schlich vor und war schnell innerhalb Schlagweite. Die Spieler bemerkten nichts. Ich wählte ein Ziel und rammte meine beiden Klingen bis zum Griff in seinen Oberkörper.

Du hast dein Ziel von hinten niedergestochen und damit 50% mehr Schaden verursacht! Du hast Dorsk mit einem tödlichen Schlag getötet.

Ich zog beide Schwerter wieder raus und schlug mit ihnen nach der zweiten Magierin.

"Er ist hier!", begann die Magierin zu schreien.

Sie kam nicht dazu, ihre Warnung zu beenden. Spinnenbiss schnitt ihr über den Hals, während ich sie mit meiner anderen Klinge ausweidete.

Du hast Meera mit einem tödlichen Schlag getötet.

Ein Hammer pfiff durch die Luft auf mich zu. Der erste Kämpfer stürzte sich ins Getümmel. Ich warf mich nach hinten und wich dem Schlag aus. Der zweite Krieger stürmte auf mich zu, überbrückte den Abstand zwischen uns in Windeseile und krachte gegen mich.

Zed hat dich für 2 Sekunden betäubt.

Verdammte Scheiße! Ich fluchte, als ich flach auf dem Boden landete. Dieser Schachzug hatte mich völlig unvorbereitet erwischt. Hilflos musste ich mit ansehen, wie mein Gegner sein Schwert in zwei Hände nahm und es nach unten rammte.

Zed hat dich kritisch verletzt! Deine Gesundheit liegt bei 50%.

Die Spitze der Klinge durchbohrte meinen Rumpf und wurde glücklicherweise leicht von meiner Rüstung abgelenkt, sodass mir ein tödlicher Hieb erspart blieb. Trotzdem tat es weh. Verdammt weh.

Zeds Augen glitzerten zufrieden. Er zog seine Klinge zurück und machte sich bereit, den Kampf mit einem letzten Stoß zu beenden. Es wäre ihm besser ergangen, hätte er das Schwert in mir stecken lassen, um mich festzunageln.

Einen Herzschlag später ließ die Lähmung nach. Ich ignorierte die Schmerzen in meiner Mitte und stürzte mich nach vorne, um eine Hand gegen das Bein des Kämpfers zu schlagen.

Du hast Zed eine Sekunde lang betäubt.

Als ihm die Beine unter sich wegsackten, fiel Zed nach vorne und auf die wartende Spitze von Spinnenbiss.

Du hast Zed lebensgefährlich verletzt!

Keuchend brach der Kämpfer auf mir zusammen.

Ich atmete aus und konnte den Schmerzensschrei, der sich aus meiner Kehle zu lösen drohte, nicht ganz unterdrücken. "Ahh ..."

"Zed!", rief der andere Krieger und eilte nach vorne.

Meine Hände waren unter dem niedergeschlagenen Zed eingeklemmt, und bei jeder kleinsten Bewegung durchzuckte mich eine neue Qual, aber ich konnte es mir nicht leisten, stillzuhalten.

Mit dem zweiten Kämpfer nahte auch mein Untergang. Mit zusammengebissenen Zähnen ließ ich den Griff meiner Klinge los und tastete nach einem Trank. Meine Finger griffen nach einem der Fläschchen, die an meinem Gürtel befestigt waren, als Zed von mir heruntergerissen wurde.

Dank des zweiten Kämpfers wurden meine Arme frei und in einer blitzschnellen Bewegung entkorkte ich den Trank und schluckte dessen Inhalt herunter.

Du hast dich mit einem vollen Heiltrank regeneriert. Deine Gesundheit liegt jetzt bei 100%.

Sofort strömte neues Leben durch mich, und meine Wunde schloss sich. Das war mein letzter Heiltränke gewesen.

Ein Hammer krachte auf mich zu.

Ich rollte mich aus dem Weg. Der Hammer flog wieder auf mich zu. Ich rollte mich weiter. Einen Meter von dem Krieger entfernt sprang ich auf die Füße und holte mit der Klinge aus, um den nächsten Hammerschlag abzuwehren, der auf mich zukam.

Du hast den Angriff von Khone geblockt.

Ich sprang nach hinten, um unseren Abstand zu vergrößern und etwas Luft zu bekommen. Mein Gegner, ein menschlicher Kämpfer, der nur mit einem Pelz bekleidet war – *ein Barbar?* –, schob sich nach vorne und drängte mich in die Enge.

Als ich merkte, dass ich Khone nicht so leicht entkommen konnte, trat ich wieder in seine Reichweite und schlüpfte an seinem schwingenden Hammer vorbei, um meine rechte Hand auf seine Brust zu legen.

Du hast Khone eine Sekunde lang betäubt.

Der Kämpfer verlor die Kontrolle über seinen Körper, aber der Schwung hielt ihn in Bewegung, so dass er dennoch mit mir zusammenstieß. Ich kippte mit ihm nach hinten. Während ich fiel, drehte ich mich und schaffte es, auf Khone zu landen, anstatt unter ihm. Ich drückte meine rechte Hand gegen den Torso des Barbaren und hielt ihn betäubt, während ich mein Kurzschwert in seinen entblößten Hals stieß.

Du hast Khone getötet.

Vor Anstrengung keuchend lehnte ich mich zurück. Der Kampf war fast vorbei und ich hatte gewonnen. Ich kontrollierte beide Enden der Gasse, hörte aber keine Alarmschreie. Ich erhob mich, ein tropfendes Kurzschwert in der Hand, und ging auf meinen letzten überlebenden Feind zu – der Krieger, der mich verletzt hatte.

Zed lag benommen und blutend auf dem Boden. Im Gegensatz zu mir hatte er keine Tränke zur Hand. Ich kniete mich über ihn, riss ihm den Helm ab und stieß meine Klinge unter sein Kinn.

"Gut gekämpft", murmelte ich, als das letzte Lebenslicht aus seinen Augen wich. Ich wischte meine Klingen ab und steckte sie zurück in die Scheide, bevor ich meine Aufmerksamkeit auf die wartenden Spielnachrichten richtete.

Du hast Level 37 erreicht!
Dein Ausweichen ist auf Stufe 35 gestiegen. Kurzschwerter ist auf Stufe 43 gestiegen. Dein Kampf mit zwei Waffen ist auf Stufe 38 gestiegen.
Deine leichte Rüstung ist auf Stufe 30 gestiegen. Deine Fertigkeit in leichter Rüstung hat Rang 3 erreicht, wodurch sich deine Einbuße für leichte Rüstung um 15% verringert haben.
Dein Chi ist auf Stufe 27 gestiegen. Deine Täuschung ist auf Stufe 17 gestiegen.
Deine Telekinese ist auf Stufe 24 gestiegen. Deine Telepathie ist auf Stufe 20 gestiegen. Deine Fertigkeit in Telepathie hat Rang 2 erreicht, was deine Erfolgschancen bei telepathischen Fähigkeiten weiter erhöht.

Ich pfiff lautlos. Durch die sechs Spieler, die ich getötet hatte – vier in dieser Gasse und die anderen beiden am Tor – hatte ich fünf Level gewonnen. Auch die verbesserten Fertigkeiten waren nicht zu verachten.

Ich grinste und fragte mich, ob Ishita merkte, wie sehr ich von ihrem Kopfgeld profitierte. *Wahrscheinlich nicht.*

Immer noch kichernd, machte ich mich daran, die Toten zu plündern.

✳   ✳   ✳

Deine Geschicklichkeit ist auf Rang 16 gestiegen, dein Verstand auf Rang 11 und deine Ausdauer auf Rang 11.

Ein paar Minuten später, nachdem ich mich um meinen Spielerfortschritt gekümmert, ein paar Rationen gegessen, meditiert und die Leichen durchsucht hatte, betrachtete ich meine Beute.

Du hast ein Paket mit sechs Feldrationen erworben.
Du hast einen einfachen Schwertgürtel erworben.
Du hast 11 Goldstücke, 4 Silberstücke und 0 Kupferstücke erworben.
Du hast einen gewöhnlichen Magierumhang erworben. Dieser Gegenstand erhöht deine Luftmagiefertigkeit um: +3.

Von allen geborgenen Gegenständen war das Gold am wertvollsten. Die toten Spieler hatten natürlich viel mehr Ausrüstung bei sich gehabt als ich mitgenommen hatte, aber sonst war nichts nützlich genug, um es mit mir herumzuschleppen. *Jetzt muss ich nur noch herausfinden, ob ich mit diesen Sachen auch hinkriege, was ich mir vorgenommen habe.*

Ich entledigte mich meines Diebesmantels und band mir meinen neuen Schwertgürtel diagonal über den Rücken, wobei der Griff meiner Zweitwaffe nach unten zeigte. Die beiden Gürtel um meinen Oberkörper und bildeten ein Kreuz über Rücken und Brust. Ich griff mit der Unterhand hinter mich und testete meine Waffen zu ziehen. Beide Klingen glitten mir leicht in die Hände.

Danach stopfte ich meinen alten Diebesmantel in meinen Rucksack und rüstete den Umhang des toten Magiers aus.

Du hast folgende Waffen erfolgreich versteckt: Spinnenbiss und ein +1 Kurzschwert.
Du hast einen gewöhnlichen Magierumhang ausgerüstet. Achtung: Dein Magieattribut ist auf Rang 0. Du erhältst durch den Gegenstand keinen Fertigkeitsbonus.

Ausgezeichnet. Meine beiden Waffen waren jetzt versteckt. Der Magierumhang hatte einen auffälligen violetten Farbton und war alles andere als geeignet, um damit im Dunkeln herumzuschleichen. Aber ich brauchte ihn für einen ganz anderen Zweck.

Ich schritt zum ehemaligen Besitzer des Umhangs und studierte das Gesicht der Leiche, um es mir einzuprägen. Mit einem nachdenklichen Pfeifen schlenderte ich davon, um meine Jagd fortzusetzen.

KAPITEL 107: DER GROSSE TÄUSCHER

Ich ließ die Gasse hinter mir und bahnte mir gegen den Uhrzeigersinn einen Weg durch die Festung. Die Kobolde schenkten mir keine Beachtung.

Ich hatte die Kapuze meines Magierumhangs aufgesetzt und hielt meine Schultern leicht gebeugt. Ich imitierte den Spieler, der meiner Größe und Statur am ehesten entsprach. Trotzdem war er etwas kleiner als ich. Nicht genug, um mich sofort zu verraten, aber es wäre besser, kein Risiko einzugehen.

Ich fand die nächste Gruppe von Jägern, die eine der Heulerkasernen durchsuchten. Vor der Tür nahm ich mir einen Moment, um Gesichtsverschleierung zu casten. Energie durchströmte meinen Körper und in mein Gesicht, sodass meine Gesichtszüge verschwammen und sich mein Aussehen änderte.

Ich hatte keinen Spiegel, um zu überprüfen, ob der Zauber wie vorgesehen funktionierte, aber ich vertraute darauf, dass er gewirkt hatte und betrat das Gebäude.

"Dorsk, was machst du hier?", fragte ein Spieler, als er mich entdeckte.

Du hast einen mentalen Widerstandstest bestanden! Mehrere feindliche Wesen haben es nicht geschafft, deine Tarnung zu durchdringen. Deine versteckten Waffen sind unbemerkt geblieben. Deine Täuschung ist auf Stufe 19 gestiegen.

Dorsk war der Name des Magiers, den ich imitierte. "Wir haben ihn gefunden", keuchte ich und umklammerte mit gespieltem Schmerz meine Seite. "Beeilt euch!"

Ich hatte natürlich keine Ahnung, wie Dorsk wirklich klang, und das war der Grund für meine "Verletzung". Ich hoffte, dass die anderen meine seltsame Stimme auf den vorgetäuschten Schmerz zurückführen würden.

"Wo ist dein Team?", fragte eine andere Spielerin und runzelte die Stirn.

"Tot" murmelte ich mit erstickter Stimme. "Er hat sie alle umgebracht!"

"Wo ist er?", fragte der erste.

"Irgendwo weiter hinten", sagte ich und gestikulierte vage durch die offene Tür. "Er versucht mich zu finden."

Ich hob meinen Blick und riskierte einen kurzen Blick auf die vier. Zwei der Spieler sahen mich verwundert an, aber bevor sie mich oder meine Informationen in Frage stellen konnten, griff der Anführer der Gruppe ein. "Wir gehen sofort los", befahl er.

Die vier stürmten auf die Tür zu. Ich wich bereitwillig zur Seite, richtete mich dabei ein wenig auf und schob meine Hände näher an die Griffe meiner verborgenen Klingen.

Als der letzte Spieler an mir vorbeirannte, stürzte ich mich auf ihn. Ich schlang meine linke Hand um seinen Mund und stieß ihm Spinnenbiss in den Rücken, riss die Klinge dann nach oben und durch sein Herz.

**Du hast dein Ziel von hinten niedergestochen und damit 100% mehr
Schaden verursacht! Du hast Timone getötet.**

Ich trat über die Leiche und zog meine zweite Klinge, um beide Waffen in
den Rücken meines nächsten davonlaufenden Opfers zu rammen.

**Du hast dein Ziel von hinten niedergestochen und damit 100% mehr
Schaden verursacht! Du hast Yarra getötet.**

Erstaunlicherweise blieben beide Tötungen unbemerkt. Die beiden
anderen Spieler der Gruppe – beides Kämpfer – waren zu sehr auf ihre Beute
konzentriert, um das Schicksal ihrer Gefährten zu bemerken. Ich stürmte
vor und castete Ein-Schritt.
Mein linker Fuß fand in der Luft Halt, und ich stürzte mich mit erhobenen
Klingen auf den Anführer.
Die geschärften Spitzen meiner Schwerter wiesen die Richtung an als ich
mich auf mein Ziel stürzte. Meine Klingen bohrten sich tief in seinen Rumpf
und durchschlugen Haut und Rüstung mit Leichtigkeit.

**Du hast dein Ziel von hinten niedergestochen und damit 100% mehr
Schaden verursacht! Du hast Marlon getötet.**

Die Leiche sackte unter mir zusammen und ich rollte mich ab, wobei ich
meine Waffen zurückließ, anstatt mir die Zeit zu nehmen, sie von der Leiche
zu befreien. Ich musste mich um ein anderes Problem kümmern. Der letzte
verbliebene Spieler hatte endlich bemerkt, dass etwas nicht stimmte und
drehte sich um.
"Was zum ...", begann er.
Ich sprang auf die Füße und warf mich nach vorne. Bevor der Kämpfer
seine Waffe auch nur halb ziehen konnte, hatte ich meine Hände um seine
Kehle geschlungen und versetzte ihm einen betäubenden Schlag.

Du hast Nyka eine Sekunde lang betäubt.

Ich schob die plötzlich träge Hand des Spielers beiseite und griff nach
seiner Klinge. Ich zog sein Langschwert und stieß es gegen das größte Gelenk
seiner Plattenrüstung.
Die Klinge landete jedoch nicht, wo ich sie haben wollte. Sie traf auf das
massive Metall von Nykas Brustpanzer und rutschte ab.

Nykas Rüstung hat deinen Angriff blockiert.

Ich fluchte heftig über mein Missgeschick. Das hätte ich ahnen müssen.
Ich war nicht gut mit Langschwertern, aber ich hatte keine Wahl. Ich hatte
aus meinem letzten Kampf mit Zed und Khone gelernt. Wenn ich hart und
schnell zuschlug und dabei das Überraschungsmoment behielt, konnte ich
meine Feinde leicht besiegen. Aber sobald meine Gegner die Chance
bekamen, ihre eigenen Fähigkeiten ins Spiel zu bringen, war ich so gut wie
tot. Deshalb hatte ich meine eigenen Kurzschwerter zurückgelassen, um Zeit
zu sparen.
Die Betäubung des Kämpfers war inzwischen abgeklungen. Wut funkelte
in seinem Blick und seine Lippen verzogen sich zu einem Knurren. Bevor sein

drohender Warnschrei entweichen konnte, schlug ich eine Hand auf den Mund meines Gegners und betäubte ihn erneut.

Dann benutzte ich den Griff des Langschwerts wie eine Keule und schlug ihn in die Augenaussparung in seinem Helm. Auch ohne Erfahrung konnte ich von so nah dran nicht verfehlen.

Ich schlug weiter zu und ignorierte das spritzende Blut, während ich meinen Feind langsam, aber sicher zu Tode prügelte. Schließlich, als das Gesicht unter mir nicht mehr zu erkennen war und sein Körper nicht mehr zuckte, hörte ich auf.

Du hast Nyka getötet.

Schwer atmend und blutverschmiert stand ich langsam auf. *Zwei Gruppen tot.*
Fehlen noch zwei.

✳ ✳ ✳

Das Töten der verbleibenden zwei Jägerteams verlief reibungslos.

Mein Vorgehen blieb hart und hemmungslos. Ich näherte mich meinen Feinden mithilfe meiner neuen Täuschungsfähigkeiten, um direkt aus ihrer Mitte zuzuschlagen. Nachdem alle erledigt waren, hatte ich eine beträchtliche Menge Geld gesammelt, aber wenig andere Beute errungen.

Gesamtes mitgeführtes Geld: 35 Gold, 9 Silber und 0 Kupfer.

In meinem Bestreben unbemerkt zu bleiben hatte ich umfangreichere Plünderungen ausgelassen. Wenn ich zu lange zögerte, würden die überlebenden Spieler merken, dass etwas nicht stimmte, und ein paar Schmuckstücke mehr waren den Ärger nicht wert.

Außerdem war die Beute selbst nur ein Bonus. Die gesammelte Erfahrung war viel mehr wert als die gewonnenen Münzen.

Du hast Level 46 erreicht!
Herzlichen Glückwunsch, Michael! Du bist jetzt ein Spieler auf Rang 4. Dein Erfahrungsgewinn ist weiter gesunken. Für das Erreichen von Rang 4 erhältst du einen zusätzlichen Attributpunkt und einen Klassenpunkt.

Meine Spielerstufe war deutlich gestiegen, aber was noch wichtiger war: Zwei meiner Fähigkeiten waren jetzt nahe Rang fünf, dem Mindestrang, der für die meisten Fähigkeiten der Stufe zwei erforderlich war.

Während ich meditierte, um mein verlorenes Psi wiederzuerlangen, nutzte ich die Gelegenheit, um mein Spielerprofil zu überprüfen und meine neuen Attributspunkte in Geschicklichkeit, Geist und Wahrnehmung zu investieren.

Spielerprofil: Michael

Stufe: 46. Rang: 4. Aktuelle Gesundheit: 100%.
Ausdauer: 65%. Mana: 100%. Psi: 40%.
Spezies: Mensch. Verbleibende Leben: 3.

Zeichen: Wolfsbruder, Geringe Schatten, Geringes Licht, Geringe Dunkelheit.

Attribute

Verfügbar: 0 Punkte.
Stärke: 2. Ausdauer: 11. Geschicklichkeit: 20. Wahrnehmung: 10. Verstand: 15. Magie: 0. Glaube: 0.

Klassen

Verfügbar: 2 Punkte.
Primär-Sekundäre Bi-Mischung: Gedankenstalker.
Tertiäre Klasse: Keine.

Eigenschaften

Psi Wolfserbe: +2 Geschicklichkeit, +2 Stärke, +4 Verstand.
Tiersprache: Kann mit Bestienkin sprechen.
Markiert: kann Geistersignaturen sehen.
Nachtaktiv: perfekte Dunkelsicht.

Fertigkeiten

Verfügbare Fertigkeitsslots: 0.
Ausweichen (aktuell: 37. max.: 200. Geschicklichkeit, Grundlegend).
Schleichen (aktuell: 48. max.: 200. Geschicklichkeit, Grundlegend).
Kurzschwerter (aktuell: 47. max.: 200. Geschicklichkeit, Grundlegend).
Kampf mit zwei Waffen (aktuell: 41. max.: 200. Geschicklichkeit, Fortgeschritten).
Leichte Rüstung (aktuell: 33. max.: 110. Ausdauer, Grundlegend).
Diebstahl (aktuell: 1. max.: 200. Geschicklichkeit, Grundlegend).
Chi (aktuell: 34. max.: 110. Geist, Fortgeschritten).
Meditation (aktuell: 36. max.: 150. Geist, Grundlegend).
Telekinese (aktuell: 28. max.: 150. Geist, Fortgeschritten).
Telepathie (aktuell: 25. max.: 150. Geist, Fortgeschritten).
Einsicht (aktuell: 42. max.: 100. Wahrnehmung, Grundlegend).
Täuschung (aktuell: 25. max.: 100. Wahrnehmung, Meister).

Fähigkeiten

Verkrüppelnder Schlag (Geschicklichkeit, Grundlegend, Kurzschwerter).
Einfache Verzauberung (Geist, Grundlegend, Telepathie).
Betäubender Schlag (Geist, Grundlegend, Chi).
Grundlegende Analyse (Wahrnehmung, Grundlegend, Einsicht).
Geringer Rückschlag (Geschicklichkeit, Grundlegend, Schleichen).
Ein-Schritt (Geist, Grundlegend, Telekinese).
Geringere Fallenerkennung (Wahrnehmung, Grundlegend, Diebstahl).
Grundlegende Fallenentschärfung (Geschicklichkeit, Grundlegend, Diebstahl).
Einfaches Schlossknacken (Geschicklichkeit, Grundlegend, Diebstahl).
Kleine Waffe Verstecken (Wahrnehmung, Grundlegend, Täuschung).
Kleiner Reaktionsbuff (Geist, Grundlegend, Chi).
Simple Geistessicht (Klasse, Grundlegend).
Gesichtsverschleierung (Wahrnehmung, Grundlegend, Täuschung).
Ventro (Wahrnehmung, Grundlegend, Täuschung).

Bekannte Schlüsselpunkte

Sektor 14.913 Ausgangsportal und sichere Zone.
Sektor 12.560 Jenseitsportal und sichere Zone.

Ausstattung

Spinnenbiss-Kurzschwert (+15% Schaden, Gesponnen), versteckt.
Kurzschwert,+1 (+15% Schaden, +10 Kurzschwerter), versteckt.
Gewöhnliche Kämpferschärpe (+3 Kurzschwerter).
Verzaubertes Lederrüstungsset (+20% Schadensreduzierung, -35% Geschicklichkeit und Magie).
Gürtel für Tränke (3 kleine Heiltränke, 4 mittlere Heiltränke, 3 leere Tränke).
Gewöhnlicher Magierumhang (+3 Luftmagie).

Rucksackinhalt (wichtigste Gegenstände)

<u>Geld</u>: 35 Gold, 9 Silber und 0 Kupfer.
2 x Eisendolche.
Kobold-Schriftstück für sicheren Durchgang.
1 x Alchemiestein (0 / 150 Zutaten).
Kopfgeld-Autorisierungsschreiben.
Gewöhnlicher Diebesumhang (+3 Schleichen).

Bank Inhalt

<u>Geld</u>: 46 Gold, 4 Silber und 9 Kupfer.
2 x volle Heiltränke.
2 x einfache Stahl-Kurzschwerter.

Offene Aufgaben

Hilf dem Rudel (halte die Langfänge davon ab, die Schattenwölfe zu jagen).
Alchemisten-Kopfgeld (töte die Wyvernmutter).
Koboldkriege (vernichte alle 3 Koboldstämme im Tal).
Schmiede Dunkle Allianzen (sichere dir für die Dunklen die Loyalität der Heuler und der Roten Ratten).

Als ich mein Spielerprofil schloss, lächelte ich zufrieden. Bei dem Tempo, mit dem ich vorankam, verschwand der Levelunterschied zwischen mir und Ishitas Geschworenen - zumindest in diesem Sektor - immer mehr. Bald würde ich ihnen ebenbürtig sein.

Aber das bist du nicht, jedenfalls noch nicht, dachte ich und ermahnte mich selbst gegen Übermut.

Es war wirklich an der Zeit, weiterzuziehen. Aber es gab noch eine Person, die ich töten wollte, bevor ich ging.

Und mit ihm, da war ich mir sicher, konnte ich fertig werden.

Ich aktivierte meine Tarnung und schlich in die Richtung vom Tor, das in die sichere Zone führte.

❋   ❋   ❋

Forsyth stand ungeschützt vor dem noch immer verschlossenen Tor. Der menschliche Magier wurde von dem Zwerg Rotbart begleitet. Meine Augenbrauen zuckten nach oben, überrascht von Forsyths Wahl eines Begleiters.

Rotbart war der rangniedrigste unter den Jägern. Vielleicht war das der Grund, warum Forsyth ihn in seiner Nähe behalten wollte. Oder vielleicht lag es daran, dass der Zwerg meinem Zauber schon einmal erlegen war und der Magier ihm nicht vertraute.

Ich lief offen auf die beiden zu. Schwer auf einen Magierstab gestützt, den ich von meinen letzten Opfern mitgenommen hatte, humpelte ich auf die beiden zu. Es dauerte nicht lange, bis sie mich entdeckten.

"Dorsk, gibt es was Neues?" fragte Forsyth.

"Tot. Er ist tot", murmelte ich mit leiser Stimme und verschluckte meine Worte absichtlich etwas.

"Bitte?" fragte Forsyth und machte ein paar Schritte auf mich zu.

"Wir haben ihn gekriegt", flüsterte ich.

"Sprich lauter!" schnauzte Rotbart gereizt. Er sah mich finster an und sein Blick fiel auf mein Bein. "Was ist mit dir passiert?"

"Verletzt", murmelte ich und ließ Forsyth nicht aus den Augen, als er weiter auf mich zukam.

"Habe ich richtig gehört, ihr habt ihn geschnappt?" fragte Forsyth, dessen Gesicht vor Freude glänzte.

Ich wippte mit dem Kopf und sagte nichts weiter. Der Magier war jetzt fast in Reichweite. Abrupt blieb er stehen und verzog verwirrt das Gesicht.

Er spürte, dass etwas nicht stimmte. Ich konnte nicht länger zögern. Ich gab meine List auf und flog vorwärts, während ich meine Klingen aus der Scheide zog.

Forsyths Augen weiteten sich vor Schreck und seine Hand wanderte zum Griff des Schwertes an seiner Seite. Bevor er es ziehen konnte, war ich längst bei ihm und ritzte ihm mit Spinnenbiss den Oberkörper auf, während ich versuchte, ihn mit meiner zweiten Klinge aufzuspießen.

Er war der Herausforderung gewachsen.

Trotz seiner Überrumpelung drehte Forsyth sich vor meiner heranfliegenden Klinge weg und ließ den sonst tödlichen Schlag lediglich seine Schulter streifen.

Du hast Forsyth verletzt.

Ich hatte ihn falsch eingeschätzt. Er war kein reiner Magier, sondern eine Kombination aus Zauberer und Kämpfer. Vielleicht war seine Klasse Zauberklinge?

"Bei den Göttern, das ist er!" rief Forsyth aus und wich zurück.

Ein paar Meter entfernt schrie Rotbart in einem wortlosen Wutgeheul auf und kam schnell näher. Ich ließ Forsyth jedoch nicht aus den Augen. Ich musste ihn schnell erledigen, bevor der wütende Zwerg mich erreichte.

Ich stürzte wieder nach vorne, die Schwerter im Anschlag. Forsyth murmelte etwas vor sich hin.

Ein Zauberspruch? fragte ich mich.

Ich stürzte mich auf ihn, bevor er sein Wirken beenden konnte, und schlug in schneller Folge von links und rechts zu.

Wieder einmal rettete Forsyths Schnelligkeit ihn. Seine eigene Klinge peitschte nach vorne und wehrte Spinnenbiss ab. Aber ich hatte seine Reaktion vorausgesehen und bevor er sich losreißen konnte, rückte ich vor und drängte den Menschen zurück, während ich mit meinem zweiten Schwert nach ihm schlug.

Du hast Forsyth kritisch verletzt!

Er stolperte zurück, zog eine schmerzhafte Grimasse und hielt sich den Bauch.

Ich setzte an ihm zu folgen, doch dann warf ich mich abrupt nach links, denn ein sechster Sinn warnte mich vor der Axt, die auf die Stelle zustürzte, an der ich gerade noch gestanden hatte.

Du bist dem Angriff von Rotbart ausgewichen.

Der Zwerg schrie vor Frustration, als sein Angriff fehlschlug. Ein paar Meter entfernt rollte ich mich auf die Füße, beide Klingen im Anschlag.

Der Zwerg stürzte sich wieder auf mich.

Aus dem Augenwinkel sah ich, wie Forsyth sich zurückzog und sein Mund sich schnell bewegte, während er die Worte eines Zaubers beschwor.

"Verdammt", knurrte ich. Ich musste die Zauberklinge erledigen, bevor er seinen Wurf beenden konnte.

Im Bruchteil einer Sekunde traf ich eine Entscheidung und griff Rotbart an. Die Augen des Zwerges weiteten sich angesichts meines unerwarteten Manövers, und in plötzlicher Panik überstürzte er seinen nächsten Angriff.

Ich taumelte vorwärts, rollte mich unter der sausenden Klinge des Zwerges hindurch und sprang auf die Füße, um der Reichweite von Rotbarts Axt zu entkommen. Ich ließ den verwirrten Zwerg zurück und verfolgte den immer noch flüchtenden Menschen.

Forsyth war eine Art Zauberer, war ich mir nun sicher, und eine größere Bedrohung als der Zwerg. Meine Füße stampften auf den Boden als ich auf ihn zuraste.

Über die Entfernung von ein paar Metern trafen sich unsere Blicke, und Forsyths Lippen verzogen sich zu einem siegreichen Lächeln, als er seinen Zauber beendete. Ich war immer noch nicht in Schlagweite. Der Caster hob die Hände und löste seinen Zauber.

Ich hatte keine Ahnung, was mich erwartete.

Also tat ich, was ich hoffte, dass Forsyth es am wenigsten erwarten würde.

Ich setzte meinen rücksichtslosen Angriff fort, wirkte Ein-Schritt in der Luft und sprang weiter nach oben.

Flammen züngelten aus Forsyths ausgestreckten Händen hervor und verfehlten meine gestiefelten Füße nur um Zentimeter.

Die Augen des Magiers weiteten sich vor Schock.

Immer noch in der Luft, grinste ich zurück.

"Wie ...", begann er.

Er konnte seinen Satz nicht beenden, denn ich stürzte mit den Schwertern voran auf ihn zu.

Du hast Forsyth getötet.

Als ich meine Klingen von der Leiche befreite, drehte ich mich gerade noch rechtzeitig um, um Rotbarts wütendem Angriff zu begegnen. Den Zwerg zu besiegen war lächerlich einfach. Meine linke Klinge flackerte nach außen und parierte seine Axt, während Spinnenbiss sich nach vorne schlängelte und den Zwerg an der Schulter traf.

Du hast Rotbart verletzt. Gesponnen ausgelöst! Rotbart hat einen körperlichen Widerstandstest nicht bestanden! Du hast dein Ziel für eine Sekunde bewegungsunfähig gemacht.

Die Empörung, die das Gesicht des Zwerges färbte, als sein Angriff gestoppt wurde, war fast schon komisch. Aber ich wusste, dass man einen Feind nicht unterschätzen durfte. Ich tanzte vorwärts und rammte ihm beide Klingen in die Kehle.

Du hast Rotbart getötet.

Der Leichnam fiel leblos zu Boden. "Vielleicht hast du das nächste Mal mehr Glück", flüsterte ich.

KAPITEL 108: DIE GESCHWORENEN

Ich plünderte beide Leichen unter den wachsamen Blicken der Torwächter.

Du hast 10 Gold erworben. Gesamtes mitgeführtes Geld: 45 Gold, 9 Silber und 0 Kupfer.

Nachdem ich ihre Münzbeutel an mich genommen hatte, kümmerte ich mich um meine Level und entschied mich diesmal, meine verfügbare Gesundheit zu erhöhen.

Du hast Level 48 erreicht!
Dein Ausweichen ist auf Stufe 38 gestiegen. Kurzschwerter ist auf Stufe 49 gestiegen. Dein Kampf mit zwei Waffen ist auf Stufe 43 gestiegen.
Dein Chi ist auf Stufe 35 gestiegen. Deine Meditation ist auf Stufe 37 gestiegen. Deine Telekinese ist auf Stufe 29 gestiegen. Deine Täuschung ist auf Stufe 27 gestiegen.
Deine Ausdauer ist auf Rang 13 gestiegen.

Danach schaute ich auf und sah, dass mich die Heulerkrieger mit einem verächtlichen Schimmer in den Augen anstarrten.

Was denken sie wohl?

Ich verstaute meine Waffen und drehte mich um. Ich fragte mich, ob die Kobolde versuchen würden mich aufzuhalten. Meine Verfolger waren tot, und ich sah keinen Grund mehr, warum der Schamane die Tore geschlossen halten sollte. Mit allen Sinnen bereit für einen Hinterhalt schritt ich auf die Außenmauer zu.

Ich schaffte jedoch nicht mehr als ein Dutzend Schritte, bevor meine Aufmerksamkeit durch das Kreischen von Metall auf Metall geweckt wurde. Ich erkannte das Geräusch sofort.

Es war das Tor der sicheren Zone.

Ich wirbelte herum und ließ die Hände zu den Griffen meiner Klingen sinken. Ich hatte mich nicht geirrt. Die Tore wurden geöffnet. Angespannt beobachtete ich, wie sich das schwere Metalltor knarrend öffnete. Ich war mir jetzt sicher, dass die Neutralität des Schamanen vorüber war und er vorhatte, weitere Spieler einzulassen.

Zwei Gestalten schlüpften durch das Tor. Ich erkannte beide.

Die Anspannung in mir löste sich, als Ultack und Cecilia auf mich zueilten. "Was machst du noch hier?" bellte Ultack.

Ich starrte ihn stumm an und sagte nichts.

Cecilias Blick huschte über die beiden Leichen in der Nähe. "Du hast sie getötet?", fragte sie leicht ungläubig.

Ich nickte knapp und ging nicht weiter darauf ein. "Warum seid ihr hier?"

"Der Hauptmann hat uns geschickt", sagte Ultack.

"Warum?" fragte ich.

"Um dich zu warnen, dass der Schamane das Tor öffnet", antwortete Cecilia.

Ich rollte mit den Augen, aber sie unterbrach mich, bevor ich etwas sagen konnte. "Spieler versammeln sich auf dem Dorfplatz. In ein paar Minuten wird eine Horde von Ishitas Anhängern durch dieses Tor kommen", ihr Blick wurde grimmig, "darunter auch ihre eingeschworenen Diener."

Das ließ mich aufblicken. "Wirklich?" murrte ich.

"Ja, wirklich", bestätigte Ultack. Er starrte mich noch einen Herzschlag lang an. "Was machst du also noch hier? Geh schon!"

"Ich geh ja gleich", versicherte ich ihm. Ich warf einen Blick auf Cecilia. "Was ist der Unterschied?"

Sie sah mich verwirrt an. "Was?"

"Zwischen Geschworenen und Anhängern. Ist das nicht das Gleiche?" fragte ich.

"Wir haben keine Zeit für ..." begann Ultack.

Cecilia brachte ihn mit einem Winken zum Schweigen. "Das ist wichtig, Ultack. Er sollte es wissen." Sie drehte sich wieder zu mir um. "Anhänger oder Gefolgsleute sind Spieler, die einer Macht die Treue geschworen haben. Um ein Anhänger zu werden, muss man nur einen Eid ablegen. Die Geschworenen sind viel mehr. Das sind Spieler, die ihre Loyalität zu einer Macht bereits bewiesen haben, indem sie ihre Markierungen unwiederbringlich vertieft haben." Sie biss sich auf die Lippe. "Jeder Geschworene ist irgendwie mit seiner Macht verbunden. Ich bin mir nicht ganz sicher, wie, aber -" ihr Blick wanderte zurück zu mir - "einen Geschworenen zu töten ist schlecht. Sehr schlecht. Wenn du es trotzdem tust, erfährt die Macht davon und wird sich rächen." Sie hielt inne. "Das solltest du wissen."

Ich kratzte mich am Kopf. Die ganze Zeit hatte ich gedacht, dass beide - Anhänger und Geschworene - ein und dasselbe waren. Jetzt erfuhr ich, dass dem nicht so war. War das der Grund, warum Ishitas Hass auf mich noch größer geworden war, nachdem ich Forsyth und seine Bande getötet hatte? "Wie kann ich den Unterschied erkennen?"

"Kann man nicht", mischte sich Ultack ein. "Nicht, bevor du einen tötest. Dann findest du es heraus", murmelte er schließlich.

"Diese rotgewandeten Magier, die das Portal in der sicheren Zone bewachen", sagte Cecilia. "Hast du die gesehen?"

Ich nickte.

"Das sind Ishitas geschworene Diener", sagte sie. "Meide sie um jeden Preis."

Ich nickte wieder, obwohl ich ihrem Rat nicht zustimmte.

"Was hat der Hauptmann dir für eine Aufgabe gegeben?" fragte Cecilia abrupt.

Ich schaute sie an. "Hat er euch das nicht gesagt?"

Die Elfe antwortete nicht, aber ihr frustrierter Gesichtsausdruck war Antwort genug.

"Danke für die Vorwarnung", sagte ich und machte keine Anstalten, ihre Neugierde zu befriedigen. "Es wird Zeit, dass ich gehe."

Ich drehte mich um. Dann zögerte ich, weil mir etwas anderes eingefallen war.

Ich war mir nicht sicher, ob ich es schaffen würde, in die sichere Zone zurückzukehren. Mein Blick wanderte nach unten zu dem Münzbeutel an meiner Hüfte. Wenn ich es nicht schaffen würde, wäre das ganze Geld, das ich geplündert hatte, umsonst gewesen ...

Ich drehte mich zurück in Richtung der Tartan Rekruten, nahm meinen Münzbeutel vom Gürtel und hielt ihn Ultack hin. "Hier, nimm."

Der Halbork beäugte den kleinen Beutel in meiner Hand. "Was ist da drin?"

"Geld."

Er schaute mich skeptisch an.

Ich lächelte. "Das ist kein Geschenk. Ich möchte, dass du etwas für mich tust." Ich hielt inne. "Wenn du dazu bereit bist."

Er sagte nichts.

Ich nahm das als Zustimmung und erklärte weiter. "Du musst ein paar Dinge für mich einkaufen."

Ultack machte immer noch keine Anstalten, den Beutel zu nehmen.

"Bitte", fügte ich hinzu.

Zögernd nahm der Halbork den Münzbeutel entgegen. Als er dessen Gewicht spürte, weiteten sich seine Augen. "Woher hast du das alles?"

Ich wies mit dem Daumen auf die Leichen. "Von denen hier." Ich hielt inne. "Und ihren Freunden."

Ultack grunzte. "Also gut. Was brauchst du?"

Ich erklärte es ihm und beschrieb genau, wonach ich suchte.

"Wo sollen wir dich treffen?" fragte Ultack, als ich fertig war. "Wenn du mir das hier gibst, kann ich nur annehmen, dass du nicht in die sichere Zone zurückkommst."

"Das ist unerwartet klug von dir", bemerkte Cecilia.

"Wir treffen uns auf der Lichtung mit dem toten Rhomodillo", sagte ich und ignorierte die Bemerkung der Elfe. "Morgen früh, wenn ihr es schafft."

"Wir werden da sein", antwortete er einfach.

"Danke." Ich wandte mich zum Gehen.

"Eine Sache noch, bevor du gehst", sagte Cecilia und hielt mich auf.

Ich hielt inne und hob fragend eine Augenbraue.

"Ich hätte es fast vergessen. Der Hauptmann wollte, dass wir dir noch etwas sagen."

Ich wartete darauf, dass sie fortfuhr.

"Mariga", sagte sie.

"Was ist mit ihr?" fragte ich.

"Du solltest ihr nicht trauen", sagte Ultack.

Ich schaute ihn an. "Mach dir keine Sorgen", sagte ich. "Ich traue niemandem."

Damit verabschiedete ich mich von den beiden.

✳ ✳ ✳

Ich passierte die Festung ohne Zwischenfälle. Die Heulersoldaten versammelten sich in Gruppen entlang meines Weges, machten aber keine Anstalten, mich aufzuhalten, und als ich das äußere Tor erreichte, fand ich es offen vor.

Ich atmete erleichtert aus.

Ich wusste nicht, was ich getan hätte, wären die Tore versiegelt gewesen. Der Versuch, die gesamte Festung einzunehmen und mir den Weg nach draußen freizukämpfen, war selbst für mich zu gewagt.

Ich ließ meine Hände sichtbar und schritt auf das offene Tor zu. Ohne Aufforderung wichen die diensthabenden Wachen aus dem Weg und verlangten nicht, meine Bescheinigung für sicheren Durchgang zu sehen. Ich schürzte die Lippen. Offensichtlich hatte man ihnen gesagt, dass sie mich erwarten sollten.

Würde ich gleich verraten werden? Ich befürchtete es schon, aber ich ließ mir meine Bedenken nicht anmerken, sondern setzte meinen lässigen Vormarsch fort.

Eine lange Minute später passierte ich das Tor.

Meine Nackenhaare sträubten sich. Wenn die Kobolde angreifen wollten, wäre jetzt der perfekte Zeitpunkt.

Aber sie taten nichts. Mit kalten und unergründlichen Blicken sahen sie mir einfach zu, wie ich ging.

Ich atmete schwer aus, als ich die Festung verließ und das Grün des Waldes erblickte. Vor ein paar Tagen hatte ich den Wald noch mit Abneigung betrachtet, jetzt sahen seine verworrenen Tiefen einladend aus. Ich steigerte mein Tempo zu einem schnellen Schritt, fing dann an zu joggen und sprintete schließlich auf den Wald zu.

Als ich die Baumgrenze erreichte, zog ich die Schatten um mich herum.

Mehrere feindliche Einheiten haben dich nicht entdeckt! Du bist versteckt.

Endlich konnte ich aufatmen. *Ich bin in Sicherheit.*
Es fühlte sich fast an, als wäre ich zu Hause.

* * *

Während ich tiefer in den Wald schlenderte, dachte ich über meinen jüngsten Aufenthalt in der sicheren Zone nach. Es war nicht ganz so gelaufen, wie ich es erwartet hatte.

Ich hatte weit mehr erfahren, als ich erhofft hatte, und dabei mehrere Aufgaben erhalten - auch wenn sie allesamt unmöglich schienen. Außerdem hatte ich jetzt eine Ahnung davon, was in dem Sektor vor sich ging, wenn auch noch keine Möglichkeit, zu entkommen. Ich rieb mir das Kinn und dachte über meinen nächsten Schritt nach.

Wohin jetzt?
Nach Norden, beschloss ich.

Zum Lager der Roten Ratten und fast den ganzen Weg zurück, den ich gekommen war. Ich hatte bereits zwei der drei Koboldstämme besucht, und es war an der Zeit, den dritten kennenzulernen. Aber bevor ich mich zu ihnen wagte, musste ich einen Umweg machen.

* * *

Ich bahnte mir in nordöstlicher Richtung einen Weg durch den Wald.

Inzwischen hatte ich das Tal von seinem nördlichsten Punkt am Eingang des Dungeon bis zur südlichen Grenze, an der sich die sichere Zone befand, durchquert.

Ich schätze, dass ich einen ganzen Tag brauchen würde, um den gesamten Sektor erneut zu passieren, was mir genug Zeit geben sollte, um in den fünf Tagen, die mir für meinen Nichtangriffspakt bleiben, alles Nötige zu erledigen.

Mein erstes Ziel war die Lichtung, auf der wir den Rhomodillo erlegt hatten. Ich hatte mir vorgenommen, Gelars Gerät zu benutzen und zu sehen, welche Alchemiezutaten ich aus der toten Kreatur gewinnen konnte.

Vorausgesetzt natürlich, er war noch da.

Die Reise verlief ohne Zwischenfälle, und ich verbrachte meine Zeit damit, meine Fertigkeiten Einsicht und Täuschung zu üben. Da es im Wald zahlreiche Kreaturen zu analysieren gab, war es ein leichtes, mich zu verbessern. Ich nutzte die Gelegenheit und identifizierte jede Kreatur, der ich begegnete, und nutzte meine Geistessicht, wenn Tiere außer Sichtweite waren.

Täuschung war schwieriger zu trainieren.

Es schien, als konnte die Fertigkeit nur aktiviert werden, wenn ich mich in der Nähe von neutralen oder feindlichen Wesen befand. Trotzdem versuchte ich, die Fähigkeit so oft wie möglich auszulösen, indem ich mich mit versteckten Klingen und verschleiertem Gesicht an die Bewohner des Waldes heranschlich.

Kurz vor Mittag erreichte ich die Lichtung mit dem Rhomodillokadaver. Ich war müde und erschöpft, was weniger der Wanderung durch den Wald zuzuschreiben war als der schlaflosen Nacht zuvor. Bevor ich die Lichtung betrat, überprüfte ich die Fertigkeiten, die ich unterwegs erworben hatte.

Deine Einsicht ist auf Stufe 53 gestiegen. Deine Täuschung ist auf Stufe 33 gestiegen.

Herzlichen Glückwunsch, Michael, deine Fertigkeit Einsicht hat Rang 5 erreicht, was dir erlaubt, Fähigkeiten der Stufe 2 zu erlernen.

Ich lächelte über die Nachricht des Adjutanten. Endlich hatte ich meine erste Fertigkeit auf Rang fünf und hoffte, bald meine erste Fähigkeit der Stufe zwei zu haben.

Als ich mich wieder der Lichtung zuwandte, überprüfte ich die Gegend sowohl mit Geistessicht als auch mit meinen physischen Sinnen.

Die Lichtung schien frei von Gefahren zu sein. Ein Rudel Hyänen vergnügte sich mit dem Rhomodillo, aber es waren keine größeren Tiere in der Nähe. Als ich es für sicher hielt, schlich ich mich aus den Schatten auf die Lichtung. Die Aasfresser flohen bei meinem Anblick.

Ich erreichte die Leiche und hockte mich hin. Sie stank fürchterlich. Ich rümpfte die Nase über den Gestank und untersuchte den Kadaver, während ich mit der Hand die schwirrenden Insekten vertrieb.

Der Körper war mehr als halb aufgefressen worden. Der Großteil der Eingeweide lag auf dem Boden verstreut, und die elfenbeinweißen Knochen seines Brustkorbs waren freigelegt worden.

Ich fragte mich, ob die Reise hierher umsonst gewesen war, legte den Alchemiestein auf die tote Kreatur und wartete.

Ein paar Sekunden vergingen und nichts passierte, sodass ich mir dumm vorkam.

Ähm ... benutze ich das Ding überhaupt richtig?

Gelar hatte gesagt, ich solle den Stein nur auf mein Ziel legen und ihn dann den Rest machen lassen. Jetzt verfluchte ich mich dafür, dass ich ihn nicht genauer befragt hatte.

Ich hätte mir genauere Anweisungen geben lassen sollen. Vielleicht sollte ich

...

Ich brach meine Gedanken ab. Etwas passierte. Ich hätte mir keine Sorgen machen müssen. Der Stein hatte sich aus eigenem Antrieb aktiviert und pulsierte wie ein wütender Smaragd. Mit jedem Puls schrumpfte der Leichnam vor meinen Augen.

In weniger als einer Minute war der Rhomodillo nur noch eine leere Hülle.

Das Licht, das von dem Alchemiestein ausging, verblasste. Seine Arbeit war getan. Ich beugte mich vor und hob den Gegenstand auf.

Du hast 4 Phiolen mit Tierblut, 5 Haufen gewöhnlichen Knochenstaub und 1 x Rhomodillostoßzahn erworben.

Ich grinste vergnügt. *Es hat geklappt!*

Die geernteten Zutaten waren zwar nichts Besonderes, aber ich war zufrieden, dass der Stein so funktionierte, wie ich es erwartet hatte, und dass mein Kauf nicht umsonst gewesen war.

Nachdem ich meine Arbeit auf der Lichtung erledigt hatte, erhob ich mich und orientierte mich in Richtung der Mitte des Tals. Der Leichnam des Wyvern lag irgendwo in dieser Richtung, und nachdem ich den Rhomodillo erfolgreich abgeerntet hatte, sah ich keinen Grund, nicht das Gleiche mit dem Wyvern zu tun.

Ich gähnte. Aber zuerst brauchte ich ein Nickerchen.

KAPITEL 109: EINE TÖDLICHE ERNTE

TAG 3. NACHMITTAG.

Eine Stunde später machte ich mich auf den Weg durch das Tal nach Westen, während ich ein unaufhörliches Gähnen unterdrückte. Ich hatte es nicht gewagt noch länger zu schlafen und mich trotz der Proteste meines Körpers zum Aufstehen gezwungen. Es dauerte nur ein paar Stunden, bis ich die Lichtung erreichte, auf der ich gegen das Junge gekämpft hatte, und wieder einmal hatte ich die Reise damit verbracht, meine Fertigkeiten zu trainieren.

Deine Einsicht ist auf Stufe 56 gestiegen. Deine Täuschung ist auf Stufe 38 gestiegen.

Am Ort meiner Niederlage angekommen betrachtete ich den noch immer zertrampelten Boden. Es war kaum zu glauben, dass mein Kampf mit dem Jungen Wyvern erst zwei Tage her war. In dieser kurzen Zeitspanne hatte ich deutliche Fortschritte gemacht, und bei einem erneuten Kampf wäre ich mir sicher, dass ich dieses Mal besser abschneiden würde.

Ich schnaubte amüsiert. Das war mein verletzter Stolz, der da sprach. Ich hörte auf zu träumen und suchte nach den Spuren, die die Kreatur hinterlassen hatte. Die Fußabdrücke des Tieres waren leicht zu finden. Es war weiter nach Westen geflohen. Als ich der Spur aus abgebrochenen Ästen, zerkratzter Rinde und schweren Fußabdrücken folgte, stieß ich schließlich auf den Leichnam des Tieres.

Im Tod wirkte das Junge viel kleiner. Die Kreatur lag an den Stamm einer großen Eiche gelehnt, wo es vermutlich seinen letzten Kampf gegen die Schattenwölfe ausgetragen hatte.

Seltsamerweise war der Kadaver unversehrt.

Ohne mein Glück in Frage zu stellen, eilte ich zu dem toten Tier und achtete darauf, weggeätzte Stellen in der Vegetation zu vermeiden. Ich vermutete, dass das Gift des Wyvern selbst nach seinem Tod noch wirksam war.

Ich hockte mich hin, legte den Alchemiestein auf die Leiche und wartete. Ein paar Sekunden später begann der Stein grün zu pulsieren und ich beugte mich vor, die Erwartung auf neue Zutaten ließ mich fast tanzen.

Dieses Mal sollte die Beute ...

Krrr ...ach!

Mein Kopf schnellte nach oben, als ich das Geräusch von brechenden Ästen und raschelnden Blättern hörte. *Gefahr!* schrie mein Verstand. Ich ließ mich von meinen Instinkten leiten und sprang nach hinten, ließ Stein und Leiche zurück und flüchtete in die Sicherheit der nächstgelegenen Schatten.

Ein feindliches Wesen hat dich nicht entdeckt! Du bist versteckt.

In den Schatten versteckt erstarrte ich. Irgendetwas kam auf mich zu. Etwas ... Großes.

Einen Moment später schlug eine schwere Gestalt vor mir auf, so dass der Boden vor Erschütterung bebte.

Ein feindliches Wesen hat dich nicht entdeckt! Deine Schleichfertigkeit ist auf Stufe 49 gestiegen.

Das Herz schlug mir bis zum Hals als ich auf das gigantische Ungetüm vor mir starrte. Es war die Wyvernmutter. Sie war mehr als dreimal so groß wie ihr totes Junges und sah bedrohlich aus.

Und wütend. Unfassbar wütend.

Hass funkelte in ihren Augen und ihre gegabelte Zunge flackerte auf und ab, während sie die Umgebung absuchte. Der große Drache warf nicht einen Blick auf ihren toten Sprössling. Mir wurde klar, dass sie neben der Leiche auf der Lauer gelegen haben musste.

Kein Wunder, dass die Leiche unberührt geblieben war.

Ich schluckte schmerzhaft und war hin- und hergerissen. Ich verfluchte mich, weil ich ein Narr war, indem ich mich hierhergewagt hatte und war gleichzeitig dankbar, dass ich der Bestie entkommen war.

Noch bin ich aber nicht außer Gefahr.

Die schlangenartige Kreatur reckte ihren langen Hals und schnupperte in der Luft.

Oh-oh. Kann sie mich riechen?

Das Tier zog seine Flügel ein und machte einen Schritt vorwärts - in meine Richtung. Meine Instinkte schrien mich wieder an und drängten mich, zu fliehen, zu rennen.

Dieses Mal ignorierte ich sie.

Weglaufen würde mich nur weiter ins Verderben stürzen. Ich machte mir keine Illusionen: Die Wyvernmutter war kein Gegner, gegen den ich eine Chance hatte zu überleben. Ich hielt still, bewegte mich keinen Zentimeter und dachte nicht einmal daran, eine meiner Fähigkeiten einzusetzen.

Die Bestie machte einen weiteren Schritt. Wieder in meine Richtung.

Ich schluckte und hielt den Atem an. Weniger als ein paar Meter trennten uns jetzt.

"Ich w-weiß, dassssss du hier bisssst, Mensch", zischte sie.

Meine Augen weiteten sich. *Verdammte Scheiße! Das Ding kann sprechen?*

"Mein Jungesss roch nach d-dir", fuhr sie fort. "Du warsssst esss, der ssssie getötet hat. Du und d-diese erbärmlichen H-hunde."

Meine Angst wurde immer größer. Die Wyvernmutter war viel intelligenter, als ich erwartet hatte. Das machte sie noch gefährlicher. Ich realisierte, dass ich so gut wie tot war, wenn ich nichts tat, und bereitete mein Psi vor.

Die Wyvernmutter machte einen weiteren Schritt nach vorne und wippte mit dem Kopf hin und her. Diese Geste beruhigte mich etwas. Sie hatte mich noch nicht ganz geortet. Aber es war nur eine Frage der Zeit, bis sie mich fand.

Es sei denn, ich lenkte sie ab.

Der Zauber, den ich in den letzten Sekunden vorbereitet hatte, war bereit, und ohne zu zögern sprach ich ihn.

Neun Meter nördlich von meiner Position rief eine Stimme - meine Stimme - höhnisch: "Ich habe deine Brut getötet, du elende Bestie, und es wird mir ein Leichtes sein, das Gleiche mit dir zu tun. Du solltest lieber fliehen!"

Die Wyvernmutter wirbelte herum und war im Handumdrehen verschwunden, als sie durch die Bäume in die Richtung raste, aus der meine Stimme gekommen war.

Ich verschwendete keine Zeit, selbst zu handeln.

In dem Moment, in dem die Bestie außer Sichtweite war, stürzte ich nach vorne und schnappte mir den Alchemiestein aus dem Haufen vertrockneter Haut.

Du hast einen Alchemiestein erhalten. Neue Zutaten erhalten: 5 x Phiolen mit Tierblut, 5 x Haufen mit gewöhnlichem Knochenstaub, 3 x Wyverngiftsäcke, 1 x Satz Wyvernzähne und 18 x Wyvernschuppen.

Mit dem Stein in der Hand rannte ich um mein Leben.

Es würde nicht lange dauern, bis der Wyvern herausfand, dass sie ausgetrickst worden war, und bis dahin musste ich längst über die Berge sein.

✱　✱　✱

Nachdem ich der Wyvernmutter entkommen war, eilte ich ohne für das Leveln meiner Fertigkeiten langsamer zu werden nach Norden. Dafür hatte ich zwei Gründe. Erstens wollte ich keine weitere Begegnung mit der Bestie riskieren und zweitens hoffte ich, das Lager der Roten Ratten zu erreichen, solange die Nacht noch jung war.

Während ich auf meinem Baumkronenexpress unterwegs war, dachte ich über meine Begegnung mit der Wyvernmutter nach. Die Kreatur musste Teil der Bestienkin gewesen sein. Meine Tiersprache hatte es mir ermöglicht, sie zu verstehen. Im Nachhinein wurde mir klar, dass die Kreatur nicht einfach nur auf einen unvorsichtigen Eindringling gelauert hatte.

Sie hatte auf *mich* gewartet.

Das deutet auf ein erschreckendes Maß an Voraussicht und Planung hin. Wenn der Wyvern auch nur annähernd so schlau war wie die Schattenwölfe, dann würde keiner der vagen Pläne, die ich mir ausgedacht hatte, um sie auszuschalten, funktionieren.

Trotzdem war die Wyvernmutter zu töten nicht meine Priorität, sondern aus dem Tal zu entkommen. Ich verbannte die Kreatur aus meinen Gedanken, konnte aber nicht verhindern, dass sich mein Blick nach oben richtete, um besorgt den Himmel abzusuchen. Ich ging weiter nach Norden.

Kurz nach Einbruch der Dunkelheit erreichte ich den nördlichen Rand des Tals. Den Informationen von Hauptmann Talon zufolge campten die Roten Ratten etwas westlich des Ausgangstors vom Dungeon. Ich ging gegen den Uhrzeigersinn am Fuß des Berges entlang und schlich mich leise zwischen den Bäumen hindurch, um die Kobolde zu finden.

Eine Stunde später fand ich die Roten Ratten.

Die Kobolddelegation wohnte in einer kraterähnlichen Mulde. Die Ränder waren mit sanft abfallenden Felsbrocken übersät, frei von den Klauen des Waldes. Die abrupt endende Baumgrenze hob den Rand des Kraters besonders markant hervor.

Am Fuß der Aushöhlung hatten die Kobolde sich unübersichtlich über die gesamte Breite verteilt. Von meinem Aussichtspunkt in der Baumkrone aus konnte ich das gesamte Lager übersehen. Im Gegensatz zu den beiden anderen Stämmen im Tal hatte das Lager der Roten Ratten keine Festungen.

Gar keine.

Ich starrte auf das Meer von Lagerfeuern und schüttelte erstaunt den Kopf. Es schien fast so, als ob die Roten Ratten jede Art von Verteidigung absichtlich verschmähten. Sie sendeten damit eine Botschaft, wie mir klar wurde.

Ein Ausspruch ihrer Macht.

Und in Anbetracht der Größe des Lagers war das scheinbar auch gerechtfertigt. Die Roten Ratten waren den Heulern zahlenmäßig bei weitem überlegen. Auf den ersten Blick vermutete ich, dass fast zweitausend Kobolde in dem Krater wohnten.

Dieser Stamm verlässt sich allein auf die Menge seiner Mitglieder, schloss ich.

Es gab weder Wachpatrouillen noch Mauern, die das Lager umgaben. Dem Stamm fehlte es auch der strengen Disziplin, die ihre Verwandten im Süden an den Tag legten. Die Kobolde streiften einzeln, zu zweit oder in größeren Gruppen durch das Lager, lachten, trieben sich betrunken herum und wirkten allgemein ziellos.

Die Roten Ratten haben einen sehr treffenden Namen.

Wie ihre Namensvettern, die Nagetiere, waren sie zahlreich bevölkert und chaotisch. Es wäre ein Leichtes, sich in ihr Lager zu schleichen. Angesichts der vielen frei umherziehenden Kobolde bezweifelte ich allerdings, dass ich lange unentdeckt bleiben würde. Ich war mir nicht sicher, was ich in dem Lager tun wollte, aber zumindest musste ich die Anomalie untersuchen, die ich gerade entdeckt hatte.

In der Mitte des Lagers, in einem Bereich ohne Zelte, war eine Ansammlung von schmiedeeisernen Käfigen.

Die Käfige baumelten am Ende dicker Holzstangen in der Luft und wurden von dicken Eisenketten gehalten, die sicher am Boden befestigt waren. Zehn schmuddelig aussehende und halb verhungerte Gestalten befanden sich in den Käfigen.

Die verlorene Mannschaft des Hauptmanns.

Einer nach dem anderen analysierte ich die entfernten Gefangenen. Alle zehn waren Spieler mit einem ähnlichen Rang wie Cecilias Gruppe.

Die Notlage der Tartaner machte mich neugierig. Sie waren eindeutig Gefangene der Roten Ratten, aber warum die Kobolde Spieler gefangen hielten, war mir ein Rätsel. *Finden wir es heraus,* dachte ich, ließ mich von meinem Versteck in der Baumkrone hinunter und schlüpfte in die Schatten. Es war jetzt dunkel genug mein Schleichen einfach zu machen.

Mehrere feindliche Einheiten haben dich nicht entdeckt! Du bist versteckt.

Keiner der mehr als ein Dutzend Kobolde, die in Sichtweite waren, entdeckte mich. Ich verließ den Schutz der Bäume und ging näher an das Lager heran, den Blick auf die nächstgelegenen Roten Ratten gerichtet.

Keiner zeigte auch nur das geringste Interesse daran, das umliegende Gebiet zu beobachten. Ihre Aufmerksamkeit war nach innen gerichtet, auf ihre Gefährten und ihr eigenes Vergnügen.

Ich passte die Gelegenheit zeitlich ab, duckte mich aus dem Wald und schlich ins Lager.

Mehrere feindliche Einheiten haben dich nicht entdeckt!

Ich blieb nicht stehen, bis ich mein Ziel erreicht hatte: ein Koboldzelt, von dem ich nach sorgfältiger Beobachtung annahm, dass es leer war. Ich griff mit den Armen hinter mich, wickelte meine Hände um die Griffe meiner Klingen und stürmte in das Zelt.

Es war unbewohnt.

Ich lockerte den Griff um meine Waffen und untersuchte das Innere des Zeltes. Es war schmutzig. Überall lagen Essensreste herum und die zerknitterte Bettwäsche des Besitzers war ungeachtet so hinterlassen worden. Ich grunzte verächtlich. In dem Durcheinander schien es nichts Brauchbares zu geben, und ich hatte keine Lust, in diesem Dreck herumzuwühlen.

Zeit, weiterzugehen.

Ich schloss die Augen, castete Geistessicht und erkundete die Umgebung. Sechs Kobolde hatten sich in die Nähe verirrt und standen in der Gegend rum. Ich schlich zurück zur Zeltklappe und wartete geduldig, bis sie weg waren.

Fünf Minuten später schlenderten sie davon, und ich schlüpfte aus meinem Versteck in ein anderes Zelt in der Nähe, das laut meiner Geistessicht ebenfalls unbesetzt war.

Der Gestank, der mir entgegenwehte, ließ mich fast würgen.

Wie das erste Zelt ließ auch der Zustand des Zweiten viel zu wünschen übrig. Ich hielt mir die Nase zu und überprüfte meine Umgebung erneut. Es waren zu viele Kobolde unterwegs. Ich kämpfte gegen meine Ungeduld an und wartete, bis die Luft rein war, bevor ich aus dem Zelt stürzte.

Hinein in ein anderes.

Die nächsten dreißig Minuten verbrachte ich genauso, sprang von Zelt zu Zelt und kam meinem Ziel immer näher.

Je tiefer ich in das Lager eindrang, desto größer das Risiko. Aber sowohl meine Fertigkeit im Schleichen als auch meine enorme Vorsicht halfen mir, trotz der zahlreichen Kobolde unbemerkt zu bleiben.

Mehrere feindliche Einheiten haben dich nicht entdeckt!
Deine Schleichfertigkeit ist auf Stufe 50 gestiegen. Herzlichen Glückwunsch, Michael, deine Fertigkeit im Schleichen hat Rang 5 erreicht, was dir erlaubt, Fähigkeiten der Stufe 2 zu erlernen.

Schließlich fand ich, wonach ich suchte: ein Zelt mit einem einzigen Bewohner. Der Kobold schlief. Seinem lauten Schnarchen und dem starken Geruch nach Alkohol nach zu urteilen, war er wahrscheinlich betrunken.

Ich schlich näher an mein Ziel heran, ging in die Hocke und untersuchte ihn genau.

Das Ziel ist ein Koboldkriegsveteran der Stufe 39.

Der Krieger war fast so groß wie ich und trug eine stählerne Rüstung. An seiner Hüfte trug er ein Langschwert. Enttäuschend war, dass er keinen Helm trug – das hätte es einfacher gemacht, mich zu tarnen.
Trotzdem ist er mir recht.
Langsam zog ich Spinnenbiss und legte die Klinge unter das Kinn des schlafenden Kobolds. Ich hielt mich bereit.
Mit einer plötzlichen Bewegung handelte ich.
Ich drückte meine linke Hand auf den Mund des Kriegers und rammte die Spitze meiner Klinge unter sein Kinn und durch seinen Gaumen.

Du hast einen Koboldkrieger getötet.

Er war auf der Stelle tot, seine Augenlider flackerten nicht einmal.
Ich drehte den Körper auf die Seite und achtete darauf, die Ausrüstung des Kobolds nicht zu beschädigen. In Windeseile entledigte ich die Leiche ihrer Rüstung und Waffen. Als ich fertig war, betrachtete ich den Stapel von Ausrüstung, den ich zusammengestellt hatte.

Dies ist ein Koboldrüstungsset auf Rang 2. Dieser Gegenstand erfordert eine Mindestausdauer von 8, um ihn auszurüsten.
Dies ist ein Langschwert der Stufe 2. Dieser Gegenstand erfordert eine Mindeststärke von 8, um ihn auszurüsten.

Das Langschwert konnte ich nicht gebrauchen, aber die Rüstung würde mir gute Dienste leisten. Ich zog meine eigene Lederrüstung aus und kleidete mich in die schwere, stinkende Ausrüstung des Kobolds.

Du hast ein Koboldrüstungsset angelegt. Dieser Gegenstand reduziert den erlittenen körperlichen Schaden um: 30% und senkt deine Magie und Geschicklichkeit um: 60%.
Achtung: Du hast nicht die nötige Fertigkeit: mittlere Rüstung, um diesen Gegenstand zu benutzen. Du erhältst keine Rüstungsvorteile. Einbuße sind in Kraft. Aktuelle Modifikatoren: -12 Ränge in Geschicklichkeit. Geschicklichkeitsfertigkeiten und -fähigkeiten wurden auf Rang 8 begrenzt.

Ich zog eine Grimasse, als ich die Nachricht las. Die Rüstung war schwer und unhandlich, und ein Kampf darin würde bestenfalls schwierig werden. Trotzdem hatte ich nicht die Absicht zu kämpfen, zumindest noch nicht.
Ich packte meine eigene Rüstung und den Diebesmantel in meinen Rucksack. Beides würde meiner Verkleidung entgegenwirken. Auch Spinnenbiss wanderte in meinen Rucksack. Das Schwert war zu auffällig, und ich wollte nicht riskieren, dass ein vorbeikommender Kobold auf den juwelenbesetzten Schwertgriff aufmerksam wurde und sich fragte, wie ein niederer Koboldkrieger an eine solche Waffe gekommen war.

Mein anderes Kurzschwert hatte einen einfachen Ledergriff und ich befestigte es an meiner Hüfte. Um mein Aussehen zu vervollständigen, verschleierte ich mein Gesicht anhand der Vorlage des Kobolds.

Ich war fast fertig.

Als ich das Zelt durchsuchte, fand ich einen liegengelassenen Sack und schob meinen Rucksack hinein. Obwohl es für einen Krieger seltsam aussah, einen Sack zu tragen, wäre es noch seltsamer gewesen, mit einem Rucksack gesehen zu werden, und ich hatte nicht vor, meine Ausrüstung zurückzulassen. Schließlich bückte ich mich und hob einen der leeren Bierkrüge vom Boden auf.

Jetzt war mein Kostüm komplett.

Ich holte tief Luft und trat selbstbewusst aus dem Zelt.

Du hast einen mentalen Widerstandstest bestanden! Drei feindliche Wesen haben es nicht geschafft, deine Tarnung zu durchdringen. Deine Täuschung ist auf Stufe 39 gestiegen.

Die Anspannung fiel von mir ab, als meine Verkleidung scheinbar standhielt. Mit gebeugter Haltung, dem Sack über der linken Schulter und dem Bierkrug in der rechten Hand ging ich tiefer in das Lager der Roten Ratten.

Es war Zeit, die Gefangenen zu besuchen.

Kapitel 110: Aufgehangen wie die Ratten

Ich schlängelte mich durch das Lager, schwankte betrunken und hob mir den leeren Krug an die Lippen, wenn mir ein Kobold zu nahekam.

Einige der vorbeikommenden Krieger zeigten Interesse am Inhalt meines Gepäcks, aber keiner von ihnen war neugierig genug mich anzuhalten, nachdem ich ihre Fragen gezielt überhörte. Mit jeder Begegnung stieg meine Täuschungsfertigkeit, ein gutes Zeichen für das Gelingen meines Plans. So nervenaufreibend das ganze Unterfangen auch war, alles verlief reibungslos.

Nach kurzer Zeit erreichte ich das Zentrum des Lagers, wo die Gefangenen festgehalten wurden. Ich stolperte voran, um meine Trunkenheit überzeugender zu machen und untersuchte das Gebiet heimlich.

Zehn Holzpfeiler waren in die weiche Erde gerammt worden, an jedem von ihnen ein Eisenring befestigt. Durch jeden Ring waren Stahlketten geschlungen, die mit kleineren Holzpfählen im Boden verankert waren. So blieben die Ketten straff und die Käfige in der Luft hängen.

Es schien eine seltsame Art, Gefangene zu sichern, und ich fragte mich nach dem Grund.

Es waren keine Wachen in der Nähe, was die Befreiung der Gefangenen verdächtig einfach machen würde. Alles, was ich tun musste, war die Pfähle zu entfernen, die die Ketten verankerten. Die Käfige würden zu Boden fallen und schon wären die Gefangenen frei.

Aber das würde nicht nur Lärm machen, sondern wäre auch aus dem gesamten Lager gut sichtbar.

Also doch nicht so einfach.

In unmittelbarer Umgebung der Käfige trieben sich keine Kobolde herum, und da ich erpicht darauf war, mit den Gefangenen zu sprechen, taumelte ich betrunken vorwärts. Ich hatte noch keinen Plan, wie ich die Spieler befreien konnte, aber vielleicht konnte ich ja etwas von ihnen lernen.

Ich machte einen Schritt, dann noch einen.

Gleich bin ich da ...

Ein Glitzern, das ich aus dem Augenwinkel wahrnahm, lenkte meinen Blick auf sich. Ich runzelte die Stirn. *Das ist seltsam ...* Ich neigte meinen Kopf zur Seite und betrachtete den halb sichtbaren Schimmer genauer.

Und kam ruckartig zum Stehen.

Einen Herzschlag später, als ich meinen Fehler bemerkte, schwankte ich wieder, aber dieses Mal in die andere Richtung – weg von den Käfigen. Mit gesenktem Kopf schaute ich schnell nach links und rechts, um zu sehen, ob irgendjemand mein höchst untrunkenes Verhalten bemerkt hatte.

Hatte aber niemand.

Erleichtert sackte ich zusammen und ließ meinen Blick zurück auf das schweifen, was meine Aufmerksamkeit erregt hatte: ein kaum wahrnehmbares Schimmern um einen der in den Boden getriebenen Pfähle.

Das ist definitiv nicht natürlich.

Ich fiel rückwärts auf meinen Hintern und täuschte betrunkene Benommenheit vor – falls mich jemand beobachtete - während ich meinen Blick auf die anderen neun Pfähle richtete.

Auch sie waren von einem halb sichtbaren Dunst umgeben.

Sie sind mit Fallen versehen, dachte ich. *Das muss es sein.* Mithilfe meiner Ausdauer zauberte ich geringe Fallenerkennung.

Energie strömte in meine Augen und schärfte meinen Blick. An den Rändern meines Blickfelds wirbelten glühende Staubpartikel auf, die sich nach einem kurzen Augenblick um die zehn Pfähle sammelten und sie rot umrissen.

Du hast eine Falle entdeckt! Deine Diebeskunst hat sich auf Stufe 2 erhöht.

Du hast eine Falle entdeckt! Deine Diebeskunst hat sich auf Stufe 3 erhöht.

...

Du hast eine Falle entdeckt! Deine Diebeskunst hat sich auf Stufe 10 erhöht.

Herzlichen Glückwunsch, Michael! Deine Fertigkeit Diebeskunst hat den Rang 1 erreicht.

Nicht schlecht. Diesmal war der verblüffte Ausdruck auf meinem Gesicht nicht gespielt.

Ich hatte zehn verschiedene Spielnachrichten erhalten, und obwohl der Fertigkeitszuwachs nett war, wies jede Nachricht auch auf eine neue Falle hin.

Zehn Fallen. Ich lächelte grimmig. Ich hatte die Gerissenheit der Roten Ratten unterschätzt. Trotz der scheinbaren Einfachheit der Käfige waren ihre Gefangenen gut bewacht.

Ich hob meinen Blick, der Zauber zum Fallenerkennen immer noch aktiv, und untersuchte die Käfige selbst. Es überraschte mich nicht, dass ich noch mehr Fallen fand.

Du hast eine Falle entdeckt!

...

...

Du hast eine Falle entdeckt! Deine Diebeskunst ist auf Stufe 20 gestiegen und hat Rang 2 erreicht.

Auch die Türen der Käfige waren mit Fallen versehen. Ich seufzte. Die Tartaner zu befreien, würde schwieriger werden, als ich erwartet hatte.

✳　✳　✳

Ich nahm mir beim Erkunden des Geländes um das Gefängnis Zeit. Ich war mir nicht sicher, ob ich so eine Gelegenheit noch einmal bekommen würde. Aber trotz meiner umfangreichen Untersuchungen entdeckte ich keine weiteren Fallen.

Zufrieden damit, dass es entweder keine gab oder ich sie auch durch weiteres Suchen nicht finden würde, senkte ich den Kopf und tat, als würde ich schnarchen. Es war an der Zeit, die nächste Phase meines provisorischen Plans auszuführen.

Ich hatte den Käfig mit dem Sohn des Hauptmanns bereits ausgemacht und hielt es für das Beste, ihn als Ersten zu kontaktieren. Während die anderen Tartansoldaten zwischen zwanzig und dreißig Jahren alt aussahen, war Sturm eindeutig viel jünger. Ich schätzte sein Alter auf achtzehn, wenn überhaupt. Trotzdem hatte er das Kommando über die Gruppe. War das also Vitamin B oder Talent? Ich würde es bald herausfinden, schätzte ich.

Ich bereite mich vor und projiziere die Quelle meiner Stimme – kaum mehr als ein Flüstern – auf die Innenseite des Käfigs. "Sturm, kannst du mich hören?"

Keine Antwort.

"Sturm!" rief ich lauter.

Selbst aus einigen Dutzend Metern Entfernung nahm mein scharfes Gehör sein erschrockenes Grunzen wahr. Es sah aus, als hätte er geschlafen.

"Was? Wer ist da?", fragte er laut.

"Schhhh", zischte ich. "Nicht so laut. Du erregst zu viel Aufmerksamkeit."

Einen Moment lang herrschte überraschtes Schweigen und ich konnte fast spüren, wie er sich wild umschaute. "Wer bist du?", flüsterte er.

"So ist es besser. Leise", sagte ich. "Schau nach links. Siehst du den schnarchenden Kobold?"

Ein langes Schweigen.

Ich nahm an, dass Sturm genickt oder ein anderes nonverbales Zeichen gegeben hatte, und sagte: "Sprich, Sturm. Ich kann dich nicht sehen."

"Ja", antwortete er. "Ich kann den Kobold sehen."

"Das bin ich."

Es herrschte einen weiteren Herzschlag lang Stille, dann spürte ich einen Analyseversuch.

Du hast einen mentalen Widerstandstest bestanden! Ein Analyseversuch eines neutralen Wesens ist fehlgeschlagen. Deine Täuschung ist auf Stufe 44 gestiegen.

"Wie hast du das gemacht?" fragte Sturm mit erstickter Stimme.

"Das spielt keine Rolle", sagte ich. "Also, hör zu ..."

"Und wie sprichst du von da drüben mit mir?" fragte Sturm und seine Stimme wurde eine Oktave höher.

"Sei leise!" befahl ich. "Sonst verrätst du uns."

"Was bist du?" Sturm blieb hartnäckig und ignorierte meine Anweisungen.

"Ich bin ein Spieler", sagte ich. "Jetzt halt die Klappe und hör zu!" knurrte ich entnervt. "Dein Vater hat mich geschickt."

Das drang schließlich zu ihm durch und er wurde leiser. "Mein Vater?", fragte er mit gedämpftem Tonfall.

"Ja, dein Vater", sagte ich. "Hauptmann Talon hat mich geschickt, um herauszufinden, was aus dir und deiner Gruppe geworden ist."

"Aber du gehörst nicht zu seinen Männern", wandte Sturm ein.

"Das tue ich nicht", stimmte ich zu. Ich beschloss, dass mehr Informationen es leichter machen würden, das Vertrauen des Spielers zu gewinnen, und sagte: "Ich bin der, den die Erwachten Toten in diesem Sektor jagen."

"Ich verstehe", sagte Sturm nach einem weiteren nachdenklichen Moment des Schweigens.

"Ich kann dich und deine Männer noch nicht befreien", fuhr ich fort. "Die Roten Ratten haben euer Gefängnis raffinierter abgesichert, als ich erwartet habe."

"Oh", sagte Sturm mit unverhohlener Bitterkeit.

"Weißt du, warum die Kobolde euch gefangen genommen haben?"

Sturm antwortete nicht sofort. "Um uns daran zu hindern, Wissen an meinen Vater weiterzugeben", sagte er schließlich. "Wenn die Ratten uns töten, werden wir in der sicheren Zone wiedergeboren. Nur gefangen können sie ihr Geheimnis bewahren."

"Ah", atmete ich aus. "Und was ist dieses Geheimnis?"

"Verrate ich dir gerne", sagte Sturm. Er hielt inne. "Unter der Bedingung, dass du die Information an meinen Vater weitergibst. Versprichst du das?"

"Natürlich."

Sturm wog meine Worte eine Sekunde lang ab und sagte dann: "Die Roten Ratten sind jetzt schon mit den Erwachten Toten verbündet, aber Erebus will das geheim halten."

Ich runzelte die Stirn. "Warum das?"

"Ich weiß es nicht", gab Sturm zu. "Aber es gibt noch mehr."

"Raus damit."

"Die Ratten sind nicht nur Erebus verpflichtet, sondern haben auch den Befehl, einen Krieg gegen die Heuler anzufechten."

Meine Augenbrauen zogen sich hoch, weil ich mir keinen Reim auf die Informationen machen konnte, die Sturm mir gab. "Bist du dir sicher?"

"Das bin ich", sagte er. "Mein Trupp hat einen Boten von Stayne selbst überfallen, als er auf dem Weg zum Schamanen der Roten Ratten war, bevor wir selbst gefangen genommen wurden."

"Stayne", murmelte ich. Er war also ebenfalls in die Angelegenheiten in diesem Sektor verwickelt.

"Was wirst du jetzt tun?" fragte Sturm.

Ich ließ mir mit der Antwort Zeit. "Gehen", sagte ich schließlich. Wenn die Roten Ratten mich entdeckten, vermutete ich, dass sie mich genau wie Sturm und seine Gruppe behandeln würden, und das konnte ich mir nicht leisten. "Tut mir leid, ich kann euch jetzt noch nicht retten. Aber ich werde zurückkommen." fügte ich hinzu.

"Danke", antwortete er mit zittriger Stimme. Er machte dennoch keine Anstalten, um seine Freiheit zu betteln. *Mutig von ihm.*

Ich erhob mich mit theatralischer Müdigkeit, und ein anderer Gedanke ließ mich innehalten: "Weißt du, wo die Schamanenzelte sind?"

Sturm deutete mit dem Kinn in eine Richtung. "Da lang. Du kannst sie nicht verfehlen. Die großen roten Zelte gehören dem Schamanen und seinen Lehrlingen." Er hielt inne. "Was hast du vor?"

"Mehr zu erfahren", sagte ich und schwankte davon.

✳ ✳ ✳

Nachdem ich den Gefängnisbereich verlassen hatte, las ich die neuste Nachricht des Adjutanten.

Deine Aufgabe: <u>Schmiede Dunkle Allianzen</u>! wurde aktualisiert. Du hast von einer zuverlässigen Quelle erfahren, dass die Roten Ratten bereits mit einer Dunklen Macht verbündet sind. Ziel zwei wurde aktualisiert: Informiere Hauptmann Talon oder suche eine Bestätigung für die Informationen deiner Quelle.

Meine Zeit im Lager wurde knapp. Früher oder später würde die Leiche des toten Kriegsveteranen entdeckt werden, aber angesichts der laxen Disziplin im Lager war ich mir nicht sicher, was dann passieren würde. Trotzdem wollte ich bis dahin weit weg sein.

Was soll ich also tun?

Die Wahrheit war, dass Sturms Informationen meine Neugierde geweckt hatten. Erebus führte etwas im Schilde, da war ich mir sicher, aber was wusste ich nicht. Trotzdem wollte ich es unbedingt herausfinden.

Es machte keinen Sinn, dass die Erwachten Toten ihren Anspruch auf den Sektor hinauszögerten. Sie sollten eher versuchen, ihn so schnell wie möglich zu sichern. Warum hielt Erebus sein Bündnis mit den Roten Ratten geheim und, was noch rätselhafter war, befahl ihnen, die Heuler anzugreifen, deren Bündnis er eigentlich ebenfalls anstreben sollte?

Ich schüttelte den Kopf, weil ich die Beweggründe der Macht nicht verstehen konnte.

Anstatt das Lager sofort zu verlassen, wie es vernünftig gewesen wäre, suchte ich die Zelte der Schamanen auf, um vielleicht mehr über die Absichten der Erwachten Toten zu erfahren.

Sturm hatte Recht. Ihre Zelte waren unübersehbar.

Alle fünf waren in einem auffälligen Rotton gestrichen und stachen wie eine purpurne Narbe im Herzen des Lagers hervor. Ich schlenderte näher und tastete die Zelte mithilfe meiner Geistessicht ab, wobei ich meine Augen halb geschlossen hielt.

Vier der Zelte waren besetzt. Nur eines, das ganz rechts, war leer. Betont beiläufig schlenderte ich näher heran und als ich sicher war, dass mich niemand beobachtete, schlich ich mich hinein.

Im Zelt blieb ich erst einmal unbeweglich am Eingang stehen, während ich das Innere mit meiner Fallenerkennung untersuchte. Nach dem, was ich im Gefängnisbereich gesehen hatte, musste ich davon ausgehen, dass es im

Lager noch mehr Fallen geben würde, vor allem nahe den Besitztümern der Schamane.

Fast sofort legte sich ein roter Schleier über mehrere Objekte in meinem Blickfeld.

Du hast 5 Fallen aufgespürt! Deine Diebeskunst ist auf Stufe 22 gestiegen.

Säuerlich verzogen sich meine Lippen. Die Schamanen der Roten Ratten schienen Fallen wirklich zu mögen. Jede Truhe, Kiste und Tasche, die ich im Zelt finden konnte, waren mit Fallen versehen.

So viel dazu, irgendwelche verfänglichen Dokumente zu finden, dachte ich unglücklich. Ich duckte mich zurück in die Schatten und machte mich bereit zu gehen. Ich wollte das Risiko eine der Fallen zu entschärfen nicht eingehen, während ich von zweitausend Feinden umgeben war.

Vielleicht kann ich ...

Mein innerer Monolog wurde unterbrochen, als ich durch mein geistiges Auge einen näherkommenden Kobold wahrnahm. Ich weitete meine Sinne aus und analysierte ihn.

Dein Ziel heißt Juxal, ein Koboldschamanenlehrling der Stufe 43.

Der Besitzer des Zeltes kehrte zurück.

Verdammt! Ich trat zur Seite, zog meine Klinge und ging in die Hocke.

Du bist versteckt.

Das Zelt war zu klein, um mich lange verstecken zu können. Meine beste Chance, aus dem Lager zu entkommen, war es den ankommenden Lehrling zu töten, bevor er Alarm schlagen konnte. *Immerhin ist es nur ein Lehrling.*

Bereit zu handeln, wartete ich.

Eine Gestalt trat ein, die in eine Robe im gleichen karmesinrot wie das Zelt gekleidet war. Ich rollte mich vor, schlang meine linke Hand um den Mund des Lehrlings und zog das Kurzschwert in meiner rechten Hand über seine Kehle.

Du hast Juxal mit einem tödlichen Schlag getötet. Du hast Level 49 erreicht!

Kurzschwerter ist auf Stufe 50 gestiegen. Herzlichen Glückwunsch, Michael! Deine Fertigkeit Kurzschwerter hat Rang 5 erreicht, was dir erlaubt, Fähigkeiten der Stufe 2 zu erlernen.

Ich ließ die Leiche vorsichtig zu Boden sinken und hielt mit allen Sinnen nach weiteren Anzeichen von Gefahr Ausschau. Als ich nach ein paar Sekunden noch immer nichts hörte, begann ich, schnell und effizient das Zelt zu plündern.

Du hast 4 mit Fallen versehene Behälter erworben.

Die Fallen hinderten mich nur daran, die Behälter zu öffnen, nicht aber, sie einfach mitzunehmen, bis ich sie entschärfen konnte.

Nur eine Truhe war zu groß, um in meinen Sack zu passen. Den Rest, hauptsächlich kleinere Beutel und Taschen, packte ich ohne weitere

Untersuchung ein. Danach zog ich dem Lehrling sein Gewand aus. Auch das könnte sich in Zukunft als nützlich erweisen.

Du hast eine purpurne Schamanenrobe der Roten Ratten erworben. Dieser Gegenstand von Rang 1 erfordert eine Mindestmagie von 4, um ihn auszurüsten.

Dann verließ ich das Zelt und spielte erneut Betrunkenheit vor. Es war Zeit zu fliehen.

Kapitel 111: Diebische Machenschaften

Ich erreichte die Grenze des Lagers ohne Zwischenfälle und meine Täuschungsfertigkeit hatte sich weiter verbessert.

Deine Täuschung ist auf Stufe 47 gestiegen.

Ich duckte mich in ein leeres Zelt, zog die Koboldrüstung aus und legte meine eigene Ausrüstung wieder an, bevor ich mich aus dem Krater schlich.

Kein Alarm ertönte hinter mir.

Entweder hatten die Roten Ratten die beiden erschlagenen Kobolde noch nicht entdeckt, oder es war ihnen einfach egal. Ich ließ das Lager hinter mir und eilte durch den Wald nach Süden.

Ich war müde und hungrig, aber ich wagte es nicht, so nah an dem feindlichen Stamm zu rasten. Nach zwei Stunden anstrengender Reise hielt ich schließlich an, band mich an einen Baum und schlief sofort ein.

*　*　*

Ich wachte noch vor dem Morgengrauen ausgeruht und munter auf.

Gestern war ein langer und anstrengender Tag gewesen, aber ich hatte mich endlich richtig ausgeruht und fühlte mich jetzt besser. Ich schaute mich um und betrachtete meine neue Umgebung.

Der Wald war immer noch ruhig. Ich holte eine Ration heraus und begann zu essen, während ich mich um meinen Spielerfortschritt kümmerte. Ich hatte noch einen Attributspunkt übrig und ohne lange darüber nachzudenken, investierte ich ihn in meine Gesundheit.

Deine Ausdauer ist auf Rang 14 gestiegen.

Als nächstes überlegte ich, was ich heute tun sollte. Das Treffen mit Ultack und Cecilia war ganz oben auf meiner Liste, aber wie ich danach vorgehen würde ... da war ich mir nicht mehr so sicher.

Die Lage im Tal war verworren und kompliziert.

Es gab mehr interessierte Parteien als ich erwartet hatte, jede mit ihrer eigenen Agenda. Die Erwachten Toten verbargen etwas – was, war mir noch nicht klar – aber es konnte nicht unwichtig sein, wenn Erebus die Kobolde zum Krieg trieb.

Die Ziele der Tartaner schienen einfacher. Sie wollten das Tal für die Dunklen erobern, um ihre Handelsrouten in die Sphäre des Jenseits zu sichern. Die Ziele von Mariga und den Schatten waren ebenso eindeutig: Sie wollten die Dunkelheit aufhalten.

Die Schattenwölfe wollten einfach nur überleben, und dafür brauchten sie mich, um die Langfänge zu vernichten. Was die Kobolde selbst wollten, wusste niemand so genau.

Und man darf weder die Wyvernmutter noch Ishitas Geschworene vergessen. Beide wollen mich töten.

Irgendwie musste ich all diese Querelen und Drohungen navigieren und trotzdem in den nächsten drei Tagen einen Weg aus dem Tal finden. Ich seufzte.

Wie bringst du dich immer in solche Situationen, Michael?

Ich ließ mich vom Baum hinab. Hier würde ich keine Antworten finden, und wenn ich zu meinem Treffen mit Ultack und Cecilia nicht zu spät kommen wollte, musste ich mich auf den Weg machen.

Ich beschwor Psi und schlich mich durch den Wald in Richtung Südosten. Unterwegs würde ich weiter meine Fertigkeiten trainieren. Ich wollte versuchen Rang fünf in Täuschung zu erreichen, bevor ich auf die Tartaner traf.

* * *

Deine Einsicht ist auf Stufe 58 gestiegen. Deine Täuschung ist auf Stufe 51 gestiegen.

Ich erreichte mein Vorhaben noch bevor ich ankam.

Angenommen, Ultack hatte sie kriegen können, würde ich bald eine fortgeschrittene Täuschungsfähigkeit in mein Repertoire aufnehmen können. Langsam nahm mein Plan Gestalt an, und die Fähigkeit würde ein wichtiger Bestandteil davon werden.

Als ich den Treffpunkt erreichte, untersuchte ich die Lichtung vor mir. Sie war genauso leer, wie ich sie gestern verlassen hatte. Die Tartaner waren spät dran.

Es hatte keinen Sinn, nur herumzusitzen und zu warten. Ich hatte für die extra Zeit eine bessere Verwendung. Im Schneidersitz holte ich die mit Fallen versehenen Behälter aus meinem Rucksack und reihte sie im Gras auf.

Mit dem Kinn in den Händen studierte ich die Gegenstände auf dem Boden. Einer war ein Münzbeutel, der mit einem einfachen Kordelzug verschlossen war, ein anderer ein kleiner Safe und die letzten beiden waren dünne Lederhüllen.

Alle vier Gegenstände hatten Fallen, und angesichts ihres früheren Besitzers vermutete ich, dass die Fallen magischer Natur waren. Mithilfe meiner Ausdauer versuchte ich die Fallen zu entschärfen.

Fallenentschärfen war eine seltsame Fähigkeit. Sie löste Fallen nicht direkt, sondern gab mir die nötigen Werkzeuge dafür. Während ein gewöhnlicher Dieb ohne seine Dietriche hilflos war, war ein vom Spiel verbesserter Dieb dadurch weniger eingeschränkt. Physische Werkzeuge waren zwar immer noch hilfreich, aber dank meiner Fähigkeiten waren sie nicht unbedingt notwendig.

Energie strömte in meine Hände und Augen und verwandelte meine Sicht und Finger.

Ich untersuchte den einfachen Münzbeutel erneut, diesmal mit für das Erkennen von verborgenen Zaubersprüchen und versteckten Vorrichtungen geschärften Augen. Tatsächlich entdeckte ich eine Spule aus Magie um den Gegenstand.

Ein magisches Band war um den Beutel gewickelt worden, das die physische Kordel nachahmte. Um die Falle zu entschärfen, musste ich die magischen Fäden lösen.

Ich griff mit verzauberten Händen nach dem Gegenstand. Meine Finger waren mit Fallenentschärfen verzaubert und konnten so mit dem Zauber um den Beutel interagieren. Mit flinken Fingern entwirrte ich die magischen Fäden und entschärfte den Zauber.

Du hast erfolgreich eine Falle entschärft. Deine Diebeskunst ist auf Stufe 23 gestiegen.

Ich grinste zufrieden, als mein erster Versuch Erfolg hatte. Ich schnappte mir den Münzbeutel und leerte seinen Inhalt in meine Handfläche.

Du hast 0 Goldstücke, 3 Silberstücke und 0 Kupferstücke erworben.

Enttäuscht starrte ich auf die drei Silbermünzen. "Ein Lehrling zu sein ist wohl nicht sehr lukrativ", murmelte ich.

Ich steckte das Geld weg und widmete mich dem Safe. Ich nutzte Fallenentschärfen und untersuchte ihn genauso sorgfältig wie den Münzbeutel.

Dieses Mal war es eine physische Falle.

Als ich durch das Schlüsselloch schaute, entdeckte ich einen dünnen Draht, der von der Mitte des Schlüssellochs zu einem unbekannten Gerät im Inneren des Kastens führte. Ich zog einen meiner Dolche, stach vorsichtig nach dem Draht und durchtrennte ihn.

Du hast erfolgreich eine Falle entschärft. Deine Diebeskunst ist auf Stufe 24 gestiegen.

"Gar nicht so schlecht", sagte ich mit einem kleinen Lächeln zu mir selbst.

Der Safe war immer noch verschlossen, aber für solche Fälle hatte ich eine andere Fähigkeit: grundlegendes Schlossknacken. Ich aktivierte sie und verbesserte dadurch meine Ohren, um die kleinsten Klicks und Drehungen des Schlosses wahrzunehmen.

Ich hielt mir den Gegenstand ans Ohr und rüttelte mit dem Messer im Schloss, wobei ich jedes Klicken und Drehen wahrnahm, bis ich schließlich die richtige Kombination herausfand und der Deckel aufsprang.

Du hast erfolgreich ein Schloss geknackt. Deine Diebeskunst ist auf Stufe 25 gestiegen.

Es hatte länger gedauert, als ich erwartet hatte, aber das lag eher an meinem schlechten Werkzeug als an der Komplexität des Schlosses selbst. "Ich muss wohl irgendwo Dietriche finden", murmelte ich.

Als ich in die geöffnete Kiste schaute, fand ich zwei Gegenstände.

Du hast einen Lehrlingsring mit +2 Magie erworben. Dies ist ein Ring von Rang 1 und erhöht dein Magieattribut um 2. Für die Ausrüstung dieses Gegenstands gibt es keine Voraussetzungen.

Du hast einen Ring des Gefolgsmannes mit +2 Glaube erworben. Dies ist ein Ring von Rang 1 und erhöht dein Glaubensattribut um 2. Für die Ausrüstung dieses Gegenstands gibt es keine Voraussetzungen.

Schon besser. Die beiden Ringe waren die bisher einzigen Gegenstände, die ich gefunden hatte, die sich direkt auf meine Eigenschaften auswirkten. Daher vermutete ich, dass sie nicht nur selten, sondern auch teuer sein mussten.

Ich zog den Handschuh an meiner linken Hand aus, rüstete beide Ringe aus und spürte, wie mein Manapool anschwoll, ein Effekt meiner verbesserten Werte in Glaube und Magie. Obwohl ich eigentlich keine Verwendung für mehr Mana hatte, war es schön, die Wirkung der Gegenstände zu spüren.

Du hast einen Lehrlingsring ausgerüstet. Deine Magie hat sich auf Rang 2 erhöht. Du hast den Ring des Gefolgsmannes ausgerüstet. Dein Glaube hat sich auf Rang 2 erhöht.

Schließlich wandte ich mich den schmalen Ledertaschen zu. Ich zog das erste Exemplar auf meinen Schoß und untersuchte es sorgfältig. Auf den ersten Blick sah die Falle um das Objekt genauso einfach aus wie die, die ich gerade entschärft hatte. In dem kleinen goldenen Knopf, der die Klappe der Schatulle sicherte, war ein mechanischer Mechanismus versteckt, den ich ohne große Mühe deaktivierte.

Ich wollte gerade die Klappe öffnen, als mich ein scharfes Kribbeln durchfuhr. Da ich gelernt hatte, auf solche Gefühle zu hören, zog ich meine ausgestreckten Finger zurück und castete Fallenerkennung.

Die Tasche war immer noch rot umrandet. Meine Augenbrauen zogen sich zusammen. Warum wurden mir immer noch Fallen angezeigt? Ich castete Fallenentschärfen noch einmal und untersuchte den Gegenstand erneut.

Und fand eine weitere Falle.

Sie war nicht einmal schwer zu sehen – sie war unter der anderen Falle versteckt gewesen und kam erst zum Vorschein, nachdem ihr Gegenstück deaktiviert worden war.

Wirklich heimtückisch, dachte ich und meine Bewunderung für den Schamanenlehrling der Roten Ratten wuchs.

Zögernd tippte ich gegen den Zauberspruch und versuchte, die magischen Auslöser um das Objekt zu entschärfen.

Du hast es nicht geschafft, eine Falle zu entschärfen.

Ich runzelte die Stirn. Diese Zauberfalle war komplexer als die am Münzbeutel, was mein Versagen erklärte.

Ich versuchte es erneut.

Du hast es nicht geschafft, eine Falle zu entschärfen.

...
Du hast es nicht geschafft, eine Falle zu entschärfen.

Ich knirschte vor Frustration mit den Zähnen. Nach zehn Versuchen hatte ich es immer noch nicht geschafft, die Falle zu entschärfen. Zum Glück war ich aber vorsichtig genug, die Falle selbst nicht auszulösen.

Ich konnte nicht umhin, über den Inhalt der Schatulle nachzugrübeln. Was war wohl darin versteckt? Um von *zwei* Fallen geschützt zu werden, von denen eine teuflisch kompliziert war, musste der Inhalt noch wertvoller sein als die Ringe aus dem Safe.

Bei diesem Gedanken beugte ich mich wieder über die Schatulle. Ich würde nicht aufgeben, bevor ich sie nicht geöffnet hatte.

Ich konzentrierte mich erneut und begann von vorne.

✳ ✳ ✳

Mehr als ein Dutzend Versuche später wurde meine Beharrlichkeit endlich belohnt.

Du hast erfolgreich eine Falle entschärft. Deine Diebeskunst ist auf Stufe 27 gestiegen.

Wurde auch Zeit, dachte ich und wischte mir den Schweiß von der Stirn. *Jetzt will ich aber meine Belohnung sehen.* Mit wachsender Vorfreude klappte ich die Lederhülle auf und schaute hinein.

Sie war leer.

Ein bellendes Lachen entkam meinen Lippen. All diese Anstrengung und wofür? Für nichts.

Immer noch kichernd zog ich den letzten Gegenstand auf meinen Schoß und begann, dessen Fallen zu entschärfen. Immerhin konnte ich so meine Fertigkeit trainieren.

Die zweite Ledertasche war auf die gleiche Weise geschützt wie die erste und dieses Mal hatte ich weniger Probleme herauszufinden, wie ich sie entschärfen konnte.

Du hast erfolgreich eine Falle entschärft. Deine Diebeskunst ist auf Stufe 29 gestiegen.

Ohne viel zu erwarten, öffnete ich die Schatulle. Zu meiner großen Verwunderung befand sich darin ein einzelnes Blatt Papier. Ich zog das Pergament heraus und hielt es gegen das Licht, um zu lesen, was darauf geschrieben stand.

Die Codewörter dieser Woche. Tag 1: Verhexen. Tag 2: Avatar. Tag 3: Aufstand. Tag 4: Patriarch. Tag 5: Lawine. Tag 6: Stigma. Tag 7: Gottheit.

Ich runzelte die Stirn. Die Worte waren unordentlich hingekritzelt worden - vermutlich von der Hand des Lehrlings, aber sie waren lesbar. Was hatte ein Koboldschamane mit Codewörtern zu tun?

War er ein Spion? Und für wen?

Ich trommelte mit den Fingern auf meinen Oberschenkel und dachte angestrengt nach, aber bevor ich mir einen Reim auf meine neueste Entdeckung machen konnte, vernahmen meine scharfen Ohren das Geräusch einer herannahenden Truppe.

Ich neigte meinen Kopf zur Seite und lauschte aufmerksam. Es waren Ultack und Cecilia. Die Tartaner waren angekommen. Ich verstaute das Pergament in meiner Tasche und stand auf, um sie zu begrüßen.

*   *   *

Die beiden Rekruten waren allein gekommen.

"Morgen" grüßte ich und lehnte mich mit verschränkten Armen an einen Baumstamm.

Die Elfe und der Halbork nickten zur Begrüßung, als sie näherkamen. "Wir haben deine Sachen", sagte Cecilia ohne Vorrede.

"Was, alle?" fragte ich scherzhaft. Dafür hatte ich ihnen nicht annähernd genug Geld gegeben.

"Ja, alle", antwortete sie ohne den Anschein eines Lächelns.

Ich richtete mich abrupt auf. Sie meinte es ernst, wurde mir klar.

Ultack gluckste und holte vier Bücher aus seinem Rucksack und hielt sie mir hin. "Überrascht?"

"Sehr" stimmte ich zu. "Ich hätte nicht gedacht, dass das Geld, das ich dir gegeben habe, auch nur annähernd ausreichen würde."

"Normalerweise hätte es das auch nicht", sagte Ultack.

"Aber dem Hauptmann fehlt es nicht an eigenen Ressourcen", sagte Cecilia. "Er hat seine eigenen Lieferanten, und sagen wir einfach, sie können den Markt unterbieten."

Ich hob eine Augenbraue. "Ihr seid damit zum Hauptmann gegangen?"

"Mussten wir", sagte Ultack ernst.

"Ohne seine Erlaubnis hätten wir dir nicht helfen können", fügte Cecilia hinzu, woraufhin Ultack zustimmend nickte.

"Ich verstehe", sagte ich und nahm die Gegenstände entgegen, die der Halbork mir hinhielt.

Du hast einen fortgeschrittenen Fähigkeitsband erhalten: Geringer Rückschlag. Du verfügst über die notwendigen Fähigkeiten: Schleichen auf Rang 5 und eine Fertigkeit mit einer leichten Waffe, um diese Fähigkeit zu erlernen.

Du hast einen fortgeschrittenen Fähigkeitsband erhalten: verbesserte Analyse. Du verfügst über die notwendige Fähigkeit: Einsicht auf Rang 5, um diese Fähigkeit zu erlernen.

Du hast einen fortgeschrittenen Fähigkeitsband erhalten: Geringer durchdringender Schlag. Du verfügst über die notwendige Fähigkeit: eine beliebige Fertigkeit für leichte Waffen auf Rang 5, um diese Fähigkeit zu erlernen.

Du hast einen fortgeschrittenen Fähigkeitsband erhalten: Geringere Imitation. Du verfügst über die notwendige Fähigkeit: Rang 5 Täuschung, um diese Fähigkeit zu erlernen.

"Danke", sagte ich. "Ich bin euch wirklich dankbar."

"Das solltest du auch", sagte Cecilia. "Der Hauptmann hat sich sehr für dich eingesetzt." Sie musterte mich aufmerksam. "Warum, weiß ich nicht. Aber stell sicher, dass du ihn nicht enttäuschst."

Ich neigte den Kopf, sagte aber nichts und fragte mich, was für Gründe der Hauptmann für sein Handeln hatte. Was auch immer er mir erzählt hatte, ich bezweifelte, dass er mir nur wegen meiner Aufgabe half. *Er muss noch etwas im Schilde führen.*

"Der Hauptmann möchte wissen, ob du schon etwas zu berichten hast?" fragte Ultack.

Ich zögerte. Die Tartaner hatten mir einen großen Dienst erwiesen, indem sie mich mit Fähigkeiten versorgten und mich vor dem Hinterhalt in der sicheren Zone gewarnt hatten. Ich stand in ihrer Schuld, aber ich war noch nicht bereit, diese Schuld zu begleichen.

Solange ich nicht besser Bescheid wusste, was im Tal vor sich ging, musste ich meine Karten geschickt ausspielen. "Noch nicht", sagte ich schließlich. "Ich mache Fortschritte, aber ich habe noch nichts Konkretes zu berichten."

Ultack nickte und nahm mich beim Wort.

Cecilia war jedoch nicht so entgegenkommend. Sie beäugte mich misstrauisch. "Nichts? Was hast du denn die ganze Zeit gemacht?"

Ich starrte die Elfe an. "Sobald ich etwas weiß, werde ich es euch wissen lassen."

Sie öffnete den Mund, zweifellos um mich erneut zu ermahnen, aber Ultack legte ihr eine beruhigende Hand auf den Arm. "Lass ihn, Cecilia. Der Hauptmann hat gesagt, wir sollen ihm vertrauen."

Die Elfenmagierin schloss laut ihren Mund und nickte gebieterisch. "Was wirst du jetzt tun?", fragte sie, immer noch forschend.

"Ich bin mir nicht sicher", antwortete ich nicht ganz wahrheitsgemäß. Ich hatte zwar einen Plan, aber ich wollte ihn nicht mit ihr teilen.

Meine Antwort gefiel ihr nicht. Doch bevor sie etwas sagen konnte, fragte Ultack: "Sollen wir uns morgen zur gleichen Zeit nochmal treffen?"

Ich dachte einen Moment nach, bevor ich den Kopf schüttelte. "Nein. Es könnte länger dauern, bis ich die nötigen Informationen gesammelt habe. Ich komme in die sichere Zone, wenn ich Neuigkeiten habe."

Ich war mir jetzt sicher, dass ich ins Dorf zurückkehren musste, egal wie hoch das Risiko war. Ich hatte zu viele unbeantwortete Fragen, und die einzigen, die sie mir beantworten konnten – Ishitas Geschworene, Talon und Mariga - waren alle in der sicheren Zone.

Der Halbork war von meiner Antwort überrascht, akzeptierte sie aber trotzdem. Er hielt mir die Hand hin. "Dann gute Jagd, Michael."

Ich schüttelte seine Hand, bevor ich mich umdrehte und in den Bäumen verschwand.

Es war an der Zeit, meinen Plan in die Tat umzusetzen.

KAPITEL 112: TOT SPIELEN

Ich ging den gleichen Weg, den ich gerade gekommen war zurück nach Norden. Ich wusste immer noch nicht, wie ich alles schaffen würde, was ich mir vorgenommen hatte, aber klar war, dass ich mit den Roten Ratten anfangen musste.

Sturms Informationen waren der Schlüssel.

Wenn was er mir erzählt hatte stimmte, konnte ich anfangen, das Rätsel dieses Sektors zu entschlüsseln.

Wenn ich wollte, dass mein Plan funktionierte, durfte ich allerdings keinerlei Verdacht wecken. Genau deswegen hatte ich Ultack und Cecilia nichts von Sturm erzählt. Ich befürchtete, dass das Wissen über seinen Sohn Talon zu einer Rettungsaktion anstacheln und damit meine eigenen Pläne durchkreuzen könnte.

Meine Reise zurück zum Koboldstamm dauerte den größten Teil des Tages und am Nachmittag erreichte ich den Rand des Kraters. Bevor ich das Lager betrat, hielt ich inne, um mich vorzubereiten und meine neuen Fähigkeiten zu lernen.

Ich suchte mir einen bequemen Sitzplatz auf einem Ast und schlug das erste Buch auf, welches den geringeren Imitationszauber enthielt, und begann zu lesen.

Du hast die fortgeschrittene Fähigkeit: Geringere Imitation erworben. Mit dieser Fähigkeit kannst du ein anderes Wesen ähnlicher Größe imitieren, einschließlich seiner Kleidung, Stimme und seines Aussehens. Der Zauber erzeugt eine licht- und geräuschbasierte Illusion, die durch eine Wahrnehmungsprüfung entdeckt werden kann.

Die Illusion bleibt eine Stunde lang bestehen, es sei denn sie wird aufgedeckt. Achtung: Wenn du Schaden nimmst, löst die Illusion sich auf. Diese Fähigkeit verbraucht Ausdauer und kann aufgerüstet werden. Ihre Aktivierungszeit ist sehr langsam.

Geringere Imitation ist eine fortgeschrittene Fähigkeit und erfordert 5 Slots der Fähigkeit Wahrnehmung. Du hast 0 von 10 Fähigkeitsslots für Wahrnehmung übrig.

Ich blinzelte, schockiert über die Spielnachricht. *Die Fähigkeit hatte fünf Slots belegt?*

Das war eine unerwartete und unwillkommene Überraschung - nicht, dass sich die neue Fähigkeit nicht lohnen würde, aber ich hatte nicht erwartet, dass fortgeschrittene Fähigkeiten so viele Slots benötigten.

Jetzt hatte ich nicht genug Wahrnehmungsslots, um verbesserte Analyse zu lernen, und ich packte das Kompendium in meinen Rucksack zurück. Die Verbesserung dieser Fähigkeit würde warten müssen. *Ich werde mir gut überlegen müssen, wie ich meine zukünftigen Attributspunkte investiere.*

Ich fragte mich auch, was Fähigkeiten der dritten und höheren Stufe kosten würden. *Zu viel*, dachte ich. Ich seufzte. Das war eine weitere Komplikation. *Aber daran kann ich jetzt nichts ändern.* Ich öffnete den nächsten Wälzer und begann zu lesen.

Du hast deine Fähigkeit Rückschlag verbessert: Kleiner Rückschlag. Dies ist eine waffenbasierte Fähigkeit, mit der du mit einem einzigen Schlag zweifachen Schaden verursachen kannst. Diese Fähigkeit kann nur eingesetzt werden, wenn das Ziel nichts von deiner Anwesenheit weiß oder außer Gefecht gesetzt ist.

Die Wirkung dieser Fähigkeit kann durch körperlichen Widerstand überwunden werden. Diese Fähigkeit verbraucht Ausdauer und kann aufgerüstet werden. Die Aktivierungszeit ist fast augenblicklich. Kleiner Rückschlag ist eine fortgeschrittene Fähigkeit und erfordert 4 Geschicklichkeitsslots mehr als ihre grundlegende Variante. Du hast noch 12 von 20 freie Slots für Geschicklichkeitsfähigkeiten.

Ich grunzte zufrieden, als sich meine Fähigkeit in eine mächtigere Variante verwandelte. Kurzerhand schlug ich das letzte Buch auf und saugte sein Wissen auf.

Du hast die fortgeschrittene Fähigkeit: Geringer durchdringender Schlag erworben. Mit dieser waffenbasierten Fähigkeit verdoppelst du die Kraft eines einzelnen Schlags und erhöhst die Chance, die Rüstung deines Gegners zu durchdringen. Diese Fähigkeit funktioniert nur bei durchdringenden Angriffen mit einer Klingenwaffe.

Diese Fähigkeit verbraucht Ausdauer und wird fast augenblicklich aktiviert. Geringer durchdringender Schlag ist eine fortgeschrittene Fähigkeit und erfordert 5 Fähigkeitsslots für Geschicklichkeit. Du hast noch 7 von 20 freie Slots für Geschicklichkeitsfähigkeiten.

Ich atmete leise aus, als ich mich mit meinen neuen Fähigkeiten vertraut machte. Ich war bereit. Oder zumindest so bereit, wie ich nur sein konnte. Ich rutschte vom Ast und ließ mich sachte auf den Boden fallen.

In den Schatten verborgen schlich ich mich an den Rand der Baumgrenze und spähte in den Krater hinunter. Seit gestern hatte sich wenig verändert. Die Kobolde trieben immer noch ihr Unwesen und schienen heute nicht viel wachsamer zu sein.

Perfektere Bedingungen hätte ich mir nicht wünschen können. *Zeit loszulegen.*

Ich schloss die Augen, rief mein neu erworbenes Wissen auf und zauberte geringere Imitation. Die Fähigkeit war mächtig, aber nicht ohne Schwächen. Ich konnte aussehen, wie ich wollte, aber einer zu genauen Musterung würde meine Verwandlung nicht standhalten. Die meisten Spieler würden mich nach längerem Kontakt leicht ertappen.

Aber im Lager der Roten Ratten gab es keine Spieler.

Ich stellte mir mein Ziel bildlich vor und spann eine Illusion um mich herum. Die Umrisse meines Körpers, meiner Kleidung und meines Gesichts begannen zu verschwimmen, als sie von einem magischen Lichtstrahl überlagert wurden. Auch meine Stimmbänder veränderten sich, wie ich spürte.

Geduldig wartete ich, bis die Illusion sich verfestigt hatte. Als sie fertig war, starrte ich auf meine Hände hinunter. Für meine eigenen Augen sahen sie genauso aus wie vorher.

Aber für feindliche Augen sah ich vermutlich ganz anders aus.

Ich atmete tief durch, trat aus der Deckung und ging auf den Krater zu. Man entdeckte mich schnell. Die Koboldsoldaten drehten sich in meine Richtung und ihr Alarmschrei verstummte, als sie mein Aussehen wahrnahmen. Sie tuschelten leise miteinander und warfen mir ängstliche Blicke zu.

Ich grinste. *Sieht aus, als hätte es funktioniert.*

Als ich den Rand des Kraters erreichte, verschränkte ich die Arme vor der Brust und wartete.

Mehrere feindliche Wesen haben es nicht geschafft, deine Tarnung zu durchdringen. Deine Täuschung ist auf Stufe 53 gestiegen.

Die Kobolde brauchten ganze fünf Minuten, den Mut aufzubringen, sich mir zu nähern. Als sie es endlich wagten, schoben sie einen Unteroffizier in meine Richtung, während der Rest ängstlich zurückwich.

"H–halt", stotterte der Unteroffizier und umklammerte seinen Speer.

Der Befehl war offensichtlich überflüssig. Ich stand ja schon still. Aber es kam nicht in Frage, dass ein einfacher Kobold mir Befehle erteilte. Das würde überhaupt nicht zu Erebus' untotem Gefolgsmann passen.

"Du wagst es, mich herumzukommandieren, kleiner Kobold?" zischte ich. Für meine eigenen Ohren klang meine Stimme normal, aber ich konnte mir nur vorstellen, wie die Kobolde sie wahrnahmen.

Der Unteroffizier wich ängstlich zurück. "N–n–nein, mein Herr. Natürlich nicht", sagte er und geriet ins Stocken.

Ich schätze, das bestätigt, dass ich wie Stayne klinge, dachte ich trocken.

"Dann lass mich durch." Ich schritt selbstbewusst vorwärts und ging direkt auf den bedauernswerten Kobold zu.

Der Unteroffizier bewegte sich nicht. Er war härter im Nehmen, als ich erwartet hatte. "Das kann ich nicht", flüsterte er.

"Warum nicht?" forderte ich und blieb weniger als einen Meter vor dem unglücklichen Soldaten entfernt stehen.

"Auf deinen eigenen Befehl hin darf niemand das Lager ohne Code betreten, mein Herr!"

"Ich verstehe", sagte ich. *Dafür sind die also da.* Ohne eine Spur von Angst zu zeigen, ließ ich meinen Blick bedrohlich über die zuschauenden Kobolde schweifen. "Welcher Tag ist heute, Unteroffizier?" fragte ich milde.

"Mein Herr?", quiekte der Kobold.

"Ich kann dir den Code ja schlecht geben, wenn ich nicht weiß, für welchen Tag du ihn brauchst, oder?" schnauzte ich und hoffte, dass ich ihr Vorgehen nicht falsch interpretiert hatte.

Das Gesicht des Kobolds verzog sich verwirrt. Zweifellos war er von meiner Unwissenheit verwundert, aber die Angst vor dem Untoten, dessen

Gestalt ich gestohlen hatte, hielt ihn davon ab, seine Zweifel zu äußern. "Es ist Tag sieben, Sir."

Ich nickte knapp und erinnerte mich: "Das heutige Codewort ist 'Gottheit'." Ich richtete mich auf und kräuselte amüsiert die Lippen. "Passend, findest du nicht auch?"

"Jawohl" sagte der Unteroffizier kleinlaut und trat zur Seite. "Bitte sehr, und Entschuldigung für die Verzögerung."

Ich ging an ihm vorbei, hielt dann inne und zeigte willkürlich auf einen Kobold. "Du da! Bring mich zum Schamanen."

Der unglückliche Soldat starrte mich geschockt an und machte keine Anstalten sich zu bewegen.

"Sofort!" bellte ich.

Der Kobold huschte davon, und ich folgte ihm, während ich ein Grinsen verbarg. *Daran könnte ich mich gewöhnen.*

✳ ✳ ✳

Der Soldat führte mich zum mittleren der roten Zelte. "Er ist hier drin", stotterte der Kobold. Ohne auf meine Antwort zu warten, floh er.

Mein Blick huschte über die Umgebung. Ein paar Kobolde schauten aus der Nähe zu, aber als meine Augen - oder vielmehr Staynes pulsierende rote Kugeln - über sie schweiften, sahen sie weg. Zufrieden damit, dass es unwahrscheinlich war, dass sich einer der Kobolde einmischen würde, duckte ich mich in das Zelt.

Das Innere war opulenter eingerichtet als das des Lehrlings von gestern. Auf dem Boden waren dicke Pelzteppiche ausgebreitet und vom Dach hingen Trophäen herab. In der Mitte des Zeltes standen ein vergoldeter Tisch und ein thronartiger Stuhl.

Darin saß der größte Kobold, den ich je gesehen hatte.

Sein Kopf war gebeugt und er las etwas auf dem Tisch. Als ich eintrat, blickte er auf und seine Augen weiteten sich als er mich erkannte. "Stayne", keuchte er. Der Schamane erhob sich hastig auf die Füße. "Was bringt meinen Herrn hierher?"

Ich funkelte ihn an. "Du erwartest, dass ich mich vor dir für meine Pläne rechtfertigen muss?"

Der Kobold errötete. "Nein, natürlich nicht!" Der Schamane verbeugte sich tief, die Hand in die Hüfte gestemmt. "Verzeih mir", sagte er, ohne sich von seiner Verbeugung zu erheben.

Ich sagte einen Moment lang nichts und nutzte die Gelegenheit, den Anführer der Roten Ratten zu analysieren.

Dein Ziel heißt Klaxis, ein Koboldschamane der Stufe 71.

Schamanen sind genau wie Hexendoktoren die Stammesführer der Goblinkin. Sie konzentrieren ihre Energie fast ausschließlich auf offensive Magie und sind besonders von Feuerzaubern angetan.

Genau wie ich befürchtet hatte, war der Schamane ein mächtiger Magier. Wenn mein Plan fehlschlug und ich ihn bekämpfen musste, konnte ich es mir nicht leisten, den Kampf in die Länge zu ziehen. Lässig schlenderte ich näher.

"Nun gut", sagte ich schließlich. "Ich vergebe dir." Ich hielt inne. "Dieses Mal zumindest. Steh auf."

Klaxis erhob sich und keuchte auf, als ich den Tisch umrundete.

"Was ist denn jetzt schon wieder?" schnauzte ich bissig.

"Es tut mir leid, Mein Herr, aber bist du... kleiner geworden?", fragte er mit einem Hauch von Unsicherheit und etwas anderem – Misstrauen? - in seiner Stimme.

Ups.

Stayne, so erinnerte ich mich im Nachhinein, war eineinhalb Meter größer als ich, und meine geringere Imitation hatte nichts an meiner Körpergröße geändert. *Vielleicht hätte ich ihm nicht so nahekommen sollen.* Aber jetzt war es zu spät, einen Rückzieher zu machen.

Ich blieb zwei Schritte von Klaxis entfernt stehen - in unmittelbarer Schlagdistanz.

"Das bin ich", sagte ich schroff und zeigte kein Anzeichen von Angst vor dem Kobold, der über mir stand. *Soll er doch davon halten, was er will.* "Aber das geht dich nichts an."

"Wie du meinst", sagte Klaxis und verengte die Augen leicht.

Verdammt noch mal, fluchte ich. *Er ist immer noch misstrauisch.* "Genug Tratsch. Ich habe neue Befehle."

"Befehle?", fragte der Anführer der Roten Ratten und ließ seinen Blick zum Tisch wandern.

Ich hielt meinen Blick auf den Schamanen gerichtet und ließ mich nicht ablenken. "Ja, Befehle. Du und deine Leute sollen die Langfänge angreifen. Unverzüglich."

"Was? Warum?" fragte Klaxis und seine Augen weiteten sich vor Überraschung. "Ich dachte, der Meister hätte befohlen, diesen elenden kleinen Stamm in Ruhe zu lassen? Was hat sich geändert?"

Ich biss vor Frustration die Zähne zusammen. Der Schamane kaufte es mir nicht ab. *Das wird schief gehen*, dachte ich.

Ich stemmte die Hände in die Hüften - zufällig näher an meinen versteckten Waffen -, machte einen weiteren Schritt nach vorne und knurrte: "Du stellst mich schon wieder in Frage?"

Der Kobold starrte mich teilnahmslos an, und einen Moment später spürte ich ein Kribbeln, gefolgt von einer Nachricht, die ich schon befürchtet hatte.

Du hast einen mentalen Widerstandstest nicht bestanden! Klaxis hat deine Tarnung durchbrochen.

KAPITEL 113: EIN SCHIEFGELAUFENER PLAN

Ich zögerte keine Sekunde. Ich stürzte nach vorne und schlug dem Kobold mit der linken Hand gegen die Wange. Mit der gleichen Bewegung zog ich Spinnenbiss und schlug nach der Kehle des Schamanen.

Klaxis hat einen körperlichen Widerstandstest bestanden! Du hast es nicht geschafft, dein Ziel zu betäuben.
Klaxis ist deinem Schlag ausgewichen.

Unglaublicherweise ließ mich mein betäubender Schlag im Stich. Zudem war der Schamane von meinem plötzlichen Angriff nicht überrascht. Er bewegte sich fast genauso schnell wie ich und wich dem Schlag aus, der ihn eigentlich zu Fall bringen sollte.

Die rechte Hand des Schamanen schnellte hervor, und aus dem Augenwinkel sah ich, wie ein Zauberstab aus dem Ärmel seines Gewandes in seine Handfläche glitt.

Ich streckte meinen linken Arm aus und hielt den Schamanen auf, bevor er den Zauberstab auf mich richten und den Angriff darin entfesseln konnte.

Du hast Klaxis' Angriff abgeblockt.

Ich hielt die Hand des Schamanen immer noch fest und schlug mit Spinnenbiss zu, dessen Klinge eine gezackte Wunde in seine linke Schulter riss.

Du hast Klaxis gestreift. Gesponnen ausgelöst!
Gesponnen ist fehlgeschlagen. Dein Ziel hat einen körperlichen Widerstandstest bestanden!

Der Schamane kreischte und erwischte mich völlig unvorbereitet, als er nach vorne trat und mir eine Kopfnuss auf die Stirn gab.

Ich taumelte zurück, mein Kopf dröhnte.

"Ich bring dich um, du Schwindler!" schrie Klaxis, als er seine befreite rechte Hand auf mich richtete.

Eine orangefarbene, brodelnde Energie entlud sich aus dem Zauberstab und schoss auf mich zu. Ich warf mich zur Seite und wich der Feuerlanze nur knapp aus.

Der Schuss aus lodernder Energie traf hinter mir auf das Zelt und setzte es in Brand. Ich ignorierte die Flammen in meinem Rücken, rollte mich auf die Füße und warf mich wieder nach vorne.

Der Schamane murmelte einen weiteren Zauberspruch und richtete seinen Zauberstab wieder auf mich. Ein weiteres Inferno entfachte sich. Mit Ein-Schritt sprang ich über den Flammenkegel hinweg.

Du bist Klaxis' Angriff ausgewichen.

Ich machte einen Salto in der Luft.

Von oben sah ich Zähne aufblitzen, als der Schamane seinen Kopf hochriss und mich überrascht anstarrte. Ich drehte mich um und landete sanft hinter meinem Feind, und bevor er sich umdrehen konnte, bohrte ich ihm Spinnenbiss in den ungeschützten Rücken.

Du hast Klaxis schwer verletzt.

Jetzt war der Kobold an der Reihe zu taumeln. Blut floss aus seinen Wunden und färbte seine ohnehin schon purpurnen Gewänder noch dunkler. "Wachen!" Schrie Klaxis und rief endlich um Hilfe.

Von jenseits des mittlerweile brennenden Zeltes hörte ich Unruhe aufkommen. Ich ignorierte es und stürmte auf den sich zurückziehenden Schamanen zu. Ich konnte das Chaos noch retten, wenn es mir gelang, ihn zu erledigen, bevor die anderen Kobolde eintrafen.

"Hilfe", keuchte Klaxis. "Helft mir, den Schwin- ..."

Er kam nicht weiter. Ich stürmte vorwärts, krachte gegen den Rücken des verletzten Schamanen und warf ihn um. Er fiel zu Boden und ich landete auf ihm.

Klaxis hatte aber noch nicht aufgegeben. Er rang nach Atem und versuchte, sich aufzurichten. Brutal stieß ich seinen Kopf zurück in den Dreck, und bevor er sich aus dem Weg drehen konnte, vergrub ich Spinnenbiss in seinem Hals.

Du hast Klaxis getötet. Du hast Level 50 erreicht!
Herzlichen Glückwunsch, Michael! Du bist jetzt ein Spieler auf Rang 5.

Ich erhob mich zittrig auf die Füße, gerade noch rechtzeitig, um eine gelassene Haltung einzunehmen und zu überprüfen, ob meine Imitation noch aktiv war, bevor zwei Elitekoboldkrieger den Flammen trotzten und ins Zelt stürmten.

Mit lautlos auf- und zuklappenden Mündern huschten die Augen der beiden zwischen der Leiche zu meinen Füßen und meiner unnachgiebigen Miene hin und her.

"Was glotzt ihr beiden Idioten so blöd?" forderte ich so gebieterisch, wie es mir möglich war. Ich zeigte mit dem Finger auf einen der Kobolde. Er zuckte zurück und errötete dann über seine offensichtliche Angst.

"Löscht das Feuer", sagte ich und ruckte mit dem Kopf in Richtung des noch immer brennenden Zeltes. Ich wandte mich an den zweiten Kobold. "Und du, bring ihn hier weg", fügte ich hinzu und winkte nachlässig in Richtung des toten Schamanen.

Keiner der Kobolde bewegte sich.

Ich bemühte mich, mein Unbehagen zu verbergen - wenn mein Zauber wieder versagte, war ich tot - und machte einen bedrohlichen Schritt auf die Krieger zu. "Sofort!" brüllte ich.

Die beiden setzten sich in Bewegung, und ein Teil der Anspannung fiel von mir ab. Ein dritter Kobold kam ins Zelt gerannt. Bevor er den Mund aufmachen konnte, drehte ich mich zu ihm um. "Geh und hol den ältesten Lehrling. Und sag ihm, er soll sich verdammt nochmal beeilen!"

Die Augen des Kobolds flackerten von mir zu seinen beiden Gefährten, die damit beschäftigt waren, meine Befehle auszuführen. Der Kobold wippte stumm mit dem Kopf, drehte sich um und rannte aus dem Zelt.

Als ich einen Moment für mich hatte, atmete ich scharf aus. Mein Herz pochte immer noch wie wild in meiner Brust, aber langsam gewann ich die Kontrolle zurück. Ich warf einen Blick auf die beiden emsig arbeitenden Krieger. Mir wurde klar, dass ich meinen ursprünglichen Plan ändern musste.

Wenn ich das hier lebend überstehen wollte, durfte ich den Kobolden keinen weiteren Anlass zum Misstrauen geben. *Lass sie nichts ahnen und gib ihnen zu viel zu tun, um Zeit zum Nachdenken zu haben.*

Mit einstudierter Unbekümmertheit verschränkte ich meine Hände hinter dem Rücken und schlenderte zum Tisch. Dort lag ein Brief. Beiläufig ließ ich meinen Blick darüber schweifen.

Schamane Klaxis, dein Antrag, einen Großangriff auf die Heuler zu starten, wird abgelehnt. Deine Raubzüge darfst du weiterhin durchführen. Der Meister ist noch nicht bereit, einen der beiden anderen Stämme im Tal auszurotten. Habe Geduld. Die Zeit, in der wir offen gegen die anderen vorgehen können, rückt immer näher.

Siehe deine zweite Bitte als erfüllt an. Du und deine Leute können alle Spieler, die nicht zur Fraktion der Erwachten Toten gehören und die du im Tal findest, nach Belieben töten – Schriftstücke hin oder her.

Was deinen letzten Bericht angeht, finde ich die Nachricht über den ermordeten Lehrling beunruhigend. Es scheint, dass dein Lager nicht mehr so sicher ist, wie ich dachte. Bringt die Gefangenen sofort in den Dungeon.

Hochachtungsvoll,
Stayne.

Nur mit Mühe konnte ich mich davon abhalten zu fluchen, als ich den Zettel las. Dem Inhalt nach zu urteilen, musste Stayne ihn vor kurzem erst geschrieben haben. Mir fiel auch auf, dass der Brief einigen "Befehlen" widersprach, die ich zu erteilen versucht hatte.

Kein Wunder, dass Klaxis misstrauisch war.

Ich behielt die nahen Koboldkrieger im Auge und griff heimlich nach vorne, um den Brief zu stehlen. Er bestätigte Sturms Informationen und bewies zudem das Doppelspiel der Erwachten Toten, was seinen Wert unermesslich machte.

Du hast Staynes Brief erhalten.
Deine Aufgabe: <u>Schmiede Dunkle Allianzen</u>! wurde aktualisiert. Du hast eine verräterische Notiz erhalten, die von einem geschworenen Diener von Erebus geschrieben wurde.
Optionales Ziel überarbeitet: Gib Staynes Brief an Hauptmann Talon weiter. Ziel zwei überarbeitet: Informiere Hauptmann Talon, dass die Roten Ratten und die Dunklen bereits verbündet sind.

Ich verstaute den Brief gerade noch rechtzeitig.

Kaum hatte ich meine Arme hinter dem Rücken verschränkt, stürmte ein Kobold in rotem Gewand ins Zelt. Sein Blick schweifte über das halb zerstörte Zelt und seinen toten Meister, bevor er auf mich fiel.

"Was ist hier passiert, Stayne, mein Herr?", fragte der Lehrling vorsichtig.

"Dein Schamane war dumm genug, meine Befehle in Frage zu stellen." Ich grinste ihn an. "Ich hoffe, du wirst nicht denselben Fehler machen."

Man musste ihm lassen, dass der Kobold bei meiner Drohung nicht zusammenzuckte. "Es wird mir eine Ehre sein, dir zu dienen, mein Herr", sagte er und verbeugte sich elegant. "Die Roten Ratten haben den Erwachten Toten die Treue geschworen. Wir werden alles tun, was der Meister verlangt."

"Ausgezeichnet", murmelte ich. "Du wirst deine Truppen zum sofortigen Aufbruch vorbereiten."

Aufregung tanzte in den Augen des Lehrlings. "Endlich" hauchte er. "Wir nehmen es also mit den Heulern auf?"

Ich zögerte. Es war nicht meine Absicht gewesen, die Roten Ratten gegen die Heuler auszuspielen – es gab zu viel, was dabei schiefgehen konnte – aber als ich den Eifer in den Augen des Lehrlings sah, wurde mir klar, dass er meine anderen Befehle weniger in Frage stellen würde, wenn ich ihm gab, was er wollte.

Außerdem wird das wahrscheinlich Erebus' eigene Pläne durchkreuzen.

"Ja", sagte ich schließlich. "Aber es gibt etwas, was du vorher tun musst."

Der Lehrling zitterte vor Freude über meine Bestätigung, behielt aber genug Disziplin, mit dem Feiern zu warten, bis ich fertig war.

"Die Langfänge müssen ausgelöscht werden", sagte ich.

Der Kobold runzelte die Stirn. "Die Langfänge? Warum sollten ..."

"Wie ist dein Name, Lehrling?" unterbrach ich ihn. Ich hätte ihn natürlich auch analysieren können, aber so war es einfacher.

"Nyzack, mein Herr", antwortete er.

"Nun, Nyzack", sagte ich und lehnte mich gegen den Tisch, "du bist gefährlich nah dran, die gleiche Grenze zu überschreiten, die dein gefallener Anführer ignoriert hat. Verstehst du, was ich dir sagen will?"

Der Kobold wurde starr und verbeugte sich dann. "Das tue ich, Meister."

Ich ließ mein Lächeln noch breiter werden. "Schmeichelhaft, aber falsch. Es gibt nur einen Meister."

Der Lehrling verbeugte sich erneut. "Natürlich, mein Herr."

"Tust du also wie dir geheißen?" fragte ich.

"Jawohl."

"Ausgezeichnet", sagte ich, stieß mich vom Tisch ab und richtete mich auf. "Dann gehe ich davon aus, dass die Langfänge morgen noch vor Mittag verschwunden sind." Ich hielt inne. "Danach könnt ihr die Heuler angreifen."

Bei dieser Aussicht machte sich unbändige Freude auf Nyzacks Gesicht breit. "Danke, mein Herr", sagte er inbrünstig.

"Gut, so sei es." Ich betrachtete die Angelegenheit als abgeschlossen und schritt auf die Zeltöffnung zu. Mit jeder Sekunde, die ich meinen Abgang hinauszögerte, stieg die Gefahr, dass ich entdeckt wurde.

"Mein Herr ..." begann Nyzack.

Ich unterdrückte einen Seufzer, drehte mich um und sah ihn fragend an. "Bitte?"

"Was ist mit den Gefangenen?", fragte er.

Ich strich mir übers Kinn und tat so, als würde ich über seine Worte nachdenken. "Lass sie hier und stell Wachen auf." Am liebsten hätte ich dem Lehrling befohlen, die Tartaner zu befreien, aber das hätte sein Misstrauen geweckt.

Es hat keinen Sinn, jetzt ein Risiko einzugehen.

"Verstanden", antwortete der Kobold.

Ich drehte mich um und schritt aus dem Zelt. "Denk dran, morgen Mittag", sagte ich über meine Schulter. "Bis dahin müssen die Langfänge besiegt sein."

TAG 4. FRÜHER NACHMITTAG.

Ich schaffte es ohne Zwischenfälle aus dem Lager der Roten Ratten. Ich zog mich allerdings nicht weit zurück. Ich suchte mir einen geeigneten Baum und kletterte hinauf, um die Kobolde zu beobachten. Während ich wartete, ob der Lehrling meinen Anweisungen folgen würde, dachte ich über den Ausgang meiner letzten Begegnung nach.

Am Ende war es besser gelaufen, als ich es erwartet hatte. Ich hatte nicht genug Zeit gehabt, Klaxis richtig einzuschätzen, aber für meinen Geschmack war er zu gerissen. Dass sein Lehrling stattdessen das Sagen hatte, war viel besser.

Nyzack wird tun, was ich verlange, dachte ich.

Und tatsächlich erwachte das Lager nach ein paar Minuten zum Leben. Befehle wurden gerufen, Krieger eilten hin und her, und Truppen begannen sich zu formieren. Ich lächelte. Der neue Anführer der Roten Ratten befolgte treu meine Befehle.

Ich beobachtete, wie sich die kunterbunte Ansammlung von Kobolden in eine Art militärische Streitmacht verwandelte. In erstaunlich kurzer Zeit waren fast alle zweitausend Krieger der Roten Ratten versammelt und marschierten in Richtung Südosten durch den Wald.

Ich sah ihnen mit einem Grinsen auf dem Gesicht hinterher. Wenn alles wie erwartet verlief, würden die Schattenwölfe morgen um diese Zeit von ihren Koboldproblemen befreit sein.

Immerhin ein Problem gelöst.

Mein Blick fiel wieder auf den Krater. Er war leer - oder fast leer. Die Gefangenen in ihren Käfigen waren zurückgeblieben, ebenso zwei Trupps von Koboldkriegern, die Nyzack zu ihrer Bewachung aufgestellt hatte.

Ich schürzte die Lippen, als ich über die gefangenen Spieler und alles, was ich im Tal noch tun musste, nachdachte. Hatte ich genug Zeit, um sie zu befreien?

Ja, habe ich, beschloss ich.

Aber sie würden noch ein paar Stunden warten müssen. Ich hatte eine weitere schlaflose Nacht vor mir und musste mich ausruhen, solange ich die Möglichkeit hatte.

Vorher musste ich mich aber noch um meinen Spielerfortschritt kümmern. Durch das Töten von Klaxis hatte ich zwei Attributspunkte erhalten, und angesichts dessen, was ich über fortgeschrittene Fähigkeiten gelernt hatte, überlegte ich nicht lange, bevor ich sie in Wahrnehmung investierte.

Deine Wahrnehmung hat sich auf Rang 12 erhöht.

Dann schloss ich die Augen und schlief schnell ein.

✳ ✳ ✳

Ich erwachte in der Dunkelheit, wach und ausgeruht. Als ich durch die raschelnden Eichenblätter nach oben blickte, schätzte ich, dass es weniger als eine Stunde nach Einbruch der Dunkelheit war.

Perfekt, dachte ich. Mein Blick glitt wieder zu dem Krater. In seinen ausgehöhlten Tiefen herrschte dichte Dunkelheit, und die Kobolde, die die Gefangenen bewachten, hatten Lagerfeuer angezündet, um besser sehen zu können.

Ich lächelte. Es war Zeit zu jagen.

Ich zog die Schatten um mich, schlüpfte in die einladende Nacht und schlich den mit Felsbrocken übersäten Hang hinunter in Richtung meiner Ziele. Trotz der fehlenden Deckung im Krater erreichte ich den Rand des Lichtkreises um die Lagerfeuer ohne entdeckt zu werden.

Die Kobolde saßen zusammengekauert um die Flammen. Ihre Rücken waren der Dunkelheit zugewandt, entweder aus Zuversicht auf ihre eigene Stärke oder in Unkenntnis der Gefahren des Waldes.

Zwanzig feindliche Einheiten haben dich nicht entdeckt!

Ich castete meinen Reaktionsbuff und überlegte einen Moment, wie ich mit den Wachen umgehen sollte. Nyzack hatte beim Schutz der Gefangenen keine Mühen gespart. Eine Analyse bestätigte, dass alle zwanzig Kobolde Elitekrieger des sechsten Ranges waren und Kettenpanzer trugen.

In einer direkten Konfrontation konnte ich nicht gewinnen, also blieben mir nur meine Schurkenfähigkeiten, um zu triumphieren. Nach einer weiteren Minute des stillen Nachdenkens fasste ich einen Plan.

Ich richtete meinen Blick auf einen der Kobolde, den ich für den Anführer hielt, und wirkte einfache Verzauberung. Ich ließ Psifäden in den Geist meines Ziels einfließen und überlagerte seinen Willen mit meinem.

Ein Elitekoboldkrieger hat eine Prüfung auf geistige Widerstandskraft bestanden! Du hast es nicht geschafft, dein Ziel zu verzaubern. Dein geistiges Eindringen ist unentdeckt geblieben!

Meine Lippen verzogen sich beim Scheitern des Zaubers. Aber ich hatte es nicht anders erwartet. Der Kobold war ein Feind von Rang sechs, und meine Telepathie war immer noch auf Stufe zwei. Aber mein Eindringen war nicht entdeckt worden, also versuchte ich es erneut.
Ich brauchte drei weitere Versuche – die alle unbemerkt blieben – bis ich es geschafft hatte.

Du hast dein Ziel für 10 Sekunden verzaubert.

Mein Psi überschwemmte den Verstand des Kriegers, und er geriet endlich in meinen Bann. Ich befahl dem verzauberten Kobold, aufzustehen, und er erhob sich geschmeidig und gehorchte meinem Willen.

Ich zwang ihn aber nicht, seine Kameraden anzugreifen.

Ich hatte etwas ganz anderes im Sinn.

Ich übermittelte meinen Befehl durch unsere mentale Verbindung, während er sich umdrehte, und entschlossen vom Lagerfeuer wegging.

163

"Hey, Risch", rief ein anderer Kobold. "Wo willst du hin? Komm wieder her!"

Risch war doch kein Gruppenführer, wurde mir klar, sondern der andere Kobold. Mein Untergebener lief weiter und antwortete nicht.

"Risch, antworte mir!", schnauzte der Gruppenführer.

Ein zweiter Kobold runzelte die Stirn. "Was will er mit den Gefangenen?"

Der Gruppenführer stand auf und erkannte endlich, wohin mein Untergebener ging. "Halt!", bellte er.

Aber es war zu spät, den verzauberten Kobold aufzuhalten.

Risch hatte sein Ziel erreicht - den Pfeiler, mit dem die Kette befestigt war, die einen der Käfige in der Luft hielt. Er bückte sich und riss ihn heraus.

Chaos brach aus.

Die Spannung in der Stahlkette gab nach, und der Käfig stürzte nach unten.

"Nein!", schrie der Gruppenführer und rannte auf Risch zu. Bevor er ihn erreichen konnte, schossen Stacheln aus dem Pflock in der Hand meines Schergen hervor und durchbohrten sowohl seinen Kettenhandschuh als auch die darunterliegende Haut.

Dein Untergebener hat eine Falle ausgelöst. Dein Untergebener wurde vergiftet.

Der Gruppenführer kam schleudernd zum Stehen und wich ängstlich zurück.

Ein Elitekoboldkrieger wurde getötet.

Ich zuckte zusammen, als Risch leblos zu Boden fiel. Die Falle hatte es in sich, und der unglückliche Kobold hatte kaum eine Handvoll Sekunden nach ihrem Auslösen überlebt.

Ich richtete meine Aufmerksamkeit auf die Gefangenen. Der Insasse des gefallenen Käfigs - Sturm - hatte sich aufgerappelt. Er sah ein wenig erschüttert aus, aber sein Sturz hatte ihn unversehrt gelassen. Er war immer noch gefangen, aber der Freiheit schon viel näher.

Die anderen Gefangenen bemerkten, dass etwas nicht stimmte und murmelten untereinander. Auch die Koboldkrieger waren aufgestanden und sahen sich verwirrt um.

"Warum hat er das getan?"

"Verdammt. Risch ist verrückt geworden."

"Der Narr!"

Ich lächelte vor mich hin. Die Roten Ratten hatten meine Anwesenheit noch nicht bemerkt. Als ich sah, dass sie abgelenkt waren, castete ich Ventro, während sie über das Schicksal ihres Gefährten diskutierten.

"Sturm, ich bin's", flüsterte ich einen Moment später und projizierte meine Stimme dicht an das Ohr des Tartaners.

"Du ... wieder! Ist ... aus ... wie ... sterben. Was ... willst ...?" antwortete Sturm, aber ich hatte Mühe, ihn über den Lärm der anderen hinweg zu verstehen.

"Keine Fragen, ich kann nicht reden", antwortete ich schroff. "Ich bin hier, um dich zu befreien. Während ich das tue, müssen du und die anderen die Kobolde ablenken."

Ich wartete nicht auf seine Antwort - entweder er tat, was ich verlangte, oder er tat es nicht - und richtete meinen Blick zurück auf die Krieger, die sich wieder um das Feuer versammelt hatten. Keiner von ihnen hatte sich die Mühe gemacht, nach ihrem toten Gefährten zu sehen.

Ich schüttelte den Kopf über die Herzlosigkeit der Kobolde und fing erneut an zu Zaubern. Diesmal brauchte ich zwei Anläufe, um mein Ziel zu überwältigen - den Anführer der Gruppe, der vorhin aufgestanden war.

Ein Elitekoboldkrieger hat eine Prüfung auf geistige Widerstandskraft nicht bestanden! Du hast dein Ziel für 10 Sekunden verzaubert.

Wie bei meinem ersten Versuch befahl ich meinem zweiten Lakaien, einen weiteren Pflock herauszuziehen. Der verzauberte Kobold schlüpfte unbemerkt von seinen Gefährten weg und machte sich gehorsam auf den Weg zu den Käfigen.

Dein Untergebener hat eine Falle ausgelöst. Dein Untergebener wurde vergiftet.
Ein Elitekoboldkrieger wurde getötet.

Der Gruppenführer hielt auch nicht länger durch als Risch. Nach dem Tod des zweiten ihrer Kameraden verwandelte sich die Verwirrung der Wachen in Angst.

"Was ist los?"

"Dieser Ort ist verflucht! Hok, wir müssen gehen!"

"Lass uns hier abhauen!"

"Das sind böse Waldgeister, sag ich dir!"

Ein anderer Kobold, kleiner und unscheinbar, erhob sich. Im Gegensatz zu den anderen Kriegern bewahrte er seine Fassung. Mit misstrauisch zusammengekniffenen Augen schritt er auf die gefallenen Soldaten zu, um sie zu untersuchen. Ich erkannte, dass dieser Kobold der zweite Truppführer sein musste, und verzauberte ihn.

Der Zauber schlug fehl. *Argh.*

Ein Elitekoboldkrieger hat eine Prüfung auf geistige Widerstandskraft bestanden! Es ist dir nicht gelungen, dein Ziel zu verzaubern. Dein geistiges Eindringen wurde entdeckt!

"Ruhe!", brüllte der Gruppenführer. "Zieht eure Waffen. Wir werden angegriffen! Durchsucht das Gebiet!"

Die Krieger reagierten sofort auf den peitschenden Befehl in der Stimme ihres Anführers. Sie zogen ihre Waffen, bildeten eine Art Formation und starrten in die Dunkelheit hinaus.

Achtzehn feindliche Wesen haben dich nicht entdeckt!

Ich seufzte enttäuscht und ignorierte die prüfenden Blicke der Krieger. Es war schade, dass ich es nicht geschafft hatte, den zweiten Gruppenführer zu verzaubern.

Aber das war jetzt unwichtig.

Trotz der offensichtlichen Wachsamkeit der Krieger waren sie auf mentale Angriffe nicht vorbereitet.

Mein Blick glitt zu den Gefangenen. Sie hatten angefangen zu schreien und die Wachen zu beschimpfen. *Gut*, dachte ich. Sturm hatte getan, worum ich ihn gebeten hatte.

Im Schutz des Lärms, den die Gefangenen machten, wechselte ich meine Position und wählte mein nächstes Ziel. Aus der Sicherheit der Schatten heraus würde ich die Wachen einen nach dem anderen ausschalten, und es gab wenig, was sie dagegen tun konnten.

* * *

Zehn Minuten später waren acht weitere Wachen tot. Ich hatte sie die restlichen Ketten lösen lassen, und nun waren alle zehn Käfige am Boden.

Ich hatte wiederholt versucht, den verbliebenen Gruppenführer zu verzaubern, aber es gelang mir nicht, so dass ich nach einer Weile aufgab. Die anderen Kobolde waren leichte Beute.

Der Gruppenführer hatte alles nur Erdenkliche versucht, um meine Bemühungen aufzuhalten. Seine Wachen waren aber nicht ausgerüstet, mit einer Bedrohung fertig zu werden, die ungesehen in der Dunkelheit lauerte.

Die Krieger stürmten in verschiedene Richtungen durch den Krater und versuchten mich aufzuspüren, aber ich verschwand jedes Mal in der Dunkelheit.

Dann versuchten sie, die Umgebung mit Fackeln auszuleuchten, aber der Krater war einfach zu groß und ich hüpfte einfach zwischen den Lichtkegeln hinweg.

Die Kobolde waren sogar so weit gegangen, sich selbst mit Seilen zusammenzubinden, aber ich ließ meinen Schergen die Seile einfach durchschneiden.

Selbst wenn es mir nicht auf Anhieb gelang, meine Ziele zu verzaubern, machte das wenig aus. Die Kobolde konnten mich in der Dunkelheit nicht finden, und wenn ich scheiterte, nahm ich einfach eine neue Position ein und versuchte es erneut, bis ich Erfolg hatte.

Den Kobolden blieb nichts anderes übrig, als sich komplett zu entwaffnen oder zu fliehen, und beides schienen die Soldaten der Roten Ratten nicht tun zu wollen.

Ich machte weiter und schaltete den Feind einen nach dem anderen aus. Allerdings unterließ ich es, die Wachen die Käfige öffnen zu lassen. Ich war mir nicht sicher, was für Fallen an den Türen lauerten, und hatte Angst, dass sie die Gefangenen umbringen könnten.

Es war sicherer, meine Untergebenen loszuschicken, um ihre Kameraden anzugreifen. Die Kobolde auf diese Weise zu töten war zwar langsam, aber es gefährdete weder mich noch die Gefangenen.

Fast dreißig Minuten später hatte ich die Wachen bis auf den Anführer reduziert, ohne auch nur ein einziges Mal meine Klingen zu heben.

Ich brauchte zehn Anläufe, um den Anführer der Gruppe zu verzaubern, aber als ich es endlich geschafft hatte, ging ich offen auf ihn zu und ignorierte die uns beobachtenden Gefangenen. Ich stellte mich hinter den Krieger, riss seinen Kopf nach hinten und schnitt ihm mit Spinnenbiss die Kehle auf.

Du hast einen Elitekoboldkrieger mit einem tödlichen Schlag getötet.

Als ich die Leiche fallen ließ, blickte ich mit ausdruckslosem Gesicht zu den nun schweigenden Gefangenen auf. Mein blutiges Werk für diese Nacht war getan.
Die Gefangenen waren frei. Oder kurz davor.

Tag 4. Früher Abend.

Ich schritt durch den Krater und plünderte die Wertsachen meiner Opfer. Die Gefangenen schrien mich aus ihren Käfigen an, ich solle sie befreien. Ich ignorierte sie, da ich mich bei meiner Suche nicht hetzen lassen wollte. Zu meiner Enttäuschung trug keiner der Kobolde die Schlüssel für die Käfige bei sich.

Während meiner Plünderungen sammelte ich eine ordentliche Summe an Münzen, aber sonst nichts von Wert.

Du hast 5 Gold- und 4 Silbermünzen erworben.

Erst als ich mit den Kobolden fertig war, näherte ich mich den Gefangenen. "Wurde auch Zeit", stieß Sturm zwischen zusammengebissenen Zähnen hervor.

Ich machte mir nicht die Mühe zu antworten, sondern castete Fallenentschärfen und untersuchte die verschlungenen Zauberfäden, die um das Schloss seines Käfigs gewickelt waren.

"Worauf wartest du noch?", rief ein Gefangener aus einem benachbarten Käfig. "Befrei ihn!"

Sturm beobachtete mich unterdessen mit zusammengekniffenen Augen. "Was ist das Problem?"

"Fallen", murmelte ich abwesend, meine Aufmerksamkeit immer noch auf den Zauber gerichtet, den nur ich sehen konnte.

Der ungeduldige Gefangene in der Nähe fing wieder an zu schreien, aber dieses Mal brachte Sturm ihn zum Schweigen. Ich kniete mich so hin, dass ich auf Augenhöhe mit dem Schloss war und machte mich daran, es zu entschärfen.

"Du solltest vielleicht einen Schritt zurücktreten", sagte ich und blickte zu Sturm auf. Ich lächelte ironisch. "Nur für den Fall, dass es schief geht."

Er sagte nichts, sondern tat, was ich verlangte.

Schweigend arbeitete ich weiter daran, die Falle zu lösen. Ich war immer noch nicht sicher, welche Art von Falle es genau war, aber mein neuerlangtes Halbwissen ließ mich vermuten, dass es sich um eine Art Sprengfalle handelte.

Nach ein paar Minuten intensiver Konzentration hatte ich das magische Gerät schließlich deaktiviert.

Du hast erfolgreich eine Falle entschärft.

Ich wischte mir den Schweiß von der Stirn und lächelte den besorgten Sturm an. "Ist deaktiviert."

Er trat näher. "Das war's? Ich bin frei?"

"Nicht ganz", murmelte ich. "Ich muss den Käfig noch aufkriegen."

Es dauerte nur ein paar Sekunden, das Schloss zu knacken. Als ich fertig war, stand ich auf und trat zurück. "*Jetzt* bist du frei."

Sturm ließ sich das nicht zweimal sagen. Vor Freude jauchzend stürmte der Tartaner aus dem Käfig. Sobald er draußen war, erschien mir eine Nachricht vom Adjutanten.

Du hast die versteckte Aufgabe: <u>Befreie den Sohn des Hauptmanns</u> erfüllt! Deine Taten haben die Feindschaft von Erebus und das Interesse von Tartar auf sich gezogen. Die Markierungen auf deiner Geistsignatur haben sich verändert.

Die Dunkelheit verabscheut alle, die zu schwach sind, nicht zur Beute anderer zu werden. Mit deinen Taten hast du den Schwachen erlaubt zu leben. Deine Bemühungen waren jedoch von Eigennutz geprägt. Du hast die Gefangenen befreit, was aber deinen eigenen Zielen diente. Die Dunkelheit ist zufrieden. Dein Dunkles Zeichen bleibt unverändert.

Die Schatten sind davon überzeugt, dass deine Handlungen das Gleichgewicht der Kräfte in diesem Sektor nicht beeinträchtigt haben. Dein Schattenzeichen bleibt unverändert.

Obwohl deine Absichten hinterlistig waren, hast du zum Wohle deiner Verbündeten in diesem Sektor und unter großem persönlichen Risiko für dich selbst gehandelt. Das Licht billigt dies. Dein Lichtzeichen hat sich vertieft.

Wolf ist sowohl der Beschützer als auch der Anführer des Rudels und muss stets zum Wohle des Rudels handeln. Indem du die Gefangenen befreit hast, hast du die Ziele anderer so gedreht, dass eine Bedrohung für das Rudel beseitigt werden konnte. Wolf ist zufrieden. Dein Wolfszeichen hat sich vertieft.

"Sieh an, sieh an", murmelte ich vor mich hin, als ich die Spielnachrichten noch einmal las. Ich hatte eine weitere versteckte Aufgabe erfüllt *und* mein Wolfszeichen gestärkt.

Ein wirklich erfolgreiches Unterfangen.

Ich war so in die neue Nachricht vertieft, dass ich einen Moment brauchte, um zu merken, dass Sturm mit mir sprach. Ich sah ihn an. "Tut mir leid, ich hab dich nicht richtig gehört. Wie bitte?"

"Ich sagte, was zum Teufel bist du eigentlich?". Obwohl er es als Frage formuliert hatte, klang es eher wie eine Forderung.

"Lass mich erst nach den anderen sehen", antwortete ich gleichmäßig und ignorierte seinen Tonfall. "Dann können wir reden."

✱　✱　✱

Ich brauchte nicht lange, um den Rest der Gefangenen zu befreien.

Ihre Fallen waren genauso aufgebaut wie die von Sturms Käfig, und mit jeder entschärften Falle verbesserte sich meine Diebeskunst. Als ich fertig war, versammelten wir uns zu elft um eines der Lagerfeuer der Kobolde, und ich teilte ein paar meiner Rationen aus.

"Nun" sagte Sturm, der für seine Gruppe sprach, "erklär uns was hier vor sich geht".

Ich setzte mich im Schneidersitz vor das Feuer und beobachtete den jungen Tartaner, während ich zu essen begann. Er saß mir mit verschränkten Armen und ausdruckslosem Gesicht gegenüber. In dieser Haltung sah er seinem Vater sehr ähnlich, und ich vermutete, dass er sie nicht zufällig eingenommen hatte. Aber er konnte mich nicht täuschen. Sturm war nicht wie Hauptmann Talon.

"Da gibt es nichts zu erklären", sagte ich achselzuckend und ignorierte seinen Tonfall völlig. "Dein Vater hat mich geschickt, um dich zu befreien, und das habe ich getan."

"Da muss mehr dahinterstecken", wandte Sturm ein. "Wie hast du die Roten Ratten dazu gebracht, den Krater zu verlassen?"

Ich konnte meinen Frust nur mit Mühe unterdrücken. Sturm benahm sich, als hätte er hier das Sagen, anstatt wie ein befreiter Gefangener. "Das brauchst du überhaupt nicht zu wissen."

Sturms Augen verengten sich. "Warum haben die Wachen sich umgebracht?"

Ich zuckte gleichgültig mit den Schultern und antwortete nicht.

Der Sohn des Hauptmanns starrte mich an, und einen Herzschlag später spürte ich ein Kribbeln auf der Haut. Mittlerweise konnte ich dieses Gefühl als Analyseversuch anderer erkennen. "Lass das", sagte ich leise.

Sturm biss vor Frustration die Zähne zusammen. "Warum kann ich dein Level nicht sehen?", verlangte er.

Lächelnd nahm ich einen weiteren Bissen von meiner Ration.

Ein anderer Spieler meldete sich zu Wort. "Er muss eine Täuschungsfertigkeit haben."

"Ehrlich?" fragte Sturm und verzog angewidert das Gesicht.

Ich zuckte mit den Schultern und kaute weiter.

"Warum antwortest du nicht auf meine Fragen? Ich warne dich ..."

Ich hatte genug. Ich schluckte den letzten Rest meiner Ration herunter und stand auf. "Ich gehe jetzt."

Verängstigung flackerte über Sturms Gesicht. "Was? Warum?"

Ich sah ihn teilnahmslos an. "Du bist frei. Meine Arbeit hier ist getan, und ich habe noch andere Dinge zu tun." Ich ließ meinen Blick über die Gruppe schweifen. "Ihr könnt euch allein auf den Weg zurück zur sicheren Zone machen. Der Weg ist frei. Wenn ihr jetzt aufbrecht, kommt ihr noch vor Sonnenaufgang an."

Sturm erbleichte. "Keine Chance. Es ist viel zu gefährlich, nachts durch den Wald zu gehen."

Ich nickte in verspäteter Erkenntnis. Er hatte Recht. Ich hatte vergessen, wie viele Probleme andere Spieler mit der Dunkelheit hatten. "Dann schlagt euer Lager hier auf und brecht bei Tagesanbruch auf. Die Roten Ratten werden nicht so bald zurückkehren." *Wenn überhaupt.*

"Du bleibst nicht hier?" fragte Sturm. "Mein Vater wird dich belohnen, wenn du uns zurück zum Dorf bringst."

"Er wird mich sowieso belohnen", sagte ich sachlich. "Und wie gesagt, ich habe noch etwas zu erledigen." Ich neigte den Kopf und verabschiedete mich von ihnen. "Auf Wiedersehen und viel Glück."

Damit verschwand ich wieder in den Bäumen.

*　*　*

Ich hatte Sturm gegenüber nicht gelogen. Ich hatte eine anstrengende Nacht vor mir.

Als Erstes stand ein zweiter Besuch im Lager der Langfänge an. Zum einen wollte ich mich vergewissern, dass die Roten Ratten auch taten, was ihnen gesagt wurde - ich war zuversichtlich, aber ich konnte nichts dem Zufall überlassen - und zum anderen wollte ich die Chancen etwas ausgleichen.

Mir war klar geworden, dass die anderen Kobolddelegationen nach dem Sieg über die Langfänge selbst eine Gefahr für die Schattenwölfe darstellen könnten, und obwohl ich bezweifelte, dass ich den Sektor ganz von Kobolden befreien könnte, würde ich alles tun, um die Bedrohung zu minimieren.

In diesem Fall bedeutete das, so viele Rote Ratten wie möglich bei ihrem bevorstehenden Angriff sterben zu lassen.

Während ich durch den Wald nach Südosten eilte, dachte ich über meine Erfolge durch die Schlacht und deren unmittelbare Folgen nach. Ich war acht Spielerlevel aufgestiegen, weniger als ich erwartet hatte. Mein Levelaufstieg hatte sich wieder verlangsamt - *anscheinend muss ich mir höherstufige Gegner suchen*, dachte ich ironisch - aber acht Stufen waren immer noch eine ordentliche Handvoll.

Ebenfalls hatten sich viele meiner Fertigkeiten verbessert, vor allem meine Telepathie.

Nach kurzem Überlegen investierte ich alle meine Attributspunkte in Wahrnehmung. Ich musste sicherstellen, dass ich für zukünftige Verbesserungen genügend Slots frei hatte, und außerdem hatte ich in Geschicklichkeit und Verstand - den einzigen anderen Attributen, für die ich Fähigkeiten hatte - immer noch genug freie Plätze.

Deine Wahrnehmung hat sich auf Rang 20 erhöht.

Nachdem ich fertig war, machte ich eine Pause, um mein Zauberbuch für verbesserte Analyse zu lesen.

Du hast deine Fähigkeit Analyse verbessert: verbesserte Analyse. Mit dieser Fähigkeit kannst du neben der Stufe auch die Klasse und den allgemeinen Gesundheitszustand deines Gegners überprüfen. Achtung: Manche Ziele spüren, wenn diese Fähigkeit auf sie angewendet wird. Der Erfolg dieser Fähigkeit hängt von der Stufe und Täuschungsfertigkeit des Ziels ab.

Diese Fähigkeit verbraucht keine Energie und kann aufgewertet werden. Die Aktivierungszeit ist fast augenblicklich. Verbesserte Analyse ist eine fortgeschrittene Fähigkeit und erfordert 4 Geschicklichkeitsslots mehr als ihre grundlegende Variante. Du hast noch 6 von 20 freie Slots für Wahrnehmungsfähigkeiten.

Schließlich rief ich mein Spielerprofil auf, um die Änderungen zu überprüfen.

<u>**Spielerprofil: Michael**</u>

Stufe: 58. Rang: 5. Aktuelle Gesundheit: 100%.
Ausdauer: 100%. Mana: 100%. Psi: 100%.
Spezies: Mensch. Verbleibende Leben: 3.
Kennzeichen: Wolfsbruder, Geringe Schatten, Geringes Licht, Geringe Dunkelheit.

Attribute

Verfügbar: 0 Punkte.
Stärke: 2. Ausdauer: 14. Geschicklichkeit: 16*. Wahrnehmung: 20.
Verstand: 15. Magie: 2*. Glaube: 2*.
kennzeichnet Attribute, die von Gegenständen betroffen sind.

Klassen

Verfügbar: 2 Punkte.
Primär-Sekundäre Bi-Mischung: Gedankenstalker.
Tertiäre Klasse: Keine.

Eigenschaften

Psi Wolfserbe: +2 Geschicklichkeit, +2 Stärke, +4 Verstand.
Tiersprache: Kann mit Bestienkin sprechen.
Markiert: kann Geistersignaturen sehen.
Nachtaktiv: perfekte Dunkelsicht.

Fertigkeiten

Verfügbare Fertigkeitsslots: 0.
Ausweichen (aktuell: 40. max.: 200. Geschicklichkeit, Grundlegend).
Schleichen (aktuell: 57. max.: 200. Geschicklichkeit, Grundlegend).
Kurzschwerter (aktuell: 51. max.: 200. Geschicklichkeit, Grundlegend).
Kampf mit zwei Waffen (aktuell: 43. max.: 200. Geschicklichkeit, Fortgeschritten).
Leichte Rüstung (aktuell: 34. max.: 140. Ausdauer, Grundlegend).
Diebstahl (aktuell: 39. max.: 200. Geschicklichkeit, Grundlegend).
Chi (aktuell: 36. max.: 150. Geist, Fortgeschritten).
Meditation (aktuell: 41. max.: 150. Geist, Grundlegend).
Telekinese (aktuell: 30. Max.: 150. Geist, Fortgeschritten).
Telepathie (aktuell: 34. max.: 150. Geist, Fortgeschritten).
Einsicht (aktuell: 59. max.: 200. Wahrnehmung, Grundlegend).
Täuschung (aktuell: 53. max.: 200. Wahrnehmung, Meister).

Fähigkeiten

Verwendete Fähigkeitsslots - Geschicklichkeit: 13 / 20.
Verkrüppelnder Schlag (Geschicklichkeit, Grundlegend, Kurzschwerter).
Geringer durchdringender Schlag (5 Geschicklichkeit, Fortgeschritten, Kurzschwerter).
Kleiner Rückschlag (5 Geschicklichkeit, Fortgeschritten, Schleichen).
Grundlegende Fallenentschärfung (Geschicklichkeit, Grundlegend, Diebstahl).
Einfaches Schlossknacken (Geschicklichkeit, Grundlegend, Diebstahl).

Verwendete Fähigkeitsslots – Geist: 4 / 15.
Einfache Verzauberung (Geist, Grundlegend, Telepathie).

Betäubender Schlag (Geist, Grundlegend, Chi).
Ein-Schritt (Geist, Grundlegend, Telekinese).
Kleiner Reaktionsbuff (Geist, Grundlegend, Chi).

<u>Verwendete Fähigkeitsslots - Wahrnehmung: 14 / 20.</u>
Verbesserte Analyse (5 Wahrnehmung, Fortgeschritten, Einsicht).
Geringere Fallenerkennung (Wahrnehmung, Grundlegend, Diebstahl).
Kleine Waffe Verstecken (Wahrnehmung, Grundlegend, Täuschung).
Gesichtsverschleierung (Wahrnehmung, Grundlegend, Täuschung).
Ventro (Wahrnehmung, Grundlegend, Täuschung).
Geringere Imitation (5 Wahrnehmung, Fortgeschritten, Täuschung).

<u>Andere Fähigkeiten:</u>
Simple Geistessicht (Klasse, Grundlegend, Telepathie).

Bekannte Schlüsselpunkte
Sektor 14.913 Ausgangsportal und sichere Zone.
Sektor 12.560 Jenseitsportal und sichere Zone.

Ausstattung
Spinnenbiss-Kurzschwert (+15% Schaden, Gesponnen), versteckt.
Kurzschwert, +1 (+15% Schaden, +10 Kurzschwerter), versteckt.
Gewöhnliche Kämpferschärpe (+3 Kurzschwerter).
Verzaubertes Lederrüstungsset (+20% Schadensreduzierung, −35% Geschicklichkeit und Magie).
Gürtel für Tränke (3 kleine Heiltränke, 4 mittlere Heiltränke, 0 volle Heiltränke, 2 leere Tränke).
Gewöhnlicher Diebesumhang (+3 Schleichen).
Ring des Lehrlings (+2 Magie).
Ring des Gefolgsmanns (+2 Glaube).

Rucksackinhalt (wichtigste Gegenstände)
<u>Geld</u>: 5 Gold, 7 Silber und 0 Kupfer.
2 x Eisendolche.
Kobold-Schriftstück für sicheren Durchgang.
1 x Alchemiestein (42 / 150 Zutaten).
Kopfgeld-Autorisierungsschreiben.
Gewöhnlicher Magierumhang (+3 Luftmagie).
Zettel mit Codewörtern.
Brief von Stayne.

Inhalt Alchemiestein
9 Fläschchen mit Bestienblut.
10 x Haufen gewöhnlichen Knochenstaubs.
1 x Rhomodillostoßzahn.
3 x Wyverngiftsäcke.
1 x Satz Wyvernzähne.
18 x Wyvernschuppen.

<u>Bank Inhalt</u>

<u>Geld</u>: 46 Gold, 4 Silber und 9 Kupfer.

2 x volle Heiltränke.

2 x einfache Stahl-Kurzschwerter.

<u>Offene Aufgaben</u>

Hilf dem Rudel (halte die Langfänge davon ab, die Schattenwölfe zu jagen).

Alchemisten-Kopfgeld (töte die Wyvernmutter).

Koboldkriege (vernichte alle 3 Koboldstämme im Tal).

Schmiede Dunkle Allianzen (sichere dir für die Dunklen die Loyalität der Heuler und der Roten Ratten).

Ich lächelte zufrieden. Die Arbeit des heutigen Tages hatte mir gutgetan.

Ich hatte mich deutlich weiterentwickelt, und bald würde ich auch meine geistigen Fähigkeiten verbessern können. Da ich scheinbar immer wieder gegen große Gruppen von Feinden kämpfen musste, waren sie besonders entscheidend.

Wenn der Rest des Abends wie geplant verläuft, habe ich noch heute Abend weitere Möglichkeiten, aufzusteigen.

Ich beschleunigte mein Tempo und eilte nach Südosten.

*   *   *

Ich heftete mich der Armee der Roten Ratten an die Fersen. Ihre Spur, die durch eine breite Schneise der Zerstörung im Wald gekennzeichnet war, war leicht zu verfolgen.

Aber als ich Kilometer um Kilometer zurücklegte und sie entgegen meinen Erwartungen immer noch nicht eingeholt hatte, wuchs meine Sorge. *Nyzack muss seine Leute ganz schön antreiben*, dachte ich. Die Kobolde mussten bis weit nach Einbruch der Dunkelheit unterwegs gewesen sein, um einen solchen Vorsprung zu erreichen.

Was mich noch mehr beunruhigte war die Vorstellung, dass die Roten Ratten beschlossen haben könnten, heute Nacht überhaupt nicht zu rasten. Ich hoffte, dass das nicht der Fall war, sonst wäre meine Reise nach Südosten umsonst gewesen.

Meine Bedenken erwiesen sich jedoch als unbegründet.

Eine Stunde nach Mitternacht und etwas mehr als einen Kilometer vom Lager der Langfänge entfernt, fand ich das Kriegslager der Roten Ratten schließlich. Ich hielt mich in den Bäumen versteckt und beobachtete sie.

Die Soldaten sahen erschöpft aus, und es waren nur eine Handvoll Wachen für die Nachtschicht aufgestellt worden. Ich schüttelte den Kopf über Nyzacks Dummheit.

Er hatte seine Männer zu sehr unter Druck gesetzt, und wenn sie morgen im Kampf auf die Langfänge trafen, würden sie noch immer an den Auswirkungen des Marsches vom Vortag zu schaffen haben.

So ist es besser. Dadurch würden wahrscheinlich mehr Kobolde sterben.

Immer noch kopfschüttelnd ließ ich die Roten Ratten hinter mir und machte mich auf den Weg zum Lager der Langfänge. Seit meinem letzten Besuch hatte sich wenig verändert. Das befestigte Lager war genauso gut patrouilliert wie zuvor.

Ich runzelte die Stirn. Ich konnte keine Anzeichen von verstärkter Verteidigung sehen. Das konnte nur bedeuten, dass die Langfänge nichts von dem bevorstehenden Angriff wussten.

Zeit, sie zu warnen.

Angesichts der zahlenmäßigen Unterlegenheit war es unmöglich, dass die Langfänge im Kampf gegen die Roten Ratten triumphieren konnten. Aber wenn ich sie vorwarnte, könnten sie sich von ihrer besten Seite zeigen und die Streitkräfte der Roten Ratten vielleicht ein wenig mindern.

Sie würden aber jemandem wie mir nicht so einfach glauben. Das bedeutete, wieder kreativ zu werden.

Ich wartete nur einen Moment, um geringere Imitation zu zaubern, dann trat ich aus den Bäumen hervor in ihr Sichtfeld. Allem Anschein nach war ich nun der Schamane der Roten Ratten, Klaxis, wenn auch eine deutlich kleinere Version. Dieses Mal würde ich jedoch darauf achten, meinen Feinden nicht zu nahe zu kommen.

Ich suchte mir eine der Wachen aus und begann, einen einfachen Zauber zu sprechen. Noch bevor mein Zauber beendet war, wurde ich entdeckt. Aber das war in Ordnung.

Ich wollte, dass man mich sah.

Die Wachen schlugen Alarm und deuteten in meine Richtung. Ich ignorierte sie und castete weiter. Die Kobolde brauchten nicht lange, um zu entscheiden, wie sie reagieren wollten.

Vier der Wachen eilten in meine Richtung, während zwei weitere ins Lager rannten, um die Hexendoktoren über meine Anwesenheit zu informieren.

Mein Zauber vollendete sich, und einer der herannahenden Kobolde geriet in meinen Bann. "Stirb, Langfang!" brüllte ich mit der Stimme des ehemaligen - und sehr toten - Schamanen der Roten Ratten. Gleichzeitig befahl ich meinem Untergebenen, seine Kameraden anzugreifen.

Chaos brach aus, als die Wachen untereinander zu Kämpfen begannen.

"Tyga ist verzaubert! Die Ratte hat ihn verzaubert!", rief einer der Kobolde.

Die anderen beiden Wachen ließen einen ihrer Kameraden zurück, um sich um meinen Lakaien zu kümmern, und sprinteten weiter auf mich zu, was zwar die richtige Taktik gegen einen Zauberer war, mir aber sehr entgegenkam.

Ich grinste. Ich wirbelte herum und floh durch die Bäume.

Meine scharfen Ohren registrierten die Schritte der Kobolde, die hinter mir herliefen, und um sie nicht abzuschütteln, hielt ich mein eigenes Tempo gemäßigt. Ich führte die Wachen der Langfänge direkt auf das Lager der Roten Ratten zu.

Ich erreichte mein Ziel ohne Zwischenfälle. Als ich kurz vor der unbewachten Grenze anhielt, drehte ich mich um und wartete darauf, dass die Soldaten der Langfänge mich einholten. Als ich sicher war, dass sie mich sehen konnten, lachte ich ihnen offen ins Gesicht, bevor ich in den Schatten verschwand.

Zwei feindliche Wesen haben dich nicht entdeckt! Du bist versteckt.

Eingehüllt in Dunkelheit wartete ich geduldig, was als Nächstes passierte.

Keuchend und fluchend kamen die beiden Kobolde dort zum Stehen, wo sie mich zuletzt gesehen hatten. "Wo ist er hin?", fragte der erste.

"Verdammte Schamanen", fluchte der Zweite und steckte seine blanke Klinge zurück in die Scheide. "Er ist verschwunden."

"Dummkopf", zischte der erste. "Lass deine Klinge draußen. Schamanen sind trickreich."

Die zweite Wache grinste. "Sag bloß du hast Angst? Wenn der Schamane uns hätte töten können, wäre er nicht geflohen. Komm schon, lass uns gehen ..."

Der Kobold brach ab, als sein Begleiter ihm eine Hand vor den Mund schlug.

"Leise!", zischte der erste. Die Hand immer noch auf dem Mund seines Begleiters, sah der Wächter sich ängstlich um. "Hörst du das?", flüsterte er mit leiser Stimme.

Die zweite Wache runzelte die Stirn und einen Moment später weiteten sich seine Augen, als er dasselbe hörte wie sein Begleiter.

Das wurde aber auch Zeit, nörgelte ich innerlich.

Das leise Gemurmel der zweitausend Kobolde im Lager der Roten Ratten, das nur ein Dutzend Meter entfernt war, war unüberhörbar. Es war ein Wunder, dass die beiden so lange gebraucht hatten, es zu bemerken.

Die beiden Kobolde bewegten sich mit geradezu komischer Vorsicht vorwärts und spähten durch die Bäume.

Einen Moment später starrten sie sich gegenseitig an, ihre Gesichter blass.

"Zurück" sagte der zweite Kobold mit zittriger Stimme. "Wir müssen zurück!", rief er in seinem Versuch zu Flüstern fast.

Sein Begleiter widersetzte sich nicht, und einen Moment später flohen die beiden wieder in die Richtung, aus der sie gekommen waren. Ich beobachtete sie aus meinem Versteck und kicherte amüsiert.

Meine Arbeit hier war getan.

KAPITEL 116: CHAOS SÄEN

Es war kurz vor Mitternacht, als ich das Kriegslager der Roten Ratten verließ. Ich eilte durch den Wald nach Süden und machte mich auf den Weg zurück in die sichere Zone, um den nächsten Teil meines Plans auszuführen: mehr Chaos anzurichten.

Nachdem das erste meiner Hauptziele - die Vernichtung der Langfänge - erledigt war, bestand meine nächste Aufgabe darin, einen Weg aus dem Sektor zu finden.

Das war jedoch leichter gesagt als getan.

Es gefiel mir nicht, mich für meine Flucht auf den Hauptmann oder die Druidin zu verlassen. Zum einen wusste ich nicht, wie ich Marigas Aufgabe überhaupt erfüllen sollte - schon gar nicht in der Zeit, die mir noch blieb. Zum anderen wollte ich mich nicht an Talons Meister, den Gottkaiser, binden.

Das ließ mir nur eine Möglichkeit: auf eigene Faus aus dem Sektor zu fliehen.

Dazu musste ich Ishitas Geschworene aus der sicheren Zone locken und sie irgendwie dazu bringen, den Schild um das Portal fallen zu lassen, damit ich es zur Flucht nutzen konnte. Ich hatte eine Art Plan, um das zu erreichen, und er beinhaltete die Heuler.

Aber selbst wenn mein Plan scheitern sollte, was zugegebenermaßen wahrscheinlich war, wollte ich das Tal in so viel Aufruhr wie möglich versetzen, um es Erebus und Ishitas Leuten schwerer zu machen, mich zu finden. Daher das Chaos, das ich zu säen beabsichtigte.

Ich bahnte meinen Weg so schnell ich konnte nach Süden. Um meinen nächsten Plan zu verwirklichen, musste ich die Koboldfestung noch vor Sonnenaufgang erreichen.

* * *

Ich erreichte mein Ziel eine Stunde vor Morgengrauen. Schwer schnaufend von meinem langen Lauf durch den Wald, kam ich am Rande der Baumgrenze zum Stehen und gönnte mir nur fünf Minuten, um mich zu erholen. Die Uhr tickte.

Als es sich nicht mehr anfühlte, als würde meine Lunge gleich explodieren, zauberte ich geringere Imitation.

Energie strömte aus mir heraus und kleidete mich erneut in eine Illusion. In der einen Minute war ich Michael, ein menschlicher Spieler. Im nächsten Moment war ich Xrex, der Echsenmagier zu Ishitas Diensten.

Ich verließ die Sicherheit der Bäume und marschierte zum Tor. Die Wachen beäugten mich desinteressiert, als ich mich näherte.

Mehrere feindliche Wesen haben es nicht geschafft, deine Tarnung zu durchdringen.

Ich blieb vor ihnen stehen und forderte: "Lasst mich durch!"

Der Gruppenführer unterdrückte ein Gähnen. "Was machst du hier draußen, Xrex?", fragte er. Sein Blick schweifte an mir vorbei und betrachtete die dunklen Umrisse des Waldes. "Ich dachte, du hättest geschworen, die sichere Zone nicht mehr zu verlassen?"

Gut, er hat erkannt, wer ich sein soll. Hätte er das nicht, würde mein Vorhaben nicht funktionieren.

"Wo ich gewesen bin, geht dich nichts an", zischte ich. "Jetzt mach das verdammte Tor auf!"

Der Blick des Truppführers fiel wieder auf mich, seine gelangweilte Miene verschwand und einen langen Moment lang sagte er nichts.

Ich unterdrückte meine plötzliche Unruhe. *Hatte ich mein Spiel überreizt?* Aber nein, dem schien nicht so.

"Kein Grund, unhöflich zu sein", sagte der Kobold eine Sekunde später milde. Er schaute über die Schulter zu seinen Soldaten und bellte: "Öffnet das Tor!"

Ich neigte den Kopf zum Dank und milderte mein Benehmen etwas. Vielleicht hatte Xrex entgegen meinen Vermutungen doch ein besseres Verhältnis zu den Kobolden, als ich dachte. Ich bezweifelte es allerdings.

Als ich die Augen des Gruppenführers auf mir spürte, schritt ich durch das Tor, und bei der ersten Gelegenheit schlüpfte ich hinter Gebäude, um mich in die Schatten zu hüllen.

Du bist versteckt.

Schritt eins abgeschlossen. Ich war sicher in der Festung, und hatte meine Identität als Xrex etabliert. *Zeit für ein bisschen Chaos.*

Im Schutz der Dunkelheit suchte ich die Gegend ab. Bis auf die Wachen, die auf den inneren und äußeren Mauern patrouillierten, schien die Festung zu schlafen - genau das hatte ich erhofft.

Halb gebückt schlich ich auf die nächste Baracke zu. Ich stützte mich an der angrenzenden Wand ab, streckte die Hand aus und drückte vorsichtig die Türklinke herunter.

Sie weigerte sich, auch nur einen Zentimeter nachzugeben. *Argh.*

Ich ließ meinen Blick am Gebäude entlang gleiten. Die Fenster waren ebenfalls allesamt verriegelt. Ich wollte nicht an den Schlössern rütteln und riskieren, die Soldaten im Inneren zu wecken, also suchte ich nach einer anderen Kaserne.

Ich brauchte fünf Versuche, um eine offene zu finden.

Ich schlüpfte in das Gebäude und betrachtete dessen Inneres. Die Kaserne bestand aus einem einzigen Raum, der um ein Vielfaches länger als breit war. An den langen Wänden standen ein Dutzend Kojen, die zwei ordentliche Reihen bildeten und durch einen schmalen Gang getrennt waren. Aber nur die Hälfte der Betten war belegt. Ich zählte meine Ziele.

Zwanzig Elitekoboldkrieger. Alle schliefen.

Ich wandte mich wieder der Tür zu und suchte nach einem Schlüsselloch. Es gab keins, aber neben der Tür fand ich eine dicke Eisenstange, die wahrscheinlich dazu diente, die Tür von innen zu verschließen.

Nachlässig von ihnen, ihre Kasernen nicht richtig zu sichern.

Ich hob die Stange vorsichtig an, schob sie durch die beiden Ringe auf beiden Seiten der Tür und versperrte somit den Eingang. Nachdem ich mich um die Tür gekümmert hatte, zog ich Spinnenbiss und wandte meine Aufmerksamkeit den Insassen zu.

Es war an der Zeit, zu töten.

*   *   *

Du hast dein Ziel von hinten niedergestochen und damit 100% mehr Schaden verursacht! Du hast einen Elitekoboldkrieger mit einem tödlichen Schlag getötet.

Du hast dein Ziel von hinten niedergestochen und damit 100% mehr Schaden verursacht! Du hast …

…

Ich tötete meine ersten zehn Opfer lautlos und ohne viel Trara. Die schlafenden und unbewaffneten Soldaten waren perfekte Ziele.

Mein Glück währte natürlich nicht lange.

Als ich mich an mein nächstes Opfer heranschlich, ging alles schief.

Ohne ersichtlichen Grund stöhnte mein Ziel und setzte sich auf, während ich noch auf der gegenüberliegenden Seite des Ganges kauerte, der die Kojen trennte.

Vielleicht war er einfach ein Frühaufsteher, oder er hatte etwas gespürt. Was auch immer der Grund war, es spielte keine Rolle. Die Dinge waren im Begriff, chaotisch zu werden.

Ich verschwand wieder in den Schatten und beobachtete den Krieger, der sich die noch geschlossenen Augen rieb. Mehr als ein Dutzend Meter trennten uns, zu weit, um mich auf den Kobold stürzen zu können, ohne den Rest der Kaserne zu alarmieren. Ich verfluchte mein Pech und schlich mich näher heran. *Vielleicht schläft er ja wieder ein.*

Zehn feindliche Wesen haben dich nicht entdeckt! Du bist versteckt.

Ich verringerte den Abstand so schnell ich mich traute.

Der Kobold gähnte, ohne die Augen zu öffnen. Ich entspannte mich leicht. Es sah so aus, als würde er gleich wieder einschlafen.

Abrupt rissen seine Augen auf und starrten in meine Richtung.

Ich erstarrte auf der Stelle. Mein Ziel war aufmerksamer als seine Artgenossen, und irgendwie hatte er meine Annäherung gespürt. Mit zusammengekniffenen Augen suchte der Kobold die Stelle ab, an der ich stand.

Ein feindliches Wesen hat dich nicht entdeckt.

Die Augen des Kobolds verengten sich weiter. Er wusste, dass etwas nicht stimmte, aber nicht was es war. Ich begann, Psi zu sammeln. Mein Ziel zu verzaubern war die einzige Hoffnung, die ich jetzt noch hatte, wenn ich ihn am Schreien hindern wollte.

Der Blick des Kriegers glitt über mich hinweg und seine Augen weiteten sich vor Schreck, als er seine toten Schlafkameraden sah, die in ihren eigenen Blutlachen am Boden lagen.

Verdammt, dachte ich. *Das war's dann wohl.*

Ich verzichtete auf sowohl Zauber als auch Tarnung und stürmte vorwärts. Aber ich war immer noch zu weit weg.

"Wacht auf!", brüllte der Krieger. "Eindringling ..."

Ich stürzte nach vorne und versenkte meine beiden Klingen tief in dem unbewaffneten Kobold. Blut sprudelte aus seinem Mund und spritzte aus seiner zerfetzten Brust. Er zuckte ein einziges Mal zusammen, dann erlosch das Lebenslicht aus seinen Augen.

Du hast einen Elitekoboldkrieger getötet.

Der Schaden war jedoch bereits getan. Die restlichen neun Kobolde in der Kaserne waren aufgewacht. Fluchend und brüllend griffen sie nach ihren Waffen.

Noch war nicht alles verloren. Wenn ich schnell handelte und den Schaden eindämmte, gab es noch die Chance, den Rest des Lagers nicht zu alarmieren.

Ich drehte mich von der Leiche weg und schlitzte den Torso des Kobolds im Bett daneben auf. Der Krieger kreischte und versuchte, sich wegzurollen. Ich stürzte nach vorne und stieß meine zweite Klinge in seinen Rücken.

Du hast einen Elitekoboldkrieger getötet.

Ich rannte zum nächsten aufstehenden Krieger. Er fummelte unter seinem Bett nach etwas, vermutlich seinen Waffen. Ohne zu zögern, stürzte ich mich auf ihn.

Du hast einen Elitekoboldkrieger getötet.

Eine Klinge pfiff an meinem Ohr vorbei. Ich wirbelte herum und sah nur eine verschwommene Bewegung. Ich hob Spinnenbiss und blockte den nächsten Schlag ab. Mein Feind knurrte wütend, als auch sein zweiter Angriff vereitelt wurde. Ich stürzte nach vorne und durchbohrte dem Krieger mit der Klinge in meiner linken Hand das Herz.

Du hast einen Elitekoboldkrieger getötet.

Zu meiner Linken kniete ein Kobold auf seinem Bett und rüstete eine Armbrust mit Streitkolben aus. Ich warf mich vorwärts und schloss mithilfe von Ein-Schritt in der Luft in einer einzigen Bewegung zu ihm auf.

Der Kopf des Kobolds schnellte nach oben und er starrte mich entsetzt an. Sein Mund stand offen, aber bevor er um sein Leben flehen konnte, stieß ich ihm Spinnenbiss in die Kehle.

Du hast einen Elitekoboldkrieger getötet.

Fünf erledigt. Fünf fehlen noch.

Mein Blick schweifte durch die Kaserne und ich entdeckte die verbliebenen Kobolde, wie sie sich am anderen Ende des Raumes versammelten. Im Gegensatz zu ihren gefallenen Kameraden hatten sich die fünf klugerweise zurückgezogen, um sich neu zu gruppieren.

Zwei von ihnen waren Bogenschützen und spannten Pfeile ein, während die anderen drei mit Nahkampfwaffen in der Hand für ihre Verteidigung sorgten.

"Ergib dich, du doppelt falscher Hurensohn", knurrte der Kobold, der an der Spitze der fünf stand. Er hielt ein Breitschwert in beiden Händen und sah aus, als hätte er das Kommando über die Gruppe.

Ich ignorierte ihn - ich hatten keine Zeit zu verlieren - und stürmte vorwärts, wobei ich Ein-Schritt einsetzte, um noch schneller voranzukommen.

Ich war auf halbem Weg zu meinen Zielen, als die beiden Bogenschützen zeitgleich abfeuerten. Ich warf mich zur Seite und wich dem ersten Geschoss nur knapp aus. Das zweite streifte meine Wange und riss eine tiefe, rote Furche frei.

Ein Elitekoboldkrieger hat dir einen Streifschuss verpasst. Der Pfeil eines Kobolds hat deine Illusion durchbohrt! Dein geringerer Imitationszauber hat sich aufgelöst.

Ich fluchte leise.

Ich hatte jetzt keine andere Wahl, als dafür zu sorgen, dass alle Kobolde in der Kaserne starben. Andernfalls würde mein Plan, Ishitas Geschworenen die Schuld für diese Morde in die Schuhe zu schieben, scheitern. Ohne auf das Blut zu achten, das aus meiner Wunde strömte, sprang ich wieder auf die Beine und setzte meinen Angriff fort.

KAPITEL 117: BETRÜGERISCHE ENTHÜLLUNGEN

TAG 5. VOR DER MORGENDÄMMERUNG.

"Tötet ihn!", schrie der Kobold mit dem Breitschwert.

Bevor die Bogenschützen ihre zweite Salve abfeuern konnten, war ich bereits bei ihnen angekommen. Die Nahkämpfer versuchten mich abzufangen, aber ich wich dem ersten aus, und sein Breitschwert flog harmlos an mir vorbei.

Dann stürzte sich der zweite auf mich. Ich parierte seinen Angriff mit meiner linken Klinge und warf Spinnenbiss nach vorne, um einen betäubenden Schlag auf seinen rechten Unterarm zu landen. Der Kobold ließ den Speer aus seinen plötzlich tauben Händen fallen.

Ich wirbelte herum und schlug nach dem letzten Krieger, der sich von hinten näherte, woraufhin er schnell den Rückzug antrat. Ich verfolgte ihn nicht. Der Weg zu den Bogenschützen war frei, und ich stürmte vor.

Als die Schussbahn plötzlich frei war, feuerten die beiden Bogenschützen ihre vorbereiteten Pfeile aus nächster Nähe ab. Ich hatte jedoch auf ihren Angriff gewartet und war wenig überrascht. Ich sprang nach vorne und rollte mich unter den Pfeilen hindurch.

Zwei schmatzende Geräusche begleiteten den Aufprall der Geschosse auf einen der Krieger hinter mir. Es folgte ein Schmerzensschrei und dann Stille.

Ein Elitekoboldkrieger ist gestorben.

Nur noch vier, dachte ich grimmig.

Kurz vor den Bogenschützen sprang ich wieder auf die Beine. Einer von ihnen ließ seinen Bogen fallen und schlug mit einem Messer nach mir. Ich parierte den Angriff mit Leichtigkeit, bevor ich ihn mit meiner eigenen Klinge aufspießte.

Du hast einen Elitekoboldkrieger getötet.

Ich drehte mich zu dem anderen Bogenschützen um, stürzte mich auf ihn und schlug ihm mit dem Griff meines Kurzschwerts ins Gesicht, dann trieb ich ihm Spinnenbiss in den Unterleib.

Du hast einen Elitekoboldkrieger getötet.

Ich wirbelte herum und erwartete mehr Klingen, die auf mich zustürzten. Aber keine waren in Sicht. Die letzten beiden Kobolde flohen, einer unbewaffnet, der andere schleppte noch sein Breitschwert hinter sich her.

Sie waren bereits auf halbem Weg zur verschanzten Tür. Ich rannte vorwärts und überholte den zweiten, der das Breitschwert trug, mit Leichtigkeit und schlitzte ihm im Vorbeigehen von hinten die Beine auf. Der Kobold jaulte vor Schmerz auf und fiel stöhnend zu Boden.

Du hast einen Elitekoboldkrieger verkrüppelt.

Ohne innezuhalten, um den gefallenen Krieger zu erledigen, sprintete ich dem letzten Kobold hinterher. Ich holte ihn an der Tür ein. Der Krieger hatte mir den Rücken zugewandt, während er mit der Stange hantierte. Ohne zu zögern, stürzte ich mich auf ihn und rammte ihm beide Klingen in den Rücken.

Du hast einen Elitekoboldkrieger getötet.

Ich zog meine Klingen zurück, ließ den Leichnam zu Boden sinken und drehte mich zu dem einzigen Kobold um, der noch lebte. Er krümmte sich jämmerlich stöhnend auf dem Boden. Ich stürzte mich auf ihn, Klingen triefend vor Blut.

Es war an der Zeit, es zu beenden.

*   *   *

Ich kniete mich über den verletzten Kobold und bereitete mich auf meinen letzten Schlag vor.

"W-w-wer bist ... du?", fragte der Krieger, sein schmerzerfüllter Blick auf mich gerichtet. "Du bist nicht Xrex."

Ich hielt inne und war überrascht, dass dieser Kobold den Namen von Ishitas geschworenem Anführer kannte. "Vielleicht ja doch", sagte ich milde und ließ meine Klinge sinken.

"Unmöglich!", keuchte der Kobold. "Du kannst nicht er sein. Du *bist* nicht er! Wir haben alles getan, was die Spinnengöttin von uns verlangt hat. Es gibt keinen Grund für sie, uns zu bestrafen."

Ich starrte ihn an. "Was meinst du?" fragte ich langsam. Ich wusste, dass ich Zeit vergeudete, aber ich fand die Worte des Kobolds beunruhigend, vor allem in Anbetracht dessen, was er vorhin gesagt hatte, als er mich noch für Xrex gehalten hatte. *Ein doppelt falscher Hurensohn,* das waren genau seine Worte gewesen.

Die Implikationen waren alarmierend ...

"Tu nicht so unwissend", sagte der Kobold, ohne mein Spekulieren zu bemerken. "Du musst wissen, dass wir der Göttin verpflichtet sind. Warum solltest du uns sonst angreifen?"

Ich starrte ihn verblüfft an.

"Du willst Rache, hab ich recht?" Das Gesicht des Kobolds verzerrte sich vor Wut. "Aber *wir* sind es, die gerächt werden. Die Erwachten Toten werden euch umbringen."

Ich schloss die Augen und verbarg meine Verwirrung. Was der Kobold da sagte, war unmöglich. Konnte er wirklich meinen, dass die Heuler den Erwachten Toten dienten?

Aber dann ... Warum führten die beiden Stämme dann Krieg gegeneinander?

Es machte wenig Sinn, aber jetzt war nicht der richtige Zeitpunkt, um über dieses Rätsel nachzudenken. Ich wandte mich wieder an den Kobold.

"Willst du damit sagen, dass die Heuler und die Erwachten Toten Verbündete sind?" fragte ich vorsichtig, denn ich wollte sicher gehen.

"Natürlich!", zischte er. "Hör auf, dich dumm zu stellen. Ich weiß, dass du ..."

Ich hörte auf, ihm zuzuhören.

Jemand hämmerte wütend an die Tür. Der Krawall in der Kaserne war nicht unbemerkt geblieben, und weitere Kobolde waren nachschauen gekommen. "Verdammt", knurrte ich. Ich hatte keine Zeit mehr.

Mein Blick wanderte zurück zu dem verwundeten Kobold. "Danke für die Informationen", sagte ich düster und stieß meine Klinge durch seine Kehle.

Du hast einen Elitekoboldkrieger getötet.

Ich erhob mich, frischte geringere Imitation auf und eilte dann zu einem der Fensterläden, die am weitesten von der Tür der Kaserne entfernt waren. Ich entriegelte das Fenster und schlüpfte hinaus in die Dunkelheit.

Du bist versteckt.

Ich suchte die Gegend ab. Auf dieser Seite der Kaserne war es noch ruhig, und es waren keine Kobolde in Sicht. Für den Moment sicher hielt ich inne und überlegte, was ich tun sollte.

Mein ursprünglicher Plan war es gewesen, so lange zu töten, bis die Zahl der Opfer, die "Xrex" forderte, so hoch war, dass der Heulerschamane sie nicht ignorieren konnte. Ich hatte gehofft, die Beziehung zwischen den Heulern und den Erwachten Toten unwiederbringlich zu zerstören. Aber jetzt ...

Jetzt war ich mir nicht sicher, was der beste Weg war.

Was der Kobold mir erzählt hatte, ging mir nicht aus dem Kopf. Hatte er die Wahrheit gesagt? Und wenn ja, was sollte ich davon halten? Machte es mein Vorhaben einfacher oder schwieriger?

Ich hatte keine Antworten - noch nicht.

Seufzend wandte ich mich der inneren Mauer zu. Ich hatte viel zum Nachdenken, und bevor ich handelte, musste ich mir einem Reim aus dem machen, was ich wusste. Oder wovon ich glaubte es zu wissen.

✳ ✳ ✳

Ich schaffte es unbemerkt bis zur inneren Mauer. In den Schatten nahm ich mir einen Moment Zeit, um die Wachen am Tor zu beobachten. Sie schienen nicht wachsamer als sonst.

Es war also noch kein festungsweiter Alarm ausgelöst worden.

Ich beschloss, mich lieber offen zu nähern als über die Mauer zu schleichen, verließ den Schutz der Schatten und schlenderte mit gespielter Gleichgültigkeit auf das Tor zu.

Die Aufmerksamkeit der Wachen war sofort auf mich gerichtet, aber keiner machte seine Waffen bereit. Ein wenig beruhigt blieb ich vor ihnen stehen.

"Lasst mich durch", sagte ich in einem weniger streitlustigen Ton als bei den Wachen an der Außenmauer.

Schweigend taten die beiden, was ich ihnen befahl, schwangen das Tor auf und winkten mich hindurch. Ohne Eile schlüpfte ich an den Wachen vorbei und verließ die Festung.

Das Tor schlug hinter mir zu und ich ließ meine Schultern sinken, als die Anspannung von mir abfiel. Ich machte einen Schritt nach vorne, und die erwartete Spielnachricht erschien mir im Geiste.

Du hast eine sichere Zone betreten.

Dazu kam jedoch eine weitere, unerwartete Nachricht.

Geringere Imitation aufgelöst. Dieser Zauber kann nicht aufrechterhalten werden, solange du dich in einer sicheren Zone befindest.

Die Illusion um mich herum fiel weg, und ich schaute mich schnell um, um zu sehen, ob mich jemand bemerkt hatte. Zum Glück war der Tag noch jung und das Dorf ruhig.

In aller Ruhe schritt ich in das Dorf und ging im Schatten einer kleinen Hütte in Deckung, während ich mich um die Spielnachrichten kümmerte, die mich nach meiner jüngsten Begegnung erwarteten.

Du hast Level 63 erreicht!
Herzlichen Glückwunsch, Michael! Du bist jetzt ein Spieler auf Rang 6. Deine Erfahrungsgewinne sind weiter gesunken. Für das Erreichen von Rang 6 hast du einen zusätzlichen Attributpunkt und einen Klassenpunkt erhalten.
Dein Ausweichen ist auf Stufe 42 gestiegen. Dein Schleichen ist auf Stufe 58 gestiegen. Kurzschwerter ist auf Stufe 54 gestiegen. Dein Kampf mit zwei Waffen ist auf Stufe 45 gestiegen. Deine leichte Rüstung ist auf Stufe 37 gestiegen.
Dein Chi ist auf Stufe 37 gestiegen. Deine Meditation ist auf Stufe 42 gestiegen. Deine Telekinese ist auf Stufe 33 gestiegen.
Deine Einsicht ist auf Stufe 60 gestiegen. Deine Täuschung ist auf Stufe 55 gestiegen.

Alle meine Fertigkeiten, mit Ausnahme von Telepathie und Diebstahl, waren wieder aufgestiegen, und ich hatte weitere fünf Level gewonnen. Meine neu erworbenen Attributspunkte investierte ich in Verstand.

Dein Verstand ist auf Rang 21 gestiegen.

Bald würde ich all meine geistigen Fähigkeiten auf die nächste Stufe bringen können, und dafür musste ich das Attribut viel höher leveln.

Als Nächstes dachte ich über alles, was ich von dem toten Kobold erfahren hatte und der folgenden Nachricht nach.

Deine Aufgabe: <u>Schmiede Dunkle Allianzen</u>! wurde aktualisiert. Du hast aus einer fragwürdigen Quelle erfahren, dass die Heuler bereits mit einer Dunklen Macht verbündet sind. Ziel eins wurde überarbeitet: Informiere Hauptmann Talon oder suche eine Bestätigung für die Informationen deiner Quelle.

Ich beäugte die Spielnachricht zweifelnd. Obwohl sie den Kobold als "fragwürdige Quelle" bezeichnete, hatte ich so ein Gefühl, dass was er gesagt hatte stimmte.

Ich hatte natürlich keinen Beweis dafür, aber so kurz vor dem Tod hatte er keinen Grund, mich anzulügen.

Die Empörung des Kobolds war spürbar und ... authentisch gewesen, und ich glaubte ihm.

Was für ein Spiel spielt Erebus?

Es wurde immer deutlicher, dass der selbsternannte Meister in ruchlose Pläne verwickelt war. Was ich allerdings nicht herausfinden konnte, war zu welchem Zweck.

Also gut, ich sollte überprüfen, was ich weiß – oder vermute.

Erstens: Die Roten Ratten waren Erebus verpflichtet.

Zweitens: Die Heuler waren Ishita verpflichtet.

Drittens: Beide dieser Bündnisse waren so geheim, dass nicht einmal die anderen Dunklen Fraktionen davon wussten. In Anbetracht des Krieges, der zwischen den beiden Stämmen tobte, konnte ich sogar davon ausgehen, dass die Kobolde selbst nicht wussten, dass die anderen mit den Erwachten Toten verbündet waren!

Viertens: Erebus ließ nicht nur zu, dass die Stämme gegeneinander kämpften, er schien sie sogar dazu zu *ermutigen*. Stayne hatte den Roten Ratten befohlen, die Heuler anzugreifen, und es war relativ sicher, dass Ishitas Geschworene das gleiche getan hatten und den Heulern befahlen, die Roten Ratten anzugreifen.

Eine lange Weile grübelte ich über meine Sammlung an Fakten und Verdachten nach und versuchte, den Sinn dahinter zu verstehen, aber so sehr ich mich auch bemühte, ich konnte mir nicht vorstellen, worum es den Erwachten Toten ging.

Die einzige definitive Schlussfolgerung, die ich ziehen konnte, war, dass Erebus das Tal in Aufruhr bringen wollte. Warum wusste ich nicht, aber es ließ mich an meinen eigenen Plänen, Chaos zu stiften, zweifeln.

Ich konnte meinen Plan immer noch durchziehen. Aber jetzt war ich mir unsicher, ob ich damit nicht bloß Erebus' eigene Ziele fördern würde.

Mir fehlen einige entscheidende Fakten, um das Bild zu vervollständigen.

Gedankenverloren schürzte ich die Lippen. Ich musste jemanden fragen, der vielleicht mehr darüber wusste, was vor sich ging.

Mit gesenktem Kopf ging ich auf die Tartanerkaserne zu.

KAPITEL 118: EIN RÄTSEL

Ich klopfte eine gefühlte Ewigkeit an die Tür der Tartanerkaserne, bevor mir jemand antwortete. Die Tür öffnete sich einen Spalt weit und ein mir unbekannter Spieler starrte mich von innen an.

"Ich muss mit deinem Hauptmann sprechen", sagte ich ohne weitere Vorrede.

"Wer ...", begann er.

"Jetzt!" forderte ich.

Sein Mund arbeitete lautlos und er sah aus, als wollte er mir die Tür vor der Nase zuschlagen, aber bevor er das tun konnte, erklang eine Stimme von weiter innen. "Lass ihn rein", sagte Cecilia.

Ohne auf die Antwort des Spielers zu warten, stürmte ich in das Gebäude. Ich wusste, dass es unhöflich war, aber ich war in Eile und hatte keine Zeit für Nettigkeiten.

Die Heuler würden nicht lange brauchen, bis sie auf die Morde in ihrer Festung reagierten, und bevor sie das taten, wollte ich bereit sein zu handeln. Als ich mich umsah, entdeckte ich Cecilia in der Nähe.

"Hier entlang, Michael", sagte sie.

Ich eilte zu ihr, und ohne etwas zu sagen, drehte sich die Elfe um und ging tiefer in das Gebäude hinein.

"Wo ist Ultack?" fragte ich.

"Trainiert", antwortete Cecilia, ohne weiter darauf einzugehen. Sie schaute mich von der Seite an. "Du siehst beunruhigt aus. Stimmt etwas nicht?"

"Ich bin mir nicht sicher", gab ich zu. "Ich habe ein paar beunruhigende Fakten aufgedeckt. Ich hoffe, dein Hauptmann kann sie besser deuten als ich."

"Das wird er", antwortete sie voller Überzeugung, als wir vor einer geschlossenen Tür zum Stehen kamen. "Der Hauptmann ist hier. Geh schon."

Ich nickte zum Dank und öffnete die Tür, um einzutreten. Der Raum war klein, einfach eingerichtet und eindeutig als Büro umfunktioniert. Talon saß hinter einem Schreibtisch und notierte etwas auf einem Zettel.

Als ich eintrat, stand er auf. "Willkommen, Michael", sagte er, als hätte er mich schon erwartet. "Mach die Tür zu und setz dich."

Ich tat wie mir geheißen und setzte zum Sprechen an.

Talon hob einen Finger, um mich zu stoppen. "Einen Moment", murmelte er. Einen Moment später sagte er: "Okay, fang an. Jetzt sind wir abgeschirmt."

Ich nickte und schätzte seine Vorsichtsmaßnahmen. "Ich habe deinen Sohn gefunden", sagte ich und begegnete dem Blick des Abgesandten.

Auf Talons Gesicht breitete sich ein Grinsen aus, seine Freude und Erleichterung waren unverkennbar. "Wo ist er?", fragte er ungeduldig.

Ich zuckte mit den Schultern. "Wahrscheinlich schon auf dem Weg nach Süden. Ich habe ihn und seinen Trupp gestern Abend im Lager der Roten Ratten zurückgelassen."

Das Lächeln des Hauptmanns verblasste. "Ihr Trupp hat es also ins Lager geschafft? Warum haben sie sich nicht früher gemeldet?"

"Sie wurden gefangen gehalten."

Einen Herzschlag lang herrschte Schweigen, als Talon das verdaute. "Gefangen?", knurrte er. "Warum zum Teufel wurden sie gefangen genommen?"

Ich seufzte. "Das ist eine lange Geschichte und dein Sohn kann sie dir selbst erzählen, wenn er zurückkommt. Aber die Kurzfassung ist, dass die Roten Ratten Erebus heimlich die Treue geschworen haben. Sturms Truppe hat das irgendwie herausgefunden, und um die Sache geheim zu halten, wurde dem Stamm befohlen, deine Soldaten in Käfige zu sperren."

Deine Aufgabe: <u>Schmiede Dunkle Allianzen</u>! wurde aktualisiert. Du hast Hauptmann Talon über das Bündnis zwischen den Roten Ratten und den Erwachten Toten informiert. Ziel 2 abgeschlossen.

Einen weiteren langen Moment lang sagte der Hauptmann nichts, aber sein Blick schien genau wie meiner nach innen gerichtet.

Hatte Talon ebenfalls ein Quest-Update erhalten?

"Wie hast du sie befreit?", fragte er schließlich.

"Indem ich die Umstände ausgenutzt habe", antwortete ich und wich der Wahrheit aus. "Die Roten Ratten haben ihr Lager verlassen." Ich hielt Talons Blick. "Sie marschieren nach Süden. In den Krieg."

Ich erläuterte nichts weiter und überließ es dem Hauptmann, seine eigenen Schlüsse zu ziehen. Ich hatte ganz bewusst nicht erwähnt, welche Rolle ich bei der Entscheidung der Roten Ratten gespielt hatte oder welchen Umweg ich ihnen befohlen hatte.

Ich hatte nicht gelogen ... nicht direkt, und ich hatte ihm alle notwendigen Fakten mitgeteilt. Es gab keinen Grund für mich, mich schuldig zu fühlen. Gar keinen.

Der Hauptmann war zu sehr mit seinen neuen Erkenntnissen beschäftigt, um zu bemerken, dass etwas nicht stimmte. "Das kann ja nur heißen, dass sie die Heuler angreifen." Er fluchte leise. "Ich kann nicht behaupten, dass ich überrascht bin, dass Erebus die Kontrolle über seine Schergen verloren hat. Aber was denkt sich dieser idiotische Schamane der Roten Ratten? Krieg gegen die Heuler zu führen, ist eine Sache. Tartanische Soldaten gefangen zu halten ... ist eine ganz andere." Er schüttelte den Kopf. "Reine Dummheit."

"Ich verstehe die Gründe dafür selbst nicht", gab ich zu. "Aber in einem Punkt hast du Unrecht." Ich hielt inne. "Erebus hat die Kontrolle über die Kobolde nicht verloren. Der Krieg, den die Roten Ratten gegen die Heuler führen? Alles auf sein Geheiß."

Wieder erzählte ich dem Hauptmann nicht alles, aber ich dehnte die Wahrheit nicht zu sehr aus. Das Wesentliche meiner Erzählungen stimmte – Erebus hatte den Krieg zwischen den Kobolden in der Tat selbst angeordnet – alles andere waren ... unnötige Details.

Der Hauptmann lehnte sich über seinen Tisch und fixierte mich mit seinem Blick. "Damit ich das richtig verstehe. Du sagst, Erebus hat den Roten Ratten *befohlen*, die Heuler anzugreifen?"

"Genau."

"Bist du dir da sicher?"

Ich nickte. "Hat mir dein Sohn selbst erzählt."

"Sturm hat das gesagt?" Talon runzelte die Stirn. "Aber das ergibt keinen Sinn. Ich wusste, dass Erebus uns hinhalten will, aber warum sollte er die Heuler angreifen?", murmelte er, mehr zu sich selbst als zu mir. "Die Heuler haben die Mittel, den Sektor zu erobern."

Das ließ mich aufhorchen. "Was soll das heißen?"

"Sektoren im Königreich sind anders als im Dungeon", sagte der Hauptmann abwesend, "und können erobert werden."

Ich runzelte die Stirn. Dieses Thema hatten wir schon einmal angeschnitten, aber ich war mir nicht sicher, ob ich den Bezug verstand oder inwiefern das meine Fragen beantwortete.

Talons Blick wanderte in meine Richtung und er bemerkte die Verwirrung, die mir ins Gesicht geschrieben stand. "Wie viel weißt du über Sektoren?"

Ich schnitt eine Grimasse. "Außer dem, was du mir selbst erklärt hast?"

Er nickte.

"Nicht viel", gab ich zu.

Der Hauptmann lächelte warmherzig. "Dann weißt du mehr als die meisten. Vielen Spielern ist nicht bewusst, wie wenig sie wirklich verstehen."

Talon hielt inne und sammelte seine Gedanken. "Erinnerst du dich, als ich dir gesagt habe, dass das ewige Königreich eine zweigeteilte Welt ist?"

"Ja."

"Die eine Hälfte, die oberirdische Welt, befindet sich im Äther und die andere, die unterirdische Welt, im Jenseits", fuhr Talon fort. "Bei einer Jahrtausende alten Katastrophe wurden beide Hälften in Millionen kleinerer Teile zersplittert - wir nennen sie Sektoren." Er sah mich an. "Kannst du mir noch folgen?"

Ich nickte, fasziniert von der Hintergrundgeschichte dieser Welt.

"Stell dir die Sektoren als kleine Inseln vor, die entweder in der Leere des Äthers oder in der Dunkelheit des Jenseits schweben", sagte der Hauptmann. "Die Sektoren des Königreichs - also die im Äther - funktionieren anders als die Sektoren des Dungeons - also die im Jenseits. Der wichtigste Unterschied zwischen den beiden ist die Art und Weise, wie sie beansprucht werden können." Er hielt meinen Blick einen Moment lang fest, um die Schwere seines nächsten Punktes zu unterstreichen. "Um den Besitz eines Königreichsektors zu beanspruchen, muss eine Fraktion dessen sichere Zone *kontrollieren*."

Ich runzelte kurz verwirrt die Stirn, dann weiteten sich meine Augen, als ich begriff, was das bedeutete. "Genau das, was die Heuler gerade machen?"

"Genau!", rief Talon aus. "Um die sichere Zone eines Sektors dieser Größe zu kontrollieren, braucht man eine Festung mit mindestens tausend Soldaten als Besatzung."

"Das bedeutet ..." Ich brach ab und runzelte die Stirn, als mir etwas einfiel. "Moment. Wenn das so ist, müsste das Tal dann nicht schon längst den Heulern gehören?"

Talon lächelte. "Die Kobolde sind keine Spieler. Nur *Spielerfraktionen* können einen Sektor besitzen. Aber da die Heulerfestung bereits die Kontrolle über die sichere Zone hat, werden sich die Dinge in diesem Tal drastisch ändern, sobald sie sich einer Fraktion anschließen – entweder den Erwachten Toten oder den Tartanern." Er hielt inne. "Verstehst du, worauf ich hinauswill, Michael?"

"Ich denke schon", antwortete ich abwesend, während meine Gedanken rasten. "Den Erwachten Toten wäre also besser gedient, wenn sie die Heuler in ihre Fraktion aufnehmen, anstatt mit ihnen in den Krieg zu ziehen."

Der Hauptmann nickte. "Richtig. Genau deswegen ist deine Nachricht so verwirrend. Ich bin die ganze Zeit davon ausgegangen, dass Erebus den Heulern nur erlaubt hat, ihre Festung zu bauen, damit er den Sektor sofort in Besitz nehmen kann, wenn sie ihm die Treue schwören." Er schüttelte den Kopf. "Jetzt weiß ich nicht mehr, was ich glauben soll."

Ich nickte wortlos, meine eigene Verwirrung war noch größer als die des Hauptmanns.

Was er jedoch noch nicht wusste, weil ich es ihm nicht gesagt hatte – und jetzt war ich mir nicht mehr sicher, ob ich es ihm sagen *sollte* – war, dass die Heuler bereits mit den Erwachten Toten verbündet waren.

Was hatte das also zu bedeuten?

Mit einem tiefen Seufzer senkte ich meinen Kopf und rieb mir die Schläfen. Die Sache ergab einfach keinen Sinn. Wenn es stimmte, was der Hauptmann mir erzählte, dann müsste der Sektor doch schon unter der Kontrolle der Erwachten Toten sein, oder?

Es sei denn, der Hauptmann lügt.

Oder der tote Kobold hatte gelogen.

Ich stieß einen besorgten Atemzug aus. Anstatt die Dinge einfacher zu machen, verwirrte mich mein Besuch beim Hauptmann nur noch mehr.

Der Hauptmann kicherte beim Anblick meines Gesichtsausdrucks. "Verwirrend, nicht wahr? Das alles kann nur Sinn ergeben, wenn die Heuler das Angebot der Erwachten Toten abgelehnt haben."

Ich schwieg und sagte nichts, um ihn von dieser Spekulation abzubringen – obwohl ich vermutete, dass er sich irrte.

Ich war dem Hauptmann gegenüber nicht ganz offen, denn ich konnte nicht vergessen, dass er ein Abgesandter einer Dunklen Macht war, die mir völlig unbekannt war. Talons erste Loyalität galt seinem Herrn, und unsere Ziele waren nicht unbedingt dieselben.

"Das muss es sein", murmelte Talon nach einem Moment stillen Nachdenkens.

"Was bringt einem die Kontrolle über einen Sektor des Königreichs?" fragte ich und lenkte das Gespräch wieder in sicherere Bahnen.

"Zum einen haben die Spieler der Fraktion freien Zugang zum Sektor und können sich jederzeit und überall hinein- und hinausteleportieren. Zum anderen kann die besitzende Fraktion Spieler als Kriminelle brandmarken, damit sie leichter gefasst und identifiziert werden können. Und schließlich kann der Besitzer feindlichen und selbst neutralen Spielern den Zugang zur sicheren Zone verwehren. Wie du dir vorstellen kannst, macht all das die Zurückeroberung eines *normalen* Königreichsektors schwierig. Bei einem geschlossenen Sektor wie diesem? Ohne eine wirklich überwältigende Macht wäre das nahezu unmöglich."

Ich pfiff anerkennend. Einen Sektor zu besitzen hatte definitiv seine Vorteile. Warum zögerte Erebus seinen Anspruch auf diesen Sektor also hinaus?

Darauf hatte ich keine Antwort.

"Aber all diese Spekulationen sind sinnlos und haben nichts mit unserem Hauptproblem zu tun", sagte der Hauptmann und schüttelte den Kopf. "Wichtig ist, dass wir Beweise dafür finden, worum es Erebus geht." Er sah mich forschend an. "Konntest du etwas herausfinden?"

Ich nickte. Ich zog den Brief von Stayne aus meiner Tasche und legte ihn auf den Tisch, damit Talon ihn lesen konnte.

Kapitel 119: Der Gesandte des Gesandten

Eine Reihe von Emotionen flackerten über das Gesicht des Hauptmanns, als er Staynes Befehle las. Erst Verwirrung, dann Wut, und schließlich schien er zufrieden.

"Gut gemacht, Michael", sagte Talon und streckte die Hand nach dem Papier aus. "Ich weiß nicht, wie du das geschafft hast, aber das ist genau, was mein Meister braucht."

Ich hielt den Zettel fest. "Nicht so schnell", sagte ich. "Wir müssen erst den Preis klären, bevor ich ihn dir aushändigen kann."

Talon lehnte sich in seinem Stuhl zurück und sein Gesicht verwandelte sich in eine unlesbare Maske. "Preis?", fragte er. "Ich dachte, darauf hätten wir uns schon geeinigt."

Ich schüttelte den Kopf. "Ich habe nur zugestimmt, Untersuchungen anzustellen." Ich hielt inne. "Und deinen Sohn zu finden, aber die Belohnung habe ich nie bestätigt."

"Ich verstehe", sagte der Hauptmann und verschränkte die Finger vor sich. "Also, was willst du im Gegenzug?", fragte er und sein Kinn zuckte leicht.

"Eine Portalschriftrolle", antwortete ich.

Talon blinzelte, überrascht von meiner Bitte. "Eine Portalschriftrolle?", fragte er. "Wofür das?"

Ich lehnte mich selbst in meinem Stuhl zurück und fing an meine Gründe aufzuzählen, da ich keinen Grund dagegen sah. "Ich will deinem Herrn nicht verpflichtet sein", sagte ich unverblümt. "Ich traue keiner Macht."

Der Hauptmann öffnete den Mund, um zu antworten, aber bevor er sprechen konnte, fuhr ich fort: "Gib mir, was ich will, und ich verlasse den Sektor."

Der Hauptmann sagte einen Moment lang nichts, dann kicherte er zu meiner Überraschung. "Du willst die Portalschriftrolle also haben, um dem Sektor allein zu entkommen?"

Ich nickte, verwirrt von seiner plötzlichen Belustigung.

"Ich bin fast versucht, deinen Bedingungen zuzustimmen", sagte der Hauptmann, dessen Lippen immer noch amüsiert zuckten, "aber ich schätze meine eigene Ehre zu sehr, dich so zu betrügen."

Ich starrte ihn verständnislos an.

"Die Wahrheit, Michael", fuhr Talon fort, "ist, dass eine Portalschriftrolle dir nicht helfen wird, aus dem Sektor zu entkommen."

"Warum nicht?" fragte ich schroff.

"Zum einen ist der Sektor versteckt ..."

"Das weiß ich", unterbrach ich.

"Und außerdem ist er dazu noch durch einen Schild abgeschirmt", beendete der Hauptmann.

Meine Augenbrauen zogen sich zusammen. "Abgeschirmt?"

Der Hauptmann nickte. "Ishitas Geschworene haben irgendwo in diesem Sektor einen Schildgenerator installiert. Solange der in Betrieb ist, können nur Portale, die mit dem Schild abgestimmt wurden, geöffnet werden. Egal ob von innen oder von außen."

Ich starrte den Hauptmann entsetzt an und konnte lange Zeit kein Wort herausbringen.

"Na, das ist ja fantastisch.", sagte ich schließlich.

✻   ✻   ✻

Es dauerte eine Weile, bis ich die Nachricht verkraftet hatte. Waren all meine Pläne umsonst gewesen?

Nein.

Der Schildgenerator machte die Sache kompliziert, aber ich konnte meinen Plan immer noch umsetzen. Während ich meinen Schock verdaute, wurde mir eine weitere Sache klar: Jemand hatte mich angelogen.

Mariga hatte mir geradezu bestätigt, dass ich mit einer Portalschriftrolle entkommen könnte, während Talon mir gerade das Gegenteil erzählt hatte. Wer hatte also gelogen?

Der Hauptmann oder die Druidin. Wer lügt?

Ich warf einen kurzen Blick auf Talon. Er beobachtete mich. Ich traute dem Hauptmann zwar nicht genug, um mich mit seinem Meister zu verbünden, aber ich hielt ihn nicht für hinterlistig – während Mariga geradezu danach stank. Ich konnte mir gut vorstellen, dass sie mich angelogen hatte.

Und was mache ich jetzt?

Mit gesenktem Kopf dachte ich weiter über die Situation nach. Sollte ich zu den Heulern zurückkehren und meinen Plan fortsetzen? Oder die Druidin zur Rede stellen? Oder dem Hauptmann alles sagen, was ich wusste? Ich seufzte. Es wurde immer unwahrscheinlicher, dass ich den Sektor unbeschadet verlassen würde.

"... hörst du mich, Michael?"

Mir wurde klar, dass der Hauptmann mich etwas gefragt hatte. Ich hob meinen Kopf. "Sorry, sag das bitte noch mal."

"Nimmst du meinen ursprünglichen Vorschlag jetzt an?", wiederholte er geduldig.

Ich rieb mir das Kinn und dachte ernsthaft darüber nach. Ich hatte noch drei Tage Zeit – einschließlich heute – und obwohl meine ursprüngliche Idee, Ishitas Geschworene zu überzeugen, mich durch ihr Portal zu lassen, immer weniger machbar erschien, war ich noch nicht bereit, mein Schicksal in die Hände der Tartaner zu legen.

Vielleicht kann ich den Schildgenerator finden.

Ihn zu zerstören, würde die Sache vereinfachen. Ich wandte mich wieder an Talon. "Weißt du, wo der Schildgenerator ist?" fragte ich und ignorierte seine ursprüngliche Frage.

Der Hauptmann schüttelte den Kopf. "Nein. Xrex hat dafür gesorgt, dass es gut versteckt ist, aber um zu funktionieren, muss das Gerät irgendwo im Sektor selbst sein."

"Dann muss er in der sicheren Zone sein", dachte ich laut. Das war der naheliegendste und sicherste Ort, um ein solches Gerät aufzubewahren.

Aber der Hauptmann schüttelte den Kopf. "Nein. Kann er nicht. Schilde funktionieren in der sicheren Zone nicht."

Ich nickte langsam. Dann gab es immer noch Hoffnung, dass ich den Generator finden und zerstören konnte, bevor meine Zeit abgelaufen war. "Wenn das so ist, muss ich deinen Vorschlag ablehnen."

Talon schaute mich forschend an. "Bist du sicher?"

"Nein", gab ich zu. "Aber es ist der einzige Weg meine Autonomie zu bewahren."

Der Hauptmann nickte und schien meine Antwort ohne Bitterkeit zu akzeptieren. Er blickte auf den Brief von Stayne hinunter. "Den hätte ich immer noch gerne", sagte er. "Wenn nicht den Schutz des Gottkaisers, was kann ich dir sonst im Tausch anbieten?"

Ich überlegte nur für den Bruchteil einer Sekunde, bevor ich kühn verkündete: "Eintausend Gold."

Dem Hauptmann entkam ein bellendes Lachen.

Er denkt, ich mache Witze, dachte ich.

Aber als ich ihn weiter gleichmäßig anstarrte, verblasste Talons Belustigung. "Meinst du das ernst?"

"In der Tat."

"So viel Geld habe ich in diesem Sektor nicht", sagte der Hauptmann.

Enttäuscht verzog ich die Lippen.

"Aber ich kann es besorgen", beendete er.

Ich sah ihn an. "Wie lange?"

Talon schürzte seine Lippen in Gedanken. "Zwei Tage."

Ich schüttelte den Kopf. "Das ist zu lang. Ich muss das Geld morgen haben."

Die Augen des Hauptmanns verengten sich bei meinen Worten. Er musterte mich erneut. "Was macht ein weiterer Tag schon aus?"

Ich zögerte, sah dann aber keinen Grund zu lügen und sagte ihm die Wahrheit. "Ich habe einen Nichtangriffspakt mit Erebus. Der wird bald auslaufen, und dann werden mir seine Schergen dicht auf den Fersen sein. Bis dahin muss ich längst aus dem Sektor verschwunden sein."

"Ein Nichtangriffspakt?", fragte der Hauptmann und zog die Augenbrauen hoch. "Wie hast du das denn geschafft?"

Ich lächelte. "Mit etwas geschicktem Verhandeln."

Das überraschte Talon genug erneut laut aufzulachen. "Ich mag dich, Michael", sagte er. "Das tue ich wirklich. Also gut, ich bin mit deinen Bedingungen einverstanden: ein Tag. Bis dahin werde ich dein Geld haben. Darauf hast du mein Wort."

Eine Spielnachricht öffnete sich in meinem Kopf.

Der Gesandte Talon, der im Namen von Tartar handelt, hat dir einen Pakt angeboten. Wenn du ihn annimmst, wird Tartar dir innerhalb eines Tages eine Summe von 1.000 Gold übergeben. Im Gegenzug übergibst du ihm den Brief von Stayne. Dieser Pakt kann jederzeit von beiden Parteien aufgehoben werden.
Nimmst du das Angebot von Hauptmann Talon an?

"Sind die Bedingungen für dich akzeptabel?" fragte Talon, als er sah, wie sich mein Blick nach innen wandte.

Ich nickte langsam.

Du hast einen Pakt mit Hauptmann Talon geschlossen.

Der Hauptmann lächelte. "Ausgezeichnet. Du würdest dich in der Tartanerlegion gut machen."

Ich zuckte mit den Schultern und beschloss, nicht darauf zu antworten. Ich schnappte mir Staynes Brief und erhob mich von meinem Stuhl. "Nun, wenn das alles ist, dann ist unser Gespräch wohl beendet ..."

"Weißt du", sagte der Hauptmann abrupt. "Damit ist nur ein Teil der Aufgabe erledigt, die ich dir ursprünglich gegeben habe."

Ich hielt inne. "Das heißt?"

"Das heißt, dass die Roten Ratten zwar bereits eingeschworen waren, aber das lässt die Heuler übrig." Der Hauptmann wandte sich wieder dem halbfertigen Brief zu, der noch immer offen auf seinem Schreibtisch lag. "Einen Moment", murmelte er und begann wieder zu schreiben.

Als er fertig war, holte Talon einen Gegenstand aus seiner Tasche und drückte ihn auf das Papier. Als ich über den Tisch blickte, sah ich, dass er eine Art Wachssiegel auf das Pergament gestempelt hatte.

Talon faltete den Brief zusammen und reichte ihn mir. "Ich wollte eigentlich Cecilia und Ultack bitten, ihn zu überbringen, aber angesichts deiner bisherigen Erfolge denke ich, dass du besser für diese Aufgabe geeignet bist."

Ich nahm ihm den gefalteten Zettel aus der Hand und las die darin enthaltene Nachricht.

Schamane Hyek vom Stamm der Heuler,
Ich bin Talon, Abgesandter des Gottkaisers und Kommandant der Ebenholzgarde, der drittgrößten der tartanischen Legionen.
In diesem Sektor spreche ich für den Kaiser und habe alle nötigen Befugnisse, um Bündnisse zu schließen, wie ich sie für richtig halte. Ich versichere, dass Tartar keine bösen Absichten gegen dein Volk hegt und eine Partnerschaft zwischen deinem Stamm und dem Gottkaiser für beide Seiten von Vorteil ist.
Der Überbringer dieses Briefes ist ermächtigt worden, die Bedingungen eines Vertrages zwischen uns auszuhandeln. Ich hoffe, dass ein solcher Vertrag zwischen uns schnell geschlossen werden kann.
Hochachtungsvoll,
Hauptmann Talon.

Das Wachssiegel unter dem Namen des Hauptmanns zeigte zwei gekreuzte Schwerter über einem schnaubenden Stier.

"Das Siegel ist magisch und fälschungssicher", erklärte Talon. "Der Schamane wird es als das erkennen, was es ist: das Symbol eines Gesandten des Kaisers."

Ich starrte den Hauptmann an, nicht sicher, ob ich ihn richtig verstanden hatte. "Du willst, dass ich mir die Gefolgschaft der Heuler sichere?"

"Ganz genau", sagte er. "Überzeuge sie, die Erwachten Toten zu vergessen und sich stattdessen an den Gottkaiser zu binden. Wenn du das schaffst, gebe ich dir noch tausend Gold dazu."

"Warum vertraust du mir sowas an? Sind deine eigenen Leute nicht besser geeignet?"

"Ehrlich gesagt hat mein Volk den Kobolddelegationen im Tal bereits mehrfach Angebote gemacht." Talon schüttelte den Kopf. "Jedes Mal haben die Anführer der Delegationen sich geweigert, sich mit meinen Vertretern zu treffen." Er lächelte. "Irgendwie glaube ich nicht, dass du Probleme haben wirst, an ihrer Tür vorbeizukommen. Willst du es versuchen?"

Der Bitte von Talon nachzukommen, bedeutete, den Sektor der Tartanerlegion zu überlassen. Obwohl das besser war, als wenn das Tal in die Hände der Erwachten Toten fiel, fühlte ich mich bei dem Gedanken, dass die Heimat der Schattenwölfe einer Dunklen Fraktion gehören würde, nicht gerade wohl.

Trotzdem sah ich keinen Nachteil darin, die Aufgabe zumindest anzunehmen. Ich nickte. "Das werde ich."

Deine Aufgabe: <u>Schmiede Dunkle Allianzen</u>! wurde aktualisiert. Hauptmann Talon hat dich gebeten, die Treue der Heuler für den Gottkaiser zu sichern. Ziel eins wurde überarbeitet: Verhandle ein Bündnis zwischen den Tartanern und den Heulern.

Du hast einen Pakt mit dem Gesandten Talon geschlossen, der im Auftrag von Tartar handelt. Wenn der Schamane der Heuler dem Gottkaiser die Treue schwört, zahlt Tartar eine Summe von 1.000 Gold auf dein Konto bei der Albion Bank ein.

KAPITEL 120: VERSCHACHTELTE LÜGEN

Tag 5. Morgengrauen.

Ich wollte mich nicht länger aufhalten - oder in meinen Halbwahrheiten ertappt werden - und verließ die Tartanerkaserne, kurz nachdem der Hauptmann und ich die Bedingungen unseres zweiten Paktes festgelegt hatten.

Als ich vor der Kaserne stehen blieb, überlegte ich, wohin ich als nächstes gehen sollte. Es gab noch viel zu tun, und meine Pläne konnten sich noch ändern. Ich hatte durch meinen Besuch beim Hauptmann weniger gelernt, als ich wollte, und vieles war verwirrend.

Aber so entmutigend die Existenz des Schildgenerators auch war, so boten sich mir doch zusätzliche Möglichkeiten - vorausgesetzt, ich konnte ihn finden.

Die Suche nach seinem Standort hatte vorerst Priorität.

Die Dynamik im Sektor war ebenfalls eine interessante Wendung und ich war doppelt dankbar, dass das Tal nicht bereits unter der Herrschaft der Erwachten Toten stand. Aber da die Heuler angeblich bereits mit Ishita verbündet waren - was ich ebenfalls dringend überprüfen musste - konnte der Sektor innerhalb kürzester Zeit eingenommen werden, was es umso wichtiger machte, dass ich schnell aufbrach.

Es war auch klar, dass mich jemand, oder mehrere Parteien, angelogen hatten. Und es wurde Zeit, dass ich meinen Verdacht bestätigte.

Ich hielt mich geduckt, um weniger aufzufallen und eilte zur Hütte der Dunklen Druidin.

✳ ✳ ✳

Mariga öffnete die Tür, sobald ich anklopfte. Ich schob mich an ihrer dunkel gekleideten Gestalt vorbei und schlüpfte in die Hütte.

"Fühl dich doch gleich wie zu Hause", zischte sie amüsiert.

Ich ignorierte ihre Worte, drehte mich in der Mitte des Raumes um und betrachtete ihre verhüllte Gestalt genau. Frustrierenderweise blieb ihre Identität genauso undurchsichtig wie zuvor. Ich expandierte meinen Willen und versuchte sie zu analysieren.

Du hast eine Wahrnehmungsprüfung nicht bestanden und kannst dein Ziel nicht analysieren. Dieses Wesen trägt ein Zeichen der tieferen Dunkelheit.

Wieder einmal spürte die Dunkle Druidin meinen Zauber. "Ah, du hast deine Analyse verbessert. Der kleine Spieler wird erwachsen", sagte sie anerkennend.

"Genug gespielt", schnauzte ich. "Was bist du?"

Sie antwortete nicht. Ich versuchte erneut, sie zu analysieren und scheiterte wieder.

"Hör auf damit!" zischte Mariga. "Ich habe dir bereits gesagt, dass das unhöflich ist. Und was ich bin, weißt du bereits. Ich bin eine Agentin der Schatten."

Ich verengte die Augen und betrachtete sie genau. "Bist du das? Wie soll ich dir vertrauen, wenn du mich bis jetzt belogen hast?"

Mariga spreizte die Hände und zeigte dabei ihre krallenbesetzten Finger. "Ich, dich anlügen? Worüber, wenn ich bitten darf?"

"Darüber, dass ich eine Portalschriftrolle benutzen kann, um aus diesem Tal zu entkommen", sagte ich und beobachtete sie genau.

"Ach, das", sagte Mariga, setzte sich und machte keine Anstalten, die Anschuldigung zu bestreiten. "Du hast wohl was dazugelernt, was?"

Ich setzte mich ihr gegenüber. "Das habe ich. Und jetzt will ich eine Erklärung."

"Das klingt verdächtig nach einer Forderung", sagte Mariga und klang wieder leicht amüsiert. "Du hast von mir nichts zu verlangen, Junge. Ich habe es dir damals gesagt, und ich sage es gerne wieder. Es ist mir egal, ob du meine Aufgabe erledigst. Entscheide für dich selbst." Sie zischte und zeigte dabei zwei große Reißzähne. "Und jetzt geh. Ich habe diese Unterhaltung jetzt schon satt."

Ich bewegte mich nicht. "Du wusstest, dass eine Portalschriftrolle nicht funktionieren kann, oder?" blieb ich hartnäckig.

"Das wusste ich."

"Und du weißt von dem Schildgenerator?"

"Das tue ich", sagte sie mit gelangweilter Stimme.

"Wo ist er?" fragte ich und beugte mich leicht vor.

"Wenn ich das wüsste, Junge, wäre er schon zerstört!" schnauzte Mariga. "Ich habe dir gesagt, du sollst gehen. Das ist deine letzte Chance." Die schlangenartigen Augen der Druidin funkelten. "Das nächste Mal frage ich weniger nett."

Ich ignorierte die nackte Drohung in ihren Worten. "Gib sie mir", forderte ich.

"Gib dir was?"

"Die Portalschriftrolle", sagte ich.

"Warum sollte ich?", fragte sie unbekümmert.

"Wenn du das nicht tust", knurrte ich, "werde ich Ishita sagen, dass du eine Agentin der Schatten bist."

Einen Moment lang schien meine blanke Drohung die Druidin sprachlos zu machen. Kurz darauf hatte sie ihr Gleichgewicht wiedergefunden. "Willst du mir drohen?", fragte sie leise.

"Ja", erwiderte ich unverblümt.

Sie lachte vergnügt. "Meine Güte, du wirst wirklich schnell erwachsen." Sie griff in ihr Gewand, zog die Portalschriftrolle heraus und drückte sie mir in die Hand.

Du hast eine Portalschriftrolle erworben.

Ich starrte ungläubig auf das Pergament in meiner Hand. Mariga hatte sie mit viel weniger Widerstand aufgegeben, als ich erwartet hatte. "Du gibst sie mir einfach?"

"Na, genau das wolltest du doch, oder?", fragte sie kichernd.

Mein Blick verengte sich. Sie war plötzlich sehr kooperativ, und ich misstraute ihren Motiven. "Warum gibst du die mir?" forderte ich erneut.

"Warum nicht?", erwiderte sie. "Und wie wir bereits festgestellt haben, ist sie für dich ohnehin nutzlos."

"Aber nur in diesem Sektor", konterte ich. "Sie ist immer noch eine Menge Geld wert."

"Ah, Geld", rief sie aus. "Was kümmert mich Geld?"

Ich schnaubte. War das dieselbe Spielerin, die sich geweigert hatte, über den Preis ihrer Zauberbücher zu verhandeln? Entweder hatte sie damals mit mir gespielt, oder sie tat es jetzt. Ich knirschte vor Frustration mit den Zähnen. *Welches Spiel spielt sie hier?*

"Wenn du die Schriftrolle nicht willst, gib sie mir zurück."

Ich machte keine Anstalten, das zu tun.

Mariga lachte. "Du willst sie also doch?"

Ich nickte zögernd.

"Gut. Jetzt hast du, weswegen du gekommen bist. Also geh!", zischte sie.

Ich stand auf und vermutete eine Art Trick, wusste aber nicht, was für einen. Was mich noch mehr beunruhigte, war, dass ich die Druidenhütte genauso unaufgeklärt verließ, wie ich sie betreten hatte.

Mit wirren Gedanken ging ich langsam auf die Tür zu.

"Nur aus Interesse", rief die Dunkle Druidin und hielt mich auf dem Weg zum Ausgang auf, "wie weit bist du mit der Aufgabe, die ich dir gestellt habe?"

Ich hielt inne und drehte mich um. Sie saß immer noch da und schaute in die andere Richtung.

Täuscht sie Desinteresse vor? fragte ich mich. "Warum?"

"Nenn es Neugier", antwortete sie.

Ich wusste, dass ich immer noch manipuliert wurde, aber ich beschloss, mitzuspielen. So konnte ich vielleicht herausfinden, was sie wirklich wollte.

Ich zuckte mit gespielter Gleichgültigkeit mit den Schultern, nicht dass sie es sehen konnte. "Gegen Mittag werden die Langfänge wohl nicht mehr da sein."

Bildete ich es mir nur ein, oder war Mariga bei meinen letzten Worten erstarrt?

Als sie nichts sagte, fuhr ich fort und beobachtete sie genau. "Ich habe auch die Heuler und die Roten Ratten kurz vor einen offenen Krieg getrieben."

Diesmal war nicht zu übersehen, dass sich die Finger der Druidin plötzlich zusammenzogen. Ich lächelte vor mich hin und ließ sie einen langen Moment warten, bevor ich beiläufig hinzufügte: "Es wird nicht viel brauchen, sie den letzten Schritt machen zu lassen."

Mariga sagte immer noch nichts.

Aber ich ließ mich nicht mehr täuschen. Meine Nachricht hatte ihr Interesse geweckt. Ich wandte mich wieder der Tür zu. Meine Hand war schon halb an der Klinke, als sie endlich sprach. "Kannst du es tun?"

"Wie bitte?" fragte ich, mein Gesicht ausdruckslos.

"Mach dich nicht lächerlich, Junge!", schnauzte sie gereizt. "Kannst du sie zu einem offenen Krieg zwingen?"

"Kann ich", sagte ich einfach.

"Was wird das kosten?", fragte sie.

"Eintausend Gold", sagte ich gleichmütig.

Die Druidin schnaubte. "Ich trage kein Geld mit mir herum, und falls du es nicht weißt, gibt es hier keine Bank."

Ich zog meine Lippen nach unten. "Tja, das ist enttäuschend. Vielleicht beim nächsten Mal ..."

"Vielleicht können wir uns anders einigen", sagte sie und unterbrach mich. Mariga stand auf und drehte sich um, um mich endlich anzusehen. "Wenn du den Job erledigt hast, können wir ..."

Ich schüttelte mit gespielter Traurigkeit den Kopf. "Oh, nein", sagte ich. "Ich habe meine Lektion gelernt. Ich werde deinen Versprechen nicht mehr glauben." Ich hielt ihrem Blick stand. "Wenn du willst, dass ich deine Drecksarbeit für dich erledige, gibst du mir das Geld im Voraus."

"Das war nicht gelogen", zischte sie. "Ich habe das Geld nicht."

"Das ist schade", sagte ich und wandte mich wieder der Tür zu.

"Warte!", kreischte sie.

Interessant ... Sie wirkt fast verzweifelt. Aber waren das ihre wahren Gefühle, die ich da sah, oder war das ebenfalls nur gespielt?

Ich hielt mein eigenes Gesicht neutral und drehte mich um.

Marigas Zunge schoss vor und leckte sich über die Lippen. "Was, wenn wir einen Pakt schließen?"

Ich blinzelte. Ein Pakt war das Letzte, was ich von ihr erwartet hatte. "Wie sollen wir ..."

"Ich bin eine Abgesandte", sagte sie.

Ich starrte sie an und hatte Mühe, meinen Schock zu verbergen.

Dank Talon wusste ich, dass ein Gesandter zu sein bei wahrem nicht nebensächlich war, und dennoch war sie hier in einem Gebiet, das mit großer Sicherheit feindlich war.

Mariga war ein großes Risiko eingegangen, in diesen Sektor zu kommen. Die Erwachten Toten konnten sie in der sicheren Zone zwar nicht töten, aber sie konnten sie hier für fast unbestimmte Zeit einsperren, da sie das einzige Portal in das Tal kontrollierten. *Was auch immer Marigas wahre Mission ist, sie muss unglaublich wichtig sein, wenn sie so viel dafür riskiert.*

"Würdest du einem Pakt vertrauen?", fragte sie und unterbrach meine Überlegungen.

"Vielleicht" sagte ich vorsichtig. "Welche Bedingungen schlägst du vor?"

"Genau wie du es gesagt hast", sagte sie. "Du bringst die Roten Ratten und die Heuler dazu, sich zu bekriegen, und ich sorge dafür, dass eintausend Gold auf ein Bankkonto deiner Wahl eingehen." Sie hielt inne. "Ich habe noch eine kleine Bitte."

Ah, da ist es. "Und zwar?" fragte ich knapp.

"Du versprichst, meine Identität geheim zu halten, als Teil des Paktes. Du darfst niemandem von meiner wahren Natur erzählen."

Das schien vernünftig. Fast zu vernünftig. Ich rieb mir das Kinn, während ich ihre Worte aus allen erdenklichen Blickwinkeln betrachtete, aber ich konnte keine versteckte Gefahr darin sehen, den Vorschlag der Druidin anzunehmen. "Also gut, abgemacht."

KAPITEL 121: WEITERE ÜBERRASCHUNGEN

Tag 5. Früher Morgen.

"Ausgezeichnet", sagte Mariga und ihr Körper wiegte sich, was ich als Freude interpretierte. "Leg deine Hand in meine, damit ich den Pakt zwischen uns abschließen kann."

Ich tat, was sie sagte, und legte meine behandschuhte Hand behutsam auf ihre geschuppte Handfläche.

Eine Spielnachricht öffnete sich in meinem Kopf.

Ein Pakt zwischen der Abgesandten bekannt als Mariga, die im Namen einer unbekannten Macht handelt, und dem Spieler Michael wird initiiert ...

Ich blinzelte über den etwas überraschenden Wortlaut des Adjutanten.

Mariga winkte mir zu und lenkte damit meine Aufmerksamkeit auf sich. "Mach schon", sagte sie ungeduldig. "Sag dem Adjutanten, was du willst, damit wir die Sache erledigen können."

Da ich mich nicht hetzen lassen wollte, las ich mir die erste Nachricht noch einmal durch. Sie deutete darauf hin, dass ich weniger über die wahre Natur der Dunklen Druidin wusste als ich angenommen hatte. "... bekannt als Mariga", wiederholte ich laut. "Das ist also nicht dein richtiger Name?"

"Natürlich nicht", sagte die Druidin abweisend. Sie gestikulierte an ihrem Körper hinunter. "Wäre keine gute Verkleidung, wenn ich meinen wahren Namen benutzen würde, oder?"

Ich runzelte die Stirn. "Du bist also nicht wirklich eine Schlangenfrau?"

Ein verächtliches Schnauben war meine einzige Antwort.

Ich ging langsam im Kreis um Mariga herum und betrachtete sie fasziniert. "Wie schaffst du es, deine Verkleidung in der sicheren Zone beizubehalten?" fragte ich und dachte dabei an mein eigenes Versagen.

"Mit einem Täuschungszauber der Meisterklasse natürlich", antwortete sie.

"Natürlich" murmelte ich und fragte mich, was das über ihr Level aussagte. Ihre Fähigkeit musste sogar in der Lage sein, die Analyse eines anderen Spielers zu täuschen, wurde mir klar. Sonst hätten Ishitas Geschworene sie sofort verdächtigt.

"Können wir jetzt weitermachen?", fragte sie und wurde immer ungeduldiger.

Ich hörte auf sie fasziniert zu umrunden und schenkte ihr wieder meine Aufmerksamkeit. "Noch nicht. Wer ist diese 'unbekannte Macht', der du dienst?"

Die Druidin schaute finster drein. "Ich habe dir schon gesagt, dass ich an die Göttin der Natur gebunden bin."

"Das bist du nicht", sagte ich entschieden. "Wenn du zu Artem gehören würdest, hätte der Adjutant die Macht nicht als 'unbekannt' bezeichnet." Ich hielt inne. "Kannst du also bitte ehrlich zu mir sein?" fragte ich und wurde selbst ungeduldig.

Die Druidin schwieg so lange, dass ich dachte, sie würde nicht antworten. "Ich diene Arinna", sagte sie schließlich.

Ich runzelte die Stirn, weil ich den Namen nicht kannte. "Wem?"

"Sie ist eine Göttin des Lichts", sagte Mariga leise.

"Du bist eine Spielerin des *Lichts*?" brachte ich hervor.

"Ja", antwortete sie. "Stört dich das?"

Das tat es nicht, zumindest nicht in dem Sinne, wie sie es meinte, aber es beunruhigte mich, eine weitere Ebene ihrer Täuschung aufzudecken. Was hatte sie sonst noch zu verbergen? "Warum will eine Abgesandte des Lichts Krieg zwischen zwei Koboldstämmen anzetteln?"

"Ist das nicht offensichtlich?" fragte Mariga. "Ich bin hier, um die Ausbreitung der Dunklen aufzuhalten. Wir dürfen nicht zulassen, dass sie diesen Sektor für sich beanspruchen. Sobald sie das tun", sie breitete die Arme aus und gestikulierte um sich herum, "werden sie das gesamte Tal befestigen und es könnte Monate, wenn nicht Jahre dauern, sie wieder zu vertreiben. Ich bin hierhergeschickt worden, um das zu verhindern."

"Was macht dieses Tal so wichtig?" fragte ich. Ich kannte Talons Meinung, aber ich wollte ihre eigene hören. Würde sie mir die Wahrheit sagen?

"In erster Linie der Eingang zur Sphäre des Jenseits", antwortete sie. "Es gibt nur wenige Verbindungen zwischen dem Äther und dem Jenseits, was jede Einzelne sehr wertvoll macht. Außerdem ist dieser Eingang in einem *geschlossenen* Sektor. Das kommt eigentlich nie vor."

Sie hielt inne. "Aber es steckt mehr dahinter. Irgendetwas an diesem Sektor zieht die Erwachten Toten besonders an. In all den Monaten, in denen ich schon hier bin, habe ich viele ihrer besten Spieler durch das Tal ziehen sehen. Sie alle haben versucht, ihre wahre Identität zu verbergen." Sie lächelte. "Aber es ist schwer, sein wahres Ich vor *mir* zu verbergen." Sie schielte mich von der Seite an.

War ihr letzter Kommentar auch an mich gerichtet?

"Und bevor du fragst, ich weiß selbst nicht, was diese Spieler vorhaben", beendete Mariga mit einem frustrierten Unterton. "Aber ich habe vor, es herauszufinden."

Ich verbarg meine Enttäuschung. Es sah nicht so aus, als würde ich so einfach all meine Antworten bekommen.

"Schließen wir den Pakt trotzdem?" fragte Mariga.

Ich dachte einen Moment über meine Antwort nach. "Ja", sagte ich schließlich.

*　*　*

Du hast einen Pakt mit der Abgesandten Mariga geschlossen, die im Namen von Arinna handelt. Die Macht wird dir 1.000 Gold auf dein Konto

bei der Albion Bank überweisen, wenn du die Roten Ratten und die Heuler in einen Kampf verwickelst und Marigas wahre Natur vor den Bewohnern des Sektors geheim hältst.

Deine Aufgabe: <u>Koboldkriege</u>! wurde aktualisiert. Du hast einen Pakt mit Mariga geschlossen und die Bedingungen ihrer ursprünglichen Forderung geändert. Überarbeitetes Ziel: Verwickle die Roten Ratten und die Heuler in einen Kampf.

Nachdem unser Pakt geschlossen war, zog ich mich schnell aus Marigas Hütte zurück. Als ich in den heller werdenden Himmel blickte, unterdrückte ich ein Gähnen. Der Morgen war angebrochen. Die neusten Enthüllungen der Druidin hatten sich als durchaus erleuchtend erwiesen, und meinen eigenen Weg gefestigt.

Ich war mir jetzt sicher, was ich als Nächstes tun musste.

Aber es war eine lange Nacht gewesen und ich war müde. *Ich brauche Schlaf,* beschloss ich. Ich steuerte meine Füße in Richtung Taverne und schritt in die Richtung.

Die Straßen des Dorfes waren nun nicht mehr leer und Spieler schlenderten in alle Richtungen. Als sie mich erkannten, warfen mir einige finstere Blicke zu. Ich beachtete sie nicht.

Als ich mich der Taverne näherte, bemerkte ich neue Aushänge am schwarzen Brett. Sie waren alle gleich: Kopien des Kopfgeldes, das Ishita auf mich ausgesetzt hatte.

Meine Lippen zogen sich nach unten. Jemand investierte viel Mühe darin, dass mein Gesicht nicht unerkannt blieb. Ich eilte an der Tafel vorbei, stieg die Treppe der Taverne hinauf und betrat das dunkle Innere. Auch hier saßen nur ein paar wenige Spieler. Sie saßen dicht gedrängt an ihren Tischen und nippten an ihren Getränken. Als ich eintrat, sahen einige von ihnen auf und starrten mich finster an.

Ich ignorierte ihr wütendes Gemurmel und setzte mich an die Bar. Benadean kam zu mir herüber. "Wow, du hast es zurückgeschafft." Sein Blick wanderte an mir herunter. "Und all deine Besitztümer sind unversehrt. Beeindruckend."

Ich schenkte ihm ein schiefes Grinsen. "Ich bin schwerer zu töten, als du denkst", murmelte ich und legte eine Silbermünze auf die polierte Oberfläche des Bartresens.

Benadeans Augen flackerten zu der Münze. "Wofür das?"

"Für einen Krug Ale", sagte ich. "Und als späte Bezahlung für neulich."

Der Barkeeper öffnete den Mund, um zu protestieren, aber ich winkte seine Einwände ab. "Behalte es, ich bestehe darauf."

Benadean steckte die Münze ein. "Danke", bestätigte er und stellte einen randvollen Krug vor mir ab.

Ich nahm einen Schluck und genoss den dunklen, erdigen Geschmack des Gebräus. Ich seufzte und lehnte mich auf meinem Hocker zurück. "Wie viel für ein Zimmer?"

Die Augenbrauen des Barkeepers hoben sich überrascht. "Du hast also vor, im Dorf zu bleiben?"

Ich nickte. "Für einen Tag, nicht länger." Weniger, wenn ich konnte.

Benadean schüttelte den Kopf und hielt mich zweifellos für dumm, weil ich ein solches Risiko einging, aber dieses Mal äußerte er seine Bedenken nicht. "Ein Gold pro Tag."

Ich legte eine weitere Münze auf den Tresen, und der Barkeeper tauschte sie gegen einen eisernen Schlüssel ein. "Das Zimmer findest du die Treppe hoch, erste Tür rechts", sagte er.

Ich nickte zum Dank.

"Und, wie fandst du Mariga?", fragte er plötzlich.

Ich starrte ihn fassungslos an. *Woher weiß er, dass ich bei der Dunklen Druidin war?*

Er hielt meinen Gesichtsausdruck fälschlicherweise für Verwirrung und erklärte: "Als du das letzte Mal hier warst, hattest du den Anschein gemacht, sie sehen zu wollen."

"Ah", sagte ich und war erleichtert, dass er sich nicht auf meinen letzten Besuch bezog. "Du hattest Recht. Sie ist in der Tat etwas seltsam."

Der Barkeeper nickte wissend. "Ich hätte dich nicht zu ihr geschickt, aber angesichts deiner Umstände ... hätte ich nicht gedacht, dass sich jemand anderes mit dir herumschlagen würde."

"Nein, es war ganz richtig, mich zu ihr zu schicken", sagte ich und winkte seine Bedenken ab.

Benadean beugte sich vor und flüsterte in einem Ton, der leise genug war, dass die anderen im Raum ihn nicht hören konnten: "Unter uns gesagt, ich vermute, dass sie nicht gänzlich der Dunkelheit angehört."

Ich schaute zu ihm auf, mein Interesse geweckt. "Wie kommst du darauf?"

Der Barkeeper zuckte mit den Schultern. "Ich weiß nicht ... Obwohl sie alle Merkmale eines Dunklen Spielers hat, zeigt sie wenig von den Neigungen, die ich von den Dunklen erwarte."

"Wirklich?"

Er nickte. "Ich habe noch nie erlebt, dass ein Dunkler Spieler wochenlang zufrieden in seinem Haus sitzt." Er schürzte seine Lippen. "Ich weiß nicht genau, wie ich es erklären soll, aber meiner Erfahrung nach haben alle Dunklen Spieler eine Eigenschaft gemeinsam: Ehrgeiz. Die sind ständig bestrebt, immer mehr zu erreichen. Voranzukommen. Bestenfalls seid ihr ungeduldig."

Ich strich mir übers Kinn und ignorierte seine Andeutung, dass auch ich zur Dunkelheit gehörte - und er nicht. "Das ist eine interessante Beobachtung ... Gibt es noch mehr Spieler, die du verdächtigst, nicht Dunkel zu sein?" fragte ich beiläufig.

Benadean lachte. "Was? Du meinst, eine ist nicht genug? Es gibt keine anderen. Ishitas Geschworene sind viel zu fanatisch darin, sie auszurotten."

"Wie meinst du?"

"Nur Dunkel markierte Spieler, die keiner anderen Macht angehören, durften den Sektor betreten", erklärte er.

Ich neigte meinen Kopf zur Seite und musterte ihn. "Aber du selbst hast Markierungen von sowohl den Schatten als auch dem Licht, oder nicht?"

Benadean schnaubte. "Das tue ich. Und ich kann dir sagen, dass die Verhandlungen in diesen Sektor zu kommen mehr Mühe gemacht haben, als es wert war. Ishitas Magier haben mich stundenlang ausgequetscht, bevor sie mich endlich durchließen. Die Idioten verdächtigten mich, ein Spion oder so etwas zu sein."

"Warum haben sie dich dann reingelassen?" fragte ich, aufrichtig neugierig.

Er lachte - etwas verbittert, wie ich fand. "Ich würde gerne glauben, dass es daran liegt, dass ich eine lange Geschichte und einen guten Ruf bei den Geschworenen der Dunkelheit habe, aber die Wahrheit? Wahrscheinlich, weil ich nur ein Zivilist bin und somit keine Bedrohung." Er hielt inne und fügte dann hinzu: "Und obwohl ich es damals nicht wusste, haben sie wahrscheinlich verzweifelt nach Kaufleuten gesucht."

Ich hob eine fragende Augenbraue. "Warum das?"

Er sah mich an. "Du hast das Tal gesehen. Hier gibt es nicht viel von Wert. Die Geschäfte laufen schlecht." Er schüttelte den Kopf. "Nein, das ist eine Untertreibung. Mein Geschäft läuft miserabel. Das Risiko, das ich eingegangen bin, indem ich hierherkam, hat sich nicht ausgezahlt. Es ist Zeit, nach Hause zurückzukehren."

"Du gehst also?"

Er nickte. "Ich schlage mich irgendwie durch, aber ich habe bei weitem nicht so viel verdient, wie ich erwartet hatte." Er atmete schwer aus. "Und so wie die Dinge laufen, vermute ich, dass es noch viel schlimmer werden wird."

"Und wann gehst du?"

"Ich bin mir noch nicht sicher." Benadean zuckte mit den Schultern. "Einen Monat. Eine Woche. Vielleicht auch weniger." Er seufzte. "Aber zuerst muss ich jemanden finden, der dumm genug ist, dieses Geschäft zu kaufen."

Ich hob mein Glas. "Nun, auf dich. Mögest du mehr Glück haben, wo immer du dich als nächstes hinwagst."

✳ ✳ ✳

Benadean überließ mich meinem Drink und ich nippte langsam daran, während ich den seltenen Moment der Ruhe genoss.

Die Ruhe hielt natürlich nicht lange an.

Keine fünf Minuten nachdem er gegangen war, eilte der Barkeeper wieder zu mir rüber. "Du gehst besser", flüsterte er mir zu. "Ich habe es gerade erst gehört. Eine große Gruppe von Spielern der Erwachten Toten ist auf dem Weg hierher." Er warf mir einen Blick zu. "Sie suchen nach dir."

"Danke für die Vorwarnung", sagte ich, machte aber keine Anstalten zu gehen.

Benadean starrte mich einen Moment lang fassungslos an, dann warf er die Hände gen Himmel und überließ mich meinem Schicksal.

Ich wandte mich wieder meinem Ale zu und trank bedächtig weiter, während ich geduldig wartete.

Es dauerte nicht lange, bis die Bande der Dunklen in die Taverne stürmte. Den Mann an ihrer Spitze erkannte ich sofort wieder.

Es war Forsyth.

Seine Augen glühten vor Hass als die Zauberklinge bedrohlich auf mich zukam. Ich drehte mich auf meinem Stuhl und hob meinen Krug zu einem lässigen Gruß. "Forsyth. Schön, dich hier wieder zu treffen."

Ishitas Anhänger starrte mich an und erwiderte meinen Gruß nicht, als er weniger als einen Meter entfernt zum Stehen kam. "Was hast du getan?", fragte er.

"Ich habe keine Ahnung, was du meinst", sagte ich träge. Mein Blick wanderte über ihn hinweg zu den Spielern in seinem Rücken. Sie hatten sich in einem lockeren Halbkreis um mich herum verteilt.

"Mach dich nicht lächerlich", knirschte Forsyth ·zwischen zusammengebissenen Zähnen hervor. "Ich weiß, dass du es warst!"

"Du musst mir schon ein bisschen mehr Informationen geben, wenn du eine Antwort erwartest" schlug ich vor

Der Zauberer knurrte vor Wut und sagte einen Moment lang nichts, während sich seine Brust wütend hob und senkte. "Die Heuler haben die Tore zum Dorf versiegelt", stieß er schließlich hervor. "Sie lassen niemanden raus!"

"Ah", murmelte ich und nahm einen weiteren Schluck aus meinem fast leeren Krug. "Das ist schade."

"Was hast du getan?", fragte er erneut.

Ich schaute ihn unschuldig an. "Ich? Ich hatte nichts damit zu tun."

"Du lügst!", beschuldigte er mich.

Natürlich tue ich das. Ich hielt meine unschuldige Miene neutral und sagte nichts, während ich ihn weiterhin ausdruckslos anstarrte.

Unser Starr-Wettbewerb dauerte weniger als eine Minute. Der wütende Zauberer hatte nicht die Geduld, seinen durchdringenden Blick noch länger aufrechtzuerhalten.

"Damit wirst du nicht durchkommen", versprach er ungehalten. Ohne meine Antwort abzuwarten, drehte er sich um und marschierte aus der Tür, seine Truppe folgte ihm auf den Fersen.

Ein kleines Lächeln zerrte an meinen Mundwinkeln. Endlich nahmen die Dinge ihren Lauf.

TAG 5. FRÜHER MORGEN.

Ich wartete zehn Minuten, bevor ich die Taverne ebenfalls verließ. Nicht, dass ich vor Forsyth und seiner Bande Angst hatte, aber ich konnte darauf verzichten, sie auf den Fersen zu haben, während ich meinen Geschäften nachging.

Ich hatte eigentlich nicht geplant, die sichere Zone so schnell schon wieder zu verlassen, aber die Dinge entwickelten sich schneller, als ich erwartet hatte, und ich konnte keine Verzögerungen riskieren.

Irgendwoher wusste Forsyth jetzt schon genug, um mich für die Morde in der Heulerfestung zu verdächtigen. Wenn ich Ishitas Geschworenen genug Zeit gab, könnten sie den Schamanen der Heuler überzeugen, dass sie nichts mit der Sache zu tun hatten – was äußerst schlecht für mich wäre.

Ich musste schnell zuschlagen, solange die Empörung des Schamanen noch frisch war und er keine Zweifel am Täter hegte. Das würde es mir leichter machen, mein nächstes Ziel zu erreichen.

Ich duckte mich in die schmale Gasse zwischen zwei Gebäuden, verbarg mich in den Schatten und schlich zum inneren Tor der Festung. Dort angekommen stellte ich fest, dass sich eine Gruppe von Spielern vor dem Tor versammelt hatte. *Wieder das gleiche Spiel*, dachte ich. Ich verließ die Schatten und schlenderte unbekümmert auf das Tor zu.

Die Spieler konnten mir nicht offen den Weg versperren, da wir immer noch in der sicheren Zone waren, sondern versuchten mich durch ihre bloße Anwesenheit einzuschüchtern. Ich war jedoch zu schnell für sie und schlüpfte geschickt unter ausgestreckten Armen und um breite Rücken herum.

Die lauten Stopp und Halt Rufe ignorierend schlich ich mich an das Tor und schlug mit geschlossener Faust dagegen. "Hey! Ihr zwei da drinnen, macht auf!"

Es kam keine Antwort.

"Sie werden dich nicht durchlassen", höhnte eine Stimme hinter mir.

Ich ignorierte den Zwischenrufer und schloss die Augen, um die beiden Kobolde auf der anderen Seite des Tores mit meiner Geistessicht zu erfassen. "Ingu und Siltuk", sprach ich die beiden mit Namen an, "lasst mich rein! Euer Schamane wird hören wollen, was ich zu sagen habe."

Ein Gitter, das als Guckloch diente, wurde zurückgeschoben und zwei finstere Augen musterten mich. "Wer bist du?", verlangte der Wächter Ingu.

"Ich bin Michael", sagte ich gleichmütig. Ich wies mit dem Daumen auf die Spieler hinter mir. "Und kein Freund von denen hier."

"Warum sollten wir dir glauben?" fragte Ingu. "Oder uns für dich interessieren?"

"Weil", sagte ich und lehnte mich dichter heran, damit die Spieler hinter mir nicht mithören konnten, "ich Informationen habe, die euer Schamane hören wollen wird." Ich hielt inne, um sicherzugehen, dass er meinen nächsten Worten genug Beachtung schenkte. "Es geht um die Roten Ratten. Sie sind auf dem Weg nach Süden."

Ingus Augen leuchteten bei der Erwähnung der verhassten Feinde seines Stammes auf. "Warte hier", befahl er streng und schlug das Gitter zu.

"Natürlich" murmelte ich. "Ich habe nicht vor, mich zu bewegen."

* * *

Die Kobolde ließen mich dreißig Minuten lang warten.

Ich lehnte mich gegen das Tor und schloss die Augen, um die Rufe und das anhaltende Gejohle der umstehenden Spieler betont zu ignorieren. Das gelang so gut, dass ich tatsächlich einschlief und erst wieder aufschreckte, als die Verriegelungen auf der anderen Seite des Tors aufgeschoben wurden.

"Was ist hier los?", fragte jemand hinter mir.

"Sie lassen uns durch", sagte ein anderer.

Ich rieb mir den Schlaf aus den Augen, verschränkte meine Arme und wartete.

Das Tor öffnete sich weit und gab den Blick auf fast hundert Kobolde frei, die sich um den Eingang versammelt hatten. Sie hielten ihre Waffen leicht gesenkt und in unmissverständlicher Drohung auf das Tor gerichtet.

"Halt!", brüllte der Koboldhauptmann den Spielern zu, die versuchten, sich durchzudrängen. "Wir werden jeden töten, der versucht, ohne Erlaubnis durchzukommen."

Die Menge wich ängstlich zurück.

Der Blick des Hauptmanns glitt auf meine geduldig wartende Gestalt. "Du! Komm durch. Der Schamane wird dich jetzt empfangen."

Mit einem Lächeln zugunsten der unglücklichen Spieler in meinem Rücken schritt ich vorwärts und folgte dem Hauptmann, als das Tor hinter mir zuschlug.

So weit, so gut, dachte ich mir.

* * *

Der Schamane hauste natürlich in der zentralen Festung. Der Koboldhauptmann führte mich durch das labyrinthartige Innere zu einer großen Halle im dritten Stock. Er nickte den beiden Wachen auf beiden Seiten der Tür zu und winkte mich durch, ohne selbst einzutreten.

Drinnen wartete der Schamane Hyek, Anführer der Heulerdelegation.

Dicke Fellteppiche bedeckten den Boden, und große Banner mit mir unbekannten Symbolen und Insignien säumten die Wände des Saals. Ansonsten enthielt der Raum nur wenig Dekoration.

Der Anführer der Heuler saß an einem Steintisch in der Mitte der Kammer. Er war allein und nicht einmal von einer einzigen Wache begleitet. Das war eine absichtliche Geste, die zeigen sollte, wie wenig der Schamane mich fürchtete, mutmaßte ich.

Und allein aufgrund seines Aussehens schien Hyeks Zuversicht gerechtfertigt zu sein.

Der Schamane war größer als jeder andere Kobold, dem ich bisher begegnet war. Er war sogar größer als der längst verstorbene Anführer der Fangzähne. Selbst im Sitzen überragte Hyek mich. Stehend musste er mindestens zweieinhalb Mal so groß wie ich gewesen sein.

Der Schamane trug ein auffälliges weißes Gewand und einen bunten Federkopfschmuck. Seine zu Spitzen gefeilten Fingernägel trommelten ungeduldig auf dem Tisch, während er auf mich wartete.

Als ich näherkam, castete ich Analyse.

Dein Ziel heißt Hyek, ein Koboldschamane und Gigant der Stufe 85.

Giganten sind eine mutierte und seltene Unterart der Kobolde. Es wird angenommen, dass sie von den Kräften mit ungewöhnlicher Größe und Stärke gesegnet sind.

"Also" sagte der Schamane und betrachtete mich eingehend, "du bist also der Spieler, der für so viel Aufsehen gesorgt hat."

Ich verbeugte mich leicht. "Schuldig im Sinne der Anklage."

"Was willst du?", fragte er und kam direkt zur Sache.

"Wie ich deinen Wachen schon sagte, habe ich Neuigkeiten bezüglich der Roten Ratten zu berichten."

"Dass sie ihren Krater verlassen haben? Ja, das ist mir schon bekannt", sagte Hyek milde. "Meine Späher haben mich gestern informiert, dass ihr Abschaum in großer Zahl auf das Lager der Langfänge zumarschiert."

Ich nahm den Koboldschamanen schweigend etwas genauer unter die Lupe. Er war besser informiert, als ich erwartet hatte. Aber das spielte keine Rolle. "Und weißt du auch, dass sie nach Süden zu deiner eigenen Festung ziehen wollen, sobald die Langfänge besiegt sind?"

Hyek sagte nichts, aber sein leicht versteifter Gesichtsausdruck verriet ihn.

Ich lächelte. "Wie ich sehe, wusstest du das noch nicht. Betrachte die Informationen, die ich dir kostenlos zur Verfügung stelle, als Geschenk, als Geste meines guten Willens."

Hyek musterte mich einen langen Moment lang. "Selbst wenn das, was du sagst, wahr ist", sagte er langsam, "ist es kaum von Bedeutung. Die Roten Ratten werden an unseren Mauern zerschellen."

"Bist du dir da wirklich sicher?" fragte ich amüsiert. "Sie haben doppelt so viele Leute wie ihr."

"Ihre Zahlen bedeuten wenig", sagte Hyek unbeeindruckt. "Meine Männer sind besser ausgebildet und unsere Verteidigung ist stark."

Beides ist leider wahr.

Ich schlenderte lässig durch den Raum und setzte mich ohne seine Erlaubnis auf die andere Seite des Tisches. An den zusammengepressten Lippen des Schamanen konnte ich erkennen, dass ihn das irritierte.

"Aber bist du auch stark genug, um eine Armee von Spielern abzuwehren?" nahm ich das Gespräch wieder auf.

Der Schamane lehnte sich in seinem Stuhl zurück. "Was für Unfug willst du jetzt anstellen? Ich bin vor dir gewarnt worden, weißt du. Glaube nicht, ich wüsste nicht, welches Kopfgeld die Spinnengöttin auf dich ausgesetzt hat." Er lächelte zähnefletschend und zeigte dabei Fangzähne, die so scharf wie seine Fingernägel waren. "Ich bin fast geneigt, es selbst einzufordern."

Ich lachte, um ihm zu zeigen, wie wenig mich seine Drohung beunruhigte. "Oh, das wirst du nicht tun."

"Warum nicht?", fragte der Schamane und seine Augen verengten sich gefährlich.

"Weil du und deine 'Verbündeten' im Moment nicht die beste Beziehung zueinander haben", sagte ich gleichmütig.

"'Verbündete?' Welche Verbündeten?", fragte der Schamane mit gespielter Unwissenheit.

Aber er hatte einen Atemzug zu lange gewartet, um seine Leugnung glaubhaft zu machen. Ich hatte ihn überrascht.

Ich lächelte. "Mach dir nicht die Mühe es abzustreiten, Hyek. Ich weiß schon lange, dass dein Stamm Ishita seine Treue geschworen hat."

Der Schamane verstummte wieder, und diesmal war die Bedrohung in der Luft deutlich zu spüren. "Du spielst ein gefährliches Spiel", sagte er leise. "Ich könnte dich genau hier töten, und es würde niemanden interessieren."

Er hatte meine Anschuldigung nicht bestritten, stellte ich fest. Das war die Bestätigung, die ich brauchte. "Nochmal, Hyek, ich glaube nicht, dass du das tun wirst. Denn dann würden dir wichtige Informationen zum Überleben deines Stammes entgehen."

"Also", sagte er streng. "Dann kläre mich auf."

"Du fragst dich sicher, warum einer von Ishitas Leuten eine ganze Kaserne deiner Männer getötet hat." Ich hielt inne und wartete auf seine Antwort.

Hyek grunzte unbeeindruckt. "Sie behaupten, du warst das."

Ishitas Gefolgsleute hatten ihn also vor mir erreicht.

Ich gluckste, äußerlich noch immer entspannt. "Und warum sollte ich das getan haben?" Ich lehnte mich über den Tisch nach vorne. "Und noch wichtiger: Wie soll ich das geschafft haben? Du weißt sicherlich welches Level ich bin. Hältst du mich *wirklich* für fähig, vierzig deiner Männer allein zu beseitigen?" fragte ich, wobei ich mich absichtlich in der Zahl der Männer irrte.

Der Schamane hatte sich jetzt allerdings wieder unter Kontrolle und zeigte auf meine Worte hin keine Reaktion.

Ich schüttelte den Kopf. "Nein, das war ich nicht. Und die Morde waren auch nicht ohne Sinn. Xrex hatte einen guten Grund so zu handeln." Ich hielt seinem Blick stand. "Und zwar", fuhr ich langsam fort, "weil die Roten Ratten und die Erwachten Toten ihre eigene Allianz geschmiedet haben. Stayne selbst hat versprochen, den Roten Ratten diese Festung zu schenken, sobald eure Delegation vernichtet ist."

Ich hielt inne, bevor ich meinen Punkt noch deutlicher machte. "Dein Bündnis mit den Erwachten Toten besteht nicht mehr. Du wurdest rausgeworfen, Hyek."

Der Schamane konnte sich nicht länger zurückhalten und verzog sein Gesicht vor Wut. "Lügen!", brüllte er.

Ich hielt seinem Blick stand. "Ich habe Beweise", sagte ich gleichmütig.

"Zeig sie mir", verlangte er heftig schnaufend.

Schweigend holte ich Staynes Brief heraus und schob ihn über den Tisch zu dem Schamanen. Mit zitternden Fingern hob Hyek das Pergament auf und begann zu lesen.

Ich wartete und bemühte mich, kein bisschen meiner eigenen Nervosität zu zeigen. *Wird er die Handschrift erkennen?* fragte ich mich. Ich hatte meine letzte Karte ausgespielt. Jetzt hing alles davon ab, was Hyek von meinem "Beweis" hielt.

"Nein", flüsterte der Schamane und sein Gesicht wurde blass. "Nein, nein, nein!", brüllte er und seine Stimme wurde mit jedem Ausruf lauter.

Die Anspannung fiel von mir ab. Ich war unsicher gewesen, ob der Schamane die Beweise abstreiten oder die falschen Schlüsse ziehen würde. Aber mein riskantes Spiel schien sich auszuzahlen.

Hyek senkte den Kopf, legte ihn auf dem Tisch ab und sagte nichts weiter. Beim Anblick der Verzweiflung des Schamanen kamen Schuldgefühle in mir auf. Schonungslos unterdrückte ich sie.

Die Heuler waren meine Feinde. Genauso wie die Roten Ratten und alle anderen, die Erebus als ihren Meister bezeichneten. Die Heuler hatten mich vielleicht noch nicht direkt angegriffen, aber ich war mir sicher, dass sie nicht zögern würden, wenn Erebus oder Ishita es ihnen befahlen.

Ich tue, was ich tun muss.

Ich sprach leise in die gedämpfte Stille hinein. *"'Die Zeit, in der wir offen gegen die anderen vorgehen können', von der Stayne spricht? Diese Zeit ist gekommen."*

Der Schamane sah zu mir auf, sein Gesicht immer noch aschfahl. "Warum sollten Erebus und Ishita das tun?"

Ich seufzte. "Ich weiß es nicht, aber ich habe die Erfahrung gemacht, dass man den Erwachten Toten nicht trauen kann."

Hyek lachte schallend. "Ihr Spieler. Wir sind für euch nichts weiter als Spielfiguren in euren verdammten Machtspielchen." Er schüttelte den Kopf und sah mich verbittert an. "Du hättest diese Informationen wohl kaum hierhergebracht, ohne etwas zu wollen. Was ist es also?", verlangte er.

Ich schaute den Kobold eindringlich an. Der Moment war gekommen, in dem ich eine Entscheidung treffen musste.

KAPITEL 123: EINE SCHWERE ENTSCHEIDUNG

Vor mir lagen zwei offensichtliche Möglichkeiten: ich konnte entweder Marigas Aufgabe oder die von Talon erfüllen.

Die Druidin wollte die Heuler in einen blutigen Krieg mit den Roten Ratten verwickeln, während der Hauptmann sich ihre Gefolgschaft sichern wollte. Von den beiden Gesandten vertraute ich Talon mehr, und wenn es darum ginge, einen von ihnen zu wählen, wäre mir die Entscheidung leichtgefallen.

Aber in Wahrheit galt meine Loyalität keinem der beiden Gesandten.

Die Schattenwölfe waren die einzigen, denen ich gänzlich verbunden war.

Wenn ich Hyek davon überzeugte, sich mit der tartanischen Legion zu verbünden, würden die Dunklen diesen Sektor für sich beanspruchen. Obwohl die Tartaner besser als die Erwachten Toten zu sein schienen, vermutete ich, dass sie den Wölfen ebenso wenig erlauben würden, frei im Tal umherzustreifen.

Es spielte keine Rolle, dass ich mich mehr zu Talon hingezogen fühlte und irgendetwas an Mariga mich abstieß. Es spielte auch keine Rolle, dass Hunderte von Kobolden sterben würden. Ich musste die Wölfe beschützen.

Ich musste die Heuler überzeugen, in den Krieg zu ziehen.

"Du weißt ja bereits, dass ich kein Freund von Ishitas Geschworenen bin", sagte ich langsam. "Ich brauche deine Hilfe, um sie hierherzulocken."

"Warum?", fragte der Schamane, sein Blick war fest auf mich gerichtet.

"Um sie zu töten", sagte ich unverblümt.

"Und warum sollte ich dir helfen?" fragte Hyek.

Ich nickte mit dem Kinn in Richtung Pergament, das immer noch zwischen uns auf dem Tisch lag. "Deswegen" sagte ich leise, "und aus Rache."

Einen langen Moment lang sagte Hyek nichts, dann schüttelte er den Kopf. "Mein Herz schreit danach zu tun, was du verlangst, aber mein Kopf sagt etwas anderes. Die Erwachten Toten mögen mein Volk im Stich gelassen haben, und ich und meine Soldaten werden wahrscheinlich bald tot sein, aber ich muss an das Schicksal vom Rest meines Stammes denken – die in unserem Heimatsektor."

Der Schamane seufzte. "Wenn ich mich der Spinnengöttin offen entgegenstelle, wird sie ihre eigene Art von Gerechtigkeit walten lassen. Dann wird nicht nur mein Volk in diesem Tal getötet, sondern die Göttin wird auch dafür sorgen, dass mein ganzer Stamm vernichtet wird."

Einen Moment lang machte mich die Antwort des Schamanen sprachlos.

Ich hatte gehofft, dass er genauso blutrünstig war wie die anderen Kobolde, die ich getroffen hatte, aber es schien, dass ich Hyek mit mehr als nur der Aussicht auf Rache locken musste, wenn ich ihn überzeugen wollte. Das ließ mir weniger Möglichkeiten.

"Ich bitte dich nicht darum, offen gegen Ishita vorzugehen", sagte ich schließlich. "Ich bitte nur, ihre Delegierten zu einem Treffen hierher einzuladen und den Rest mir zu überlassen. Du kannst mir gerne die Schuld für die Morde in die Schuhe schieben."

Hyek grübelte einen Moment lang und sah immer noch nicht überzeugt aus. "Was dann?"

Ich atmete lautlos aus. Ich hatte jetzt keine andere Wahl, als eine Karte auszuspielen, die ich eigentlich nicht benutzen wollte.

Ich schob das zweite Pergament in meinem Besitz über den Tisch. "Auch wenn du es vielleicht nicht glaubst, es gibt noch Hoffnung für dein Volk, Hyek."

Desinteressiert hob der Schamane den Brief auf, den Talon geschrieben hatte, und las ihn, nur um einen Moment später scharf einzuatmen. "Der Gottkaiser würde mein Volk unter seinen Schutz stellen?", fragte er mit kaum zurückgehaltener Hoffnung.

Ich nickte. "Wenn du darum bittest. Aber es gibt eine Bedingung."

Der Schamane blinzelte langsam, um die in ihm aufkommenden Emotionen zu unterdrücken. "Was will der Gesandte der Tartaner?", fragte er mit monotoner Stimme.

"Der Gottkaiser nimmt nicht einfach jeden in seine Legion auf. Du und dein Volk müsst euch erst als würdig erweisen."

Hyek nickte und schien meine Behauptung ohne Weiteres zu akzeptieren. "Wie tun wir das?"

"Ihr müsst aus der Festung marschieren und euch den Roten Ratten in einer offenen Schlacht stellen. Der Hauptmann wird dafür sorgen, dass sich keine Spieler der Erwachten Toten einmischen. Wenn ihr euch den Roten Ratten stellt und euch gut behauptet, wird der Gottkaiser eure Treue annehmen."

Einen langen Moment lang sagte Hyek nichts. Dann sprach er endlich die Worte aus, auf die ich gewartet hatte. "Ich akzeptiere deine Bedingungen, Spieler."

Deine Aufgabe: <u>Schmiede Dunkle Allianzen</u>! wurde aktualisiert. Der Schamane Hyek hat sich bereit erklärt, dem Gottkaiser die Treue zu schwören, wenn die Tartaner ihm im Krieg gegen die Roten Ratten helfen. Ziel eins überarbeitet: Erhalte Hauptmann Talons Zustimmung zu den Bedingungen des Bündnisses, das du zwischen den Tartanern und den Heulern ausgehandelt hast.

✳   ✳   ✳

Nachdem Hyek meinen Bedingungen zugestimmt hatte, ging alles ganz schnell.

Eine Wache wurde gerufen und zum Tor geschickt, um Ishitas Geschworene herbeizurufen. Ich war müde und konnte es kaum abwarten, meine Geschäfte in der Festung zu beenden, aber Ausruhen würde warten müssen, bis die Dinge hier abgeschlossen waren.

Während der Schamane und ich darauf warteten, dass die Wache Bericht erstattete, wandte ich mich beiläufig an den Anführer der Heuler und bemerkte: "Es gibt eine Sache, die ich immer noch nicht verstehe."

Hyek lief ungeduldig auf und ab. Auf meine Worte hin drehte er sich um und sah mich an. "Und zwar?"

"Wenn ihr schon mit den Erwachten Toten verbündet seid, wie kommt es dann, dass sie den Sektor nicht schon besitzen?"

Der Schamane schnaubte. "Du weißt also doch nicht alles", murmelte er. "Unser Bündnis mit Ishita ist erst vorläufig. Erebus hat versprochen, unser Abkommen offiziell abzuschließen, wenn seine Geschäfte in der Sphäre des Jenseits abgeschlossen sind."

"Verstehe", murmelte ich und fragte dann beiläufig: "Und was für Geschäfte sind das?"

Hyek warf mir einen scharfen Blick zu. "Wann kann ich damit rechnen, dass der Hauptmann der Tartaner unser Bündnis formalisiert?", fragte er und ignorierte meine eigene Frage völlig.

"Sobald ihr die Roten Ratten besiegt habt", antwortete ich sanft.

Hyek runzelte die Stirn. "Welche Absicherung habe ich, dass dein Hauptmann uns nicht verrät, wie Erebus es schon getan hat?"

"Keine", antwortete ich knapp. "Aber der Hauptmann ist ein ehrenwerter Mann, anders als Erebus. Er wird sich an seinen Teil der Abmachung halten, wenn du dich an deinen hältst."

Der Schamane war nicht gerade erfreut über meine Antwort, aber er hatte keine andere Wahl. Hyek schluckte seinen Unmut runter und fing wieder an auf- und abzulaufen.

"Andererseits" fügte ich nach einem Moment hinzu, "wäre es dir vermutlich besser daran gelegen, deine Geschäfte mit Erebus dem Hauptmann gegenüber nicht zu erwähnen."

"Warum nicht?", fragte der Schamane und warf mir einen finsteren Blick zu.

"Von mir weiß er jedenfalls nichts davon", sagte ich einfach. "Ich weiß nicht, ob er deine frühere Loyalität gutheißen würde."

Hyek murmelte etwas vor sich hin, das selbst meinem scharfen Gehör entging. Was auch immer es war, ich bezweifelte, dass es sich um ein Kompliment handelte.

Bevor wir unser Gespräch fortsetzen konnten, kam eine Wache herein. "Sie sind auf dem Weg!", sagte er und salutierte.

Ich stand auf, wischte meine beiden Briefe vom Tisch und verstaute sie wieder in meiner Tasche. "Ich gehe dann wohl besser", sagte ich. Ich warf einen Blick auf Hyek. "Vergiss den Plan nicht."

Der Schamane, dessen Gesicht immer noch finster vor Wut war, nickte stumm.

Da ich keine Zeit hatte, Hyek weitere Zusicherungen zu entlocken, musste ich mich mit der Antwort zufriedengeben. Ohne ein weiteres Wort schlüpfte ich aus dem Zimmer.

Wehe, er verrät mich.

$$* \quad * \quad *$$

Ich versteckte mich in einem Nebenraum, der direkt an die Kammer des Schamanen grenzte, und wartete auf die Ankunft der Magier.

Ich hatte einen gefährlichen Weg eingeschlagen, der nur durch Lügen und Unwahrheiten aufrechterhalten wurde. Ein einziger Fehltritt und alles könnte über mir zusammenbrechen. Aber ich sah keinen anderen Weg, meine Ziele zu erreichen.

Wenn alles schief ging, würden die Tartaner in Zukunft meine Feinde sein, und dem Gottkaiser zu entkommen wäre vermutlich um einiges schwierigerer als es bei Erebus ohnehin schon der Fall war. Aber selbst wenn alles nach Plan verlief, könnte das die Tartaner dennoch verärgern.

Aber es gab jetzt kein Zurück mehr. Ich würde mit meinen Entscheidungen leben müssen.

Als ich Schritte hörte, unterbrach ich meine Grübeleien und öffnete mein geistiges Auge, um die sich nähernden Personen zu analysieren. Es dauerte nicht lange, bis ich die beiden erkannte.

Es waren Ishan und Worca.

Ich schluckte meine Enttäuschung herunter. Ich hatte gehofft, dass Xrex, der Anführer von Ishitas Geschworenen selbst kommen würde. Wenn jemand den Standort des Schildgenerators kannte, dann er. Trotzdem musste ich mich mit den beiden zufriedengeben, die gekommen waren.

Die beiden Magier schritten selbstbewusst in die Empfangshalle des Schamanen. Ich drückte ein Ohr gegen die Wand und hörte aufmerksam zu.

"Danke, dass du einwilligst, uns zu sehen", sagte Worca diplomatisch, obwohl ich wusste, dass der Schamane das Treffen gefordert hatte.

"Ha", hörte ich Ishan vor sich hinmurmeln. "Dieser hochnäsige Bastard bestellt uns her als wären wir verdammte Bauern. Jemand sollte ihn zurechtweisen."

"Wo ist Xrex?", fragte der Schamane. "Ich hatte ihn gebeten, persönlich zu kommen."

"Was glaubst du, wer du bist?" knurrte Ishan. "Du hast kein Recht zu verlangen ..."

Er brach abrupt ab, und ich vermutete, dass seine Begleiterin ihn zurückgehalten haben musste. Ich lächelte. Was hatte Xrex dazu bewogen, diesen unberechenbaren Menschen als seinen Vertreter zu schicken?

"Angesichts der Anschuldigungen, die gegen ihn erhoben wurden, hat Xrex beschlossen, dass es im Interesse aller wäre, wenn er nicht selbst käme", sagte Worca. "Auf diese Weise ist die Wahrscheinlichkeit geringer, dass irgendwelche ... unglücklichen Unfälle passieren."

"Der Echsenmann leugnet also, meine Soldaten getötet zu haben?" fragte Hyek scharf.

"Das tut er", sagte Worca. "Wer auch immer es getan hat, es war nicht ..."

"Und bestreitet er auch, dass ihr mit meinen Feinden, den Roten Ratten, verbündet seid?" verlangte Hyek.

Die darauffolgende Stille war ohrenbetäubend.

Selbst Ishan hatte dieses Mal nichts zu sagen.

"Wo hast du so etwas gehört?" fragte Worca, nachdem die Stille bereits zu lange angedauert hatte.

"Du streitest es also nicht ab", sagte der Schamane nachdrücklich. Ich hörte, wie er wegging und mit leiser Stimme vor sich hinmurmelte, was die anderen beiden Spieler sicher nicht hörten. "Es ist also wahr. Wir sind verraten worden."

Als sie merkte, dass sie mit ihrer fehlenden Antwort einen Fehler gemacht hatte, meldete sich Worca eilig wieder zu Wort. "Verzeih mir, Schamane. Ich war von deinen Worten einfach überrumpelt. Natürlich streiten wir es ab. Euer Stamm ist für unsere Fraktion sehr wichtig. Wer auch immer dir diese Lügen erzählt hat, versucht nur, Ärger zwischen uns zu schüren."

Aber Hyek hatte genug gehört. Seine Schritte waren das Signal gewesen, und wie aufs Stichwort betrat ein Koboldkrieger den Raum. "Herr!", rief er in Panik, "kommt sofort! Eine der Baracken steht in Flammen!"

Der Schamane wirbelte herum. "Geh voran, Soldat. Ich komme schon."

"Wir können helfen ..." begann Worca.

"Nein!", zischte Hyek. "Ich traue keinem von euch. Ihr werdet beide hier warten und wenn ich zurückkomme, beenden wir unsere Diskussion."

Ohne ihre Antwort abzuwarten, verließ Hyek zusammen mit dem Koboldkrieger die Kammer und schlug die Tür hinter sich zu.

Kapitel 124: Die Spinnenbrut

Der eilige Abgang des Schamanen war natürlich Teil des Plans gewesen.

Das Feuer war ebenfalls echt und würde Hyek ein Alibi geben. Bevor ich zurück ins Zimmer schlich, hörte ich den beiden Magiern einen weiteren Moment lang zu.

"Verdammt, ich glaube nicht, dass er uns das abgekauft hat", sagte Ishan und stellte damit das Offensichtliche fest.

Worca stieß einen frustrierten Atemzug aus. "Das war kein Zufall. Irgendjemand ist eindeutig gegen uns."

"Forsyth hatte recht. Das muss dieser verdammte Gedankenstalker sein", knurrte Ishan. "Ich habe dir und Xrex doch gesagt, dass wir ihn niemals hätten gehen lassen dürfen. Wir sollten ihn aufspüren und töten. So oft wie nötig."

"Ich fange an dir zuzustimmen", sagte Worca leise.

Ich hatte genug gehört. Ich schlich mich in die Schatten und betrat den Raum durch eine Seitentür, die hinter einem kunstvollen Wandteppich verborgen war.

Zwei feindliche Wesen haben dich nicht entdeckt! Du bist versteckt.

Die beiden Magier standen mit dem Rücken zu mir an einem der wenigen Fensterschlitze in der Kammer und beobachteten das Feuer, das in der leeren Kaserne unter ihnen wütete. Sie wussten natürlich nicht, dass die Kaserne leer war.

"Das ist kein natürliches Feuer", bemerkte Ishan. "Was glaubst du wer es gelegt hat?"

"Ich weiß es nicht", murmelte Worca, "aber ich bin mir sicher, dass man uns die Schuld geben wird."

Ich schlich näher heran, die Hand an den Griffen meiner Klingen. Auf halbem Weg zu meinen Zielen analysierte ich beide.

Dein Ziel heißt Worca, eine Dunkle Beschwörerin und Elfe der Stufe 108. Dein Ziel heißt Ishan, ein Zauberweber und Mensch der Stufe 96.

Die Klassen der beiden sagten mir nichts, aber sowohl ihrem Temperament als auch dem Level nach war Worca die größere Bedrohung, und ich näherte mich in einem Winkel, so dass ich hinter der Elfenmagierin ankam.

"Was machen wir als Nächstes?" fragte Ishan schließlich.

"Wir untersuchen das da", antwortete Worca. Sie ruckte mit dem Kopf nach unten in Richtung des noch immer lodernden Feuers. "Und dann beweisen wir dem Schamanen, dass wir für die Morde nicht verantwortlich sind."

Zwei feindliche Wesen haben dich nicht entdeckt!

Ich war zwei Meter entfernt und fast in Reichweite. Ich entblößte meine Klingen.

"Und wenn das nicht funktioniert?" fragte Ishan und klang dabei besorgter denn je. Er schauderte. "Die Göttin wird nicht erfreut sein."

Drei Schritte entfernt. Die Magier waren immer noch ahnungslos. Ich holte aus und bereitete mich auf den Angriff vor.

"Lass Xrex sich darum kümmern ..."

Ein feindliches Wesen hat dich entdeckt! Du bist nicht mehr versteckt.

Die Worte der Elfenmagierin verstummten, als ich mich auf sie stürzte und die Spitze meiner beiden Klingen direkt auf ihren Rücken richtete. Sie hatte meine Anwesenheit jedoch zu spät bemerkt.

Nichts konnte meinen Angriff jetzt noch aufhalten.

Kurz davor, das Herz meines Ziels zu durchbohren, stießen meine Schwerter auf Widerstand.

Worcas Zauberschild wurde ausgelöst!
Der Schild deines Ziels hat deinen Angriff geblockt und den Schaden absorbiert.

Nein! Ich fluchte, als sich eine schwarz schimmernde Blase um Worca bildete. Die verdammte Magierin hatte einen Schild.

Worca wirbelte herum und ließ zwei Zauberstäbe in ihre wartenden Handflächen fallen. Als ich ihre Absicht ahnte, warf ich mich zur Seite.

Ein Strahl flüssiger Schwärze versengte die Luft und verfehlte mich nur um Zentimeter. Dicht darauf folgte ein gleißender Stoß brennender Kälte.

Du bist Worcas Strahl der Verwelkung ausgewichen. Du bist Worcas Frostblitz ausgewichen.

Durch wilde Verrenkungen gelang es mir, beiden Angriffen auszuweichen, aber meine Ausweichmanöver hatten mich weiter zurückgedrängt und meinen Feinden dringend benötigten Raum verschafft.

Drei Meter entfernt stand ich auf.

"Das ist er!" kreischte Ishan.

"Halt die Klappe und töte ihn", schnauzte seine Begleiterin.

Beim Aufschrei des menschlichen Magiers fiel mein Blick auf ihn. Ihn umhüllte kein solches Schild. *Sprich er ist verwundbar.* Den Blick fest auf mein neues Ziel gerichtet, stürmte ich vorwärts.

Worca warf eine zweite Salve aus Eis und Dunkelheit in meine Richtung. Ohne meinen Angriff zu verlangsamen, duckte ich mich unter dem ersten Geschoss hindurch und wich dem zweiten aus.

Du bist den magischen Angriffen von Worca ausgewichen.

"Verfehlt! Wie kannst du verfehlen?" schrie Ishan. Der menschliche Magier tastete nach seinem eigenen Zauberstab und startete seinen eigenen Angriff. Dunkle, schwarz und lila schimmernde Flammen schossen auf mich zu.

Mithilfe von Ein-Schritt sprang ich über das Feuer und machte einen Salto durch die Luft, um hinter meinem Ziel zu landen. Mit fast derselben Bewegung stieß ich meine beiden Klingen nach vorne.

Ishans Zauber Dunkler Rückstoß wurde ausgelöst. Du hast es nicht geschafft, dem Zauber zu widerstehen!

Einen Augenblick bevor meine Klingen ihr Ziel berührten, explodierte eine Schockwelle aus Luft von meinem Ziel aus. Die Kraft des Zaubers war zu groß, um ihr zu widerstehen. Ich wurde weggeschleudert, als wäre ich ein Blatt in einem Sturm.

Ich flog quer durch die Kammer, prallte gegen eine der unnachgiebigen Steinwände und rutschte in einem Haufen zu Boden.

Ishan hat dich verletzt! Du hast einen körperlichen Widerstandstest nicht bestanden! Du bist benommen.

Mir blieb die Luft weg und mein Rücken fühlte sich an wie eine einzige Prellung. Aber ich hatte keine Zeit an den Schmerz zu verschwenden. *Beweg dich, Michael!* schrie ich mich selbst an, denn ich wusste, dass ein weiterer Angriff bevorstand.

Ich wählte wahllos eine Richtung und rollte über den Boden. Einen Augenblick später versengte ein Schwall magischen Feuers die Stelle, an der ich eben zusammengesackt war.

Ich rollte weiter, bis die Wellen der Übelkeit abebbten. Dann kam ich wieder auf die Beine und sah, wie ein weiterer – diesmal größerer - magischer Sturm über mich hereinbrach.

Verdammt.

Für den Bruchteil einer Sekunde war ich wie erstarrt. Es kamen zu viele magische Geschosse auf mich zu, um sie zu zählen. *Wie soll ich da durchkommen?*

Die gesamte Länge des Raums trennte mich von meinen Zielen. Um an sie heranzukommen, musste ich mich durch den Sturm von Magie kämpfen. Das war unmöglich. Der Ausgang schien regelrecht nach mir zu rufen. Er war viel näher als meine Ziele. *Sollte ich fliehen?*

Einen Moment lang hätte ich das fast getan.

Verdammt noch mal, nein, schwor ich mir. Ein Rückzug hieß noch lange nicht entkommen. Wenn ich jetzt floh, hätte ich verloren. Vielleicht für immer.

Ich kann es schaffen. Ich muss.

Ich stürzte vorwärts und tauchte in den Wirbelsturm der Magie ein. Ich ließ mich von meinem Instinkt leiten und tat alle bewussten Gedanken beiseite. Ich drehte mich, sprang, duckte, rutschte und tanzte durch den Ansturm.

Du bist einem verwelkenden Strahl ausgewichen.
Du bist einem Frostblitz ausgewichen.
Du bist einem Flammenpfeil ausgewichen.
Du bist einem ...

"Wie macht er das?" schrie Ishan, seine Stimme schrill vor Panik. "Das ist nicht möglich! Das *kann* nicht möglich sein!"

"Ich weiß es nicht", antwortete Worca kühl. "Greif weiter an", fuhr sie ruhig und gelassen fort. "Ich werde etwas anderes versuchen."

Ich hörte die beiden kaum. Alle meine Sinne und fast alle meine Gedanken waren auf das Labyrinth des Zaubersturms gerichtet, durch das ich mir einen Weg bahnen musste.

Eine Ewigkeit später - oder waren es nur ein paar Sekunden - ebbte der Orkan ab. Ich beschleunigte mein Tempo. Den wenigen magischen Geschossen, die noch auf mich zukamen, auszuweichen, war jetzt fast trivial.

Ich konzentrierte mich wieder auf meine Feinde.

Worca hatte aufgehört anzugreifen. Die Elfe hatte ihre Zauberstäbe fallen lassen und ihre Augen geschlossen. Ihre Lippen bewegten sich, als sie die Worte eines Zaubers aufsagte. Was auch immer sie vorhatte, ich konnte nichts tun, um sie aufzuhalten.

Mein Blick schweifte zu Ishan und berechnete einen Weg zu seiner Position. Geschickt schlängelte ich mich durch die Flammen, die er auf mich losließ, und näherte mich dem Menschen so schnell ich konnte.

Du bist drei magischen Angriffen ausgewichen.

Fünf Meter trennten uns. Ich rollte unter einem weiteren Paar Zauber durch.

Du bist zwei magischen Angriffen ausgewichen.

Zwei Meter entfernt. Ich sprang von meinen Händen ab und sprang über das letzte und größte Geschoss des Magiers, das er bisher geworfen hatte - einen Feuerball.

Ishans Kopf schnellte nach oben und folgte dem Bogen, den ich durch die Luft machte. Ich hatte meine Bewegung perfekt getimt. Wenn mein Flug ohne Unterbrechung weiterging, würde ich genau auf dem Magier landen.

Aber ich erwartete nicht, dass das passierte.

Zwei Meter von meinem Ziel entfernt machte ich einen Ein-Schritt und warf mich noch höher. Dann, genau wie ich es erwartet hatte, und fast wie aufs Stichwort, aktivierte Ishan seine Bannabwehr.

Ishans Dunkler Rückstoß wurde ausgelöst. Du bist dem Zauber ausgewichen!

Eine zweite Welle von Luft explodierte aus dem Magier heraus. Aber dieses Mal blieb ich unversehrt. Mein Flugmanöver hatte mich aus der Reichweite des Zaubers gebracht.

Ich fiel zurück auf den Boden, die Augen auf mein Ziel gerichtet. Sprachlos und ungläubig sah Ishan mir zu. Ich landete weniger als einen Meter von dem Magier entfernt sanft auf den Fußballen.

"Wie hast du ...", begann er.

Weiter kam er nicht. Ich schlug mit beiden Klingen zu und riss ihm die Kehle heraus.

Du hast Ishan mit einem tödlichen Schlag getötet. Du hast einen geschworenen Diener von Ishita getötet und damit ihren Zorn auf dich verstärkt!

Ich fletschte wölfisch die Zähne. *Einer erledigt, eine fehlt noch.*
Ich wirbelte herum und stellte mich meinem nächsten Feind. Worca war verstummt, bemerkte ich verspätet. Welchen Zauber sie auch immer gewirkt hatte, er war beendet.
Ein Riss erschien in der Luft.
Und aus seinem Inneren trat etwas in unsere Welt.

KAPITEL 125: AUS DER DUNKELHEIT GEBOREN

Worca hat eine stygische Riesenspinne beschworen.

Vor Schreck blieb mir der Mund offenstehen. *Verdammte Scheiße, was bitte?* Bilder der Spinne, in die Saben sich verwandelt hatte, schossen mir durch den Kopf.

Gegen so etwas komme ich nicht an. Nicht ganz alleine.

Das Herz schlug mir bis zum Hals als ich die auftauchende Gestalt beobachtete. Aus dem Augenwinkel sah ich Worca mit den Händen auf den Knien nach Luft schnappen. Was auch immer sie beschworen hatte, es hatte ihr viel abverlangt.

Zwei spindeldürre Beine erschienen in dem leuchtenden Lichtschlitz, der sich mitten im Zimmer geöffnet hatte. Es folgten schnell sechs weitere.

Eine Spinne krabbelte hervor.

Die Gestalt der Kreatur schwankte in der Luft, undeutlich und verschwommen. Sie war von einem dunklen Dunst umgeben, den selbst meine Dunkelsicht nur schwer durchdringen konnte. Das wenige, was ich von der Spinne sehen konnte, ließ mich vermuten, dass sie mit einem nachtschwarzen Panzer überzogen war.

Aber so furchteinflößend die Erscheinung meines letzten Feindes auch war, mit einer Größe von nur einem Meter war sie klein - zumindest für eine Riesenspinne. Erleichtert stieß ich einen Atemzug aus.

Das sieht gar nicht so schlecht für mich aus.

Ich analysierte die herbeigerufene Kreatur mit meinem Willen.

Dein Ziel ist eine stygische Riesenspinne der Stufe 51.

Entgegen allgemeiner Auffassung ist das Jenseits nicht unbewohnt. Die schwarze Leere beherbergt Wesen, die sich im Laufe der Zeit an die Tiefen angepasst haben. Die stygischen Bestien gehören einer solchen Gruppe an. Die Stygische Spinne ist weder die größte noch die gefürchtetste ihrer Art, aber gegen Feinde aus den physischen Welten, die auf ihre einzigartige Natur nicht vorbereitet sind, stellt sie stets eine tödliche Herausforderung dar.

Die Antwort des Spiels klang zweifellos bedrohlich, aber es gab nichts, was nicht getötet werden konnte. Mit blutigen Klingen in der Hand stürmte ich vor, um der Spinne ein Ende zu bereiten. Die Kreatur krabbelte vorwärts und war ebenso begierig darauf, mich anzugreifen.

Die Spinne hob ein Vorderbein und stürzte sich auf mich. Ich wich dem Schlag mühelos aus und bemerkte, dass sie langsamer war als ich. Ich warf mich nach vorne und startete meinen eigenen Gegenangriff.

Meine beiden Schwerter segelten ungehindert an der Deckung der Kreatur vorbei. Meine Augen funkelten, als ich mir den Moment des Aufpralls vorstellte.

Ich schlug zu.

Meine Klingen schnitten durch den Chitinpanzer der Kreatur, als ob sie keinen hätte. Meine Augen weiteten sich.

Es gab keinen Aufprall.

Es fühlte sich an, als hätte ich nichts als Luft getroffen.

Eine stygische Riesenspinne der Stufe 51 ist immun gegen körperlichen Schaden! Du hast es nicht geschafft, dein Ziel zu verletzen.

Was zum …? Da ich durch den fehlenden Aufprall kurz das Gleichgewicht verlor, stolperte ich nach vorne und *durch* den Körper der stygischen Spinne. Es gab keinen Widerstand, zumindest nicht wie ich es erwartet hätte. Es fühlte sich an, als würde ich durch einen gallertartigen Schleim waten, der mit klebrigen Strängen gefüllt war. Ich kam am anderen Ende wieder heraus.

Ich war unverletzt, aber das gleiche galt für meinen Gegner.

Ich unterdrückte einen Schauer nach diesem seltsamen Gefühl und drehte mich um. Zwei der Hinterbeine der Spinne peitschten nach unten, um nach mir zu schlagen. Ich brachte meinen Körper in Bewegung und wich dem ersten Bein aus, dann parierte ich das zweite.

Ich versagte.

Das Ende des schattenhaften - und immateriellen - Gliedes der Spinne durchdrang meine Klinge, meine Lederrüstung und meinen linken Unterarm ohne Probleme. Aber während mein Schwert und meine Rüstung durch den Kontakt unbeschädigt blieben, hatte mein Körper weniger Glück.

Du hast es nicht geschafft, den Angriff einer stygischen Riesenspinne zu blocken. Eine stygische Riesenspinne hat dich verletzt!

Keuchend taumelte ich nach hinten und erkannte erst dann die wahre Natur meines Gegners. Die Spinne hatte keine echte Gestalt, was bedeutete, dass ich ihr keinen Schaden zufügen oder ihre Angriffe abwehren konnte. Die Kreatur konnte mich jedoch verletzen, wie sie gerade gezeigt hatte.

Das sind magische Angriffe.

Nachdem das Spinnenbein mich berührt hatte, fingen die Muskeln und Knochen in meinem Arm plötzlich an zu verkümmern. *Eine Art nekrotischer Angriff?*

Ich wich weiter zurück und drückte meinen plötzlich geschwächten linken Arm eng an meinen Körper. Die Spinne krabbelte wieder nach vorne. Ich drehte mich um und floh, wobei ich Ein-Schritt benutzte, um den Abstand zwischen uns zu vergrößern. Ich brauchte Luft zum Nachdenken.

Ein müdes Glucksen schwebte durch die Luft. "Du hast doch nicht wirklich geglaubt, mein Haustier zu töten sei einfach, oder?"

Aus sicherer Entfernung drehte ich mich um und sah die elfische Magierin an. Sie war immer noch in ihren Schild gehüllt, und obwohl ihre Müdigkeit gewichen war, sah sie nicht so aus, als hätte sie sich vollständig von ihrem Zauber erholt.

"Was ist das für ein Ding?" zischte ich und beobachtete die Spinne mit einem wachsamen Auge, während sie weiter auf mich zukam.

"Eine stygische Spinne aus den Tiefen des Jenseits", sagte Worca und schien keine Skrupel zu haben, diese Information preiszugeben. "Der perfekte Gegner für Kämpfer wie dich. Du kannst ihr nichts anhaben." Sie hielt inne. "Umgekehrt gilt das allerdings nicht", fügte die Elfe überflüssigerweise trocken hinzu.

Die Spinne kam wieder näher und ich flüchtete an das andere Ende des Raumes.

Ein perfekter Counter für physische Kämpfer? fragte ich mich mit einem mulmigen Gefühl in der Magengrube. Ich wollte meinen Gegner nicht beim Wort nehmen, aber ich hatte bereits genügend Beweise dafür, dass die Spinne gegen meine Angriffe immun war.

Wie soll ich sie also töten?

Abgesehen von meinen Gedankenzaubern hatte ich keine eigene Magie. Und die, die ich hatte? Keiner von ihnen machte Schaden. *Aargh.*

Mein Blick huschte zurück zu der Elfe. Sie schien zufrieden damit zu sein, die Spinne die Arbeit machen zu lassen und machte sich nicht einmal mehr die Mühe, mit ihren Zauberstäben anzugreifen.

Als Worca meinen Blick auffing, fügte sie fast im Plauderton hinzu: "Mein Haustier wird nicht aufhören. Es dich jagen, bis du tot bist."

Ich schätze, das bedeutet, dass der Zauber so bald nicht aufgelöst wird. Es gab nur noch eine Sache, die ich versuchen konnte.

Worcas Einschätzung von mir stimmte größtenteils, aber in einem Punkt hatte sie sich geirrt: Ich war nicht nur ein Kämpfer. Ich war ein Gedankenstalker. Und obwohl ich nicht viele Gedankenzauber besaß, hatte ich einen, der mir immer wieder gute Dienste geleistet hatte.

Ich behielt die Spinne im Auge, um sicherzugehen, dass sie mich nicht störte, und castete. Ranken meines Willens breiteten sich nach Worca aus und glitten mühelos durch ihren Schild und in ihren Geist.

...Und dort wurden sie kurzerhand abgetrennt.

Worca ist immun gegen mentale Angriffe der Stufe 1 und 2! Du hast es nicht geschafft, dein Ziel zu verzaubern. Dein geistiges Eindringen wurde entdeckt!

Wirklich? Ich unterdrückte ein Stöhnen, da ich nicht wollte, dass die Magierin meine Verzweiflung sah.

Ihr Lachen ertönte erneut. "Hast du gedacht, wir würden uns nicht auf dich vorbereiten?" Sie streckte träge eine Hand aus, als die Spinne näherkam.

Ich war gezwungen, mich neu zu positionieren und rannte quer durch den Raum auf die Magierin zu. Ihr schien nach Plaudern zu sein, und ich sah keinen Nachteil darin, ihr zuzuhören. Denn so ungern ich es auch zugeben wollte, mir gingen die Ideen aus. Worca zu besiegen sah immer mehr nach einer Unmöglichkeit aus.

"Was sind das?" keuchte ich und studierte ihre mit Juwelen besetzten Finger.

"Schutzringe", antwortete Worca leichthin. Sie zeigte auf das große violette Juwel an einem ihrer Finger. "Dieser hier ist am nützlichsten. Er stoppt mentale Angriffe." Die Elfe schüttelte traurig den Kopf. "Ich fürchte, du bist unterlegen. Also, warum gibst du nicht auf? Es wird Ishita gefallen, wenn ich dich auf Knien zu ihr bringe, vielleicht sogar genug, um Gnade zu zeigen."

"Nein", knurrte ich, ohne darüber auch nur nachdenken zu müssen.

Worca seufzte. "Nun, dann sind wir wohl fertig mit dem Reden. Zeit zu sterben, Mensch." Die Elfe senkte ihre beiden Zauberstäbe, richtete sie auf den Boden und bellte ein Wort, das ich nicht verstand.

Mir war klar, dass ich die Auswirkungen ihres nächsten Zaubers lieber nicht spüren wollte, und machte einen Ein-Schritt durch die Luft und auf den Steintisch in der Nähe.

Worca hat ein stygisches Netz geworfen.

In der Mitte der Kammer erschienen dunkle, seidene Spinnweben, die sich schnell nach außen ausbreiteten und den gesamten Boden mit einer wogenden Masse aus schwarzer Seide bedeckten.

Die Situation wird immer besser und besser, dachte ich und beäugte den Boden.

Ich war auf dem Tisch gefangen. Wenn ich in das Netzgewirr trat, war ich sicher, dass ich mich darin verfangen würde. Die stygische Spinne ließ sich davon jedoch nicht beeindrucken und glitt anmutig über die Stränge.

Worcas Plan war klar. Im Netz gefangen würde ich nicht vor der Kreatur fliehen können, deren einzige Schwäche ihre mangelnde Geschwindigkeit zu sein schien. Ich hatte nicht mehr viel Zeit. Die Spinne würde mir bald auf den Fersen sein, und dieses Mal konnte ich mich nicht weiter zurückziehen.

Mein Blick huschte zu der Elfe. Mit gesenktem Kopf lehnte sie an der Wand. Der zweite Zauber hatte sie fast so sehr ausgelaugt wie der erste, aber die schimmernde schwarze Kuppel, die ihren Körper schützte, sah genauso undurchdringlich aus wie zuvor.

Ich konnte sie nicht töten. Jedenfalls nicht schnell genug, und bei den Spinnweben auf dem Boden war ich mir nicht einmal sicher, ob ich an sie herankommen würde.

Bleibt noch ein einziger Versuch.

KAPITEL 126: ZURÜCK IN DIE DUNKELHEIT

Ich wandte mich wieder der Spinne zu und castete einfache Verzauberung. Das war die einzige Möglichkeit, die mir noch einfiel. Entweder das oder ich würde fliehen müssen.

Energiestränge breiteten sich in Richtung der Kreatur aus, und wo meine Klingen gescheitert waren, hatte mein Gedankenzauber mehr Erfolg. Während ich das Bewusstsein der Kreatur ergriff, untersetzte mein Psi sie meinem Willen.

Eine stygische Riesenspinne hat einen mentalen Widerstandstest nicht bestanden! Du hast dein Ziel für 10 Sekunden verzaubert.

Ein paar Meter von mir entfernt blieb die Spinne mitten in der Bewegung stehen. Ein triumphierendes Lächeln breitete sich auf meinem Gesicht aus. *Heilige Scheiße, es hat funktioniert!*
"Was hast du getan!", keuchte die Elfe, als sie die plötzliche Veränderung im Verhalten ihres beschworenen Haustiers bemerkte.
Ich grinste sie an. "Das wirst du gleich herausfinden", sagte ich und lenkte die Kreatur in Richtung ihres ehemaligen Meisters.
Worcas Augen weiteten sich, als die Spinne ihren Kurs änderte und auf sie zu tanzte. Ich nutzte die kurze Kampfpause, um einen meiner Heiltränke herauszufischen und zu trinken.

Du hast 10% deiner verlorenen Gesundheit mit einem kleinen Heiltrank wiederhergestellt. Deine Gesundheit liegt jetzt bei 100%.

Heilende Energiewellen pulsierten durch meinen Körper, regenerierten das Fleisch in meinem linken Arm und heilten die Prellungen auf meinem Rücken. Ich richtete mich auf und bewegte meine linke Hand. Die Schwäche durch den Angriff der Spinne war verschwunden.
In der Zwischenzeit hatte mein Lakai ihren Vormarsch abgeschlossen und schwebte knapp außerhalb der dunklen Blase, die die Magierin schützte.
Mal sehen, ob das funktioniert, dachte ich und befahl der Spinne, anzugreifen.
Mein verzaubertes Haustier durchdrang den magischen Schild genauso leicht wie meine Klingen. Mein Grinsen wurde immer breiter. *Es funktionie-*
...
Einen Augenblick, bevor die Gliedmaßen der Spinne Kontakt mit ihrem ehemaligen Meister aufnehmen konnten, öffnete sich eine Spielnachricht in meinem Kopf.

Du hast eine feindliche Aktion gegen deinen Diener durchgeführt! Kontrolle über das Ziel verloren.

Hm?

Ich runzelte die Stirn und versuchte, mir einen Reim auf diese verwirrende Entwicklung zu machen. Das Spiel hatte den Versuch der Spinne, Worca anzugreifen, als feindliche Handlung gegen die Kreatur selbst interpretiert. Warum das?

Das muss daran liegen, dass die beschworene Kreatur und ihr Beschwörer untrennbar miteinander verbunden sind. Den Beschwörer zu töten, tötet das Tier?

Das war das Einzige, was Sinn machte.

Von meinem Zwang befreit hatte die Spinne sich wieder umgedreht und kam erneut auf mich zu.

Worca stotterte und verkrampfte sich vor Lachen, wenn auch etwas hysterisch. "Ich wusste es", flüsterte die Elfe und ihre Augen leuchteten. "Ich wusste, dass das nicht klappen würde!"

Ich nahm es ihr nicht ab. Ihr Verhalten stank geradezu nach Erleichterung.

Und noch verzagte ich nicht. Trotz meiner anfänglichen Bestürzung über den gescheiterten Spinnenangriff hatte ich etwas anderes erkannt. Selbst wenn ich die Kreatur nicht dazu zwingen konnte, ihrem Beschwörer etwas anzutun, konnte ich immer noch ein Unentschieden erzwingen.

Ich ignorierte das Geschrei der Magierin, richtete meine Aufmerksamkeit wieder auf die sich nähernde Spinne und castete noch einmal.

Du hast dein Ziel für 10 Sekunden verzaubert.

Dieses Mal machte ich mir nicht die Mühe, die Elfe mithilfe meines Lakaien anzugreifen. Stattdessen schickte ich die Kreatur an das hinterste Ende des Raumes, wandte meinen Blick nach unten und studierte das glitzernde Netz.

Bei näherer Betrachtung stellte ich fest, dass meine frühere Beobachtung falsch gewesen war. So dicht die schwarze Seide auch war, sie bedeckte nicht jeden Zentimeter des Bodens. Es gab vereinzelte leere Stellen, manche nicht größer als einen Zentimeter, andere bis zu einem halben Meter breit.

Wenn ich vorsichtig bin, kann ich die Magierin erreichen.

Das würde allerdings dauern. Aber es war machbar. Ich zeichnete eine Route in meinem Kopf und machte mich an die Arbeit.

Ich schätzte die Entfernung sorgfältig ab, sprang von der Tischkante und landete leicht auf einem Fuß an der ersten sicheren Stelle, die ich markiert hatte. Ich wedelte mit den Händen, um meine Vorwärtsbewegung zu unterbrechen.

Einen Moment lang schwankte ich bedenklich, dann fand ich mein Gleichgewicht wieder. *Puh.* Immer noch auf einem Bein stehend, visierte ich den nächsten Punkt an - etwa zwei Meter rechts von mir. Ich benutzte Ein-Schritt und machte einen Satz in der Luft , um genau auf meinem Ziel zu landen.

Ein Ausdruck purer Panik huschte über Worcas Gesicht. Sie stieß sich von der Wand ab, hob einen Zauberstab in einer sichtlich zitternden Hand und richtete ihn in meine Richtung.

Dieser Anblick ermutigte mich. Zum einen versuchte die Zauberin nicht zu fliehen, und zum anderen richtete sie nur einen einzigen Zauberstab in meine Richtung. Das ließ mich hoffen, dass ihr Mana fast aufgebraucht war.

Ein schwarzer Strahl schoss aus Worcas Zauberstab in meine Richtung. Ich war auf den Angriff vorbereitet. Ich blieb bis zum letzten Moment regungslos stehen und duckte mich dann. Die Elfe hatte auf meine Brust gezielt – hoch genug, dass ich mich unter dem magischen Geschoss hindurchducken konnte.

Du bist dem magischen Angriff von Worca ausgewichen.

Ich richtete mich langsam auf und achtete darauf, meine Füße dabei nicht einen Zentimeter zu bewegen.

Worca starrte mich mit offenem Mund an.

Ich blieb an Ort und Stelle und warf der Elfe ein gespieltes Lächeln zu, während ich die verbleibende Zeit meiner Verzauberung überprüfte. Es waren noch ein paar Sekunden übrig. Ich wartete geduldig.

Worcas Blick glitt an mir vorbei zu der Spinne, die am anderen Ende des Raumes untätig herumstand. Die Magierin hob eine zittrige Hand und richtete ihren Zauberstab wieder auf mich.

Ich stand da und wartete.

Vielleicht erkannte die Elfe, dass ihre Chancen, mich mit einem magischen Geschoss zu treffen, gering waren und versuchte es deswegen gar nicht erst. "Was willst du?", fragte sie barsch.

"Sag mir, wo der Schildgenerator ist", antwortete ich gleichmütig. "Dann lasse ich dich vielleicht am Leben."

Während wir sprachen, ertastete ich die Spinne mithilfe meiner Geistessicht - ich stand mit dem Rücken zu ihr - und begann, den Zauber neu zu wirken. Im Moment war er kurz davor, abzulaufen.

Ich war mir nicht sicher, ob Worca auf Zeit spielte - vielleicht dachte sie, dass das erneute Verzaubern der Spinne mich lange genug ablenken würde, damit sie einen Schuss treffen konnte - aber wenn dem so war, sollte sie schwer enttäuscht werden.

"Das kann ich dir nicht sagen", antwortete sie verbittert und hielt ihren Zauberstab immer noch auf mich gerichtet. "Nichts, was du mir antun kannst, ist so schlimm wie das, was die Göttin tun wird, wenn ich sie verrate."

Du hast die Kontrolle über eine stygische Riesenspinne verloren.

Ich beobachtete Worca genau und sah, wie sich ihre Lippen zu einem halben Lächeln verzogen, bevor sie ihren Gesichtsausdruck wieder unter Kontrolle bekam. Die Magierin hatte den Moment, in dem ich die Kontrolle über meinen Untergebenen verlor, genau gespürt. Und sie wartete auf einen perfekten Moment.

Ohne Worca auch nur eine Sekunde aus den Augen zu lassen, brachte ich die Spinne erneut unter meinen Bann.

Du hast dein Ziel für 10 Sekunden verzaubert.

Der Ausdruck der Enttäuschung, der auf dem Gesicht der Elfe aufblitzte, war fast schon komisch. Eine Sekunde später seufzte sie resigniert und entfesselte den vorbereiteten Zauberangriff.

Dieses Mal zielte sie tiefer.

Ich sprang nach oben, überschlug mich in der Luft und landete einen Herzschlag später an genau der gleichen Stelle.

Du bist dem magischen Angriff von Worca ausgewichen.

Die Elfe zeigte keinerlei Reaktion. Sie hatte bereits gemerkt, dass ihre Treffchancen gering waren. Mit einem weiteren Lächeln nahm ich meinen langsamen, quälenden Weg durch das Labyrinth zu meinen Füßen wieder auf.

* * *

Mit sorgfältig getimten Sprüngen, Ein-Schritten und Sätzen nach vorne verringerte ich den Abstand zwischen mir und meinem Feind und bahnte mir einen Weg durch das Netz. Worca erkannte, dass sie meinen Vormarsch nicht aufhalten konnte und hatte schon lange aufgehört, es zu versuchen.

Stattdessen stand sie wartend da.

Wenig später stand ich vor der Magierin und schlug ohne Unterlass auf die schützende Blase ein, die sie umgab.

Der Schild deines Ziels hat deine Angriffe geblockt und ihren Schaden absorbiert.

"Da kommst du nicht durch", spottete Worca kleinlaut.

Ich bemerkte, dass sie nicht einmal ihre Zauberstäbe hochhielt. War ihr Mana vollständig verbraucht? Es sah ganz danach aus.

"Werde ich doch", sagte ich mit einem spöttischen Grinsen meinerseits. "Ist nur eine Frage der Zeit."

Ich schlug erneut zu, diesmal mit beiden Klingen, die ich mit durchdringenden Schlägen verstärkte.

Der Schild deines Ziels hat deine Angriffe geblockt und ihren Schaden absorbiert.

Bildete ich es mir nur ein, oder war das Leuchten ihres Magieschilds bei meinen letzten beiden Schlägen etwas schwächer geworden?

Ich castete noch zwei durchdringende Schläge.

Diesmal war die Veränderung in der Intensität des Schildes unübersehbar.

Ich lächelte grimmig. Meine Angriffe zeigten Wirkung, und ich würde ihren Schild durchbrechen, egal wie lange es dauerte.

* * *

Worcas stygischer Schild wurde zerstört!

Die magische Blase um Worca brach schneller zusammen, als ich erwartet hatte.

Trotzdem hatte es mehrere Minuten gedauert. Während dieser Zeit hatte ich meine Verzauberung mehrmals neu casten und den gelegentlichen schwachen Angriffen meines gefangenen Gegners ausweichen müssen.

Aber endlich kam unser Unentschieden zum Ende.

Meine linke Hand schlang sich um die Kehle der Elfe und riss sie nach oben, während die Klinge in meiner rechten Hand vorschnellte und nur wenige Zentimeter vor ihren weit aufgerissenen Augen zum Stehen kam.

"Letzte Chance", knurrte ich. "Sag mir, wo der Schildgenerator ist."

"Nein", antwortete die Elfe hartnäckig.

Ich knirschte vor Frustration mit den Zähnen. Die Magierin schien kein bisschen Angst vor ihrem bevorstehenden Tod zu haben.

Sie fürchtet Ishita mehr als den Tod. So werde ich nie herausfinden, was ich wissen muss.

"Dann stirb", sagte ich, "und sag deinen Kameraden, dass ich auch sie kriegen werde."

Ohne ihre Antwort abzuwarten, stieß ich die Spitze meines Kurzschwerts nach vorne und sie war auf der Stelle tot.

Du hast Worca mit einem tödlichen Schlag getötet. Du hast einen geschworenen Diener von Ishita getötet und damit ihren Zorn auf dich verstärkt!

Im selben Moment, als die Magierin starb, verschwanden sowohl die verzauberte Spinne als auch die stygischen Netze.

Ich bemerkte es kaum, als ich auf den Boden sank.

Trotz meiner gespielten Tapferkeit wusste ich, dass ich in Schwierigkeiten steckte. Ich hatte darauf gehofft, den Magiern den Standort des Schildgenerators zu entlocken, aber da sie nun vor meinen Absichten gewarnt waren, war die Chance einen von ihnen ungeschützt und verwundbar zu erwischen verloren.

Verdammt noch mal! Was sollte ich jetzt tun?

KAPITEL 127: DIE RACHE EINES KOBOLDS

Die Tür zur Kammer öffnete sich so leise, dass ich es fast überhörte.

Ich schreckte auf und sah den Heulerschamanen und eine Gruppe von Wachen auftauchen. Mein Blick glitt von Hyek zu den Soldaten hinter ihm. Sie sahen angespannt aus.

Ich erhob mich langsam auf die Füße, hielt beide Klingen empor und zeigte keine Anzeichen von Einschüchterung. "Du hast uns also die ganze Zeit beobachtet?" fragte ich beiläufig. Das Auftauchen des Kobolds war zu gut getimt, um Zufall zu sein.

Hyek nickte wortlos und ließ seinen Blick über die Kammer schweifen. "Ich habe dich unterschätzt."

Ich deutete mit dem Kinn in Richtung der Soldaten. "Sind sie deswegen hier?"

Der Schamane lächelte. "Ich dachte, du könntest die Hilfe brauchen."

Ich steckte meine Klingen in die Scheiden. Ich hatte schon befürchtet, dass er mich verraten wollte. "Danke", murmelte ich. "Ich bin auch so ganz gut zurechtgekommen."

"Das sehe ich." Hyek gluckste. "Nicht viele können behaupten so leicht ein Magieschild durchbrechen zu können."

"Was kannst du mir über solche Schilde verraten?" fragte ich neugierig. Er hörte sich an, als wüsste er mehr über den Zauber als ich.

"Man braucht Magie von Stufe zehn, um auch nur den schwächsten Schild zu casten", antwortete der Schamane locker. Er warf einen Blick auf Ishans toten Körper. "Deshalb können die meisten Spieler diese Fertigkeit erst auf Level hundert lernen. Ein paar Magier überleben aber lange genug, um diesen Punkt zu erreichen." Er trat gegen die Leiche und fletschte seine geschärften Zähne. "Wirklich schade."

Ich beäugte den Schamanen misstrauisch. Er schien sich wohler zu fühlen als bevor er den Raum verlassen hatte, und so interessant seine Informationen auch waren, war ich doch neugierig, warum sich seine Stimmung verbessert hatte. "Ich nehme an, du zweifelst meine Informationen nicht mehr an?" vermutete ich.

Hyek nickte. "Das Verhalten von Ishitas Untergebenen war genug, um deine Behauptungen zu bestätigen." Er schüttelte den Kopf. "Ich hätte ihnen von vornherein nicht trauen dürfen."

Bevor ich darauf antworten konnte, fuhr der Schamane fort. "Ich habe mir auch die Freiheit genommen, den Gesandten des Gottkaisers zu kontaktieren, während du hier ... beschäftigt warst." Er begegnete meinem Blick. "Als Vorsichtsmaßnahme, das ist alles. Ich bin mir sicher, du verstehst das."

Ich erstarrte, plötzlich beklemmt. "Oh?" fragte ich und machte mich auf alles gefasst. "Und was hast du gelernt?"

"Seine Antwort kam sehr schnell", antwortete Hyek und seine Augen verengten sich, als ob er meine Anspannung spürte. "Hauptmann Talon hat bestätigt, dass du tatsächlich befugt bist, in seinem Namen als Vermittler zu handeln." Der Schamane hielt inne und fügte dann hinzu: "Es scheint, dass du doch vertrauenswürdig bist."

Ich schnaubte und verschränkte die Arme. "Du hättest mich von Anfang an nicht anzweifeln sollen."

Der Schamane neigte anerkennend den Kopf. "Und du hättest mir sagen sollen, wonach du suchst. Dann wäre das hier nicht nötig gewesen", sagte er und deutete auf die Leichen. "Obwohl ich glaube, dass ihr Tod eine gewisse Befriedigung mit sich bringt."

Ich atmete scharf ein, da mir seine Andeutung nicht entging. "Du hast den Schildgenerator?" fragte ich, meinen Blick auf Hyek fixiert.

Der Schamane schüttelte den Kopf. "Nein, habe ich nicht. Aber ich weiß, wo er ist. Meine Leute haben den Magiern geholfen, ihn zu installieren."

"Wo?" forderte ich barsch.

"Am letzten Ort, wo man ihn suchen würde", sagte Hyek milde. "In der Höhle der Wyvernmutter."

Ich schloss die Augen, stützte meinen Kopf in die Hände und kämpfte gegen eine plötzliche Welle der Verzweiflung an.

Ja, natürlich. Warum sollte er auch irgendwo anders sein?

*   *   *

Nachdem sie die unwillkommene Nachricht überbracht hatten, eilten der Schamane und seine Begleiter aus der Kammer. Jetzt, da das Überleben seines Stammes gesichert schien, war Hyek fast heiter.

Und begierig darauf, in den Krieg zu ziehen.

Welche Feindschaft auch immer zwischen den beiden Stämmen bestand, sie war groß genug, um selbst den sonst so rationalen Schamanen umzustimmen. *Er ist eben doch ein blutrünstiger Bastard,* dachte ich und beobachtete durch einen Fensterschlitz, wie der riesige Kobold durch den Hof schritt und den Soldaten Befehle zurief.

Nach Hyeks eigener Einschätzung würde sein Volk noch vor Mittag aus der Festung abmarschieren können. Und wenn es nach dem Schamanen ginge, würden die Heuler und die Roten Ratten morgen noch vor Tagesende in der Schlacht aufeinandertreffen – und die Ratten wären vernichtet.

Diese Einstellung passte mir gut.

Ich wollte, dass die Kobolde schnell verschwanden, damit der Schamane kein längeres Gespräch mit den Tartanern führen konnte. Bis jetzt sah es so aus, als würde mein Lügennetz halten, aber ich war mir nicht sicher, wie lange noch.

Nachdem die beiden Stämme im Kampf aufeinandertrafen, erwartete ich, dass zumindest einige meiner Unwahrheiten ans Licht kommen würden. Aber ich hoffte, dass ich bis dahin schon lange weg sein würde.

Ich wandte mich vom Fensterschlitz ab und betrachtete das Zimmer vor mir. Es war ein reines Chaos aus halb verbrannten Bannern, umgestoßenen Ornamenten und natürlich trocknendem Blut.

Als erstes die Leichen, beschloss ich. Ich schritt zu den beiden Toten und durchsuchte sie gründlich, wobei ich beide ihrer Wertsachen beraubte.

Du hast 6 verzauberte Ringe, einen verzauberten Armreif, 2 verzauberte Roben und 3 Zauberstäbe erworben.

Das war eine ordentliche Ausbeute. Aber ich hatte das Gefühl, dass es für so hochstufige Spieler etwas wenig war. Abgesehen von den geplünderten Gegenständen war der Rest ihrer Ausrüstung wertloser Müll. Die beiden hatten nicht einmal Münzbeutel bei sich.

Vielleicht hatten sie Angst, in einen Hinterhalt zu geraten. Zu Recht, wie sich herausstellt.

Eine weitere Inspektion der Beute ergab, dass nur drei der Gegenstände für mich brauchbar waren. Bevor ich sie ausrüstete, nahm ich mir die Zeit, sie genauer zu untersuchen.

Dieser Talisman des Trolls ist ein Armreif natürlicher Rüstung von Rang 3. Dieser Gegenstand verringert erlittenen Schaden um 6% und ist mit jeder Rüstung kombinierbar. Für die Ausrüstung dieses Gegenstands gibt es keine Voraussetzungen.

Das Geschenk der Ungebundenen ist ein Ring von Rang 2. Die Verzauberung dieses Gegenstandes erlaubt es seinem Benutzer Verstrickungszaubern der Stufen 1 und 2 zu widerstehen, sprich Zaubern, die die Bewegung einschränken. Die Verzauberung kann mit Mana wieder aufgefüllt werden. Dieser Gegenstand erfordert eine Geschicklichkeit von mindestens 8.

Das Band der Stille ist ein Ring von Rang 2. Die Verzauberung dieses Gegenstandes erlaubt es seinem Benutzer geistigen Zaubern der Stufen 1 und 2 zu widerstehen. Die Verzauberung kann mit Mana wieder aufgefüllt werden. Dieser Gegenstand erfordert ein Geistattribut von mindestens 8.

Überraschenderweise hatte nur Ishan einen Ring gegen Verstrickungszauber. Das erklärte, warum Worca nicht versucht hatte zu fliehen. Ihr eigenes Netzfeld hätte sie gefangen. Ohne weitere Verzögerung rüstete ich alle drei Gegenstände aus.

Du hast den Armreif Rang 3: Talisman des Trolls ausgerüstet. Statuseffekt hinzugefügt: Trollhaut.
Du hast den Ring Rang 2: Geschenk der Ungebundenen ausgerüstet. Statuseffekt hinzugefügt: Ungebunden.
Du hast den Ring Rang 2: Band der Stille ausgerüstet. Statuseffekt hinzugefügt: Stiller Geist.

Nachdem ich den Rest der Beute verstaut hatte, wandte ich meine Aufmerksamkeit endlich nach innen und las die auf mich wartenden Spielnachrichten.

Du hast Level 68 erreicht!

Dein Ausweichen ist auf Stufe 48 gestiegen. Dein Schleichen ist auf Stufe 59 gestiegen. Dein Kampf mit zwei Waffen ist auf Stufe 47 gestiegen.

Deine leichte Rüstung ist auf Stufe 40 gestiegen. Deine Fertigkeit in leichter Rüstung hat Rang 4 erreicht, wodurch deine Einbuße für leichte Rüstung um 20% gesenkt wurde.

Dein Chi ist auf Stufe 39 gestiegen. Deine Telekinese ist auf Stufe 36 gestiegen. Deine Telepathie ist auf Stufe 36 gestiegen.

Ich hatte von der Schlacht enorm profitiert. Ich war fünf Level aufgestiegen und hatte mehrere Fertigkeiten verbessert. Die Entscheidung, wie ich meine neuen Attributspunkte investieren sollte, war einfach.

Auf jeden Fall hatte der Kampf mir gezeigt, dass ich mich nicht nur auf meine Schwerter verlassen konnte, um Schaden anzurichten. Ich musste mein Repertoire an geistigen Fähigkeiten erweitern - und zwar bald.

Dein Verstand ist auf Rang 26 gestiegen.

Nachdem ich mich um meinen Spielerfortschritt gekümmert hatte, eilte ich aus der Festung und zurück in die sichere Zone.

Nach etwas Überlegen hatte ich beschlossen, dass der Standort des Schildgenerators die Sache zwar erschwerte, meine Flucht aber nicht unmöglich machte. Ich wusste jetzt, wo sich das Gerät befand, und welchen Gefahren ich mich aussetzen würde, um ihn zu finden.

Ich könnte es noch rechtzeitig aus dem Sektor schaffen. Vorher musste ich allerdings noch ein paar Vorbereitungen treffen, und als aller erstes brauchte ich ein Seil.

✳ ✳ ✳

Du hast eine Rolle Seil erworben.

Die Kobolde hatten mehr als genug Seil herumliegen, und ich nahm eine ordentliche Länge davon mit.

Als ich mich dem Tor zur sicheren Zone näherte, war es immer noch verschlossen und die Koboldpatrouillen auf der inneren Mauer immer noch aktiv. Hyek hatte mir gesagt, dass sie ihre Position als letztes verlassen würden. Sobald der Rest der Soldaten außerhalb der Festung versammelt war, würden sich die Wächter der inneren Mauer anschließen.

Die Patrouillen hatten die Anweisung, mich passieren zu lassen, also winkte ich den Wachen am Tor zu und eilte die Stufen hinauf, die zu den Festungsmauern führten.

Von oben auf der Mauer waren die Beschwerden und wütenden Rufe der unter dem versiegelten Tor versammelten Spieler deutlich in der frischen Morgenluft zu hören. Ich ging in die Hocke, um sicherzugehen, dass ich nicht entdeckt wurde, und schlich mich zu einem abgelegenen Teil der Mauer, der vor umherziehenden Spielern sicher war. *Das muss reichen.*

Zwei Koboldkrieger in der Nähe beobachteten mich neugierig. Ich winkte einen heran. "Weißt du, wer ich bin?" flüsterte ich.

Er nickte nachdrücklich. "Du hast Hyek überzeugt, uns die Ratten ausrotten zu lassen." Er schenkte mir ein schelmisches Grinsen. "Lass mich dich heute Abend auf ein Ale einladen."

Ich lächelte. "Ein anderes Mal vielleicht. Erstmal brauche ich deine Hilfe."

Der Blick des Kriegers glitt von mir zu dem Seil, das ich bei mir trug. "Ich soll dich runterlassen?"

"Das schaffe ich auch alleine, aber wenn ich unten ankomme, musst du mir das Seil zuwerfen." Ich wollte es nicht zurücklassen, falls es von einem anderen Spieler entdeckt und benutzt würde. "Geht das?"

Er nickte energisch. "Kein Problem."

✳   ✳   ✳

Kurze Zeit später war ich wieder in der sicheren Zone und hatte das Seil sicher verstaut. Mein Eindringen war unbemerkt geblieben, und wenn möglich, wollte ich das auch so lassen.

Ich steckte meinen Diebesmantel in meinen Rucksack und rüstete den Magieumhang, den ich vor einer gefühlten Ewigkeit geplündert hatte, wieder aus. Als Verkleidung war er zwar nicht perfekt, aber in der Not würde er reichen.

Ich zog die Kapuze des Umhangs tief über mein Gesicht und schlenderte gemächlich ins Dorf. Die Straßen waren belebter, als ich es je erlebt hatte, aber niemand schenkte mir viel Aufmerksamkeit.

Ich erreichte mein Ziel ohne Zwischenfälle. Ich ging auf die geschlossene Tür zu und klopfte leise. Es kam keine Antwort. Ich klopfte weiter.

Schließlich wurde die Tür aufgerissen. "Wir haben geschlossen. Jetzt geh ..."

Gelar brach ab, als er mich genauer ansah. Sein Blick schweifte an mir vorbei zu den vorbeigehenden Spielern. Keiner schenkte uns Aufmerksamkeit. "Komm rein."

Ich schlüpfte an dem Gnom vorbei ins Haus und schaute mich langsam um. Die Kammer des Alchemisten war seit meinem letzten Besuch unverändert geblieben.

Gelar schloss die Tür hinter sich, setzte sich auf eines seiner Sofas und starrte mich an. "Was willst du?"

Ich setzte mich ihm gegenüber. "Du scheinst besorgter über meine Anwesenheit zu sein als bei meinem letzten Besuch", sagte ich und wich seiner Frage absichtlich aus.

Der finstere Blick des Gnoms vertiefte sich. "Musstest du beim letzten Mal so viele von Ishitas Anhängern töten? Weißt du, wie lange mich ihre verfluchten Geschworenen danach verhört haben?"

Auf meinen ausdruckslosen Blick hin winkte er gereizt ab. "Bah! Wie es aussieht nicht. Sag mir einfach, warum du hier bist. Du kannst den Wyvern noch nicht getötet haben."

Ich nahm den Alchemiestein aus meiner Tasche und legte ihn auf den Tisch zwischen uns.

Ohne Aufforderung hob Gelar den Gegenstand auf. "Ah. Du warst wenigstens fleißig", sagte er zähneknirschend. Er holte seine Pfeife raus und paffte energisch daran, während er den Stein untersuchte. "Für diese Zutaten gebe ich dir ..."

"Ich will kein Geld", unterbrach ich ihn.

Gelar senkte den Kopf und schaute mich über den Rand seiner Brille hinweg an. "Was willst du dann?"

"Gegengift."

Der Gnom starrte mich einen Moment lang wortlos an. "Um es mit dem Wyvern aufzunehmen, nehme ich an." Er hielt inne. "Du willst wirklich versuchen, die Bestie zu erlegen?"

"Wenn ich muss, dann werde ich es auch", antwortete ich indirekt. "Kannst du etwas gegen das Gift brauen?"

Er nickte. "Mit diesen Zutaten hier, ja."

Ich atmete erleichtert aus und winkte in Richtung des Steins. "Decken die anderen Zutaten darin die Kosten für die Herstellung?"

"Das tun sie", antwortete er. Nach einem Moment fügte er hinzu: "Und nicht zu knapp. Brauchst du sonst noch etwas?"

Was auch immer man von dem Gnom halten wollte, er schien zumindest ehrlich zu sein. Ich wollte gerade verneinen, als mir etwas anderes einfiel. "Was ist mit Heiltränken? Kannst du die auch herstellen?"

Gelar schnaubte. "Nicht mit den Zutaten, die ich in diesem Sektor zur Verfügung habe." Er kaute einen Moment lang nachdenklich am Ende seiner Pfeife. "Aber ... ich habe einige auf Lager. Aber ich warne dich, sie sind teuer."

Ich setzte mich vor Aufregung auf. "Wie viel?"

"Ich habe drei volle Heiltränke", sagte er. "Jeder kostet fünfzig Goldstücke, zusätzlich zu dem, was ich dir für die Zutaten im Alchemiestein gebe."

Ich zuckte bei dem Preis zusammen, aber das war egal. Ich brauchte die Tränke. "So viel habe ich nicht dabei, aber ich werde es besorgen", versicherte ich ihm und fragte mich, ob ich meine geplünderten Sachen irgendwo verkaufen könnte. Die Tartaner wären eine gute Wahl gewesen, aber ich wollte den Hauptmann meiden, solange ich konnte.

"Du hast mindestens ein paar Stunden Zeit, um das Geld zu besorgen. So lange brauche ich sowieso, um das Gegengift zu brauen." Gelar starrte mich abweisend an. "Ich nehme an, du kannst irgendwo anders warten?"

Ich unterdrückte ein Gähnen. Bis jetzt hatte mich nur das Adrenalin auf Trab gehalten, aber jetzt, wo ich mich hingesetzt hatte, machten sich die Schmerzen in meinem Körper wieder bemerkbar. Ich brauchte Schlaf, das wusste ich.

"Ich mach mich auf zum Gasthaus", sagte ich. Ich erhob mich, winkte dem Gnom zum Abschied zu und verließ den Laden.

Kapitel 128: Eine unerwartete Ankunft

Die Taverne im Gasthaus war voll, voller als ich sie je zuvor gesehen hatte. Beim Eintreten blickte ich von unter meiner Kapuze durch den Raum. Niemand hatte aufgeschaut, als ich eintrat. Sie alle waren zu sehr in ihre eigenen Gespräche vertieft.

Das Thema in aller Munde waren natürlich die Heuler.

Der Grund, warum die Kobolde die Tore des Dorfes versiegelt hatten, war inzwischen allgemein bekannt, und unter den Spielern gab es viele Spekulationen darüber, warum Ishitas Geschworene die Morde begangen hatte. Es war bezeichnend, dass niemand an ihrer Schuld zu zweifeln schien.

Unter den Gästen der Taverne entdeckte ich Jorge und ein paar andere Rekruten der Tartaner. Ich wandte meinen Blick ab. Früher oder später würde ich mich mit dem Hauptmann auseinandersetzen und ihm den Deal erklären müssen, den ich mit Hyek gemacht hatte. Wenn Talon herausfand, was vor sich ging, würde er die Heuler vermutlich daran hindern wollen die Roten Ratten anzugreifen.

Um Hyek zu einem offenen Krieg zu verleiten, war ich gezwungen gewesen dem Schamanen den Schutz des Gottkaisers zu versprechen. Leider bedeutete das, dass ein Bündnis zwischen den Tartanern und den Heulern nun so gut wie unvermeidlich war. Wenn es zustande käme, während die Kobolde in der Festung waren, würde der Sektor fast sofort unter die Kontrolle der Tartarner fallen.

Das konnte ich nicht zulassen – sowohl um der Wölfe willen als auch aus eigenen Interesse. Deshalb wollte ich Talon aus dem Weg gehen, bis es zu spät für ihn war, den Lauf der Dinge zu ändern.

Ich schlüpfte unbemerkt durch die Menge, durchquerte die Taverne und machte mich auf den Weg zur Treppe nach oben. In der oberen Etage war es ruhig, und ich fand das Zimmer, das Benadean mir zugewiesen hatte problemlos.

Es war einfach eingerichtet, mit nur einem Bett, einer Kommode und einem Waschbecken. Allein der Anblick des Bettes reichte aus, mich wieder gähnen zu lassen. Ich machte mir nicht die Mühe, mich zu waschen, sondern nahm meinen Rucksack ab und ließ mich auf die Matratze fallen.

In kürzester Zeit war ich fest eingeschlafen.

* * *

Ich erwachte mit einem Stöhnen.

Mein Kopf klingelte buchstäblich. Ich rieb mir den Schlaf aus den Augen und setzte mich auf. Das Summen rührte von Spielankündigungen her, die meine Aufmerksamkeit verlangten.

"Schon gut, schon gut, ich guck ja schon", brummte ich. Ich wandte meine Aufmerksamkeit nach innen und ging die Nachrichten durch.

Das Aufgebot der Langfänge in diesem Sektor wurde vernichtet und damit sind alle Ziele der Aufgabe: <u>Hilf dem Rudel</u> erfüllt!

Du hast eine Aufgabe erfüllt! Deine Taten haben Artems Interessen vertreten. Die Markierungen auf deiner Geistsignatur haben sich verändert.

Indem du den Schattenwölfen geholfen hast, bist du vom Streben deiner eigenen Interessen abgewichen. Wieder einmal hast du gehandelt, um die Schwachen zu schützen, aber dieses Mal ohne greifbaren Nutzen für dich selbst. Die Dunkelheit missbilligt das. Dein Dunkles Mal ist geschwächt. Hüte dich in Zukunft vor solchen Taten der Großzügigkeit. Jede solche Tat schwächt dich.

Wieder einmal hast du selbstlos gehandelt und dich für das Wohl deiner Verbündeten eingesetzt, indem du dich rücksichtslos für sie in Gefahr gebracht hast. Das Licht billigt das. Dein Lichtzeichen hat sich vertieft.

Du hast damit begonnen, das Ungleichgewicht im Sektor auszugleichen und ein langjähriges Unrecht gegen das Schattenwolfsrudel im Tal zu korrigieren. Die Schatten sind zufrieden. Dein Schattenmal hat sich vertieft.

Der weise Wolf weiß, dass es keine Regeln gibt, wenn es darum geht, sein eigenes Rudel zu verteidigen. Um das Rudel zu beschützen, verlangt Wolf von dir, dass du rücksichtslos, ohne Gnade und mit allen dir zur Verfügung stehenden Mitteln handelst. Du hast das und mehr getan. Wolf ist zufrieden. Dein Wolfsmal hat sich vertieft.

Ein Schauer der Erregung durchlief mich und vertrieb die letzten Reste des Schlafes.

Die Roten Ratten haben es geschafft! Sie hatten die Langfänge vernichtet. Ohne Kobolde, die ihr Rudel jagten, waren die Wölfe sicherer. Und jetzt hielt mich endlich nichts mehr in diesem Sektor. Ich konnte mit gutem Gewissen gehen.

Selbst wenn ich nichts weiter tun würde, würde das Rudel überleben, wenn auch vielleicht nicht gedeihen. Ich musste mir aber immer noch einen Fluchtweg überlegen. Und einen Weg finden, um zu verhindern, dass der Sektor der Dunkelheit zum Opfer fiel. Ganz zu schweigen davon, dass ich irgendwie mit dem Wyvern fertig werden musste.

Ich seufzte. *Na gut, vielleicht bleibt noch einiges, das getan werden muss.* Aber selbst diese Erkenntnis konnte meine Heiterkeit nicht trüben. Denn nachdem ich meine Aufgabe bei Duggar erledigt hatte, konnte ich endlich wieder das Rudel besuchen.

Ich stand auf. Wie spät war es?

Wenn Nyzack sich an seinen Zeitplan gehalten hatte, musste es schon fast Mittag sein. *Höchste Zeit, dass ich die sichere Zone verlasse.*

Nachdem ich aufgeräumt und eine hastige Mahlzeit zu mir genommen hatte, eilte ich aus dem Zimmer. Mit verdecktem Gesicht lief ich geräuschlos die Treppe hinunter, um ungesehen durch den überfüllten Raum zu eilen.

Doch als ich am Fuß der Treppe ankam, erstarrte ich.

Der Raum war leer.

Beziehungsweise nicht ganz. Benadean beschäftigte sich schweigend hinter der Bar und ein einzelner Gast saß an einem der Tische und starrte mich an. Es war Ultack.

Der Halbork erhob sich bei meinem Anblick.

Warum war er hier? Und woher hatte er gewusst, wo er mich finden würde? Ich hatte keine Zweifel daran, dass der tartanische Rekrut auf mich gewartet hatte. Vor lauter Nervosität nickte ich Benadean im Vorbeigehen zu und ging langsam auf Ultack zu.

"Der Hauptmann will dich sehen", sagte der Halbork mit ausdruckslosem Gesicht.

Ich musterte sein Gesicht genau, aber ich konnte seine Gefühle nicht einschätzen. "Worum geht's?"

"Unter anderem um die Heuler", antwortete er.

Ich nickte langsam. Ich musste natürlich nicht mit ihm mitgehen, aber ich war es dem Hauptmann schuldig, mir immerhin anzuhören, was er zu sagen hatte, und ihm mein Handeln vielleicht persönlich zu erklären. "Geh du vor."

Wortlos drehte Ultack sich um und marschierte durch die Tür. Die Straßen waren genauso leer wie die Taverne. "Wo sind alle hin?" fragte ich erstaunt.

Der Halbork schaute mich von der Seite an, während wir durch das stille Dorf gingen. "Sie sind alle weg. Vor nicht einmal einer Stunde haben die Spieler, die in der sicheren Zone gefangen waren, beschlossen, die Tore zu stürmen. Als sie es endlich geschafft haben war die Festung leer und die Heuler verschwunden."

Er beäugte mich wieder, ein Schimmer von Misstrauen in seinem Blick. "Du weißt nicht zufällig, wo die hin sind, oder?"

"Vielleicht schon", antwortete ich leichthin, denn ich hatte nicht die Absicht, den Aufenthaltsort der Heuler geheim zu halten. Viel mehr war ich überrascht, dass die Tartaner selbst nicht schon davon wussten.

Meine Antwort schien Ultack zu überraschen. Hatte der Hauptmann befürchtet, dass ich ihn völlig verraten hatte? Es schien so.

"Das ist gut", sagte Ultack nach einer kurzen Pause. "Genau deshalb möchte der Hauptmann mit dir sprechen."

✳ ✳ ✳

Im Gegensatz zur Leere des Dorfes herrschte in der Tartanerkaserne ein reges Treiben, bei dem unzählige Spieler hin- und hereilten. Ich wurde ohne Aufhebens in die Gemächer des Hauptmanns geführt. Dort wartete eine weitere Überraschung auf mich.

Sturm war zurückgekehrt.

Ich nickte dem jungen Spieler zu, der stramm neben dem sitzenden Hauptmann stand. Als ich die beiden so zusammen sah, war ihre Verwandtschaft offensichtlich.

"Du hast es also zurückgeschafft", bemerkte ich beiläufig, obwohl ich die Spannung im Raum spürte.

Sturm sah mich finster an. "Danke für nichts!"

Ich zuckte mit den Schultern und setzte mich unaufgefordert auf den Stuhl gegenüber dem Hauptmann. "Ich habe dich doch befreit."

"Und uns dann mitten im Wald im Stich gelassen, und das auch noch nachts!", knurrte er.

Ich rollte mit den Augen und musste mich zusammennehmen, ihn nicht einen verwöhnten Trottel zu nennen. Ich war mir immer noch nicht sicher, was los war, aber Sturm war leicht zu durchschauen. Seine Haltung war steif und er bewegte sich ruckartig, wenn er sprach. Es gab keinen Zweifel: Der Junge war wütend.

Talons eigene Gefühle waren schwieriger zu entschlüsseln. War er wütend wegen seines Sohnes? Ich konnte es nicht sagen. Der Hauptmann war wie ein ruhiger See, er beobachtete schweigend, gab aber nichts von sich preis.

"Wir hätten sterben können!" rief Sturm und setzte seine Tirade fort.

"Und?" fragte ich desinteressiert. "Du bist doch ein Soldat, oder? Du hattest doch sicher keine Angst bei einer einzigen Nacht im Wald."

Sturms Gesicht wurde rot vor Empörung, aber bevor er mich wieder anschreien konnte, griff der Hauptmann ein. "Genug, Junge", sagte er milde.

Der Mund seines Sohnes schloss sich mit einem Schnalzen.

Der Hauptmann beugte sich vor und starrte mich ausdruckslos über den Schreibtisch hinweg an. "Sturm hat eine ganz schöne Geschichte erzählt."

"Oh?' bemerkte ich. Dieses Treffen verlief nicht wie ich erwartet hatte. Anstatt mich über die Heuler auszufragen, schien der Hauptmann mehr an der Unzufriedenheit seines Sohnes interessiert zu sein.

Talon nickte weise. "Erst hast du es irgendwie geschafft, die Roten Ratten dazu zu bringen, ihr Lager aufzugeben, dann hast du ganz allein zwei Trupps von Elitekoboldkriegern getötet und schließlich bist du quer durchs Land gereist - allein und bei Nacht."

"Alles wahr", sagte ich einfach.

Die Augenbrauen des Hauptmanns rasten bei meiner Bestätigung in die Höhe. "Sturm glaubt, dass du das alles nur geschafft hast, weil du insgeheim ein Agent der Erwachten Toten bist."

Ich konnte es nicht verhindern. Ich lachte laut los. "Wirklich? Und was? Ich habe über ein Dutzend Spieler der Erwachten Toten und zwei von Ishitas Geschworenen getötet -", die Augenbrauen des Hauptmanns hoben sich weiter - "nur um in der Rolle zu bleiben? Das ist lächerlich", spottete ich.

"Ist es nicht!" protestierte Sturm. "Niemand kann ..."

Der Hauptmann hob eine Hand, um seinen Sohn zum Schweigen zu bringen. "Sturm, lass uns allein."

Der junge Rekrut versteifte sich, aber er protestierte nicht gegen die Anweisung seines Vaters, als er wütend aus dem Zimmer marschierte.

"Normalerweise würde ich dir zustimmen, Michael", fuhr der Hauptmann fort, ohne den Abgang seines Sohnes zu beachten. "Die Idee scheint weit hergeholt." Er hielt meinen Blick fest. "Aber die jüngsten Ereignisse haben mich nachdenklich gemacht."

Ah, jetzt kommen wir zur Sache. Ich sagte nichts und wartete darauf, dass er weitersprach.

"Wo ist die Heulerarmee?" fragte Talon und seine Stimme wurde kalt.

"Sie marschieren nach Norden, um gegen die Roten Ratten zu kämpfen", antwortete ich gleichmütig.

Auf dem Gesicht des Hauptmanns flackerte eine Emotion auf, die ich nicht einordnen konnte. "Warum?"

Ich stelle fest, dass er den Wahrheitsgehalt meiner Aussage nicht in Frage stellte. *Vielleicht, weil er bereits weiß, dass es stimmt.*

Ich zuckte mit den Schultern. "Ich brauchte ein Mittel, um das Vertrauen des Schamanen zu gewinnen, also habe ich ihm Staynes Brief gezeigt." Ich hielt inne. Bis jetzt war alles, was ich gesagt hatte, wahr. *Jetzt kommt die Lüge.* "Seine Reaktion war ... unerwartet. Hyek war empört über Erebus' Doppelzüngigkeit und wollte sich rächen."

Der Hauptmann lehnte sich in seinem Stuhl zurück und verschränkte die Finger vor sich, während er über meine Worte nachdachte. "Der Schamane der Heuler hat also seine Festung verlassen und seine Leute in einen Kampf gegen eine wahrscheinlich kombinierte Streitmacht aus Roten Ratten und Erwachten Toten verwickelt, nur wegen ... eines einzigen Briefes?" fragte Talon und seine Stimme triefte vor Skepsis.

Ich schüttelte den Kopf. "Nein, nicht nur deswegen. Ich habe ihm auch versichert, dass die Tartaner ihn unterstützen werden."

Der Hauptmann raste so schnell auf mich zu, dass ich die Bewegung kaum mitbekam und meine Hände instinktiv zu meinen Klingen wanderten.

TAG 5. NACHMITTAG.

"Du hast *was* getan?" flüsterte Talon nur wenige Zentimeter von meinem Gesicht entfernt.

Wie hatte er sich so schnell bewegt? Der Hauptmann schien von meinen sich um die Griffe meiner Schwerter klammernden Fäusten vollkommen unbeeindruckt und ich musste mich daran erinnern, dass wir uns in der sicheren Zone befanden.

"Du hast mich gebeten, die Loyalität des Stammes zu sichern", sagte ich, ohne dem eisigen Blick des Hauptmannes auszuweichen. "Das war der einzige Weg. Hyek hat mir versichert, dass er eurem Gottkaiser die Treue schwören wird, wenn deine Soldaten ihn im Kampf unterstützen."

Der Hauptmann sagte nichts, aber er wich auch nicht zurück. Von Sekunde zu Sekunde stieg die Spannung im Raum, während Talon mich aufmerksam musterte. Ich hielt mein Gesicht neutral und wartete.

"Bist du dir da sicher?", fragte er schließlich.

Ich nickte. "Das war ihre einzige Bedingung."

Der Hauptmann lehnte sich zurück und runzelte die Stirn. "Es war anmaßend von dir, meine Hilfe zu versprechen."

Ich zuckte mit den Schultern. "Die Entscheidung, ob du dich an die Bedingungen hältst, die ich vereinbart habe, liegt allein bei dir. Wenn du tust, was der Schamane verlangt, wird er seinen Schwur direkt nach der Schlacht abgeben."

Talons Stirnrunzeln blieb unverändert. "Warum hast du mir nicht früher von seinen Bedingungen erzählt?"

Ich seufzte. "Wie dein Sohn dir bereits erzählt hat, habe ich bei Nacht das gesamte Tal durchquert, um hierher zu kommen, und musste dann gegen zwei von Ishitas Geschworenen kämpfen." Ich senkte meinen Blick in gespielter Verlegenheit. "Es tut mir leid, aber ich war müde. Ich wollte Bericht erstatten, sobald ich mich etwas ausgeruht hatte."

"Was ist mit der Sache mit den Magiern?" fragte Talon, ohne meine Erklärung anzufechten. "Du erwartest doch nicht, dass ich glaube, dass sie zufällig genau dann in der Festung waren, als du da warst."

Ich lächelte. "Nein, ich habe Hyek dazu gebracht sie herbeizurufen, um die Morde in seiner Kaserne zu erklären."

Der Hauptmann starrte mich an. "*Du* warst es, der die Heulerkobolde getötet hat?"

Ich nickte.

"Sturm hatte recht", murmelte Talon. "Du spielst dein eigenes Spiel."

"Das habe ich nie bestritten", antwortete ich gleichmäßig. "Ich bin kein Soldat deines Gottkaisers. Die einzigen Ziele, denen ich diene, sind meine eigenen." Ich hielt inne. "Aber ich habe dir die Loyalität der Heuler gesichert, wenn auch vielleicht nicht so, wie du es erwartet hattest."

Talon seufzte. "Du warst erfolgreicher, als ich erwartet hatte. Und wenn ich ehrlich bin, ist es nicht unerwartet, dass du die Ereignisse zu deinen Gunsten manipuliert hast. Es ist selten, dass ein Geschworener der Dunkelheit nicht sein eigenes Spiel spielt." Er hielt inne. "Vielleicht bist du besser für die Dunkelheit geeignet, als du denkst."

Bevor ich darauf antworten konnte, hielt Talon eine Hand hoch. "Aber sei gewarnt, Michael." Er starrte mich durchdringend an. "Wenn du mich verraten hast und der Schamane seinen Teil der Abmachung nicht einhält, werde ich keine Gnade walten lassen. Die Erwachten Toten werden deine geringste Sorge sein. Hast du das verstanden?"

Ich nickte stumm.

"Gut" sagte der Hauptmann. Er beugte sich vor, holte etwas hinter seinem Schreibtisch hervor und legte es auf den Tisch. "Da das nun geklärt ist, ist das hier für dich."

Ich warf einen Blick auf die kleine Ledertasche. "Was ist das?"

"Mach schon auf", antwortete er.

Ich beugte mich vor, öffnete den Verschluss und schaute hinein. Die Tasche war voll mit Goldbarren. Zehn Stück, um genau zu sein.

"Jeder dieser Barren ist hundert Gold wert. Das ist die vollständige Bezahlung für den Brief von Stayne."

"Danke, Hauptmann", sagte ich ernst, bevor ich die Tasche nahm und den Brief wortlos über den Schreibtisch schob.

Du hast 1.000 Gold erworben. Du hast den Brief von Stayne verloren.

Deine Aufgabe: <u>Schmiede Dunkle Allianzen</u>! wurde aktualisiert. Du hast Hauptmann Talon den endgültigen Beweis geliefert, dass Erebus die Bemühungen der Dunklen, den Sektor zu sichern, behindert. Optionales Ziel erfüllt.

Der Hauptmann winkte meinen Dank ab und steckte das Pergament ein. "Was die zweite Aufgabe angeht: Du bekommst deine Bezahlung, sobald der Schamane sein Versprechen erfüllt hat."

"Du unterstützt die Heuler also im Kampf gegen die Roten Ratten?"

"Das werde ich. Die Spieler unter meinem Kommando versammeln sich bereits. Wir werden bald losmarschieren." Talons Lippen verzogen sich zu einem kalten Lächeln. "Erebus' Einschränkungen seien verdammt."

Deine Aufgabe: <u>Schmiede Dunkle Allianzen</u>! wurde aktualisiert. Hauptmann Talon hat den Bedingungen zugestimmt, die du zwischen den Tartanern und dem Heulerschamanen Hyek ausgehandelt hast. Ziel eins wurde überarbeitet: Warte darauf, dass Hyek seinen Teil der Abmachung einhält und den Tartanern die Treue schwört.

"Du marschierst selbst mit?" fragte ich und schaute ihn überrascht an.

Der Hauptmann nickte. "Der Brief von Stayne erlaubt es mir endlich zu handeln. Jetzt habe ich den Beweis, den mein Meister für Erebus' Doppelzüngigkeit braucht, und ich muss mich nicht mehr an die Regeln der Erwachten Toten halten." Seine Augen funkelten. "Am Ende wird abgerechnet." Einen Moment später schüttelte er sich und drehte sich wieder zu mir um. "Wie willst du deine Bezahlung?"

Ich starrte ihn ausdruckslos an.

"Wenn der Schamane seine Treue schwört", stellte Talon klar, "wie willst du dann dein Geld haben? Wieder in Goldbarren?"

Ich schüttelte den Kopf. "Es kann sein, dass ich bis dahin nicht mehr im Sektor bin", sagte ich. "Aber du kannst das Geld bei der Bank einzahlen", fügte ich hinzu und nannte ihm die Daten meines Albion Bankkontos.

Ein Stirnrunzeln huschte über das Gesicht des Hauptmanns, aber er fragte nicht nach, wie ich den Sektor verlassen wollte.

"Nun, wenn das alles ist, sollte ich besser gehen", sagte ich, stand auf und ging zur Tür.

"Eine Sache gibt es noch", sagte der Hauptmann und hielt mich auf.

Ich drehte mich um und sah zu meiner Überraschung, dass Talon zögerte, bevor er selbst aufstand. Geduldig wartete ich darauf, dass er weitersprach.

Der Hauptmann holte einen länglichen Gegenstand aus seinem Schreibtisch und legte ihn vor mich. Es war ein Kurzschwert. "Das ist auch für dich", sagte Talon. "Als Belohnung für die Rettung meines Sohnes."

Ich ließ meinen Blick nach unten schweifen und betrachtete das Schwert. Sowohl Klinge als auch Griff waren tiefschwarz. Die Klinge selbst war aus einem Metall geschmiedet worden, das einen matten Obsidianglanz hatte, während der Griff mit schwarzem Schuppenleder umwickelt war.

Es war eine schöne Waffe und allein schon vom Aussehen her wirkte sie teuer. Ich analysierte das Kurzschwert, um mehr zu erfahren.

Dies ist Ebenherz, ein seelengebundenes Kurzschwert von Rang 4. Dieser Gegenstand erhöht den von dir verursachten Schaden um 30% und trägt die Verzauberung: unzerbrechlich. Weder die Schneide noch die Klinge oder der Griff werden dich jemals im Kampf im Stich lassen. Dieser Gegenstand erfordert eine Geschicklichkeit von mindestens 16, um ihn zu führen.

Ebenklingen sind Waffen, die von den Zenturionen der berühmten Legion der Ebenholzgarde getragen werden, und werden von ihnen aus dem Zwielichtdungeon gefarmt.

Seelengebundene Gegenstände sind besonders selten. Sie bleiben auch nach dem Tod eines Spielers bei ihm und können nicht gestohlen werden. Die Kunst, sie zu erschaffen, ist sowohl den Spielern als auch den Mächten unbekannt. Diese mächtigen Artefakte gehören zu den wenigen wirklich vom Spiel geschaffenen Gegenständen und können, wenn sie einmal gebunden sind, nicht mehr gelöst werden. Nach dem endgültigen Tod eines Spielers werden sie zerstört.

Mein Blick wanderte nach oben und ich starrte den Hauptmann schockiert an. "Bist du sicher? Diese Waffe ist doch unbezahlbar."

"Das bin ich", antwortete Talon. "Ich bin nicht undankbar für das, was du für meinen Sohn getan hast, weißt du." Er lächelte verschmitzt. "Und Sturm selbst ist es auch nicht, so sehr es auch so aussehen mag. Wenn Erebus' Schergen ihn in diesen Dungeon gebracht hätten, wäre mein Sohn nie zu mir zurückgekehrt, egal wie viele Leben er noch hätte."

"Aber das ... ist das nicht zu viel?" protestierte ich.

Talon glluckste. "Für das Leben meines einzigen Sohnes? Ganz bestimmt nicht. Und so wertvoll die Klinge auch ist, unter den seelengebundenen Waffen ist Ebenherz noch eine der unbedeutendsten. Du wirst viele nicht seelengebundene Waffen finden, die bessere Verzauberungen haben. Aber wenn du alles andere verloren hast - und das wirst du irgendwann - wird Ebenherz treu an deiner Seite bleiben." Als er sah, dass ich immer noch zögerte, fügte er ermutigend hinzu. "Na los, nimm schon."

Ich tat, was der Hauptmann sagte, und nahm die Klinge in die Hand.

Du hast das seelengebundene Kurzschwert von Rang 4, Ebenherz, erworben. Diese Waffe ist derzeit ungebunden. Möchtest du diesen Gegenstand seelenbinden?

"Ah", hauchte ich, als ich die Frage des Adjutanten bejahte und spürte, wie sich zwischen mir und der Klinge eine Verbindung aufbaute.

Du hast Ebenherz seelengebunden. Von nun an kann diese Waffe von niemandem anderem geführt werden, gestohlen werden, verloren gehen oder aus deinen Händen verschwinden, außer durch die stärksten Verzauberungen.

Der Hauptmann lächelte, als er meine ehrfürchtige Miene sah. "Ich kann mich noch an meine erste Ebenklinge erinnern. Möge diese dir ebenso dienen." Er setzte sich wieder hin. "Wenn du mich jetzt entschuldigst, ich muss meine Leute darauf vorbereiten, sich den Heulern anzuschließen, und ich bin sicher, dass du selbst noch einiges zu tun hast", sagte Talon und forderte mich betont zum Gehen auf.

Ich verbeugte mich vor ihm, die Hand an der Hüfte. Ich war mir nicht sicher, wann der Hauptmann und ich uns wiedersehen würden, und ich vermutete, dass es unter weniger freundschaftlichen Bedingungen geschehen würde. Dennoch würde ich seine Großzügigkeit nicht vergessen.

"Lebe wohl, Talon", sagte ich und ging.

KAPITEL 130: EINE WEITERE AUFGABE ERLEDIGT

TAG 5. NACHMITTAG.

Mit Ebenherz in der einen und der schweren Ledertasche in der anderen Hand eilte ich durch die Tartanerkaserne, sprach mit niemandem und ignorierte die neugierigen Blicke, die auf die schwarze Klinge gerichtet waren.

Als ich wieder auf den leeren Dorfstraßen war, zog ich mein zweites Kurzschwert aus der Scheide und ersetzte es durch Ebenherz.

Das Geschenk des Hauptmanns war unbezahlbar, egal wie sehr er es leugnete, und hinterließ ein ungutes Gefühl bei mir. Ich hatte Talons Vertrauen nicht missbraucht - ich schuldete ihm keinerlei Loyalität - aber es bestand kein Zweifel daran, dass ich seine Ziele verdreht hatte, um die meinen zu erreichen, indem ich seine Aufgabe zwar theoretisch erfüllt, gleichzeitig aber den Zweck dahinter vereitelt hatte.

Meinetwegen würden die Heuler sich mit seinem Gottkaiser verbünden. Aber ebenfalls dank mir würden die Dunklen den Sektor nicht einnehmen können, zumindest nicht sofort.

Ich zuckte mit den Schultern und schob mein Unbehagen beiseite. Was geschehen war, war geschehen, und jetzt war es an der Zeit, in die Zukunft zu blicken. Als ich nach oben schaute, sah ich, dass die Sonne ihren Zenit schon überschritten hatte.

Ich hatte noch eine letzte Sache in der sicheren Zone zu erledigen, bevor ich gehen konnte. *Oder vielleicht auch zwei*, dachte ich mit Blick auf die schwere Ledertasche. Aber als erstes musste ich Gelar besuchen.

Als ich den Laden des Alchemisten erreichte, trat ich ein, ohne anzuklopfen, und fand den Gnom immer noch in seine Arbeit vertieft vor. "Fast fertig", rief er über seine Schulter. "Mach es dir auf den Sofas bequem, ich bin gleich bei dir."

Ich setzte mich wie befohlen hin und dachte darüber nach, was die nächsten zwei Tage bringen würden. Objektiv gesehen war es unwahrscheinlich, dass ich überleben würde - nicht ohne ein paar Mal zu sterben.

Ich kann das ganze Gold nicht mit mir herumschleppen, beschloss ich. Ich würde es nur verlieren. *Besser, ich gebe es aus und kaufe mir dabei gleich eine Art Versicherung.*

"Hast du Stift und Papier, die ich benutzen könnte?" fragte ich, als mir eine unausgereifte Idee in den Sinn kam.

"Das dritte Regal auf der rechten Seite, unter dem Bücherstapel", antwortete Gelar, ohne von seinem Gebräu aufzusehen.

Ich kramte in dem angegebenen Regal und fand tatsächlich ein leeres Blatt Pergament und Tinte zum Schreiben. Ich setzte mich wieder auf die Couch und begann, einen Brief zu verfassen.

✳ ✳ ✳

"Was hast du da?"

Ich blinzelte und schüttelte den Kopf, als Gelars Frage mich aus meinen Gedanken riss. Der Brief war schon seit einiger Zeit fertig und ich hatte in den letzten Minuten ins Leere gestarrt und mich gefragt, ob es das Richtige war, ihn abzuschicken.

"Nichts", antwortete ich und verstaute den Zettel in meiner Tasche. Ich richtete mich auf. "Bist du fertig?"

Der Alchemist nickte und hielt mir ein steinernes Fläschchen vor die Nase. "Bitte sehr, ein Gegengift der Stufe 5."

"Ausgezeichnet", murmelte ich und nahm ihm das Gebräu aus der Hand.

Du hast ein Gegengift der Stufe 5 erworben. Dieser Trank wurde aus der Essenz eines Wyverngiftes hergestellt und heilt fast alle bekannten Gifte.

"Aber jetzt gehst du besser", sagte Gelar und schob mich zur Tür, "bevor Ishitas Leute hören, dass du hier warst."

"Eine Minute", protestierte ich. "Ich will die Heiltränke."

Der Gnom schüttelte den Kopf. "Kannst du nicht haben. Ich hätte dir gar nicht erst davon erzählen sollen. Ich weiß nicht, was ich mir dabei gedacht habe. Und jetzt höre ich, dass die Göttin das Kopfgeld auf dich erhöhen will." Er sah mich finster an. "Mich mit dir rumzutreiben, wird zu gefährlich. Du kannst von Glück reden, dass ich die Ehre hatte, unser letztes Geschäft abzuschließen. Aber ich kann nicht noch mehr riskieren ..."

Ich holte drei Goldbarren aus der Tasche und reichte sie Gelar. "Ich will sie haben", sagte ich fest, "und alles andere an nützlichen Mixturen, die du so hast."

Die Augen des Gnoms wurden beim Anblick des Golds groß, bevor sich seine Lippen zum ersten Mal zu einem Lächeln verzogen, das wahre Freude verriet.

"Natürlich" murmelte er. "Komm hier entlang."

✳ ✳ ✳

Du hast 3 volle Heiltränke erworben.

Du hast 5 Brandbomben erworben. Jede Bombe ist extrem brennbar und explodiert beim Aufprall, wodurch sich ein kleines Feuer ausbreitet.

Du hast 5 Rauchbomben erworben. Jede Bombe enthält einen dichten magischen Nebel, der sich schnell ausbreitet, wenn er aus dem Behälter entlassen wird.

Du hast ein Gift der Stufe 5 erworben: verfeinertes Wyverngift.

Wenig später verließ ich den Alchemistenladen, drei Goldbarren leichter. So teuer mein Einkauf auch war, ich war zufrieden damit. Es stellte sich heraus, dass Gelar nicht nur normale Tränke, sondern auch Brandsätze herstellte.

Anstatt das Geld für normale Tränke auszugeben, kaufte ich kleine "Infernos der Zerstörung", wie der Gnom die Kugeln liebevoll nannte. Jede war nicht größer als meine Faust und wog ungefähr so viel wie ein kleiner Stein. Der Alchemist hatte mir versichert, dass sie beim Aufprall zerplatzen würden, wenn ich sie warf.

Zuletzt kaufte ich noch den Rest des Wyverngifts, der nach der Herstellung des Gegengifts übriggeblieben war. Der Alchemist hatte keine Verwendung für eine so kleine Menge und war nur zu gerne bereit, es mir zu verkaufen. Warum ich das Gift gekauft hatte, war mir selbst nicht ganz klar ... einfach aus einer Laune heraus, nicht mehr.

Und nun zum letzten Punkt auf meiner Tagesordnung.

Ich eilte durch das verlassene Dorf und zurück zur Taverne. Zum Glück war Benadean immer noch hinter der Theke, obwohl keine Gäste mehr da waren.

"Ah, sehr gut", sagte ich. "Du bist noch hier."

Der Barkeeper warf mir einen mürrischen Blick zu. "Wo soll ich auch sonst sein?"

Ich lächelte. "Um genau darüber zu sprechen bin ich hier."

Er sah mich verwirrt an.

"Du hast es dir doch nicht anders überlegt, die Taverne zu verkaufen, oder?" fragte ich beiläufig.

Er schüttelte den Kopf. "Nein, aber die Chancen dafür werden von Tag zu Tag geringer."

"Wie viel?"

"Wie viel, was?" fragte Benadean und sah wieder verwirrt aus.

"Wie viel willst du für die Taverne?", fragte ich.

Benadean lehnte sich über den Tresen und sah plötzlich begierig aus. "Sag bloß, du hast einen potenziellen Käufer gefunden?"

Ich grinste. "So ähnlich."

Der Barkeeper schürzte die Lippen. "Nun, ich habe damals neunhundert bezahlt, aber in Anbetracht der momentanen Lage gebe ich mich mit fünfhundert zufrieden."

Ich legte meine restlichen sieben Goldbarren auf den Bartresen. "Wie wäre es mit siebenhundert?"

Benadean starrte mich einen Moment lang an, bevor er einen in die Hand nahm. "Die sind mit dem Zeichen von Tartar gestempelt", flüsterte er und drehte sie in seinen Händen. "Woher hast du die?"

"Keine Sorge, sie sind nicht gestohlen. Also?"

Der Barkeeper blinzelte und schien immer noch damit zu kämpfen, die Situation zu verarbeiten. *"Du* willst die Taverne für siebenhundert Gold kaufen?"

Ich nickte. "Genauer gesagt, will ich die Taverne und einen Gefallen für siebenhundert Gold kaufen."

Benadeans Augen verengten sich. "Was für ein Gefallen?"

Ich legte ihm den von mir bekritzelten Zettel vor die Nase. "Wenn du den Sektor verlässt, musst du diesen Brief für mich abliefern."

"An wen?"

Ich sagte es ihm, und der Barkeeper runzelte die Stirn.

"Schaffst du das? Lassen Ishitas Geschworene dich unverletzt durch ihr Portal?" fragte ich.

Benadean leckte sich nervös über die Lippen, aber er nickte. "Ich denke schon."

"Gut, nimmst du also an?"

Der Barkeeper sah immer noch zögernd aus. "Bringt mir das Ärger mit den Dunklen ein?"

"Nicht, wenn du den Brief nicht liest." Ich hielt inne. "Oder jemandem davon erzählst."

"In Ordnung", sagte Benadean nach einem Moment.

"In Ordnung?"

"Ich werde es tun."

Ich schob ihm den Stapel Goldbarren zu. "Dann gehören die hier dir."

Benadean nahm stumm das Gold entgegen, bevor er in seine Tasche griff und mir ein offiziell aussehendes Stück Papier reichte.

Du hast eine Besitzurkunde für das Schläfrige Gasthaus in der sicheren Zone von Sektor 12.560 erworben.

Alle Eigentumsnachweise für Gebäude in der sicheren Zone sind vom Spiel erstellte Gegenstände, die dir die volle Kontrolle über das Gebäude geben und nicht gestohlen oder verloren gehen können, auch nicht im Todesfall. Wenn das Gebäude über einen längeren Zeitraum unbewohnt oder ungenutzt bleibt, fällt es an das Spiel zurück.

Dieser Gegenstand muss verschenkt oder gehandelt werden, um weitergegeben zu werden. Bei einem endgültigen Tod wird er fallen gelassen und kann frei geplündert werden.

"Danke", antwortete ich und verstaute den Gegenstand.

"Wann muss ich gehen?" fragte Benadean, der über die rasante Änderung seines Schicksals noch immer schockiert war.

"Unverzüglich." Ich erhob mich von meinem Barhocker und nickte in Richtung Brief. "Ich wäre dir auch dankbar, wenn du den so schnell wie möglich an seinen Empfänger weiterleiten würdest."

"Das werde ich", bekräftigte Benadean.

Ich schüttelte seine Hand. "Nun, dann verabschieden wir uns hier wohl. Schließ die Tür hinter dir ab und viel Glück bei deinem nächsten Vorhaben."

"Warte!", rief er und hielt mich auf meinem Weg zur Tür auf.

Ich drehte mich um und sah ihn an.

"Warum vertraust du mir damit?", fragte er und wedelte mit dem Brief in seinen Händen.

"Weil ich sonst niemanden habe", sagte ich und wandte mich wieder der Tür zu. *Und manchmal muss man einfach ein Risiko eingehen.*

✳   ✳   ✳

Danach verließ ich die sichere Zone unverzüglich.

Genau wie Talon gesagt hatte, war die Festung verlassen. Die Eingänge zu den Kasernen und allen anderen Gebäuden standen weit offen. Nur die Burg selbst war versiegelt worden.

Es war ein seltsames Gefühl, an den unheimlich stillen Gebäuden vorbeizugehen. Hyek hatte sein Wort gehalten und nicht einmal eine kleine Truppe zurückgelassen. Allem Anschein nach hatten die Heuler nicht vor, zurückzukehren.

Ich frage mich, was die Erwachten Toten jetzt denken.

Ich kicherte bei dem Gedanken amüsiert. Welche Pläne die Fraktion auch für den Sektor hatte, sie schienen jedes Mal zu scheitern.

Auch die äußeren Tore standen offen, und ich schlenderte ohne innezuhalten hindurch. Dann steigerte ich mein Tempo zu einem gleichmäßigen Joggen und lief in Richtung Nordosten.

Ich hatte nur eine vage Vorstellung davon, wo ich die Schattenwölfe finden würde. Den Informationen von Aira und Oursk zufolge hatte sich das Rudel in einem Höhlennetz unter den östlichen Berghängen verschanzt. Um dorthin zu gelangen, würde ich allerdings den Rest des Tages brauchen.

Ich joggte den ganzen Nachmittag lang durch den Wald, ohne von auch nur einer Kreaturen bedroht zu werden. Ich war seit meiner Ankunft im Tal deutlich gewachsen und die Bedrohungen, die mich anfangs beunruhigt hatten, wie Rudel von Serlinen und umherstreifende Rhomodillos, ließen mich jetzt nicht einmal mehr innehalten.

Ich traf auch auf keine Anzeichen von Kobolden. Soweit ich es beurteilen konnte, waren die Heuler nach dem Verlassen der Festung in Richtung Norden marschiert und unsere Wege hatten sich schon vor langer Zeit getrennt.

Ich erreichte das Lager der Langfänge gerade, als die letzten Sonnenstrahlen hinter dem westlichen Horizont verschwanden. Das Lager befand sich am Fuße des östlichen Berges, und ich dachte, dass dies ein guter Startpunkt wäre, die Hänge zu durchkämmen.

Das Lager war völlig ausgenommen worden.

Ich rümpfte die Nase als ich näherkam und hatte bei dem schrecklichen Gestank von Tod und Verwesung Mühe zu atmen. Der tiefe Graben, der den südlichen Eingang des Stützpunkts der Langfänge abgegrenzt hatte, war mit Leichen gefüllt. Am Rande des Grabens schaute ich nach unten.

Die Toten waren alle Langfänge.

Die Leichen unterstrichen die Gewalt, die ihnen angetan worden war – weite, blinde Augen, verschüttete Gedärme und Eingeweide, freiliegende Knochen und verstümmelte Gesichter.

Mein Magen krampfte sich zusammen. Seit ich ins Reich der Ewigkeit gekommen war, hatte ich schon einige Todesfälle mit ansehen müssen, aber das hier war ein Massaker, wie ich es noch nie erlebt hatte. Und mehr als das. Der Tod der Langfänge konnte allein mir zugeschrieben werden. Ich war derjenige, der dafür verantwortlich war.

Es wird noch schlimmer enden, wenn die Heuler und die Roten Ratten aufeinandertreffen.

Der Gedanke daran ließ mich erschaudern. Aber trotz all der Toten, die meinen Weg säumten, konnte ich meine Taten nicht bereuen. Sie waren notwendig gewesen. Die einzige Möglichkeit, die Wölfe zu retten. Trotzdem konnte ich nie vergessen, dass meine Taten Konsequenzen hatten und dass sie Leben kosteten.

Ich atmete tief ein, um mich gegen alles zu wappnen, was ich noch sehen würde, und sprang über den Graben in das zerstörte Lager. Leichen lagen überall verstreut. Zelte waren zerrissen, Habseligkeiten lagen verstreut und die wenigen Möbel, die das Lager hatte, lagen zerbrochen und verbrannt in der Gegend. Nichts von Wert war übriggeblieben.

Die Roten Ratten waren bei ihrer Zerstörung gründlich gewesen.

Als ich das Gebiet durchquerte, erreichte ich den Fuß der Klippe am anderen Ende und blieb stehen, als ich eine Präsenz über mir spürte. Mein Kopf schnellte nach oben.

Dort saß ein Schattenwolf.

Es war Duggar.

Der Schattenwolfalpha starrte mich mit einem unergründlichen Blick an. *"Wir begegnen uns wieder, Mensch."* Er schwenkte seinen Kopf von mir zu dem toten Lager und hob seine Schnauze, um an der Luft zu schnuppern. *"Gute Arbeit."*

TAG 5. NACHT.

"Hallo, Duggar", rief ich zurück. Mein Blick schweifte über die hohe Klippe, die uns trennte. "Wie komme ich da hoch?"

"Wir führen dich", antwortete er.

Wir?

"Wir", wiederholte Duggar und klang dabei amüsiert.

Mein Mund klappte auf. Den letzten Gedanken hatte ich nicht projiziert und ich war mir sicher, dass der Schattenwolfalpha gerade meine Gedanken gelesen hatte. *Wie hat er das gemacht?*

"Viel unseres Könnens wird dich überraschen", antwortete eine andere Stimme.

Ich drehte mich um. Keine drei Meter von mir entfernt saß eine Wölfin mit heraushängender Zunge und inspizierte mich.

Ich verbeugte mich tief. Es war Sulan. "Sei gegrüßt, Rudelälteste."

"Du lebst noch, wie ich sehe." Die Augen des weißen Wolfes funkelten. *"Und du wächst rasant heran."*

"Wo sind Aira und ..." fing ich an, brach dann aber ab, als weitere Blasen des Bewusstseins in meinem Geist auftauchten. Mein Kopf wirbelte herum und suchte nach den anderen, die sich laut meinem Geist wenige Meter links und rechts von mir befanden.

Sulan schnaubte. *"Aber trotzdem bist und bleibst du ein Welpe."* Bevor ich darauf etwas erwidern konnte, fuhr sie fort. *"Zeigt euch, Brüder und Schwestern. Der Wolfkin ist zu blind, um euch zu sehen."*

Gestalten schälten sich aus der Dunkelheit – aus unmittelbarer Nähe - und mein Herz pochte in plötzlicher Angst, obwohl ich wusste, dass ich nicht in Gefahr war.

Fünf weitere Wölfe begleiteten Sulan, sie alle Fremde. Trotz meiner geschärften Sinne hatte ich keinen von ihnen gespürt. Wie konnten sie so nah an mich herankommen? *Ihre Schleichkunst muss verdammt gut sein.*

Ich spürte, wie Sulan zusammenzuckte. *"Hör auf zu schreien, Welpe"*, zischte sie.

"Tut mir leid", murmelte ich und versuchte, meine inneren Gedanken zu dämmen.

"Besser" bestätigte sie. *"Aber wenn wir wieder im Bau sind, müssen wir dir etwas Kontrolle beibringen."*

"Im Bau?" fragte ich plötzlich voller Interesse.

"Deshalb bist du doch hier, oder?", fragte die Älteste. *"Um vom Rudelrat mehr über Wolf zu erfahren?"*

Ich nickte zustimmend.

Sulan stand auf und drehte sich um. *"Dann folge uns und versuche mitzuhalten."*

✻　✻　✻

Sulan und die anderen führten mich tiefer in die Berge, über vergessene Trampelpfade und versteckte Wege. Ich erklomm steile Hänge, schlängelte mich durch enge Felsspalten und wanderte durch trockene Flussbetten. Zum Glück hatte ich keine Probleme, mit den Wölfen mitzuhalten.

Obwohl ich sie im Verborgenen nicht aufgespürt hatte, war meine Dunkelsicht gut genug, um ihre lautlosen Gestalten auszumachen, wie sie durch die immer dunkler werdende Nacht glitten. Schließlich kamen wir vor einem verdunkelten Höhleneingang zum Stehen.

Der Eingang des Baus, vermutete ich.

Duggar saß davor und seine massige Gestalt füllte fast den ganzen Eingang. *"Komm, Wolfkin"*, sagte er, *"es ist Zeit, dass du den Rat kennenlernst."* Er drehte sich um und schlüpfte in die Höhle.

Ich folgte ihm, Sulan hinter mir. Die anderen fünf Wölfe folgten uns nicht. Ich hielt in meinen Schritten inne.

"Sie bleiben oben und bewachen den Eingang der Höhle", sagte Sulan.

Ich nickte und eilte hinter Duggar her. Der Rudelführer hatte nicht gewartet. Im hinteren Teil der Höhle befand sich ein kleiner Tunnel und Duggar war tief geduckt hindurchgekrochen.

Selbst für mich war er sehr eng. Ich hatte keine Ahnung, wie der große Duggar es hindurchgeschafft hatte. Zum Glück öffnete sich der Tunnel nach einem Dutzend Metern und wir konnten alle wieder aufrecht gehen. Ein paar Minuten später mündete der Tunnel in eine unterirdische Höhle.

Stalaktiten wuchsen von der Decke herab, blau leuchtende Pilze sprossen aus Felsspalten und ein stiller, dunkler Teich befand sich in der Mitte der Höhle. Um ihn herum war das Rudel versammelt - fast hundert Schattenwölfe jeden Alters, von neugeborenen Welpen bis zu ergrauten Ältesten – und ruhten sich aus oder spielten.

Es war eine malerische Szene und ich musste mir immer wieder vor Augen halten, dass dies ein Rudel im Exil war.

"Hier sind wir", sagte Duggar, hielt an und schaute über seine Schulter zu mir. *"Das ist das Rudel. Beziehungsweise"*, fügte er hinzu, wobei sich Kummer in seine Gedankenstimme einschlich, *"alles, was von uns übrig ist."*

"Wie viele habt ihr verloren?" fragte ich behutsam.

"Wir waren mehr als dreihundert, bevor die Kobolde kamen", antwortete Sulan von hinter mir.

Meine Augen weiteten sich vor Mitgefühl, als ich mich in ihre Richtung drehte. Mehr als zwei Drittel der Wölfe waren umgekommen.

"Die meisten, die gefallen sind, gehörten zu unseren besten Kämpfern, die ihr Leben verloren haben, indem sie das Rudel beschützten", fuhr Sulan fort. *"Jetzt sind viel zu junge Wölfe wie Aira und Oursk gezwungen, als unsere Verteidiger zu dienen."* Die weiße Wölfin seufzte. *"Es sind dunkle Tage für unser Rudel."*

"Aber die Langfänge gibt es nicht mehr", sagte ich beschwichtigend. "Eure Verfolgung hat ein Ende."

"Oder unsere Probleme haben gerade erst begonnen", warf Duggar ein. *"Dein Kommen wird nicht unbestraft bleiben."*

Meine Augenbrauen zogen sich zusammen und ich starrte ihn fragend an, aber der Blick des Alphas blieb so undurchsichtig, dass es mich fast verrückt machte. *"Folge mir"*, befahl er und drehte sich um, um weiter in die Höhle gehen.

Mir stand die Verwirrung immer noch ins Gesicht geschrieben, als ich mich an Sulan wandte, um Antworten zu erhalten.

Die Älteste seufzte. *"Wir sind nicht undankbar für das, was du getan hast, Michael, aber Duggar hat recht. Du bringst deine eigene Art von Gefahr mit dir. Jetzt muss das Rudel entscheiden, wie viel wir für dich riskieren können."*

Ich öffnete meinen Mund, um sie weiter auszufragen, aber sie schlich an mir vorbei. *"Komm, der Rat wird dir alles erklären."*

✳ ✳ ✳

Duggar und Sulan begleiteten mich unter den strengen Blicken der anderen Rudelmitglieder durch die Höhle. Obwohl keiner von ihnen mit mir sprach, machten sie sich nicht die Mühe, ihre Gedanken zu verbergen. Emotionen strömten in meinen Kopf: Drohung, Wut, Misstrauen und ... Angst.

Ich taumelte unter der mentalen Lawine, dann streckte ich meine Wirbelsäule, um wieder mit erhobenem Kopf weiterzugehen.

Nicht alle Schattenwölfe verströmten solch dunkle Gefühle. Einige - vor allem die jüngeren - waren aufgeregt und neugierig. Trotzdem stieg die Spannung weiter an, und obwohl ich nicht direkt Angst hatte, war ich für die Anwesenheit von Duggar und Sulan dankbar.

Ein freudiges Kläffen durchbrach die Stille.

Mein Blick schwenkte nach links und ich sah drei schwarze und graue Gestalten auf mich zurasen. Ich hatte kaum Zeit, mich abzustützen, bevor sie mit mir zusammenstießen.

Meine Bemühungen waren jedoch vergebens. Mit einem hilflosen Lachen landete ich auf meinem Hintern, die Arme voller herumtollender Welpen.

"Ich freue mich auch euch zu sehen", kicherte ich, als die drei versuchten, mein Gesicht abzulecken.

"Wir treffen uns wieder, Michael", sagten Oursk und Aira gemeinsam.

Als ich den Kopf hob, sah ich die beiden im Kontrast zu ihren aufgeregten Welpen ruhig auf mich zukommen. "Aira, Oursk!" erwiderte ich und hatte Mühe, meine Erleichterung zu unterdrücken. Ich hatte gar nicht bemerkt, wie sehr ich sie vorhin vermisst hatte.

Aira knabberte zur Begrüßung sanft an meiner Hand, während Oursk würdevoll seinen Schwanz duckte.

"Wir haben nie an deiner erfolgreichen Rückkehr gezweifelt", sagte Aira.

"Oh, ich weiß ja nicht", antwortete ich lachend, "selbst ich hatte so meine Zweifel."

"Trotzdem hast du uns von der Verfolgung der Langfänge befreit", antwortete Oursk.

Ich wollte gerade antworten, da bemerkte ich etwas Seltsames. Sowohl Aira als auch Oursk sendeten ihre Worte in die Höhle, und ich merkte, dass der Rest des Rudels den beiden und ihren drei Welpen aufmerksam zuhörte.

Noch bemerkenswerter war, dass das bedrückende Gefühl von Misstrauen und Angst völlig verschwunden war.

Mein Blick wanderte zu Sulan und Duggar und ich bemerkte, dass beide die Schattenwolffamilie und mich ebenso genau beobachteten wie das Rudel. Obwohl beide ihre Gefühle zurückhielten, spürte ich eine Spur von Selbstgefälligkeit von Sulan.

Dass wir uns hier begegneten war kein Zufall, wurde mir klar. Unser Treffen war mit Absicht so inszeniert worden, dass es in der Mitte des gesamten Rudels stattfand.

"Was geht hier vor, Aira?" fragte ich leise über die dünnste mentale Verbindung, die ich herstellen konnte.

"Alles ist gut. Das Rudel musste erst beruhigt werden", antwortete sie im Flüsterton. *"Und es hat funktioniert."*

Beruhigt? fragte ich mich. Ihre Reaktionen zeigten mir, dass ich die Wölfe verunsicherte, aber warum verstand ich noch immer nicht.

"Das war eher ein Test als ein Willkommensgruß, Michael", sagte Aira. *"Der Rat wird die Reaktion des Rudels beobachtet haben und sie bei seiner Entscheidung berücksichtigen."*

Mein Entsetzen wuchs.

Aira spürte das und fügte hinzu: *"Folge Sulans Plan, wenn du die Ältesten triffst. Sie wird dir den richtigen Weg weisen. Weder Oursk noch ich werden dich begleiten dürfen."*

"Es ist Zeit", sagte Sulan und schob die Welpen sanft beiseite. *"Wir müssen gehen. Der Rat wird ungeduldig.*

* * *

Hinter der großen Höhle, die den größten Teil des Rudels beherbergte, lag eine kleinere. Geführt von Duggar und Sulan duckte ich mich in den engen Eingang.

Dort warteten vier weitere Wölfe.

Ihre Fellfarben variierten von staubig braun bis kohlegrau, aber wie Sulan selbst hatten sie alle graue Schnauzen. *Die sind allesamt alt und haben ihre besten Jahre hinter sich*, dachte ich. *Das müssen die Ältesten sein.*

Vier durchdringende Blicke schwenkten in meine Richtung. *"Das sind wir, du frecher Welpe"*, sagte die kleinste der vier – eine Wölfin mit braunem Fell. Der Klang ihrer Gedankenstimme ließ mich vermuten, dass sie weiblich war.

Ein anderer knurrte: *"Die besten Jahre hinter mir? Bah! Ich bin nicht zu alt, um zu kämpfen"*, sagte er und entblößte seine vergilbten, aber immer noch scharfen Reißzähne, *"oder um deine Knochen zu zernagen!"*

Ups.

Ich musste lernen, meine Gedanken besser zu verbergen, sonst würden sie mir im Rudel nur Ärger einbringen. Bevor ich nachdenken konnte, wie ich die Gefühle des beleidigten Wolfs besänftigen konnte, schlüpfte Sulan hinter mir in die Höhle. *"Barak, du alter Hund, lass den Welpen in Ruhe."*

"Hast du ihn schon unter deine Fittiche genommen, Sulan?", fragte ein Wolf mit grauem Fell.

"Das habe ich, Leta", antwortete die weiße Wölfin hinter mir gelassen.

Der größte Wolf in der Höhle, der als einziger der vier still geblieben war, erhob sich und humpelte auf mich zu. Schon rein äußerlich wirkte er uralt. Seinem Fell fehlte es an dem gesunden Glanz der anderen. Es stand in Büscheln ab, seine Krallen waren ausgefranst und abgebrochen und seine beiden Reißzähne abgebrochen.

Der alte Wolf schwankte leicht, als er vor mir zum Stehen kam. Duggar trat an seine Seite, um den Alten zu stützen.

Der Rest des Rates verstummte, während der Älteste unter ihnen mich studierte und seine Schnauze nur wenige Zentimeter von meinem Gesicht entfernt hielt. *"Es ist also wahr"*, sagte er. *"Ein Nachkomme von Wolf wandelt wieder unter uns."* Obwohl sein Körper ihn im Stich zu lassen schien, hatte die Stimme des Ältesten keinerlei Schwäche an sich.

Scheinbar zufrieden mit seiner Inspektion humpelte der alte Wolf zurück zu seiner ursprünglichen Position und ließ sich schwer auf den Boden fallen. *"Genug geplaudert"*, verkündete er. *"Lasst uns anfangen."*

"Einverstanden", antwortete Duggar in dem leisesten Ton, den ich je von ihm gehört hatte. Er drehte sich wieder zu mir um. *"Wolfkin, wir sechs bilden den Rat des Rudels."* Er deutete auf die beiden noch namenlosen Wölfe. *"Das ist Suva"*, sagte er und deutete auf die kleine Wölfin. *"Und das ist Monac, der ehemalige Alpha"*, beendete er und setzte sich neben den alternden Wolf.

Verstohlen untersuchte ich jedes der Ratsmitglieder.

Dein Ziel heißt Duggar, ein Alphawolf der Stufe 67.
Dein Ziel heißt Suva, ein Schattenwolf der Stufe 54.
Dein Ziel heißt ...

...

Die Schattenwölfe, einst eine weit verbreitete Spezies im Reich der Ewigkeit, wurden fast bis zur Ausrottung gejagt. Früher gehörten sie zu den angesehensten und gefürchtetsten Wölfen und waren berühmt für ihre Jagdkünste, ihre Größe und ihre außergewöhnlichen geistigen Fähigkeiten.

Heutzutage halten sich die Wolfsrudel nur noch in den entlegensten Regionen und Sektoren auf. Alphas sind die Rudelführer unter ihnen, die für den Schutz ihrer einzelnen Rudel verantwortlich sind und die Interessen aller Wolfkin in ihrem Gebiet überwachen.

Im Gegensatz zu Aira und Oursk, die nur Kreaturen des ersten Ranges waren, waren die Ältesten des Rudels auf Rang fünf oder sechs. Während ich den Rat untersuchte, hatte sich Sulan zu den anderen gesellt und damit einen Halbkreis um mich gebildet.

"Heute werden wir dein Urteil fällen", sagte die weiße Wölfin.

"Urteil?" fragte ich und versuchte, meine Stimme ruhig zu halten. Ich hatte das Gefühl, dass die Sache hier leicht vom Kurs abkam. Ich war nur aus einem Grund hier: um etwas über den Weg des Wolfes herauszufinden. Worum auch immer es dem Rat ging, ich hatte keine Zeit dafür. "Erebus und seine Anhänger werden mir bald auf den Fersen sein. Ich muss gehen ..."

"Wir sind uns deines Zeitlimits bewusst", sagte Leta.

"Unser Vorhaben hier wird nicht lange dauern", fügte Suva hinzu.

"Außerdem können wir dich nicht gehen lassen, bevor du dich nicht als würdig erwiesen hast", warf Barak mit einem unverkennbar blutrünstigen Grinsen ein.

"Ihr *könnt* nicht?" wiederholte ich und reckte aggressiv mein Kinn.

"Wir können nicht", bestätigte Duggar gleichmütig. *"Deine Blutlinie erwacht, und wir müssen zum Wohle des Rudels – aller Rudel – über dein Schicksal entscheiden."*

Ich starrte den Rudelführer an. Ich verstand nicht einmal die Hälfte von dem, was er gesagt hatte, aber die Drohung in seinen Worten war unmissverständlich. Wenn die Schattenwölfe dachten, ich würde mich einfach hinlegen und von ihnen verurteilen lassen, hatten sie sich gewaltig geirrt.

"Deswegen bin ich nicht hier", sagte ich und verschränkte die Arme. "Wenn ihr nicht helfen wollt ..."

"Michael", warf Sulan ein. *"Vertrau uns. Das hier ist wichtig."* Sie ließ es dabei bewenden und sagte nichts weiter.

Ich starrte die weiße Wölfin an, immer noch kochend vor Wut. Am liebsten hätte ich laut widersprochen, aber ich konnte nicht vergessen, dass sie mir das Leben gerettet hatte – unter großer Gefahr für sich selbst.

Mein Blick wanderte zu Duggar. Ich konnte die Gefahr nicht ignorieren, in die der Alpha seine Leute gebracht hatte, um mich vor dem Wyvern zu retten. Und ich erinnerte mich auch daran, dass Aira – der ich vertraute – mir geraten hatte, Sulans Beispiel zu folgen.

Ich ließ meine Schultern sinken und seufzte schwer. "Also gut, was soll ich tun?"

TAG 5. NACHT.

"Als erstes darfst du dich setzen", sagte Suva.

Stumm setzte ich mich im Schneidersitz auf den kalten, harten Boden, wie mir aufgetragen wurde. Da ich beschlossen hatte, mich dem Rat zu fügen, sah ich keinen Grund mehr, die Sache länger als nötig hinauszuzögern.

Je schneller ich das hier erledige, desto schneller kann ich gehen, dachte ich und weigerte mich, die Möglichkeit in Betracht zu ziehen, mir den Weg nach draußen erkämpfen zu müssen.

"Erzähl uns alles, was passiert ist, seit du das Ewige Königreich betreten hast", befahl Leta.

"Und denk gar nicht erst daran zu lügen", knurrte Barak. *"Wir können jede Lüge, die du auch nur zu erzählen gedenkst, sofort aufspüren."*

Ich warf dem braunen Wolf einen finsteren Blick zu, erwiderte aber nichts. Ich nahm mir einen Moment Zeit, um meine Gedanken zu sammeln, und begann, dem Rat meine Geschichte zu erzählen, wobei ich nichts ausschmückte oder versuchte, meine Beweggründe zu verbergen. Doch kaum hatte ich mit meiner Geschichte begonnen, wurde ich unterbrochen.

"Warum hast du dich für die Klasse Späher entschieden?"

"Hast du nicht daran gedacht, den Vertrauten direkt abzulehnen?"

"Hast du den Dungeon aus Feigheit nicht direkt betreten?"

"Warum hast du dich nicht mit anderen Kandidaten verbündet?"

"Bist du ein Mörder?"

Und das waren nur die Fragen der ersten fünf Minuten. Danach hörten sie nicht mehr auf. Ganz im Gegenteil, die Fragen der Ältesten wurden immer umfangreicher.

So ging es immer weiter, die Wölfe richteten eine Frage nach der anderen an mich. Anfangs konnte ich keinen Sinn dahinter erkennen.

Über einige Fragen musste ich lange nachdenken und sie schienen den Kern meiner Beweggründe zu treffen.

"Warum hast du Loken abgelehnt?"

"Was hat dich dazu bewogen, Ultack zu vertrauen?"

"Woher wusstest du, dass Gnat lügt?"

Andere waren fast trivial - was spielte es für eine Rolle, wann ich das letzte Mal gegessen hatte - aber egal wie belanglos die Fragen waren, ich wurde die ganze Zeit über genaustens beobachtet.

Als die Stunden vergingen, bemerkte ich schließlich ein Muster in den Fragen der Ältesten. Unerwarteterweise interessierten sie sich nicht für meine früheren Interaktionen mit Aira und Oursks Familie – was ich angenommen hatte, dass es sie am meisten beschäftigen würde - sondern sie konzentrierten sich hauptsächlich auf meine Interaktionen mit den Mächten und Fraktionen, denen ich begegnet war: Loken, Erebus, Tartar und sogar Arinna.

Warum und wieso verstand ich nicht, aber ich war mir sicher, dass ich beurteilt und jede meiner Antworten gewertet wurde. Und zwar nicht nur meine verbalen Antworten, sondern auch die unausgesprochenen Gedanken, die jede von ihnen begleiteten.

Manchmal spürte ich, wie die sechs Wölfe an den Rändern meines Verstandes knabberten und meine Gefühle und die Wahrheit meiner Antworten auskosteten - sowohl was ich laut sagte als auch was unausgesprochen blieb. Das zwang mich zu einem Maß an Sorgfalt, das mich völlig auslaugte, und am Ende der Sitzung war ich schweißgebadet.

Schließlich beendete Monac, der als Einziger keine Fragen an mich gestellt hatte, das Verhör. *"Genug"*, befahl er. *"Der Wolfkin ist in Ordnung."*

Ich spürte die Überraschung der anderen Ratsmitglieder, aber nur Duggar war bereit, nachzufragen. *"Bist du dir sicher?"*, fragte er leise.

"Das bin ich", antwortete Monac. *"Er ist noch immer ungebunden, und das ist im Moment das Wichtigste. Sagt ihm, was er wissen muss."*

Der Alpha protestierte nicht weiter. Duggar schaute Sulan an und neigte den Kopf. *"Nur zu."*

Ich setzte mich aufmerksam auf. Endlich schien es, als würde ich etwas Interessantes erfahren. Ich war mir nicht sicher, was genau Monac mit "ungebunden" meinte, aber ich vermutete, dass er darauf anspielte, dass ich mich keiner Macht eingeschworen hatte.

Sulan erhob sich, während die anderen schweigend zusahen. *"Was du gleich hören wirst, Michael, ist verbotenes Wissen, das den meisten Spielern vorenthalten bleibt. Die Mächte haben große Anstrengungen unternommen, um alle Spuren davon zu verwischen. Wenn du das, was wir dir erzählen, mit deinen Mitspielern teilst, bringst du sie, dich selbst und das Rudel in Gefahr."* Sie hielt meinen Blick fest. *"Verstehst du?"*

Ich nickte und spürte, wie ernst sie es meinte.

"Was weißt du über Evolutionen?" fragte Sulan.

Mein Interesse war geweckt. Das war ein Thema, das mich besonders interessierte, und obwohl Loken mir ein wenig darüber erzählt und so einiges angedeutet hatte, verstand ich immer noch nicht viel.

"Kaum etwas", gab ich zu. "Ich weiß, dass sie unter Spielern selten sind, und die, die zur Evolution fähig sind, verändern damit ihre Klasse, oder verbessern sie sogar." Ich rieb mir nachdenklich die Lippen und fügte dann hinzu: "Ich vermute auch, dass meine Fähigkeit zur Evolution das Interesse der Mächte geweckt hat."

Die weiße Wölfin neigte ihren Kopf. *"Das stimmt zum Teil."*

"Oh?" sagte ich und fragte mich, welchen Teil ich falsch verstanden hatte.

"Alle Spieler können evolvieren", sagte Sulan.

Ich setzte mich aufrechter hin. "Was?"

"Es ist die Fähigkeit, sich weiterzuentwickeln, die Spieler von Nicht-Spielern unterscheidet. Nur durch Evolution können Spieler Fertigkeiten trainieren und Eigenschaften, Fähigkeiten und Klassen sammeln."

Ich nickte langsam. Ich wusste nicht genug, um Sulans Erklärung anzufechten, aber eine Sache machte keinen Sinn. "Wenn das stimmt, wenn *alle* Spieler evolvieren können, warum interessieren die Mächte sich dann für mich?"

"Jeder Spieler kann sich weiterentwickeln, aber nicht alle in gleichem Maße", sagte Sulan. *"Deine eigene Fähigkeit übersteigt die der meisten anderen Spieler. Während die Klassen des durchschnittlichen Spielers durch anfängliche Entscheidungen begrenzt sind, scheinen deine nicht oder zumindest nicht vollständig begrenzt zu sein."*

"Ich verstehe", murmelte ich.

"Tatsächlich", fuhr Sulan fort, *"ist deine Fähigkeit, dich weiterzuentwickeln, so stark, dass du dich mit etwas Zeit und Mühe vom Spieler zur Macht entwickeln könntest."*

Einen Moment lang sagte ich nichts, weil ich das bereits vermutet hatte. "Heißt das, dass Loken und Erebus einst Spieler waren?" fragte ich leise.

"Richtig", sagte Sulan. *"So sind alle Neuen Mächte entstanden."*

Meine Augen verengten sich leicht. "Neue Mächte?"

"Dazu kommen wir noch früh genug", antwortete Sulan. *"Verstehst du, was ich damit sagen will?"*

Ich nickte. "Ich verstehe, warum die Mächte das Wissen über Evolution geheim halten wollen, aber ich wusste das meiste davon schon - oder habe es vermutet. Es gab keinen Grund, mich zuerst zu verhören", schloss ich etwas mürrisch.

Sulan kicherte, und ich spürte, dass auch die anderen amüsiert waren.

"Was ist so lustig?" fragte ich misstrauisch.

"Du, Welpe", antwortete Sulan, immer noch lachend. *"Ich war noch nicht zum verbotenen Wissen gekommen."*

Ich blinzelte. "Nicht?"

Sie schüttelte den Kopf und ihr Lachen verflog. *"Was die Neuen Mächte nicht frei teilen, auch nicht untereinander, ist was den Spielern die Fähigkeit gibt, sich weiterzuentwickeln."*

Ich wartete, denn ich spürte, dass wir uns dem Kern der Sache näherten.

"Und zwar was dir im Blut liegt", sagte Sulan.

Ich starrte sie an. "Mein Blut?"

Die weiße Wölfin nickte. *"Das Blut der Ahnen fließt in deinen Adern - und in denen jedes anderen Spielers."*

Meine Verblüffung wurde immer größer. *Die Ahnen?* Was sollte das schon wieder heißen?

"Vor Jahrtausenden, noch vor Beginn des Spiels, durchstreiften die alten Mächte - die Ahnen - das Ewige Königreich", beantwortete sie meine unausgesprochene Frage. *"Anders als die neuen Mächte waren die Alten wahre Götter. Wenn man sie tötete, wurden sie einfach wiedergeboren."*

Ich kratzte mich am Kopf und war wirklich perplex. "Na gut, aber was hat das mit der Evolution der Spieler zu tun?"

Sulan streckte ihre Zunge zu einem wölfischen Lächeln heraus. *"Bevor Spieler zu Spielern wurden, nannte man sie Nachkommen, Träger des alten Blutes. Wenn einer der Ahnen umkam - ob gerecht oder nicht - erwachte das Blut des Nachkommen des Hauses und dessen Entwicklung zur letzten Reinkarnation des verstorbenen Ahnen begann."*

Vor Schreck blieb mir der Mund offenstehen. Langsam fügte sich das Puzzle zusammen. "Wolf war einer der Ahnen", flüsterte ich.

Sulan nickte. *"Das war er. Ebenso Drache, Löwe, Schlange, und viele andere."*

Ich schürzte die Lippen und dachte angestrengt nach. "Wenn das alles wahr ist", sagte ich langsam, "warum habe ich dann von keinem von ihnen gehört?"

"Das liegt daran", sagte Monac, der sich endlich in das Gespräch einschaltete, *"dass alle Ahnen tot sind. Mehr als tausend Jahre sind vergangen, seit der letzte wiedergeboren wurde."*

✳   ✳   ✳

Ich starrte den alternden Wolf und ehemaligen Alpha des Rudels an. "Wie ist das möglich? Wenn die Ahnen unsterblich sind, wie du sagst, warum wurden sie dann nicht wiedergeboren?"

Es war Duggar, der antwortete. *"Hunderte von Jahren lang hat keiner der Nachkommen, deren Blut erwachte, lange genug überlebt, um sich in einen Prime zu verwandeln."*

Ich schaute ihn an. "Und warum?"

"Die neuen Mächte haben sie gejagt", antwortete er mit einem wütenden Knurren.

"Die neuen und alten Mächte haben sich untereinander bekriegt?" fragte ich. "Warum?"

"Keiner erinnert sich mehr daran", sagte Duggar. *"Oder wenn doch, dann erzählen sie es niemandem. Klar ist jedoch, dass die Ahnen den Krieg verloren haben. Und die neuen Mächte sind entschlossen, es dabei zu belassen."*

"Indem sie verhindern, dass einer der Ahnen wiedergeboren wird?" fragte ich.

"Genau", sagte Duggar.

"Und jetzt", fügte Leta hinzu, *"wird das Wissen über die Ahnen so sehr unterdrückt, dass die meisten Nachkommen, die das Potenzial haben, sich zu Primes zu entwickeln, es nicht einmal versuchen können."*

"Nur wir, die Torwächter, erinnern uns noch an die alten Zeiten", schloss Suva traurig.

"Das bringt uns zurück zum Thema Evolution", sagte Sulan.

Ich drehte mich wieder zu ihr um. "Das heißt?"

"Du bist sowohl Nachkomme als auch Spieler und kannst eine Vielzahl von Wegen gehen. Wenn du dich entscheidest, den neuen Wegen zu folgen, wirst du dich mit der Zeit zu einer der neuen Mächte entwickeln, sei es Licht, Dunkelheit oder Schatten." Die weiße Wölfin hielt inne. *"Wenn du aber das Neue aufgibst und dich für das Alte entscheidest, indem du einen der verbotenen Wege beschreitest, wirst du vielleicht zu einem wiedergeborenen Prime."*

Da war wieder dieses Wort. "Prime? Was soll das bedeuten?" fragte ich.

"So nannten sich die alten Mächte", sagte Duggar. *"Das Wort bezieht sich auf den Titel, den jedes Oberhaupt eines jeweiligen Hauses trug."*

Ich senkte den Kopf und dachte über das neu Gelernte nach. Die Wölfe um mich herum verstummten und ließen mir Raum zum Nachdenken.

Ich war ins Rudel gekommen, um mehr über Wolf zu erfahren, aber ich hatte mehr entdeckt, als ich erwartet hatte. Jetzt verstand ich auch, warum die Schattenwölfe mir gegenüber verunsichert waren. Wenn ich wirklich das Potenzial besaß, als Wolf Prime wiedergeboren zu werden, und wenn die neuen Mächte tatsächlich immer noch im Krieg mit den Ahnen waren, wie der Rat es andeutete, dann gefährdete meine Anwesenheit das Rudel.

Dennoch schienen sie bereit, diese Gefahr auf sich zu nehmen.

"Was erwartet ihr also von mir?" fragte ich schließlich. Ich vermutete, dass ich es schon wusste, aber ich wollte ihre Bestätigung.

"Das weißt du bereits", antwortete Sulan sanft. *"Dieses Rudel schätzt die alten Wege. Unsere Überlieferungen sind voll von Geschichten über eine bessere Zeit, von Wolf und seinen Brüdern, und wir würden gerne zu diesen Tagen zurückkehren."* Sie blickte mich direkt an. *"Ich glaube, es ist dein Schicksal, dem Weg des Wolfes zu folgen, Michael. Und wenn du dich als würdig erweist, wirst du der wiedergeborene Prime."*

"Dränge ihn nicht, Sulan", schimpfte Duggar. Er drehte sich zu mir um, seine Stimme ernst. *"Du stehst vor einer großen Entscheidung, Wolfkin. Bis jetzt bist du leichtfüßig vielen verschiedenen Wegen gefolgt- alten und neuen."*

Die Zunge des Alphas deute ein seltenes Lächeln an. *"Wie die nomadischen Wölfe von einst her hast du dich geweigert, dich zu binden, und hast dich von allen Fraktionen ferngehalten, indem du dich weder dem Licht noch der Dunkelheit, den Schatten oder Wolf angeschlossen hast. Aber alle deine Markierungen vertiefen sich, und ob du es willst oder nicht, eher früher als später wirst du gebunden sein."* Er hielt inne. *"Es ist besser, wenn du diese Entscheidung bewusst triffst."*

Wenn ich Duggar richtig verstanden habe, wollte er mir sagen, dass ich nicht ungebunden bleiben konnte. Ich musste einen Weg wählen. Hamish hatte vor langer Zeit etwas Ähnliches in Bezug auf die Mächte gesagt, aber wo er nur drei Möglichkeiten erwähnt hatte - Licht, Dunkelheit oder Schatten -, deuteten die Wölfe an, dass es noch eine vierte gab.

"Wie entscheidest du dich also?" unterbrach ihn Barak. *"Willst du ein Geschworener des Lichts, der Dunkelheit, der Schatten oder ein Nachkomme des Hauses Wolf werden?"*

"Triff deine Wahl sorgfältig", sagte Duggar. Er warf Sulan einen Seitenblick zu und unterdrückte damit, was auch immer sie gerade sagen wollte. *"Und vergiss nicht, die Entscheidung, welchen Weg du gehen willst, liegt bei dir allein."*

Ich schloss meine Augen und dachte erneut still nach.

Die Minuten vergingen, und als er nicht mehr schweigen konnte, schnauzte Barak: *"Genug gezaudert! Was ist deine Entscheidung?"*

Ich öffnete meine Augen und musterte die Ältesten der Reihe nach. Mein Blick ruhte am längsten auf dem Ältesten unter ihnen. Monac hatte wenig gesagt und noch weniger gefragt. Seiner fast gelangweilten Miene nach zu urteilen, schien der alte Wolf keine Zweifel an meiner Wahl zu haben.

Und er hat nicht Unrecht, dachte ich trocken.

Obwohl ich immer noch wenig über Wolf wusste, fühlte ich instinktiv, dass der Weg, auf den mich Sulan drängte, der richtige war.

Ich hatte bereits etwas von Wolf in mir. Ich hatte schon oft gespürt, wie es mein Handeln und meine Entscheidungen beeinflusste. Es war keine fremde Kraft. Der Wolf in mir war schon immer da gewesen, dachte ich, und er war genauso ein Teil von mir wie jeder andere Aspekt meines Seins. Vor allem aber konnte ich nicht leugnen, dass ich mich danach sehnte, mein Wolfserbe noch weiter zu erwecken.

Vielleicht hat Sulan recht, vielleicht ist es mein Schicksal.

"Ich werde ein Nachkomme des Hauses Wolf", sagte ich schließlich.

TAG 5. NACHT.

Bei meinen letzten Worten spürte ich die Aufregung in den Geistern der Wölfe um mich herum. Sie hatten diese Antwort erhofft – und gefürchtet.

"Verratet mir, was ich tun muss", sagte ich in die plötzlich eingetretene Stille.

Sulan ergriff als erste das Wort. *"Zunächst einmal"*, begann sie in einem lebhafteren Ton, als ich ihn je von ihr gehört hatte, *"muss deine Wolfsblutlinie vollständig erweckt werden."*

"Sich selbst überlassen würde dein Blut irgendwann von selbst erwachen", ergänzte Leta, *"aber in diesen unruhigen Zeiten wäre das zu gefährlich und du hättest keinerlei Schutz."*

"Aber sei gewarnt", sagte Suva, *"wenn dein Blut erst einmal erweckt ist, gibt es kein Zurück mehr. Alle anderen Blutlinien in dir werden unterdrückt, sobald dein Wolfsblut erwacht."*

Mein Blick huschte zwischen den drei Wölfen hin und her. "Ich habe noch andere Blutlinien in mir?"

"Das ist fast garantiert", antwortete Leta. *"Im Laufe der Jahre haben sich die Blutlinien der alten Häuser so sehr vermischt, dass fast jeder Nachkomme mehrere Stämme in sich trägt. Aber das wird keine Rolle mehr spielen, wenn dein Blut erst einmal erweckt wurde."*

Meine Augenbrauen zogen sich bei der Antwort der Ältesten zusammen, aber ich ging nicht weiter auf das Thema ein. "Wie wollt ihr mein Blut also erwecken?" fragte ich stattdessen.

"Nicht wir", sagte Sulan. *"Sondern du selbst, indem du die ersten Wolfsprüfungen bestehst."*

Ich wartete, bis sie weitersprach.

"Vor langer Zeit, vor dem Fall seines Hauses, ernannte der Wolf Prime unser Rudel zu seinen Torwächtern", sagte Suva. *"Es ist unsere heilige Pflicht, geeignete Kandidaten in Richtung der ersten Prüfung zu weisen."*

Ich runzelte die Stirn. "Was ist das für eine Prüfung? Eine Art Dungeon?"

"Nicht ganz", antwortete die weiße Wölfin. *"Dungeons gibt es nur im Jenseits. Die erste Wolfsprüfung ist ein geschlossener Sektor im Äther."*

Sulan nickte Suva zu, und die andere Älteste schnappte sich etwas aus dem hinteren Teil der Höhle. Sie tappte näher und ließ es vor mir fallen.

Es war ein Metallgegenstand, der aus zwei großen, ineinandergreifenden Ringen bestand, die mit arkanen Symbolen beschriftet waren.

"Mit diesem Apparat kann ein Portal geöffnet werden", erklärte Sulan. *"Damit schicken wir dich zur Prüfung."*

Ein Portal! Das war vielleicht eine weitere Möglichkeit, dem Tal zu entkommen. Aber ich zügelte meine plötzliche Aufregung. Ich konnte nicht davon ausgehen, dass das Portal trotz des Schildes, den Ishitas Geschworene über der Sektor gelegt hatten, funktionieren würde. Ich konnte mich nicht zurückhalten und analysierte das Objekt.

Dein Ziel ist ein Ring der Astralwanderung, ein Artefakt unbekannten Ranges, das vom Wolf Prime Atiras selbst geschmiedet wurde. Dieser Gegenstand erschafft ein Geistportal und kann nur von einem Kreis geistig verbundener Schattenwölfe verwendet werden.

Ich blickte verwirrt zu Sulan auf. "Was ist ein Geistportal?"

"Genau, wie der Name es besagt", sagte Sulan. *"Ein von diesem Artefakt geöffnetes Portal schickt deinen Geist zur ersten Wolfsprüfung."*

"Was deine Bedenken wegen des Schildes der Erwachten Toten angeht", mischte sich Leta ein, *"keine Sorge, ihr Schild beeinträchtigt die Funktionsweise dieses Geräts nicht."*

Ich nickte dem kleineren Wolf anerkennend zu und wandte mich dann wieder an Sulan. "Es transportiert nur meinen Geist?" fragte ich. "Warum nicht den Rest von mir?"

"Du bist noch neu in der Welt der Wölfe", warf Monac ein. *"Aber mit der Zeit wirst du lernen, dass ein Wolf Gedanken mit der gleichen Hingabe wie Beute in der physischen Welt jagt."*

Ich rieb mir das Kinn und versuchte, mir einen Reim auf die Antwort des alten Wolfes zu machen. *Nun, das ist, äh … kryptisch.*

"Die erste ist eine Prüfung des Geistes", sagte Sulan und klang wieder amüsiert. *"Daher wirst du sie ohne Körper bestehen müssen."*

Ich starrte sie einen Moment lang ausdruckslos an. *Dann gibt es durch das Geistportal wohl kein Entkommen aus dem Sektor.* "Was passiert mit meinem Körper, während ich in der Prüfung bin?" brachte ich schließlich hervor.

"Der bleibt hier und wird vom Rudel bewacht", sagte Duggar.

Ich nickte langsam. "Mit was für Herausforderungen muss ich rechnen?"

"Das wissen wir nicht", sagte Sulan. *"Seit wir Torwächter sind ist keiner der Anwärter, die das Rudel ausgesandt hat, je zurückgekehrt."*

Argh. Das wird immer besser. "Und wie viele waren das?"

Sulan sah zu Monac. *"Sechs"*, sagte er.

"Aber du bist dir sicher, dass dieser Prozess mich auf Wolfs Weg bringen wird?" fragte ich skeptisch.

"Du hast bereits begonnen, die Wege des Wolfes zu beschreiten", versicherte mir Sulan. *"Dein Wolfsmal hat sich vertieft, nicht wahr? Und wenn ich mich nicht irre, hat diese Markierung bereits Auswirkungen auf deine Klasse. Die erste Prüfung wird dein Blut schneller erwachen lassen und dich für den nächsten Schritt vorbereiten."*

Bei ihren Worten hob ich die Brauen. Es stimmte, dass sich meine primäre Klasse vom Späher zum Nachtstalker entwickelt hatte, und zum Teil schien diese Entwicklung auf mein Wolfsmal zurückzuführen zu sein.

Der Adjutant hatte sich auch auf mein Wolfsmal bezogen, als ich meine erste und zweite Klasse zu einer Gedankenstalker-Bi-Mischung zusammengelegt hatte. *Sulan hat Recht. Ich* bin *bereits auf dem Pfad des Wolfs.*

Das brachte mich zu einem weiteren interessanten Punkt.

Ich schaute den Alpha des Rudels an. "Du hast gesagt, die neuen Mächte jagen alle, die verbotene Evolutionen versuchen, richtig?"

Duggar nickte. *"Das habe ich."*

"Loken, Ishita, Erebus und wahrscheinlich auch Tartar und Arinna wissen inzwischen, dass ich ein Gedankenstalker bin", sagte ich und wandte mich wieder an Sulan. "Jagen die mich also nicht schön längst?"

Die weiße Wölfin schüttelte den Kopf. *"Sie werden sich sicher vor dir in Acht nehmen, aber nicht mehr lange. Noch beschreitest du den Pfad des Wolfes nur sachte und kannst noch umkehren. Das wird sich jedoch ändern, wenn dein Blut vollständig erweckt ist und sich deine Klasse weiterentwickelt. Dann werden die neuen Mächte dich und alle Wolfkin, mit denen du in Kontakt kommst, als unrein betrachten."* Sie sah mich nüchtern an. *"Sie werden keine Mühen scheuen, die Reinheit zu bewahren."*

Ich schluckte als mir klar wurde, welches Risiko sie eingingen.

Duggar beäugte mich aufmerksam. *"Willst du die Prüfung trotzdem wagen, Wolfkin?'*

Ich nickte entschlossen. "Ja, werde ich."

Sulan erhob sich auf die Füße. *"Dann ruh dich etwas aus. Morgen werden wir das Portal zum Prüfungssektor öffnen."*

Ich schüttelte den Kopf. "Nein. So lange kann ich nicht warten. Ich muss heute Abend noch anfangen."

"Das ist leichtsinnig", spottete die weiße Wölfin. *"Diese Prüfung sollte nicht auf die leichte Schulter genommen werden. Der Tod dort ist endgültig. Deine Spielerleben werden dich nicht retten."*

Meine Augen weiteten sich leicht, aber so beunruhigend diese Information auch war, sie änderte meine Meinung nicht. "Trotzdem muss ich jetzt schon loslegen", beharrte ich.

"Sei nicht dumm, Kleiner", knurrte Sulan. *"Du fängst morgen an."*

"Lass unser Wolfkin machen, was er will", sagte Monac und unterstützte mich unerwarteterweise.

Sulan drehte sich um und starrte den ehemaligen Alpha an.

"Manchmal", sagte Monac mit einem Zwinkern in seinen alten Augen, *"müssen wir uns den Wünschen der Jungen beugen – so töricht wir sie auch finden."*

Sulan blieb einen Moment lang starr, bevor sie unterwürfig den Kopf senkte. *"Wie du willst, Monac"*, sagte sie. Sie warf einen Blick über ihre Schulter zu mir. *"Mach dich bereit, Welpe. Deine Prüfung wird gleich beginnen."*

✳   ✳   ✳

Die Wölfe brauchten nicht lange, um sich vorzubereiten. Suva legte den Ring der Astralwanderung in der Mitte der Höhle ab. Dann legten sich die sechs Wölfe um ihn herum und schlossen ihre Augen.

Ich stand am Eingang, wo ich angewiesen worden war zu warten, und beobachtete das Vorgehen neugierig. Laut meiner irdischen Sicht geschah nichts weiter. Die Ältesten schienen allem Anschein nach zu schlafen.

Aber vor meinem geistigen Auge sah ich etwas ganz anderes. Stränge von Psi sprangen aus den sechs hervor und verwoben sich zu einem fast nahtlosen Kreis aus Energie.

Dann griffen Duggar und Sulan - die den Kreis an gegenüberliegenden Enden verankerten - mit Psi nach dem astralen Artefakt und entzündeten es mit violettem Feuer.

Die beiden Ringe, die das Gerät bildeten - von denen ich hätte schwören können, dass sie unlösbar miteinander verschmolzen waren - trennten sich und glitten über den Boden, bis sie etwa einen Meter voneinander entfernt waren.

Einen Moment später löste sich die arkane Schrift, die in die Oberfläche der Ringe geprägt war, und riss zwei rechteckige Lichtportale in die Luft, eines über jedem Metallring.

Ein Ring der Astralwanderung wurde aktiviert. Ein Geistportal zu den ersten Prüfungen in Sektor 214 wurde geöffnet.

"Tritt in das Portal", befahl Sulan, ihre Stimme angestrengt.

Ich richtete mich auf und ließ meinen Blick zwischen den beiden Portalen hin- und herschweifen. "In welches?"

"Egal!" kläffte Sulan. *"Und beeil dich!"*

Ich stürmte vorwärts und machte mir nicht die Mühe, irgendwelche meiner Gegenstände auszuziehen. Laut Sulan würden sie mit meinem Körper zurückbleiben. Ich wählte das nächstgelegene der schwebenden Rechtecke aus Licht und trat ohne zu zögern hindurch.

Erstes Geistportaltor wird betreten. Körperliche Trennung beginnt ...

Ein seltsames Gefühl durchzog meinen Körper, ganz anders als was ich von anderen Portalen gewohnt war. Es war, als ob Tausende winziger Messer gleichzeitig in mein Fleisch schnitten.

Ich schrie auf und rannte fast zurück, aber ich wusste, dass das ein Fehler wäre. Trotz des Schmerzes drängte ich mich durch das Portal, bis ich das andere Ende erreichte und in den Raum zwischen den beiden Ringen trat.

Astrale Trennung abgeschlossen. Dein Geist hat sich erfolgreich von deinem Körper gelöst.

Ich war an zwei Orten gleichzeitig. Ein Teil von mir - mein Geist - stand aufrecht, während der andere Teil - unbelebtes Fleisch - zu Boden fiel.

Ich blickte nach unten.

Nur eine meiner beiden Formen antwortete auf meinen Befehl; die geisterhafte Gestalt aus weißem Licht. Sie - oder vielmehr ich - war nun ein unbekleideter Geist. Mein ausrangierter Körper lag auf dem Boden, still und unbeweglich.

"Gut gemacht, Wolfkin", sagte Sulan. *"Tritt jetzt durch das zweite Portal und beginne die Prüfung."*

"Wie komme ich zurück?" fragte ich und dachte erst jetzt daran, diese scheinbar lebenswichtige Frage zu stellen.

"Wenn du die Prüfung bestehst, wird sich der Weg zurück automatisch öffnen", antwortete sie. *"Viel Glück, Michael."*

Ich trat vor, und mein Geist reagierte, wie es auch mein Körper getan hätte. Als ich vor dem zweiten Portal stand, brauchte ich einen Moment, um mich zu sammeln.

Das ist es. Zeit, dein Schicksal zu schreiben, Michael.
Ich tat den nächsten Schritt.

Zweites Geistportaltor wird betreten. Astralübertragung eingeleitet ...
...

...
Sektor 12.560 wird verlassen. Erste Wolfsprüfung wird begonnen.

Ich landete auf meinen Füßen, ohne viel Aufhebens und ohne den Übergang überhaupt zu spüren.

In einem Moment war ich noch in der Höhle, im nächsten war ich ganz woanders. Hinter mir erblasste das Portal und verschwand dann ganz.

Bevor ich meine Aufmerksamkeit nach außen richtete, betrachtete ich mich selbst. Ich war nach wie vor ein Wesen aus reinem Geist und ohne Körper. Meine geisterhaften Gliedmaßen reagierten allerdings genau wie meine echten, und das reichte mir fürs Erste. Ich drehte mich in einem langsamen Kreis und nahm meine Umgebung in Augenschein.

Ich war in einer groben Blockhütte.

Direkt gegenüber von mir befand sich eine geschlossene Holztür, und hinter mir standen ein einfacher Tisch und ein Stuhl. Auf dem Tisch lagen ein paar Gegenstände, aber ich ignorierte sie, während ich den Rest des Raumes in Augenschein nahm. Links und rechts von mir waren zwei weit geöffnete Fenster, durch die Sonnenlicht hereinströmte.

Darüber grübelte ich eine Weile nach. Es war dunkel gewesen, als ich das Rudel verlassen hatte. Bedeutete das, dass unterwegs hierher eine ganze Nacht vergangen war - wo auch immer hier war?

Ich hoffte inständig, dass das nicht der Fall war.

Mehrere Spielnachrichten warteten auf meine Aufmerksamkeit, und ich scrollte sie durch.

Herzlichen Glückwunsch, Michael! Du hast einen geheimen Ort im ewigen Königreich entdeckt. Nur wenige haben diesen geschlossenen Sektor je betreten, und noch weniger haben ihn wieder verlassen.

Du hast die erste Prüfung von Wolf begonnen!
Wolf ist einer der geheimnisvollsten Ahnen. Andere schwelgen in ihrer Macht, aber Wolf hält seine eigenen Stärken verborgen. Andere bewegen sich offen, aber Wolf lauert in den verborgenen Winkeln der Welt und stellt seiner Beute nach.

Wolf ist weder der stärkste noch der mächtigste Feind, aber er ist bekannt für seine Heimlichkeit, seine Gerissenheit und seine Jagdfähigkeiten.

Die Wolfsprüfungen umfassen jeden der vielen Aspekte, die Wolf ausmachen. Diese erste Prüfung, die Prüfung des Geistes, testet den Verstand - den Schlüssel zu Wolfs vielgerühmter Gerissenheit. Bestehe und erhalte die nötigen Werkzeuge, um im Spiel zu überleben, wenn du den Weg des Wolfs weiter beschreitest.

Im Namen von Wolf hat dir der Adjutant eine neue Aufgabe zugewiesen: <u>Bestehe die erste Prüfung</u>. Dein Ziel ist es, alle vier Aufgaben des Geistes zu bestehen. Wenn du das geschafft hast, ist die Prüfung abgeschlossen und

deine Wolfsblutlinie wird erweckt. Dieser Auftrag ist nur für die vom Wolf Gezeichneten bestimmt.

Warnung: Dieser Auftrag ist ein wichtiger Meilenstein in deiner Spielerevolution. Wenn du ihn erfüllst, hat das erhebliche und unumkehrbare Auswirkungen auf deine anderen Geistessignaturen.

Also gut, dachte ich.

Die Nachrichten waren etwas bedrohlich, vor allem der Teil über die "wenigen", die diesen Ort je verließen. *Aber wenigstens weiß ich, dass ich am richtigen Ort bin.* Ich hatte allerdings immer noch keine Ahnung, was die Tests waren oder wie ich sie absolvieren sollte.

Zeit, ein bisschen zu erkunden.

Ich wandte mich zum Tisch um und ging auf ihn zu. Die Bewegung fühlte sich weniger natürlich an, als ich es seit meinem Eintritt ins Spiel gewohnt war, und ich runzelte die Stirn, während ich beim Gehen versuchte, den genauen Unterschied zu erkennen.

Plötzlich wurde es mir klar. Mein Gang fühlte sich ... schwerfällig an und hatte nichts mehr mit den geschmeidigen, geschickten Bewegungen zu tun, an die ich mich gewöhnt hatte, seit ich meine Geschicklichkeit verbessert hatte.

Es war fast so, als ob ich wieder normal wäre.

Sulan hatte mich gewarnt, aber ich hatte die Bedeutung ihrer Worte nicht wirklich begriffen. Jetzt wurde mir klar, dass ohne Körper hier auch keine meiner physischen Attributsverstärkungen gelten würden.

Argh. Ich verzog säuerlich den Mund. Mir wurde auch klar, dass ich weder schleichen noch irgendeine der Fähigkeiten nutzen konnte, die von meinem Körper abhingen.

Aber ich würde das schon hinkriegen. Irgendwie.

Und ich habe immer noch meine geistigen Fähigkeiten, erinnerte ich mich, auch wenn das meine am wenigsten fortgeschrittenen Fähigkeiten waren.

Ich erreichte den Tisch und schaute nach unten. Auf ihm lagen drei Bücher, von denen jedes mit einem magischen Schleier schimmerte. Auf dem mittleren Buch lag ein handgeschriebener Zettel. Ich richtete meinen Blick darauf und begann zu lesen.

Willkommen, Nachkomme des Hauses Wolf,

Du hast die erste meiner Prüfungen begonnen. Ich bin sicher, dass du das schon weißt, aber falls nicht: Alle meine Prüfungen sind tödlich. Bestehst du sie, darfst du weitermachen. Versagst du, so ist dein Tod für das Haus Wolf kein großer Verlust.

Andere unter meinen Verwandten mögen einen weniger drastischen Ansatz bevorzugen, aber ich bestehe darauf. Der Weg des Wolfs ist ein schwieriger. Ein einziger Fehltritt könnte dein letzter sein, und wenn du meine Nachfolge antreten willst, solltest du dich besser jetzt schon auf dein neues Leben vorbereiten.

Wolf darf nicht schwach sein.

Nun zu den unmittelbareren Angelegenheiten. Dies ist die Prüfung des Geistes. Während dieser Prüfung wirst du vier verschiedene Herausforderungen bestehen, die einen jeweils anderen Aspekt deines Geistes testen. Du kannst während der Prüfungen alle Fähigkeiten und Fertigkeiten einsetzen, die dir zur Verfügung stehen, obwohl du sicher schon gemerkt hast, dass deine nicht-geistigen Fähigkeiten und Fertigkeiten hier nutzlos sind.

Denke auch nicht, dass du ohne Körper immun gegen körperlichen Schaden bist. Ich habe die Konstrukte dieser Prüfung sorgfältig ausgewählt, so dass sie deine geistige Form nicht nur sehen, sondern ihr auch schaden können.

Diese Prüfung ist jedoch nicht nur ein Test, ob du würdig bist, sondern auch eine Vorbereitung auf deine spätere Krönung zum Wolf Prime - vorausgesetzt, du überlebst so lange, versteht sich. Zu diesem Zweck erhältst du zu Beginn jeder Prüfung die Möglichkeit, eine zusätzliche Fähigkeit zu erwerben.

Ich rate dir, deine Wahl mit Bedacht zu treffen.

Du wirst feststellen, dass die Fähigkeiten, die ich dir hier anbiete, nirgendwo sonst im ewigen Königreich erhältlich sind. Bevor du also die Hütte verlässt, solltest du dir die drei Fähigkeitskompendien auf diesem Tisch ansehen. Nur eine von ihnen kann erlernt werden.

Viel Glück, Nachkomme. Möge die Dunkelheit dich immer beschützen.

Atiras.

Ich las die Nachricht zweimal, um sicherzugehen, dass ich den Inhalt richtig verstanden hatte. Wenn ich mich nicht täuschte, war sie von einem ehemaligen Wolf Prime geschrieben worden, und ich konnte vor meinem geistigen Auge fast sehen, wie er sie niederschrieb. Ich wandte meine Aufmerksamkeit den Büchern zu und analysierte das linke.

Oder versuchte es.

Nichts geschah.

Puh. Es schien, als würde selbst Analysieren hier nicht funktionieren. Da ich keine andere Wahl hatte, las ich stattdessen die Titel der Bücher. Sie lauteten: *Astralklinge, Puppenspieler* und *Fürchterliches Geheul*, alle mit dem Untertitel: *"Ein grundlegendes Fähigkeitskompendium der Telepathie".*

Ich schürzte meine Lippen, als ich die Fähigkeiten betrachtete. Alle drei waren für meinen derzeitigen Fertigkeitsrang geeignet. War das ein Zufall? Ich war mir nicht sicher, aber ich ging nicht davon aus.

Die Beschreibungen in den Bänden waren nicht sehr aussagekräftig, aber ich hielt es für wahrscheinlich, dass *Astralklinge* ein direkter Schadenszauber war, *Puppenspieler* ein Zauber zur Gedankenkontrolle, und das *fürchterliche Geheul* ein Zauber zur Massenkontrolle.

Auch wenn ich nicht wusste, was die bevorstehenden Prüfungen beinhalteten, war ich mir ziemlich sicher, welche Fähigkeit ich brauchte. Mir war nicht entgangen, dass ich ohne meine körperlichen Fertigkeiten keine Möglichkeit hatte, Feinden Schaden zuzufügen, und die Notiz des Wolf Prime war in dieser Hinsicht ziemlich eindeutig gewesen: Es war garantiert, dass ich auf Feinde treffen würde.

Ohne weiter zu zögern, legte ich meine Hand auf das Kompendium mit der Fähigkeit *Astralklinge.*

Nichts geschah.

Ich zog eine Grimasse. *Na toll. Wenn ich nicht einmal mit dem Buch interagieren kann, wie soll ich dann das Wissen aufnehmen?*

Bei dem Gedanken kam mir eine Spielnachricht in den Sinn.

Du hast die grundlegende Fähigkeit: Einfache Astralklinge erworben. Dies ist ein Geisteszauber, der einen Dolch aus Psi in einer der Hände des Zaubernden manifestiert. Dieser kann als Nahkampfwaffe geführt oder wie ein Projektil geworfen werden.

Die Astralklinge ist jedoch keine gewöhnliche Waffe und kann nicht dazu verwendet werden, physische Angriffe abzuwehren. Ihr Einsatz wird durch die Fertigkeit Telepathie bestimmt, und verursacht psionischen Schaden.

Der Dolch manifestiert sich für maximal 10 Sekunden, oder bis er ein Ziel trifft. Die Auswirkungen dieser Fähigkeit können durch mentalen Widerstand überwunden werden. Diese Fähigkeit verbraucht Psi und kann aufgerüstet werden. Ihre Aktivierungszeit ist schnell.

Du hast noch 21 von 26 freie Slots für Fähigkeiten des Geistes.

Die beiden anderen Bände verschwanden. Ich bemerkte das kaum als ich anerkennend über die Eigenschaften meines neuen Zaubers pfiff. Für eine Fähigkeit der Stufe 1 schien sie besonders stark zu sein – und das war auch gut so. Ich nutzte mein Psi und beschwor eine Astralklinge.

Es dauerte nur einen Moment, bis sich der Dolch in meiner Hand manifestierte. Ich betrachtete die schlanke Form aus leuchtend violetter Energie, die in meiner geisterhaften Handfläche ruhte. Er sah genauso tödlich aus wie jedes andere Kurzschwert, das ich je geführt hatte.

Perfekt, dachte ich und grinste vor Vergnügen.

Ich drehte mich wieder zur Tür um. Es war Zeit, die Hütte zu verlassen und herauszufinden, worum es in der ersten Prüfung ging.

KAPITEL 135: DIE MACHT DES GEISTES

Als erstes versuchte ich einfach durch die geschlossene Tür zu schreiten, wie es sich für körperlose Wesen gehörte.

Aber trotz meines gespensterhaften Aussehens hatte meine Geistform Substanz und ich stieß auf Widerstand, als ich mit der Holztür in Berührung kam. Ich seufzte und drehte den Griff, um die Tür auf normale Weise zu öffnen.

Außerhalb der Hütte stellte ich fest, dass ich mich auf einer erhöhten Plattform befand. Genauer gesagt war das Gebäude ein Baumhaus, das in den oberen Ästen eines hohen Rotholzbaums gebaut war, der einige Dutzend Meter über dem Boden thronte. Es gab noch andere Bäume in der Nähe, aber sie alle waren niedriger als dieser, so dass ich einen Panoramablick auf meine Umgebung hatte.

Ich war inmitten eines Waldstücks.

In der Ferne entdeckte ich einen See und eine weitere Blockhütte, die an dessen Ufer lag. Von meinem Standort aus konnte ich weder das andere Ufer des Sees noch über den Waldrand hinaussehen.

Hmm ... Was nun? fragte ich mich.

Eine Spielnachricht erschien in meinem Kopf.

Deine Aufgabe: <u>Bestehe die erste Prüfung</u> wurde aktualisiert. Überarbeitetes Ziel: Erreiche die zweite Blockhütte unbeschadet, um die erste Prüfung zu bestehen.

Die Hütte schien nicht allzu weit entfernt zu sein. Allem Anschein nach war sie nur ein paar Minuten Fußmarsch von mir entfernt - natürlich nur, wenn ich von meinem erhöhten Aussichtspunkt herunterkam. Und vorausgesetzt, dass der Wald keine Gefahr darstellte, wovon ich jedoch überzeugt war. Ich warf einen Blick über den Rand der Holzplattform.

Es gab keinen Weg nach unten.

Die Plattform umgab das Baumhaus ringsherum, und ich ging den gesamten Kreis ab, konnte aber immer noch keine Möglichkeit entdecken, auf den Waldboden zu gelangen.

Kann ich nicht einfach springen? fragte ich mich. Wäre ich in meinem normalen Körper, hätte ich das nie in Erwägung gezogen, aber ich war momentan ohne physische Form ... *der Aufprall sollte mich eigentlich nicht verletzen.*

Trotzdem wäre es dumm, es zu versuchen.

Ich beäugte die unteren Äste des Baumes. Es schien möglich, meinen Abstieg mithilfe von Ein-Schritt und den dazwischen liegenden Ästen zu bremsen und so nach unten zu springen. Aber es wäre schwierig.

Ich ging die Umgebung noch ein paar Mal ab und versuchte, einen anderen Weg nach unten zu entdecken, aber nach einer Weile gab ich auf. Seufzend plante ich einen halbwegs sicheren Weg durch die Äste und ließ mich dann von der Plattform fallen.

Nach einer Sekunde des freien Falls machte ich einen Ein-Schritt und stürzte mich auf den nächstgelegenen Ast, die Hände ausgestreckt, um den dicken Zweig zu umschlingen.

Mein Timing kam nicht hin.

Mit wedelnden Armen grabschte ich nach dem Ast, verfehlte ihn aber um mehr als eine Handbreit. *Oh-oh,* dachte ich mit einem mulmigen Gefühl in der Magengrube.

Es schien, als würde ich den schnellen Weg nach unten nehmen.

Der erste Anhaltspunkt auf meinem geplanten Weg nach unten war am einfachsten zu erreichen gewesen, und ich hätte ihn leicht meistern müssen. Aber ich hatte vergessen, dass meine geistige Gestalt nicht so koordiniert wie meine körperliche war, und ich war nicht mehr in der Lage, meine gewohnten körperlichen Leistungen zu vollführen.

Ich stürzte nach unten, die Kiefer fest zusammengebissen, um meinen drohenden Angstschrei zu unterdrücken. Auf dem Weg nach unten prallte ich an unzähligen Ästen ab und verfehlte trotz zahlreicher Versuche jeden Griff.

Ich schlug hart auf dem Boden auf und landete mit einem dumpfen Aufprall, der mir die Knochen zerschmettert hätte, wenn ich einen Körper gehabt hätte. In dem Fall hätte mich der Sturz mit Sicherheit umgebracht.

Du hast keinen Schaden erlitten. In Geistform bist du immun gegen körperlichen Schaden.

Ich schenkte der Spielnachricht kaum Beachtung. So willkommen die Nachricht auch war, sie linderte meine Qualen nicht. Auch ohne einen Körper konnte ich Schmerz verspüren.

Jeder Quadratzentimeter meines Seins brannte.

Meine nicht vorhandenen Knochen fühlten sich an, als wären sie allesamt zerschmettert worden, meine fehlenden Gliedmaßen schrien, als wären sie verstümmelt, meine Augen weigerten sich, etwas zu sehen, und meine Finger schafften es kaum auch nur zu zucken. Der Schmerz ließ nicht nach, und ich lag hilflos ausgestreckt auf dem Waldboden - unbeweglich und verletzlich.

Irgendwann ließ der Schmerz nach.

Das unerträglich blendende Weiß, das meinen Geist ergriffen hatte, verblasste langsam und meine Gedanken begannen wieder zu arbeiten. *Bei den Göttern, das versuche ich nicht noch einmal.* Ich keuchte und weigerte mich mit aller Kraft, weiter über dieses Erlebnis nachzudenken - wenn ich mich nur genug anstrengte, würde ich es ganz sicher vergessen -, richtete mich auf und sah mich vorsichtig um.

Der Wald war gespenstisch still. Es gab keine Vogelrufe, summende Insekten oder Schreie von Raub- oder Beutetieren. Laut meiner Seh- und Geruchssinne war der Wald leer.

Ich glaubte das keine Sekunde lang.

Ich entfaltete meine Geistessicht und untersuchte meine Umgebung erneut. Sofort machten sich zwei dunkle Energieblasen bemerkbar. Sie kamen näher, eine zu jeder meiner Flanken. Angesichts der Art und Weise, wie sie sich näherten und wo ich mich befand, hatte ich keine Zweifel, dass die beiden feindlich gesinnt waren.

Ich dachte über meine Möglichkeiten nach. Ich könnte lossprinten und zur zweiten Hütte am Seeufer rennen. Vermutlich würde sie mir Zuflucht bieten, aber es war nicht abzusehen, worauf ich unterwegs sonst noch treffen würde.

Und ich durfte nicht vergessen, dass ich jetzt um ein Vielfaches langsamer war. Es war möglich - wahrscheinlich sogar -, dass meine Verfolger mich einholen würden.

Es ist am besten, mich hier und jetzt mit der Bedrohung auseinanderzusetzen.

Ich blieb entspannt und ließ mir nicht anmerken, dass ich die heimliche Annäherung der Feinde bemerkt hatte, dann zog ich Bilanz über meine Fähigkeiten: Verzauberung, Ein-Schritt, Geistessicht und Astralklinge. Meine Lippen verzogen sich unglücklich. Das waren weniger Optionen, als mir lieb war.

Ich hatte noch zwei andere geistige Fähigkeiten - den betäubenden Schlag und den Reaktionsbuff -, aber beide funktionierten nur in Verbindung mit meinem Körper und waren in meinem jetzigen Zustand keine Hilfe.

Ich kann es schaffen, dachte ich unerbittlich.

Mit gespielter Lässigkeit ließ ich meinen Blick nach links gleiten und versuchte, den Feind dort zu entdecken, aber was auch immer mein Feind war, er war zu gut versteckt, als dass ich ihn erkennen konnte und auch mit Geistessicht schaffte ich es nicht ihn zu identifizieren.

Ich könnte ihn aber immer noch verzaubern.

Genau das tat ich auch. Ich nutzte meine Geistessicht, um zum Bewusstsein meines Ziels zu navigieren, und schickte Psi-Ranken in Richtung der Kreatur, die ihre Verteidigung mit Leichtigkeit durchbrachen.

Ein Gräber der Stufe 28 hat eine Prüfung auf geistige Widerstandskraft nicht bestanden! Du hast dein Ziel für 10 Sekunden verzaubert.

Meine Augenbrauen hoben sich vor Überraschung über die Beschreibung meines Gegners. *Ein Gräber? Bedeutete das ...?*

Mein Blick glitt nach unten.

Mein verzauberter Lakai war weniger als fünf Meter von mir entfernt stehen geblieben, und zwar an einer Stelle, die keine Deckung bot. Er musste unter der Erde sein. *Deswegen kann ich sie nicht sehen.* Ich befahl der Kreatur aufzutauchen und drehte mich um, um mich meinem zweiten Feind zu stellen.

Er hatte nicht aufgehört, vorzurücken.

Mit jeder Sekunde kam die Kreatur auf langsame und vorsichtige Weise näher. Ursprünglich hatte ich vermutet, dass die Kreaturen sich anschlichen. Jetzt wusste ich, dass es daran lag, dass sie sich durch den Boden gruben.

Ich fluchte leise. Solange die Kreaturen nicht aus dem Boden auftauchten, konnte ich ihnen wenig antun. Ich zwang mich zum Warten, zauberte Astralklinge und hielt einen psionischen Dolch in der Hand. Als ich hinter mir eine Erschütterung hörte, drehte ich mich um.

Der verzauberte Gräber tauchte auf.

Und er war verdammt hässlich.

Teils Wurm, teils Made, war die äußere Hülle des Gräbers schleimig, weiß und durchsichtig. Er hatte weder einen Hals noch Gliedmaßen und schien sich durch Zusammenziehen und Ausdehnen seines Körpers fortzubewegen. Die gute Nachricht war, dass seine Haut hauchdünn und leicht zu durchbohren sein sollte.

Die Schlechte? Das Ding war riesig.

Das klaffende Loch, das sein Maul war, hätte mich mit Leichtigkeit verschlucken können, und was seine Länge anging, war der Gräber immer noch nicht ganz aus der Erde aufgetaucht, aber der Größe seines Kopfes nach zu urteilen, schätzte ich, dass die Kreatur mindestens ein Dutzend Meter lang sein musste.

Diese Dinger zu bekämpfen wird lustig, dachte ich humorlos, als ich begann, den Impuls, der mich dazu gedrängt hatte, hier zu bleiben und mich den Viechern zu stellen, ernsthaft zu überdenken.

Allem Anschein nach bewegten sich die Gräber nur langsam. Auch ohne meinen Geschicklichkeitsbonus sollte ich in der Lage sein, den beiden zu entkommen. Noch schlimmer war, dass meine Verzauberung bald ablief. Ich warf einen Blick über meine Schulter. Die zweite Kreatur war noch zwei Meter entfernt und unter der Erde versteckt.

Kämpfen oder fliehen?

Fliehen, beschloss ich. Kämpfen war unnötig. Ich drehte um und eilte in Richtung des Sees.

Du hast die Kontrolle über einen Gräber der Stufe 28 verloren.

Kaum hatte ich die Nachricht des Spiels registriert, hob der Gräber seinen Kopf gen Himmel und stieß ein unheimliches Heulen aus, das seiner Wut Ausdruck verlieh, als er wieder die Kontrolle über sich hatte.

Die Schallwelle rollte über mich hinweg, unnatürlich laut in dem stillen Wald.

Oh-oh. Das klingt nicht erfreut.

Die Wut im Schrei der Kreatur verriet, dass sie mich unerbittlich verfolgen würde. Aber das war mir egal. Ich war bereits außerhalb der Reichweite des Gräbers und vergrößerte meinen Vorsprung mit jeder Sekunde.

Einen Moment später leuchtete mein geistiges Auge auf.

Ich kam ins Schleudern und hielt an.

Weitere acht dunkle Blasen kamen auf meine Position zu. Vier der Kreaturen versperrten mir den Weg zum See. Zwei näherten sich von links und das letzte Paar von rechts.

Ich war umzingelt. *Verdammt noch mal!*

Meine neusten Feinde waren nicht sichtbar. Ich *könnte* direkt über den Boden laufen, unter dem sie lauerten, aber dann würde ich einen Hinterhalt von unten riskieren. Ich drehte mich um.

Auch die beiden ursprünglichen Gräber kamen immer näher.

Der zweite war aus dem Boden aufgetaucht und gesellte sich zu seinem Artgenossen, wobei sich ihre glitschigen Körper in meine Richtung schlängelten.

Ich hatte mich bei ihrer Größe geirrt, wie ich nun sah. Die Kreaturen waren keine zwölf Meter lang. Sondern mindestens zwanzig. Und selbst diese Schätzung war ungenau - Teile ihrer Körper lagen immer noch unter der Erde verborgen.

Ich schaute nach oben. Ohne meine erhöhte Geschicklichkeit würde ich die Baumkronen nicht auf dieselbe Weise durchqueren können wie im Tal der Wölfe. Aber ich könnte in den Ästen trotzdem Schutz finden.

Ich raste zum nächsten Baumstamm, machte einen Ein-Schritt und zog mich auf einen tief liegenden Ast und wiederholte das Manöver noch zweimal, bis ich über fünf Meter vom Boden entfernt war.

Ich hockte unsicherer als mir lieb war auf einem Ast und schaute nach unten.

Einer der Gräber hatte den Baum erreicht und wickelte sich um den Stamm, um sich nach oben zu schieben.

Vielleicht war das doch keine so gute Idee.

Noch mehr Gräber kamen aus dem Boden hervor, um sich um den Baumstamm zu winden. Ich saß in der Falle.

Was jetzt, Michael?

✳ ✳ ✳

Mein erster Gedanke war, dass ich Fürchterliches Geheul statt Astralklinge hätte wählen sollen. Eine schöne Fähigkeit zur Massenkontrolle wäre genau jetzt sehr nützlich gewesen. Aber Reue half mir nichts, und während ich zögernd auf dem Baumstamm saß, verschlimmerte sich meine Situation nur.

Der erste Gräber hatte mit seinem verdammten Geschrei immer noch nicht aufgehört, und jede Sekunde traten weitere Gräber in mein geistiges Bewusstsein ein - herbeigerufen von ihrem wütenden Kollegen.

Die Kreatur zu verzaubern war ein Fehler gewesen, einer von vielen, wie sich herausstellte.

Ich unterdrückte den erneuten Impuls, weiter über meine schlechten Entscheidungen nachzudenken und lenkte meine Gedanken auf etwas Produktiveres: was ich als nächstes tun sollte.

Weiter nach oben zu klettern war keine Option. Es gab keine weiteren Äste in Reichweite. Auch die Rückkehr auf den Boden wäre Selbstmord. Dort wimmelte es nur so von sich windenden Gräbern.

Mehrere von ihnen hatten sich um den Baumstamm gewickelt und schlängelten sich langsam aber sicher auf meine Position zu.

Keine andere Wahl, als zu kämpfen, beschloss ich. *Mal sehen, ob ich diese Würmer nicht davon überzeugen kann, dass ich die Mühe nicht wert bin.*

Ich zielte meine Verzauberung auf einen der Gräber, der sich um den Baum gewickelt hatte. Er fiel genauso leicht in meinen Bann wie der erste und ich befahl ihm, seinen nächsten Artgenossen anzugreifen - einen weiteren Gräber, der sich den Baum hinaufschlängelte.

Während ich gespannt auf das Ergebnis des Kampfes wartete, zauberte ich erneut Astralklinge. Nachdem sich der violette Dolch in meiner Hand manifestiert hatte, richtete ich meine Aufmerksamkeit auf die kämpfenden Kreaturen.

Die beiden kämpften aber nicht.

Ich runzelte die Stirn. Hatte mein verzauberter Lakai meinen Befehl verweigert? Ich konzentrierte mich und überprüfte die geistige Verbindung zum Gräber. Sie war intakt, und den Emotionen nach zu urteilen, die von der Kreatur ausgingen, tat sie, was ich wollte.

Warum hatte der verdammte Wurm seine Zähne dann nicht schon längst in seinen Kumpel gegraben? Mein Stirnrunzeln vertiefte sich und ich musterte meinen Lakaien und sein Ziel genauer.

Die beiden Kreaturen schienen sich doch zu bekämpfen, wenn auch auf sehr ungeschickte Weise.

Beide wickelten ihren Körper um ihren Feind. Ich verzog die Lippen säuerlich. Die beiden versuchten, sich gegenseitig zu erwürgen, und auch wenn eine der Kreaturen die andere irgendwann töten würde, würde das viel länger dauern als die zehn Sekunden, die mein Zauberspruch erlaubte!

Die Kreaturen zu verzaubern ist so gut wie nutzlos, stellte ich frustriert fest. So blieb mir nur eine andere Möglichkeit, meine Verfolger zu verletzen.

Ich hielt die Astralklinge in meiner Handfläche, riss meinen Arm nach vorne und schleuderte den Dolch auf den Kopf des nächstbesten Gräbers.

Die leuchtende Klinge flog durch die Luft und traf ihr Ziel genau in der Mitte. Aber anstatt den Körper des Gräbers aufzureißen, wie es ein normaler Dolch getan hätte, dehnte sich die aus Psi-Strängen geformte Klinge zu einem violetten Fleck aus, der wütend pulsierte, bevor er verblasste.

Du hast einen Gräber der Stufe 26 verletzt und ihm Psi-Schaden zugefügt. Die Nerven an der Kontaktstelle wurden geschwächt. Füge weiteren Psi-Schaden zu, um sie ganz abzutöten.
Deine Telepathie ist auf Stufe 37 gestiegen.

Schon besser, dachte ich und lächelte grimmig. Die Astralklinge hatte zwar nicht so viel kritischen Schaden verursacht, wie ich es von meinen Kurzschwertern gewohnt war, aber sie hatte trotzdem Schaden angerichtet.

Ich beschwor eine weitere Astralklinge und traf den fraglichen Gräber an fast der gleichen Stelle erneut.

Du hast einen Gräber der Stufe 26 verletzt und ihm Psi-Schaden zugefügt.

Das tat ich wieder und wieder, während die Kreatur und ihre Gefährten immer näher an meinen Standpunkt herankamen.

KAPITEL 136: EIN GESCHÄDIGTER GEIST

Du hast einem Gräber der Stufe 26 irreparablen Nervenschaden zugefügt. Ein Gräber ist hirntot. Du hast einen Gräber getötet.

Mehrere Schläge später starb der Gräber schließlich. Sein Kopf sackte nach unten und sein Körper erschlaffte, aber die Kreatur blieb um den Baum gewickelt an Ort und Stelle verankert.

Leider schreckte das Schicksal des Gräbers seine Artgenossen nicht ab, und sie kletterten weiter. Es waren zu viele, um sie zu töten, bevor sie mich erreichten, aber davon ließ ich mich nicht abschrecken.

Ich wählte ein anderes Ziel aus und ließ einen weiteren Schwall von Astralklingen darauf los.

Du hast einen Gräber der Stufe 29 getötet.
Du hast einen Gräber der Stufe 27 getötet.
Deine Telepathie ist auf Stufe 41 gestiegen.

Ich tötete eine zweite Kreatur und dann eine dritte, aber als ich die vierte angreifen wollte, erreichte die anrückende Horde schon meinen Zweig.

Der große Kopf eines Gräbers schlängelte sich um den Baumstamm und kam auf mich zu. Er schwankte leicht, als er sich seinen Weg entlang des Astes bahnte, auf dem ich Schutz suchte. Weitere seiner Artgenossen folgten ihm dicht auf den Fersen.

Ich hatte mich bereits so weit wie möglich auf dem Ast zurückgezogen, und konnte nicht weiter ausweichen. Mein Gesicht verhärtete sich, als ich meine Feinde untersuchte. *Ich muss mich also von hier aus behaupten.* Wenn ich die Kreaturen schnell tötete, gab es noch eine Chance, die Begegnung zu überleben.

Ich nahm einen Dolch in meine rechte Hand und schleuderte ihn auf die vorderste Kreatur.

Du hast einen Gräber der Stufe 26 verletzt und ihm Psi-Schaden zugefügt.

Mein Schlag ließ den Wurm nicht einmal innehalten, und er kam immer näher.

Ich manifestierte einen Dolch in meiner linken Handfläche und warf ihn mit fast der gleichen Bewegung. Dann tat ich das Gleiche mit der rechten Hand. Meine Arme schwangen im Tandem hin und her, während ich versuchte, das Schleudern von Dolchen auf meinen Feind nicht abklingen zu lassen.

Leider verfehlten aufgrund der schwankenden Bewegung des Gräbers und der Geschwindigkeit meiner Angriffe mehr als nur ein paar Dolche ihr Ziel und trafen stattdessen entweder dessen Körper oder seine Artgenossen.

Ich war gerade dabei, meine Taktik anzupassen, als der vorderste Gräber innehielt. Er war weniger als zwei Meter von mir entfernt. Die Kreatur hob seinen Körper vom Ast ab, starrte auf mich herab und öffnete sein klaffendes Maul.

Ich runzelte die Stirn. *Was macht das Ding jetzt? Will es mich fressen?*

Meine Hand peitschte nach vorne und entfesselte die wartende Klinge in meiner rechten Handfläche.

Ein Gräber der Stufe 26 ist deinem Angriff ausgewichen.

Der Gräber schwankte aus dem Weg und mein Dolch segelte harmlos an ihm vorbei. Meine linke Hand schnellte nach vorne, aber bevor ich meinen nächsten Angriff ausführen konnte, schrie die Kreatur auf.

Der Lärm brach wie eine Lawine über mich herein.

Der Schrei des Gräbers war kein unkontrollierter Wutschrei, wie ich ihn vorhin gehört hatte. Dieser Schrei war hoch und konzentriert, und genau auf das Ziel der Kreatur gerichtet – auf mich.

Ein Gräber hat dich verletzt! Dein Geist hat Schaden genommen. Warnung: Geistiger Schaden kann erst behoben werden, wenn du wieder mit deinem ursprünglichen Wirt vereint bist.

Ich taumelte nach hinten und presste meine Hände über die Ohren, um das schmerzende Geräusch zu mindern. Aber es nützte nichts. Mein Geist wand sich noch immer unter dem durchdringenden Schrei meines Feindes.

Ein Gräber hat dich verletzt! Dein Geist hat Schaden genommen.

Verdammte Scheiße! Meine Feinde hatten eine Art Schallangriff, der meine Geistform verletzen konnte. *Warum hat er das nicht früher schon eingesetzt?* Bei so einem verheerenden Angriff konnte ich mir keinen Grund vorstellen, warum sich die Kreatur bis jetzt zurückgehalten hatte.

Der Gräber schrie weiter. Er schwankte seinen Kopf hin und her, um mich in dem engen Schallkegel festzuhalten, und allmählich spürte ich, wie ich unter der Wirkung zerbrach.

Ein Gräber hat dich verletzt! Dein Geist hat Schaden genommen.

Ich beugte mich vor und schützte meinen Kopf mit den Armen. Am Rande meines Blickfelds entdeckte ich eine weitere Kreatur, fast genauso weit entfernt wie die erste. Sie begann sich aufzurichten, vermutlich um einen eigenen Schallangriff zu starten.

Ist wohl eine Nahkampfattacke.

Kurz nach dieser Erkenntnis kam eine weitere. *Wenn ich hierbleibe, sterbe ich.*

Ohne weiter darüber nachzudenken, rollte ich mich von meinem Ast und stürzte hinunter auf den Waldboden.

✳   ✳   ✳

Ich landete in einem Haufen sich windender, schleimiger Körper, aber ich bemerkte es unter den mich durchbohrenden Qualen kaum.

Was ... wo ...? Wie ... Weg hier! Beweg dich! Beweg dich!

Meine Gedanken waren unzusammenhängend und mir war schwindelig vor Schmerz, aber ein einziger Wunsch trieb mich an: zu entkommen. Inmitten der sich am Boden windenden Gräber war ich in größerer Gefahr als oben, aber ich war immerhin nicht gefangen.

Aber du wirst es sein, wenn du dich nicht sofort bewegst, verdammt!

Also bewegte ich mich.

Ich unterdrückte den Wunsch, dem Schmerz zu erliegen, und rappelte mich auf. Aus den Augenwinkeln sah ich, wie sich unter den Leichen um mich herum Köpfe hoben.

Die Gräber waren kurz davor loszuschreien.

Ich konnte es mir nicht leisten, noch einmal von ihren Schallangriffen getroffen zu werden. Ich watete vorwärts durch das sich windende weiße Fleisch und rief einen Psi-Dolch herbei.

Du bist dem Angriff eines Gräbers ausgewichen.
Du bist dem Angriff eines Gräbers ausgewichen.

Zwei ohrenzerreißende Knalle erschütterten die Luft, aber ich hatte rechtzeitig reagiert und war ihnen vollständig ausgewichen. Die Kreatur vor mir krümmte sich und versuchte, ihren Körper um mich zu wickeln.

Ich schlug blindlings zu und ließ betäubende Psi-Ranken über den feindlichen Körper fließen. Ich ignorierte das wütende Zischen der Kreatur und kletterte über ihre dicke weiße Gestalt.

Weitere Schreie ertönten. Ich warf mich vorwärts und kroch unter einen weiteren zappelnden Körper.

Du bist dem Angriff eines Gräbers ausgewichen. Der Angriff eines Gräbers hat dich gestreift.

Das verletzende Heulen schlug weiter auf mich ein. Der erste Angriff verfehlte mich nur um Haaresbreite, während der Zweite mich knapp erwischte und mein Trommelfell zu zerreißen schien.

Ich wirbelte herum und stolperte, schaffte es aber, mich auf den Beinen zu halten. Halb wankend, halb stolpernd floh ich und zielte auf den einzigen grünen Fleck, den ich zwischen den wogenden weißen Körpern entdeckte.

Dicht hinter mir folgten weitere Angriffe, die aber zum Glück fehlschlugen. Vor mir tauchten neue Feinde aus dem Boden auf. Die meisten waren aber noch zu weit weg, um eine Bedrohung darzustellen, also rannte ich weiter.

Mit jedem Schritt verblasste der Schmerz von meinem früheren Sturz in meinem Kopf und mein Gleichgewicht wurde stabiler. Meine Konzentration wurde schärfer. *Ich kann es schaffen.* Ich verengte meinen Blick und bahnte mir einen Weg durch die Kreaturen.

Sechs Gräber kamen auf mich zu.

Mit meinem Psi verzauberte ich den nächstbesten von ihnen und raste dann mit seinem Körper als Schutzschild an den nächsten vorbei.

Ein Stück Boden vor mir hob sich.

Ich schleuderte einen Psi-Dolch auf die Stelle und sprang, ohne innezuhalten, mit Ein-Schritt über den Gräber, als dieser auftauchte. Der

Weg vor mir war frei. Ich senkte den Kopf und konzentrierte mich ganz auf das Laufen.

Egal wie, ich würde es bis zur nächsten Holzhütte schaffen.

* * *

Knapp dreißig Minuten später erreichte ich den See.

Ich hatte viel länger gebraucht, als ich erwartet hatte, vor allem, weil ich ursprünglich in die falsche Richtung geflohen war. Als ich genug Abstand zwischen mich und meine Verfolger gebracht hatte, schlug ich einen großen Bogen durch den Wald, um wieder auf Kurs zu kommen.

Auf dem Weg zur Hütte hatte ich mehrere Begegnungen mit weiteren Gräbern, aber jetzt, da ich ihre Bedrohung - und ihre Grenzen - besser verstand, konnte ich ihnen weitgehen ausweichen.

Und bei allen Nachteilen, die das Fehlen eines Körpers mit sich brachte, gab es einen Vorteil: Ich war unermüdlich. Selbst nach einer halben Stunde pausenlosem Laufen fühlte ich mich, als könnte ich ewig weitermachen.

An der Tür zur Hütte hielt ich inne und genoss den Moment. Es waren keine Gräber in Sicht, ich hatte sie längst hinter mir gelassen. Ich hatte es geschafft. Ich hatte die erste Herausforderung bestanden, auch wenn sie schwieriger gewesen war, als ich erwartet hatte.

Auf zur nächsten.

Ich drehte den Türknauf und schritt ins Innere. Ein Spielalarm leuchtete in meinem Geist auf.

Herzlichen Glückwunsch, Michael! Du hast die erste Aufgabe bestanden: Die Macht des Geistes. Du hast Erfahrung gesammelt und Stufe 69 erreicht!

Ich wischte Nachricht des Adjutanten beiseite und sah mir den Raum an. Er war fast identisch zum ersten, aber dieses Mal stand der Tisch in der Mitte und eine zweite Tür befand sich gegenüber des Eingangs.

Der Weg zur zweiten Aufgabe?

Ich wandte mich direkt dem Tisch zu und schaute was er mir zu bieten hatte. Wieder lagen dort drei Fähigkeitskompendien. Diesmal war jedoch keine Notiz dabei. Stattdessen entdeckte ich etwas ebenso Interessantes: einen Edelstein für Attributspunkte.

Allein der Edelstein war es wert, die erste Herausforderung gemeistert zu haben. Mit einem zufriedenen Lächeln hob ich ihn auf.

Geringerer Attributsedelstein verwendet. Du hast einen Attributspunkt gewonnen.

Dann wandte ich meine Aufmerksamkeit den drei Büchern zu und studierte ihre Titel. Sie lauteten: *"Wasserlaufen"*, *"Schattentransit"* und *"Schweben"*. Diesmal hatten alle drei den Untertitel: *"Ein grundlegendes Fähigkeitskompendium der Telekinese"*.

Mir wurde mittlerweile eine Art Muster der gebotenen Büchern klar. Bei der ersten Herausforderung hatte ich die Wahl zwischen drei

Telepathiefähigkeiten gehabt, und der Test hatte wohl entsprechend meine telepathischen Fähigkeiten geprüft.

Bedeutete das, dass der zweite Test sich auf mein telekinetisches Können konzentrierte? Das war zumindest eine sichere Annahme.

Ich blickte aus dem Fenster auf den stillen, dunklen See. Der zweite Ausgang der Hütte lag direkt am Wasser, und man musste kein Genie sein, um zu erkennen, dass die zweite Herausforderung wahrscheinlich im See selbst stattfinden würde.

Ich rieb mir das Kinn, als ich die drei Fähigkeiten vor mir betrachtete. Wenn ich meine Wahl nur aufgrund des bevorstehenden Tests treffen müsste, würde ich ohne zu zögern Wasserlaufen wählen. Und wenn nicht das, dann Schweben.

Außerhalb dieses Tests konnte ich allerdings wenig Nutzen für das Wasserlaufen erkennen, und obwohl Schweben nützlicher wäre, war es Schattentransit, das mein Interesse am meisten weckte.

Von den drei angebotenen Fähigkeiten schien diese am meisten auf den Kampf ausgerichtet zu sein. Wenn ich die Beschreibung richtig interpretierte, war es eine Fähigkeit, die es mir ermöglichte, mich schnell in den Kampf hinein und wieder herauszubewegen, indem ich die umgebenden Schatten nutzte. Solche Vielseitigkeit war nicht zu unterschätzen und wäre in zukünftigen Kämpfen von unschätzbarem Wert.

Als ich meine Entscheidung getroffen hatte, ließ ich meine Hand auf den fraglichen Wälzer sinken und übermittelte dem Adjutanten meine Wahl.

Du hast die grundlegende Fähigkeit: Kurzer Schattentransit erworben. Dieser Geisteszauber erlaubt es dem Zaubernden, sich zu jedem Lebewesen im Umkreis von 9 Metern zu teleportieren und dabei seine Schatten mitzunehmen. Wenn der Zaubernde beim Einsatz der Fähigkeit verborgen war, bleibt er auch nach dem Sprung zu seinem Ziel verborgen.

Diese Fähigkeit verbraucht Psi und kann aufgerüstet werden. Ihre Aktivierungszeit ist schnell.

Du hast noch 20 von 26 freie Slots für Geistesfähigkeiten.

Ich runzelte die Stirn und wusste nicht, ob ich mich über die unerwartete Funktionsweise des Schattentransit freuen oder mir Sorgen machen sollte.

Die Fähigkeit war nicht durch die verfügbaren Schatten, sondern durch verfügbare Ziele begrenzt. Das machte sie einerseits vielseitiger - sie konnte sogar in den am besten beleuchteten Umgebungen eingesetzt werden -, andererseits aber auch einschränkender - ohne eine Kreatur als Ziel konnte sie überhaupt nicht eingesetzt werden.

Ich seufzte. Meine Entscheidung war wohl oder übel gefallen, und es war Zeit, weiterzuziehen. Jedenfalls fast.

Ich richtete meine Konzentration nach innen und meditierte, um mein verlorenes Psi wieder aufzufüllen. Dann überprüfte ich meine Fertigkeiten aus dem ersten Test und gab meine Attributpunkte aus.

Deine Telepathie ist auf Stufe 43 gestiegen. Deine Telekinese ist auf Stufe 38 gestiegen. Deine Meditation ist auf Stufe 43 gestiegen.
Dein Verstand ist auf Rang 28 gestiegen.

Jetzt war ich bereit.

Ich schritt zur nächsten Tür, gespannt, was mich bei der nächsten Herausforderung erwartete.

285

Kapitel 137: Die Reichweite des Geistes

Deine Aufgabe: <u>Bestehe die erste Prüfung</u> wurde aktualisiert. Überarbeitetes Ziel: Erreiche die Blockhütte auf der anderen Seite des Wassers, um die zweite Prüfung zu bestehen.

Ich verwarf die Spielnachricht und betrachtete die Szenerie vor mir. Ich hatte scheinbar Recht gehabt.

Die Hüttentür führte auf eine kleine Holzplattform, die niedrig genug war, dass das Wasser des Sees über ihre Kanten schwappte. Links und rechts von mir verschwand der See am Horizont. Das gegenüberliegende Ufer - und die nächste Hütte - waren jedoch deutlich zu sehen.

Weniger als ein Kilometer See trennte mich von der Hütte. Wie die jetzige Hütte lag auch sie direkt am Wasser, aber hinter ihr befand sich eine steile Klippe, die sich am gegenüberliegenden Ufer entlangzog, sodass die Hütte nur über das Wasser erreichbar war.

Ich blickte mich erneut um. Um die Hütte zu erreichen, könnte ich am Ufer entlang bis zum gegenüberliegenden Ende gehen und dann versuchen, die Klippe hinunterzuklettern, aber da ich den linken und rechten Rand des Sees nicht sehen konnte, hatte ich keine Ahnung, wie weit er reichte. Außerdem war ich mir nicht sicher, ob es sich tatsächlich um einen See und nicht um einen Fluss handelte.

Ich hatte sowieso keine Zeit für solche Erkundungen. Jeder Moment, den ich mit der Prüfung verbrachte, war ein Moment weniger, um Erebus' Klauen zu entkommen. Den See direkt zu überqueren, schien die einzige Möglichkeit zu sein.

Mitten durch also.

Ich hockte mich an den Rand der hölzernen Plattform und richtete meine Aufmerksamkeit auf das Wasser selbst. Es war kalt, klar, unberührt und auf den ersten Blick wirkte es harmlos.

Dann sah ich, wie sich etwas bewegte.

Du hast ein feindliches Wesen entdeckt.

Ein langer, räuberischer Schatten durchschnitt das Wasser. Er war groß, vier- oder vielleicht fünfmal so groß wie ich. Außer dass das Wesen einen dreieckigen Kopf und einen peitschenartigen Schwanz hatte und sich schnell näherte, konnte ich kaum etwas erkennen.

Ich trat hastig vom Rand zurück, und etwa einen halben Meter vor der Plattform drehte sich die halb sichtbare Gestalt um und schwamm, bevor ich etwas unternehmen konnte, träge davon.

Na gut, dachte ich, *schwimmen wäre wohl nicht so klug.*

Wie sollte ich das Wasser dann überqueren?

Der See war so tief, dass ich nicht bis zum Grund sehen konnte, und ich war mir sicher, dass er noch mehr Raubtiere beherbergte. Aber die unbekannte Kreatur, die sich an den Rand geschlichen hatte, war nicht direkt auf mich zugekommen. Ein paar Meter von mir entfernt hatte das Tier einen seltsamen Zickzackkurs eingeschlagen ... fast so, als würde es ein Hindernis umgehen.

Ich untersuchte die fragliche Stelle genauer und entdeckte einen leichten Schimmer, während das Wasser hin und her plätscherte. Mit zusammengekniffenen Augen machte ich einen Schritt nach vorne und schaute genauer hin.

Das Schimmern ging von einem Felsen aus. Einem schwarzen Felsen, der im Sonnenlicht glitzerte, wann immer die sanften Wellen des Sees ihn freilegten. Mein Interesse war geweckt. Der Felsen lag nur knapp unter der Wasseroberfläche.

Mein Blick wanderte vom Stein zu dessen Umgebung und nach einer weiteren langen Minute des Suchens entdeckte ich etwa zwei Meter vom ersten entfernt einen weiteren Felsen.

War das ein Teil einer Art Flachstelle? Ein Weg über den See, der direkt unter der Wasseroberfläche verborgen war?

Etwas anderes kann ich mir nicht vorstellen. Bei meinem Verdacht, dass der zweite Test meine Telekinese prüfen sollte, machte es Sinn, dass es einen Weg das Wasser zu überqueren gab.

Ich sah mich noch einmal um, aber entdeckte keine weiteren glitzernden Formen im Wasser. *Das heißt nicht, dass sie nicht da sind, nur dass ich sie von hier aus nicht sehen kann.*

Mein Blick glitt zurück zum ersten Felsen. Er war nah genug, dass ich ihn mit einem Ein-Schritt erreichen konnte. *Zeit loszulegen,* dachte ich und beschloss, meinem Instinkt zu vertrauen.

Ich sprang vom Rand der Plattform ab und castete Ein-Schritt. Mein linker Fuß landete auf fester Luft. Ich ging ganz normal weiter, streckte mein rechtes Bein aus und berührte den untergetauchten Felsen mit den Zehenspitzen.

Der Stein war rutschig und ich schwankte leicht, als ich mein linkes Bein ebenfalls darauf zum Stehen brachte, aber abgesehen von anfänglichem Wackeln hatte ich keine Schwierigkeiten, mein Gleichgewicht zu halten.

Ich richtete meine Aufmerksamkeit auf den nächsten Felsen. Auch er war innerhalb Reichweite. Dahinter konnte ich gerade noch so einen weiteren ausmachen, der aber noch weiter entfernt war und schwieriger zu erreichen sein würde. Trotzdem gab es keinen Grund, warum ich es nicht schaffen sollte, auch wenn ich dabei ein bisschen nass werden würde.

Ich machte mich bereit und erstarrte, als meine Geistessicht plötzlich aufleuchtete.

Eines der Raubtiere im See näherte sich schleichend. Aber ich hatte das vorausgesehen. Ich wob Psi und castete Verzauberung. Da sich mein Ziel kaum wehrte, drang ich leicht in seinen Geist ein und übte meinen Einfluss auf die Kreatur aus.

Du hast ein Flusskrokodil der Stufe 39 für 10 Sekunden verzaubert.

Ein Krokodil, dachte ich und zog die Brauen hoch. Die Kreatur hörte sich erstaunlich gewöhnlich an, aber ich war mir sicher, dass es kein normales

Tier war. Wie die Gräber hatten sicher auch Krokodile ihre Mittel, mir zu schaden.

Dieses Mal würde ich jedoch nicht versuchen zu kämpfen. Und außerdem hatte ich eine viel bessere Verwendung für meinen verzauberten Diener.

Ich befahl dem Krokodil, an die Oberfläche zu kommen. Mit rasanter Geschwindigkeit, die meine Augenbrauen in die Höhe schnellen ließ, positionierte sich das Tier dort, wo ich es befohlen hatte - neben dem nächsten Felsen in der Steinkette, die die teilweise untergetauchte Furt bildete.

Ich zögerte nicht. Mir blieben nur noch fünf Sekunden. Ich zielte auf das Krokodil und zauberte Schattentransit.

Psi strömte von meinem Geist aus, um meine Gestalt zu erfassen und zog mich mit atemberaubender Geschwindigkeit aus der physischen Welt in den Äther.

Ich blieb dort allerdings nur den Bruchteil einer Sekunde.

Noch mehr Psi strömte aus mir heraus und riss ein Loch in die Realität, damit sich meine Gestalt auf dem Rücken des Krokodils wieder zusammenfinden konnte.

Du hast Schattentransit gewirkt und dich zwei Meter weit teleportiert.

Verdammt, dachte ich, benommen von meiner plötzlichen Ortsveränderung. Aber ich hatte keine Zeit zu verlieren. Ich stieg auf den Felsen und befahl meinem bald freien Lakaien, sich zu entfernen. Er befolgte meinen Befehl und glitt über die Wasseroberfläche davon. Der Rücken des Krokodils war zerklüftet, gepanzert und uneben, aber trotzdem war er eine stabilere Plattform gewesen als mein jetziger Standort.

Ich grinste und stellte mir vor, wie ich mit einer Kombination aus Verzauberung, Schattentransit, dem Krokodil und den Felsen über den See hüpfen würde. *Dieser Test könnte sich als einfacher herausstellen, als ich dachte.*

Meine Geistessicht pingte erneut.

Drei weitere Feinde nahmen meinen Standort ins Visier.

Ich seufzte, die Hoffnung vergessen. *Warum ist nichts jemals einfach?*

＊　＊　＊

Du hast die Kontrolle über ein Flusskrokodil der Stufe 39 verloren.

Mein Bann war gebrochen, bevor die drei neuen Feinde mich erreichen konnten, was zumindest eine gute Nachricht war.

Ich ignorierte die herannahenden Krokodile und widmete mich erneut meinem ehemaligen Untergebenen. Die Bestie flitzte durch das Wasser und kam wütend in meine Richtung zurück - zweifellos, um sich an mir zu rächen.

Auf halbem Weg zu mir kam es zum Stillstand und wurde erneut verzaubert.

Dann teleportierte ich mich als Schatten auf seinen breiten Rücken. In meinem Geist spürte ich, wie die drei untergetauchten Krokodile wegen meines plötzlichen Verschwindens kurz innehielten, bevor sie sich an meiner jetzigen Position neu orientierten. Sie wurden jedoch nicht schneller, weil sie wohl annahmen, dass ich ihre Anwesenheit noch nicht bemerkt hatte.

Bei ihrem derzeitigen Tempo würden die drei Jäger eine Handvoll Sekunden brauchen, um mich zu erreichen. *Und noch länger, wenn mein "Floß" mit mir flieht.* Ich wies meinen Lakaien an, weiter zu schwimmen und nach einem weiteren Trittstein zu suchen.

Es dauerte nicht lange, bis ich einen entdeckte.

Ich lenkte das verzauberte Krokodil dorthin, stieg ab und befahl dem Tier, tiefer in den See vorzudringen. Die anderen drei Krokodile waren noch nicht aufgetaucht und hatten sich ganz aus der Sichtweite meines Geistes entfernt.

Gut, dachte ich. Das gab mir Zeit, mein zuvor erfolgreiches Manöver zu wiederholen.

Ich zückte mein Psi und bereitete meinen Zauber vor, dann wartete ich darauf, dass sich mein beschworener Untergebener von dem Einfluss auf seinen Geist befreite. Ich hatte vor, den weiteren Weg auf gleiche Weise zu überqueren.

Wer weiß, vielleicht schaffe ich es mit ein bisschen Glück, die Reise ohne Missgeschick zu beenden.

✳   ✳   ✳

Unglaublicherweise hielt mein Glück an, und fünf Minuten später stieg ich vom Rücken des fleißigen Krokodils auf die Plattform der nächsten Blockhütte.

Während meiner Reise über den See hatte ich gespürt, dass sich mehrere Raubtiere näherten. Allerdings war keines von ihnen aufgetaucht oder auch nur nahe genug herangekommen, um meine Routine aus Verzauberung und Schattentransit zu gefährden.

Als ich an die Tür trat, betrachtete ich die nächste Hütte. Von außen war ihre Rückseite nicht zu sehen. Die linke und rechte Seite der Hütte verschwanden in der Felswand des hinteren Teils der Klippe und hatten weder Türen noch Fenster.

Wo ist also der Eingang zur nächsten Herausforderung? fragte ich mich.

Es gibt nur einen Weg, das herauszufinden, dachte ich und betrat die Hütte.

Als ich die Hütte betrat, wurde ich von einer Flut von Spielnachrichten begleitet. Ich blieb in der Tür stehen und nahm ich mir einen Moment Zeit, sie zu lesen.

Herzlichen Glückwunsch, Michael! Du hast die zweite Aufgabe bestanden: Die Reichweite des Geistes. Du hast Erfahrung gesammelt und Stufe 70 erreicht.
Du bist jetzt ein Spieler auf Rang 7. Für das Erreichen von Rang 7 hast du einen zusätzlichen Attributpunkt erhalten.
Deine Telepathie ist auf Stufe 46 gestiegen. Deine Telekinese ist auf Stufe 43 gestiegen.

Ich blendete die Nachrichten aus und untersuchte den Raum vor mir. Es war dunkel und außer durch die offene Tür in meinem Rücken drang kein Licht ein. Mit meiner Dunkelsicht hatte ich jedoch keine Probleme, die Formen in den Schatten zu erkennen.

Der Tisch stand wieder in der Mitte des Raumes, und interessanterweise befand sich mir gegenüber eine geschlossene Tür. Sie musste in einen unterirdischen Tunnel führen. Aber es war nicht die Lage des Ausgangs, die mich am meisten überraschte.

Es war das, was neben ihm lag: ein humanoides Wesen.

Ich ließ die Eingangstür hinter mir zufallen und ging auf die regungslose Gestalt neben dem Ausgang zu. Doch als ich näherkam, merkte ich, dass das, was sich neben der Tür befand, nicht am Leben war. Zum einen war es zu still und unbeweglich, zum anderen hatte es keine Präsenz in meinem Geist.

Ich blieb vor dem Ding stehen. *Das ist ein Konstrukt,* stellte ich fest, als ich es genauer betrachtete.

Das Konstrukt war über zwei Meter groß und aus gepressten Metallplatten geformt – Eisen, wie ich vermutete. Es hatte keine Gesichtszüge und seine Hände und Füße waren kurz und stämmig.

Ich legte eine Hand auf das Konstrukt, und eine Spielnachricht entfaltete sich in meinem Kopf.

Willst du diesen Eisengolem einnehmen?

Ich verneinte die Frage des Adjutanten und wandte mich mit vielen Fragen im Kopf dem Tisch zu, um Antworten zu erhalten. Dessen Inhalt war mir mittlerweile vertraut: drei Bände mit Fähigkeiten und ein geringerer Attributsedelstein.

Ich benutzte den Edelstein zuerst und investierte meine neuen Attributspunkte, ohne groß darüber nachdenken zu müssen. In Anbetracht dessen, wo ich war und vor welchen Herausforderungen ich stand, war der Verstand mein wichtigstes Attribut.

Dein Verstand ist auf Rang 31 gestiegen.

Als Nächstes sah ich mir die Bücher an - allesamt Wälzer mit Chi-Fähigkeiten. Sie lauteten: *"Gehärteter Körper"*, *"Stahlfaust"* und *"Chi-Heilung"*.

Nun, ich dachte. *Das erklärt das Konstrukt.*

Bei der nächsten Herausforderung ging es ganz eindeutig darum, mein Chi zu testen, das nur mit einem Körper genutzt werden konnte. Ich zerbrach mir über die angebotenen Fähigkeiten nicht lange den Kopf. So nützlich zwei von ihnen auch erschienen, es gab nur eine, die ich einfach haben musste: Chi-Heilung.

Dass ich mich nicht selbst heilen konnte, war meine größte Schwäche, und ich konnte meinen Eifer kaum zügeln, diesen Mangel endlich zu beheben. Ich legte meine Hand auf das Buch und befahl dem Adjutanten meine Wahl.

Du hast die grundlegende Fähigkeit: Geringe Chi-Heilung erworben. Dieser Geisteszauber erlaubt es dem Zaubernden, seinen Körper mit Psi zu heilen. Diese Fähigkeit verbraucht Psi und kann aufgerüstet werden. Ihre Aktivierungszeit ist sehr langsam.

Du hast noch 24 von 31 freie Slots für Geistesfähigkeiten.

Ich seufzte, als ich die Aktivierungszeit der Fähigkeit sah. Sie war zu langsam, um im Kampf von Nutzen zu sein. Aber jeder Heilzauber - selbst wenn ich ihn im Kampf nicht einsetzen konnte - war besser als keiner.

Nachdem ich meditiert hatte, um mein verlorenes Psi wiederzuerlangen, trat ich wieder an das Konstrukt heran und hüllte meinen Geist darin ein.

Du hast einen Eisengolem eingenommen. Vom Wirtskörper übernommene Fähigkeiten: keine. Deine physischen und körperlichen Fertigkeiten sind wieder verfügbar. Beachte, dass deine Attribute Stärke, Ausdauer, Geschicklichkeit und Wahrnehmung durch deinen neuen Wirtskörper wie folgt bestimmt werden: Stärke: 20, Ausdauer: 20, Geschicklichkeit: 5, Wahrnehmung: 5.

Warnung: Wenn dieser Körper zerstört wird, während du in ihm wohnst, wird dein Geist zerrissen.

Der Körper des Golems fühlte sich seltsam an.

Im Gegensatz zu meiner menschlichen Gestalt, die geschmeidig und schnell war, war der Golem klobig und langsam. Ich zwang meinen neuen Körper zur Tür und er setzte sich knarrend in Bewegung, während die Metallplatten gegeneinander quietschten.

Argh. In meinem neuen Körper würde ich nicht umherschleichen können. Trotzdem würde ich es schaffen.

Ich riss die Tür auf und trat hindurch in die nächste Prüfung.

✳ ✳ ✳

Deine Aufgabe: <u>Bestehe die erste Prüfung</u> wurde aktualisiert. Überarbeitetes Ziel: Besiege alle Feinde in der Arena, um die dritte Aufgabe abzuschließen und den Ausgang zu offenbaren.

Beim Lesen der Nachricht spannte ich mich an. Sie machte deutlich, dass der nächste Test anders sein würde als die ersten beiden.

Vorsichtig tastete ich die Dunkelheit ab. Keine unmittelbare Bedrohung machte sich bemerkbar. Trotzdem bewegte ich mich nicht von der Tür weg. Ich rief Psi herbei und zauberte einen Reaktionsbuff.

Deine Geschicklichkeit hat sich um +2 erhöht. Dauer: 10 Minuten.

Die Fähigkeit brachte zwar nur einen kleinen Zuwachs, aber wenn man bedachte, wie wenig Geschicklichkeit mein neuer Körper hatte, war die Verbesserung erheblich. Ich beugte meine Arme und stöhnte, als sie dabei quietschten. Einen Metallkörper zu kontrollieren war problematischer, als ich gedacht hatte.

Aber trotz des schrecklichen Lärms fiel nichts über mich her.

Ich befand mich in einem geschlossenen Raum. Er war komplett versiegelt und es drang kein einziges bisschen Licht ein. Das störte mich aber nicht. Was mich störte, war die Kargheit des Raumes.

Die sogenannte Arena war kastenförmig und jede Seite etwa zwanzig Meter lang. Der Boden, die Wände und das Dach waren alle aus Granit, glatt und schmucklos. Auch von der Tür, durch die ich gekommen war, war keine Spur mehr zu sehen. Sie war verschwunden und hatte nur eine glatte, karge Wand hinterlassen.

Ich entdeckte nichts, was ich als Waffe benutzen konnte, und auch keine offensichtliche Bedrohung. Ich runzelte die Stirn. *Wo sind also diese Feinde?*

Ich machte einen vorsichtigen Schritt nach vorne. Dann noch einen.

Als ich weiterging, entdeckte ich einen kleinen weißen Kreis auf dem Boden und etwa fünf Meter entfernt einen weiteren in dunklem Rot. Ich trat auf den weißen Fleck.

Eine Spielnachricht öffnete sich.

Mach dich bereit, Nachkomme. Die erste Schlacht beginnt ...

Ich blieb stehen und ballte die Hände zu Fäusten. Genau in der Mitte des roten Flecks erschien eine Gestalt.

Sie griff sofort an.

Ich festigte meinen Stand und streckte meine Hände aus. Was auch immer mein Feind war, er war schnell. Als er auf mich zustürmte, sah ich Arme und Füße mit Krallen, bedrohliche gelbe Augen und ein weit aufgerissenes Maul mit rasiermesserscharfen Zähnen.

Dann hatte er mich auch schon erreicht.

Zwei Schritte von mir entfernt schleuderte mein Feind sich in die Luft. Er stürzte auf mich zu und schlang seine Beine um meine Taille. Trotz der Wucht des Angriffs meines Gegners verlor ich nicht den Halt. Mein Golemkörper war einfach zu schwer.

Nützlich, grunzte ich und schwang meine Arme nach vorne.

Doch noch bevor ich die Bewegung halbwegs beendet hatte, schloss mein Gegner seine eigenen Angriffe ab. Die Klauen der Kreatur schlugen tiefe Furchen in meine metallene Brust, während ihre Kiefer meinen Hals umklammerten.

Ein Zombie der Stufe 70 hat dich verletzt!

Ein Untoter?

Der erste Angriff des Zombies war schnell und wütend, ein Blitz an Angriffen, die fast zu schnell für meine Augen waren. Da ich nicht in der Lage war, meinem Gegner auszuweichen oder ihn abzuwehren, tat ich das Einzige, was mir einfiel: Ich schlang meine Arme um ihn.

Angesichts der Stärke meines neuen Körpers waren meine besten Waffen meine Hände. Ich umarmte den Zombie und drückte zu.

Du hast einen Zombie verletzt.

Durch meinen Griff wurde Fleisch zusammengedrückt, Knochen knackten, und dickes, geronnenes Blut brach frei.

Der Untote ließ sich jedoch nicht beirren und schlug wie wild weiter auf mich ein. Mein Körper wurde mehrfach eingedellt und Metallsplitter flogen frei.

Ein Zombie hat dich verletzt!
Ein Zombie hat dich verletzt!

Ich war mir nicht sicher, wer mehr Schaden anrichtete – ich oder der Untote – aber es gab keinen Grund, dass ich die Angriffe des Zombies einfach so ertragen sollte. Nicht, wenn er sich so hilfreich gegen mich drückte. Ich castete einen betäubenden Schlag.

Du hast es nicht geschafft, dein Ziel zu betäuben. Zombies sind immun gegen alle Arten von mentalen Angriffen.

Tja, Mist.

Wenn der betäubende Schlag nicht funktioniert hatte, würden Astralklinge oder meine Verzauberung auch keine besseren Chancen haben. Ich hatte jetzt nur noch eine Möglichkeit. Ich musste meinen Gegner schneller verletzen als er mich.

Der Zombie und ich waren immer noch umschlungen und ich machte einen Schritt nach vorne. Dann noch einen. Ich gewann an Schwung. Der Untote schien gleichgültig, die Wut seiner Angriffe ließ durch mein Handeln nicht im Geringsten nach.

Ich rannte weiter und drückte weiter zu. Ich steuerte geradewegs auf die nächstgelegene Wand zu und prallte gegen unnachgiebigen Fels. Der Boden unter mir bebte, und wenn ich Zähne hätte, hätten sie sicher geklappert.

Du hast dich verletzt!
Du hast einen Zombie schwer verletzt!

Ich lächelte in grimmiger Genugtuung über die Spielnachricht. Mein eigener Schaden bedeutete angesichts des feinen Netzes von Rissen, das im hinteren Teil des Zombie-Schädels entstanden war wenig.

Mein Feind hatte die meiste Wucht des Aufpralls abbekommen.

Zeit das noch einmal zu tun. Ich drehte mich um und steuerte auf die gegenüberliegende Wand zu. Das ließ den Zombie endlich innehalten und für einen Moment stoppte er seinen fieberhaften Angriff.

Dann zappelte er und versuchte, sich frei zu winden.

Mein Grinsen wurde breiter, ich packte fester zu und gewann langsam, aber sicher wieder an Fahrt. Die Fluchtversuche des Untoten wurden immer verzweifelter, aber es war sinnlos. Mit der Grazie eines schwerfälligen Ochsen pflügte ich gegen die nächste Wand.

Du hast dich verletzt!
Du hast einen Zombie schwer verletzt!

Wieder wurde mein Feind zwischen Stein und meinem ebenso unnachgiebigen Oberkörper zerquetscht. Ich hatte den zweiten Aufprall besser geplant und rammte den Zombie mit dem Kopf voran gegen die Wand.

Das Knirschen seines Schädels war deutlich hörbar.

Ein paar Sekunden lang schien der Untote sein Schicksal nicht zu begreifen, und seine Gliedmaßen schlugen weiter auf mich ein. Dann verstummte der Zombie, als das bisschen Intelligenz, das ihn noch beseelte, völlig erlosch und er in einem unordentlichen Haufen zu Boden rutschte.

Du hast einen Zombie der Stufe 70 getötet.
Glückwunsch, Nachkomme, du hast den ersten Herausforderer besiegt. Betritt den Startkreis, um die zweite Schlacht zu beginnen.

KAPITEL 139: NEUE HERAUSFORDERUNGEN

Ich ignorierte die Spielnachricht, lehnte mich erschöpft an die Wand neben meinem besiegten Gegner und machte eine Bestandsaufnahme des Schadens an mir selbst.

Warnung! Deine Gesundheit liegt bei 40% und wird sich ohne Heilung nicht erholen.

"Wow", murmelte ich leise. Ich war verletzter als erwartet, vor allem da ich nichts dergleichen spürte, kein Unbehagen und keinen Schaden an meinem Oberkörper oder Hals.

Aber ein Konstrukt fühlt ja auch keinen Schmerz, oder?

Vorsichtig fuhr ich mit den Metallfingern über die Wunden, die der Zombie mir zugefügt hatte, und spürte gezackte Kanten und mitgenommenes Metall. Ich schloss meine Augen. *Mal sehen, wie gut diese Heilung ist.*

Ich schöpfte Psi aus der Quelle in meinem Kopf und ließ es in meinen Körper eindringen. Die Energie durchströmte mich und identifizierte und analysierte die Schwachstellen in meiner Form.

Dann begann ich, sie nach und nach zu richten.

Gebogenes Eisen glättete sich wieder, zerfurchtes Metall verband sich erneut und fehlende Teile wuchsen ganz nach.

Du hast 10% deiner verlorenen Gesundheit mit Chi-Heilung wiederhergestellt. Deine Gesundheit liegt jetzt bei 50%.

Viel zu früh wurde der Prozess gestoppt.

Ich stöhnte enttäuscht auf. Geringere Chi-Heilung, so schien es, funktionierte nur so gut wie ein Heiltrank derselben Stufe.

Ich schloss die metallenen Augenlider und wiederholte den Zauber fünf weitere Male, bis mein geliehener Körper vollständig geheilt war, dann verbrachte ich noch ein paar Augenblicke mit Meditation.

Dein Psi liegt jetzt bei 100%.

Schließlich zauberte ich einen neuen Reaktionsbuff und stützte mich ächzend von der Wand ab. Körper und Geist waren wiederhergestellt und der Stärkungszauber gewirkt, es war Zeit, mich dem nächsten Herausforderer zu stellen. Ich marschierte vorwärts und betrat den weißen Kreis.

* * *

Mach dich bereit, Nachkomme. Die zweite Schlacht wird in Kürze beginnen. Arena wird vorbereitet …

Meine Konzentration war so sehr auf die Stelle gerichtet, an der ich meinen nächsten Feind erwartete, dass ich dem Spielalarm kaum Beachtung schenkte. Die darauffolgenden Veränderungen des Geländes waren jedoch unübersehbar.

Der Boden hatte angefangen zu blubbern.

Was zum ...?

Mein Nacken knarrte als ich nach links und rechts blickte. Das einst harte Granitgestein der Arena schmolz und verwandelte sich in dicken, zähen Schlamm.

Meine Füße sanken erst ein paar Zentimeter, dann ein ganzes Stück tiefer, bis ich schließlich knietief im Schlamm stand. Ich stöhnte unglücklich auf. Mein Metallkörper war schon klobig genug. Sich im Schlamm fortzubewegen, wäre fast unmöglich.

Ich schaute nach unten und versuchte, meinen Fuß anzuheben.

Ein Schattenjäger der Stufe 80 hat dich von hinten angegriffen!

Mein Kopf ruckte nach oben und ich drehte mich um – oder versuchte es zumindest. Durch meine eingeschränkte Bewegungsfreiheit schaffte ich kaum eine halbe Drehung.

Sie reichte aber, um meinen Angreifer sehen zu können.

Etwa auf Augenhöhe schwebte eine Kreatur mit einer Flügelspanne von über zwei Metern. Sie hatte weniger die Form eines Vogels als vielmehr die eines Gleiters, mit einem dreieckigen Körper, der sich von seiner langen Schnauze aus nach außen ausbreitete. Das Fell des Schattenjägers war schwarz und stumpf, gehärtet und gealtert wie Schuhleder, so dass es in der Dunkelheit schwer zu erkennen war.

Seine Augen waren mit Abstand das Beunruhigendste.

Sie leuchteten rot in der Dunkelheit, hell und bösartig. Als der Schattenjäger meinem Blick begegnete, zischte er und enthüllte seine Zunge und eine Schnauze mit Reihen scharfer Zähne.

Ich zog meinen linken Fuß frei und wollte mich ganz herumdrehen, um mich meinem Feind zu stellen. Doch bevor ich das Manöver vollenden konnte, drehte sich der Schattenjäger und glitt lautlos außer Reichweite.

Zwei Meter entfernt verschwand die Kreatur aus meinem Blickfeld. *Jetzt versteckt er sich*, dachte ich und nutzte meine Geistessicht. Aber auch diese zeigte nichts.

Hm? Wie konnte das sein?

Schleichen konnte einen nur physisch, nicht magisch verbergen. Die Kreatur konnte sich auch nicht aus der Sichtweite meines Geistes bewegt haben, nicht in den wenigen Sekunden, die ich brauchte, um die Fähigkeit zu aktivieren.

Das ließ nur eine Möglichkeit übrig.

Sein Geist ist abgeschirmt. Das macht Sinn, wenn man bedenkt, wo ich bin. Ich sollte ...

Ein Schattenjäger hat dich von hinten angegriffen!

Meine Gedanken wurden unterbrochen, als die Kreatur mich erneut angriff. Sie hatte den Raum genutzt, um mich wieder von hinten zu erwischen. Verärgert ballte ich meine Fäuste und drehte mich um, um mich ihm zu stellen.

Diesmal machte sich die Kreatur jedoch nicht die Mühe, mich zu verspotten und verschwand in der Dunkelheit, bevor ich mehr als einen kurzen Blick auf ihr Hinterteil erhaschen konnte.

Der Schattenjäger würde erneut auf meinen ungeschützten Rücken abzielen. Ich wusste es einfach. Aber ich wusste auch, dass ich nichts tun konnte, um ihn aufzuhalten. Frustriert biss ich die Zähne zusammen und wartete.

Und tatsächlich, ein paar Sekunden später kam der erwartete Angriff, als sich der scharfe Schnabel der Schattenkreatur an meiner eisernen Schulter festkrallte.

Ein Schattenjäger hat dich von hinten angegriffen!

Ich machte mir nicht die Mühe, mich noch einmal umzudrehen, da ich die Taktik meines Gegners verstand. Angreifen und zurückweichen. Auf diese Weise wollte er mich zu Fall bringen. Die Frage war nur, was ich dagegen tun würde.

Während des letzten Angriffs hatte ich meine Geistessicht offengehalten, und es hatte sich bestätigt, was ich befürchtet hatte. Selbst als die Kreatur nur einen Meter von mir entfernt war, war sie für meine Geistessicht unsichtbar gewesen - ein eindeutiger Beweis dafür, dass der Geist des Schattenjägers abgeschirmt war.

Verzauberung wird also nicht funktionieren. Was ist mit Astralklinge und betäubendem Schlag?

Ich hoffte inständig, dass es bei ihnen anders war. Ich wandte meine Aufmerksamkeit nach innen und untersuchte den Schaden, den der Schattenjäger bereits angerichtet hatte.

Deine Gesundheit liegt bei 90% und wird sich ohne Heilung nicht erholen.

Zum Glück hatte mich die Kreatur kaum versehrt. Trotz der Unvermeidlichkeit der Schläge des Schattenjägers hatte jeder einzelne kaum Schaden angerichtet. *Das bedeutet, dass ich etwas Zeit habe, und wenn ich überleben will, sollte ich sie gut nutzen.*

Ich watete durch den Schlamm und wirkte Chi-Heilung, während ich auf die nächstgelegene Wand zuging.

✳   ✳   ✳

Jeder Schritt war ein Kampf.

Der Schlamm saugte sich an meinen Füßen fest, ließ sie jedes Mal nur widerwillig los und forderte sie bei jedem Schritt wieder zurück. Langsam und vorsichtig bewegte ich mich auf die Wand zu.

Der Schattenjäger flog die ganze Zeit träge Kreise um mich herum, stürzte sich auf mich und griff mich ohne Gegenwehr meinerseits an. Ich ignorierte ihn und konzentrierte mich auf meine beiden Ziele: die Mauer zu erreichen und meine Chi-Heilung zu erneuern.

Schließlich erreichte ich mein Ziel und stemmte mich mit dem Rücken gegen den kalten Granit. *Jetzt kann er mir nicht mehr in den Rücken fallen,* dachte ich grimmig, *mal sehen, wie er sich schlägt.*

Ich überprüfte meine Gesundheit. Trotz der ständigen Heilung war sie bis unter die Hälfte gesunken. *Das wird schon reichen,* sagte ich mir. Ich verbannte weitere Zweifel und machte mich bereit zu warten.

Du hast ein verstecktes Wesen entdeckt. Ein Schattenjäger ist nicht mehr versteckt!

Etwa einen Meter entfernt tauchte mein Feind an meiner rechten Flanke auf, seine dunkle Gestalt verschwommen, als er aus den Schatten auf mich zuraste. Ich hob meine Hände, um die Kreatur abzufangen.

Ich verfehlte sie.

Der Schattenjäger schnappte nach meinem Gesicht, dann wich er meinen Händen geschickt aus und verschwand wieder in der Dunkelheit.

Ich ließ mich nicht entmutigen, sondern stellte mich wieder auf und richtete meine Hände aus, wo ich den nächsten Angriff erwartete. Dann wartete ich.

Der Angriff ließ nicht lange auf sich warten.

Du hast ein verborgenes Wesen entdeckt.

Der Schattenjäger flog von links auf mich zu, aus der gleichen Richtung, in der meine Hände dieses Mal warteten.

Die Kreatur raste abwärts.

Meine Hände hoben sich.

Ich wusste bereits, dass ich zu langsam sein würde, um den Angriff zu stoppen. Trotzdem hoffte ich, meinen Gegner wenigstens zu streifen, bevor er entkommen konnte.

Der Schattenjäger duckte sich an meiner linken Hand vorbei und hämmerte seinen Schnabel in meinen Hals. Dann schlug er mit seinen riesigen Flügeln, um meinen nach oben greifenden Händen zu entkommen.

Das stellte sich als ein Fehler heraus.

Sein rechter Flügel streifte meine sich langsam bewegende rechte Hand. Das war der Moment des Kontakts, auf den ich gehofft hatte. Sofort ließ ich das Psi los, das ich bereitgehalten hatte, und castete einen betäubenden Schlag.

Ein Schattenjäger hat einen körperlichen Widerstandstest nicht bestanden! Du hast dein Ziel eine Sekunde lang betäubt.

Jawohl!
Einen Herzschlag später zügelte ich meinen Jubel. Es war noch zu früh zum Feiern. Der Schattenjäger stürzte zu Boden, seine Gliedmaßen verharrten regungslos. Mein Kopf folgte dem Sturz, während ich gleichzeitig meine rechte Hand sinken ließ und versuchte, sie mit dem Tier in Kontakt zu halten.

Aber die Kreatur fiel schneller, als ich ihr folgen konnte.

Nicht weit vom Boden entfernt löste sich die Stasis, und in einer plötzlichen Bewegung schlug die Kreatur mit den Flügeln, um wieder in die Höhe zu steigen.

Aber ihr Schwung hatte etwas dagegen.

Bevor die Flügel des Jägers Halt finden konnten, schlugen sie auf dem Schlamm zu meinen Füßen auf, der zu meinem Feind genauso wenig freundlich war wie zu mir, und die Kreatur sofort gefangen hielt.

Jetzt kann ich feiern, dachte ich und grinste über den Protestschrei meines Gegners. Ich beugte mich nach unten und streckte meine Hände nach dem verzweifelt kämpfenden Tier aus.

Der Schattenjäger zischte bestürzt. Aber das Blatt hatte sich gewendet. Die Kreatur steckte im Schlamm fest und konnte mir genauso wenig ausweichen, wie ich ihre früheren Angriffe hatte stoppen können.

Meine Hände schlossen sich um den Jäger und drückten ihn tiefer in den Schlamm. Der Kampf der Kreatur wurde immer panischer. Ich hielt sie fest und gab keinen Zentimeter nach.

Ich war mir sicher, dass ihr Tod nicht lange auf sich warten lassen würde.

*　*　*

Du hast einen Schattenjäger der Stufe 80 getötet.

Glückwunsch, Nachkomme, du hast den zweiten Herausforderer besiegt. Tritt in den Startkreis, um die nächste Schlacht zu beginnen.

Mit dem Tod des Schattenjägers verschwand auch der Schlamm.

Als ich mich aus meiner gebückten Haltung aufrichtete, stand ich wieder auf hartem, festem Fels. Ich stampfte anerkennend mit dem Fuß auf den Boden. *Viel besser.*

Bevor ich zur Startposition zurückkehrte, nahm ich mir die Zeit, mich zu heilen, mein verlorenes Psi wiederherzustellen und meinen Reaktionsbuff zu erneuern.

Wie viele solcher Schlachten sind es wohl noch? fragte ich mich, als ich zurück in die Mitte der Kammer ging. *So viele wie nötig*, antwortete ich mir selbst und trat in den weißen Kreis.

Mach dich bereit, Nachkomme. Die letzte Schlacht wird in Kürze beginnen. Arena wird vorbereitet ...

Die letzte Schlacht, dachte ich und freute mich plötzlich fast auf den bevorstehenden Kampf. Ich richtete mich auf und wartete.

Erneut verwandelte sich die Arena um mich herum. Diesmal sank der Boden links und rechts von mir und ließ mich auf einer erhöhten Plattform – *einer Steinbrücke?* – zurück, die sich über die gesamte Länge des Raums erstreckte und etwas mehr als einen Meter breit war.

Mein Feind war noch nicht aufgetaucht.

Um nicht wieder überrascht zu werden, ließ ich den roten Punkt nicht aus den Augen, an dem sich der letzte Herausforderer zeigen würde.

Die Sekunden vergingen.

Und immer noch wartete ich, ohne dass ein Gegner in Sicht war. *Komm schon*, knurrte ich ungeduldig.

Ein unheilvolles Zischen erfüllte den Raum. Es kam aus den Gruben neben mir. *Was ist jetzt schon wieder?* Ich riss meinen Blick von dem roten Punkt los und lugte über die Brücke.

Die Gruben füllten sich mit einer roten Flüssigkeit, die wütend blubberte und spuckte. Es war Magma. *Fallen wäre wohl definitiv keine gute Idee.*

Aus den Augenwinkeln sah ich, wie sich eine Gestalt auf der Brücke formte, und ich richtete meine Aufmerksamkeit darauf, meine Hände erhoben. Was würde es dieses Mal sein?

Ein eiserner Golem erschien.

Ich senkte meine Arme ein wenig. *Wofür brauche ich noch einen Körper?* fragte ich mich. Dann bewegte sich der Golem und ich erkannte, dass dieser bereits besetzt war. *Das ist mein letzter Herausforderer.*

Der Golem schritt auf mich zu. Ich beschloss, nicht auf seine Ankunft zu warten, und griff präventiv mit Verzauberung an.

Du hast es nicht geschafft, dein Ziel zu verzaubern. Ein Eisengolem der Stufe 90 hat keinen Verstand, der gebändigt werden kann.

Ich nahm das Scheitern meines Zaubers gelassen hin und machte einen Schritt zurück. Ich beschwor eine Astralklinge und schleuderte sie mit einer Handbewegung nach vorne.

Du hast es nicht geschafft, dein Ziel zu verletzen. Ein Eisengolem besitzt keine Nerven oder Sinnesorgane.

Das sind schon zwei gescheiterte Taktiken.

Ob betäubender Schlag wohl funktioniert? fragte ich mich. Angesichts des Scheiterns meiner ersten beiden Zauber, wahrscheinlich nicht. Mein Feind kam immer näher. Die gute Nachricht war, dass er langsamer war als ich. Die schlechte, dass seine beiden Fäuste glühten.

Was ist das für ein Zauberspruch? Stahlfaust? Höchstwahrscheinlich, entschied ich.

Ich ahnte, dass ich in einem Faustkampf schlechter abschneiden würde. *Dann passe ich besser auf, dass es nicht dazu kommt.*

Ich zog mich schneller zurück und blieb erst stehen, als ich mit dem Rücken gegen die Steinwand hinter mir stieß. Als ich über den Rand der Brücke blickte, sah ich, dass die Gruben zur Hälfte mit Magma gefüllt waren und sich weiter füllten. Ich drehte mich wieder zu meinem Feind um. Mehr als zehn Meter trennten uns jetzt.

Das sollte reichen.

Ich ging in die Hocke und streckte meine Arme aus, mit den Handflächen nach oben und zeigte mit den Fingern Richtung Decke. Der Eisengolem ignorierte meine seltsame Pose und marschierte unaufhaltsam weiter.

Ich lächelte zufrieden, zog die Schatten um mich herum und verschwand in der Dunkelheit.

Du bist versteckt. Ein feindliches Wesen hat dich nicht entdeckt!

Trotz meines Verschwindens stoppte der Eisengolem seinen Vormarsch nicht, aber das hatte ich auch nicht erwartet.

Im richtigen Moment castete ich Schattentransit.

Einen Herzschlag später tauchte ich hinter meinem Feind auf, geduckt und versteckt. Ich hatte mein geplantes Manöver perfekt ausgeführt und den Golem mitten im Schritt erwischt.

Ohne zu zögern, stieß ich meine Arme nach vorne und winkelte sie ein wenig nach links an. Meine abgeflachten Handflächen berührten das Hinterteil meines Gegners und stießen kräftig zu.

Der Eisengolem, der ein Bein angehoben hatte, wurde von dem unerwarteten Stoß überrascht und stolperte zur Seite. Seine Arme bewegten sich in Zeitlupe, während er versuchte, das Gleichgewicht zu halten.

Ich gab ihm nicht die Gelegenheit dazu.

Ich stürzte nach vorne und rammte meine Schulter in die Hüfte des Golems. Das reichte aus. Das Konstrukt kippte nach hinten und fiel mit einem gewaltigen Platschen in das Magma.

Ich erhob mich langsam wieder auf die Füße und ließ meinen Feind nicht aus den Augen, während sein Metallkörper in der überhitzten Flüssigkeit zerschmolz.

Du hast einen Eisengolem der Stufe 90 getötet.
Glückwunsch, Nachkomme, du hast den letzten Herausforderer besiegt. Mach dich auf den Weg zum Ausgang.

Ich hatte gewonnen, und die dritte Aufgabe war vollbracht.
Fehlt nur noch eine.

KAPITEL 140: DIE STÄRKE DES GEISTES

Die Arena veränderte sich erneut.

Das Magma floss ab und die Gruben füllten sich wieder mit festem Stein. Noch entscheidender war, dass an der gegenüberliegenden Wand eine Tür erschien.

Ich machte mich auf den Weg dorthin und hielt dann inne. Meine Golemform war um ein Vielfaches zu groß, um durch den Eingang zu passen. Ich grunzte unzufrieden. *Ich werde diesen Körper wohl zurücklassen müssen.* Als Reaktion auf diesen Gedanken löste sich mein Geist von meinem metallenen Körper.

Du nimmst einen Eisengolem nicht länger ein.

Jetzt wieder in meiner vertrauteren Geistergestalt öffnete ich die Tür, und als ich die Schwelle überschritt, wurde ich mit den erwarteten Spielnachrichten überschüttet.

Herzlichen Glückwunsch, Michael! Du hast die dritte Aufgabe bestanden: Geist über Körper. Du hast Erfahrung gesammelt und Stufe 71 erreicht.

Dein Chi ist auf Stufe 45 gestiegen. Deine Meditation ist auf Stufe 45 gestiegen.

Ich verwarf die Nachrichten und suchte meine Umgebung ab.

Wieder einmal befand ich mich in einer Blockhütte. Aber dieses Mal hatte sie keine Fenster, aber einen zusätzlichen Ausgang. In eine der Türen war das Symbol eines heulenden Wolfes geschnitzt. Die andere war nicht gekennzeichnet.

Zwei Türen? fragte ich mich. *Was soll das?*

Der vertraute Tisch stand in der Mitte des Raumes und ich eilte darauf zu, um zu sehen, ob er eine Erklärung für mich bereithielt. Einen Moment später wurde ich langsamer. Auch der Tisch war anders.

Er enthielt nicht die erwarteten drei Fähigkeitsbände. Stattdessen gab es nur ein Buch. Daneben lag ein geringerer Attributsedelstein - den ich sofort benutzte - und eine Notiz. Erstaunt über die Abweichung vom üblichen Muster, las ich die Nachricht.

Herzlichen Glückwunsch, Nachkomme des Hauses Wolf,

Du hast die ersten drei Aufgaben der Prüfung des Geistes bestanden. Das ist an sich schon eine Leistung. Es gibt viele Kandidaten, die es trotz intensiver Vorbereitung nicht so weit schaffen.

Jedoch hast du die wahre Herausforderung der ersten Prüfung noch nicht bestanden. Alles, was du bisher durchgemacht hast, war nur eine Vorstufe.

Was dich jenseits dieser Hütte erwartet, ist der wahrscheinlich wichtigste Test, nicht nur innerhalb dieser Prüfung, sondern auch verglichen mit allen noch kommenden. In der nächsten Kammer wird deine Blutlinie erweckt - vorausgesetzt, du schaffst es, den Prozess zu überleben.

Doch bevor du weitermachst, muss ich dir noch einige Informationen geben. Das meiste davon solltest du bereits wissen, aber angesichts der Schwere der Entscheidung, die auf dich zukommt, halte ich es für notwendig, einige wichtige Fakten zu wiederholen.

Du trägst eine uralte Blutlinie in dir, die stark genug ist, um dir Fähigkeiten jenseits der Norm zu verleihen. Aber egal, wie konzentriert das Blut in dir ist, es ist verdünnt und nicht stark genug, dich in einen Prime zu verwandeln.

Bevor deine Blutlinie erweckt werden kann, muss sie gestärkt werden. Dazu wird dein Blut mit dem Geist der gefallenen Nachkommen durchtränkt. Dies ist die erste Blutstärkung, die du auf deiner Reise durchmachen wirst, aber hoffentlich nicht die letzte. Wenn du sie alle überlebst, wirst du zum Prime und kannst die Macht deiner Vorfahren ausüben.

Die Rituale, denen du dich unterziehen wirst, hat jeder Prime seit Anbeginn der Zeit durchlaufen, und sie sind der Kern dessen, was uns zu dem macht, was wir sind.

Ein Prime ist mehr als ein Individuum.

Ein Prime verfügt nicht nur über seine eigene Kraft, sondern auch über den Geist und die Macht seiner Vorfahren. Wenn du Prime wirst, ist es deine Pflicht, unsere heiligen Traditionen fortzuführen und die Blutlinie der Wölfe zu stärken, bevor du sie weitergibst.

Wenn du auf deinem Weg scheiterst ... dann sei gelehrt, dass deine Bemühungen nicht umsonst waren und dass dein Geist den nächsten Nachkommen stärken wird, der sich auf diesen Weg begibt.

Du, Nachkomme, stehst also vor einer Entscheidung.

Es gibt zwei Ausgänge aus dieser Hütte. Wenn du durch die unmarkierte Tür gehst, verlässt du den Pfad, auf dem du dich befindest, und bist für immer vom Weg des Wolfes ausgeschlossen, aber dein Geist bleibt dein eigener.

Wenn du durch die Tür mit dem Wolfszeichen gehst, wirst du zum auserwählten Nachkommen ernannt, der auf ewig mit dem Haus Wolf verbunden ist. Wenn du stirbst, wird dein Geist das ewige Königreich nicht verlassen, sondern bleiben, um die Blutlinie der Wölfe zu stärken. Sei dir im Klaren, ob du auf deinem Weg zum Prime Erfolg hast oder nicht, sobald du als Nachkomme auserwählt wirst, wirst du auf ewig an das Haus Wolf gebunden sein.

Es gibt noch eine weitere Konsequenz, wenn du dich an das Haus Wolf bindest. Hoffentlich weißt du es schon, aber wenn nicht, solltest du wissen, dass alle Primes gleichermaßen zwischen den Kräften Licht, Dunkelheit und Schatten pendeln.

Wir Ahnen ziehen die eine nicht der anderen vor, wie es die sogenannten neuen Mächte tun. Wenn du eingeweiht wirst, werden alle Zeichen des Lichts, der Schatten und der Dunkelheit, die du trägst, verschwinden - für immer. Denjenigen, die die alten Wege kennen, wird das Fehlen dieser Markierungen auffallen ...

Wähle deinen Weg weise, Nachkomme, und möge die Dunkelheit dich immer beschützen.

Atiras.

Ich las die Nachricht des ehemaligen Prime mit so etwas wie Unglauben. Den Weg des Wolfs zu beschreiten, erforderte anscheinend größere Opfer, als mir bewusst gewesen war. Und er war zudem gefährlicher, als ich erwartet hatte.

Wenn ich das tue, werde ich für immer an Wolf gebunden sein. Nicht nur in diesem Leben, sondern für immer.

Der Gedanke ließ mich innehalten, aber überraschenderweise beunruhigte er mich nicht. Die Wahrheit war, dass der Weg des Wolfes, so gefährlich er auch sein mochte, der einzige Weg war, der mir offenstand, wenn ich im Spiel mein eigenes Schicksal bestimmen wollte, anstatt einer der Mächte verpflichtet zu sein.

Abgesehen davon, auf einer instinktiven Ebene gefiel mir die Idee, Wolf zu werden. Vielleicht war es nur mein Blut, das da sprach, aber wie dem auch sei, mich an das Haus Wolf zu binden bereitete mir keine Schwierigkeiten. *Danke für die Warnung, Atiras,* dachte ich, *aber ich werde es tun.*

Ich wandte mich von dem Zettel ab und konzentrierte mich auf den Wälzer mit den Fähigkeiten auf dem Tisch. Der Titel lautete: *"Kompendium für Geistesschild, eine grundlegende Fähigkeit der Meditation".*

Ich zog die Augenbrauen hoch. Ich hatte nicht gewusst, dass die Fertigkeit "Meditation" irgendwelche Fähigkeiten hatte. Aber da mir keine Auswahl geboten wurde, war es wahrscheinlich, dass die Fertigkeit nicht viele Fähigkeiten besaß. Aber das spielte keine Rolle. Ich verzichtete auf weitere Spekulationen und legte meine Hand auf das Buch.

Du hast die grundlegende Fähigkeit: einfacher Geistesschild erlangt. Diese Fähigkeit kapselt den Zaubernden in eine Hülle aus Psi ein. Der Schild schützt dich vor allen geistigen Angriffen, sowohl vor solchen, die sich gegen deinen Verstand richten, als auch vor solchen, die auf deine Nerven zielen. Solange du durch den Schild geschützt bist, kannst du keine Psi-Fähigkeiten einsetzen.

Der Schaden, den der Geistesschild absorbieren kann, ist direkt proportional zur Größe des Psi-Pools des Zaubernden. Diese Fähigkeit kann aufgerüstet werden und ihre Aktivierungszeit ist schnell.

Du hast noch 23 von 31 freie Slots für Fähigkeiten des Verstands.

Ich runzelte die Stirn, als ich das Wissen über diese Fähigkeit aufnahm. Dass ich meine eigenen Psi-Zauber nicht benutzen konnte, während ich abgeschirmt war, war ein großer Nachteil und ich fragte mich, ob ich diese Fähigkeiten jemals nutzen würde.

Ich drehte mich in Richtung der Ausgangstüren. Es gab noch eine Sache, um die ich mich kümmern musste, bevor ich ging. Ich konzentrierte mich und investierte meine neuen Attributspunkte.

Dein Verstand ist auf Rang 33 gestiegen.

Nachdem das erledigt war, schritt ich zur Tür mit dem Wolfszeichen und ging hindurch.

* * *

Du hast die Eigenschaft "Auserwählter Nachkomme" erhalten. Diese Eigenschaft bindet dich unwiderruflich an das Haus Wolf. Deine Zeichen der Geringen Dunkelheit, der Geringen Schatten und des Geringen Lichts wurden aus deiner Geistsignatur entfernt.

Deine Aufgabe: Bestehe die erste Prüfung wurde aktualisiert. Überarbeitetes Ziel: Betritt die Feuerprobe und überlebe die mentalen Angriffe der Geister der gefallenen Nachkommen, bis das Blutstärkungsritual abgeschlossen ist.

Ich hielt in der Tür inne, als ich über die neuesten Spielnachrichten nachdachte. Die neue Eigenschaft überraschte mich nicht, aber die Warnung, dass ich mit mentalen Angriffen rechnen musste, schon. Hatte man mir deshalb diese Fähigkeit gegeben?

Ich beschloss, dass es besser war, vorsichtig zu sein, und zauberte Geistesschild.

Der gesamte Psi-Pool in den Tiefen meines Unterbewusstseins loderte auf und formte Stränge um meinen Geist.

Dein Psi-Pool wurde in einen Geistesschild verwandelt. Psi-Fähigkeiten sind nicht mehr verfügbar.

Geschützt ging ich weiter in den Raum und inspizierte meine Umgebung.

Ich befand mich in einer höhlenartigen Halle. Alle vier Wände waren mit Marmormosaiken bedeckt, die Wölfe beim Kämpfen oder Spielen darstellten. Von der Decke hingen Kronleuchter herab, die den Raum in warmes, gelbes Licht tauchten, und der Boden war aus poliertem Stein. Dieser Raum war eindeutig für einen König errichtet worden.

Oder einen Prime.

Trotz der protzigen Ausstattung gab es in dem Raum nur einen einzigen Gegenstand - einen riesigen Elfenbeinthron, der genau in der Mitte des Saals stand. *Ich schätze, da soll ich hin.*

Ich schritt schweigend durch die Kammer, nur das Spiegelbild meiner Geistergestalt auf dem Boden leistete mir Gesellschaft. Als ich den Thron erreichte, nahm ich mir einen Moment Zeit, um ihn zu begutachten. Bei näherer Betrachtung stellte ich fest, dass er nicht aus Elfenbein, sondern aus Knochen gefertigt war.

Wolfsknochen? fragte ich mich und ein Schauer des Unbehagens durchlief mich.

Zwei Wolfsschädel mit bedrohlichen Reißzähnen bildeten die Armlehnen des Stuhls. Ihre Augenhöhlen waren nicht hohl, sondern leuchteten mit einem magischen Saphir, der nach mir zu rufen schien. Ich fühlte mich plötzlich noch ängstlicher und setzte mich auf den Thron, was einen weiteren Spielalarm auslöste.

Ritual der ersten Blutsstärkung beginnt ...
Lege deine Hände auf die Wolfsvorboten, um die Beschwörung einzuleiten.

Ich vermutete, dass es sich bei den Vorboten um die leuchtenden Schädel handelte, und legte meine Handflächen gleichzeitig auf beide von ihnen.

Beschwörung beginnt …

Warnung: Wenn du den Knochenthron verlässt oder den Kontakt zu den Vorboten während des Rituals unterbrichst, scheiterst du.

Ich zog eine Grimasse. Die Nachricht hörte sich bedrohlich an. Mit zunehmender Angst wartete ich auf das, was als Nächstes kam.

Die Sekunden verstrichen und es passierte nichts weiter.

Dann begann das Licht in den Augenhöhlen der Vorboten zu pulsieren und wurde mit jedem Schlag heller.

Die erste gefallene Nachkommin des Hauses Wolf ist dem Ruf des Rituals gefolgt. Sie wird dich prüfen, und wenn sie dich für würdig hält, wird sie dir ihre Essenz schenken, um dein Blut zu stärken.

Eine geisterhafte Gestalt formte sich auf dem polierten Boden. Ich verkrampfte mich, die Augen auf den Neuankömmling gerichtet. Es war ein Geist. *Ein gefallener Nachkomme.*

Die Geisterfrau musterte mich genauso aufmerksam wie ich sie. Sie sah jung aus, etwa Mitte zwanzig. Ihre Gesichtszüge waren scharf, ihr Haar mit militärischer Präzision geflochten und ihre Augen strahlten vor Intelligenz.

Was auch immer sie in mir sah, ließ die die Nachkommin amüsiert die Lippen kräuseln. Sie kam träge näher und hob beide Hände. In jeder Hand formte sich ein Psi-Dolch. Ihre Handgelenke schnippten nach vorne und schleuderten beide in meine Richtung.

Ich machte mich mental bereit und wagte es nicht, mich zu bewegen. Beide Klingen trafen mich genau in den Rumpf.

Ein gefallener Nachkomme hat dein Geistesschild beschädigt!
Ein gefallener Nachkomme hat dein Geistesschild beschädigt!
Du hast 10% deines Psi verloren, indem du die mentalen Angriffe abgewehrt hast. Dein Psi liegt jetzt bei 90%.

Ich zuckte zusammen, als ich spürte, wie meine Abwehr erzitterte.

Die Frau lächelte und nahm ein weiteres Paar Dolche zur Hand. Sie setzte ihren Vormarsch fort und schleuderte beide nach mir.

Ein gefallener Nachkomme hat dein Geistesschild beschädigt!
Ein gefallener Nachkomme hat dein Geistesschild beschädigt!
Du hast 10% deines Psi verloren, indem du die mentalen Angriffe abgewehrt hast. Dein Psi liegt jetzt bei 80%.

Meine Sorge wuchs. Wie viele Angriffe würde die Frau noch wagen? Bei der Geschwindigkeit, mit der mein Schild schwächer wurde, konnte ich dem nicht mehr lange standhalten.

Aber was konnte ich tun, außer auszuhalten?

Eingehüllt in einen Schutzschild und durch das Ritual gezwungen, auf dem Knochenthron sitzen zu bleiben, blieb mir nichts anderes übrig, als auf meine Abwehrkräfte zu vertrauen.

Es sei denn … Mein Schild wurde von meinem Psi-Pool gespeist, oder? Ich konnte die Frau zwar nicht angreifen, aber ich konnte daran arbeiten, mein verlorenes Psi wieder aufzufüllen. Ich schloss meine Augen, brachte meinen Geist zur Ruhe und begann zu meditieren. Mein Unterbewusstsein regte sich, und Energie floss in die Psi-Stränge um meinen Geist.

Du hast 4% deines Psi wieder aufgefüllt. Dein Psi liegt jetzt bei 84%.

Ein weiterer mentaler Angriff erschütterte meine Abwehr.

Du hast 10% deines Psi verloren, indem du die mentalen Angriffe abgewehrt hast. Dein Psi liegt jetzt bei 74%.

Der Angriff brach fast meine Konzentration, aber mit grimmiger Entschlossenheit blieb ich entspannt und hielt den Energiefluss aus meinem Unterbewusstsein aufrecht.

Während ich mich in meine Gedanken vertiefte, ignorierte ich die weiteren Angriffe meines Gegners und füllte meine Abwehrkräfte langsam wieder auf.

Du hast 4% deines Psi wieder aufgefüllt. Dein Psi liegt jetzt bei 78%.
Du hast 4% deines Psi wieder aufgefüllt. Dein Psi liegt jetzt bei 82%.
Du hast 10% deines Psi verloren, indem du die mentalen Angriffe abgewehrt hast. Dein Psi liegt jetzt bei 72%.

Die gefallene Nachkommin feuerte eine Salve nach der anderen auf mich ab, aber je mehr ich mich konzentrierte, desto schneller erlangte ich meine Psi zurück. Schon bald verlor ich meine Umgebung völlig aus den Augen und spürte den Biss ihrer Klingen kaum noch, als sie auf meinen Schild trafen.

Irgendwann bemerkte ich jedoch eine Veränderung.

Die Angriffe der gefallenen Nachkommin hatten aufgehört.

Als ich aus den Tiefen meines Geistes auftauchte, öffnete ich meine Augen. Die Geisterfrau kniete vor dem Thron. Ein Lächeln umspielte noch immer ihre Lippen, als sie meinem Blick begegnete und ihre Hand auf einen der Vorboten legte.

"Sei gegrüßt, Nachkomme", murmelte sie.

Bevor ich überlegen konnte, wie ich reagieren sollte, klaffte das Maul des Vorboten weiter auf und der Geist der Frau wurde hineingesaugt. Das Glühen der Schädelhöhle expandierte, um sie ganz zu erfassen, und meine Handfläche, die zuvor nur sachte auf den Knochen geruht hatte, wurde von einer unsichtbaren Kraft festgehalten.

Etwas - ich war mir nicht sicher, was - drang in mich ein und ich hätte schwören können, dass ich ein leichtes, federndes Lachen hörte.

Du hast die Essenz eines gefallenen Nachkommens in dich aufgenommen. Das Erwachen deines Blutes hat begonnen ...

Kapitel 141: Die Gaben der Gefallenen

Die Frau war nur die erste von vielen.

Dutzende andere gefallene Nachkommen folgten ihr nach. Einige waren in ihrer Niederlage genauso gnädig wie sie und gaben ihre Essenz bereitwillig ab. Andere kämpften bis zum bitteren Ende und stürzten sich auf mich, bis ihre Energie völlig erschöpft war und sie von den Wolfsvorboten verschlungen wurden.

Mit jeder Infusion spürte ich, wie sich mein Bewusstsein erweiterte, bis mein Geist vor Energie strotzte. Einige der Nachkommen waren tödlicher als andere, und oft - vor allem zu Anfang – stand ich kurz vor der Niederlage.

Doch mit jedem Angriff, den ich abwehrte, wuchs meine Meditation, und schon bald machte ich meinen Geist zu einer undurchdringlichen Festung, die ihre Abwehrkräfte schneller wieder aufbaute, als sie beschädigt werden konnte. Innerhalb der sicheren Mauern ignorierte ich die Wut der Feinde, die auf mich einschlugen.

Die Nachkommen wurden immer einzeln beschworen, aber auf halbem Weg spürte ich ein seltsames Flattern am Rande meines Verstandes, fast so, als ob jemand anderes da wäre, jemand, der mich beobachtete ... und wartete.

Durch mein Geistesschild konnte ich nicht ausmachen, ob was ich wahrnahm real war oder nur eine Illusion. Durch die unerbittlichen Angriffe der Nachkommen und die Notwendigkeit, mich auf meine Meditation zu konzentrieren, verlor ich die halb gespürte Präsenz schnell aus dem Sinn.

Schließlich fiel der letzte Herausforderer und eine Reihe von Spielnachrichten schossen mir durch den Kopf.

Herzlichen Glückwunsch, Michael! Du hast die Angriffe der gefallenen Nachkommen abgewehrt und ihre Essenzen absorbiert, wodurch du die vierte Aufgabe bestanden hast: Die Stärke des Geistes. Du hast Erfahrung gesammelt und Stufe 72 erreicht.

Deine Meditation ist auf Stufe 67 gestiegen.

Du hast die Aufgabe: <u>Bestehe die erste Prüfung</u> erfüllt. Dein Blut ist bereit, erweckt zu werden. Um die Form der Erweckung zu bestimmen, konsultiere den Bluttalisman.

Deine geistige Signatur hat sich verändert.

Wolf ist ein uralter Gott und hat in seinen zahlreichen Inkarnationen schon vieles erlebt. Er wählt die Aspekte seiner Selbst geschickt aus. Einst wart er ein vollziehender Wer-Kämpfer, andere Male ein furchterregender Wolfsmagier.

Aber eins ist konstant: Der Prime war schon immer ein dreifaches Wesen, das Psi, Mana und Ausdauer gleichermaßen gut beherrscht.

Du hast die erste Wolfsprüfung bestanden und deine Fertigkeiten im Bereich des Geistes unter Beweis gestellt. Deine Leistung hat Wolfs Zustimmung gefunden, und dein Wolfszeichen hat sich vertieft.

Du hast die Heldentat: <u>Realisiere deine Abstammung</u> vollbracht! Bedingung: Erwecke eine der alten Blutlinien, die in dir schlummern. Als erster Spieler seit Jahrhunderten, der das Zepter des Wolfsnachkommen übernommen hat, hast du die Eigenschaft: <u>Unergründlicher Verstand</u> erhalten. Diese Eigenschaft erhöht deinen Verstand um: +8 Ränge.

Als ich die Nachricht des Adjutanten sah, sackte ich müde in meinem Stuhl zusammen, mental erschöpft von der Tortur. *Endlich ist es geschafft,* dachte ich und hob meinen Kopf.

Dann erstarrte ich.

Ich war nicht allein.

Ein anderer Geist stand schweigend vor dem Thron. *Ein Herausforderer?* fragte ich mich. Aber nein, dieser Geist war der eines älteren Mannes mit ergrauendem Haar und einem Gesicht, das vom Alter gezeichnet war. Die gefallenen Nachkommen, denen ich gegenübergestanden hatte, waren meist junge Leute voller Feuer und Wut gewesen. Spieler, die bei der ersten Prüfung versagt hatten, wie ich vermutete.

Mein Besucher dagegen hatte uralte und düstere Augen, die von den Erfahrungen eines ganzen Lebens – oder vieler Leben – überschattet waren. Sein Rücken war jedoch nicht gekrümmt, und in der linken Hand trug er einen Stab, der seine eigene stattliche Körpergröße übertraf.

Ich runzelte die Stirn über den Stab. Er erschien genauso geisterhaft wie mein Besucher selbst, aber keiner der Nachkommen hatte irgendeine physische Waffe bei sich gehabt.

Was ist er also?

"Was ich bin, ist nicht tot", sagte der Geist. Seine Stimme hallte in meinem Kopf wider, keine wirklichen Worte, sondern eine Form der Gedankenübertragung.

Ich verschärfte meinen Blick, und meine Hände schlossen sich um die Schädel der Vorboten. *Woher weiß er, was ich ...*

"Und nein, ich habe deine Gedanken nicht gelesen", fügte er hinzu. *"Für jemanden, der so jung ist, ist dein Geistesschild ziemlich gut."*

War das ein Hauch von Anerkennung in seiner Stimme? Oder etwas anderes? Wie auch immer, die herablassenden Worte meines Besuchers gefielen mir nicht.

Es juckte mir in den Fingern, eine Astralklinge zu beschwören oder mich sonst irgendwie zu verteidigen. Die Prüfung war vorbei, also musste ich nicht länger auf dem Thron sitzen bleiben. Aber der Geist vor mir schien mental sehr begabt zu sein, und ich wagte es nicht, meinen Geistesschild zu senken.

"WER BIST DU?" fragte ich und versuchte, meine Worte auf dieselbe Weise in den Kopf meines Besuchers zu projizieren, wie er es getan hatte.

Der Geist zuckte zusammen. *"Deine Gedankensprache hingegen könnte ein bisschen Übung vertragen"*, murmelte er. Er beäugte mich genau. *"Weißt du, du könntest den Schild nur halb fallen lassen. Dann sind deine Gedanken immer noch geschützt, aber du kannst deine geistigen Fähigkeiten trotzdem einsetzen. Das ist ein Trick, den alle Welpen früh lernen. Leider hat er auch seine Grenzen. Geistige Angriffe kann dein Schild so nicht aufhalten."*

Ich sagte nichts. Ich war mir nicht sicher, ob ich ihm glaubte, und mir fiel auf, dass er meiner Frage auswich. Ich erhob mich vom Thron und ging auf den unbekannten Geist zu, bis ich weniger als einen Meter vor ihm stehen blieb.

"Wer bist du?" forderte ich erneut.

Der Geist antwortete nicht und musterte mich mit geschlossenen Augen. *"Die wichtigere Frage, Junge, ist wer bist du?"*

Ohne meine Antwort abzuwarten, begann er einen langsamen Kreis um mich zu ziehen und ignorierte dabei meine geballten Fäuste. *"Dass du ein Nachkomme des Hauses Wolf geworden bist, ist klar. Aber was bist du sonst noch? Und wie hast du es bis zu dieser Prüfung geschafft?"*

Ich drehte mich mit dem Geist, weil ich ihn nicht aus den Augen lassen wollte. Dabei bemerkte ich, dass in einiger Entfernung hinter dem Thron ein Holztisch aufgetaucht war. Daneben schwebte ein leuchtendes Rechteck aus Licht. *Das Ausgangsportal.*

"Wenn du dich weigerst, mir zu antworten, ist dieses Gespräch beendet", sagte ich barsch.

Als er meinem Blick folgte, entdeckte der Fremde das offene Portal und blieb stehen. Er nickte zustimmend. *"Ich bin Ceruvax , der letzte lebende Abgesandte von Wolf."*

Ich riss überrascht den Kopf rum. Ich hatte schon fast erwartet, dass der Geist sich Atiras nennen würde. Trotzdem war seine Behauptung recht kühn. *"Du bist ein Abgesandter? Dann lebt Wolf?"*

Ceruvax schüttelte den Kopf und sein Gesicht verdüsterte sich vor Kummer. *"Nein, mein Prime ist nicht mehr."* Sein Blick huschte zu mir. *"Aber vielleicht ist die Zeit seiner Rückkehr gekommen."* Seine Miene hellte sich auf. *"Vielleicht wirst du dich jetzt vorstellen?"*

Ich zögerte, aber dann sah ich ein, dass es kaum schaden könnte und sagte: *"Ich bin Michael."*

"Michael", wiederholte Ceruvax. *"Nur Michael? Kein Nachname?"*

Ich nickte.

"Du stammst also nicht aus dem Ewigen Königreich", sagte Ceruvax und rieb sich das Kinn. *"Du wurdest hierher beschworen?"*

Ich nickte wieder und war noch verwirrter. Wie hatte er das nur anhand meines Namens ausgemacht?

"Das erklärt deine Unwissenheit", murmelte er, mehr zu sich selbst als zu mir. *"Und warum ich dich vorhin nicht wahrgenommen habe."* Er drehte sich wieder zu mir um. *"Welche Macht hat dich gerufen?"*

Ich verschränkte meine Arme und ignorierte seine Frage. *"Warum überrascht es dich, dass ich von Außerhalb bin?"* warf ich meine eigene Frage ein. *"Ich dachte, die meisten Spieler kommen von außerhalb des Ewigen Königreichs?"*

Ein Lächeln huschte über das Gesicht des Abgesandten. *"Nur sehr wenige Spieler wählen den Weg, den du gegangen bist, und das sind ausnahmslos diejenigen, deren Familientraditionen noch an die alten Wege erinnern."*

Ich öffnete den Mund, um eine weitere Frage zu stellen, aber bevor ich das tun konnte, unterbrach mich Ceruvax. *"Bitte halte deine Fragen für den Moment zurück. Ich habe dir viel zu erzählen, und wir haben wenig Zeit."* Sein Blick wurde glasig. *"Sie jagen mich bereits."*

Es lag mir auf der Zunge zu fragen, wer ihn jagte, aber ich schluckte die Frage herunter. Wenn der selbsternannte Gesandte mir Informationen geben wollte, wollte ich ihn nicht aufhalten, egal wie sehr ich seine Identität anzweifelte. *"Sprich weiter."*

Ceruvax nickte dankbar. *"Wie ich dir schon sagte, bin ich der letzte Abgesandte von Wolf. Vor langer Zeit sperrten mich die neuen Mächte in einem der Dungeon ein, die sie im Nexus kontrollieren. In den letzten paar hundert Jahren war das mein Zuhause."* Er lächelte grimmig. *"Zur großen Enttäuschung der Mächte habe ich mich als zu mächtig erwiesen, als dass ihre Spieler mich töten könnten."* Sein Grinsen wurde noch wilder. *"Das hat sie aber nicht davon abgehalten, es trotzdem zu versuchen."*

Der Abgesandte setzte sich wieder in Bewegung. *"Als das Ritual zur Blutsstärkung begann, war ich überrascht."* Er gluckste. *"Das ist noch milde ausgedrückt. Es ist schon lange her, dass jemand diesen Versuch unternommen hat. Ich habe die Beschwörung gespürt und bin hierhergekommen, um dich zu finden: ein junger Spieler, der erst halb geformt ist."*

"Halb geformt?" Ich konnte nicht anders, als nachzufragen.

Ceruvax nickte. *"Du musst deine dritte Klasse erst noch wählen, und wenn man bedenkt, wie unwissend du bist, ist das auch gut so."*

Ich öffnete meinen Mund und schloss ihn schnappend wieder.

"Ich nehme an, du hast mit einer Art allgemeiner Schurkenklasse und vielleicht einer einfachen psionischen Klasse angefangen?", fragte er und ließ seinen Blick abschätzend über mich gleiten.

So hätte ich meine Klasse nicht beschrieben, aber ich wollte mich nicht streiten und nickte nur zur Antwort.

Ceruvax wandte sich ab und schritt weiter. *"Es lässt sich nicht abstreiten: Deine ersten beiden Klassen waren eine schlechte Wahl."*

Der Gesandte stand mit dem Rücken zu mir, so dass er nicht sah, was ich von dieser Äußerung hielt.

"Aber ein Gedankenstalker", sinnierte er, *"du hast dich nicht schlecht geschlagen, indem du es geschafft hast, diese Bi-Mischung zu kreieren. Und es besteht immer noch die Hoffnung, dass du eine starke Inkarnation von Wolf erreichen kannst."* Er drehte sich wieder zu mir um und sah mich finster an. *"Und täusche dich nicht, angesichts der Kräfte, die gegen dich im Aufmarsch sind, wirst du wirklich stark sein müssen. Stärke ist jedoch nicht leicht zu erlangen. Wenn du wirklich mächtig werden willst, musst du viel riskieren. Bist du bereit, das zu tun?"*

Ich sah ihm in die Augen und sagte nichts. Meine Handlungen bisher sagten genug über meine Bereitschaft aus.

Als ob er die Antwort in meinem Blick gelesen hätte, nickte Ceruvax widerwillig. *"Was weißt du über Wolf?"*, fragte er.

"Wenig" gab ich zu.

Der Geist seufzte. *"Das kommt nicht unerwartet, aber ich hatte besseres erhofft. Es gibt im Moment zu viel zu erzählen, aber das Wichtigste ist, dass deine dritte Klasse auf Mana basieren muss, um auf dem Pfad des Wolfes zu bleiben."*

Als er meine Verwirrung sah, erklärte er weiter: *"Im Laufe seiner vielen Leben hat Wolf viele Formen angenommen, aber in jeder Inkarnation haben immer drei Aspekte den Prime bestimmt: Geist, Körper und Magie. Um ein echter Wolf zu sein, musst du alle drei Aspekte beherrschen. Glücklicherweise hast du bereits zwei von ihnen mit deiner ersten Klassenwahl abgedeckt."*

"Ich verstehe", sagte ich nachdenklich. *"Was genau ist eine manabasierte Klasse?"*

"Sie muss ein magisches Element enthalten", erläuterte Ceruvax. *"Eine einzelne magische oder glaubensbasierte Fertigkeit reicht aus. Sie muss nicht ausschließlich magischer Natur sein."*

Das schien relativ einfach.

"Aber ich muss dich davor warnen, blindlinks irgendeine beliebige magische Klasse zu wählen." Ceruvax' Miene verzog sich vor Abscheu. *"Oder eine bei einem Händler zu kaufen. Die besten Klassen sind die, die niemand verkauft und die du nur in einem Dungeon finden kannst. Leider gehören die besten Dungeons auch zu den gefährlichsten – vor allem für dich."*

"Welche sind das?" fragte ich neugierig.

"Die Dungeons des Nexus", antwortete Ceruvax. *"Ursprünglich dienten sie dazu, Nachkommen zu testen und ihnen die passenden Klassen bereitzustellen. Aber die neuen Mächte haben dem jetzt ein Ende gesetzt. Und nirgendwo sonst ist die Konzentration der neuen Mächte und ihrer Geschworenen größer als im Nexus."* Sein Blick wurde ernst. *"Wenn du dorthin gehst, riskierst du den Tod – oder Schlimmeres."* Er hielt inne und schien auf eine Antwort zu warten.

"Ich werde es mir überlegen", antwortete ich unverbindlich.

Der Abgesandte seufzte. *"Nun, mehr kann ich wohl nicht verlangen. Und du wirst auch sehen, dass es Wege gibt, die Gefahr zu minimieren, sobald du den Bluttalisman genauer untersuchst. Da wir gerade von deiner Blutlinie sprechen, würde ich dir raten ..."*

Ceruvax brach plötzlich ab. Sein ganzes Wesen erstarrte und sein Gesicht verzog sich zu einem Knurren.

"Was ist? Ist irgendetwas?" fragte ich.

Der Blick des Abgesandten zuckte zu mir, und ich wäre vor Schreck fast zurückgewichen.

Ceruvax' Gesicht veränderte sich langsam. Seine Augen färbten sich gelb, und seine Zähne formten sich zu Reißzähnen. Und bildete ich mir das nur ein, oder wurde auch seine Nase länger und zu einer Schnauze?

"Die Jäger sind hier", antwortete der Abgesandte. *"Wir haben keine Zeit mehr. Ich muss gehen. Wenn du jemals zum Nexus reist, finde mich in einem der Dungeons."* Er entblößte seine Zähne zu einem eindeutig wölfischen Lächeln. *"Wenn du dich traust."* Sein Geist begann sich aufzulösen und wurde mit jedem Augenblick durchsichtiger.

"Warte! Was ist mit meiner Blutlinie? Kannst du nicht ..."

"Auf Wiedersehen, Nachkomme", unterbrach Ceruvax mich. *"Und viel Glück. Ich hoffe, wir sehen uns wieder."*

Mit diesen Worten war er verschwunden.

KAPITEL 142: ERWECKEN DER BLUTLINIE

Nachdem der Gesandte verschwunden war, rangen zwei Spielwarnungen um meine Aufmerksamkeit.

Du hast eine neue Aufgabe erhalten: <u>Finde den letzten Abgesandten von Wolf</u>. Dein Ziel ist es, Ceruvax, den einzigen verbliebenen Abgesandten des Hauses Wolf, zu finden. Laut seiner Worte ist er derzeit in einem der vielen Dungeons des Nexus gefangen. Finde ihn, um mehr über den Weg des Wolfes zu erfahren.

Du hast eine neue Aufgabe erhalten: <u>Bleib Wolf treu</u>. Dein Ziel ist es, eine auf Mana basierende Klasse als deine Tertiärklasse zu erwerben, um auf dem Pfad des Wolfs zu bleiben.

Ich schürzte die Lippen, als ich beide Nachrichten abwägte. Sie bestätigten Ceruvax' Angaben. *Es sieht also aus, als hätte er mich nicht angelogen.*

Ich verwarf die Angelegenheit fürs erste, um später weiter darüber nachzudenken, und trat an den Tisch, neben dem noch immer das offene Ausgangsportal hing. Es war fast Zeit zu gehen, aber ich musste noch ein paar Dinge erledigen.

Der Tisch war leer.

Ich hatte auf einen weiteren Edelstein gehofft, aber es war leider keiner zu finden. In die Oberfläche des Tisches war in glühenden Silberlinien eine kunstvolle und komplizierte Darstellung von Dutzenden von fantastischen Tieren eingraviert.

Links war ein Drache mitten im Flug, ganz unten eine sich windende Schlange, in der rechten Ecke tauchte ein Greif ab und in der Mitte kämpfte eine Hydra gegen einen knurrenden Wolf.

Das waren nicht die einzigen abgebildeten Tiere, sondern nur die größten. Um sie herum gab es noch viele weitere, darunter ein zweiköpfiger Löwe, ein Einhorn und weitere Fabelwesen.

Das muss der Bluttalisman sein. Ohne zu zögern, legte ich meine beiden Hände flach auf den Tisch.

Kontakt zwischen dem auserwählten Nachkommen und dem Bluttalisman hergestellt. Blutsignatur des Kandidaten wird gelesen ...

Ich wartete geduldig. Nach einem langen Moment wurde eine weitere Nachricht angezeigt.

Nachkomme, die Gefallenen deines Hauses haben dir ihre Essenzen geschenkt, und deine Blutlinie ist bereit für ihr erstes Erwachen.

Das Blut eines Ahnen ist eine furchterregende Sache. Die Erinnerungen an Eigenschaften, Fertigkeiten und Fähigkeiten schlummern seit jeher darin. Wenn es ausreichend geweckt wird, kann sich dein Blut an seine alte

Abstammung erinnern und Leistungen vollbringen, die du vorher nicht für möglich gehalten hättest. Es liegt an dir, mit Hilfe des Bluttalismans zu bestimmen, welche deiner Bluterinnerungen geweckt werden.

Explodierendes Blut: Dein Blut kann als Waffe eingesetzt werden. Diese Bluterinnerung verleiht dir die Fähigkeit Explodierendes Blut. Sie kann einmal am Tag eingesetzt werden, um alle Feinde einer niedrigeren Stufe als du selbst im Umkreis von 9 Metern zu vernichten. Die Aktivierungszeit ist sofort. Dies ist eine gewöhnliche Bluterinnerung.
Hinweis: Bluterinnerungen erhalten ihre Kraft durch dein Blut selbst und verbrauchen weder Psi, Mana noch Ausdauer.

Revitalisierendes Blut: Dein Blut kann deine Speicher regenerieren. Diese Bluterinnerung verleiht dir 4 Fähigkeiten: Gesundheit wiederherstellen, Psi wiederherstellen, Mana wiederherstellen und Ausdauer wiederherstellen. Jede dieser Fähigkeiten kannst du einmal pro Tag bei dir selbst oder einem anderen Spieler einsetzen, um verlorene Gesundheit, Ausdauer, Mana oder Psi vollständig wiederherzustellen. Die Aktivierungszeit ist sofort. Dies ist eine gewöhnliche Bluterinnerung.

Geheimes Blut: Dein Blut kann zum Verbergen und Täuschen verwendet werden. Diese Bluterinnerung verleiht dir die Eigenschaft: Geheimes Blut. Sie verbirgt jeden Aspekt deiner Abstammung - einschließlich der Markierungen, Klassen, Fertigkeiten und Eigenschaften - hinter einer geheimen Fassade. Spieler und Mächte werden gleichermaßen getäuscht. Die Auswirkungen dieser Eigenschaft sind unaufspürbar und unwiederbringlich. Sie gilt jedoch nur für Aspekte, die von deiner alten Blutlinie bestimmt sind. Dies ist eine Bluterinnerung, die nur für das Haus Wolf existiert.

Mir blieb vor Erstaunen der Mund offenstehen, als ich die Beschreibungen der Bluterinnerungen las. Alle drei waren extrem stark. *Für welche soll ich mich entscheiden?*
Explodierendes Blut war eine Kampffähigkeit, für die ich mehrere Verwendungsmöglichkeiten im Sinn hatte und die besonders nützlich war, weil sie mit meinem eigenen Level skalierte. Die Revitalisierung konnte für mich oder einen Verbündeten im Kampf den Unterschied zwischen Leben und Tod ausmachen - buchstäblich.
Aber trotz der offensichtlichen Vorteile der ersten beiden Bluterinnerungen konzentrierte sich meine Aufmerksamkeit auf die dritte. Auf den ersten Blick schienen ihre Vorteile für mich überflüssig. Meine Täuschungsfertigkeit würde es mir erlauben, genauso viel zu verbergen, und zwar genauso gut - allerdings erst, nachdem ich die Fertigkeit ausreichend trainiert hatte, was Monate bis Jahre dauern konnte.
Geheimes Blut hingegen war sowohl permanent als auch nicht aufzuspüren.
Ich werde ja jetzt schon gejagt, wie soll es werden, wenn die Mächte entdecken, dass ich mein Wolfsblut erweckt habe?

Ich war mir ebenfalls sicher, dass dies das geheime Blut war, von dem Ceruvax vorhin gesprochen hatte. Mit einer verborgenen Blutlinie könnte ich den Nexus betreten, ohne befürchten zu müssen, von jemand anderem als der Fraktion der Erwachten Toten gejagt zu werden.

Es sei denn, dachte ich ironisch, *ich mache mir bis dahin noch mehr Feinde.* Das schien durchaus möglich. Sogar wahrscheinlich.

Mein Humor verblasste und ich konzentrierte mich wieder auf die drei Bluterinnerungen, um meine Wahl zu bestätigen.

Du hast die Eigenschaft: <u>Geheimes Blut</u> erhalten.

So einfach war es auch schon getan. Die Schnitzereien auf dem Tisch hörten auf zu leuchten, und ich zog meine Hände zurück. *Nur noch eine Sache zu erledigen.*

Ich konzentrierte mich und investierte meinen neu erworbenen Attributspunkt in Magie. Keines meiner anderen Attribute brauchte im Moment dringende Aufmerksamkeit, und da ich bald eine Magieklasse erwerben musste, hielt ich es für klug, meine Magie jetzt schon zu verbessern.

Deine Magie hat sich auf Rang 1 erhöht. Aktuelle Modifikatoren: +2 vom Ring des Lehrlings. Magische Fertigkeiten und Fähigkeiten sind auf Rang 3 begrenzt.

Endlich war ich fertig, und es war Zeit, zum Spiel zurückzukehren. Als ich mich dem Ausgangsportal näherte, schritt ich ohne zu zögern hindurch.

Geistportal wird betreten. Astralübertragung eingeleitet ...

...

...

Erste Prüfung wird verlassen. Betreten von Sektor 12.560.

✳　✳　✳

Mein Geist durchquerte den Äther in einem einzigen Wimpernschlag und mit schockierender Plötzlichkeit wurde ich zurück in meinen Körper gesaugt.

Astrale Verschmelzung abgeschlossen. Dein Geist ist wieder in seinem ursprünglichen Wirt.

Ich stöhnte und wischte die Nachricht beiseite. Weitere Spielnachrichten warteten auf mich, aber ich ignorierte sie. Meine Aufmerksamkeit war anderweitig beansprucht.

Die Trennung von Geist und Körper war schmerzlos gewesen. Das konnte man vom Gegenteil nicht behaupten. Mein Kopf pochte und mir war schwindelig. Meine Glieder waren steif und jeder Atemzug war ein Kampf. Viel schlimmer war jedoch, was ich in meinem Blut spürte.

Ich fühlte mich, als stünde ich in Flammen.

Blutinfusion eingeleitet. Absorption der ersten Essenz ...

...

...

Die Spielnachricht machte die Ursache meiner Qualen deutlich: das Blutinfusionsritual. Ich spürte seine Auswirkungen erst jetzt. Die Energie, die ich den gefallenen Nachkommen entzogen hatte, wütete in mir wie ein Inferno, das nur langsam abklang.

Tropfen für Tropfen sickerten die Essenzen der gefallenen Geister in mein Blut. Meine Nerven kribbelten, meine Haut brannte und meine Organe dehnten sich aus, bis sie zu platzen drohten.

Mit fest zusammengekniffenen Augen hielt ich stand.

Und nach langen Minuten beruhigten sich die lodernden Empfindungen.

Blutinfusion abgeschlossen.

Herzlichen Glückwunsch, Michael! Du hast deine erste Bluterinnerung geweckt!

Bluterinnerungen sind Geschenke deiner Vorfahren und enthalten die Macht der Ahnen selbst. Mit jedem weiteren Erwachen kannst du mächtigere Erinnerungen abrufen.

Deine Eigenschaft Geheimes Blut wurde ausgelöst! Deine Geistsignatur wurde mit den falschen Zeichen der Dunkelheit, der Schatten und des Lichts versehen und deine Wolfs-Blutlinieneigenschaften wurden verborgen.

Alle Spuren deines erweckten Blutes sind erfolgreich versteckt worden.

Ich hob meinen Kopf und öffnete meine Augen.

Ich lag in der Mitte derselben Höhle, und um mich herum wartete der gesamte Rat der Schattenwölfe. Alle bis auf zwei von ihnen sackten auf dem Boden zusammen. Die beiden anderen - Sulan und Duggar - starrten mich starr an.

"Willkommen zurück, Welpe", sagte Sulan. In ihren Worten lag ein Unterton der Erleichterung, den sie sorgfältig verbarg, aber ich kannte sie inzwischen gut genug, ihn trotz ihrer scheinbaren Gelassenheit zu vernehmen.

"Bin ich das?" fragte ich.

Ich spürte ihre Verwirrung. *"Bist du was?"*

Ich zwang mir ein schiefes Grinsen auf - das Beste, was mir unter diesen Umständen gelang. "Bin ich noch ein Welpe? Immerhin habe ich die Prüfung bestanden."

Sulan kicherte, dann neigte sie den Kopf. *"Ich nehme an, das bist du nun nicht mehr. Gut gemacht, Wolfkin."* Sie hielt inne. *"Ich habe nie daran gezweifelt, dass du es schaffen würdest."*

Ich konnte eher spüren als sehen wie Duggar mit den Augen rollte. *"Warst du erfolgreich?"*, fragte der Alpha. *"Ist dein Blut erweckt worden?"*

"Das ist es", antwortete ich.

Der große Wolf senkte den Kopf. *"Dann hat Sulan richtig geurteilt"*, murmelte er. Er hob den Kopf. *"Sei gegrüßt, Nachkomme des Hauses Wolf. Möge die Dunkelheit dich immer beschützen."*

Die Worte des Alphas hallten in der Höhle und in der größeren Kammer dahinter wider. Er hatte seine Worte auf das gesamte Rudel projiziert, und ich spürte, wie sie meinen Platz unter sich akzeptierten und anerkannten.

Nun war ich wirklich einer von ihnen.

"Danke, Duggar", erwiderte ich ernst und neigte mein eigenes Haupt. Ich warf einen Blick auf die zusammengesunkenen Ältesten. Sie hatten sich nicht einmal auf die Worte des Alphas hin bewegt. "Ist bei ihnen alles in Ordnung?"

"Keine Sorge", versicherte mir Sulan. *"Sie sind bis an ihre Grenzen erschöpft. Das Geistportal offen zu halten war ... anstrengend."*

"Das ist noch untertrieben", fügte Duggar trocken hinzu.

Ich betrachtete die beiden genauer und bemerkte erst jetzt die Schwäche in ihren eigenen Gliedern. Ihre Augenlider waren schwer, und ihre Zungen hingen heraus.

Meine Schuld gegenüber dem Rudel war gewachsen, wurde mir klar. Ich konnte mir nur vorstellen, was es gekostet haben musste, das Portal so lange offen zu halten. "Wie lange war ich weg?"

"Die ganze Nacht und den größten Teil des Morgens", antwortete Duggar. *"Es ist fast Mittag."*

Meine Augen weiteten sich alarmiert. "Mittag?" Das bedeutete, dass ich kaum mehr als einen Tag bis zum Ende meines Paktes mit Erebus hatte. Ich stützte meine Hände auf den Boden und versuchte, mich aufzurichten.

Ich versagte.

Mein Körper war noch zu schwach.

"Du kannst noch nicht aufstehen", sagte Sulan. *"Dein Körper ist über seine Grenzen hinaus belastet worden."* Sie setzte sich neben mich und stützte ihr Kinn auf mein Knie. *"Ruh dich jetzt aus. Das Rudel wird sich um dich kümmern."*

"Ich kann nicht. Ich muss ..."

"Ruh aus", befahl Duggar. *"Wenigstens für ein paar Stunden. Ich werde dich bei Sonnenuntergang wecken."* Er rutschte näher und legte seinen eigenen Kopf auf meine Brust.

Da ich keine andere Wahl hatte, schloss ich meine Augen und ließ mich vom Schlaf einholen.

KAPITEL 143: DIE DINGE RICHTIG STELLEN

Als ich erneut meine Augen öffnete, war ich allein.

Es war sicher nicht allzu spät – ich vertraute Duggar –, aber die Zeit war knapp. Ich hatte durch den Prozess einen ganzen Tag verloren, viel mehr als geplant. Und wenn ich dem Sektor entkommen wollte, musste ich mich beeilen. Doch zuerst musste ich mich um die Bedürfnisse meines irdischen Körpers kümmern.

Ich setzte mich vorsichtig auf und überprüfte meinen Zustand. Die lähmende Schwäche in meinen Gliedern war verschwunden, und mein Körper fühlte sich ausgeruht an – wenn auch ausgehungert. Wie aufs Stichwort knurrte mein Magen. Ich vermutete, dass mein Hunger mich geweckt hatte.

Als ich mich umsah, entdeckte ich meinen Rucksack, der an einer Wand lehnte. Ich holte ihn zu mir, nahm mir ein paar Rationen und begann zu essen. Während ich aß, richtete ich meine Aufmerksamkeit auf die wartenden Spielnachrichten.

Du hast die erste Bedingung deines Paktes mit der Abgesandten Mariga erfüllt. Verlasse den Sektor, ohne ihre Identität preiszugeben, um diesen Pakt vollständig zu erfüllen.

Du hast die Aufgabe: <u>Koboldkriege</u> erfüllt! Als Ergebnis deiner Manipulationen sind die Armeen der Heuler und der Roten Ratten in einer Schlacht aufeinandergetroffen.

Du hast die Aufgabe: <u>Schmiede Dunkle Allianzen</u> erfüllt! Schamane Hyek hat seinen Teil der Abmachung eingehalten und im Namen seines Stammes Tartar die Treue geschworen.

Die Macht Tartar hat 1.000 Gold auf dein Konto bei der Albion Bank eingezahlt. Dein Pakt mit Talon ist abgeschlossen!

Die Zeichen auf deiner Geistsignatur haben sich verändert. Indem du die Zwietracht zwischen den beiden größten Koboldstämmen des Sektors weiter geschürt hast, hast du das Tal für die Brüder des Hauses Wolf sicherer gemacht. Doch alles Gute, das du damit erreicht hast, wurde durch das von dir ausgehandelte Bündnis zwischen den Heulern und den Tartanern zunichte gemacht. Die Gefahr, dass der Sektor in die Hände der Dunklen fällt, ist gestiegen.

Du hast zwar eine Bedrohung für die Loyalisten des Hauses Wolf beseitigt, aber du hast sie durch eine andere ersetzt. Wolf ist unzufrieden, und dein Wolfszeichen bleibt unverändert.

Beachte, dass deine Markierungen keine wahren mehr sind und sich durch dein Handeln nicht verändern.

Ich hörte auf zu kauen.

Während meines Aufenthalts in der ersten Prüfung hatte ich zwei ganze Quests abgeschlossen ... mit gemischten Ergebnissen. Ich konnte Wolfs fiebrige Missbilligung fast spüren.

Ich war mir der möglichen Konsequenzen meines Handeln im Klaren, aber ich hatte trotzdem gehandelt. Ich hatte ganz einfach keine andere Wahl. Um die Heuler in einen Kampf mit den Roten Ratten zu treiben, war ich gezwungen gewesen, ihrem Schamanen Talons Angebot zu unterbreiten. Nun hatten die Heuler sich Tartar ergeben und damit die Neutralität des Sektors gefährdet.

Aber das Entscheidende war, dass das Tal noch nicht eingenommen war.

Während die Heuler auf dem Kriegszug und ihre Festung unbesetzt war, gab es immer noch eine Chance, die Situation zu retten. Ich hatte schon ein paar vage Pläne, wie ich das anstellen wollte. Zuerst musste ich jedoch den Schildgenerator zerstören.

Ich seufzte und bedauerte den verlorenen Tag. Ich glaubte nicht, dass ich noch genug Zeit hatte, aber ich war fest entschlossen, es zu versuchen - auch wenn das bedeutete, im Sektor zu bleiben und sich dem Zorn von Erebus' Anhängern auszusetzen.

Ich werde die Sache in Ordnung bringen, Wolf. Das verspreche ich.

Und je schneller ich in Bewegung komme, desto schneller kann ich das tun.

Ich schob das Problem erst einmal beiseite und aß weiter, während ich mich meinem Spielerprofil zuwandte.

Spielerprofil: Michael

Stufe: 72. **Rang:** 7. **Aktuelle Gesundheit:** 100%.
Ausdauer: 100%. **Mana:** 100%. **Psi:** 100%.
Spezies: Mensch. **Verbleibende Leben:** 3.
Wahre Zeichen (versteckt): Wolfsbruder.
Falsche Zeichen (angezeigt): Geringe Schatten, Geringes Licht, Geringe Dunkelheit.

Attribute

Verfügbar: 0 Punkte.
Stärke: 2. **Ausdauer:** 14. **Geschicklichkeit:** 17*. **Wahrnehmung:** 20.
Verstand: 41. **Magie:** 3*. **Glaube:** 2*.
** kennzeichnet Attribute, die von Gegenständen betroffen sind.*

Klassen

Verfügbar: 3 Punkte.
Primär-Sekundäre Bi-Mischung: Gedankenstalker.
Tertiäre Klasse: Keine.

Eigenschaften

Psi Wolfserbe (versteckt): +2 Geschicklichkeit, +2 Stärke, +4 Verstand.
Tierzunge: Kann mit Bestienkin sprechen.
Markiert: kann Geistersignaturen sehen.
Nachtaktiv: perfekte Dunkelsicht.
Auserwählter Nachkomme (versteckt): an das Haus Wolf gebunden.
Unergründlicher Geist: +8 Geist.
Geheimes Blut (versteckt): verbirgt deine Wolfsblutlinie.

Fertigkeiten

Verfügbare Fertigkeitsslots: 0.
Ausweichen (aktuell: 48. max.: 200. Geschicklichkeit, Grundlegend).
Schleichen (aktuell: 59. max.: 200. Geschicklichkeit, Grundlegend).
Kurzschwerter (aktuell: 54. max.: 200. Geschicklichkeit, Grundlegend).
Kampf mit zwei Waffen (aktuell: 47. max.: 200. Geschicklichkeit, Fortgeschritten).
Leichte Rüstung (aktuell: 40. max.: 140. Ausdauer, Grundlegend).
Diebstahl (aktuell: 39. max.: 200. Geschicklichkeit, Grundlegend).
Chi (aktuell: 45. max.: 410. Geist, Fortgeschritten).
Meditation (aktuell: 67. max.: 410. Geist, Grundlegend).
Telekinese (aktuell: 43. max.: 410. Geist, Fortgeschritten).
Telepathie (aktuell: 46. max.: 410. Geist, Fortgeschritten).
Einsicht (aktuell: 60. max.: 200. Wahrnehmung, Grundlegend).
Täuschung (aktuell: 55. max.: 200. Wahrnehmung, Meister).

Fähigkeiten

Verwendete Fähigkeitsslots - Geschicklichkeit: 13 / 20.
Verkrüppelnder Schlag (Geschicklichkeit, Grundlegend, Kurzschwerter).
Geringer durchdringender Schlag (5 Geschicklichkeit, Fortgeschritten, Kurzschwerter).
Kleiner Rückschlag (5 Geschicklichkeit, Fortgeschritten, Schleichen).
Grundlegende Fallenentschärfung (Geschicklichkeit, Grundlegend, Diebstahl).
Einfaches Schlossknacken (Geschicklichkeit, Grundlegend, Diebstahl).

Verwendete Fähigkeitsslots - Geist: 8 / 41.
Einfache Verzauberung (Geist, Grundlegend, Telepathie).
Betäubender Schlag (Geist, Grundlegend, Chi).
Ein-Schritt (Geist, Grundlegend, Telekinese).
Kleiner Reaktionsbuff (Geist, Grundlegend, Chi).
Einfache Astralklinge (Geist, Grundlegend, Telepathie).
Kurzer Schattentransit (Geist, Grundlegend, Telekinese).
Geringe Chi-Heilung (Geist, Grundlegend, Chi).
Einfacher Geistesschild (Geist, Grundlegend, Meditation).

Verwendete Fähigkeitsslots - Wahrnehmung: 14 / 20.
Verbesserte Analyse (5 Wahrnehmung, Fortgeschritten, Einsicht).
Geringere Fallenerkennung (Wahrnehmung, Grundlegend, Diebstahl).
Kleine Waffe Verstecken (Wahrnehmung, Grundlegend, Täuschung).
Gesichtsverschleierung (Wahrnehmung, Grundlegend, Täuschung).
Ventro (Wahrnehmung, grundlegend, Täuschung).
Geringere Imitation (5 Wahrnehmung, Fortgeschritten, Täuschung).

Andere Fähigkeiten:
Einfache Geistessicht (Klasse, Grundlegend, Telepathie).

Bekannte Schlüsselpunkte

Sektor 14.913 Ausgangsportal und sichere Zone.
Sektor 12.560 Jenseitsportal und sichere Zone.

Ausstattung

Spinnenbiss-Kurzschwert (+15% Schaden, Gesponnen), versteckt.
Ebenherz (+30% Schaden), Versteckt.
Gewöhnliche Kämpferschärpe (+3 Kurzschwerter).
Verzaubertes Lederrüstungsset (+20% Schadensreduzierung, −35% Geschicklichkeit und Magie).
Gürtel für Tränke (2 kleine Heiltränke, 4 mittlere Heiltränke, 3 volle Heiltränke, 1 Gegengift).
Gewöhnlicher Diebesumhang (+3 Schleichen).
Ring des Lehrlings (+2 Magie).
Ring des Gefolgsmanns (+2 Glaube).
Talisman des Trolls Armband (+6% Schadensreduktion).
Geschenk der Ungebundenen Ring (Immunität gegen Verstrickungszauber der Stufen 1 und 2).
Band der Stille Ring (Immunität gegen Geisteszauber der Stufen 1 und 2).

Rucksackinhalt (wichtigste Gegenstände)

<u>Geld</u>: 4 Gold, 6 Silber und 0 Kupfer.
Beute (4 x verzauberte Ringe, 2 x verzauberte Roben, 3 x Zauberstäbe).
2 x Eisendolche.
1 x Alchemiestein (0 / 150 Zutaten).
Gewöhnlicher Magierumhang (+3 Luftmagie).
Portalschriftrolle.
1 x Seil.
Kurzschwert, +1 (+15% Schaden, +10 Kurzschwerter).
1 x Rang 5 Wyverngift.
5 x Rauchbomben.
5 x Feuerbomben.
Besitzurkunde der Taverne.

Inhalt Alchemiestein

Keine.

Bank Inhalt

<u>Geld</u>: 1.046 Gold, 4 Silber und 9 Kupfer.
2 x volle Heiltränke.
2 x einfache Stahl-Kurzschwerter.

Offene Aufgaben

Das Kopfgeld des Alchemisten (töte die Wyvernmutter).
Finde den letzten Abgesandten von Wolf (versteckt) (finde Ceruvax).
Bleib Wolf treu (versteckt) (erwerbe eine manabasierte Klasse).

"Ahh", murmelte ich anerkennend und freute mich über mein Wachstum. Ich hatte mich während meiner Zeit im Tal deutlich weiterentwickelt und würde beim Verlassen eine ganze Reihe neuer Fähigkeiten mitnehmen.

Jetzt muss ich nur noch sicherstellen, dass ich auch wirklich gehen kann. Trotz all meiner Planung wusste ich, dass es nicht einfach sein würde, aus dem Sektor zu entkommen. Vor allem, weil ich dafür sorgen musste, dass das Rudel in Sicherheit blieb.

"Mach dir keine Sorgen um uns. Das Rudel wird überleben", mischte sich eine Stimme ein. *"Das tun wir schon seit Jahrhunderten."*

Ich drehte mich zum Höhleneingang um, wo Duggar stand.

"Du hast mir zugehört?" fragte ich.

"Nicht ganz", sagte der Alpha. *"Ich habe nur das Ende deiner Gedanken mitbekommen, als ich hereinkam."*

"Ist die Nacht schon eingebrochen?" fragte ich.

"Ja."

Ich steckte mir den letzten Rationswürfel in den Mund und stand auf. "Wo sind die anderen?"

"Ruhen sich noch aus", antwortete Duggar. Er sah mir zu, wie ich meinen Rucksack nahm und meine Waffen überprüfte. *"Du gehst?"*

Ich nickte. "Ich muss. Mein Pakt mit Erebus läuft bald aus, und bald werden seine Anhänger ernsthaft Jagd auf mich machen. Bevor das passiert, muss ich noch viel erledigen."

"Wir werden helfen", sagte Duggar und setzte sich auf den felsigen Boden.

Ich schüttelte den Kopf. Ich hatte das Rudel bereits viel zu sehr in meine eigenen Probleme verwickelt, und sie hatten genügend schwere Verluste erlitten. Ich konnte sie nicht noch einmal gefährden. "Nein", sagte ich. "Ich habe einen Plan."

"Aber du bist dir nicht sicher, ob er funktionieren wird", sagte Duggar.

Ich schaute den Alpha überrascht an. Er las immer noch meine Gedanken.

"Du magst zu einem der Auserwählten des Hauses Wolf geworden sein", sagte Duggar und seine Stimme klang amüsiert, *"aber du hast noch viel zu lernen."* Er hielt inne. *"Deine Gedanken sind ungeschützt und für Fähige leicht zu lesen."*

Am besten tat ich etwas dagegen. Ich erinnerte mich an das, was Ceruvax mir gesagt hatte, und schirmte meine Gedanken halb ab.

Es war einfacher, als ich erwartet hatte, und in Zukunft würde ich daran denken müssen, diesen Schutz aktiv zu lassen. "Besser?" fragte ich und sah Duggar an.

"Besser" stimmte der Alpha zu. *"Also, wie können wir helfen?"*, fragte er wieder ernst.

Ich merkte, dass sein Angebot von Herzen kam. "Warum?" fragte ich und starrte ihn forschend an. Ich war mir sicher, dass er die Gefahr für die Wölfe, wenn er mir half, besser kannte als ich. "Du hast meine Gedanken gesehen. Du weißt, dass meine Taten dein Volk bereits in Gefahr gebracht haben. Warum hilfst du mir jetzt?"

"Du bist Teil des Rudels", antwortete Duggar einfach. *"Und das Rudel ist alles."*

Er hatte meinen neuen Status als Nachkomme des Hauses Wolf nicht erwähnt. Für den Alpha schien das weniger wichtig zu sein als für Sulan.

"In Ordnung", sagte ich. "Hier ist der Plan ..."

✳ ✳ ✳

Ich verließ das Versteck der Schattenwölfe in Begleitung von Duggar und Sulan. Die beiden Ältesten wollten, dass uns mehr Wölfe begleiteten, aber ich hatte abgelehnt. Es reichte schon, dass ich zwei der ranghöchsten Wölfe des Rudels in Gefahr brachte. Ich wollte nicht noch mehr mit hineinziehen.

Zu dritt reisten wir zügig weiter. Unser Ziel war natürlich die Höhle des Wyvern am westlichen Rand des Tals. Bevor ich weitermachen konnte, musste ich den Schildgenerator finden und zerstören.

Aber um das zu tun, musste ich zuerst mit der Wyvernmutter fertig werden. Wie auch immer ich das anstellen sollte.

Trotz meines Wachstums und trotz der Unterstützung meiner Gefährten war ich mir sicher, dass es unmöglich wäre, den Wyvern zu töten, und ehrlich gesagt hatte ich die Absicht, einen Kampf zu vermeiden, wenn irgend möglich. Es wäre weniger riskant, mich anzuschleichen und den Generator zu zerstören, während Sulan und Duggar das Tier ablenkten.

Die beiden Wölfe gaben ein hohes Tempo vor und rannten unermüdlich durch den Wald. Ich joggte hinter den beiden her und tat mein Bestes, um mit ihnen Schritt zu halten. Die Stunden vergingen schnell, und kurz vor Mitternacht näherten wir uns der Mitte des Tals.

Plötzlich blieben meine beiden Begleiter abrupt stehen.

Ich hielt hinter ihnen an. *"Was ist los?"* fragte ich in Gedanken.

Sulan duckte sich tiefer. *"Kobolde voraus"*, sagte sie in einem knappen Ton.

"Viele Kobolde", fügte Duggar hinzu und sein Blick war voller räuberischer Absicht. *"Mindestens ein paar hundert."*

"Kobolde?" Ich neigte meinen Kopf zur Seite und lauschte aufmerksam. Keine verräterischen Geräusche drangen durch die Nachtluft zu mir, aber die Sinne der Wölfe waren schärfer als meine eigenen. *"Wir müssen in der Nähe der Schlacht sein"*, murmelte ich.

Ich folgte der Richtung, in die die Schnauzen der Wölfe zeigten, blickte nach Norden und überlegte einen Moment lang, bevor ich eine Entscheidung traf. *"Wartet hier. Ich sehe mir das mal an."*

"Warum?" fragte Duggar und klang verwirrt.

Ich war mir selbst nicht ganz sicher. Ich bezweifelte, dass ich irgendetwas tun konnte, um die Ereignisse weiter zu beeinflussen - vor allem, wenn Spieler anwesend waren. Aber zu wissen, wie lange sich der Kampf noch hinziehen würde, wäre nützlich. Zumindest würde es mir sagen, wie viel Zeit ich hatte, bevor die Heuler in ihre Festung zurückkehrten. *"Ich werde nicht lange brauchen"*, versicherte ich den beiden.

"Wir kommen mit", sagte Sulan.

"Nein", sagte ich. *"Allein ist die Gefahr geringer, dass ich entdeckt werde, und auch wenn ich noch nicht so gut bin wie ihr, bin ich kein schlechter Schleicher."*

Die Schattenwölfe schwiegen einen Moment lang. *"Nun gut"*, sagte Duggar. *"Wir werden warten."*

✳ ✳ ✳

In Schatten gehüllt schlich ich durch das Laub des Waldes und folgte Duggars Fährte zu den Kobolden. Sie zu erreichen dauerte um einiges länger, als ich erwartet hatte.

Als ich die Baumgrenze verließ, fand ich mich auf einer großen Lichtung wieder - der gleichen Lichtung, auf der ich vor ein paar Tagen gegen den jungen Wyvern gekämpft hatte.

Heute lagen viele weitere Leichen auf der Lichtung.

Das Schlachtfeld war ruhig und verlassen, aber Dutzende von Kobolden waren hier bereits gestorben. Ihre Leichen lagen genau wo sie gefallen waren. Soweit ich es beurteilen konnte, trugen genauso viele die Insignien der Roten Ratten wie die der Heuler. Ich schlich auf Zehenspitzen durch das blutige Gras und die verstreuten Gliedmaßen. Hier und da entdeckte ich den einen oder anderen Nicht-Kobold.

Auch Spieler hatten in der Schlacht gekämpft.

Die Zahl der Toten war zwar hoch, aber sie machten nur einen geringen Teil der gesamten Roten Ratten und Heuler aus. Ich hob den Kopf, betrachtete die Umgebung und entdeckte durch die Bäume hindurch Lagerfeuer zu meiner Linken und Rechten.

Die Lager der beiden gegnerischen Armeen.

Wollen sie den Kampf morgen wieder aufnehmen? Es schien so.

Ich wählte wahllos eine Richtung und schlich näher heran.

Das Lager, auf das ich mich zubewegte, war zwischen den Bäumen errichtet worden, und ich konnte sofort erkennen, dass es den Heulern gehörte.

Die Grenzen waren zu gut bewacht, als dass ich ohne weiteres eindringen könnte. Ich kletterte auf einen Baum in der Nähe und hockte mich auf einen Ast, um die Bewohner zu beobachten. Die Kobolde saßen mit zehn oder zwanzig Mann an ihren Lagerfeuern, aßen und unterhielten sich angeregt. Sie schienen gut gelaunt zu sein.

Das muss bedeuten, dass sie im Moment gewinnen.

Ich schenkte den Kobolden jedoch keine weitere Beachtung, da meine Aufmerksamkeit von einem viel aufregenderen Anblick in Anspruch genommen wurde. Zwischen den Zelten der Heuler schlenderten Dutzende von schwarz gekleideten Gestalten umher. Alle waren für den Krieg ausgerüstet und trugen Gegenstände, die stolz die Insignien eines wütenden Stiers zeigten.

Tartaner.

Talons Leute sind also hier, dachte ich und fragte mich, ob der Hauptmann selbst in der Nähe war. So wenig ich die Soldaten unter Talons Kommando auch fürchtete, der Hauptmann selbst war etwas ganz anderes. *Am besten, ich errege nicht seine Aufmerksamkeit.*

Ich beschloss, mich zurückzuziehen, und hielt inne, als ich nicht weit von meinem Standort entfernt eine Ansammlung von Fackeln und Magierlichtern bemerkte. *Was ist da los?*

Die Versuchung, weiter nachzuforschen, war zu groß, um ihr zu widerstehen. Leichtfüßig hüpfte ich von Baum zu Baum und umrundete die Umgebung des Lagers.

Als ich näherkam, sah ich, dass sich der Aufruhr um eine Gruppe von Spielern ballte. Ihre Körpersprache verriet, dass die Luft angespannt war. Neugierig schlich ich mich näher heran.

Mir wurde klar, dass es an der fraglichen Stelle nicht nur eine Gruppe von Spielern gab, sondern zwei. Die erste war eine Kompanie von Tartan-Soldaten. Die zweite war eine Bande von Spielern der Erwachten Toten.

Und an ihrer Spitze stand Stayne.

Ich blieb wie angewurzelt stehen und klammerte mich an meine Baumkrone. *Was macht der denn hier?* fragte ich mich, während sich mein Puls beschleunigte. Selbst mit meinem scharfen Gehör war ich noch zu weit weg, um zu hören, was gesagt wurde, aber ich war unschlüssig, ob ich mich noch näher heranwagen sollte.

Stayne war in voller Kampfmontur, von der Schulter bis zum Fuß in eine glatte, glänzend schwarze Rüstung gekleidet. Nur sein markanter, skelettartiger Kopf war unbedeckt.

Dem untoten Spieler stand Hauptmann Talon gegenüber. Der Abgesandte der Tartaner wirkte ruhig und beherrscht, ganz so, wie ich ihn in der sicheren Zone kennengelernt hatte. Stayne hingegen lehnte sich nach vorne, seine roten Augen bohrten sich in den Hauptmann und er gestikulierte wild mit den Armen, während er sprach.

Es bestand kein Zweifel, dass Erebus' Gefolgsmann wütend war.

Ich biss mir auf die Lippe. Es war riskant, noch näher heranzugehen, aber ich wollte das Gespräch der beiden unbedingt belauschen.

Ich schlich langsam näher.

Aber ich hatte nicht mehr als ein Dutzend Schritte gemacht, als der Hauptmann sich umdrehte und - fast beiläufig - seinen Blick über die Baumkronen schweifen ließ.

Ich erstarrte und ließ mich von Talons beiläufigem Getue nicht täuschen. Auch wenn ich noch viele Meter entfernt war, hatte der Hauptmann gespürt, dass etwas nicht stimmte.

Das ist es nicht wert. Ich konnte nicht riskieren, entdeckt oder noch schlimmer, festgenommen zu werden. Nicht, wenn ich der Flucht so nahe war. Vorsichtig ging ich rückwärts und schlich davon.

Meine Neugierde würde unbefriedigt bleiben müssen.

KAPITEL 144: ABRECHNUNG

TAG 6. MITTERNACHT.

Ich schaffte es sicher und ohne entdeckt zu werden aus dem Heulerlager. Während ich mich auf den Weg zurück zu den Wölfen machte, grübelte ich über die unerwartete Wendung der Ereignisse nach. Dass Stayne und Talon sich unterhielten, beunruhigte mich. Würden sie ihre Geschichten vergleichen und mein Netz aus Lügen aufdecken? Und wenn ja, würde ich dann mit einer Verfolgung rechnen müssen? *Verflucht!* Mit schnellen Schritten eilte ich zu meinen wartenden Begleitern zurück.

Ein feindliches Wesen hat dich entdeckt! Du bist nicht mehr versteckt.

Ich hielt inne.
Keine drei Meter entfernt stand Hauptmann Talon.
Wie zur Hölle konnte er vor mir sein? Ich überprüfte meine Geistessicht, aber sie zeigte nichts an. Talon hatte sich also nicht nur direkt zu meinem Standort teleportiert, sondern war auch noch vor Entdeckung geschützt.
"Ich sollte dich töten", sagte der Abgesandte beiläufig.
Mein Blick huschte über das umliegende Laub, aber ich entdeckte niemanden sonst. Der Hauptmann war allein. Obwohl er die Hände hinter dem Rücken verschränkt hatte, wirkte er völlig entspannt.
Ich beäugte die Klinge an Talons Seite, die in der Scheide ruhte. "Warum das?" fragte ich ruhig.
"Du spielst dein Spiel also immer noch?" bemerkte Talon. "Das kannst du dir sparen. Der Schamane hat mir alles erzählt."
Ah. "Du weißt es also", sagte ich und entspannte meine eigene Haltung absichtlich. Wenn es zu einem Kampf käme, bezweifelte ich, dass ich lange überleben würde.
"Das tue ich", sagte Talon gleichmütig. "Ich weiß, dass du es warst, der Hyek gesagt hat, er solle die Roten Ratten angreifen. Und ich vermute auch, dass du es warst, der die Roten Ratten überzeugt hat, gegen die Heuler loszuziehen."
Ich sagte nichts und stritt die Anschuldigung nicht ab.
"Warum hast du das getan?" fragte Talon.
"Ich habe dir doch gesagt, dass ich mein eigenes Spiel spiele."
Der Hauptmann nickte. "Das hast du", stimmte er zu.
Talon zuckte. Im einen Moment stand er ruhig und entspannt da. Im nächsten Moment war er nur Zentimeter von meinem Gesicht entfernt und hielt mir eine blanke Klinge an die Kehle.
Meine Augen weiteten sich. Ich hatte nicht einmal gesehen, wie sich der Hauptmann bewegt hatte. *Verdammt,* dachte ich. *Ich bin unterlegener, als ich dachte.*
"Bist du ein Handlanger des Lichts?" flüsterte Talon.
Ich blinzelte. "Natürlich nicht! Das ist lächerlich. Wie kommst du denn darauf?"

Einen langen Moment lang sagte Talon nichts. "War was in der Festung passiert ist ebenfalls dein Werk?", fragte er und ignorierte meine eigene Frage.

Ich runzelte die Stirn. "In der Festung? Du meinst die Morde in den Kasernen? Ich habe dir doch schon gesagt, dass ich das war."

"Nicht das."

Ich starrte ihn ausdruckslos an. "Was dann?"

Er antwortete nicht.

"Was ist passiert, Hauptmann?" versuchte ich es erneut.

Wieder einmal beachtete Talon meine Worte nicht. "Weißt du, wer in diesem Sektor der Spion des Lichts ist?"

Ich machte ein gleichgültiges Gesicht, das keine Reaktion verriet. Talons Formulierung machte deutlich, dass er wusste, dass es einen Spion gab. Wie hatte er das herausgefunden? Hatte es etwas mit dem zu tun, was in der Festung passiert war? *Und was zur Hölle könnte das sein?*

"Ich bin es nicht, wenn du das denkst", sagte ich nach einem Moment.

Talon betrachtete mein Gesicht aufmerksam, dann wich er zurück und steckte sein Schwert mit der gleichen Bewegung in die Scheide. "Wenn du kein Soldat des Lichts bist, warum hast du dann die Kobolde manipuliert? Was nützt dir ein Krieg zwischen ihnen?"

Ich atmete erleichtert aus, als Talon sich zurückzog, und legte eine zaghafte Hand an meine Kehle. Die Haut war unversehrt. Ich wandte mich wieder an den Hauptmann. "Der Krieg war nicht mein Werk."

Talons Gesicht verhärtete sich, aber bevor er etwas sagen konnte, hob ich meine Hand zur Geduld. "Ich habe dich nicht angelogen, was die Roten Ratten angeht. Sie wurden von Erebus beauftragt, die Heulerpatrouillen zu überfallen. Und wenn der Schamane dir wirklich alles erzählt hat, dann weißt du, dass die Heuler denselben Befehl von Ishita hatten. Dieser Krieg ist das Werk der Erwachten Toten, nicht meins."

"Das mag stimmen", sagte Talon, "aber du bist es, der die beiden Stämme in einen Kampf gezwungen hat, und du hast mir immer noch nicht gesagt, warum."

"Weil es meinen eigenen Zielen diente, dass sie sich gegenseitig bekriegen." Ich seufzte. "Willst du die Wahrheit wissen, Hauptmann? Die Wahrheit ist, dass ich nicht will, dass dieser Sektor an die Dunkelheit fällt." Ich hielt seinem Blick stand. "Sei es in die Hände der Erwachten Toten oder in deine."

"Und warum?", fragte Talon leise.

"Ich traue Erebus nicht", sagte ich unverblümt und starrte dem Hauptmann wieder unbeirrt in die Augen. "Ihm, oder seinen Verbündeten."

"Tartar ist anders als Erebus", sagte der Hauptmann mit seiner rauen Stimme. "Und unser Bündnis mit den Erwachten Toten ist rein zweckhaft. Ich habe dir schon gesagt ..."

"Nichts für ungut, Hauptmann", unterbrach ich ihn, "aber in meiner kurzen Zeit im Spiel hatte ich schon mehr als genug Zusammenstöße mit den Mächten, und nichts, was ich erlebt habe, würde mich dazu bringen, ihnen zu vertrauen. Sie *alle* sind unzuverlässig."

Talon starrte mich eine Sekunde lang an. "Ich kann sehen, dass du das wirklich glaubst." Er stieß einen frustrierten Atemzug aus. "Und leider kann ich dir das nicht verübeln, Michael. Ich habe Berichte darüber erhalten, wie Erebus seine sogenannten Kandidaten behandelt. Was in seinem Dungeon vor sich geht ..." Der Hauptmann schüttelte angewidert den Kopf. "Das ist unverzeihlich."

"Dann verstehst du", sagte ich.

"Das tue ich", sagte er schwer. Einen Moment lang sagte der Hauptmann nichts mehr, dann zog sich einer seiner Mundwinkel nach oben. "Und außerdem hat sich die Lage in diesem Sektor besser entwickelt, als ich es mir erhofft hatte."

Ich konnte mir ein überraschtes Lächeln nicht verkneifen.

Talon schmunzelte über meinen Gesichtsausdruck. "Ich habe Beweise für Erebus' Verrat", sagte er und hakte Punkte auf seinen Fingern ab. "Ich habe einen der größten Koboldstämme als Verbündeten für den Gottkaiser gewonnen, und vor allem", sein Gesicht verwandelte sich in ein echtes Lächeln, "können die tartanischen Legionen jetzt offen gegen die Erwachten Toten vorgehen. Und für all das muss ich dir danken."

"Du bist also nicht wütend?" scherzte ich.

"Oh, ich bin wütend. Sowohl auf deinen Verrat als auch auf deine Manipulationen", sagte der Hauptmann und seine Augen nahmen einen gefährlichen Farbton an. Er hielt inne und ließ den Moment anhalten.

Eine Schweißperle tropfte mir über die Stirn. Ich ignorierte sie. *Verdammt, werde ich doch noch hier sterben?*

"Aber ich werde dich nicht töten", sagte Talon schließlich. "Am Ende hat dein Handeln Tartar genauso gedient, als hättest du getan, was ich von dir verlangt habe."

Ich nickte langsam, wenn auch ein wenig unsicher. Trotz all meiner Machenschaften schien es, als hätte ich die Ziele des Gottkaisers nur gefördert. War alles, was ich getan hatte, umsonst gewesen?

Nein. Der Hauptmann mochte bekommen haben, was er wollte, aber ich hatte das auch. Es gab nur noch zwei Dinge zu erledigen.

Ich warf einen kurzen Blick auf den Hauptmann. Der bedrohliche Schimmer war aus seinen Augen gewichen und er lächelte wieder. In Anbetracht dessen befragte ich ihn zu der Sache, die mir am meisten Sorgen bereitete. "Was macht Stayne hier?"

Talon schürzte die Lippen, während er überlegte, ob er mir antworten sollte. "Er ist hier, um einen Waffenstillstand zwischen den Stämmen zu vermitteln."

Meine Augenbrauen hoben sich.

"Schamane Hyek und ich haben abgelehnt."

Ich schmunzelte und stellte mir vor, wie gut Stayne diese Nachricht wohl aufgenommen hatte. "Und was passiert jetzt?" fragte ich.

"Es wird Krieg geben", sagte Talon mit sichtlichem Vergnügen. "Morgen werden die Roten Ratten und Stayne den Zorn der tartanischen Legionen zu spüren bekommen, und ich erwarte, dass dieser Sektor bis zum Ende der Woche von der Plage der Erwachten Toten befreit sein wird."

"Mit dem Ergebnis kann ich leben", sagte ich mit einem Lächeln. "Weiß Stayne von meiner Beteiligung?" hakte ich nach und fragte mich, ob ein noch höheres Kopfgeld auf mich ausgesetzt werden würde.

Talon schüttelte den Kopf. "Er weiß von nichts. Und von mir wird er die Wahrheit auch nicht erfahren."

Ich legte den Kopf schief. Der Hauptmann tat mir mehr Gefallen, als ich erwarten konnte. "Warum?" fragte ich.

Auch ohne, dass ich es aussprach, schien der Hauptmann den Sinn hinter meiner Frage zu verstehen. "Du hast etwas an dir, Michael ... Ich glaube, dass du deinen derzeitigen Rachefeldzug gegen die Erwachten Toten überleben wirst. Eines Tages, so vermute ich, wirst du ein großer Spieler sein, und wenn dieser Tag kommt, hoffe ich, dass ich dich besser gebrauchen kann."

"Ich bin also eine Investition?" scherzte ich.

"Ja", sagte Talon unverblümt. "Wenn der Tag kommt, erwarte ich, dass du dich an diesen Moment erinnerst." Der Hauptmann griff in seine Tasche, holte etwas heraus und warf es mir zu. Ich fing es aus Reflex auf.

Mit einem Blick nach unten untersuchte ich den Gegenstand in meiner Hand und sah, dass es sich um eine Münze handelte, die mit dem Symbol der Tartanerlegion geprägt war.

Du hast eine Spielmarke von Tartar erworben. Dieser Gegenstand kann nicht gestohlen, gehandelt oder verloren werden, auch nicht beim Tod.

"Was ist das?" fragte ich.

"Ein Zeichen des guten Willens der Legionen. Es gibts in den Augen der Gezeichneten von Tartar kaum etwas Überzeugenderes", sagte Talon. "Zeig es egal wo du im Ewigen Reich bist einer der Legionen und du wirst zumindest von ihrem Kommandeur angehört werden."

"Danke", sagte ich mit ernster Miene.

"Dann gehst du jetzt besser", sagte Talon. "Ich habe einen Krieg zu beaufsichtigen."

"Auf Wiedersehen, Talon", sagte ich und drehte mich um.

"Oh, und Michael, eine Sache noch", sagte der Hauptmann.

Bei seinen Worten hielt ich in meinen Schritten inne und warf einen Blick über meine Schulter. "Ja?"

Talon hielt meinen Blick fest. "Ein letztes Wort der Warnung. Wenn ich dich noch einmal in diesem Sektor sehe, werde ich dich töten – ohne zu zögern und ohne Vorwarnung. Verstanden?"

"Nachricht erhalten, Hauptmann", murmelte ich, als ich in den Bäumen verschwand. "Nachricht erhalten."

Kapitel 145: In die Höhle des Basilisken

Der Rest unserer Reise verlief glücklicherweise ohne Zwischenfälle, und als am siebten Tag die Morgendämmerung anbrach, kamen die zerklüfteten Bergklippen des westlichen Tals in Sicht.

Heute war der letzte Tag meines Paktes mit Erebus, und auch wenn mein Drang zu fliehen etwas nachgelassen hatte, wollte ich den Sektor immer noch schnellstmöglich verlassen.

"Ich kann die Bestie riechen", sagte Duggar hechelnd. *"Sie ist da oben."*

Ich blickte von dem Alpha zum Berg vor mir. Zu dritt standen wir am Rande der Baumgrenze, die weniger als fünfzig Meter von den Klippen entfernt endete.

Vor uns erhob der Berg sich in einer senkrechten Felswand, die sogar die höchsten Bäume des Waldes überragte. Das Dach der Klippe war flach, fast wie abgeschliffen. In der Nähe des Gipfels entdeckte ich eine Reihe von dunklen Löchern, die groß genug zu sein schienen, die Wyvernmutter zu beherbergen.

"Sind das Höhlen, die ich da oben sehe?" fragte ich.

"In der Tat", antwortete Duggar. *"Das Rudel hat beobachtet, wie die Wyvernmutter und ihr Junges dort mehrfach ein- und ausgegangen sind."*

"In welcher Höhle ist sie jetzt?" fragte ich.

"Das können wir von hier aus nicht sagen", sagte Sulan. *"Zu weit weg, als dass wir den genauen Ort erschnüffeln könnten."*

Ich kaute nachdenklich auf meiner Unterlippe, während ich die Höhe der Klippe abschätzte. Sie war beträchtlich. "Wie kommen wir da hoch?"

"Durch diesen Tunnel", sagte Duggar und wippte seinen Kopf in Richtung Fuß der Felswand. *"Das Innere der Klippe ist mit Tunneln durchzogen. Dieser Tunnel schlängelt sich durch den Fels und ist mit den Höhlen darüber verbunden."*

Ich folgte seinem Blick und entdeckte tatsächlich einen dunklen Eingang, der halb vom Gebüsch verdeckt war. Der Tunnel schien relativ schmal. Es würde eng werden, vor allem für Duggar, das größte Mitglied unserer Gruppe. "Bist du sicher, dass der ganz nach oben führt?"

"Ja", antwortete er.

"Na gut, dann los", sagte ich.

"Ich gehe voran", sagte der Alpha, und bevor ich ihn aufhalten konnte, verschwand der große Wolf in der Dunkelheit und stapfte zum Eingang.

"Beeil dich lieber", sagte Sulan von hinten, *"sonst hängt er dich ab."*

Ich rannte vorwärts, schlüpfte in die Schatten unter der Klippe und folgte dem Alpha.

✻　✻　✻

Ich hatte Recht, der Tunnel war sehr eng und wir mussten uns im Gänsemarsch fortbewegen. Ich ging in der Mitte und Duggar blieb an der Spitze, während Sulan das Schlusslicht bildete.

Zunächst verlief der Tunnel waagerecht durch den Fels und ihn zu durchqueren bereitete kaum Schwierigkeiten. Aber nach ein paar Dutzend Schritten ging der Gang scharf nach oben und führte durch eine Reihe von Windungen und Kurven, die uns teils zum Springen, Klettern oder seltsam Verrenken zwangen. Zum Glück waren die Wölfe und ich aber agil genug, die Herausforderung zu meistern.

Trotzdem war es ein harter Weg.

Wir waren bereits seit zwanzig Minuten im Tunnel und ich schätzte, dass wir weniger als ein Drittel des Weges nach oben zurückgelegt hatten. Mir war klar, dass dies keine schnelle Reise werden würde, und meine Gedanken begannen abzuschweifen.

Ich fragte mich, wie die Wölfe diesen Tunnel gefunden hatten. Hatten sie zuvor schonmal die Gelegenheit gehabt, sich an den Wyvern heranzuschleichen? Es schien so. Aber noch beunruhigender als diese müßigen Spekulationen war meine wachsende Sorge über den Standort des Schildgenerators.

Bei den vielen Höhlen und Tunneln, mit denen die Klippe durchzogen war, wurde mir klar, dass Ishita den Schildgenerator in jeder der vielen Winkel und Ritzen hätte verstecken können.

Gott, ich hoffe, sie haben ihn nicht versteckt. Sonst werde ich vielleicht nie ...

"Stopp!" befahl Sulan abrupt und unterbrach meine Überlegungen.

Ich blieb stehen, ebenso wie Duggar vor mir. *"Was ist los?"*, fragte der Alpha knapp.

"Da vorne ist etwas", sagte Sulan und ging in die Hocke.

Ich runzelte die Stirn. Wenn es eine Gefahr gab, hätte Duggar, der an der Spitze ging, sie zuerst entdecken müssen. Mit meinem geistigen Auge tastete ich den Tunnel vor mir ab, aber bis auf uns drei war er leer. Mein Stirnrunzeln vertiefte sich.

"Ich sehe nichts", sagte Duggar und klang genauso perplex. Er schnupperte an der Luft. *"Ich rieche auch nichts."*

"Sie sind versteckt", sagte Sulan. In ihrer Gedankenstimme schwang kein Zweifel mit. *"Der Schutz um ihre Körper ist zu gut gewebt, als dass ich ihn durchdringen könnte, aber die Schilde um ihren Geist sind weniger solide. Ich kann die Abwesenheit ihrer Gedanken im Äther wahrnehmen."*

"Mehrere?" fragte ich scharf und griff damit den wichtigsten Teil der Informationen auf, die Sulan mir gegeben hatte. *"Von wie vielen reden wir?"*

Sulan war einen Herzschlag lang still. *"Ich zähle zwanzig, weniger als zwei Dutzend Meter vor uns."*

Zwanzig war eine beachtliche Zahl. Und wenn sie sich so gut versteckten, dass Sulan sie kaum wahrnahm - und Duggar und ich überhaupt nicht - dann konnten die Wesen vor uns nicht zufällig hier sein. Erneut öffnete ich meine Geistessicht und suchte die Gegend ab. Aber wieder konnte ich nichts Ungewöhnliches entdecken.

Trotzdem zweifelte ich nicht an Sulan.

Es waren Feinde vor uns. Sie waren gut ausgerüstet und auf uns – oder besser gesagt auf mich – vorbereitet. *"Was kannst du mir über den Tunnel vor uns sagen?"* fragte ich Duggar.

"Er macht ein paar Meter weiter eine scharfe Kurve und wird dann für ein kurzes Stück breiter", antwortete er. *"Dort müssen sie sein."* Er blickte über seine Schulter zu mir. *"Warte hier. Ich werde mir das genauer ansehen."*

Ich zögerte und wollte das Risiko lieber selbst eingehen, aber Duggar hatte immer wieder bewiesen, dass seine Schleichkünste meinen überlegen waren, und gegen Feinde mit unbekannten Fähigkeiten war er als Späher die bessere Wahl.

"Geh", sagte ich. *"Aber bleib nicht zu lange weg."*

✳   ✳   ✳

Der Alpha war fünf lange Minuten lang weg.

Er war so vollständig in der Dunkelheit verschwunden, dass ich ihn weder mit meinem geistigen noch mit meinen tatsächlichen Augen wahrnehmen konnte. Aber Sulan versicherte mir, dass es Duggar gut ging, und ich befahl mir, geduldig auf seine Rückkehr zu warten.

"Sulan hatte Recht", sagte Duggar und tauchte weniger als einen Meter von mir entfernt aus dem Nichts auf.

Bei seinem plötzlichen Auftauchen wäre ich fast erschrocken nach hinten gesprungen, sehr zur Belustigung der beiden Schattenwölfe. *"Erzähl schon"*, sagte ich mit einem finsteren Blick auf den lachenden Wolf.

"Genau wie Sulan gesagt hat, sind es zwanzig von ihnen. Zehn auf jeder Seite des Tunnels. Ihre geistige Abschirmung ist fast perfekt", fügte er mit zähneknirschender Bewunderung hinzu, *"aber aus der Nähe konnte ich ihre Tarnung durchdringen."*

"Wer sind sie?" fragte ich und vermutete Kobolde. Nur der Heulerschamane hatte von meinem Ziel gewusst. Hatte Hyek mich verraten?

"Spieler. Sie sind gut bewaffnet, Wolfkin", sagte der Alpha in ernstem Ton. *"Zwei sind Magier. Der Rest sind schwere Kämpfer mit voller Panzerung."* Er schüttelte reumütig den Kopf. *"Ich fürchte, dass weder Zähne noch Klauen ihre Rüstungen durchdringen können. Wir werden dir in diesem Kampf nicht viel nützen."*

Spieler. Das war noch beunruhigender. Bei Kobolden wusste ich wenigstens, womit ich es zu tun hatte, aber gegen Spieler musste ich auf alles gefasst sein. *"Ist das der einzige Weg die Klippe rauf?"*

Sulan wippte mit dem Kopf. *"Der einzige schnelle Weg. Ansonsten müssten wir oberirdisch über den Berg reisen, und das würde Tage dauern."*

Nun. Meine Feinde hatten nicht nur mein Ziel erraten, sondern auch die Route, die ich nehmen würde. *Das müssen Spieler der Erwachten Toten sein.*

Die Frage war, was ich dagegen tun würde. Ich konnte nicht umkehren. Es gab keinen anderen umsetzbaren Weg nach oben. Es gab also nur eine Möglichkeit: kämpfen.

Ich wandte mich wieder an die geduldig wartenden Wölfe. *"Wir machen Folgendes …"*

                                    *   *   *

Ich schlich allein vorwärts, jede Bewegung mit Bedacht ausgeführt und
nach jedem Schritt hielt ich inne.

Mein Übermaß an Vorsicht war vielleicht unnötig. Nicht einmal der
kleinste Lichtschimmer milderte die Dunkelheit im Tunnel und machte ihn
perfekt zum Schleichen. Aber ich hatte nicht vor, meine Gegner zu
unterschätzen. Sie wussten genug, um sich abzuschirmen, also konnte ich
davon ausgehen, dass sie auch auf meine anderen allgemein bekannten
Fähigkeiten vorbereitet waren.

Ein paar Meter vor mir machte der Gang eine abrupte Biegung und
offenbarte den verbreiterten Korridor, von dem Duggar gesprochen hatte.
Ich blieb stehen und betrachtete den Bereich aufmerksam.

Der Tunnelabschnitt war etwa drei Meter breit und größtenteils eben, mit
einer leichten Neigung nach oben. Er lief etwa zehn Meter lang geradeaus,
bevor er sich wieder verengte und eine scharfe Kurve machte. Mein Blick
schweifte durch die Dunkelheit und versuchte, die versteckten Gestalten
auszumachen, die die Schattenwölfe entdeckt hatten.

Es gelang mir nicht.

Hmm ... Ich bewegte mich wieder vorwärts, jeden Fuß sorgfältig vor den
anderen gesetzt. Schritt für Schritt kam ich dem Hinterhalt näher, bis ich
schließlich den verbreiterten Tunnelabschnitt betrat.

Du hast eine Prüfung auf magischen Widerstand nicht bestanden!
Ein unbekanntes feindliches Wesen hat dich nicht entdeckt! Du bleibst
verborgen.

Mitten in der Bewegung blieb ich stehen, als ich die seltsamen
Spielwarnungen erhielt. Ich hatte einen magischen Widerstandstest nicht
bestanden? Bedeutete das, dass ich angegriffen worden war? In der
Annahme, dass es sich um eine Falle handelte, erweiterte ich meine Sinne
und castete Fallenerkennung.

Du hast keine Fallen entdeckt.

Ich runzelte verwirrt die Stirn, als ich nichts Ungewöhnliches entdeckte.
Was hat das zu bedeuten? Ich hatte keine Ahnung, aber das Wichtigste war,
dass ich immer noch versteckt war.

Und wirklich, ich hatte keine andere Wahl, als weiterzugehen. Ich machte
einen weiteren Schritt.

Eine unbekannte Anzahl von feindlichen Wesen hat dich nicht entdeckt!

Diesmal war es eine bekannte Nachricht, und ich ignorierte sie, während
ich aufmerksam lauschte. Fast, so glaubte ich, hörte ich das schwache
Geräusch von Atem. War ich nah genug an meinem Ziel? Ich konnte mir nicht
sicher sein. Ich umklammerte den Gegenstand in meiner Hand fester und
machte einen weiteren Schritt.

Dann noch einen.

Eine unbekannte Anzahl von feindlichen Wesen hat dich nicht entdeckt!

Ich hielt inne. Meine Feinde hatten sich noch immer nicht zu erkennen gegeben, und es wäre klug zu handeln, solange ich noch unentdeckt war.

Aber ich war immer noch weniger als einen Meter in den Hinterhalt vorgedrungen, und wenn es an der Zeit war, wollte ich den verbreiterten Tunnelabschnitt mit einem einzigen Schattentransit durchqueren. Die Reichweite des Zaubers betrug schließlich nur neun Meter.

Ich kroch weiter vorwärts. *Beinahe am Ziel.*

Du hast eine Prüfung auf magischen Widerstand nicht bestanden!
Du hast einen mentalen Widerstandstest bestanden!
Ein feindliches Wesen hat dich nicht entdeckt. Du bleibst verborgen.

Da war es wieder. Eine weitere seltsame Reihe von Spielnachrichten, und dieses Mal eine noch verwirrendere. Ich biss mir auf die Lippe und überlegte, was ich tun sollte. *Es wäre dumm, weiterzumachen, aber ich muss ...*

"Etwas stimmt nicht", flüsterte eine unsichtbare Stimme.

Ich erstarrte und mein Blick blieb auf der Stelle haften, von der sie ausgegangen war. Dort war nichts. Zumindest sagten mir das meine Augen.

"Was?", zischte eine zweite Stimme.

Ich kannte diese Stimme. Es war Forsyth, der Zauberer und Anführer der Bande, die versucht hatte, mich in der Heulerfestung zu überfallen. *Er hat also beschlossen, es noch einmal zu versuchen. Viel Glück dabei.*

Allerdings musste ich zugeben, dass der Zauberer dieses Mal besser vorbereitet war. Ich konnte ihn genauso wenig ausmachen wie den ersten Redner.

"Mein Wachzauber hat irgendetwas aufgespürt", sagte der erste.

Wachzauber? Was für ein Wachzauber?

Ich spannte mich vor Sorge an. War das, was die seltsamen Spielnachrichten gemeint hatten? *Scheint so,* dachte ich und befürchtete plötzlich, dass ich meine Feinde unterschätzt hatte.

Ich widerstand der Versuchung zu handeln – sei es durch Flucht oder Angriff – und blieb still. Wenn die Spieler mich noch nicht entdeckt hatten, bestand immer noch die Chance, dass sie es nicht tun würden. Und wenn ich weiter zuhörte, konnte ich vielleicht mehr über die Natur dieses Wachzaubers erfahren.

"Dann sei still! Sonst vergraulst du ihn noch!" schnauzte Forsyth.

"Wofür hältst du mich?", sagte der erste und klang beleidigt. "Ich habe bereits einen Enthüllungszauber benutzt. Der hat nichts gefunden. Was auch immer meinen Wachzauber ausgelöst hat, es war nicht unsere Beute", sagte er schließlich selbstbewusst.

Ich schluckte. Der Enthüllungszauber musste der zweite magische Widerstandstest gewesen sein, den ich nicht bestanden hatte. Aber obwohl ich es nicht geschafft hatte, ihn zu meiden, war meine Anwesenheit nicht aufgedeckt worden. Lag das daran, dass ich den mentalen Widerstandstest bestanden hatte?

"Caste ein Magierlicht", befahl Forsyth abrupt.

"Ein Magierlicht?", fragte der erste erschrocken. "Warum?"

"Er hat ein hohes Level im Schleichen, du Narr!"

Ich konnte nicht länger zögern. Ich musste meinen eigenen Plan in die Tat umsetzen, bevor ich enttarnt wurde. Ich schlich näher heran. Nach den Stimmen der beiden Zauberer zu urteilen, vermutete ich, dass sie sich im hinteren Teil der Höhle befanden. *Perfekt!* Ich machte einen weiteren Schritt nach vorne und zog meinen rechten Arm zurück.

Forsyths Begleiter war immer noch am Diskutieren. "Ich glaube, du überreagierst", fuhr er spöttisch fort.

Ich wartete nicht, bis er zu Ende gesprochen hatte. Ich riss meinen Arm nach vorne und schleuderte eine Brandbombe in den Korridor.

Es war Zeit für mehr Chaos.

KAPITEL 146: EIN FLAMMENDES DURCHEINANDER

Tag 7. Morgen.

Das Klirren von zerberstendem Ton hallte laut in der Stille des Tunnels wider. Noch immer versteckt wartete ich auf Zehenspitzen.

Einen Herzschlag später schossen Flammen aus dem aktivierten Projektil. Sie schossen nach oben und fielen dann wieder zu Boden, um Alles in einem Radius von sechs Metern einzuhüllen.

Du hast eine Brandbombe gezündet und dabei fünfzehn feindliche Wesen verletzt. Eine unbekannte Anzahl von feindlichen Wesen hat dich nicht entdeckt!

Ich grinste. Außerhalb der Reichweite der Bombe war ich unversehrt geblieben. Zum Glück hatte ich mir von Gelar detaillierte Informationen über seine Kreationen besorgt und meinen Wurf genau abgeschätzt. Und noch besser: Ich hatte mein Ziel so gut gewählt, dass ich den Großteil meiner Angreifer getroffen hatte.

In der Zwischenzeit war das reinste Chaos ausgebrochen.

"Findet ihn!"

"Lasst ihn nicht entkommen!"

"Nehmt eure Dunkelheitstränke, aber sofort!"

Viele Spieler schrien vor Schreck, Schmerz oder Verwunderung auf, aber was noch wichtiger war: Sie bewegten sich und durchbrachen damit ihre Verschleierung.

Zwei Sekunden später erloschen die Flammen. Aber das spielte keine Rolle. Die Bombe hatte getan, was ich beabsichtigt hatte.

Du hast ein verborgenes Wesen entdeckt.
Du hast ein verborgenes Wesen entdeckt.
...
Du hast ein verborgenes Wesen entdeckt.

Ganze zwanzig solcher Nachrichten scrollten durch mein Sichtfeld und zeigten mir den Standort jedes einzelnen Angreifers.

Ausgezeichnet.

Ohne zu zögern, zielte ich auf den hintersten Spieler – Forsyth – und sprang mit Schattentransit direkt hinter ihn.

Ein feindliches Wesen hat dich nicht entdeckt!

Offensichtlich hatte der Zauberer seinen eigenen Zaubertrank noch nicht getrunken. Oder er half ihm nicht viel. Wie auch immer, der Magier bemerkte meine Anwesenheit nicht. Ich warnte ihn auch nicht.

So verlockend Forsyths breiter Rücken als Ziel auch sein mochte, ich ließ die Gelegenheit verstreichen und holte lautlos einen zweiten Gegenstand aus meiner Tasche.

"Verdammt noch mal, Zeera! Beschwöre ein verdammtes Magierlicht!", brüllte der Zauberer. "Und der Rest von euch trinkt eure verdammten Dunkelheitstränke!", beendete er, bevor er leise vor sich hinmurmelte, vermutlich um seinen eigenen Zauber zu vollenden.

Zum Pech meiner Jäger hatte ich ihren nächsten Zug vorausgesehen – die Magierlichter, nicht die Tränke – und ich hatte einen Gegenzug parat. Ich schleuderte meinen Arm wieder nach vorne und ließ die Bombe in meiner Hand los.

Du hast eine Rauchbombe gezündet und damit eine Rauchwolke erzeugt.

Dicke Rauchschwaden zogen durch den Tunnel und hüllten ihn in dichte graue Wolken, die jeden, der von ihnen erfasst wurde, sofort erblinden ließen. Der Radius der Rauchbombe war doppelt so groß wie der der Feuerbombe, und dieses Mal gab es kein Entkommen.

Ich stellte sicher, dass ich meine Augen fest geschlossen hielt, bevor die Wolke meine eigene Position erreichte. Meine Dunkelsicht half im Rauch nicht, und er würde mich genauso beeinträchtigen wie meine Angreifer, aber für mein nächstes Vorhaben brauchte ich nichts zu sehen.

Mit geschlossenen Augen zog ich meine anderen vier Feuerbomben heraus und warf sie blindlings eine nach der anderen nach vorne, um den Tunnel in ein Schlachtfeld zu verwandeln.

Du hast eine Feuerbombe gezündet, die zwölf feindliche Wesen verletzt hat.
Du hast eine Feuerbombe gezündet, die achtzehn feindliche Wesen verletzt hat. Zwei unbekannte Spieler sind gestorben.
Du hast eine Feuerbombe gezündet, die fünf feindliche Wesen verletzt hat. Acht unbekannte Spieler sind gestorben.
Du hast eine Feuerbombe gezündet, die sechs feindliche Wesen verletzt hat. Vier unbekannte Spieler sind gestorben.

Innerhalb weniger Augenblicke waren fast drei Viertel der Angreifer tot. Ich hatte meine Feuerbomben verschwenderisch eingesetzt, aber der Feind hatte mir keine Wahl gelassen.

Die Spielergruppe war zu groß, als dass die Wölfe und ich es mir ihr aufnehmen konnten, vor allem wenn man bedachte, wie gut sie vorbereitet waren.

Nach getaner Arbeit drehte ich mich um und floh mit ausgestreckten Händen als Wegweiser weiter durch den Gang. Als ich dem Rauch entkommen war, zog ich meine Klingen und drehte mich um.

Nur sechs meiner Verfolger waren noch am Leben und ich war mir sicher, dass die meisten von ihnen fliehen wollten, geschockt durch ihre plötzliche Rolle als meine Beute.

Eine Sekunde später stolperte eine hustende Gestalt mit geröteten Augen auf mich zu.

Es war Forsyth.

Ich sprang vorwärts und schnitt mit Ebenherz nach unten, während ich mit Spinnenbiss nach vorne stieß.

Du hast Forsyth getötet.

Der Mund des Magiers öffnete sich zu einem stummen O der Überraschung, als er starb. Ich ließ den Leichnam von meiner Klinge gleiten, richtete mich wieder auf und wartete.

Eine weitere Gestalt tauchte aus dem Rauch auf. Ein gepanzerter Barbar. Bevor er mich entdecken konnte, flackerte ich mit Schattentransit hinter ihn und rammte mein Schwert direkt in seinen Rumpf, während ich gleichzeitig einen durchdringenden Schlag ausführte.

Du hast dein Ziel von hinten angegriffen und 100% mehr Schaden verursacht! Du hast Terry getötet.

Der Kämpfer starb mit ebenso wenig Protest wie Forsyth. Ich ließ ihn liegen, wo er gefallen war, kehrte zu meiner ursprünglichen Position zurück und machte mich wieder bereit.

✳ ✳ ✳

Kein anderer Spieler kam in diese Richtung.

Eine Minute, nachdem die letzte Rauchfahne verschwunden war, tauchten Duggar und Sulan auf. "Wie viele habt ihr noch erwischt?" fragte ich die Wölfe.

"Vier", antwortete Duggar.

Ich steckte meine Klingen in ihre Scheiden. "Gut. Dann sind das alle. Haltet ihr Wache, während ich die Leichen plündere?"

Als die beiden zustimmend nickten, schlüpfte ich an ihnen vorbei, um mich um die Leichen zu kümmern. Alle die von dem wütenden Feuer erwischt worden waren, waren fast zu Asche verbrannt. Von ihnen blieb nicht viel übrig, außer verbrannten Stücken von Plattenrüstungen, die für meinen Spielstil zu schwer waren.

Noch überraschender war, dass auch keiner von denen, die es aus den Flammen geschafft hatten, etwas von Wert bei sich trug. Es war fast so, als hätten die Angreifer sich auf die Möglichkeit einer Niederlage vorbereitet.

Ich lächelte ironisch. *Ich schätze, das bedeutet, dass sie mich mittlerweile ernster nehmen.*

Als ich zurück zu den Wölfen ging, kümmerte ich mich um die wartenden Spielnachrichten und investierte dabei meine neuen Attributspunkte.

Du hast Level 74 erreicht!
Dein Schleichen ist auf Stufe 61 gestiegen. Dein Kampf mit zwei Waffen ist auf Stufe 48 gestiegen. Deine leichte Rüstung ist auf Stufe 41 gestiegen. Deine Telekinese ist auf Stufe 45 gestiegen.
Deine Magie hat sich auf Rang 5 erhöht (+2 durch Gegenstände).

"Was nun?" fragte Duggar, als ich wieder zu ihnen stieß.

"Jetzt finden wir die Wyvernmutter", antwortete ich. "Und hoffentlich den Schildgenerator."

∗　∗　∗

Wir brauchten fast eine Stunde, um den Rest des Tunnels zu durchqueren und die größeren Höhlen an der Spitze der Klippe zu erreichen. Während wir durch den Felsen wanderten, machte ich mir Gedanken darüber, dass wir Forsyth und seinesgleichen hier gefunden hatten.

Woher hatten sie gewusst, dass ich hier sein würde?

Hyek hätte es ihnen sagen können, aber das hielt ich nicht für wahrscheinlich. Nach dem, was Talon gesagt hatte, schien klar, dass die Heuler alle Verbindungen zu den Erwachten Toten abgebrochen und sich der Tartanischen Legion angeschlossen hatten.

Worca, entschied ich. *Sie muss es gewesen sein.*

Ich hatte die Elfenmagierin nach dem Standort des Generators befragt und Ishitas Geschworene mussten den Hinterhalt vorbereitet haben, falls ich den Ort finden würde.

Schade, dass sie nicht selbst gekommen sind. Es hätte mir Spaß gemacht, mehr Lakaien der Macht zu töten.

"Wolfkin", sagte Duggar und lenkte meine Aufmerksamkeit auf sich. *"Wir sind da."*

Ich blinzelte und wandte meinen Blick wieder auf meine Umgebung. Der schmale, gewundene Gang, auf dem wir uns befanden, endete in einer Kreuzung. Der neue Tunnel, der sich links und rechts von mir in die Ferne erstreckte, war um ein Vielfaches größer.

Groß genug, dass sogar die Wyvernmutter Platz darin hat.

"Irgendetwas stimmt nicht", sagte Sulan.

Ich schaute sie an. *Noch ein Überfall?* "Was meinst du?"

Die weiße Wölfin setzte sich hin und ihre Augen huschten besorgt an beiden Enden des Ganges hin und her. *"Ich spüre zu viele Lebenszeichen."*

Ich richtete mich auf und ließ die Hand unterbewusst auf meine Klingen fallen. "Noch mehr Spieler?" fragte ich.

"Wahrscheinlich", sagte Sulan. *"Aber es besteht keine unmittelbare Gefahr"*, fügte sie hinzu als sie meine Anspannung spürte. Sie ruckte mit dem Kopf nach links und sagte: *"Weit unten in dieser Richtung gibt es vier Bewusstseine, die auf dieselbe Weise versteckt sind wie die Spieler, denen wir unten begegnet sind."* Mit einer Geste nach rechts fügte sie hinzu: *"Und ungefähr in der gleichen Entfernung in dieser Richtung sind es zwei Bewusstseine. Das eine ist die Wyvernmutter. Selbst von hier aus kann ich die Macht ihres Geistes spüren."*

Zwei? Ich runzelte die Stirn. "Was ist das andere für eines?" fragte ich und schaute nach rechts.

"Ich bin mir nicht sicher", gab Sulan zu.

Mein Stirnrunzeln vertiefte sich. "Könnte es ein Junges sein?"

Sulan schüttelte den Kopf. *"Nein, der andere Geist ist definitiv kein Wyvern. Ihre Seelen sind immer eindeutig … schlangenartig."*

"Ich verstehe", sagte ich. Die Enthüllungen der weißen Wölfin waren beunruhigend, und so dankbar ich ihr auch war, unsere gemeinsame Zeit kam zum Ende. In den engen Tunneln war mir klargeworden, dass meine ursprüngliche Idee, die Wölfe zur Ablenkung des Wyvern einzusetzen, zu riskant war. Ich würde das Geheimnis selbst lüften müssen. Ich warf einen Blick auf Duggar. "Hier müsst ihr mich zurücklassen."

"Bist du sicher, Wolfkin?", fragte er. *"Wir können dir weiterhelfen, wenn du uns lässt."*

"Es ist zu gefährlich", sagte ich. "Ihr habt mehr getan, als ich mir je erhoffen konnte, indem ihr mich so weit gebracht habt, und ich bin euch dankbar, aber jetzt ist es Zeit für dich und Sulan, umzukehren. Der Rest liegt in meiner Hand."

"Sei nicht dumm, Welpe ..." begann Sulan.

Ich schnitt mit der Hand durch die Luft. "Nein, Sulan. Diesmal werde ich mich nicht beirren lassen. Die Wyvernmutter ist eine zu große Bedrohung."

"Glaubst du, du kannst dich ihr allein stellen?", erwiderte sie.

Ich schüttelte den Kopf. "Ich weiß es nicht. Aber wenn ich sterbe, werde ich wiedergeboren. Ihr nicht."

Sulan knurrte tief in ihrer Kehle. *"Trotzdem, das ist ..."*

"Lass ihn, Sulan", warf Duggar ein. *"Er hat recht. Und außerdem ist das die eigene Entscheidung des Nachkommen."*

Im Angesicht der Ermahnung ihres Alphas ließ die weiße Wölfin nach. Duggar drehte sich zu mir um. *"Dann heißt es jetzt Abschied nehmen."*

Ich nickte. *"Aber wir werden uns wiedersehen, das verspreche ich."*

Der Rudelführer drehte sich um und schlüpfte zurück in den kleinen Tunnel. *"Das werden wir, Nachkomme, und viel Glück."* Ohne weitere Umschweife verschwand er.

Sulan blieb noch ein wenig länger. *"Enttäusche uns nicht, Welpe"*, sagte sie. *"Wir sind auf dich angewiesen."*

"Ich werde dafür sorgen, dass die Wyvernmutter das Rudel nicht wieder bedroht", versicherte ich ihr.

"Ich spreche nicht von der Wyvernmutter, dummer Mensch", sagte Sulan und hielt meinen Blick fest. *"Du bedeutest dem Rudel mehr als nur das. Du trägst die Hoffnung von Wolf in dir. Nur du hast den Schlüssel zur Rückkehr der Ahnen."* Sie drehte sich um und schlüpfte in den Tunnel, um ihrem Rudelführer zu folgen.

"Enttäusche uns nicht, Welpe", wiederholte sie. *"Vergiss nicht, wir zählen auf dich."*

Ich sah Sulan nach, bis sie ganz verschwunden war, aber ich ging nicht sofort weiter. Ich ging in die Hocke und untersuchte beide Richtungen des Ganges. Auf der linken Seite fiel die Steigung sanft ab und auf der rechten Seite stieg sie weiter nach oben an.

Der Tunnel war außerdem nicht stockdunkel. Durch Risse in der Decke drang Licht ein. Als ich mich an den Blick von außen erinnerte wurde mir klar, dass der Tunnel entlang der Oberfläche der Klippe verlaufen musste.

Welche Richtung soll ich zuerst erkunden?

Links, entschied ich. Bevor ich mich mit dem Wyvern anlegte, musste ich wissen, welche Überraschungen es in dem Tunnelkomplex noch gab. Ich tauchte in die Dunkelheit ein und schlich mich durch die Schatten, wobei ich geschickt allen herabscheinenden Lichtstrahlen auswich.

Mit aktiver Geistessicht richtete ich meine Aufmerksamkeit nach vorne. Hin und wieder hielt ich inne und verlangsamte meinen Atem, um aufmerksam zu lauschen. Ich konnte es mir nicht leisten überrascht zu werden, und ohne Sulans scharfe Sinne musste ich mit meinen eigenen auskommen.

Ich bereute fast die Wölfe weggeschickt zu haben, aber ich wollte die beiden nicht denselben Risiken aussetzen wie mich selbst, schließlich war dieses Vorhaben potenziell tödlich.

So mühsam es auch war, ich ging die nächsten zwanzig Minuten auf dieselbe Art und Weise vor.

Schließlich zahlte sich meine übermäßige Vorsicht aus.

Bei einem meiner regelmäßigen Stopps hockte ich gerade hinter einem großen Felsen und spitzte die Ohren, als ich den leisen Faden einer Unterhaltung aufschnappte.

"... sollte gehen ..."

Die Stimme hallte seltsam wider, als käme sie aus weiter Ferne. Als ich es für sicher hielt, kroch ich hinter dem Felsen hervor und trat in die Mitte des Tunnels.

"... warum ... es bewachen."

Die Sprecher waren immer noch zu undeutlich, um sie zu verstehen. Ich beschloss, dass das Risiko den Gewinn wert war, und ging lautlos vorwärts.

"... der Schildgenerator ... zu wichtig ... um ihn zu schützen."

Ich schlich weiter.

"... hör auf, Panik zu schieben. Da draußen ist nichts."

Ich kam zum Stehen. Ich war endlich nahe genug herangekommen, dass die Stimmen gut zu hören waren, und ich hatte die letzte Sprecherin erkannt. Es war Worca.

Ishitas Geschworene waren hier. *Alle von ihnen?* fragte ich mich.

"... meine Wachzauber aktiviert!"

Das war Ishan. Er sprach über einen Wachzauber. *Was sind das für verdammte Dinger?* Noch beunruhigender: Wenn ich schon wieder einen Alarm ausgelöst hatte, warum hatte mir das Spiel dann keine Warnmeldung gegeben, wie zuvor bei Forsyths Gruppe?

"Entspann dich, das ist wahrscheinlich nur der Wyvern", sagte Lutra und klang gelangweilt. Er war der andere menschliche Magier.

"Das kann nicht das Biest sein", beharrte Ishan. "Er ist es! Ich sag's dir doch! Diesmal wurden *alle* meine Wachzauber ausgelöst."

"Wenn er es ist, hast du mit deinem Geplapper wahrscheinlich schon unsere Position verraten", sagte Worca ironisch.

"Und ich habe dir doch gesagt, dass du zu viele dieser verdammten Zauber aufgestellt hast", mischte sich Lutra ein. "Warum zur Hölle brauchen wir *drei* aufdeckende Wachzauber?"

"Du hast leicht reden", murmelte Ishan. "Du bist noch nicht am Ende deiner Leben."

"Lutra hat Recht", warf ein anderer ein. Das war Xrex, der Anführer der vier. "Das muss die Bestie sein, die wieder in den Tunneln umherstreift. Sei froh, dass du ihre Aufmerksamkeit nicht schon wieder erregt hast, Ishan. Muss ich dich daran erinnern, wie es lief, als sie das letzte Mal hier war?"

"Aber ..."

"Es reicht, du Schwachkopf!" zischte Xrex. "Ich schwöre, wenn du deine Zunge nicht stillhältst, werde ich dich persönlich erwürgen!

Xrex' Gezeter zeigte Wirkung. Der Mensch musste dem Echsenmann geglaubt haben, denn er sagte nichts mehr. *Armer Ishan,* dachte ich und hatte fast Mitleid mit dem Magier.

"Außerdem gibt es keinen Grund zur Sorge", fügte Lutra beruhigend hinzu. "Es ist mir egal, wie gut dieser Bastard schleichen kann, durch meine lähmenden Wachzauber kommt er nie."

Ich hockte in der Mitte des Tunnels und rührte mich nicht vom Fleck. Die Angst drängte mich, zu fliehen, aber ich blieb an Ort und Stelle und wartete, was die vier Magier noch enthüllen würden.

Leider schien ihr Gespräch beendet zu sein. Da ich merkte, dass es nichts mehr zu gewinnen gab, zog ich mich zurück, um meinen nächsten Schritt zu planen.

✳ ✳ ✳

Ich kehrte zu meinem Ausgangspunkt zurück.

Dort saß ich im Schneidersitz an der Kreuzung und dachte über das nach, was ich erfahren hatte. Alle vier von Ishitas Geschworenen waren hier, und nur eins konnte sie so weit aus der sicheren Zone herauslocken: der Schildgenerator.

Es muss in der gleichen Höhle sein.

Wären da nicht die Gesprächsfetzen gewesen, die ich überhört hatte, hätte ich mich sofort auf den Weg gemacht. Obwohl ich allein und ohne Hilfe war rechnete ich mir gegen die Magier gute Chancen aus, da die Dunkelheit auf meiner Seite war.

Aber.

Aber der wiederholte Hinweis auf diese Wachzauber ließ mich innehalten. Ich hatte im Gang keinen von Ishans Wachzaubern entdeckt, obwohl ich auf dem Rückweg zur Kreuzung Fallenerkennung aktiviert hatte.

Die Detektoren wurden entweder nicht als Fallen betrachtet oder waren jenseits meiner Fähigkeiten sie zu erkennen.

So oder so, ich konnte es mir nicht leisten, die Magier anzugreifen. Nicht, wenn sie die Gegend bereits zu ihren Gunsten vorbereitet hatten. Ich erschauderte bei der Vorstellung, der Gnade der vier gelähmt ausgeliefert zu sein.

Ich muss einen anderen Weg finden, um zu ihnen zu gelangen. Mit zusammengepressten Lippen blickte ich den rechten Tunnel hinauf. *Vielleicht ...*

Ich erhob mich auf meine Füße.

Es war an der Zeit, die Wyvernmutter zu finden.

✳ ✳ ✳

Ich schlüpfte in die Schatten, während ich den Tunnel hinaufschlich.

Mit offenem geistigen Auge bewegte ich mich vorsichtig vorwärts, obwohl ich mir keine allzu großen Sorgen machte, entdeckt zu werden. Im Wald hatte ich mich erfolgreich vor dem Wyvern versteckt, und dieses Mal war meine Schleichfertigkeit höher und die Umgebung förderlicher.

Fast hundert Schritte später begann der Tunnel heller zu werden. Ich vermutete, dass ich kurz vor dem Höhleneingang war. Ich verlangsamte meine Schritte, ging aber weiter.

Wenig später kam ich an einer zweiten Kreuzung an. Rechts von mir lockten ein blauer Himmel und die helle Morgensonne - die Höhlenöffnung in der Felswand -, während links von mir Dunkelheit herrschte - das Versteck der Wyvernmutter.

Ich wandte mich nach links und rutschte an der Tunnelwand entlang, als ich in die Höhle der Bestie vordrang. Nach ein paar Dutzend Metern wurden die Schatten im Gang wieder angenehm dicht, und nicht weit entfernt hörte ich das Geräusch von tropfendem Wasser. Darunter war noch ein anderes Geräusch zu hören.

Das Geräusch von schwerem Atem.

Die Wyvernmutter.

Ich drückte mich mit dem Rücken gegen den Felsen und neigte meinen Kopf zur Seite, um zu lauschen.

Das Atmen des Wyvern klang rau und kehlig. Es stieg und fiel in einem gleichmäßigen Tempo und versetzte den Boden bei jedem Stoß in schwache Schwingungen.

Schnarcht sie ...?

Es hörte sich auf jeden Fall so an.

Mit neu gewonnener Zuversicht schlich ich weiter den Gang hinunter. Mit jedem Schritt wurde das Schnarchen des Tieres deutlicher. Ich ging weiter.

Ich hatte eine vage Ahnung von einem Plan, aber ich musste den Wyvern sehen, bevor ich sagen konnte, wie durchführbar er war.

Eine Minute später erschien ein heller, brennender Ball am Rande meines geistigen Blickfeldes. Die Wyvernmutter war nah. Einen Meter vor uns bog der Tunnel scharf nach unten ab und verbarg, was dahinter lag. Sowohl das Geräusch von fließendem Wasser als auch der Atem des Tieres waren lauter geworden. Ich streckte mich flach auf dem Boden aus und rutschte vorwärts.

Als ich die Spitze des Tunnelhangs erklommen hatte, spähte ich nach unten.

Unter mir verbreitete sich der Tunnel zu einer Höhle. Ein gurgelnder Bach floss direkt durch seine Mitte. Auf dem Boden zusammengerollt, mit dem Kopf im Wasser ruhend, lag die Wyvernmutter.

Die Augen des Tieres waren geschlossen, und ihre Flügel fest an ihre Seite gefaltet. So schien sie fast friedlich und wie keine große Bedrohung, aber ich ließ mich nicht täuschen.

Wenn die Bestie erwachte, würde sie mich im Handumdrehen töten.

Ich blieb, wo ich war, und ließ meinen Blick über die Gegend schweifen. Anders als der Rest des Tunnelkomplexes war die Höhle des Wyvern nicht so kahl. Sträucher, leuchtende Pilze und sogar einige Blumen lugten durch die Felsen hervor. Vielleicht waren es das Wasser und das schwache Licht, das vom Dach herabfiel, das sie hier wachsen ließ.

Warum hat der Wyvern ausgerechnet diese Höhle als Zuhause gewählt? fragte ich mich, während ich die Umgebung weiter absuchte. *Sind es die Pflanzen, die ...*

Meine Gedanken brachen ab.

Hinter der herrschenden Masse des Tieres entdeckte ich einen kleinen Körper, der sich auf dem moosbewachsenen Boden ausstreckte.

Ist das ... ein Mensch?

Aus dieser Entfernung konnte ich es nicht erkennen, aber die Gestalt sah humanoid aus. Was auch immer es war, das Wesen befand sich außerhalb meiner Sichtweite und ich wollte nicht riskieren, in die Höhle selbst zu gehen.

Das muss eine Person oder zumindest etwas Lebendiges sein. Sulan hat gesagt, dass sie in dieser Richtung zwei Geister gespürt hat.

Aber warum sollte die Wyvernmutter irgendetwas, geschweige denn einen Menschen dulden, der in ihrer Höhle lebt? *Es gibt nur einen Weg, das herauszufinden.* Ich analysierte die unbekannte Gestalt.

Dein Ziel heißt Saya, eine gnomische Alchemistin. Sie ist eine Spielerin und trägt das Mal der geringeren Dunkelheit.

Meine Augenbrauen zogen sich konsterniert nach unten. Was hatte ein Spieler hier zu suchen? *Noch dazu einer ohne Level.* Ich hielt inne, als mir die Bedeutung meines letzten Gedankens bewusstwurde.

Wenn die gnomische Spielerin kein Level hatte, bedeutete das, dass sie eine Zivilistin war. Außerdem hatte ich in diesem Sektor nur einen weiteren Gnom getroffen, und es konnte kein Zufall sein, dass ein Gnom das Kopfgeld auf die Wyvernmutter ausgesetzt hatte.

Wer auch immer diese Saya ist, Gelar kennt sie. Da bin ich mir sicher. Aber wenn er sie kannte, warum hatte Gelar mir das dann nicht gesagt?

Und was noch wichtiger war: Was fing ich mit dieser Information an?

KAPITEL 148: EIN UNWAHRSCHEINLICHES DUO

Ich hörte für den Moment auf über die Geheimen Machenschaften der Gnome nachzugrübeln und castete Analyse auf die enorme Bestie.

Dein Ziel ist ein grüner Wyvern der Stufe 198.

Ich schluckte. Die Kopfgeldausschreibung stimmte also. In Anbetracht dessen hatte ich nicht vor, es selbst mit der Wyvernmutter aufzunehmen - auch wenn sie schlief und scheinbar verwundbar war.

Ich hatte vor, das Tier zu Ishitas Geschworenen zu locken. Es wäre mir eine Freude, wenn der Flügeldrache die Magier für mich ausschalten würde. Doch mein Plan barg ein großes Risiko. Nicht zuletzt, weil diese Kreatur mich abgrundtief hasste. Sie hatte bei unserem letzten Aufeinandertreffen meine Witterung aufgenommen und ich befürchtete, dass sie die Magier völlig ignorieren würde, um stattdessen mich zu töten.

Ich biss mir auf die Lippe. *Also was jetzt?* Mein Blick wanderte wieder zu dem Gnom. Schlief sie ebenfalls? *Bevor ich handele, muss ich weitere Nachforschungen anstellen.*

Als ich einen Blick auf das Licht warf, das von der Decke der Höhle herabfiel, wurde mir klar, dass es dazu einen sicheren - oder zumindest einen *sichereren* - Weg gab als sich an dem Wyvern vorbeizuschleichen. Ich machte ein paar Schritte rückwärts und zog mich in den Tunnel zurück, um mich auf den Weg zur äußeren Felswand zu machen.

* * *

Das helle Sonnenlicht strömte durch den Höhleneingang, als ich ihn erreichte. Der Morgen nahm seinen Lauf und ich musste mich beeilen. Bald würde der Wyvern vermutlich erwachen.

Vom Rand des Eingangs aus schaute ich nach unten. Die Klippe fiel steil ab. Zum Glück war ich schwindelfrei und litt nicht unter Höhenangst. Ich beugte mich nach vorne, reckte den Hals und spähte nach oben.

Genau wie ich gedacht hatte, war das Ende der Klippe nicht weit entfernt. Es war ein Anstieg von weniger als drei Metern, den ich leicht bewältigen konnte. Zumindest hoffte ich das.

Kein Grund zu zögern.

Ich ging zur linken Seite des Höhleneinganges hinüber und schwang mich nach außen an die Felswand. *Sieh bloß nicht nach unten*, dachte ich trocken, denn mir war klar, dass ich keine Absicherung hatte.

Ich richtete meinen Blick nach oben und suchte die Felswand ab, *ohne* daran zu denken, abzurutschen. Es gab genügend Haltegriffe und ich griff nach dem nächstgelegenen. *Ganz ruhig*, dachte ich und zog mich ein Stück höher.

Ich machte weiter und kletterte mit spinnenartiger Präzision.

Wenig später erreichte ich den Gipfel. Ich zog mich über die Kante, rollte mich auf den Rücken und starrte in den strahlend blauen Himmel, während ich mir einen Moment Zeit nahm, um Luft zu holen.

Das war gar nicht mal so schlimm. Ich kletterte wieder auf die Füße. Aber trotzdem würde ich es am liebsten nicht noch einmal tun.

Ich drehte mich im Kreis und betrachtete meine Umgebung. Der höchste Punkt war flach und karg, und selbst die widerstandsfähigsten Pflanzen hatten Mühe, an der Oberfläche zu wachsen. Trotz der Morgensonne war es hier oben kalt. Ich ließ den Felsvorsprung hinter mir und ging weiter zum Inneren des Berges, wobei ich im Geiste die Tunnel unter mir verfolgte.

Als ich schätzte, dass ich mich über meinem Ziel befand, öffnete ich mein geistiges Auge und spürte tatsächlich zwei Bewusstseinsblasen unter mir. Die eine war groß und hell – die Wyvernmutter – und die andere klein und kompakt – der Gnom.

Ausgezeichnet. Ich öffnete die Augen und scannte den Felsen zu meinen Füßen. *Jetzt muss ich nur noch einen Weg nach unten finden.*

Angesichts der Menge an Sonnenlicht in der Höhle war ich mir sicher, dass es reichlich Spalten gab, die von der Klippenkuppe nach unten führten. Meine Aufgabe war es, eine zu finden, die groß genug war, um mich hindurchzuwinden.

Es gab Dutzende von Rissen im Boden.

Nur wenige führten auf geradem Weg nach unten, und obwohl sich die meisten wild durch die sechs Meter Felsen unter mir schlängelten, die mich von der Höhle trennten, wirkten einige passierbar.

Ich wählte mein Ziel sorgfältig aus. Die Felsspalte, die ich schließlich für am geeignetsten hielt, befand sich fast direkt über dem Gnom und war so weit wie möglich von dem schlafenden Wyvern entfernt.

Bevor ich in die Felsspalte schlüpfte, rollte ich das Seil ab, das ich den Heulern abgenommen hatte, und befestigte es fest an einem nahe gelegenen Felsvorsprung. Wenn ich mich zurückziehen müsste, würde ich auf diesem Weg wieder herauskommen.

Mit dem anderen Ende des Seils in der Hand näherte ich mich der Felsspalte. Jetzt kam der riskanteste Teil.

Ich kroch hinein.

Die Wände des Risses im Stein waren glatt, wahrscheinlich durch jahrhundertelanges Abfließen von Wasser aus der Klippe abgenutzt, und mir war sofort klar, dass es enger werden würde, als ich erwartet hatte.

Es gab kaum Platz, um zu stehen oder sich umzudrehen, und kaum genug Spielraum, um meine Hände unter meinen Körper zu klemmen und mich durchzuzwängen. *Ein schnelles Entkommen ist hier wohl ausgeschlossen.* Wenn es unten schief ging, musste ich einen anderen Weg nach draußen finden.

Trotz meines Unbehagens gelang es mir, den Felsspalt zu passieren, und wenig später stieß ich auf das andere Ende. Ich schlängelte mich zur Öffnung und spähte hindurch.

Der Spalt endete fast am höchsten Punkt der Höhlendecke und der Boden war von hier aus etwa sieben Meter entfernt. Meine Lippen zogen sich zusammen. Ich würde das Seil brauchen, um hinunterzukommen.

Die gute Nachricht war jedoch, dass sich die Felsspalte trotz des verschlungenen Weges, den sie durch den Felsen geschnitten hatte, fast an der gleichen Stelle öffnete, an der sie oben begonnen hatte, sodass mein Ziel fast direkt unter mir lag.

Mein Blick wanderte zu der Wyvernmutter. Sie schnarchte weiter, sechs Meter von dem Gnom entfernt. Aber von diesem Aussichtspunkt aus war der Abstand zwischen den beiden weniger beruhigend. Würde das Tier mich wahrnehmen, wenn ich dem Gnom zu nahekam?

Ich zog eine Grimasse. Es war zu spät, um es sich anders zu überlegen. Ich war bereits entschlossen. *Auf gehts also.*

Ich zerrte an dem Seil und ließ es Stück für Stück in die Höhle hinab, wobei mein Blick die ganze Zeit über auf dem Wyvern ruhte. *Sie wird nicht aufwachen,* sagte ich mir. Selbst während ich mir das einredete, war ich mir nicht sicher, ob ich es glaubte. Doch je mehr Zeit ich verstreichen ließ, desto größer wurde das Risiko.

Das Seilende erreichte den Höhlenboden, ohne dass der Wyvern etwas merkte. Jetzt gab es nur noch eine Sache zu tun.

Ohne weiter zu zögern, schlängelte ich mich das letzte Stück aus der Felsspalte und schwang mich an das hängende Seil.

Ein feindliches Wesen hat dich nicht entdeckt! Du bist versteckt.

Das Seil schwankte durch mein plötzliches Gewicht, hielt aber ohne weiteren Protest. Ich klammerte mich fest und wartete darauf, dass das Schwanken nachließ.

Dann rutschte ich leise weiter nach unten.

Ein feindliches Wesen hat dich nicht entdeckt! Du bist versteckt.

Ich landete geräuschlos auf dem moosbewachsenen Boden und ging sofort in die Hocke, während ich die Höhle erneut absuchte.

Nur sechs Meter trennten mich von der Wyvernmutter, und aus dieser Nähe war ihre bedrohliche Präsenz unverkennbar. Aber zum Glück schlief sie seelenruhig weiter.

Mein Blick wanderte zu meinem Ziel. Der Gnom war weniger als einen Meter entfernt und hatte sich, genau wie der Flügeldrache, nicht gerührt. Ich schlich mich näher an die Spielerin heran und behielt dabei den Wyvern im Auge.

Ein feindliches Wesen hat dich nicht entdeckt! Du bist versteckt.

Die Bestie schlummerte weiter, ohne etwas zu bemerken. Als ich mein Ziel erreichte, untersuchte ich sie eingehend.

Der Gnom schlief nicht. Sie war bewusstlos.

Einer der Arme der Alchemistin war in einer behelfsmäßigen Schlinge. Ihre Kleidung war an einigen Stellen zerrissen und ihre Beine waren geschwollen und aufgequollen. Außerdem hatte sie scheinbar eine Reihe weiterer kleinerer Verletzungen davongetragen.

Ich streckte den Arm aus und legte ihr leicht eine Hand auf die Stirn. Der Gnom glühte. Ich analysierte die Alchemistin erneut, und dieses Mal fragte ich ihren Gesundheitszustand ab.

Dein Ziel heißt Saya. Sie ist schwer verletzt.

Verdammt! Ich konnte auf keinen Fall riskieren, den Gnom in diesem Zustand zu wecken. Allein ihre Schmerzensschreie würden mich verraten.

Ich muss einen Trank benutzen. Einen vollständigen Heiltrank. Ich hatte keine Möglichkeit, das Ausmaß der Verletzungen der Alchemistin genauer einzuschätzen, und ich hatte keine Zeit herumzualbern. Ich nahm den Zaubertrank heraus, setzte ihn an die Lippen des bewusstlosen Gnoms und träufelte ihr den Inhalt ein.

Wie immer wirkte der Trank sofort.

Die Augen des Gnoms sprangen vor Schreck auf. In Erwartung ihrer Reaktion legte ich ihr eine Hand auf den Mund, bevor sie die Frage in ihren Augen aussprechen konnte. Ich bewegte mich langsam, ohne den Blickkontakt zu unterbrechen, hob einen Finger an die Lippen und ruckte mit dem Kopf in die Richtung des Wyvern.

Als sie die schlafende Gestalt des Tieres betrachtete wurden Sayas Augen noch größer – wenn das überhaupt möglich war.

Ich wartete ein paar Sekunden. Ich hatte keine Ahnung, warum der Gnom in dieser Höhle war, und ich konnte die Möglichkeit nicht ausschließen, dass sie für – oder mit – dem Wyvern arbeitete, so absurd der Gedanke auch schien.

Als die Alchemistin keine Anstalten machte, sich zu wehren oder zu schreien, löste ich vorsichtig meine Hand von ihrem Mund.

Saya atmete leise aus, ihre Augen auf meine fixiert.

Ich stand auf. "Kann ich dir aufhelfen?" formte ich die Worte lautlos.

Die Alchemistin nickte und ihr Blick wanderte nervös zu dem Wyvern. Diese Geste vertrieb ein paar meiner eigenen Sorgen. Was auch immer los war, es war offensichtlich, dass Saya Angst vor dem Biest hatte. *Es ist also unwahrscheinlich, dass sie freiwillig hier ist.*

Ich bückte mich und half der kleineren Spielerin auf. Der Gnom wog kaum etwas und bewegte sich ohne jegliche Unbeholfenheit. Das erleichterte mich ebenfalls. Ich hatte keine Rettungsaktion geplant, aber genau das schien ich im Moment zu tun. Dass Saya sowohl mobil als auch scheinbar agil war, machte die Sache einfacher.

Ich ließ den zitternden Gnom eine Weile warten und untersuchte die Höhle noch einmal. Mir wurde klar, dass der sicherste Weg hinaus derselbe war, wie ich hineingekommen war. Ich drehte mich wieder zu Saya um und legte meinen Mund an ihr Ohr. "Tu genau, was ich sage, und wir kommen hier lebend raus", flüsterte ich. "Kannst du das tun?"

Sie nickte nachdrücklich.

Ich legte meine Hände auf die Schultern der Spielerin und drehte sie um, so dass sie das Seil sah. "Siehst du das? Geh darauf zu", sagte ich immer noch flüsternd. "Bleib ruhig und sei vorsichtig, wo du deine Füße hinsetzt."

Die Alchemistin machte einen Schritt nach vorne und bewegte sich unter meiner aufmerksamen Beobachtung mit übertriebener Vorsicht. Sie war jedoch leichtfüßig und stolperte nicht.

Ich folgte ihr auf den Fersen und mit schmerzhafter Langsamkeit machten wir uns auf den Weg zurück zu meinem baumelnden Seil. Als wir dort ankamen, band ich das Ende um Sayas Taille.

Der Aufstieg würde schwieriger werden als der Abstieg, und ich konnte nicht erwarten, dass der Gnom ihn schaffen würde. Ich beugte mich vor und flüsterte ihr wieder ins Ohr. "Ich klettere raus und ziehe dich dann hoch. Keine Panik, und mach keinen Mucks."

Sayas Zittern verstärkte sich und ihr Gesicht wurde vor Angst bleich. Aber so sehr die Vorstellung, allein in der Höhle zu bleiben, den Gnom auch zu beunruhigen schien, sie protestierte nicht.

Schneller als ich erwartet hatte, hatte Saya sich wieder unter Kontrolle und nickte, wenn auch nicht fest, so doch tapfer, als Antwort auf meine Anweisungen.

Ich drückte ihre schlanken Schultern einmal, dann fing ich kurzerhand an, das Seil hochzuklettern und zog mich schnell und ohne viel Aufhebens mit den Schnarchgeräuschen des Wyvern als Hintergrundgeräusch nach oben. Das war der einfache Teil.

Als nächstes musste ich Saya rausholen.

Kapitel 149: Die verlorene Alchemistin

Als ich die Felsspalte erreichte, schaute ich zurück, um zu sehen, wie es dem Gnom ging.

Mit nach Oben gerichtetem Gesicht starrte sie mich starr an. Ich gab Saya einen Daumen nach oben und verschwand in der Felsspalte, in der Hoffnung, dass sie ruhig blieb, nachdem ich aus ihrem Blickfeld verschwand.

Ich schlängelte mich so schnell wie möglich aus dem Spalt und lauschte aufmerksam auf Anzeichen, dass der Wyvern aufwachte. Glücklicherweise schaffte ich es ganz hindurch, ohne dass Saya in Panik geriet. Ich schob mich aus dem Loch, drehte mich um und zog an dem Seil. Ich konnte den Gnom nicht sehen, aber jetzt musste ich darauf vertrauen, dass sie die Ruhe bewahren würde.

Langsam, Zentimeter für Zentimeter, zog ich Saya nach oben. So nervenaufreibend es auch war, ich wagte es nicht, zu fest an dem Seil zu ziehen.

Schließlich begannen meine Arme unter der Anstrengung zu brennen. Der Gnom war leicht, aber Stärke war nicht meine beste Eigenschaft. Trotzdem gab ich keinen Laut von mir und die Alchemistin, der langsam in die Höhe gezogen wurde, auch nicht. Nach einer gefühlten Ewigkeit, aber objektiv betrachtet waren es weniger als fünf Minuten, ließ die Spannung am Seil nach.

Saya hatte den Felsspalt erreicht.

Ich lehnte mich zurück und keuchte vor Erleichterung. Während ich meine Arme massierte, verfolgte ich den Aufstieg des Gnoms im meinem geistigen Auge.

Die Alchemistin, die fast halb so breit war wie ich, flitzte mit Leichtigkeit durch den Spalt, und im Handumdrehen lugte ihr Kopf aus dem Loch. Ich legte einen Finger an meine Lippen, um sie daran zu erinnern, still zu sein, und führte sie vom Spalt weg.

Es war an der Zeit, herauszufinden, wer und was genau sie war.

✻ ✻ ✻

Ich ließ den Gnom nicht los reden, bis ich genug Abstand zwischen uns und die Höhle unter uns gebracht hatte. Ich fand einen Haufen riesiger Felsbrocken und zog die Alchemistin in deren Schatten.

"In Ordnung, das sollte weit genug sein", sagte ich. "Wer ..."

Ich kam nicht weiter. Der Gnom stürzte sich nach vorne und schlang ihre winzigen Arme um mich. "Danke! Ich danke dir! Danke!", flüsterte sie mit aufgeregter und inbrünstiger Stimme.

Ich tätschelte sie unbeholfen und befreite mich von ihr. "Gern geschehen", sagte ich. "Aber wir sind noch nicht außer Gefahr. Die Wyvernmutter könnte jederzeit aufwachen."

Saya schüttelte den Kopf. "Wir haben noch Stunden. Sie schläft oft bis Mittag."

Ich studierte den Gnom genau. Sie hörte sich sicher an. "Du bist also schon lange da drin?"

Saya nickte energisch. "Sie hat mich vor Wochen gefangen genommen. Seitdem bin ich in dieser schrecklichen Höhle gefangen."

Ich runzelte die Stirn. "Die Wyvernmutter hat dich gefangen genommen? Warum sollte sie das tun?"

Saya seufzte. "Sie hat herausgefunden, dass ich Alchemistin bin - wenn auch nur eine halb ausgebildete - und lässt mich für sich arbeiten."

Ich blinzelte und war mir nicht sicher, welcher Teil ihrer Aussage mich mehr überraschte. "Dich arbeiten ...?" wiederholte ich langsam.

"Ich sammle Pilze und Höhlenmoos für sie", sagte sie mit einem schwachen Lächeln. "Anscheinend hält Besina sie für eine echte Delikatesse."

"Wer ist Besina?" fragte ich verwirrt.

"Der Wyvern", sagte Saya einfach.

Ja, natürlich. Warum es mich überraschte, dass die Wyvernmutter einen Namen hatte, war mir nicht klar, aber es hatte es. Noch überraschender war allerdings, dass der Gnom ihn kannte. "Du hast also ... mit ihr gesprochen?"

Sayas Gesicht verzog sich in schmerzhafter Erinnerung. "Nun, ich bin mir nicht sicher, ob man das *Reden* nennen kann." Unbewusst rieb sie sich die Schläfen. "Besina übermittelt ihre Forderungen, indem sie Bilder in meinem Kopf entstehen lässt. Am Anfang waren sie schwer zu verstehen, aber mit der Zeit wurden sie leichter zu deuten. Und sie konnte mich verstehen, wenn ich sprach."

"Ich verstehe", sagte ich. "Was kannst du mir über die Bestie erzählen?"

Einen langen Moment lang schwieg Saya, dunkle Emotionen huschten über ihr Gesicht. "Besina ist alt", sagte der Lehrling schließlich. "Sie hat lange in diesen Bergen gelebt und kennt sie gut. Viele der Tunnel hier unten hat sie entweder selbst angelegt oder im Laufe der Zeit erweitert." Sie begegnete meinem Blick, ihr eigener ernst. "Glaub ja nicht, dass du dich hier vor ihr verstecken kannst."

Ich nickte nachdenklich. "Mach weiter."

"Unterschätze Besina nicht", fuhr Saya fort. "Sie ist kein dummes Biest. Der Wyvern ist gerissen. Und sadistisch." Das Kinn des Gnoms zitterte und sie hob ihren linken Arm, der immer noch von schmutzigen Verbänden bedeckt war. "Vor ein paar Tagen habe ich versucht zu fliehen. Besina hat mich natürlich sofort erwischt und mir eine Lektion erteilt." Sie erschauderte. "Ich werde nie vergessen, was sie mir angetan hat."

Ich verlagerte mein Gewicht von einem Fuß auf den anderen und wurde durch den Schmerz in den Augen des Gnoms unruhig. Ich wusste nicht, wie ich sie trösten sollte, also tat ich das Nächstbeste. Ich wechselte das Thema. "Ich nehme an, du arbeitest mit Gelar?"

Mein unbeholfener Versuch funktionierte, und die Melancholie verschwand aus Sayas Gesicht. "Niemand arbeitet *mit* Gelar", sagte sie mit funkelnden Augen. "Ich arbeite *für* ihn. Ich bin sein Lehrling."

"Ah", sagte ich, erfreut über ihre plötzlich glücklichere Miene. Was auch immer Besina dem kleinen Gnom angetan hatte, sie hatte Sayas Geist nicht gebrochen.

"Hat er dich geschickt, um mich zu retten?" fragte Saya eifrig und ihr ganzes Gesicht leuchtete auf.

Ich zögerte, dann schüttelte ich den Kopf und sagte ihr die Wahrheit. "Nein, er hat mir überhaupt nichts von dir erzählt." Ich hielt inne. "Aber er hat mich geschickt, um den Wyvern zu töten."

"Oh", sagte Saya und atmete schwer aus. "Dann denkt er wohl, dass ich tot bin."

Ich zuckte mit den Schultern. Ich hatte keine Ahnung, was Gelar sich dabei gedacht hatte, aber es schien, dass seine Gründe für das Kopfgeld nicht so einfach waren, wie ich ursprünglich angenommen hatte. "Kannst du mir sagen, wie du hierhergekommen bist?" fragte ich leise.

"Natürlich", sagte Saya, etwas abwesend. Ich konnte sehen, dass sie immer noch verärgert über die Vorstellung war, dass ihr Mentor sie zum Sterben zurückgelassen hatte.

"Ich war im Wald, um Materialien zu sammeln", begann sie.

"Alleine?" fragte ich schroff. "Gelar hat dich allein losgeschickt?"

Saya ließ den Kopf hängen und sah mir nicht in die Augen.

"Warum sollte er so etwas Dummes tun?"

Der Blick des Gnoms huschte zu mir hoch und als sie meinen ungläubigen Gesichtsausdruck sah, erklärte sie: "Das ist nicht ungewöhnlich. Ich bin schon oft allein losgezogen, um Zutaten zu sammeln." Sie senkte ihren Blick. "Aber ich glaube nicht, dass ich als Alchemistin geeignet bin. Ich meine, ich habe nichts gegen ein bisschen Gefahr, aber nach Besina -" ihr Wort wurde zu einem kaum wahrnehmbaren Flüstern - "bin ich mir nicht mehr sicher, ob ich das kann."

Ich starrte Saya erneut eingehend an.

Der Gnom war dürr, ihr Kopf wirkte übergroß und ihre Gesichtszüge waren scharf, fast so, als wäre ihr Gesicht noch nicht richtig gewachsen.

Ich war kein Experte für die Physiologie der Gnome und hatte zunächst gedacht, dass ihr etwas seltsames Aussehen auf ihre Gefangenschaft zurückzuführen war. Jetzt fragte ich mich etwas anderes.

"Saya, wie alt bist du?" forderte ich plötzlich.

Der Lehrling strahlte leicht. "Ich bin achtzehn", sagte sie stolz. "Vor drei Monaten bin ich volljährig geworden und habe den Status eines vollwertigen Spielers erreicht."

Ich sagte nichts, aber im Stillen verfluchte ich Gelar. *Sie ist kaum mehr als ein Kind und noch dazu eine Zivilistin.* Warum hatte der Alchemist sie allein und ohne Begleitung ins Tal losgelassen?

"Was machen wir jetzt?" fragte Saya, die meine Gedanken nicht ahnen konnte. "Fliehen wir über die Berge?" Sie biss sich auf die Lippe. "Ich warne dich, ich glaube nicht, dass wir weit kommen werden. Besina ist eine exzellente Fährtenleserin und ich glaube nicht, dass sie mich einfach so gehen lassen wird ..."

Ich konzentrierte mich wieder auf den Gnom. "Leider, Saya, ist meine Arbeit hier noch nicht getan. Bevor wir aufbrechen können, muss ich noch etwas in Besinas Höhle erledigen." Ich zögerte und betrachtete die Jugendliche erneut. Konnte ich ihr vertrauen? Ich glaubte schon. "Alchemisten sind Magieanwender, nicht wahr?"

Saya zuckte mit den Schultern. "Ich habe keine Zaubersprüche, wenn du das meinst."

"Aber du hast Zugang zu deinem Mana?"

Der Lehrling nickte.

"Kannst du Zauberschriftrollen benutzen?"

"Wenn sie nicht kampforientiert sind", räumte sie vorsichtig ein, "dann ja."

Ich zog die Portalschriftrolle aus meinem Rucksack und reichte sie ihr. "Dann behalte die hier. Ich werde zurück in die Tunnel gehen. Wenn ich in einer Stunde nicht zurück bin oder du siehst, dass der Wyvern aus seiner Höhle auftaucht, benutzt du die hier. Sie wird dich nicht aus dem Sektor herausbringen, aber es sollte bis in die sichere Zone reichen."

Du hast eine Portalschriftrolle verloren.

Saya nahm den Gegenstand neugierig entgegen. Einen Moment später blieb ihr der Mund vor Schreck offenstehen, als sie erkannte, was sie in der Hand hielt.

"Kannst du sie benutzen?" fragte ich vorsichtig.

Sie nickte nachdrücklich.

"Perfekt" sagte ich mit einem Grinsen. "Dann warte hier. Ich bin in einer Stunde zurück. Und wenn nicht, weißt du ja, was zu tun ist." Ich drehte mich um und begann, meine Schritte zum Rand der Klippe zurückzuverfolgen.

"Warte!" zischte Saya.

Ich hielt inne und drehte mich zu ihr um.

"Was musst du in der Höhle tun?", fragte der Lehrling mit leiser Stimme.

Ich schwieg einen Moment, dann zuckte ich mit den Schultern und sah keinen Grund, meine Pläne zu verheimlichen. "Weißt du von dem Schildgenerator?"

Saya nickte.

"Ich werde ihn zerstören."

Die Augen des Gnoms weiteten sich. "Aber Ishitas Magier bewachen ihn!"

Ich hob eine Augenbraue. "Du weißt von ihnen?"

Sie wippte mit dem Kopf. "Sie kamen gestern früh an, und seitdem hat Besina schlechte Laune. Ihre Anwesenheit geht ihr auf die Nerven."

"Sie weiß also, dass sie in den Tunneln sind?"

"Besina hat sie gestern angegriffen." Saya runzelte die Stirn. "Aber ich glaube, die Magier haben sie überwältigt und sie war gezwungen, sich zurückzuziehen. Sie war nicht gerade glücklich."

Ich lächelte. "Das ist gut zu wissen. Vielen Dank." Ich machte mich bereit, wieder zu gehen.

"Kann ich irgendetwas tun, um zu helfen?" fragte Saya und hielt mich noch einmal auf.

Ich schüttelte den Kopf. "Es ist zu gefährlich ..."

"Es kann doch nicht gefährlicher sein, als zu versuchen, Besina zu entkommen", sagte sie grinsend.

Ich verzog bei diesem Vergleich die Miene. In Wahrheit sah ich eine Möglichkeit, wie der Gnom mir helfen könnte, aber ich wollte die junge Alchemistin nicht in meine eigenen Angelegenheiten verwickeln. "Es wird schon noch ein bisschen gefährlicher", murmelte ich. "Und du müsstest mir gegen Ishitas Geschworene helfen. Wenn sie herausfinden, dass du daran beteiligt bist, wird die Macht in Zukunft nicht gut auf dich zu sprechen sein."

"Pfft, wen kümmert schon Ishita", sagte Saya. Doch trotz ihrer mutigen Worte klang sie plötzlich weniger begeistert. "Bist du sicher, dass du dich mit der Göttin anlegen willst?", fragte sie einen Moment später. "Die ist noch furchteinflößender als der Wyvern."

"Ihre Leute haben mir keine Wahl gelassen", antwortete ich. "Aber du musst mir nicht helfen. Du kannst hierbleiben und auf meine Rückkehr warten.'

Sayas Rücken versteifte sich. "Nein. Ich will helfen." Sie hielt inne. "Aber ich muss doch nicht kämpfen, oder?"

"Ganz und gar nicht", versicherte ich ihr. "Wenn du wirklich helfen willst, werde ich dich nicht aufhalten. Du kannst Folgendes für mich tun ..."

TAG 7. MORGEN.

Ich brauchte nur ein paar Minuten, um Saya richtig zu positionieren und etwas länger, um ihr zu erklären, was ich vorhatte. Danach kehrte ich zu Besinas Höhle zurück.

Ich fühlte mich ein bisschen schuldig, dass ich die junge Alchemistin so ausnutzte, vor allem, nachdem ich Gelar im Geiste dafür gescholten hatte, sie allein in den Wald geschickt zu haben. Allerdings würde Sayas Rolle in meinem Plan zwar entscheidend sein, aber relativ klein und ungefährlich.

Da war ich mir sicher. Jedenfalls fast.

Es wird ihr nichts passieren, sagte ich mir. *Und sie ist sicher in weniger Gefahr, als wenn sie ohne Begleitung in die sichere Zone fliehen würde.*

Ich konzentrierte mich wieder auf das Wesentliche und starrte nach unten. Wieder einmal hockte ich über dem Tunnel, der in Besinas Versteck führte.

Diesmal hatte ich den langen Weg gewählt, um mich dem Wyvern zu nähern. Mich abzuseilen war ein einziges Mal schon nervenaufreibend genug, und außerdem musste ich für mein Vorhaben in der Nähe des Höhleneingangs sein.

Die Bestie schlief immer noch und ich legte mir meinen Plan noch einmal zurecht. Sobald ich ihn in die Tat umsetzte, würde alles schnell gehen müssen und ich konnte mir kein Zögern leisten.

Ich atmete tief durch und beruhigte mich. Es war so weit. Ich konnte den Plan rückwärts aufsagen und war bereit.

Ich versank tiefer in den Schatten, zog mein Psi heran und zauberte Astralklinge. Von meinem Standort aus war Besina ein unübersehbares Ziel. Ich zielte auf die Stirn des Wyvern und ließ den lilafarbenen Dolch aus meiner Hand schnellen.

Das magische Projektil flog durch die Luft und traf die Bestie genau am Ziel.

Deine Astralklinge hat Besina keinen Schaden zugefügt. Grüne Wyvern sind gegen alle Arten von mentalen Angriffen immun! Dein Angriff wurde entdeckt!

Meine Lippen verzogen sich säuerlich. Das Ausbleiben an Schaden war nicht überraschend; ich wusste genug, um es zu erwarten. Trotzdem war es deprimierend zu sehen, wie sinnlos mein Angriff gewesen war.

Besina hat dich nicht entdeckt! Du bleibst versteckt.

Die Augen des Wyvern schlugen auf. Ich lächelte grimmig. Der wahre Zweck meines Angriffs war es gewesen, die Bestie aufzuwecken. Jetzt gab es kein Zurück mehr.

Mit Ventro projizierte ich meine Stimme an eine Stelle direkt in der Höhle und etwa fünf Meter von meinem eigentlichen Standort entfernt. "Na, du hässliches Biest, ich habe wohl dein Versteck gefunden", sagte ich spöttisch. "Das hier ist eine echte Müllhalde."

Der Hals der Wyvernmutter reckte sich, und ihre Nasenflügel flatterten, als sie an der Luft schnupperte. "Du!", zischte sie. Mit verblüffender Schnelligkeit richtete sich Besina's Blick auf die Stelle, von der meine Stimme gekommen war.

Besina hat dich nicht entdeckt!

Da ich wusste, was als Nächstes kam, rutschte ich den Abhang hinunter und zog mich lautlos zurück, während ich meine Stimme immer noch nach vorne warf. "Ich bin es", stimmte ich zu. "Ich habe das Tal bereits von deinem Jungen befreit. Jetzt ist es an der Zeit, dass ich auch dir ein Ende bereite."

Ich hörte das Klatschen von Flügeln auf Wasser und das Schlagen von Füßen, als Besina ihre Masse nach oben wuchtete. Das Biest machte sich auf den Weg.

Ah, das hat sie wütend gemacht. Mein eigener Puls beschleunigte sich und ich beeilte mich, mich durch die Schatten zurückzuziehen.

Einen Herzschlag später spritzte grüner, säurehaltiger Speichel über die Decke des Tunnels.

Igitt. "Haha, du hast mich verfehlt", rief ich vergnügt, während ich immer noch mein Ventro benutzte, um meine wahre Position zu verschleiern.

Besina selbst erschien auf der Weggabelung. Mit zusammengekniffenen Augen und voller Wut suchte sie den Tunnel vor sich ab. Aber inzwischen war ich schon viel weiter unten im Tunnel und gut versteckt.

Besina hat dich nicht entdeckt!

"Du wagst es, deine kindischen Streiche an mir auszuprobieren, Mensch? Sie werden dich nicht retten", zischte der Wyvern. "Ich werde dich finden und dich langsam töten. Ich werde mich an deinen Knochen laben, Stück für Stück. Du wirst sterben, und zwar auf grausame Weise", versprach sie mit bedrohlicher Gewissheit.

Ich erreichte die Kreuzung und hielt an. Da das Sonnenlicht von der rechten Abzweigung hereinströmte, war dies die hellste Stelle in den Tunneln, und ich konnte nicht lange verweilen, aber ich hatte noch Zeit für eine weitere Stichelei.

"Oh, ich bin mir sicher, dass ich sterben werde", sagte ich durch meinen Zauber, bevor ich in den dunkleren Tunnel schlüpfte, der zu Ishitas Geschworenen führte. "Eines Tages muss ich das sicher, aber dieser Tag ist nicht heute. Heute ist diese Ehre für dich reserviert." Ich hielt inne. "Ich mach's auch schnell, versprochen."

Ich hielt durch meine Geistessicht wachsam Ausschau, damit ich nicht verpasste, wie mein Feind plötzlich wieder in Reichweite kam, wenn sie zur Kreuzung raste.

Besina hat dich nicht entdeckt!

"Zeig dich, du Wurm", kreischte die Wyvernmutter frustriert, als sie die Kreuzung leer vorfand.

Ich gluckste. "Und warum sollte ich das tun?" fragte ich und eilte den Tunnel hinunter. Es war vielleicht nicht klug, die Wyvernmutter zu verspotten, aber je wütender sie war, desto größer waren meine Chancen, sie zum Handeln zu bewegen, ohne dass sie die Konsequenzen überdachte.

Wenn sie Hemmungen hatte, könnte das katastrophale Folgen für mich haben.

"Wo ist mein Haustier?" fragte Besina abrupt und ignorierte meine Antwort.

"Haustier?" fragte ich mit gespieltem Desinteresse.

Der Wyvern antwortete nicht sofort, und als sie sprach, klang ihre Stimme flach und es fehlte die frühere Wut. "Die Alchemistin."

Ich öffnete den Mund, um etwas zu erwidern, hielt dann aber inne, als meine Sinne kribbelten. Besina war aus meinem Blickfeld verschwunden und nicht wieder aufgetaucht, also war ich nicht besorgt, dass sie in der Nähe war.

Aber irgendetwas war nicht in Ordnung.

Ich runzelte die Stirn und lauschte aufmerksam. Am Rande meines Gehörs hörte ich das leise Scharren von Krallen auf Stein.

Du hast ein verstecktes Wesen entdeckt!

Der Wyvern hatte seine Taktik geändert und pirschte sich während unseres Gesprächs an mich heran!

Anhand des Geräuschs schätzte ich Besinas Position auf weniger als acht Meter von mir entfernt. Zusätzlich hatte sie ihren Geist abgeschirmt, weshalb ich sie nicht in meinem geistigen Auge wahrnahm.

Verdammt clever.

Meine Lippen wurden schmaler. *Aber so leicht kriegst du mich nicht.*

Ich hatte gehofft, mein Katz- und Mausspiel mit Besina noch etwas länger hinauszuzögern, aber das sah jetzt zu gefährlich aus. Ich zog einen Gegenstand aus meiner Tasche und schlich mich weiter weg.

"Oh, du meinst Saya", sagte ich beiläufig und nahm unser Gespräch wieder auf, als wäre es nie ins Stocken geraten. "Um sie musst du dir keine Sorgen machen. Sie ist jetzt sicher in der Obhut von Ishitas Magiern."

Besina antwortete nicht, und ich spürte, dass sie mit dem Plaudern fertig war. Und tatsächlich, eine Sekunde später kam ihre große Gestalt in Sicht. Sie raste auf mich zu.

Du hast ein verstecktes Wesen entdeckt. Besina ist nicht mehr versteckt! Besina hat dich entdeckt. Du bist nicht mehr versteckt!

Ah, nun, verdammt. Ich ignorierte die rasende Gestalt des Wyvern und warf die Rauchbombe in meiner Hand auf den Boden zu meinen Füßen.

Du hast eine Rauchbombe gezündet. Du bist wieder einmal versteckt.

Ich drehte mich um und rannte blindlings durch die dicken Rauchschwaden. Meine Augen waren geschlossen und mein linker Arm so ausgestreckt, dass meine Finger die Seitenwand des Tunnels berührten.

Hinter mir hörte ich, wie Besina zum Stehen kam und frustriert zischte, als sie mich wieder aus den Augen verlor. Das hielt sie aber nicht davon ab, sich zu revanchieren, und einen Moment später schnitt eine Lanze aus säurehaltiger Spucke durch die Rauchwolke.

Du bist Besinas Angriff ausgewichen.

Der tödliche Säurestrahl prallte weniger als einen Meter hinter mir auf den Felsen. Er hatte mich eher zufällig als durch mein eigenes Geschick verfehlt.

Das war zu knapp, dachte ich und wischte mir die Schweißperlen von der Stirn. *Zeit für ein bisschen mehr Täuschung.*

Ich setzte Ventro wieder ein und verhöhnte meinen Verfolger: "Was ist daraus geworden, mich langsam und vorsichtig zu töten? Du hast es dir wohl anders überlegt, was?"

Meine einzige Antwort war ein weiterer Strahl aus Säure. Sie feuerte wahllos los und verfehlte mich bei weitem. Besina war eindeutig nicht mehr an einem Gespräch interessiert.

Mit einer Grimasse durchbrach ich das Rauchfeld und sprintete durch den Tunnel zu meinem nächsten Wegpunkt, wobei ich das Schleichen gänzlich aufgab.

Ein paar Sekunden später erschien Besina hinter mir.

Da ich wusste, dass der Wyvern schneller war als ich und damit rechnete, dass sie bald in Angriffsreichweite kommen würde, begann ich wild im Zickzack zu laufen, um ihr das Zielen zu erschweren.

Ein Säurestrahl spritzte gegen die Tunnelwand, wenige Zentimeter rechts von mir. Ohne langsamer zu werden, warf ich einen Blick über meine Schulter. Besina hatte innegehalten, um den Angriff zu schleudern und somit den Abstand zwischen uns etwas vergrößert.

Gut, dachte ich. *Das wird helfen.*

Ich castete Ein-Schritt und machte meine Flugbahn noch unberechenbarer, indem ich auf und ab sowie nach links und rechts sprang.

Du bist Besinas Angriff ausgewichen.
Du bist Besinas Angriff ausgewichen.
Du bist ...

Mit gesenktem Kopf rannte ich weiter und ignorierte dabei die vielen Säuregeschosse, die mir dicht auf den Fersen folgten. Es war nur noch ein kleines Stück bis zum nächsten Wegpunkt, und zu meiner großen Erleichterung erreichte ich ihn, ohne getroffen zu werden.

Meine Hand peitschte nach vorne und ließ eine weitere Bombe los.

Du hast eine Rauchbombe gezündet. Du bist wieder einmal versteckt.

Sicher versteckt nahm ich mir einen Moment Zeit, um leise nach Luft zu schnappen, während ich mich erholte.

Hinter mir hörte ich, wie Besina sich langsam einen Weg durch den wogenden Rauch bahnte, während von weiter unten im Gang neue Stimmen zu mir drangen.

"... hörst du das?"

Lutra stöhnte. "Bitte, Ishan, nicht das schon wieder."

"Sei still, Lutra", schnauzte Worca. "Diesmal höre ich es auch."

Mit einem verkniffenen Lächeln tastete ich mich zu einer kleinen Nische vor, die ich mir zuvor ausgesucht hatte, und zwängte mich hinein. Ich war so weit in den Tunnel vorgedrungen, wie ich mich traute, und Ishitas Geschworene - und ihre geheimnisvollen Wachzauber - waren nicht mehr weit entfernt. In meinem Rücken hörte ich, wie Besina näherkam.

Es war an der Zeit, meine letzte Karte auszuspielen.

Ich projizierte meine Stimme so weit nach vorne in den Tunnel, wie ich konnte, und rief: "Xrex, Worca, Hilfe! Sie ist mir auf den Fersen. Macht euch bereit, wir können diese Bestie endlich töten!"

Hinter mir knurrte Besina vor Wut. Ich konnte also davon ausgehen, dass sie mich gehört hatte. Ich öffnete mein geistiges Auge und sah, wie der Wyvern näherkam. Der Schutzschild um ihren Geist hatte sich aufgelöst, und sie hatte sich nicht die Mühe gemacht, ihn wieder zu errichten. Sie gab die Vorsicht auf und stürmte blindlings durch den Rauch, ohne sich um ihre viele Zusammenstöße mit den Seitenwänden zu kümmern.

Weiter vorne schrien die vier Magier durcheinander.

Ich lächelte. *Perfekt.*

Ich konzentrierte mich auf die einzige andere Bewusstseinsblase in meinem Blickfeld - Saya, die sich strategisch auf der Klippe oberhalb meiner aktuellen Position befand - und machte mich auf die Flucht.

Du hast Schattentransit gewirkt und dich acht Meter weit teleportiert.

Jetzt beginnt der Spaß.

Kapitel 151: Kampf der Titanen

Sayas Augen weiteten sich vor Schreck über mein plötzliches Erscheinen. "Ist es erledigt?", keuchte sie.

"Es ist erledigt", bestätigte ich. "Beziehungsweise, es hat begonnen", korrigierte ich. Durch mein geistiges Auge beobachtete ich immer noch die Wyvernmutter im Tunnel unter mir. Sie raste ohne anzuhalten an meiner Position vorbei, ohne sich um meine Flucht zu scheren.

Ich selbst konnte die Magier nicht spüren. Sie waren entweder zu gut abgeschirmt oder außerhalb meiner Reichweite. Aber ich vermutete, dass sie in diesem Moment flohen oder sich auf die wütende Bestie vorbereiteten.

Ich stand auf und ging nach Süden, in die Richtung, in der ich die Wyvernmutter gespürt hatte. So schnell, wie sie sich bewegt hatte, war sie nicht lange in Reichweite meiner Fähigkeit geblieben.

Saya folgte mir dicht auf den Fersen. "Wo sind die anderen?"

"Bin mir nicht sicher", antwortete ich abwesend, während ich weiter nach dem Tier suchte. "Besina war in diese Richtung unterwegs."

Knapp zwanzig Meter später fand ich den Wyvern an der Grenze meiner Sichtweite und atmete erleichtert aus. Eine meiner größten Befürchtungen war, dass die Höhle der Magier zu tief war, um den Kampf von der Klippe aus zu verfolgen. Wenn das der Fall wäre, hätte ich meine Pläne ändern müssen. Zum Glück war das nicht nötig. Die Wyvernmutter war unter mir, knapp neun Meter entfernt. Ich untersuchte sie und überprüfte ihren Gesundheitszustand.

Dein Ziel ist Besina. Sie ist kaum verletzt.

Der Wyvern bewegte sich nicht mehr. *Ist sie in Lutras Lähmungsfeld gefangen?* Die Magier selbst konnte ich nicht spüren. Aber sie mussten in der Nähe sein.

"Warum haben wir angehalten?" fragte Saya. "Ist der ..."

Ich hob eine Hand, um sie zum Schweigen zu bringen. "Psst, ich versuche zu lauschen."

Waren das Stimmen, die ich am Rande meines Gehörs vernahm? Ich konnte mir nicht sicher sein. Aber die Wyvernmutter bewegte sich immer noch nicht, und ich analysierte sie erneut.

Das Ziel ist Besina. Sie ist leicht verletzt.

"Ah", hauchte ich und beobachtete, wie die Gesundheit des Wyvern sank. "Der Kampf hat begonnen", murmelte ich zu Saya.

"Wer gewinnt?", fragte sie fasziniert.

"Zu früh, um das zu sagen", antwortete ich. "Aber ich vermute, dass der Gewinner am Ende sehr geschwächt sein wird." Ich lächelte. "Dann wird es mein ..."

In meiner Geistessicht spürte ich, wie die Wyvernmutter nach vorne stürmte, und im Zuge ihrer abrupten Bewegung wurden die leisen Geräusche, die von unten kamen, immer lauter.

Ich streckte mich flach auf dem Boden aus, legte mein Ohr an den Felsen und lauschte aufmerksam.

"... töte sie ...!"

"...verdammt, Lutra ..."

"Idiot!"

Mit einem zufriedenen Grinsen stand ich wieder auf und verfolgte die Wyvernmutter zu ihrer neuen Position. Sie hatte sich nicht weit entfernt, und ich vermutete, dass sie sich in der Höhle befand, in der Ishitas vier Geschworene waren.

Ich untersuchte die Umgebung. Der Boden unter meinen Füßen war hier fester und es gab keine Risse oder Spalten, die nach unten führten.

Enttäuscht verzog ich die Lippen. Das machte das, was ich als Nächstes vorhatte, schwieriger, aber nicht unmöglich. Ich hatte immer noch einen Weg nach unten. Ich holte eine weitere Rauchbombe aus meiner Tasche und machte mich bereit.

Saya kam auf mich zu. "Was soll ich als Nächstes tun?"

Ich lächelte über ihren eifrigen Gesichtsausdruck. "Nichts. Deine Arbeit ist getan. Jetzt muss ich nur noch die Sache da unten zu Ende bringen."

"Oh", sagte sie und ließ enttäuscht die Schultern hängen.

Mit einem weiteren Grinsen wandte ich meine Aufmerksamkeit nach unten und untersuchte den Wyvern erneut.

Dein Ziel ist Besina. Sie ist mittelschwer verletzt.

Es war fast so weit. Leicht auf den Fußballen hüpfend machte ich mich bereit und überprüfte die Gesundheit der Wyvernmutter Sekunde für Sekunde.

Dein Ziel ist Besina. Sie ist mittelschwer verletzt.

...

...

Dein Ziel ist Besina. Sie ist schwer verletzt.

...

Dein Ziel ist Besina. Sie ist dem Tod nahe.

Da haben wir's. Der Moment, auf den ich gewartet hatte, war gekommen. Ich wob Psi und flackerte mit Schattentransit in den Kampf.

✳   ✳   ✳

Ich landete auf meinen Füßen, hinter Besina.

Im Bruchteil einer Sekunde nahm ich die Szenerie in der Höhle auf.

Der Wyvern war still und unbeweglich, festgehalten von einer Art magischer Leine. Mit gesenktem Kopf nagte Besina an der verzauberten Leine um ihren Hals. Ishitas Geschworene waren in einem Kreis um das Tier angeordnet - leider waren alle vier noch am Leben. Die Magier richteten ihre Stäbe in Besinas Richtung, während sie einen Sturm der Magie auf sie niedergehen ließen.

Als ich ankam, riss der Wyvern den Kopf hoch. Sie hatte mich gespürt.

Schneller als gedacht peitschte sie mit dem Schwanz nach mir. Aber ich war schon in Bewegung. Mit einem Rückwärtssalto wich ich dem tödlichen Bogen aus und ließ meine Bombe fallen.

Du bist Besinas Angriff ausgewichen. Du hast eine Rauchbombe gezündet. Du bist versteckt.

Rauch quoll aus der Bombe und hüllte die gesamte Höhle in dichte, graue Wolken, die alle Kämpfer blendeten. Es war abzusehen, dass ein Tumult entstehen würde.

"Hast du das gesehen?" schrie Ishan.

"Er ist hier!" keuchte Worca.

"Vergiss ihn, verdammt noch mal! Ich habe den Wyvern aus den Augen verloren", kreischte Lutra. "Sie hat meinen Bannkreis durchbrochen!"

"Schnell! Töte sie!" befahl Xrex.

Ich schloss die Augen und bewegte mich blindlings rückwärts durch den Rauch, um den Abstand zwischen mir und dem Kampf zu vergrößern.

Fünf feindliche Einheiten haben dich nicht entdeckt!

Durch meine Geistessicht sah ich, wie Besina umherpeitschte und nach mir suchte, aber so dicht der Rauch war, gab es kaum eine Chance, dass sie mich finden würde.

Als ob sie selbst zur gleichen Erkenntnis gekommen wäre, drehte sich der Wyvern um und stürzte sich auf etwas - einen der Magier.

Ishan ist schwer verletzt worden.

Ein durchdringender Schrei durchzog die Kammer. "Aargh! Sie hat mich erwischt!" schrie Ishan.

Der hintere Teil meines Schuhs stieß gegen etwas. Ich griff nach hinten, tastete blind meine Umgebung ab und fand festen Fels hinter mir.

Ich hatte eine der Wände der Höhle erreicht. *Perfekt.*

Ich zog meine Zwillingsschwerter, ging in die Hocke und wartete. Es war noch zu früh, um direkt in den Kampf einzugreifen.

Ein Blitz schoss durch die Höhle und verbrannte alles, was sich ihm in den Weg stellte - auch den Rauch. Ich war mir nicht sicher, ob der Blitz auf Besina oder mich gerichtet war, aber er hatte außer der Rauchwolke nichts beschädigt, und selbst das nur vorübergehend. Das Loch, das der Blitz hinterlassen hatte, war schnell wieder gefüllt, als dichtere Wolken aufzogen.

"Castet nicht einfach blind, ihr Narren", zischte Xrex. "Vertreibt zuerst diesen verdammten Rauch!"

Mein Kopf drehte sich in Xrex' Richtung und ich ortete die Position des Echsenmenschen allein anhand der Geräusche. Ich konnte die Magier immer noch nicht sehen, also musste ich mich auf andere Mittel verlassen, um sie aufzuspüren.

Ich hörte jemanden zu meiner Rechten murmeln. Lutra, so wie es sich anhörte. Er beschwor anscheinend murmelnd einen Zauber. Als ich merkte, was er vorhatte, hüllte ich mich in Schatten. Einen Moment später wurden die grauen Wolken weggefegt.

Eine Rauchwolke hat sich aufgelöst. Fünf feindliche Wesen haben dich nicht entdeckt! Du bleibst verborgen.

Leider behinderte Lutras Zauber Ishitas Geschworene genauso viel wie er ihnen half.

Der Rauch löste sich auf und zeigte Besina, wie sie über Ishan auftauchte. Sie versuchte immer noch, zu ihm zu gelangen. Sehr zum Ärger der Bestie prallten ihre Kiefer jedes Mal ab, wenn sie versuchte, nach dem niedergeschlagenen Magier zu schnappen. Ishan, so vermutete ich, hatte seinen Dunklen Rückstoßzauber ausgelöst, wenn auch einen Moment zu spät, um ihn vor dem ersten Angriff des Wyvern zu retten.

Aber in dem Moment, als Besina ihr Augenlicht wiedererlangte, änderte sich alles.

Sie ließ ihre verletzte Beute zurück und wirbelte herum, wobei ihr bösartiger Blick nach einem weiteren Opfer suchte.

"Schnell, Lutra, halte ...", begann Xrex.

Seine Warnung kam zu spät. Besina hatte ein Ziel gefunden. Sie sauste durch die Höhle und stürmte direkt auf Worcas stygischen Schild zu, den sie mit einer Geschwindigkeit, die mir den Atem raubte, nach oben riss.

Der Mund der Elfenmagierin öffnete sich in wortlosem Schock, aber bevor sie ihrer Angst Ausdruck verleihen konnte, wurde sie von Besina niedergetrampelt.

Worca ist gestorben.

Ich schluckte. Drei Sekunden oder weniger. So lange hatte Besina gebraucht, die Magierin zu töten. *"Verdammt"*, murmelte ich voller Ehrfurcht und war doppelt froh, mich nicht selbst mit der Bestie angelegt zu haben.

"Friere sie nochmal ein!" befahl Xrex.

"Ich arbeite daran", rief Lutra und klang gereizt.

Der Echsenmann senkte seinen eigenen Stab und schickte einen Schwall aus flüssigen Flammen auf den Wyvern zu, der das Biest am Hinterkopf traf.

Es war ein mutiger, wenn auch etwas törichter Zug, der die Aufmerksamkeit des Wyvern auf sich zog.

Zischend vor Wut und Schmerz hob Besina ihren Kopf und fletschte blutgerötete Zähne in Richtung von Xrex.

Xrex schleuderte einen weiteren Feuerball, aber bevor das Geschoss landen konnte, tauchte Besina mit katzenartigen Reflexen ab und wich dem Angriff aus.

Dann flog sie vorwärts.

Der Echsenmann wich einen Schritt zurück und hob abwehrend seinen Stab, aber auf halbem Weg zu Xrex machte der Wyvern eine abrupte halbe Drehung und stürzte sich stattdessen auf den immer noch beschwörenden Lutra.

Der Schild des menschlichen Magiers war jedoch aus härterem Material als der seines toten Gefährten. Wo Worcas Schild zerbrochen war, hielt der von Lutra stand. Die Wucht von Besinas Angriff schleuderte den Magier nach hinten. Trotzdem sang Lutra weiter, seine Konzentration ungebrochen. Der Wyvern stürzte nach vorne, um einen zweiten Angriff zu starten.

Lutra gab ihm nicht die Gelegenheit dazu.

Bevor sein Feind ihn einholen konnte, schossen eisblaue Linien aus den Händen des Magiers und verschlangen den Wyvern.

Besina ist eingefroren worden.

"Ausgezeichnet", gackerte Xrex. Ishitas Geschworener senkte seinen Stab und schleuderte ein Trio flammender Projektile auf den Wyvern.

Die magischen Geschosse reichten aus, und mit einem verzweifelten Zischen sackte die Wyvernmutter zu Boden.

Besina ist gestorben.

Im Schatten verborgen hatte ich kaum Zeit, das Ableben der Bestie zu verdauen, denn ihr Tod löste eine unerwartete Kaskade von Spielalarmen aus.

Du hast die Aufgabe: <u>Alchemisten-Kopfgeld</u> erfüllt! Dank deiner Bemühungen wurde Besina, die Wyvernmutter, getötet. Kehre zu Gelar zurück, um deine Belohnung zu erhalten.

Die Zeichen auf deiner Geistsignatur haben sich verändert. Du hast eine weitere große Bedrohung für die Anhänger von Haus Wolf beseitigt, und dieses Mal hast du es geschafft, ohne weitere Bedrohungen in das Tal zu bringen. Wolf ist zufrieden, und dein Zeichen hat sich vertieft.

Herzlichen Glückwunsch, Michael! Dein Wolfszeichen hat sich weiterentwickelt. Du trägst jetzt das Zeichen: <u>Rudelmitglied</u>. Als auserwählter Nachkomme des Hauses hast du mit deinem neuen Wolfsmal die Möglichkeit, deine Gedankenstalker Klasse weiterzuentwickeln.

Willst du deine Klasse in die eines Gedankenslayers ändern? Wenn du das tust, steigern sich deine Klasseneigenschaften und Fähigkeiten. Beachte, dass die Klasse des Gedankenslayers nur für Nachkommen des Hauses Wolf verfügbar ist.

TAG 7. MORGEN.

Eine Sekunde lang konnte ich die Spielnachricht nur anstarren.

Der Adjutant bot mir eine Klassenentwicklung an? Und das *jetzt*, mitten in einem Kampf? Das hätte zu keinem schlechteren Zeitpunkt kommen können.

Ich wusste, dass ich keine Zeit hatte, mir die Entscheidung zu überlegen, aber gleichzeitig war mir klar, dass ich mir die Gelegenheit nicht entgehen lassen konnte. Ohne weiter zu zögern, bejahte ich die Frage des Adjutanten.

Deine Klasse hat sich weiterentwickelt! Du bist jetzt ein Gedankenslayer!

Deine geheime Bluteigenschaft wurde ausgelöst!

Um deine Blutlinie zu verbergen, wird deine Klasse anderen Spielern und Mächten als Gedankenstalker angezeigt.

Weitere Nachrichten, in denen die genauen Änderungen an meiner Klasse beschrieben wurden, rangen um meine Aufmerksamkeit, aber ich hatte keine Zeit, sie zu beachten. Ishitas Geschworene verlangten meine Aufmerksamkeit.

Ich kauerte an der Höhlenwand und beobachtete die drei überlebenden Magier.

"Endlich!" rief Xrex aus, die Augen auf den toten Wyvern gerichtet. Er schritt auf das Biest zu und spuckte auf den Kadaver. "Gut, dass wir den los sind. Und jetzt findet diesen verdammten Dieb. Ich will seinen Kopf!"

Zu meiner Linken stöhnte Ishan und rollte sich auf den Rücken. "Xrex ... hilf mir!", keuchte er. "Ich ... sterbe."

Der Echsenmann ignorierte ihn. Er drehte sich langsam im Kreis und suchte die Dunkelheit ab.

Mein Blick wanderte zu Lutra, und mit Schrecken stellte ich fest, dass der menschliche Magier während ich abgelenkt war einen weiteren Zauber begonnen hatte. Was auch immer es für einer war, er konnte nichts Gutes für mich bedeuten.

Ich kann es mir nicht leisten, ihn zu Ende casten zu lassen. Ich drehte mich um und teleportierte mich in seinen Schatten.

Du hast dich sechs Meter weit teleportiert. Drei feindliche Wesen haben dich nicht entdeckt!

Lutra sang immer noch. Ich wartete nicht, bis er fertig war, sondern warf ihm meine letzte Bombe vor die Füße.

Du hast eine Rauchbombe gezündet. Du bist versteckt.

Als weitere Wolken in die Kammer drangen, drehte Xrex sich in meine Richtung. "Lutra, er ist ..."

Ich hörte nicht zu. Vorerst war ich vor den Angriffen des Echsenmannes sicher. Ich hob meine Schwerter und attackierte die Schilde des menschlichen Magiers.

Ich schlug hart und schnell zu und griff erst mit Ebenherz und dann mit Spinnenbiss an. Ich stärkte beide Klingen mit durchdringenden Schlägen, und obwohl ich blind zuschlug, verfehlte ich nicht.

Du hast versucht, Lutra von hinten anzugreifen. Rückschlag fehlgeschlagen! Der Schaden wurde auf den Schild des Ziels übertragen. Drei feindliche Wesen haben dich nicht entdeckt!

Du hast versucht, Lutra von hinten anzugreifen. Rückschlag fehlgeschlagen! Der Schaden wurde auf den Schild des Ziels übertragen. Drei feindliche Wesen haben dich nicht entdeckt!

Ich spürte, wie Lutras Schild – der durch Besina bereits geschwächt war – unter dem Druck meiner niederschmetternden Zwillingshiebe zitterte. Besser noch, ich blieb durch den Rauch verborgen.

Ich wiederholte die Kombo blitzschnell. Beide Treffer landeten.

Lutras Gesang geriet ins Stocken. "Xrex ... tu etwas!", rief er. "Ich kann ihn nicht mehr lange aufhalten."

Ich ignorierte den Aufschrei des Magiers und schlug erneut mit durchdringenden Schlägen auf seinen Schild ein.

"Ich sehe ich nicht!" zischte Xrex frustriert.

Lutra hatte das Warten satt. In blanker Panik floh er in eine beliebige Richtung. Ich konnte mühelos mit ihm Schritt halten und verfolgte seinen Fluchtweg allein am Geräusch seiner Fußstapfen.

Ich hielt mit und schlug erneut zu. Einmal. Zweimal. Das war genug.

Lutras Frostschild wurde zerstört!

"Nein!", rief der Magier aus. "Ishita, hilf ..."

Er kam nicht weiter. Meine beiden Klingen flogen seiner Stimme hinterher nach vorne und schlugen ihm ins Gesicht.

So mächtig der Schild des Magiers auch gewesen war, so zerbrechlich war sein Körper.

Du hast Lutra mit einem tödlichen Schlag getötet. Du hast einen geschworenen Diener von Ishita getötet und damit ihren Zorn auf dich verstärkt!

Mit einem letzten Wimmern sackte der menschliche Magier zu Boden.

✳   ✳   ✳

Ich rollte mich von der Leiche weg und hielt Ausschau nach der einzigen verbleibenden Bedrohung: Xrex. Die Rauchwolken lagen noch immer schwer in der Luft, und der Echsenmann war verstummt.

Xrex stellte mir leise nach, genau wie ich ihm.

Vorsichtig setzte ich einen Fuß vor den anderen und lauschte, aber außer Ishans rauem Atem hörte ich nichts. Mein Feind war besser darin, still zu sein, als ich erwartet hatte.

Xrex wartete geduldig. Sobald sich die Wolken verzogen hatten, würde er freie Sicht auf mich haben. Für mich aber waren die Sekunden kostbar.

Mal sehen, ob ich ihn nicht hervorlocken kann.

Ich zaubere Ventro, um meinen Standort zu verschleiern. "Du hast doch nicht plötzlich Angst, oder, Xrex?" spottete ich.

Es kam keine Antwort.

"Sag bloß, dass die hochwohlgeborenen Geschworenen Ishitas Angst vor einem mickrigen Dieb haben?" verhöhnte ich ihn.

Immer noch nichts.

"Was wird deine Göttin dazu sagen? Allerdings ist ihre Intelligenz fragwürdig, und ich würde es dir nicht verübeln, wenn du ihr nicht viel zutraust –"

Ein Lichtblitz durchschlug den Rauch und zertrümmerte einen harmlosen Felsbrocken. Ich grinste. Jetzt wusste ich, wo der Echsenmann war.

Ich gluckste. "Einen Nerv getroffen, was?" scherzte ich, während ich durch den grauen Rauch zu der Stelle eilte, an der ich Xrex vermutete.

Vielleicht erkannte der Echsenmann seinen Fehler und reagierte deswegen nicht. Aber jetzt war es zu spät für ihn, sich zu verstecken. Ich war nah genug herangekommen, um Xrex' flachen Atem deutlich zu hören.

Ich beschleunigte plötzlich und rammte meine Schulter in die Stelle, an der ich den Schild des Magiers vermutete.

Ich schlug frontal gegen ihn.

Xrex zischte, als er rückwärts stolperte. Ich ließ nicht zu, dass er unseren Kontakt abbrach. Ich hielt eine Hand ausgestreckt und berührte seinen Schild, während ich mit ihm fiel. Ein Feuerblitz schoss aus dem Magier hervor und traf mich am Arm. Ein heftiger Schmerz durchzuckte mich, aber ich ignorierte ihn.

Ich hatte meinen Feind unter mir in der Falle, aber mir lief die Zeit davon.

Ich hob Ebenherz und hackte auf den Echsenmann ein. Ein weiterer Zauber schoss aus Xrex hervor und traf mich an der Schulter.

Xrex hat Steinerner Halt auf dich angewendet.

Zauberspruch fehlgeschlagen! Du bist immun gegen Verstrickungszauber der Stufen 1 und 2.

Ich lachte los. Ironischerweise war es der Gegenstand von Xrex' totem Begleiter, der mich gerettet hatte. Unter mir fluchte der Echsenmann, als er merkte, dass sein Zauber fehlgeschlagen war. Ich ignorierte seine gestammelten Worte und ließ weiter Schläge auf ihn niederprasseln.

Nach einem Moment blickte Xrex grimmig drein und widmete sich wieder seinen Schadenszaubern. Ich war mir nicht sicher, warum er keine anderen Zaubersprüche versuchte. Ich vermutete, dass seine Sicht zu stark beeinträchtigt war, um mich richtig zu treffen.

Wie dem auch sei, von da an warf Xrex nur noch Feuerbolzen nach mir. Einige trafen mich, einige verfehlten mich ganz, und viele streiften mich nur. Xrex warf blind um sich, mit wenig Erfolg. Meine eigenen Angriffe waren präziser. Jeder Schlag landete, und jeder Schlag fraß sich in seinen Schild.

Nach und nach kriegte ich ihn klein.

Es war weder angenehm noch elegant, und auf halbem Weg musste ich einen Heiltrank trinken, aber schließlich durchbrach ich die Verteidigung meines Gegners.

Dann stieß ich ohne zu zögern beide Klingen in den Echsenmann.

✳ ✳ ✳

Xrex brauchte länger zum Sterben als Lutra, aber nach vier aufeinanderfolgenden Schlägen bewegte er sich nicht mehr.

Du hast Xrex mit einem tödlichen Schlag getötet. Du hast einen geschworenen Diener von Ishita getötet und damit ihren Zorn auf dich verstärkt!

Schwer keuchend rollte ich mich von der Leiche herunter. Ich machte mir nicht die Mühe, mich weiter wegzubewegen. Die Höhle war immer noch rauchverhangen, und der einzige Feind, der noch am Leben war, klang nicht gerade gut. Mit geschlossenen Augen wirkte ich Chi-Heilung und heilte meinen Körper von den Verbrennungen, die mir der Magier zugefügt hatte.

Es dauerte eine Weile, und als ich fertig war, war die Luft frei von Rauch. Ich stützte mich mit meinen Schwertern ab und erhob mich. Ich war vollständig geheilt, aber immer noch müde.

Ich sah mich in der Höhle um und ignorierte die Leichen, während mein Blick auf Ishan gerichtet war. Wie durch ein Wunder war er noch am Leben. Der Mensch stöhnte und murmelte vor sich hin, während er sich vor Schmerzen krümmte.

Ich steckte meine Klingen ein und ging zu ihm hinüber. Ishans Augen weiteten sich, als ich mich näherte, aber er hörte nicht auf, leise zu murmeln. *Er murmelt nicht. Er zaubert.*

Plötzlich misstrauisch fielen meine Hände zu meinen Klingen, bereit, sie zu zücken.

Einen Herzschlag später hielt ich inne, als ich etwas Merkwürdiges bemerkte. Einige von Ishans Wunden schlossen sich. Eindeutig eine Reaktion auf seinen Zauber. Ich grinste, als mir die Erkenntnis dämmerte. "Mit dem Gift des Wyvern ist nicht zu spaßen, oder?" fragte ich im Plauderton.

Ishan starrte mich an, brach aber nicht mit dem Singen ab. Ich erkundigte mich geistig nach seinem Gesundheitszustand.

Dein Ziel ist Ishan. Er ist schwer verletzt und mit Wyverngift infiziert.

Ich schüttelte den Kopf in gespielter Trauer. Der Magier konnte das Gift kaum noch in Schach halten, und ich erwartete, dass es ihn bald überwältigen würde.

Ich beschloss, Ishan erst einmal in Ruhe zu lassen - er war sicherlich keine Bedrohung mehr - und drehte mich langsam im Kreis, um die Höhle nach dem zu durchsuchen, wofür ich hier war.

Es dauerte nicht lange, bis ich ihn fand.

In einer winzigen Nische in der Felswand hinter der Stelle, an der Xrex gestürzt war – *hatte der Echsenmann versucht ihn zu bewachen?* – befand sich ein großer zylindrischer Gegenstand mit einem mattroten Schimmer.

Der Schildgenerator.

Ich ging hinüber und untersuchte die Gegend akribisch auf Fallen. Soweit ich es beurteilen konnte, gab es keine. Plötzlich nervös, weil mein Ziel zum Greifen nahe war, hob ich den Gegenstand aus der Nische und untersuchte ihn.

Dein Ziel ist ein Äther-Tarngerät, ein Artefakt unbekannten Ranges, das von der Macht Ishita geschmiedet wurde. Gegenstände dieser Art erzeugen ein sektorweites Tarnfeld und werden oft verwendet, um sensible Orte vor feindlichen Augen zu verbergen.

Ich hob das Objekt in meine Hände. Es war erstaunlich leicht und schien aus vielen kleinen Kristallen zu bestehen, die auf komplizierte Weise miteinander verschmolzen waren. Doch so wichtig das Artefakt auch war, es sah zerbrechlich aus. Ich grunzte und riss meinen Arm nach vorne, um den Schildgenerator auf dem Boden zu zerschmettern.

Du hast ein Äther-Tarngerät zerstört. Herzlichen Glückwunsch, Michael, du hast das Tarnnetz um Sektor 12.560 zerstört. Die Ätherkoordinaten dieses Sektors sind nicht mehr versteckt.

Du hast ein Artefakt von Ishita zerstört und damit ihren Zorn auf dich verstärkt!

Das war einfach.

Mit einem zufriedenen Grinsen im Gesicht drehte ich mich um und sah zu Ishan. Er starrte mich fassungslos an und ging sogar so weit, seinen Gesang zu unterbrechen, um mich anzufauchen. "Du Idiot! Weißt du eigentlich, was du getan hast?"

Ich nickte. "Ja, sicher", antwortete ich leichthin und ging zu ihm zurück. "Ich habe den Sektor für meine Flucht geöffnet." Ich lächelte. "Und ich nehme an, auch für jeden anderen, der reinkommen möchte."

Als ich vor dem Magier zum Stehen kam, ging ich in die Hocke. Es bestand kein Zweifel, dass er im Sterben lag. Die Blässe weigerte sich, aus seinem Gesicht zu weichen, und seine Glieder begannen zu zittern. Wenn Ishan sich selbst von dem Wyverngift hätte heilen können, hätte er es sicher schon getan. "Sag deiner Göttin, wenn du sie siehst, dass ihr Monopol in diesem Sektor zu Ende ist." Ich hielt theatralisch inne. "Oh, warte mal, das war dein letztes Leben, nicht wahr? Ich schätze, du wirst Ishita nicht mehr wiedersehen."

Ishan starrte mich an. "Sie wird nie aufgeben, dich dafür zu jagen", sagte er zwischen seinem Gesang. "Vor deinem Tod wirst du das bereuen."

Ich zuckte mit den Schultern. "Ich habe keine Angst vor deiner Spinnengöttin." Ich starrte ihn einen Moment lang nachdenklich an, dann zog ich einen vollen Heiltrank aus meinem Gürtel und ließ ihn vor seinem Gesicht baumeln.

Als er erkannte, was ich in der Hand hielt, konnte Ishan seinen Blick nicht von der Flasche losreißen.

"Nimm schon", sagte ich, fast sanft.

Nackter Unglaube rollte über das Gesicht des Magiers.

"Mach schon, das ist kein Trick. Ich will richtig mit dir reden, und das kann ich nicht, wenn du jede Sekunde abbrichst, um deinen Zauberspruch zu beschwören."

Ishan streckte eine zitternde Hand aus. Übereifrig schluckte er den Inhalt des Fläschchens hinunter und kniff die Augen zusammen, als die lebensspendende Energie des Trankes die Auswirkungen des Wyverngifts, wenn auch nicht das Gift selbst, wegspülte. Einen Moment später riss er die Augen auf und spürte Ebenherz unter seinem Kinn ruhen.

"Geht es besser?" fragte ich.

Er nickte langsam.

"Gut. Jetzt können wir reden", sagte ich und deutete auf meine Klinge. "Sieh das als Absicherung an, damit es keine … Unfälle gibt. Noch ein Spruch, und du stirbst. Hast du das verstanden?"

Ishan nickte wieder.

"Also gut, als Gegenleistung für meine Großzügigkeit wirst du mir ein paar Fragen beantworten."

Der Magier grinste. "Warum sollte ich? Ich bin so oder so ein toter Mann. Dieser Heiltrank wird mich nicht retten."

"Da hast du recht", stimmte ich zu. Ich hielt einen zweiten Trank hoch. "Aber der hier schon."

TAG 7. MORGEN.

Ishans Augen verengten sich, als er den Trank in meiner Hand analysierte. Im nächsten Moment keuchte er und griff verzweifelt nach dem Fläschchen. Es war lächerlich einfach, es ihm wegzuschnappen.

"Ein Gegengift! Gib es mir!", forderte der Magier.

"Tss, tss", sagte ich und schüttelte den Kopf. "Nicht so schnell. Sag mir erst, was ich wissen will."

Ishans Augen huschten von mir zu dem Trank und ich konnte sehen, dass er nicht überzeugt war.

"Das ist dein letztes Leben", sagte ich als Ermutigung. "Das war's für dich. Egal, wie sehr du deine Göttin fürchtest oder liebst, wenn du jetzt stirbst, bist du für immer weg. Das willst du doch nicht, oder?"

Ishan leckte sich über die Lippen, dann gab er der Versuchung nach. "Was willst du wissen?"

"Warum wollen die Erwachten Toten diesen Sektor?"

"Offensichtlich für den Zugang zur Sphäre des Jenseits", spottete Ishan.

"Offensichtlich" stimmte ich zu. "Aber das kann nicht alles sein. Da muss noch mehr dahinterstecken."

Der Magier blieb hartnäckig und sagte nichts.

Ich schwenkte das Gegengift in meiner Hand. "Willst du das oder nicht?" fragte ich ungeduldig. "Der Heiltrank wird nicht ewig halten. Ich werde keinen weiteren an dich verschwenden. Willst du nun reden oder nicht?"

Ishan nickte zögernd. "Für die Dungeons. Die Kette der Dungeons, die durch das Jenseitsportal in diesem Sektor zugänglich sind, sind keine gewöhnlichen", sagte er schließlich.

Das machte keinen Sinn. Ich war im Dungeon gewesen. Der war nichts Ungewöhnliches. Ich warf Ishan einen strengen Blick zu. "Lüg mich nicht an. Ich war schon dort, weißt du noch?"

Ishan schnaubte. "Du meinst Erebus' Dungeon für Kandidaten?"

Ich nickte.

Der Magier lachte. "Das ist nur der *erste* Dungeonsektor. Er wurde vor langer Zeit geräumt und aus offensichtlichen Gründen so gestaltet, dass er normal aussieht. Erebus hat dafür gesorgt, dass er wieder mit normalen Kreaturen bevölkert wurde."

Ich runzelte die Stirn. "Die Kobolde, meinst du?"

"Ja, zum Beispiel", stimmte Ishan zu. "Der Kandidaten Dungeon ist nur der Anfang. Dahinter gibt es noch viele weitere Dungeonsektoren. Sie sind voll von hochstufigen Kreaturen, Beute und Gegenständen, von denen du nicht zu träumen wagst."

Ich starrte ihn an. "Ich verstehe nicht."

Der Magier lachte. "Das liegt daran, dass du noch ein Noob bist. Nicht alle Dungeonabschnitte sind gleich. Manche sind lukrativer als andere, manche schwieriger und manche reicher. Die Region der Sphäre des Jenseits, in die das Portal dieses Sektors führt, hat reichlich Beute und Erfahrung – mehr als alle anderen bekannten Dungeons im Ewigen Königreich. Genug, um das Level eines jeden Spielers der Erwachten Toten um viele Ränge zu erhöhen."

"Ich verstehe", sagte ich und rieb mir das Kinn. "Und das macht die Kontrolle über das Tal so wichtig?"

Ishan nickte.

"Warum dann die Kobolde zwingen, gegeneinander zu kämpfen? Warum wird der Sektor nicht einfach stark bewacht?"

"Das ist das Letzte, was wir tun wollen", sagte Ishan. "Sobald die anderen Dunklen Fraktionen erfahren, was unter dem Tal liegt, werden sie auch ein Stück davon abhaben wollen. Und wir wollen nicht teilen."

Ich starrte ihn fassungslos an. "Warte. Willst du damit sagen, dass der Rest der Dunkelheit nichts über diese ... lukrativen Dungeons weiß?"

"Natürlich tun sie das nicht!" spottete Ishan. "Wenn sie es täten, glaubst du, dass das Tal so abgelegen bleiben könnte? Sobald unsere Entdeckung bekannt wird, werden Spieler diesen Sektor nur so überschwemmen." Ishans Blick glitt zu dem zerbrochenen Artefakt. "Und jetzt, wo du den Schildgenerator kaputt gemacht hast, wird das wahrscheinlich sowieso passieren", schloss er verbittert.

Ich beachtete ihn kaum, denn meine Gedanken waren mit etwas anderem beschäftigt. Hatte Talon mir nicht gesagt, dass das Portal in eine von den Dunklen kontrollierte Region der Jenseitssphäre führt? Hatte er gelogen? Ich wandte mich wieder an Ishan. "Wie kann es sein, dass die Tartaner nichts über diese Dungeons wissen? Ich dachte das Portal führt zu Bereichen des Jenseits, die von den Dunklen kontrolliert werden?"

"Tartaner", spottete Ishan. "Was wissen die schon? Verdammte, selbstgefällige Bastarde. Sie halten sich für besser als alle anderen, aber bald, sehr bald, werden sie herausfinden, dass mit den Erwachten Toten nicht zu spaßen ist. Wir werden diesem Abschaum zeigen, was ..."

"Ishan", sagte ich scharf und beendete damit seinen Wortschwall.

Der Magier klappte laut seinen Mund zu und sah mich an. Er atmete schwer, und sein Gesicht war gerötet. *Er muss die Tartaner wirklich hassen.*

"Beantworte einfach die verdammte Frage", sagte ich.

Einen Moment lang blieb Ishan widerspenstig und wollte seine Tirade fortsetzen, dann senkte er den Kopf. "Es war Pech", sagte er.

"Was?" fragte ich verwirrt.

Ishan schaute auf. "Wir haben einen Tunnel gefunden, der unsere Dungeonsektoren mit denen von Tartan verbindet", erläuterte er. "Das macht die Sache kompliziert."

Ich starrte ihn ausdruckslos an. "Das musst du mir schon genauer erklären."

Der Magier seufzte. "Der Plan – der *ursprüngliche* Plan – war niemandem außerhalb der Fraktion von unserer Entdeckung zu erzählen, und zunächst hat das auch gut funktioniert. Doch dann geriet ein Spähtrupp der Erwachten Toten, der sich durch ein Portal am Ausgang eines Dungeons wagte, zufällig in einen von den Tartanern kontrollierten Sektor." Er zuckte mit den Schultern. "Danach war es zu spät, die Existenz des Tals geheim zu halten. Wir waren gezwungen, die Dungeons zwischen diesem Sektor und den tartanischen Sektoren unterirdisch zu räumen und den anderen Dunklen Fraktionen nur begrenzten Zugang zu gewähren. Aber wir haben niemandem von den anderen, reicheren Dungeonsektoren erzählt."

"Hmm", überlegte ich und verarbeitete die etwas verworrene Geschichte des Magiers.

Ishan warf mir unterdessen finstere Blicke zu. "Das ist alles Erebus' Schuld", murmelte er.

Ich schaute ihn an. "Was meinst du?"

"Wenn er nicht darauf bestanden hätte, sein Experiment hier zu veranstalten, würden wir jetzt nicht dieses Gespräch führen, oder? Die Göttin hat versucht ihm weiß zu machen, dass das eine schlechte Idee ist, aber Erebus wollte nicht zuhören." Der Magier schüttelte den Kopf. "Verdammte Macht. Er glaubt immer, er wisse alles besser."

Ich verbarg meine Belustigung. Ishan schien alle zu hassen, außer sich selbst und seine Göttin. "Mit Experiment meinst du den Kandidaten Dungeon?"

Der Magier nickte. "Das war wieder ein verdammt haarsträubender Plan. Er hat sogar ..."

Ich hob meine Hand, um ihn zu unterbrechen. Ich befürchtete, dass Ishan gleich eine weitere Tirade beginnen würde, und ich hatte keine Zeit, ihm dabei zuzuhören.

"Erebus hat also *absichtlich* einen Krieg im Tal angezettelt", sagte ich, um das Gespräch wieder auf die Bahn zu bringen. "Du meinst, er würde lieber riskieren, den Sektor zu verlieren, als die Beute mit seinen eigenen Verbündeten zu teilen?" fragte ich zweifelnd.

Ishan blickte finster drein - zweifellos immer noch wütend auf mich, weil ich ihn zum Schweigen gebracht hatte. "Ja", antwortete er in einem knappen Ton.

Ich schüttelte den Kopf über die Dummheit der Macht, schob den Gedanken dann aber beiseite, um über den Rest des Rätsels nachzudenken. "Indem sie die Heuler und die Roten Ratten gegeneinander kämpfen ließen, haben Erebus und Ishita also die Kobold-Allianzen verzögert und sich selbst eine Ausrede geliefert, um den anderen Dunklen Fraktionen keinen vollen Zugang zu gewähren?"

"Du hast es erfasst", sagte Ishan. "Und das wurde auch Zeit", fügte er leise hinzu. Der Blick des Magiers wanderte zurück zu dem Gegengift in meiner Hand. "Jetzt habe ich dir gesagt, was du willst", sagte er etwas lauter. "Gib mir, was du versprochen hast."

Ich betrachtete den eingeschworenen Diener einen Moment lang nachdenklich. Trotz seiner unfreundlichen Haltung hatte Ishan mir gesagt, was ich wissen wollte, und die Lage in diesem Sektor begann endlich einen Sinn zu ergeben. "Also gut, ich ..." begann ich.

"Nicht so schnell", rief eine Stimme von hinter mir.

Ich wirbelte herum, meine Klinge flog hervor und zielte auf die sich nähernde Gestalt.

Der Neuankömmling war von meiner Reaktion alles andere als beunruhigt und schritt lässig weiter auf mich zu. Mit zusammengekniffenen Augen musterte ich die Gestalt.

Er trug ein enganliegendes Gewand mit einem Muster aus schwarzen Rauten. Auf dem Kopf trug er eine schwarz-weiß gestreifte Mütze. Ein Paar schwarze Schuhe und eine weiße Gesichtsmaske vervollständigten sein Outfit.

Ich senkte meine Klinge. Ich kannte ihn natürlich.

Es war Loken.

*　*　*

"Du!" hörte ich Ishan hinter mir keuchen. "Was soll ...? Du solltest nicht ..."

Loken winkte mit der Hand, und eine undurchdringliche weiße Kuppel entstand, die den unglücklichen Geschworenen Ishitas umgab.

Mein Blick flackerte zurück zu der Schattenmacht. Er war vor mir zum Stehen gekommen und stand lässig mit verschränkten Armen da, während die Finger einer Hand gegen sein Gesicht klopften. "Was hast du mit ihm gemacht?" fragte ich, während ich ein Geistesschild beschwor.

Lokens schwarz geschminkte Lippen verzogen sich zu einem breiten Grinsen. "Was, kein 'Hallo'? Kein 'Danke, Loken' oder 'Oh mein Gott, Loken, wie kommst du denn hierher?'"

Ich rollte mit den Augen.

Die Macht seufzte dramatisch. "Es ist heutzutage so schwer, Anerkennung zu bekommen", beklagte er.

"Genug mit den Possen, Loken." Ich deutete auf die Leichen, die in der Höhle herumlagen. "Das habe ich ganz allein geschafft. Es gibt keinen Grund, dir zu danken. Du hast nichts getan, um mir zu helfen."

Die Schattenmacht beugte sich vor und drückte einen manikürten Zeigefinger auf meine Brust. "Noch nicht, lieber Junge. Noch nicht." Er neigte den Kopf zur Seite, die Augen hell und neugierig. "Aber dass du mich gerufen hast war, um dir zu helfen, oder?"

Ich senkte den Kopf. "Ein Impuls, den ich jetzt schon bereue", murmelte ich vor mich hin.

"Das habe ich gehört", sagte Loken scharf.

Ich neigte meinen Kopf zur Entschuldigung. "Tut mir leid, ich bin nach dem Kampf immer noch ein bisschen nervös."

Die Schattenmacht winkte nachlässig mit der Hand. "Macht nichts, mein Junge, alles ist vergeben." Loken ging schwankend davon und schlich auf Zehenspitzen durch die Höhle, um die Leichen zu untersuchen. "Du leistest gute Arbeit", sagte er anerkennend.

Ich ignorierte die Bemerkung der Macht und fragte: "Benadean hat es also doch geschafft, meinen Brief zuzustellen?"

"Das hat er", sagte Loken und drehte sich zu mir um. "Du bist ein ziemliches Risiko eingegangen, indem du den Brief an die Hamish und Spurren Handelskompanie adressiert hast. Woher wusstest du, dass ich die Korrespondenz des kleinen grauen Händlers im Auge behalte?"

Ich zuckte mit den Schultern. "Wusste ich nicht. Wie du schon sagst, ich bin ein Risiko eingegangen."

Loken war mein Plan B gewesen.

Ich wusste, dass meine Pläne in diesem Sektor katastrophal schiefgehen konnten, und sollte das passieren, wollte ich jemanden haben, auf den ich mich verlassen konnte.

Nun ja, "sich auf ihn verlassen" war vielleicht etwas übertrieben ausgedrückt. Loken war kein verlässlicher Typ, aber ich wusste genug über die Ziele der Macht, um zu wissen, dass er Erebus' Pläne mit Freude zunichtemachen würde, wenn er konnte. Deshalb hatte ich Loken von dem Portal im Tal, dem Schild um den Sektor und meiner Absicht, das Artefakt zu zerstören berichtet. Außerdem hatte ich die Macht aufgefordert, mich zu finden, sobald der Schild zerstört war.

Womit ich allerdings nicht gerechnet hatte, war, dass ich der Nachkomme eines gefallenen Hauses sein würde, wenn er ankam.

Hätte ich zu dem Zeitpunkt von meiner alten Blutlinie gewusst, hätte ich es nie riskiert, mich mit Loken einzulassen. Die eigensinnige Macht war verdammt scharfsinnig, und ich traute ihm mit dem Wissen meiner Verbindung zu den Wölfen auf keinen Fall.

Verdammt, ich hoffe, er schöpft keinen Verdacht.

Durch Lokens Besuch wurde ich daran erinnert, dass noch einige wichtige Spielnachrichten auf meine Aufmerksamkeit warteten - nicht zuletzt die, die sich auf meine Klassenentwicklung bezogen - und ich wandte meine Aufmerksamkeit nach innen und warf einen flüchtigen Blick auf mein Spielerprofil. Eine genauere Überprüfung der Nachrichten des Adjutanten würde ich erst später vornehmen können, wenn ich einen Moment für mich hatte.

Spielerprofil: Michael

Stufe: 76. Rang: 7. Aktuelle Gesundheit: 100%.
Ausdauer: 30%. Mana: 100%. Psi: 70%.
Spezies: Mensch. Verbleibende Leben: 3.
Wahre Zeichen (versteckt): Rudelmitglied.
Falsche Zeichen (angezeigt): Geringe Schatten, Geringes Licht, Geringe Dunkelheit.

Klassen

Verfügbar: 3 Punkte.
Primär-Sekundäre Bi-Mischung: Gedankenstalker (angezeigt), Gedankenslayer (versteckt).
Tertiäre Klasse: Keine.

Nichts schien ungewöhnlich. Zum Glück hatte die geheime Bluteigenschaft ihre Arbeit gut gemacht. *Das ist eine Erleichterung.*

"HALLO?" rief Loken. "Ist da jemand?"

Ich konzentrierte mich wieder auf die Macht. "Tut mir leid. Ich war einen Moment lang abgelenkt."

"Ist das wirklich der richtige Zeitpunkt, um dein Spielerprofil zu überprüfen?", fragte er verärgert.

"Wie gesagt, tut mir leid", murmelte ich. "Was hast du gesagt?"

"Ich habe dir zu deinem Schachzug gratuliert", sagte Loken und klang genervt, weil er sich wiederholen musste. "Das war gut gespielt.

Glückwunsch." Die Augen der Macht wanderten langsam von meinem Gesicht zu meinen Füßen und dann wieder nach oben. "Du bist gewachsen", sagte er schließlich.

Ich nickte und blieb stumm.

"Aber noch keine dritte Klasse, wie ich sehe. Also immer noch nur ein Gedankenstalker." In Lokens Stimme lag der Hauch einer Frage, und ich bemühte mich, nicht darauf zu reagieren. Hatte ich etwas getan, das sein Misstrauen geweckt hatte?

"Als ob ich Zeit gehabt hätte, Klassensteine zu jagen", spottete ich mit, wie ich fand, bewundernswerten Überzeugung. "Ich habe fast jeden Tag damit verbracht, zu versuchen diesem verdammten Sektor zu entkommen."

"Ich nehme an, dass du verzweifelt versuchst, Erebus' Klauen zu entfliehen", sagte Loken mit einem verschmitzten Lächeln. "Schließlich läuft dein Nichtangriffspakt bald aus."

Ich runzelte die Stirn, weniger wegen seiner Worte als vielmehr, um meine Erleichterung über den Themenwechsel zu verbergen. "Woher weißt du das?"

"Ich weiß viel mehr, als du glaubst, Junge", antwortete die Macht mit einem Kichern.

Wieder war ein dunkler Unterton in Lokens Antwort zu vernehmen. Waren seine Worte eine versteckte Drohung?

"Warum hast du nicht ..." Die Macht brach ab, sein Kopf ruckte nach oben und starrte zum Dach. "Kannst du bitte etwas gegen diesen Gnom unternehmen?" klagte Loken einen Moment später. "Ich hasse es, belauscht zu werden."

Mein Blick folgte seinem, nicht überrascht, dass er Saya auf der Klippe gespürt hatte. In der ganzen Aufregung hatte ich die junge Alchemistin ganz vergessen. "Lass mich sie holen", sagte ich. "Dann können wir gleich zur Sache kommen."

TAG 7. VORMITTAG.

Ein paar Minuten später war ich mit einer widerwilligen Saya im Schlepptau zurück in den Tunneln.

Auf dem Weg zu ihr kam mir der Gedanke, den Gnom zu bitten, mich woanders hin zu teleportieren - egal wohin. Aber es gab immer noch einige Dinge, die ich in diesem Sektor unerledigt gelassen hatte, und so verlockend der Gedanke auch war, Lokens allzu neugieriger Anwesenheit zu entfliehen, so ahnte ich doch, dass ich damit wenig erreichen würde.

Die Macht hatte mich beängstigend schnell gefunden, nachdem der Schildgenerator zerstört war, und ich fragte mich immer noch, wie er das so schnell geschafft hatte. Wenn ich weglief, war es mehr als wahrscheinlich, dass er mich wieder finden würde.

"Ich will den nicht treffen", flüsterte Saya mir zum gefühlt hundertsten Mal wütend zu. "Warum muss ich ihn treffen?"

"Du brauchst keine Angst zu haben", sagte ich und zerrte noch einmal an ihrem Arm, als sie sich weigerte, die Höhle zu betreten.

"Du hast leicht reden", erwiderte sie. "Du bist kein Zivilist." Einen Moment später bettelte sie wieder. "Bitte. Meinesgleichen sollte sich nicht bei den Mächten einmischen."

"Keine Sorge", sagte ich beschwichtigend. "Er wird nicht ..."

Loken tauchte hinter dem Gnom auf. "Ich beiße nicht, weißt du."

Saya kreischte vor Schreck auf. Wenn ich nicht daran gedacht hätte, ihren Arm festzuhalten, wäre sie sicher geflohen.

Das Gesicht der Macht verwandelte sich in eine Maske der Niedergeschlagenheit. "Magst du mich nicht?"

Sayas Mund arbeitete wortlos, während sie versuchte, eine Antwort darauf zu finden.

Ich seufzte. "Spiel nicht mit dem Mädchen, Loken. Sie hat schon genug durchgemacht."

Die Macht schmollte. "Du bist langweilig, Michael. Aber ich schätze, du hast recht." Sein Blick glitt zurück zu der Alchemistin. "Meine Liebe, wenn es dir nichts ausmacht, darf ich dich dann in eine Stasisblase setzen? Ich verspreche dir, dass du nicht verletzt wirst, aber du wirst auch nichts Gefährliches hören."

Saya wippte nachdrücklich mit dem Kopf. "Ja b-bitte."

Loken winkte erneut mit dem Arm, und der Gnom verschwand unter einer silbernen Blase. "So, fertig. Jetzt können wir reden", sagte er leichthin.

Ich beäugte die Kuppel über Saya misstrauisch. Sie glich der Kuppel, in die Loken Ishan gesteckt hatte.

"Keine Sorge, es geht ihr gut", sagte Loken, der meinen Blick bemerkt hatte. "Ich bin eine Macht, und sie ist eine Spielerin, und laut den Regeln des Spiels kann ich ihr nichts antun. Ich habe sie ..." Loken zeigte auf Ishan -

"und ihn hier nur in eine vorübergehende Stasis versetzt. Wenn wir fertig sind, lass ich beide frei."

Ich nickte zögernd.

Loken klatschte in die Hände. "Genial. Jetzt sag mir, warum du mich gerufen hast." Er gestikulierte in Richtung der Leichen. "Sicher nicht, um dir zu helfen, deine Feinde zu töten. Das scheinst du alleine ganz gut hinzubekommen."

"Du hast den Brief gelesen, nicht wahr?" fragte ich.

"Das habe ich", sagte Loken, "aber so faszinierend ich einige deiner Bedingungen auch fand, ich fürchte, ich kann nicht allen zustimmen."

Ich runzelte die Stirn. "Du versuchst doch nicht, dich aus unserer Abmachung zu mogeln, oder?"

"Wir hatten nie eine Abmachung", sagte Loken hochnäsig.

Das stimmte zwar, aber so leicht würde ich ihn nicht davonkommen lassen. Ich hob meine Hand und begann, Punkte an meinen Fingern aufzuzählen. "Ich finde, ich habe eine Menge für die Schatten getan. Erstens habe ich dir geholfen, den Standort dieses Sektors zu finden, den du sicher schon lange gesucht hast. Zweitens habe ich den Schildgenerator zerstört, so dass alle Agenten der Schatten, die du schicken willst, ungehindert reinkommen."

Ich gestikulierte zu Ishan. Ich war mir sicher, dass Loken mein Verhör von Ishitas Geschworenen belauscht hatte, bevor er sich gezeigt hatte. "Und drittens habe ich sogar die Pläne der Erwachten Toten für den Sektor aufgedeckt." Ich blickte Loken an. "Das alles ist doch sicher die läppische Summe von eintausend Gold wert?"

Ich hatte Loken nicht nur geschrieben, um ihn um Hilfe zu bitten. Ich vermutete, dass die Macht eine solch einseitige Bitte ignoriert hätte. Stattdessen hatte ich ihm das Geheimnis um die Machenschaften der Erwachten Toten anvertraut und im Gegenzug eine Bezahlung in Form von tausend Gold und noch etwas anderem von ebenso viel Wert verlangt.

Loken zuckte mit den Schultern. "Aber das hast du doch alles ohnehin schon gemacht. Ich bin mir sicher, dass du hart arbeiten musstest, um das zu erreichen, aber das ist Vergangenheit. Erledigt ist erledigt und so weiter. Warum sollte ich das jetzt bezahlen? Schließlich kannst du ja nichts davon rückgängig machen, oder?"

Entgeistert blickte ich Loken finster an.

Wollte er wirklich ...?

Die Macht beugte sich vor und stemmte die Hände in die Seiten, als er in Gelächter ausbrach. "Oh, Michael", keuchte er. "Dein Gesichtsausdruck ist unbezahlbar."

Ich starrte ihn fassungslos an.

Wenn überhaupt, wurde Lokens Belustigung nur noch größer.

Wütend wartete ich ab.

Schließlich richtete Loken sich auf und sein Gelächter legte sich. "Du lässt es wirklich gerne drauf ankommen, Michael", sagte er und grinste immer noch. "Nicht zuletzt deshalb werde ich bezahlen, was du verlangst. Aber lass dir das eine Lehre sein. Vertraue in Zukunft nicht auf die Großzügigkeit einer Macht."

Ich grunzte. Das würde ich nicht. Und egal wie sehr Loken die Dinge verdrehte, war ich nicht auf seine Großzügigkeit angewiesen. Trotzdem gab es keinen Grund, undankbar zu sein. "Danke", sagte ich zähneknirschend.

"Gern geschehen", antwortete Loken feierlich. Er hielt inne. "Aber bevor ich dich bezahlen kann, musst du noch eine Sache für mich tun."

Ich verbiss mir einen Seufzer. *Jetzt geht es wieder los.* "Was?" fragte ich gleichmütig.

Loken hob seinen Arm und zog einen langsamen Kreis um die Höhle, bis seine Finger auf Ishan gerichtet waren. "Überlass ihn mir."

"Was?" fragte ich verblüfft. Hatte Loken sich wieder einen Scherz erlaubt?

"Ich möchte, dass du mir Ishitas geschworenen Diener gibst", sagte die Macht, ohne die Spur eines Lächelns.

Ich beäugte ihn misstrauisch. "Was willst du mit Ishan? Und ich dachte, Mächte können Spielern nichts anhaben?"

"Das können wir auch nicht", stimmte Loken zu. "Deshalb musst du ihn mir –", er machte eine Pause – "oder genauer gesagt einem meiner Gesandten übergeben."

Mein Mund verzog sich vor Verwirrung. "Und wie soll ich Ishan deinem Gesandten geben? Ist einer von ihnen in diesem Sektor?"

Loken schüttelte den Kopf. "Leider habe ich hier keine Agenten." Er zog einen Gegenstand aus einer seiner vielen Taschen. Es war ein silberner Armreif, der vollkommen gewöhnlich aussah. "Aber hiermit kannst du Ishitas Geschworenen wegschicken. Leg ihm den hier um den Arm und drücke diesen Knopf", sagte die Macht und deutete auf einen kleinen Smaragd in der Mitte des Armbands.

"Was soll das bringen?"

"Das wird Ishitas Agenten in eine meiner Arrestzellen in einem Sektor teleportieren, der den Schatten gehört."

Ich runzelte die Stirn. "Du hast immer noch nicht gesagt, wozu du ihn brauchst."

"Was ich von einem von Ishitas Geschworenen will?" fragte Loken wieder amüsiert. "Informationen, lieber Junge. Ich vermute, dass der Magier dort drüben eine gute Quelle für Information sein wird. Ich hoffe, er kann mir eine Menge über diese lukrativeren Dungeonsektoren erzählen." Die Macht grinste und entblößte seine strahlend weißen Zähne. "Er ist besonders nützlich, weil Ishita nicht weiß, dass ich ihn habe. Seine Kameraden werden denken, dass er seinen letzten Tod gestorben ist."

"Du glaubst ihm also? Ishan hat die Wahrheit über den Reichtum in diesen Dungeons gesagt?"

"In der Tat", antwortete die Macht. "Es passt zu dem, was meine Agenten beobachtet haben." Er rieb sich am Kinn. "Schon seit langem erreichen mich immer wieder Berichte über dramatische Rangverbesserungen einiger Erwachter Toter, Sprünge, die man normalerweise nicht in so kurzer Zeit erwarten würde. Und dann sind da noch die Gerüchte über mächtige Gegenstände in ihrem Besitz." Loken schaute mich an und zuckte mit den Schultern. "Wenn du das mit dem, was der Magier dir erzählt hat, vergleichst, ergibt alles einen Sinn."

Ich nickte nachdenklich.

Loken sah mich wieder erwartungsvoll an. "Also, kann ich ihn haben?"

Ich schuldete Ishan nichts anderes als das, was ich ihm versprochen hatte - das Gegengift. Und wenn der Spieß umgedreht wäre, hätte der geschworene Diener sicher keine Bedenken, mich auszuliefern.

"In Ordnung", sagte ich langsam. Als Lokens Grinsen noch breiter wurde, fügte ich hinzu: "Aber ich will noch etwas anderes".

Die Macht seufzte. "Natürlich tust du das", sagte er mit schwacher Stimme. "Nur zu, ich höre zu."

"Ich will eine Erklärung", sagte ich. "Ich dachte, ich hätte verstanden, wie die Dungeons im Spiel funktionieren, aber wenn Erebus sich die Mühe gemacht hat, seine eigenen Verbündeten zu täuschen, nur um ein paar Dungeonsektoren zu kontrollieren -" ich schüttelte den Kopf - "dann ist mein Verständnis vielleicht doch nicht so vollständig, wie ich dachte."

Loken kicherte wieder und schien mit meiner kleinen Bitte einverstanden zu sein. "Und das ist alles, was du willst?"

"Das, meine tausend Goldstücke *und* den Teleport aus dem Sektor, um den ich in meinem Brief gebeten habe", fügte ich hinzu, um ihm keinen Spielraum zu lassen.

"Natürlich" murmelte die Macht.

"Also haben wir einen Deal?"

Loken nickte ernsthaft. "In Ordnung."

✳   ✳   ✳

Du hast einen Pakt mit der Schattenmacht Loken geschlossen.

Bevor Loken und ich die Details unseres Paktes ausmachen konnten, brach die Macht auf, um den Sektor auszukundschaften, und versprach, nicht länger als eine Stunde wegzubleiben. Ich stimmte der Verzögerung gerne zu, denn ich hatte selbst ein paar Angelegenheiten zu erledigen.

Nachdem Loken verschwunden war, ging ich zu Saya. Die Macht hatte sie aus ihrer Stasis befreit.

Der Gnom stand fröstelnd in der Mitte der Höhle. Ihre Arme waren fest um sich geschlungen und ihre Augen wirkten niedergeschlagen. Aber es war nicht kalt, und mir wurde klar, dass es die um sie herum liegenden Leichen sein mussten, die ihr so zu schaffen machten.

Ich ging auf sie zu und legte meine Arme auf ihre Schulter. "Saya, kann ich dich um einen Gefallen bitten?"

Sie blinzelte und riss ihren Blick von der toten Worca ab - Besina hatte sie übel zugerichtet - und starrte mich ausdruckslos an. "Hm?"

Ich deutete auf den Leichnam der Wyvernmutter. "Meinst du, du könntest ihre Überreste ernten?"

Sayas Blick huschte zwischen den Überresten des Tieres und mir hin und her. "Besina war fast Rang zwanzig", quietschte sie. "Das zu ernten wäre die Aufgabe eines vollwertigen Alchemisten. Und du willst, dass *ich* das tue?", schloss sie etwas verwirrt.

Ich bemerkte, dass ihr Gesicht wieder etwas Farbe gewonnen hatte. Ich zuckte mit den Schultern. "So einen habe ich gerade leider nicht dabei", sagte ich trocken. "Bleibst also nur du. Versuchst du es?"

"Natürlich!", antwortete die Alchemistin, deren Aufregung nun deutlich zu spüren war. Aber einen Moment später ließ sie die Schultern hängen. "Oh, aber ich habe keinen Stauraum für die Zutaten."

Ich holte den Alchemiestein aus meiner Tasche und reichte ihn ihr. "Reicht der?"

"Ja!", rief sie aus und ihre Augen weiteten sich. "Woher hast du den?"

"Von Gelar." Ich führte sie zu dem Wyvern. "Nur zu. Und wenn du fertig bist, müssen wir reden."

Sie nickte und machte sich an die Arbeit. Ich überließ sie ihrem Handwerk und wandte meine Aufmerksamkeit den anderen Leichen in der Höhle zu.

Es war Zeit, sie zu plündern.

KAPITEL 155: EINE KLUGE INVESTITION

Die drei toten Magier – Ishan war immer noch in seiner Blase eingeschlossen – trugen einen wahren Schatz an Ausrüstung bei sich. Leider waren die meisten Ausrüstungsgegenstände nicht für mich geeignet.

Doch unter den Gegenständen, die ich gebrauchen konnte, waren auch ein paar Edelsteine, bei deren Anblick ich mir fast vor Freude die Hände gerieben hätte. Ich legte meine neuen Trophäen auf dem Höhlenboden aus und untersuchte jeden Gegenstand einzeln.

Du hast 12 Gold und 3 Silbermünzen erworben. Gesamtes mitgeführtes Geld: 16 Gold, 9 Silber und 0 Kupfermünzen.
Du hast 5 volle Manatränke und 8 große Manatränke erworben.
Du hast 3 Unsichtbarkeitstränke erworben. Jeder Trank verbirgt dich für eine Minute lang vollständig. Wenn du eine feindliche Handlung ausführst, wird die Verzauberung aufgehoben.
Du hast 9 verzauberte Ringe, 3 verzauberte Armbänder, 2 Magiergewänder, 3 Paar verzauberte Stiefel und 5 Zauberstäbe erworben.
Du hast ein Medaillon der stygischen Bruderschaft von Rang 2 erworben. Dieser Gegenstand ist mit einer Verzauberung versehen, die es dem Benutzer ermöglicht, eine stygische Bestie aus der Leere zu beschwören. Beachte, dass die gerufene Kreatur dem Zaubernden selbst gegenüber feindlich gesinnt ist, es sei denn, der Zaubernde ist ein Mitglied der Bruderschaft. Die Verzauberung kann mit Mana wieder aufgefüllt werden. Dieser Gegenstand erfordert eine Mindestmagie von 8, um ihn zu benutzen.
Du hast die Stiefel des Wanderers erworben. Dieser Gegenstand ist unzerstörbar und Teil eines legendären Sets. Finde weitere Teile des Sets, um die erhaltenen Vorteile zu verbessern. Die Stiefel des Wanderers erhöhen die Geschicklichkeit des Trägers um 4 Ränge und ermöglichen es ihm, selbst den unebensten Untergrund lautlos zu überqueren.
Du hast eine kleine Tasche der Aufbewahrung erworben. Dieser Gegenstand enthält eine Verzauberung, um mittelgroße und kleinere Gegenstände aufzubewahren. Dank der Verzauberung sind die Tasche selbst und alle darin aufbewahrten Gegenstände gewichtslos. Es können keine lebendigen Gegenstände in der Tasche aufbewahrt werden. Derzeit verstaute Gegenstände: 0 / 50.

Die Manatränke waren nett, aber die Unsichtbarkeitstränke waren faszinierender und besser für meinen eigenen Kampfstil geeignet.

Das stygische Medaillon war ein weiterer interessanter Gegenstand. Worca hatte es bei sich getragen, was erklärte, warum es im Kampf nicht zum Einsatz gekommen war. Besina hatte die Elfenmagierin zu schnell getötet. Ich konnte das Medaillon noch nicht benutzen, aber da ich weiter in mein Magieattribut investieren musste, rechnete ich damit, dass sich das in nicht allzu ferner Zukunft ändern würde.

Die Tasche war mit Abstand der nützlichste Fund. Sie würde mir das Tragen der ganzen Beute, die ich zu finden schien, nachhaltig erleichtern. Sie hatte eine Reihe von anderen Gegenständen enthalten, die für mich hauptsächlich Müll waren und die ich sofort weggeworfen hatte.

Der mit Abstand größte und bemerkenswerteste Fund waren die Stiefel des Wanderers. Xrex hatte sie getragen, und ich konnte bestätigen, dass sie die Schritte des Trägers wirklich flüsterleise gemacht hatten. Sie boten auch einen netten Geschicklichkeitsbuff, aber was ich noch faszinierender fand, war die Andeutung, dass es für das Set noch mehr Teile gab, was die Buffs nur noch verbessern würde. Ich musste sie auf jeden Fall finden.

Der Rest der Beute war eine Auswahl an Ausrüstungsgegenständen, die zwar wertvoll, aber für mich ungeeignet waren oder Voraussetzungen hatten, die ich nicht erfüllen konnte. Sie wanderten alle in meine neue Tasche, um sie zu einem passenden Zeitpunkt zu verkaufen.

Nachdem ich mit dem Plündern fertig war, warf ich einen Blick auf Saya. Der Lehrling war immer noch mit dem Wyvern beschäftigt, was mir die Zeit gab, mich endlich um die lange Liste von Spielnachrichten zu kümmern, die meine Aufmerksamkeit erforderten.

Ich setzte mich mit dem Rücken an die Höhlenwand und rief die wartenden Nachrichten auf.

Du hast Stufe 76 erreicht!

Ich hatte durch den Kampf zwei Level gewonnen, was angesichts der Anzahl meiner Feinde nicht viel war. Aber ich war mir sicher, dass nicht ich, sondern die Magier von Besinas Tötung profitiert hatten. Ich selbst hatte nur zwei Feinde getötet - Xrex und Lutra.

Meine Fertigkeiten überprüfte ich nicht; sie hatten sich nur geringfügig verbessert. Meine neuen Attributspunkte investierte ich in Magie.

Deine Magie hat sich auf Rang 5 erhöht. Aktuelle Modifikatoren: +2 durch den Ring des Lehrlings und -1 durch leichte Rüstung. Magische Fertigkeiten und Fähigkeiten sind auf Rang 6 begrenzt.

Schließlich wandte ich mich den faszinierendsten Spielbotschaften zu - denjenigen, die sich auf die Entwicklung meiner Klasse bezogen.

Deine Klasse hat sich weiterentwickelt! Du bist jetzt ein Gedankenslayer!

Der Gedankenslayer ist eine Klasse vom Meisterrang und nur für diejenigen mit erwecktem Wolfsblut zugänglich. Dieser Pfad verkörpert einige der gefürchtetsten Aspekte von Wolf. Ein Gedankenslayer verfolgt die Gedanken seiner Feinde sowie die dunklen Ecken der Welt nicht nur, er kann auch zuschlagen: Er suchst sie ungesehen, ohne Vorwarnung und oft mit tödlichen Folgen heim. Es ist eine Klasse, die die Assassinen des Hauses Wolf zu den gefürchtetsten aller Reiche gemacht hat.

Deine Klassen-Basiseigenschaft hat sich vom Psi Wolfserbe zum <u>Slayererbe</u> geändert. Sie erhöht deine Geschicklichkeit um: +2 Ränge, deine

Stärke um: +2 Ränge, deine Wahrnehmung um: +4 Ränge, und deinen Verstand um: +4 Ränge.

Deine Klasseneigenschaft, Nachtaktiv, hat sich in <u>Nachtwandler</u> geändert. Wölfe leben nicht nur in der Dunkelheit, sie gedeihen dort. Diese Eigenschaft verbessert nicht nur deine Sehkraft, sondern auch alle deine Sinne - einschließlich Geruch, Gehör, Tastsinn und Geschmack - wenn du dich in dunkler Umgebung aufhältst.

Deine Klassenfähigkeit hat sich von Geistessicht zu <u>Slayeraura</u> geändert. Der Gedankenslayer kann unsichtbare Gedanken um sich herum nicht nur erkennen, er kann sie auch manipulieren.

<u>Slayeraura</u> ist in jeder Hinsicht eine Verbesserung der Fähigkeit Geistessicht. Während alle Stufen der Geistessicht-Fähigkeit nur passive Vorteile bieten, kann der Zaubernde mit Slayeraura mit jeder Stufe der Fähigkeit immer mächtigere Manipulationen an seinen Zielen vornehmen.

Einfache Slayeraura ist eine aktive Fähigkeit, die es dir erlaubt, jedes ungeschützte Bewusstsein im Umkreis von 10 Metern aufzuspüren und es für 10 Sekunden oder bis du eine feindliche Aktion gegen das Ziel vornimmst, für deine Anwesenheit zu blenden. Diese Fähigkeit verbraucht Psi und kann mit Klassenpunkten aufgewertet werden. Ihre Aktivierungszeit ist schnell. Dies ist eine Klassenfähigkeit und belegt keine Fähigkeitsslots.

Mein Mund öffnete sich in lautlosem Erstaunen. Meine zweite Klassenentwicklung war ganz anders als meine erste - vom Späher zum Gedankenstalker. Dieses Mal waren die Vorteile eindeutig.

Eifrig las ich mir die Nachrichten noch zweimal durch, um sicherzugehen, dass ich die Änderungen meiner neuen Meisterklasse verstanden hatte. Als ich mir die Details ansah, war ich mir sicher, dass diese Meisterklasse überaus mächtig war. Sowohl die Fähigkeit Slayeraura als auch die Eigenschaft Nachtwandler waren ein deutlicher Fortschritt im Vergleich zu ihren Vorgängern, und ich konnte mir viele Möglichkeiten vorstellen, wie ich sie in früheren Begegnungen hätte einsetzen können.

Vielleicht ist es an der Zeit, dass ich meine gesparten Klassenpunkte ausgebe, überlegte ich. Vor allem die Verbesserung auf Slayeraura hatte eindeutige Vorteile. Was würde passieren, wenn ich alle drei Klassenpunkte in die Fähigkeit investierte und sie auf Stufe vier verbesserte? Ich rieb mir die Hände vor Aufregung. *Na gut, versuchen wir …*

"Michael?"

Mein Blick fiel auf Saya, die direkt vor mir stand. Stumm legte sie mir den Alchemiestein in die Hand.

Du hast einen Alchemiestein erhalten. Neue Zutaten erworben: 25 x Phiolen mit Tierblut, 25 x Haufen mit gewöhnlichem Knochenstaub, 9 x Wyverngiftsäcke, 1 x Satz Wyvernzähne, 1 x Wyvernherz, 2 Sätze Wyvernklauen und 48 x Wyvernschuppen.

Der Stein war randvoll gefüllt. Der Gnom hatte gute Arbeit geleistet und mehr aus dem Wyvern herausgeholt, als ich es selbst hätte schaffen können.

"Danke", sagte ich ernst und verbannte weitere Gedanken an meine Spielerentwicklung aus meinem Kopf. Das musste auf später warten.

Ich stand auf und zog den Lehrling in den Tunnel und weg von den Überresten der anderen. "Wir müssen darüber reden, wie es weitergeht, Saya."

"Oh?", fragte sie.

Ich schwieg einen Moment lang und sammelte meine Gedanken. Die kurze Zeit, die ich allein war, hatte mir Raum zum Nachdenken gegeben und ich war zu dem Schluss gekommen, dass ich den Sektor verlassen musste – und zwar sofort.

Das Risiko, dass Talon und die Heuler zur Festung zurückmarschieren und das Tal für sich beanspruchen, war zwar nach wie vor hoch, aber ich sah keine Möglichkeit, sie allein aufzuhalten, und ehrlich gesagt war ich mir nicht sicher, ob das noch nötig war.

Da der Schildgenerator ausgeschaltet war und die Interessen des Lichts und der Schatten geweckt waren, vermutete ich, dass die anderen Fraktionen der Macht mehr Glück haben würden, Tartar aufzuhalten als ich es allein konnte.

Ich wandte mich wieder an Saya. "Ich werde den Sektor verlassen. Es ist zu gefährlich für dich, allein zurück in die sichere Zone zu reisen. Du hast also zwei Möglichkeiten. Entweder du kommst mit mir mit oder du benutzt die Schriftrolle und gehst, wohin auch immer du willst."

Der Lehrling schaute mich verwirrt an. "Aber wenn du mir die gibst, was machst du dann?"

"Mein *Freund* hier wird mich hier rausteleportieren."

"Dein Freund ...?" Sie keuchte. Ihre Stimme wurde ein atemloses Flüstern. "Du meinst die Macht?"

Ich grinste und nickte. "Also was soll es sein? Wo willst du hin?"

Saya biss sich auf die Lippe. "Ich bin mir nicht sicher ... Es gibt keinen Ort für mich."

Ich hob eine Augenbraue. "Nicht? Die Schriftrolle bringt dich überall hin, sogar zurück in die sichere Zone dieses Sektors." Ich hielt inne. "Du könntest jederzeit zu Gelar zurückkehren."

Saya ließ den Kopf hängen. "Kann ich nicht", flüsterte sie.

"Warum nicht?" fragte ich sanft.

"Gelar hat mich nicht in den Wald geschickt", gab Saya zu. "Ich weiß nicht, warum ich dich das habe glauben lassen." Sie seufzte. "Es war wohl einfacher, als die Wahrheit zu sagen. Ich bin alleine losgezogen, weil ..."

Sie verstummte und ich wartete geduldig, bis sie fortfuhr.

Saya hob ihren Kopf und begegnete meinem Blick fast trotzig. "Ich bin allein in den Wald gegangen, weil ich eine Versagerin bin. Gelar wollte mich rausschmeißen. Er sagte, ich sei wertlos und würde es als Alchemistin nie zu etwas bringen. Ich musste ihm beweisen, dass er Unrecht hatte." Ihr Kinn zitterte, und in ihren Augenwinkeln bildeten sich Tränen. Sie wischte sie weg. "Nicht, als hätte ich das geschafft. Jedenfalls will er mich nicht wieder aufnehmen."

Es schien, als hätte ich Gelar zu Unrecht beschuldigt, wenn auch nur in meinen Gedanken. Er hatte seine junge Auszubildende nicht in Gefahr gebracht. Das hatte sie ganz allein getan.

Mein Blick huschte über den verzagenden Gnom und ich betrachtete sie nachdenklich. Ich hatte Mitleid mit Saya, aber ich war mir nicht sicher, ob sie Recht hatte.

Nach dem, was ich über Gelar wusste, schien er ein bissiger Typ zu sein der seine Zuneigung nicht gerne zeigte. Aber er hatte ein Kopfgeld auf Besina ausgesetzt, und das musste bedeuten, dass er sich - zumindest in gewisser Weise - um seinen Lehrling kümmerte.

Trotzdem glaubte ich nicht, dass Saya mir glauben würde, wenn ich ihr das erzählte. *Und vielleicht hat Gelar ja recht. Vielleicht ist sie nicht die Richtige für diesen Berufsweg.* Was auch immer man von ihm halten wollte, der Gnom war ein Meister seines Fachs.

Ich rieb mir das Kinn. "Vielleicht gibt es eine Alternative."

Saya starrte mich mit geröteten Augen an. "Was meinst du?"

"Was weißt du darüber, wie man eine Taverne führt?"

✳ ✳ ✳

Mithilfe deiner Besitzurkunde hast du die Spielerin Saya zur Tavernenwirtin des Schläfrigen Gasthauses in der sicheren Zone von Sektor 12.560 ernannt.

Nachdem ich Saya erklärt hatte, was ich meinte, war sie geradezu begeistert von der Idee. Getränke zu brauen, sagte sie mir, sei spannender, als Zutaten zu ernten, und sie müsse keine Alchemistin sein, um Alkohol herzustellen.

Ich für meinen Teil war mehr als glücklich, Saya als Tavernenwirtin zu beschäftigen und ihr einen Teil des Gewinns zu überlassen. Ich hatte das Gebäude weniger gekauft, weil ich es selbst betreiben wollte, sondern eher, weil ich Benadean dazu kriegen musste den Sektor zu verlassen und meine Botschaft zu überbringen.

Ich hatte nicht damit gerechnet, dass ich das investierte Geld wieder hereinbekommen würde und war froh, dass Saya bereit war, die Taverne zu übernehmen. Da der Sektor nun für jedermann zugänglich war und anscheinend eine Reihe begehrter Dungeons beherbergte, erwartete ich, dass das Geschäft deutlich anziehen würde - was sowohl für den Gnom als auch für mich von großem Nutzen sein würde.

Und außerdem, auch wenn ich vorhatte, den Sektor zu verlassen, war ich hier noch nicht fertig. Das Tal war die Heimat der Schattenwölfe, und ich würde so oder so hierher zurückkehren.

Ich frage mich, was Benadean davon halten wird.

Der unglückliche Barkeeper wäre sich vermutlich sicher, dass ich ihn betrogen hatte. Aber das konnte ich nicht ändern.

"Also gut", sagte ich zu Saya, nachdem wir alle Details durchgesprochen hatten, "bist du sicher, dass du das alles behalten kannst?"

Sie nickte.

"Gut" sagte ich. "Dann machst du dich besser auf den Weg. Und vergiss nicht, das Kopfgeld von Gelar in meinem Namen einzufordern. Die Notiz, die ich dir gegeben habe, sollte ausreichen, um ihn zu überzeugen. Das Geld wird dir helfen, die Taverne in Gang zu bringen."

"Hab's verstanden, versprochen", sagte Saya. Sie trat vor und schlang ihre Arme um meine Beine. "Das werde ich nie vergessen, Michael."

Ich grinste. "Wenn du den Laden gut führst, werde ich es bald sein, der zu danken hat."

Lächelnd trat Saya einen Schritt zurück. "Vielleicht" sagte sie. Sie winkte ein letztes Mal zum Abschied, dann rollte sie die Portalrolle aus und begann zu lesen.

Einen Moment später war sie verschwunden.

"Du steckst voller Überraschungen, Michael", sagte Loken, der hinter mir auftauchte, sobald Saya verschwunden war. "Ich hätte nie gedacht, dass du eines Tages Händler wirst."

Ich gluckste. "Das bin ich auch nicht."

"Hast du Zeit zu reden?" fragte Loken, während wir zurück in die Höhle schritten.

Ich nickte. "Was hast du bei deinem Ausflug durch den Sektor gelernt?"

Lokens Gesicht nahm einen ungewohnt ernsten Ausdruck an. "Die Dinge hier sind interessanter, als ich erwartet habe. Es ist seltsam, zwei Koboldstämme im gleichen Sektor zu finden, geschweige denn drei. Allerdings hat sich jemand sehr viel Mühe gegeben, einen von ihnen zu vernichten."

Er schaute mich fragend an, aber ich blieb still. Ich hatte Loken in meinem Brief nicht alles erzählt. Und je weniger er von meinen Fähigkeiten wusste, desto besser.

Mit einem Lächeln fuhr er fort: "Dann ist da noch die Anwesenheit der Gesandten. Dass drei von ihnen hier sind, in ..."

Ich blieb abrupt stehen und starrte die Macht an. "Hast du drei gesagt?"

Er nickte.

"Wer?" verlangte ich.

Loken hob eine Augenbraue über meinen Tonfall, sagte aber nichts weiter. "Wir haben zum einen den Hauptmann der Tartaner, Talon. Eine bekannte Persönlichkeit in den Reichen, und obwohl ich noch nie das Vergnügen hatte, ihn kennenzulernen, wird ihm nachgesagt, dass er diplomatischer ist als manch anderer Legionsführer. Tartar schickt den guten Hauptmann meist auf Missionen, bei denen mehr Fingerspitzengefühl gefragt ist als bei seiner sonstigen Art der Problemlösung."

Ich nickte nachdenklich, überrascht darüber, dass der einfach wirkende Hauptmann, den ich in der sicheren Zone getroffen hatte, im Spiel eine so hoch angesehene Person war. "Wer noch?"

"Dann gibt es noch Amgira", sagte Loken, während er weiterging.

Ich runzelte die Stirn.

Beim Anblick meines verwirrten Blicks lächelte Loken. "In diesem Sektor hieß sie Mariga, glaube ich."

"Ah", sagte ich vielsagend.

"Wie ich sehe, hast du schon von ihr gehört", sagte Loken. "Sie hier zu finden, war wirklich eine Überraschung."

Ich war eher von Lokens Fähigkeit beeindruckt, die Identität der Druidin so schnell herauszufinden. Er war nicht lange fort gewesen. "Was weißt du über sie?" fragte ich beiläufig.

"Sie ist eine Abgesandte von Arinna und eine der schlauesten Spielerinnen der Welt."

Die Bewunderung im Ton der Macht war nicht zu überhören. Offensichtlich war sogar Loken, selbst ein Meister der Täuschung, von Marigas - ich sollte sie jetzt wohl Amgira nennen - Talent beeindruckt.

"Sie hat eine ziemliche Sauerei hinterlassen", fügte Loken hinzu.

"Oh?" fragte ich, als wir vor der silbernen Blase, die Ishan umgab, zum Stehen kamen.

"Oh ja, sie hat gestern erst die Heulerfestung vor der sicheren Zone zerstört und keinen einzigen Stein stehen lassen, und das in ihrer wahren Gestalt." Die Macht lächelte. "Deswegen wusste ich, wer sie ist. Die Spieler im Dorf konnten über nichts anderes reden als über die geheimnisvolle geflügelte Frau, die Feuer vom Himmel regnen ließ."

Ich blinzelte. *Die Heulerfestung zerstört?*

Die Nachricht war sowohl erstaunlich als auch erfreulich. Da es jetzt weder eine Festung noch einen Schildgenerator gab, war es noch unwahrscheinlicher, dass die Dunkelheit den Sektor erobern würde.

Kein Wunder, dass Talon verärgert war.

Der Hauptmann musste bereits von der Zerstörung der Festung gewusst haben, als wir miteinander sprachen, und vermutet haben, dass ich etwas damit zu tun hatte.

"Wer ist der dritte Abgesandte?" fragte ich abwesend, immer noch mit Lokens neuster Enthüllung beschäftigt.

"Stayne, natürlich."

Ich starrte die Macht an. "*Stayne* ist ein Abgesandter? Wie-"

Ich brach ab. *Natürlich ist er das.* Ich hätte diese Tatsache schon viel früher erkennen sollen.

Loken schmunzelte über meinen Gesichtsausdruck. "Das wusstest du nicht? Dann halte dich auf jeden Fall von ihm fern. Du bist noch lange nicht bereit, es mit jemandem wie Stayne aufzunehmen."

Ich nickte. Vorerst hatte ich nicht die Absicht, mich in die Nähe des Untoten zu begeben.

"Aber wie ich schon sagte", fuhr Loken fort, "drei Abgesandte in irgendeinem Sektor zu finden, noch dazu in einem so abgelegenen und kleinen wie diesem, grenzt schon an ein Wunder." Loken deutete auf die Stasisblase. "Warum sie hier sind, hat uns Ishitas Gefolgsmann bereits gesagt."

"Wegen der Dungeonsektoren, die die Erwachten Toten entdeckt haben", stellte ich fest.

"Genau", sagte Loken und rieb seine Handflächen aneinander. "Ich kann es kaum erwarten, sie selbst zu erkunden."

"Du hast mir immer noch nicht gesagt, was an ihnen so wertvoll ist", sagte ich.

Loken seufzte theatralisch. "Ach ja, fast hätte ich unsere Abmachung vergessen. Nun, bringen wir es hinter uns. Setz dich hin und lass es mich erklären", befahl er und setzte sich auf den Boden.

Ich ließ mich ihm gegenüber in den Schneidersitz sinken und wartete, dass er weitersprach.

"Was weißt du über das Jenseits, Michael?" fragte Loken.

Ich kratzte mich am Kinn, während ich nachdachte. "Ich weiß, dass sich die Dungeons des Spiels dort befinden." Ich hielt inne. "Und dass es schwierig ist, dorthin zu reisen. Es gibt auch keine Möglichkeit, sich einfach zu teleportieren, so wie in einen Königreichssektor."

"Beides stimmt, ist aber nicht die ganze Wahrheit", stimmte Loken zu. "Der Äther und das Jenseits existieren schon genauso lange, wie das Spiel existiert. Beides sind Hohlräume des Nichts, in denen kleine Landabschnitte, die wir Sektoren nennen, schwimmen. Trotz dieser Ähnlichkeiten unterscheiden sich Äther und Jenseits jedoch sehr voneinander. Der Äther ist eine helle Leere, glänzend und leicht zu durchschauen. Seine Sektoren sind leicht zu erreichen –" Lokens Stimme wurde trocken - "vorausgesetzt natürlich, sie sind nicht abgeschirmt."

Ich nickte, denn so viel hatte ich schon verstanden.

"Das Jenseits hingegen ist düster", fuhr Loken fort. "Seine Sektoren sind versteckt und ohne das Netz der Ley-Linien, die sie verbinden, nicht zu erreichen."

"Ley-Linien?" fragte ich und erinnerte mich vage daran, dass ich schon einmal davon gehört hatte.

"Ley-Linien ermöglichen die Existenz von Portalen im Jenseits. Es handelt sich bei ihnen um magische Fäden, die sich durch die Leere ziehen und eine Brücke zwischen den Sektoren bilden. Die meisten Gelehrten glauben, dass die Ley-Linien während des lange zurückliegenden kataklystischen Ereignisses entstanden sind, das zum Zerbrechen des Ewigen Königreichs in isolierte Landstriche geführt hat. Warum sie aber nur aus den Sektoren des Jenseits führen, weiß niemand."

"Ich verstehe", sagte ich.

"Wenn du dich erinnerst, hast du bereits zweimal eine Ley-Linie überquert. Einmal, um in dieses Tal zu gelangen, und davor, um den Dungeon zu erreichen, in dem wir uns das erste Mal getroffen haben."

Ich nickte. "Verstanden."

"Verstehst du jetzt, warum die Kontrolle über die Ley-Linien und die Sektoren, in denen sie verankert sind - wie dieser hier - für jede Fraktion, die in das Jenseits eindringen will, entscheidend ist?"

"Tue ich", antwortete ich. "Aber ich verstehe immer noch nicht, warum das Jenseits so wichtig sein soll."

"Dazu komme ich noch", sagte Loken affektiert. Er stützte seinen Kopf in die Hände und hielt inne, um seine Gedanken zu sammeln. "Weißt du, was der Zweck des Spiels ist?", fragte er schließlich.

Ich starrte Loken an, verwirrt von dem seltsamen Sprung in der Unterhaltung. "Äh ... nein."

"Macht", sagte Loken. "Im Kern geht es beim Spiel darum, Macht zu erlangen. Das darfst du nicht vergessen." Er lächelte verschmitzt. "Deshalb haben wir uns auch so genannt. Wir 'Mächte' halten uns selbst für den Gipfel der Macht in dieser Welt." Loken sah einen Moment lang weg, sein Blick distanziert. "Obwohl es sich manchmal nicht so anfühlt ...", flüsterte er so leise, dass ich ihn kaum hörte.

Als er sah, wie ich mich nach vorne lehnte, schüttelte sich die Macht und konzentrierte sich wieder auf mich. "Wo war ich? Oh ja, Macht. Im Kern des Spiels geht es darum, Macht zu erlangen. Nenn es, wie du willst: Fortschritt, Evolution, Leveling. Es ist alles das Gleiche."

Loken hielt inne, um meinen Blick erneut zu erwidern. "Wie ich sehe, fragst du dich immer noch, was das mit Dungeons zu tun hat."

Ich nickte.

"Ganz einfach: Nirgendwo sonst im ewigen Königreich kann ein Spieler so schnell Macht sammeln wie in einem Dungeon. Das Spiel hat sie speziell für diesen Zweck entworfen. Natürlich sind nicht alle Dungeons gleich. Einige sind für Spieler mit niedrigem Level gedacht, die noch am Anfang ihrer Entwicklung stehen. Aber andere - wie das Netzwerk von Dungeonsektoren, das die Erwachten Toten hier entdeckt zu haben scheinen - sind für Elitespieler gedacht. Und sie können einen Spieler zu einer Gottheit erheben."

Ich starrte ihn an: "Zu einer Gottheit?"

Loken nickte ernsthaft. "Natürlich kann nicht jeder Spieler solche Höhen erreichen, aber das hält die meisten nicht davon ab, es zu versuchen."

Ich runzelte die Stirn. "Ich verstehe das immer noch nicht. Der Dungeon, den ich durchquert habe und den du selbst gesehen hast, war nichts Besonderes. Warum sollte ..."

Ich hielt kurz inne, als ich sah, wie Loken den Kopf schüttelte.

"Der Dungeon, in dem du warst, Michael, war ein wiederbesetzter."

"Was heißt das?"

"Der Sektor wurde bereits von den Erwachten Toten geräumt und dann für ihre eigenen Zwecke umgestaltet - angeblich, um Erebus' Kandidaten auszubilden. Es sind die wilden Sektoren der Endlosen Dungeons, die vom Spiel selbst geschaffen wurden, die Spieler begehren, die selbst Mächte werden wollen."

Ich neigte meinen Kopf und schwieg, während ich darüber nachdachte.

"Es scheint, als hätten die Dunklen mit ihrem Fund hier doppeltes Glück gehabt", überlegte Loken. "Sie haben nicht nur eine Ley-Linie gefunden, die zu einem Teil der Elitedungeons führt, sondern auch eine bisher unbekannte Verbindung zu ihren eigenen, von den Dunklen kontrollierten Untersektoren. Das macht dieses Tal doppelt so wichtig."

Der Blick der Macht wanderte zu der silbernen Blase. "Ishitas Geschworene zu befragen, wird sicher interessant", murmelte er fast zu sich selbst. Nach einem Moment richtete sich sein Blick wieder auf mich. "Habe ich meinen Teil der Abmachung erfüllt? Verstehst du die Bedeutung der Dungeons jetzt?"

"Das tue ich", sagte ich.

Loken richtete sich auf und warf mir den Armreif zu. "Dann leg das dem Gefangenen an, und ich kann dich losschicken."

Die silberne Blase um Ishan verschwand, und ich kniete mich neben den Magier. Sein Gesicht war voller Verwirrung. "Was ist passiert?"

Ich zog das Gegengift aus meinem Gürtel und hielt es Ishan hin. "Hier. Für dich, wie versprochen."

Loken sah mich fragend an, mischte sich aber nicht ein, als der Magier den Inhalt des Wyvern-Gegengifts hinunterschluckte.

"Du lässt mich gehen?" fragte Ishan erstaunt und ließ seinen Blick von mir zu Loken schweifen.

"Gewissermaßen, ja", murmelte ich. Bevor der Magier protestieren konnte, schlug ich Lokens Armreif um seinen Arm und drückte den Knopf.

Im Handumdrehen war der Magier verschwunden.

Du hast deinen Teil des Paktes mit Loken erfüllt.

Die Macht gluckste. "Gut gemacht. Und wie versprochen, hier ist dein Geld." Loken holte etwas hervor, das aussah wie der gleiche Schlüsselstein, den er mir vor langer Zeit im Dungeon gezeigt hatte, und legte seine Handfläche auf die mit einem Siegel versehene Oberfläche.

Die Macht Loken hat 1.000 Gold auf dein Konto bei der Albion Bank eingezahlt.

"Erledigt", sagte die Macht und lächelte zufrieden. "Jetzt bleibt nur noch dein eigener Transport." Er verbeugte sich theatralisch. "Wohin, guter Herr?", fragte er spöttisch.

Ich ignorierte seine Mätzchen und antwortete: "Zum Nexus".

Was auch immer er erwartet hatte, das war es nicht. "Zum Nexus?" fragte Loken erstaunt. "Warum willst du dahin?"

"Ich bin es leid, in den abgelegenen Ecken dieses Reiches herumzulungern", log ich gekonnt. "Ich will das Herz des Spiels sehen." Ich hielt inne. "Außerdem bin ich jetzt reich und es wird Zeit, dass ich mich richtig ausrüste." Ich grinste. "Wo könnte man das besser tun als auf dem größten Markt der Welt?"

Loken neigte den Kopf zur Seite und musterte mich wie ein besonders kompliziertes Puzzle. "Ein mutiger, wenn auch etwas waghalsiger Schritt", bemerkte er schließlich. "Bist du *sicher*, dass das der Ort deiner Wahl ist?"

Ging es nur mir so, oder schien die Macht zu zögern? Ich nickte. "Ich bin sicher."

"Wie du willst", sagte Loken - etwas schroff, wie ich fand - und winkte mit dem Arm.

Ein Portal öffnete sich vor mir. Ich schritt darauf zu, hielt aber inne, bevor ich es betrat. "Oh, da ist nur noch eine Sache."

Die Macht sah mich fragend an.

"Ich wollte dich schon lange fragen: Wie hast du mich so schnell gefunden? Ich hatte erwartet, dass du länger brauchen würdest, um den Sektor zu erreichen, geschweige denn meinen Standort."

Loken lächelte. "Ich sollte dir das vielleicht nicht sagen, aber wenn du zum Nexus gehst, wirst du die Wahrheit ohnehin früh genug selbst herausfinden", sagte er kryptisch.

Ich wartete geduldig.

Die Macht hielt den Schlüsselstein hoch. "Als du den hier im Dungeon berührt hast, hast du nicht nur der Eröffnung eines Bankkontos zugestimmt, sondern auch dem Verfolgungszauber, den ich auf dich gelegt habe."

Ich starrte ihn an. "Wie bitte?" fragte ich mit kaum zurückgehaltener Wut.

"Sobald der Schild fiel, wusste ich sofort, wo du bist", schloss Loken mit einem fröhlichen Grinsen und ignorierte meinen Blick.

"Entferne den Zauber", forderte ich.

Lokens Lächeln wurde breiter. "Nein. Das war nicht Teil unserer Abmachung, oder?"

Ich starrte die Macht einen langen Moment lang an und seufzte dann. Es war wirklich meine eigene Schuld, dass ich dem selbsternannten Schwindler vertraut hatte. Ich würde einfach selbst einen Weg finden müssen, seinen Zauber zu entfernen. Ich drehte mich um und wandte mich wieder dem Portal zu.

Meine Arbeit in diesem Sektor war getan, und ich hatte eine Menge zum Nachdenken. Jetzt war es an der Zeit, mich um meine eigene Zukunft zu kümmern und mich vielleicht zu etwas Größerem zu entwickeln.

"Lebe wohl, Loken", rief ich über meine Schulter. Bevor er antworten konnte, stapfte ich auf das Portal zu und schritt kurzerhand hindurch.

Transfer über das Portal beginnt ...

...

...

Sektor 12.560 wird verlassen. Nexus wird betreten!

Loken hat seinen Pakt dir gegenüber erfüllt. Dein Pakt mit Loken ist abgeschlossen!

Du hast deinen Pakt gegenüber der Abgesandten Amgira erfüllt. Die Macht Arinna hat 1.000 Gold auf dein Konto bei der Albion Bank eingezahlt. Dein Pakt mit Amgira ist abgeschlossen!

✳ ✳ ✳

DAS ENDE.

Hier endet Buch 2 des Großen Spiels.
Michaels Abenteuer werden in **Welt Nexus** fortgesetzt.

Ich hoffe, die Geschichte hat dir gefallen! Wenn ja, hinterlasse bitte eine Rezension und lass andere Leser wissen, was du denkst.
<u>Klicke hier, um eine Bewertung zu hinterlassen.</u>
Danke fürs Lesen!
Tom Elliot.

<u>Spielerprofil: Michael</u>

Stufe: 76. Rang: 7. Aktuelle Gesundheit: 100%.
Ausdauer: 100%. Mana: 100%. Psi: 100%.
Spezies: Mensch. Verbleibende Leben: 3.
Wahre Zeichen (versteckt): Rudelmitglied.
Falsche Zeichen (angezeigt): Geringe Schatten, Geringes Licht, Geringe Dunkelheit.

Attribute

Verfügbar: 0 Punkte.
Stärke: 2. Ausdauer: 14. Geschicklichkeit: 21*. Wahrnehmung: 24. Verstand: 41. Magie: 6*. Glaube: 2*.
** kennzeichnet Attribute, die von Gegenständen betroffen sind.*

Klassen

Verfügbar: 3 Punkte.
Primär-Sekundäre Bi-Mischung: Gedankenstalker (angezeigt). Gedankenslayer (versteckt).
Tertiäre Klasse: Keine.

Eigenschaften

Slayererbe (versteckt): +2 Geschicklichkeit, +2 Stärke, +4 Verstand, +4 Wahrnehmung.
Tiersprache: Kann mit Bestienkin sprechen.
Markiert: kann Geistersignaturen sehen.
Nachtwandler (versteckt): Verbesserte Sinne in der Dunkelheit.
Auserwählter Nachkomme (versteckt): an das Haus Wolf gebunden.
Unergründlicher Geist: +8 Geist.
Geheimes Blut (versteckt): verbirgt die Blutlinie.

Fertigkeiten

Verfügbare Fertigkeitsslots: 0.
Ausweichen (aktuell: 50. max.: 200. Geschicklichkeit, Grundlegend).
Schleichen (aktuell: 61. max.: 200. Geschicklichkeit, Grundlegend).
Kurzschwerter (aktuell: 55. max.: 200. Geschicklichkeit, Grundlegend).
Kampf mit zwei Waffen (aktuell: 49. max.: 200. Geschicklichkeit, Fortgeschritten).
Leichte Rüstung (aktuell: 42. max.: 140. Ausdauer, Grundlegend).
Diebstahl (aktuell: 39. max.: 200. Geschicklichkeit, Grundlegend).
Chi (aktuell: 47. max.: 410. Geist, Fortgeschritten).
Meditation (aktuell: 67. max.: 410. Geist, Grundlegend).
Telekinese (aktuell: 46. max.: 410. Geist, Fortgeschritten).
Telepathie (aktuell: 46. max.: 410. Geist, Fortgeschritten).
Einsicht (aktuell: 62. max.: 240. Wahrnehmung, Grundlegend).
Täuschung (aktuell: 57. max.: 240. Wahrnehmung, Meister).

Fähigkeiten

<u>Verwendete Fähigkeitsslots - Geschicklichkeit:</u> **13 / 20.**
Verkrüppelnder Schlag (Geschicklichkeit, Grundlegend, Kurzschwerter).
Geringer durchdringender Schlag (5 Geschicklichkeit, Fortgeschritten, Kurzschwerter).
Kleiner Rückschlag (5 Geschicklichkeit, Fortgeschritten, Schleichen).
Grundlegende Fallenentschärfung (Geschicklichkeit, Grundlegend, Diebstahl).
Einfaches Schlossknacken (Geschicklichkeit, Grundlegend, Diebstahl).

<u>Verwendete Fähigkeitsslots - Geist:</u> **8 / 41.**
Einfache Verzauberung (Geist, Grundlegend, Telepathie).
Betäubender Schlag (Geist, Grundlegend, Chi).
Ein-Schritt (Geist, Grundlegend, Telekinese).
Kleiner Reaktionsbuff (Geist, Grundlegend, Chi).
Einfache Astralklinge (Geist, Grundlegend, Telepathie).
Kurzer Schattentransit (Geist, Grundlegend, Telekinese).
Geringe Chi-Heilung (Geist, Grundlegend, Chi).
Einfacher Geistesschild (Geist, Grundlegend, Meditation).

<u>Verwendete Fähigkeitsslots - Wahrnehmung:</u> **14 / 20.**
Verbesserte Analyse (5 Wahrnehmung, Fortgeschritten, Einsicht).
Geringere Fallenerkennung (Wahrnehmung, Grundlegend, Diebstahl).
Kleine Waffe Verstecken (Wahrnehmung, Grundlegend, Täuschung).
Gesichtsverschleierung (Wahrnehmung, Grundlegend, Täuschung).
Ventro (Wahrnehmung, Grundlegend, Täuschung).
Geringere Imitation (5 Wahrnehmung, Fortgeschritten, Täuschung).

<u>Andere Fähigkeiten:</u>
Einfache Slayeraura (versteckt) (Klasse, Grundlegend, Telepathie).

<u>Bekannte Schlüsselpunkte</u>
Sektor 14.913 Ausgangsportal und sichere Zone.
Sektor 12.560 Jenseitsportal und sichere Zone.

<u>Ausstattung</u>
Spinnenbiss-Kurzschwert (+15% Schaden, Gesponnen), versteckt.
Ebenherz (+30% Schaden), versteckt.
Gewöhnliche Kämpferschärpe (+3 Kurzschwerter).
Verzaubertes Lederrüstungsset (+20% Schadensreduzierung, -35% Geschicklichkeit und Magie).
Gürtel für Tränke (2 kleine Heiltränke, 3 mittlere Heiltränke, 1 voller Heiltrank, 1 voller Manatrank, 3 Unsichtbarkeitstränke).
Gewöhnlicher Diebesumhang (+3 Schleichen).
Ring des Lehrlings (+2 Magie).
Ring des Gefolgsmanns (+2 Glaube).
Talisman des Trolls Armband (+6% Schadensreduktion).
Geschenk der Ungebundenen Ring (Immunität gegen Verstrickungszauber der Stufen 1 und 2).

Ring der Stille (Immunität gegen Geisteszauber der Stufen 1 und 2).
Stiefel des Wanderers (legendärer Gegenstand, +4 Geschicklichkeit).
Rucksack, kleine Tasche der Aufbewahrung, Alchemiestein.
Medaillon der Stygischen Bruderschaft (Stygische Bestie beschwören).

Rucksackinhalt

Geld: 16 Gold, 9 Silber und 0 Kupfer.
20 x Feldrationen.
2 x Wasserflasche.
2 x Eisendolche.
1 x Schlafsack.
Kobold-Schriftstück für sicheren Durchgang.
Kopfgeld-Autorisierungsschreiben.
1 x Seil.
Kurzschwert, +1 (+15% Schaden, +10 Kurzschwerter).
Besitzurkunde der Taverne.
Spielmarke von Tartar.
4 x volle Manatränke.
8 x große Manatränke.

Beute

**13 x verzauberte Ringe, 5 x verzauberte Roben, 8 x Zauberstäbe, 3 x
verzauberte Armbänder, 3 x verzauberte Stiefel.**

Inhalt Alchemiestein

(111 / 150 Zutaten gespeichert).
25 x Phiolen mit Tierblut.
25 x Haufen gewöhnlichen Knochenstaubs.
9 x Wyverngiftsäcke.
1 x Satz Wyvernzähne.
1 x Wyvernherz.
2 Sätze Wyvernkrallen.
48 x Wyvernschuppen.

Bank Inhalt

Geld: 3.046 Gold, 4 Silber und 9 Kupfer.
2 x volle Heiltränke.
2 x einfache Stahl-Kurzschwerter.

Offene Aufgaben

Finde den letzten Abgesandten von Wolf. (versteckt) (finde Ceruvax).
Bleib Wolf treu (versteckt) (erwerbe eine manabasierte Klasse).

BÜCHER DES AUTORS

VON TOM ELLIOT

Das Große Spiel (<u>Link zur Reihe</u>)
Buch 1: Das Große Spiel: <u>ebook</u> | <u>hörbuch</u>
Buch 2: Weg des Wolfes: <u>ebook</u> | <u>hörbuch</u>
Buch 3: Welt Nexus: <u>ebook</u> | <u>hörbuch</u>
Buch 4: Haus Wolf: <u>ebook</u> | <u>hörbuch</u>
Buch 5: Wolf in der Leere: <u>ebook</u> | hörbuch (kommt bald!)
Buch 6: Die Pflicht eines Nachkommen: <u>ebook</u> | hörbuch (kommt bald!)
Buch 7: Uralte Schuld: <u>ebook</u> | hörbuch (kommt bald!)
Buch 8: Rettung des Verlorenen: <u>ebook</u> (kommt bald!)

The Grand Game Box Set (<u>Link zur Reihe</u>) (Auf Englisch)
Buch 1-3: Birth of a Player: <u>ebook</u>.
Buch 4-6: Rise of the Elite: <u>ebook</u>

The Grand Game, Elana (<u>Link zur Reihe</u>) (Auf Englisch)
Buch 1: Empyrean's Rise: <u>ebook</u>
Buch 2: Empyrean's Flight: <u>ebook</u>

Annals of the Runeguard (<u>Link zur Reihe</u>) (Auf Englisch)
Buch 1: Proving Grounds: <u>ebook</u>

VON ROHAN M. VIDER

The Dragon Mage Saga (<u>Link zur Reihe</u>) (Auf Englisch)
Buch 1: Cverworld: <u>ebook</u> | <u>audiobook</u>
Buch 2: Dungeons: <u>ebook</u> | <u>audiobook</u>

The Gods' Game (<u>Link zur Reihe</u>) (Auf Englisch)
<u>Crota, the Gods' Game Volume I</u>
<u>The Labyrinth, the Gods' Game Volume II</u>
<u>Sovereign Rising, the Gods' Game Volume III</u>
<u>Sovereign, the Gods' Game, Volume IV</u>
<u>Sovereign's Choice, the Gods' Game Volume V</u>

Tales from the Gods' Game (Auf Englisch)
<u>Dungeon Dive (Tales from the Gods' Game, Book 1)</u>

NACHWORT

Danke, dass du das Große Spiel gelesen hast!

Wenn dir das Buch gefallen hat, hinterlasse doch bitte eine Rezension auf amazon [hier klicken]. Ich arbeite bereits an Michaels nächstem Abenteuer.

Wenn du Fragen oder Kommentare hast oder mich beim Schreiben unterstützen möchtest, kannst du mich gerne über meine Website, TomLitRPG.com oder Discord kontaktieren.

Wenn du mehr über die Welt des Reichs der Ewigkeit erfahren möchtest, das System des Großen Spiels besser verstehen willst oder einfach nur Neuigkeiten über das Große Spiel erfahren willst, besuche meine Website TomLitRPG.com oder melde dich für meinen Newsletter an.

Grüße,
Tom
Unterstütze mich auf **PATREON**
Amazon Autorenseite | Goodreads | Facebook | Reddit | Discord |

DEFINITIONEN

Alchemiestein: Ein Gerät, das zur Aufbewahrung alchemistischer Komponenten verwendet wird.

Ahne: Alte Macht.

Auserwählter Nachkomme: Ein Nachkomme, der sich an eine Blutlinie gebunden hat.

Aufsteigender Untoter: Der Begriff, den der Adjutant für Stayne verwendet hat, Bedeutung unbekannt.

Gemischte Klasse: Eine kombinierte Klasse.

Bluterweckung: Der Prozess des Abrufens von Bluterinnerungen.

Blutinfusion: Die Aufnahme der Essenzen von früheren Nachkommen.

Bluterinnerungen: Geschenke von deinen Vorfahren, die die Macht der Ahnen selbst enthalten.

Bi-Mischung: Eine Kombination aus zwei verschmolzenen Klassen.

Blutlinie: Bezug zu den Ahnen, von denen der Spieler abstammt.

Zivilist: Ein Spieler ohne Klasse oder Kampffähigkeiten. Zivilisten haben keine Spielerstufe.

Geschlossener Sektor: Eine Landmasse, die physisch an keine andere grenzt, sodass das Gebiet nur durch ein Portal zugänglich ist.

Kontrollierter Sektor: Ein Sektor, der einer Fraktion gehört. Der Besitz eines Sektors gibt den Spielern der Fraktion mehr Privilegien in der Region.

Klasse: Ein festgelegter Weg oder eine Berufung, die einem Spieler Zugang zu bestimmten Fertigkeiten gibt.

Klassenentwicklung: Der Aufstieg einer Klasse, in der Regel zu einer höherwertigen Klasse aufgrund bestimmter Eigenschaften, Fertigkeiten oder Zeichen, die der Spieler erworben hat.

Dunkelheit: Eine der drei Kräfte.

Geschworene der Dunkelheit: Spieler, die sich der Dunkelheit verschrieben haben und das eigene Ich über das Kollektiv stellen.

Ebenklingen: Seelengebundene Waffen, die du im Zwielichtdungeon findest.

Abgesandter: Ein vertrauenswürdiger Vertreter einer Macht, der befugt ist, in ihrem Namen zu sprechen.

Endloser Dungeon: Ein Abschnitt der Sphäre des Jenseits, in dem Dungeon-Mechanismen aktiv sind.

Evolution: Die Weiterentwicklung der Kerneigenschaften eines Spielers.

Anhänger: Ein Spieler, der sich verbindlich einer Kraft oder Macht verschrieben hat.

Kraft: Licht, Dunkelheit, Schatten. Die Bausteine des Kosmos und Energie in ihrer rohesten Form.

Ewiges Königreich: Die Welt der Sphäre des Jenseits und des Königreichs.

Spiel: Bezieht sich auf das Große Spiel.

Torwächter: Bewahrer der alten Überlieferungen, Hüter der Prüfungen der Ahnen.

Haus: Haus der Ahnen.

Haus der Ahnen: Eine Gruppe von Anhängern, die einem Prime verpflichtet sind.

Königreiche: Die Sektoren, die sich im Äther befinden.

Ley-Linie: Magische Fäden, die die Jenseitssektoren verbinden.

Licht: Eine der drei Kräfte.

Lichtgeschworene: Spieler, die sich für die Sache der Vielen einsetzen, auch wenn es zum eigenen Nachteil ist.

Verschmelzung: Der Prozess, bei dem mehrere Klassen zu einer zusammengefasst werden.

Neutraler Sektor: Ein Sektor, der keiner Fraktion oder Macht gehört und nicht von ihnen beansprucht wird.

Sphäre des Jenseits: Die Sektoren des Jenseits.

Neue Macht: Eine der Mächte, die den Ahnen entrissen wurde.

Pakt: Ein verbindlicher Vertrag zwischen einer Macht und einem Spieler, der vom Adjutanten überwacht wird.

Macht: Ein evolvierter Spieler.

Prime: Oberhaupt einer alten Blutlinie. Ein Ahne.

Nachkomme: Jemand, der das Blut eines Ahnens in sich trägt.

Seelengebunden: Ein Gegenstand, der nach dem Tod beim Spieler bleibt.

Geschworene: Geschworene Diener. Ein Geschworener ist ein Anhänger einer Macht, der sein bindendes Zeichen ausreichend vertieft hat.

Tartaner: Die Fraktion von Tartar, dem Gottkaiser.

Tartanische Legion: Die militärischen Streitkräfte der Tartaner.

Prüfungen der Ahnen: Prüfungen, die von den Primes für ihre Nachfolger geschaffen wurden.

Tri-Mischung: Eine Kombination aus drei verschmolzenen Klassen.

Wolfsprüfungen: Uralte Prüfungen, die von Wolf Prime erstellt wurden.

Wolfkin: Wesen wölfischer Natur.

Hauptcharaktere & Fraktionen

Drachenkin

Wyvernmutter: Besina. Im Tal der Schattenwölfe, Stufe 198.
Wyvernjunges: von Michael getötet, Rang 4.

Goblinkin

Fangzähne: Abgespaltener Teil eines Koboldstammes.
Grul: Hexendoktorlehrling, Langfänge, Stufe 41.
Heuler: Koboldstamm, eintausend Mann stark, in der Festung rund um die sichere Zone.
Hyek: Schamane, Anführer der Heuler.
Klaxis: Schamane, Anführer der Roten Ratten, Stufe 71.
Langfänge: Koboldstamm mit einer zweihundert Mann starken Delegation im Osten des Tals.
Nyzack : Schamanenlehrling, der neue Anführer der Roten Ratten.
Rote Ratten: Koboldstamm, zweitausend Mann stark, in einem Krater im Norden.
Sstak: Hexendoktorlehrling, Langfänge, Stufe 35.

Haus Wolf

Atiras: Toter Wolf Prime.
Ceruvax: Letzter Abgesandter.

Andere

Albion Bank: Die größte ungebundene Bank im Ewigen Königreich.